Minette Walters
Der Nachbar

Minette Walters

Der Nachbar

Roman

Deutsch von
Mechtild Sandberg-Ciletti

Goldmann Verlag

Die englische Originalausgabe erschien 2001 unter dem Titel
»Acid Row« bei Macmillan, London

Umwelthinweis:
Dieses Buch und der Schutzumschlag
wurden auf chlorfrei gebleichtem Papier gedruckt.
Die Einschrumpffolie (zum Schutz vor Verschmutzung)
ist aus umweltschonender und recyclingfähiger PE-Folie.

1. Auflage

Satz: Uhl + Massopust, Aalen
Druck und Bindung: GGP Media, Pößneck
Printed in Germany
ISBN 3-442-30969-7
www.goldmann-verlag.de

Für Sheonagh und Pat

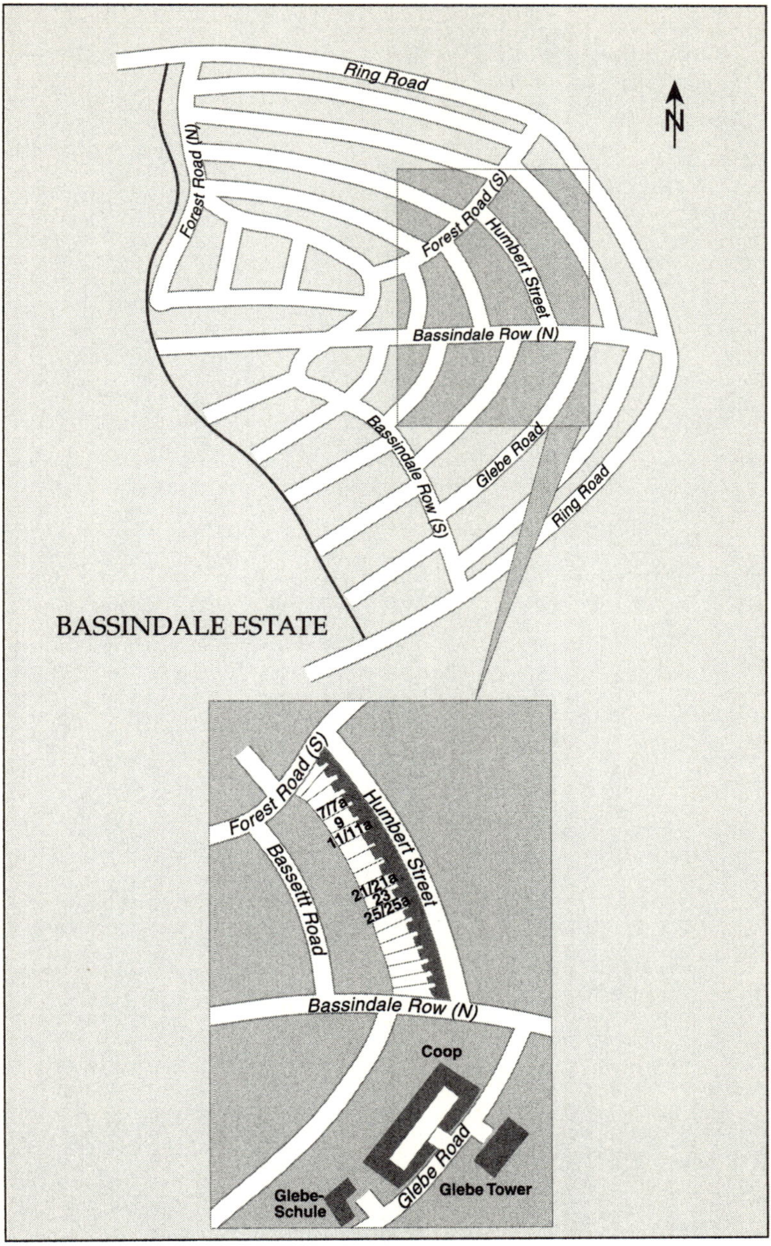

Ring Road
N
Forest Road (N)
Forest Road (S)
Humbert Street
Bassindale Row (N)
Bassindale Row (S)
Glebe Road
Ring Road
BASSINDALE ESTATE
Forest Road (S)
Humbert Street
Bassettt Road
7/7a
9
11/11a
21/21a
23
25/25a
Bassindale Row (N)
Coop
Glebe Road
Glebe Tower
Glebe-
Schule

Die Krawalle legten sich, als die Nachricht vom Blutbad in der Siedlung bekannt wurde. Einzelheiten blieben unklar. Niemand konnte sagen, wie viele Menschen umgekommen waren und wie sie ihr Leben verloren hatten, aber es war von Kastration, Lynchjustiz und Angriffen mit einer Machete die Rede. Die Straßen leerten sich schnell. Alle fühlten sich schuldig, auch wenn keiner es offen eingestand, und niemand wollte sich wegen Mordes verantworten müssen.

Mit den Jugendlichen, die oben auf den Barrikaden die Polizei mit Benzinbomben in Schach gehalten hatten, verhielt es sich ähnlich. Sie behaupteten später nicht ganz zu Unrecht, sie hätten nicht gewusst, was vor sich ging; als jedoch Berichte von dem blutigen Gemetzel durchsickerten, suchten auch sie das Weite. Sich in ehrenhaftem Kampf mit dem Feind zu schlagen, war eine Sache; sich der Beschuldigung auszusetzen, an dem rasenden Irrsinn in der Humbert Street beteiligt gewesen zu sein, ihm gar noch Vorschub geleistet zu haben, etwas ganz anderes.

Die Schlagzeilen am folgendem Morgen – dem 29. Juli – waren grausig. *Alkoholisierte Menge im Blutrausch – Pädophiler brutal abgeschlachtet – 3 Tote und 189 Verletzte nach fünfstündigem Massaker…* Die Welt schauderte angewidert. Die Leitartikler stellten die üblichen Verdächtigen an den Pranger. Regierung, Polizei, Sozialdienste, Pädagogen. Die Jugendberatungsstellen im ganzen Land waren demoralisiert.

Aber von den zweitausend Menschen, die sich bei den Unruhen um Plätze mit guter Sicht auf die Orgie von Tod und Gewalt geschlagen hatten, wollte später kein Einziger dabei gewesen sein.

Von der Leitung der Sozialen Dienste –
Dienstag, 10. Juli 2001

Amtliche Mitteilung an die Mitarbeiter des Gesundheits- und Sozialdienstes

Absolut Vertraulich – nicht zur öffentlichen Bekanntmachung

Neuzuzug: Milosz Zelowksi, 23 Humbert Street, Bassindale – bisherige Anschrift: Callum Road, Portisfield.

Grund des Umzugs: Der Klient wurde an seinem früheren Wohnort, der Wohnanlage Portisfield, nach der Veröffentlichung seines Fotos in der Lokalzeitung von Anwohnern bedroht.

Zur Person: Amtsbekannter Pädophiler. Verurteilt wegen sexueller Nötigung – drei Fälle über einen Zeitraum von 15 Jahren. Entlassen im Mai 2001.

Gefahr für die Allgemeinheit: Minimal. Seine Vergehen legen lediglich aufmerksame Beobachtung nahe.

Gefahr für den Täter: Schwer wiegend

Die Polizei warnt, dass Zelowski Opfer von Selbstschutzgruppen werden könnte, sollten seine Identität und seine Vorstrafe bekannt werden.

1

19. – 20. Juli 2001

Beim Nightingale Health Centre las höchstens eine Hand voll Leute die amtliche Mitteilung über den Zuzug eines Pädophilen in die Bassindale Siedlung, bevor das Blatt in der Verwaltung unter Papierbergen verschwand und schließlich von einer Schreibkraft abgelegt wurde, die glaubte, es hätte ordnungsgemäß die Runde gemacht. Für die Mitarbeiter, die die Meldung zu Gesicht bekamen, war sie ein alltägliches Dokument, das den Namen eines neuen Patienten und einige Angaben zu seiner Person enthielt. Für alle Übrigen war es ohne Belang, da es auf ihre Einstellung gegenüber dem Patienten keinen Einfluss haben würde – oder *sollte.*

Eine der amtlichen Betreuerinnen des Gesundheitsdienstes wollte die Angelegenheit bei einer Personalbesprechung zur Diskussion stellen, wurde aber von ihrer Gruppenleiterin, die für die Aufstellung der Tagesordnung zuständig war, abgewiesen. Möglich, dass die seit langem schwelende Feindschaft zwischen den beiden Frauen – von denen eine die andere für inkompetent hielt – die Gruppenleiterin bei ihrer Entscheidung beeinflusste. Es sei Sommer, meinte sie, und da wolle jeder gern zu einer vernünftigen Zeit zu Hause sein. Außerdem könnten sie an der Sache ohnehin nichts ändern, selbst wenn die Ärzte sich darüber einig seien, dass es unverantwortlich und brandgefährlich sei, einen Pädophilen in einer Wohnsiedlung voller Kinder unterzubringen. Sein Umzug nach Bassindale sei von der Polizei veranlasst worden.

Dieselbe Betreuerin wurde in dem offenkundigen Bemühen, die Entscheidung ihrer Gruppenleiterin zu kippen, bei Dr. Sophie Morrison vorstellig. Zu diesem Zeitpunkt allerdings ging es ihr bereits weniger um die bedenkliche Anwesenheit des Pädophilen als um den persönlichen Triumph, und Sophie Morrison, naiv und unerfahren im amtlichen Intrigenspiel, war leicht unter Druck zu setzen. So jedenfalls schätzte Fay Baldwin die umgängliche junge Frau ein, die vor zwei Jahren zum Ärzteteam des Nightingale Health Centre gestoßen war.

Fay wartete bis zum Ende der Abendsprechstunde, dann meldete sie sich mit dem für sie typischen Klopfzeichen – einem Ratatat-tat spröder Fingernägel, das bei allen ihren Kollegen und Kolleginnen die gleiche Reaktion hervorrief. »Haben Sie einen Moment Zeit?«, fragte sie, den Kopf ins Zimmer streckend, mit gewollter Munterkeit.

»Tut mir Leid, im Moment nicht.« Sophie stürzte sich über die Tastatur ihres Computers und begann wie besessen irgend einen Unsinn zu tippen, der ihr gerade in den Kopf kam. »Ich muss dringend noch ein Protokoll schreiben«, erklärte sie dabei, »und dann ab nach Hause. Tut mir wirklich Leid, Fay. Hat die Sache nicht bis morgen Zeit?«

Es half nichts. Es half nie. Die grässliche Person schob sich einfach ins Zimmer und deponierte ihren spitzen Hintern auf der Schreibtischkante. Sie war wie gewohnt vorbildlich gekleidet und tadellos frisiert, rein äußerlich ein Ausbund an Kompetenz und Professionalität. In ihrem Inneren allerdings sah es ganz anders aus. Sie war in einem Teufelskreis gefangen. Einerseits versuchte sie verzweifelt an dem Einzigen festzuhalten, was ihrem Leben Sinn gab – an ihrer Arbeit; andererseits hatte ihr Hass auf die Menschen, mit denen sie zu tun hatte – Patienten und Kollegen gleichermaßen – katastrophale Ausmaße erreicht.

Sophie hatte den Standpunkt vertreten, dass es das Beste wäre, sie vorzeitig in den Ruhestand zu schicken und ihr psychologischen Beistand anzubieten, damit sie mit der Leere in ihrem Lebens zurechtkäme. Der leitende Arzt der Praxisgemeinschaft – mit weit weniger Verständnis für frustrierte alte Jungfern, die am liebsten über andere herzogen – hielt es für klüger, schlafende Hunde nicht zu wecken. In drei Monaten werde man sie sowieso los sein, meinte er. Etwas anderes wäre es gewesen, wenn sie ihre Patientin gewesen wäre; aber sie hatte der Konkurrenz am anderen Ende der Stadt den Vorzug gegeben. »Ich könnte mich nie vor Leuten ausziehen, die ich kenne«, hatte sie kokett erklärt.

Als interessierte das jemanden!

»Ich brauche nur eine Minute«, zwitscherte Fay jetzt mit ihrer Kleinmädchenstimme. »Sechzig Sekunden werden Sie doch für mich übrig haben, Sophie.«

»Wenn es Sie nicht stört, wenn ich dabei meine Sachen packe.« Sophie seufzte innerlich. Sie schaltete ihren Computer aus und schob ihren Stuhl zurück, wobei sie sich fragte, welche ihrer Patientenkarten sie soeben mit ihren wilden Tippübungen vollgepflastert hatte. Es war immer dasselbe. Sobald man es mit Fay zu tun bekam, ließ man sich die blödsinnigsten Dinge einfallen, nur um der Unglücksperson irgendwie zu entkommen. »Ich bin um acht mit Bob verabredet.«

»Stimmt es, dass Sie heiraten?«

»Ja«, bestätigte Sophie, froh, sich auf sicherem Terrain zu befinden. »Ich hab ihm die Pistole auf die Brust gesetzt.«

»Also, ich würde niemals einen Mann heiraten, der im Grunde genommen gar nicht will.«

»Aber Fay, das war doch nur Spaß.« Sophies Lächeln erlosch angesichts der herabgezogenen Mundwinkel der anderen. »Ach, lassen wir's einfach, es ist ja nun wirklich keine weltbewegende Neuigkeit.« Sie zog den Zopf, der ihr bis zur Taille hinunterfiel, über die Schulter nach vorn, und begann, ihn mit den Fingern auszukämmen. Dabei lenkte sie ganz ohne Absicht die Aufmerksamkeit auf ihre natürliche jugendliche Frische.

»Melanie Patterson hat's mir erzählt«, bemerkte Fay giftig. »Ich hätte Sie schon letzte Woche drauf angesprochen, aber sie hat gesagt, es wäre ein Geheimnis.«

Mist! »Ach, ich wollte einfach das Schicksal nicht herausfordern. Ich meine, nicht, dass Bob es sich in letzter Minute noch anders überlegt«, erklärte Sophie, auf ihren Zopf konzentriert. Sie machte ihren Verlobten schlecht, aber wenn sich dadurch der nächste Krach mit Fay über Melanie Patterson vermeiden ließ, wollte sie das gern auf sich nehmen. Sie und Fay waren bereits in der vergangenen Woche heftig aneinander geraten, und sie legte nicht den geringsten Wert auf eine Wiederholung der Szene.

»Sie sagte, Sie hätten sie zur Hochzeit eingeladen.«

Mist und noch mal Mist! Sophie stand auf und ging zu dem Spiegel an der gegenüberliegenden Wand, nur um nicht in Fays vorwurfsvolles Gesicht sehen zu müssen. »Bis dahin ist es noch eine Ewigkeit«, log sie. »Die Einladungen gehen frühestens in vier Wochen raus.« Im Spiegel sah sie, dass Fays Miene sich etwas entspannte. »Was wollten Sie denn mit mir besprechen?« fragte sie.

»Es trifft sich gut, dass wir gerade von Melanie reden«, hakte Fay sogleich ein. »Es geht nämlich unter anderem um sie. Claire lehnt jede Diskussion über das Thema ab – sie behauptet, es gäbe nichts zu besprechen –, aber ich kann ihr da beim besten Willen nicht folgen. Erstens nehme ich unsere Arbeit um einiges ernster als sie, und zweitens wissen wir doch, dass Melanies Kinder ständig auf der Straße herumhängen und –«

Sophie schnitt ihr das Wort ab. »Hören Sie auf, Fay«, sagte sie mit ungewohnter Schärfe. »Sie haben Ihre Ansichten über Melanie letzte Woche deutlich genug zum Besten gegeben.«

»Ja, aber –«

»Nein!« Sophie drehte sich herum. Ihre Augen waren zornig. »Ich werde mich nicht noch einmal mit Ihnen über Melanie streiten. Begreifen Sie denn nicht, dass Claire Ihnen nur eine Brücke bauen möchte, wenn sie jede weitere Debatte zu diesem Thema ablehnt?«

»Sie können der Diskussion nicht aus dem Weg gehen«, entgegnete Fay, sofort aufgebracht. »Schließlich bin auch ich für Melanie zuständig.«

Sophie griff nach ihrem Köfferchen. »Jetzt nicht mehr. Ich habe Claire gebeten, Melanie eine der jüngeren Betreuerinnen zuzuweisen. Sie wollte es Ihnen am Montag mitteilen.«

Fays stark gepudertes Gesicht verlor alle Farbe. Der Ruhestand war wohl plötzlich einen bedrohlichen Schritt näher gerückt. »Sie können mir keine Betreuungspersonen wegnehmen, nur weil Sie anderer Meinung sind als ich«, rief sie heftig.

»Wenn Sie eine meiner Patientinnen als Hure und Schlampe beschimpfen und völlig aus der Rolle fallen, wenn ich es wage, Ihnen zu sagen, dass das so nicht geht, dann ist das etwas Ernsteres als eine Meinungsverschiedenheit«, entgegnete Sophie kühl. »Es ist schlicht unprofessionell, Fay.«

»Aber was anderes ist sie doch nicht«, zischte Fay wütend. »Sie kommen aus gutem Hause ... Sie müssten eigentlich fähig sein, das selbst zu erkennen.« Speicheltröpfchen flogen von ihren Lippen. »Sie geht mit jedem Kerl ins Bett, der auch nur das geringste Interesse an ihr zeigt – in der Regel, wenn sie betrunken ist –, und dann stolziert sie herum wie Graf Koks und erzählt jedem, der es hören will, dass sie wieder schwanger ist – als wär das was, worauf man stolz sein kann.«

Sophie schüttelte den Kopf. Es war sinnlos, sich mit dieser Person herumzustreiten. Jede Auseinandersetzung mit ihr endete unweigerlich im Persönlichen. Ihre Ansichten waren von ihrem eigenen Lebensstil gefärbt. Sie hätte in die Zeiten gepasst, als uneheliche Kinder eine Schande gewesen, und Frauen, die »nichts auf sich hielten«, in Heime gesperrt und mit Verachtung gestraft worden waren. Damals hätte sie als ›anständige Frau‹ noch etwas gegolten und nicht wie heute einzig Mitleid oder Belustigung hervorgerufen. Es war ein Rätsel, wieso sie ihre Berufung ausgerechnet darin gesehen hatte, sich im öffentlichen Gesundheitswesen zu betätigen, wiewohl es, wie der leitende Arzt des Health Centres gern zu bemerken pflegte, zu der Zeit, als sie angefangen hatte, wahrscheinlich das Hauptanliegen des Gesundheitsdiensts gewesen war, »den ungewaschenen Pöbel zu maßregeln und zu drillen«.

Sophie öffnete die Bürotür. »Ich gehe jetzt«, sagte sie mit Entschiedenheit und trat demonstrativ von der Tür zurück, um Fay vorausgehen zu lassen.

Fay stand auf. Ihre Kiefer mahlten unkontrolliert wie die einer senilen Alten. »Na schön, aber sagen Sie hinterher nicht, ich hätte Sie nicht gewarnt«, stieß sie mühsam beherrscht hervor. »Sie glauben, Sie könnten alle gleich behandeln … aber das ist eine Illusion. Ich kenne diese viehischen Schweine – ich sehe täglich, was sie bei den unschuldigen Kleinen anrichten, die sie missbrauchen. Es läuft alles klamm heimlich ab – hinter verschlossenen Türen – brutale, abartige Kerle – dumme Weiber, die nicht sehen wollen, was sich da abspielt … und es dreht sich immer um das Gleiche. Immer nur um Sex!« Sie spie das Wort aus wie einen ekelhaften Geschmack. »Aber na ja – *meine* Hände sind wenigstens sauber. Niemand kann behaupten, ich hätte nicht mein Bestes getan.« Sie rauschte hoch erhobenen Hauptes aus dem Büro hinaus.

Sophie sah ihr konsterniert nach. Du lieber Gott! *Viehische Schweine …? Brutale, abartige Kerle …?* Fay war ja völlig von der Rolle. Es war schlimm genug, Melanie eine Schlampe zu nennen. Hundertmal schlimmer, sie und ihre Männer des Kindesmissbrauchs zu beschuldigen.

Aber Sophie hatte natürlich keine Ahnung, dass man soeben im Nachbarhaus des Hauses, in dem Melanie Patterson mit der vierjährigen Rosie und dem zweijährigen Ben lebte, einen Pädophilen einquartiert hatte.

Als ein Auffangbecken für Asoziale galt bei vielen die Sozialsiedlung Bassindale, heute nur noch ein heruntergekommenes Denkmal für die Bemühungen der Fünfziger- und Sechzigerjahre, als man endlich soziale Gerechtigkeit schaffen wollte und deshalb überall Breschen in die Grüngürtel der Städte schlug und staatlich subventionierten Wohnraum für die Einkommensschwachen bereit stellte. In diesem Fall waren gut acht Hektar Laubwald, die an die Bassindale Farm angrenzten, der Axt zum Opfer gefallen und durch eine Betonburg ersetzt worden.

Die Planung hatte eine Art ländliches Idyll vorgesehen. Höhere Wohnqualität für die Stiefkinder der Gesellschaft. Solide Eigenheime mitten in freier Natur. Frische Luft und Bewegungsraum.

Aber alle Straßen der in einem Halbrund angelegten Siedlung, die zum Feldrain hin verliefen, waren Sackstraßen und stießen an eine undurchlässige Grenze – Anwesen mit Gartenmauern aus Beton –, die Früchte und Herden auf den umliegenden Feldern vor gedankenlosen Siedlungsbewohnern und ihren Hunden schützen sollte. Die beiden einzigen Durchgangsstraßen, die Bassindale Row und die Forest Road, zogen sich in zwei U-Bögen, die sich zu ihren Öffnungen hin erweiterten und zusammen ein auf dem Kopf stehendes W bildeten, durch die Siedlung und boten an vier Punkten Durchlass durch den Betongürtel, der die Wohnanlage von der stark befahrenen Hauptstraße abschirmte. Aus der Luft betrachtet, sahen die beiden Durchfahrtsstraßen aus wie die Kettenfäden eines Stücks Spinnweb, um die sich ein Netz aus Straßen und Sackgassen spann. Vom Boden aus gesehen, bildeten sie – wie die Polizei klar erkannte – mögliche Bollwerke, die Bassindale in eine Festung verwandeln konnten. Die ganze Siedlung war eine mit Beton ummantelte Druckbombe.

Und kein Wunder.

Der drängende Bedarf an Wohnraum infolge des Babybooms nach dem Krieg hatte die Errichtung schlampig geplanter und windig gebauter Häuser gefördert. Als unvermeidliche Folge davon fielen so hohe Kosten für Instandhaltung und Reparaturen an, dass man sich damit begnügen musste, nur die eklatantesten Mängel zu beheben. Krankheiten nisteten sich ein, besonders unter den Jungen und den Alten, deren Konstitution durch die Kälte und ewige Feuchtigkeit in den Häusern im Zusammenwirken mit ungesunder Ernährung geschwächt wurde. Depressionen waren so verbreitet wie die Abhängigkeit von rezeptpflichtigen Medikamenten.

Die Siedlung, deren Bau mit den berüchtigten guten Vorsätzen in Angriff genommen worden war, war zu einem Getto für die Außenseiter der Gesellschaft verkommen. Sie war eine ständige Belastung für den öffentlichen Haushalt. Ein Quell wütender Erbitterung für den Steuerzahler und ständigen Ärgernisses für die Polizei, ein Quell der Verzweiflung für die Lehrer und die Mitarbeiter der Gesundheits- und Sozialdienste, die hier ihre Arbeit tun sollten. Für die Mehrheit der Bewohner war sie ein Gefängnis. Die gebrechlichen und ängstlichen Alten verbarrikadierten sich in ihren Wohnungen; von der Gesellschaft im Stich gelassene allein erziehende Mütter und vaterlose Kinder, die halbwegs in Frieden leben wollten, hausten hinter verschlossenen Türen. Nur aggressive Banden verwahrloster Jugendlicher, die die Straßen unsicher machten und sich als Dealer und Zuhälter betätigten, gediehen vorübergehend in dieser Wüste, ehe auch sie in ein Gefängnis wanderten.

1954 hatte ein idealistischer Gemeinderat der Konservativen am Südende der Bassindale Row, der ersten Zufahrt zur Siedlung von der Hauptstraße aus, ein Schild mit den einladenden Worten *Willkommen in Bassindale* anbringen lassen. Im Lauf der Jahre wurde es regelmäßig durch Schmierereien verschandelt und ebenso regelmäßig vom Gemeinderat durch ein neues ersetzt. Doch 1990, im letzten Jahr der Thatcher-Regierung, strich der Gemeinderat, der unter beträchtlichem finanziellen Druck stand, die Mittel für die Erneuerung des Schilds, und von da an blieb es entstellt. Die Bewohner von Bassindale, für die der durch die Schmierereien entstandene neue Name eine zutreffende Beschreibung ihres Wohnorts war, taten nichts, um daran etwas zu ändern.

Willkommen in Assi d Row

Acid Row. Ein trostloses Pflaster, wo kaum jemand eine abgeschlossene Schulbildung hatte, Drogen allgemein verbreitet waren und Prügeleien an der Tagesordnung.

Fay Baldwin, die unablässig daran denken musste, wie Sophie Morrison sie am vergangenen Abend abgefertigt hatte, riss die vierjährige Rosie Patterson heftig am Arm, um zu verhindern, dass das Kind seine Rotznase und schmutzigen Hände an ihrem frisch gereinigten Kostüm abwischte. Sie hatte die Kleine auf der Straße aufgelesen, wo sie mit ihrem Bruder spielte, und konnte es sich nicht verkneifen, ihrer kaum der Pubertät entwachsenen und schon wieder schwangeren Mutter einen Besuch zu machen, um ihr gründlich die Leviten zu lesen, zumal Melanie noch nicht wissen konnte, dass Fay eigentlich schon jetzt nicht mehr für sie zuständig war.

Sie fühlte sich völlig gerechtfertigt in ihrem Vorhaben, als sie die junge Frau zu Hause auf dem Sofa vor dem Fernseher vorfand, eine Zigarette in der einen Hand, eine Dose Bier in der anderen. Na bitte, das war doch der beste Beweis dafür, dass sie mit allem Recht hatte, was sie über Melanies Untauglichkeit als Mutter gesagt hatte. Nicht ganz so einfach war es, damit zu Rande zu kommen, wie Melanie Patterson aussah – knappes Top und noch knappere Shorts, die lange braune Beine und einen von der Schwangerschaft sanft gerundeten Bauch enthüllten.

Neid und Eifersucht fraßen an Fay, die sich vormachte, sie wäre schockiert über die Schamlosigkeit, mit der diese Person ihren Körper zur Schau stellte. »So geht das nicht, Melanie«, wies sie die junge Frau scharf zurecht. »Rosie und Ben sind noch zu klein, um allein auf der Straße zu spielen. Das ist unverantwortlich.«

Melanie konzentrierte sich weiter auf die Geschehnisse in der Seifenoper, die gerade im Fernsehen lief. »Ach, Rosie weiß schon, wo's langgeht, stimmt's, Süße? Komm, sag's Miss Baldwin.«

»Nich da spielen, wo Autos fahren. Nich mit Nadeln spielen«, leierte Rosie herunter und gab dabei ihrem zweijährigen Bruder einen völlig unnötigen Klaps auf den Kopf, als wollte sie demonstrieren, wie sie ihn zur Räson zu bringen pflegte.

»Na, hab ich's Ihnen nicht gesagt?« sagte Melanie stolz. »Sie ist ein gescheites kleines Mädchen.«

Fay hätte das dummdreiste Geschöpf am liebsten geohrfeigt. Seit sie vor dreißig Jahren diesen Bezirk, der die reine Hölle war, übernommen hatte, rackerte sie sich ab und versuchte, einer Generation nach der anderen gesunde Lebensführung, Hygiene und Schwangerschaftsverhütung nahe zu bringen, aber es war nur immer schlimmer geworden. Diese Göre hier hatte ihr erstes Kind mit vierzehn bekommen, ihr zweites mit sechzehn, und nun war sie, noch keine zwanzig, das dritte Mal schwanger. Sie hatte höchstens eine blasse Ahnung, wer die Väter waren, und es interessierte sie auch gar nicht. Regelmäßig setzte sie ihre Kinder bei ihrer Mutter ab, deren jüngstes Kind jünger war als Rosie, und verschwand tagelang, um »mal wieder 'nen klaren Kopf zu kriegen«.

Sie war faul und hatte nichts gelernt, und man hatte sie in diesem kleinen, in zwei nebeneinander liegende Wohnungen aufgeteilten Haus einquartiert, weil man beim Sozialdienst glaubte, sie würde fern dem »wenig hilfreichen« Einfluss ihrer Mutter mehr elterliche Verantwortung entwickeln. Vergebliche Hoffnung. Sie lebte in Schmutz und Chaos, war regelmäßig bekifft oder betrunken und behandelte ihre Kinder, wie sie gerade Lust und Laune hatte, indem sie sie entweder mit Liebe überschüttete oder gänzlich ignorierte. Es wurde getuschelt, wenn sie verschwinde, um »mal wieder 'nen klaren Kopf zu kriegen«, gehe sie in Wirklichkeit einer, immer wieder von Schwangerschaften unterbrochenen, Karriere als Model nach, wolle das nur nicht zugeben, weil sie nicht auf die Stütze verzichten mochte.

»Man wird sie Ihnen wegnehmen, wenn Sie sie weiterhin so vernachlässigen«, warnte Fay.

»Na klar, ich weiß schon.« Melanie warf Fay einen wissenden Blick zu. »Ihnen käm das gerade recht, was, Miss Baldwin? Sie würden mir die Kinder doch im Handumdrehen wegnehmen, wenn Sie auch nur die kleinste Schramme an ihnen entdecken könnten! Wahrscheinlich sind Sie jeden Tag stocksauer, dass Sie noch nie was gefunden haben.«

Gereizt kniete Fay Baldwin vor dem kleinen Mädchen nieder.

»Weißt du auch, warum du nicht in der Nähe von Autos spielen sollst, Rosie?«

»Weil Mama uns dann haut.«

Melanie strahlte sie an und zog an ihrer Zigarette. »Ich hab dich noch nie gehauen, Schatz«, sagte sie gelassen. »Und ich würd's auch nie tun. Du darfst nicht in der Nähe von Autos spielen, weil das gefährlich ist. Das wollte Miss Baldwin von dir hören.« Sie warf Fay einen spöttischen Blick zu. »Stimmt doch, oder?«

Fay ignorierte sie. »Du hast vorhin gesagt, dass ihr nicht mit Nadeln spielen dürft, Rosie. Aber weißt du denn überhaupt, wie eine Nadel aussieht?«

»Klar, das weiß ich genau. Einer von meinen Dads nimmt sie immer.«

Wütend schwang Melanie die Beine vom Sofa und versenkte ihren Zigarettenstummel in der Bierdose. »Lassen Sie sie in Ruhe«, sagte sie zu Fay. »Sie sind nicht die Polizei und auch nicht unsere Sozialarbeiterin. Es steht Ihnen nicht zu, meine Kinder nach ihren Vätern auszufragen. Sie sind gesund und munter, sie haben sämtliche Impfungen und werden beide regelmäßig auf die Waage gestellt. Das ist alles, was Sie angeht. Ist das klar? Sie haben kein Recht, hier aufzukreuzen, wann's Ihnen gerade einfällt. Das erlaub ich höchstens *einer* Person von ihrer Behörde – und das ist Sophie.«

Fay stand auf. Eine innere Stimme mahnte sie zur Vorsicht, aber sie war viel zu verärgert, um auf sie zu achten. »Ihre Kinder stehen seit dem Tag ihrer Geburt auf der Risikoliste, Melanie«, zischte sie gehässig. »Das heißt, ich habe nicht nur das Recht, sondern es ist meine Pflicht, nach ihnen zu sehen, wann immer ich es für angebracht halte. Schauen Sie sich die beiden doch nur an! Es ist eine Schande. Wann sind sie das letzte Mal gebadet worden? Wie lange tragen sie schon dieselben Sachen?«

»Die vom SD wissen, dass ich meine Kinder liebe, und das ist das Einzige, was zählt.«

»Wenn Sie sie liebten, würden Sie sich um sie kümmern.«

»Spielen Sie sich doch nicht so auf! Was ist denn mit *Ihren* Kindern – *Miss* Baldwin?«

»Sie wissen genau, dass ich keine habe.«

»Eben!« Sie zog ihre kleine Tochter an sich, und ihr schönes blondes Haar mischte sich mit dem des Kindes. »Wer hat dich am allerallerliebsten auf der Welt, Rosie?«

»Meine Mama.«

»Und wen hast du lieb, Schatz?«

Das Kind legte seiner Mutter einen Finger auf die Lippen. »Meine Mama.«

»Möchtest du lieber bei deiner Mama wohnen oder bei Miss Baldwin, hm?«

Das kleine Mädchen begann zu weinen. »Bei dir, bei dir«, rief sie schluchzend und warf Melanie die Arme um den Hals, als fürchtete sie, ihr jeden Moment entrissen zu werden.

»Da sehen Sie's«, sagte Melanie mit einem triumphierenden Lächeln zu der Betreuerin. »Jetzt behaupten Sie mal, das ich mich nicht um meine Kinder kümmere.«

Bei Fay war es vorbei mit der Selbstbeherrschung. Vielleicht verlangte die schlaflose Nacht, die sie hinter sich hatte, jetzt ihren Tribut. Vielleicht brachten auch einfach die spöttischen Hinweise auf ihr leeres Leben das Fass zum Überlaufen. »Mein Gott, wie kann man so dumm und arrogant sein!«, rief sie außer sich. »Haben Sie auch nur die geringste Ahnung davon, wie einfach es ist, die Gefühle eines Kindes zu manipulieren?« Mit einer wütenden Bewegung wies sie zum Fenster. »Hier in dieser Straße wohnt ein Pädophiler, der Ihre kleine Rosie mit einer Handvoll Süßigkeiten verführen könnte, weil sie nie gelernt hat, was aufrichtige Liebe ist und was nicht. Und wem werden die Leute die Schuld geben, Melanie? Ihnen etwa?« Sie lachte verächtlich. »Selbstverständlich nicht... Sie werden ein paar Krokodilstränen vergießen, während man die Menschen, denen Rosie wirklich am Herzen lag – mich und Ihre Sozialarbeiterin – dafür an den Pranger stellen wird, dass sie die Kleine in der Obhut einer so unzulänglichen Person gelassen haben.«

Melanie Patterson kniff die Augen zusammen. »Ich kann mir nicht vorstellen, dass Sie mir so was erzählen dürfen.«

»Wieso nicht? Es ist die Wahrheit.«

»Wo wohnt dann dieser Pädophile? Welche Hausnummer?«

Zu spät erkannte Fay, dass sie zu weit gegangen war. In blindem Zorn hatte sie Informationen weitergegeben, die streng vertraulich waren. »Das tut nichts zur Sache«, sagte sie kleinlaut.

»Sie sind echt gut – das tut nichts zur Sache! Wenn in meiner Nähe ein Perverser wohnt, möcht ich das wissen.« Melanie Patterson sprang vom Sofa auf und baute sich drohend vor der schmächtigen kleinen Person auf. »Ich weiß, dass ich in Ihren Augen eine lausige Mutter bin, aber ich hab meinen Kindern nie was getan und würd ihnen auch nie was tun. Ein bisschen Dreck und ein Kraftausdruck hin und wieder bringt sie nicht um.« Sie stieß ihr Gesicht der anderen direkt vor die Nase. »Aber wenn sich hier in der Gegend ein Perverser rumtreibt, will ich wissen, wo genau. Also, wo wohnt er? Wie heißt er?«

»Das darf ich Ihnen nicht sagen.«

Melanie ballte die Hände zu Fäusten. »Soll ich Sie zwingen?«

Schlotternd vor Angst wich Fay Baldwin zur Tür zurück. »Es ist ein polnischer Name«, sagte sie feige, bevor sie floh.

Zitternd stürzte sie zur Humbert Street hinaus. Wie hatte sie so dumm sein können? Würde Melanie sie verraten? Würde es zu einer amtlichen Untersuchung kommen? Hatte sie womöglich ihre Pension aufs Spiel gesetzt? Krampfhaft suchte sie nach Entschuldigungen. Ihr konnte man doch wirklich keine Schuld geben. Es war von Anfang an eine Schnapsidee gewesen, einen Pädophilen in der Siedlung einzuquartieren. So etwas ließ sich auf die Dauer nicht geheim halten. Für die Männer hier war der Knast die zweite Heimat. Einer von ihnen hatte bestimmt im selben Gefängnis gesessen wie der Kerl und würde ihn garantiert wiedererkennen. Ihre Angst legte sich allmählich. Wenn jemand fragte, würde sie einfach sagen, sie habe die Leute darüber tratschen hören. Wer konnte sagen, wo hier, in diesem Viertel, der Klatsch begann? Die absurdesten Gerüchte verbreiteten sich wie Lauffeuer. Sie hatte Melanie ja keinen Namen genannt …

Mit frisch gestärktem Optimismus machte sie sich auf den Weg und riskierte einen kurzen Seitenblick, als sie an Haus Nummer 23 vorüberkam. Ein alter Mann stand am Fenster. Bei ihrem Blick zuckte er zurück, als hätte er Angst bemerkt zu werden, und sie fühlte sich wieder ganz bestätigt. Er sah ungesund aus, bleich und käsig – wie eine Made –, und der instinktive Abscheu, der sie bei seinem Anblick schüttelte, erstickte jeden Gedanken daran, ihn oder die Polizei zu warnen, dass sein Leben in Gefahr sein könnte.

Ohnehin hasste sie Pädophile aus tiefstem Herzen. Allzu oft nur hatte sie sehen müssen, welche körperlichen und seelischen Verletzungen sie den Kindern zugefügt hatten, von denen sie sich Daddy nennen ließen.

Beitrag zur Website »Kinderschutz« –
Bericht vom März 2001

Tod der Unschuld

Am Ende eines der grausigsten Mordprozesse der letzten zehn Jahre wurden Marie-Thérèse Kouao, 44, und ihr Geliebter, Carl Manning, 28, zu lebenslanger Haft verurteilt, nachdem als erwiesen angesehen worden war, dass sie Kouaos Großnichte, die achtjährige Anna Climbie, brutal gefoltert und ermordet hatten. Anna, die an der Elfenbeinküste geboren und aufgewachsen war, wurde von liebevollen Eltern in die Obhut ihrer Großtante gegeben, die sich ihren afrikanischen Verwandten gegenüber als »wohlhabende und erfolgreiche Frau« ausgab und versprach, dem Kind in England ein besseres Leben zu bieten. In Wahrheit war sie eine Schmarotzerin und Betrügerin, die eine ›Tochter‹ brauchte, um bei der Sozialhilfe abkassieren zu können.

Die kleine Anna starb an Unterkühlung und Hunger, nachdem die grausamen Übeltäter sie gezwungen hatten, nackt, an Händen und Füßen gefesselt und nur mit einem Müllsack zugedeckt, in einem Badezimmer dahinzuvegetieren. Sie lag an der Kette wie ein Hund und wurde mit Abfällen gefüttert, die sie vom Fußboden essen musste. Ihr Körper war bedeckt von unzähligen Verletzungen durch Schläge; doch Kouao, die sich als ihre Mutter ausgab, gelang es, Ärzten und Sozialarbeitern weiszumachen, das Kind selbst habe sich diese beigebracht. Und mit der Behauptung, das Kind wäre von bösen Geistern besessen, brachte sie sogar Geistliche dazu, das gemarterte und traumatisierte kleine Mädchen Exorzismusritualen zu unterziehen.

Im Lauf des Prozesses, beklagte sich Kouao, die ständig eine Bibel bei sich trug, um die Geschworenen von ihrer Frömmigkeit zu überzeugen, dass sie im Holloway Gefängnis, wo sie in Untersuchungshaft saß, von den anderen Häftlingen schikaniert werde – ausgerechnet diese brutale Mörderin entdeckte plötzlich ihr Zartgefühl! »Sie schlagen mich und machen mir meine Sachen kaputt«, erklärte sie weinend. »Das ist nicht auszuhalten.« Worauf der Ankläger empört fragte: »Was meinen Sie, wie Anna ausgehalten hat, was Sie ihr angetan haben?«

Man ist versucht, Kouao als schlimme Ausnahme abzutun, aber die Zahlen der Kindsmordstatistiken in Großbritannien sprechen eine erschreckende Sprache. Im Durchschnitt sterben jede Woche zwei Kinder von der Hand ihrer Eltern oder Betreuer, Tausende mehr werden so grausam misshandelt und vernachlässigt, dass ihre körperlichen und seelischen Verwundungen nicht mehr zu heilen sind. Im Gegensatz dazu werden keine fünf Kinder pro Jahr von Fremden getötet.

Als die *News of the World*, die Zeitung mit der höchsten Auflage in Großbritannien, letztes Jahr im Rahmen eines von ihr gestarteten Feldzugs Pädophile zwingen wollte, sich zu ›outen‹, indem sie Namen, Adressen und Fotografien amtsbekannter Täter veröffentlichte, und sich dabei auf Megan's Law berief, ein in den USA geltendes Gesetz, demzufolge sich vorbestrafte Pädophile nach ihrer Haftentlassung bei der Polizei der Gemeinde melden müssen, in der sie sich niederlassen, stieß die Kampagne auf geteilte Meinungen. Ein großer Teil der Bevölkerung, dem noch der jüngste, von einem mutmaßlich pädophilen Mann verübte Kindsmord in den Knochen steckte, nahm die Initiative mit Beifall auf. Die Polizei, Bewährungshelfer und in der Sache erfahrene Anwälte behaupteten, sie werde nicht zum gewünschten Ziel führen, sondern das Gegenteil bewirken und Pädophile veranlassen, ihre Therapie abzubrechen und aus Angst vor Angriffen von Selbstjustizgruppen unterzutauchen.

Ihre warnenden Vorhersagen erfüllten sich prompt. Einem Bericht der Bewährungshilfe zufolge, hatten Sexualtäter in allen Teilen Großbritanniens bereits ihren Wohnsitz verlegt, ihren Namen geändert und den Kontakt zur Polizei abgebrochen, oder sie planten, solche Schritte zu unternehmen. Noch beunruhigender ist vielleicht, dass nach der Veröffentlichung von 83 Namen, Adressen und Fotos in einem Sonntagsblatt aufgebrachte Bürger die Wohnungen einiger dieser angeblichen Pädophilen überfielen und auf der Straße randalierten.

In nahezu allen Fällen handelte es sich bei den Attackierten um unschuldige Menschen, die den Zorn ihrer Mitbürger zu spüren bekamen, weil entweder die Zeitung eine falsche oder überholte Adresse abgedruckt hatte oder die Leute eine Ähnlichkeit zwischen dem veröffentlichten Foto und dem Angegriffenen erkannt zu haben meinten. Das Absurdeste und Erschreckendste Beispiel ist der Fall eines Kinderarztes, dessen Haus und Auto von einer wütenden Menge zerstört wurden, weil die Leute glaubten, ein Pädiater – der Fachausdruck für Kinderarzt – wäre das Gleiche wie ein Pädophiler – ein Erwachsener, dessen Sexualtrieb auf Kinder gerichtet ist.

In Anbetracht dieser Zwischenfälle stellte die *News of the World* ihre Kampagne ein, die sie mit dem Versprechen gestartet hatte, »jeden Pädophilen in Großbritannien öffentlich und namentlich an den Pranger zu stellen«. »Nun ist es unsere Aufgabe, die Regierung zum Handeln zu zwingen (gemäß Megan's

Law)«, erklärte der Herausgeber kampflustig, »und wir werden jeden Politiker öffentlich und namentlich an den Pranger stellen, der sich uns in den Weg stellt.«

Die Diskussion über die Behandlung von Pädophilen hält ungehindert an, doch die Statistiken zeigen, dass Tausende Kinder zu Hause in der Familie weit größerer Gefahr ausgesetzt sind als draußen auf der Straße. Nach einem noch nicht lange zurückliegenden Prozess gegen mehrere Pädophile, die über das Internet kinderpornographisches Material austauschten, wies ein Sprecher der Polizei darauf hin, dass die pornographischen Darstellungen, die derzeit in Umlauf sind, seit einiger Zeit einen beunruhigend familiär-häuslichen Touch hätten. »Früher wurden Kinderpornos im Atelier gefilmt«, sagte er, »aber bei den neuen Aufnahmen hat man den Eindruck, sie wären bei den Kindern zu Hause gedreht worden. Im Hintergrund sind Spielsachen zu erkennen. Das legt nahe, dass mindestens ein Elternteil oder auch beide an dem Missbrauch teilhatten.«

Es ist natürlich bequem, sich mit der Auffassung zufrieden zu geben, dass nur sadistische Fremde sich an Kindern vergreifen. Die kleine Anna Climbie wurde jedoch von den Menschen terrorisiert und getötet, die eigentlich für sie sorgen sollten. Tatsache ist, dass unzählige Säuglinge von wütenden BetreuerInnen zu Tode geschüttelt wurden. Beim Kindernotruf gehen täglich 15 000 Anrufe von verzweifelten Kindern ein. In der Mehrzahl der Fälle wird der sexuelle Missbrauch in der Familie verübt. Die meisten Pädophilen wurde als Kinder selbst sexuell missbraucht. Kinderpornografie gibt es, weil Eltern das verbrecherische Spiel mitmachen und ihre Kinder für Geld schutzlos preisgeben.

Sind wir denn immer noch nicht bereit, die wahren Täter »öffentlich und namentlich an den Pranger zu stellen«?

Anne Cattrell

2

20. – 26. Juli 2001

In der Humbert Street richtete sich der Verdacht auf das Haus Nummer 23, nicht weil der Bewohner einen polnischen Namen hatte, sondern weil der neue Bewohner ein Mann war. Früher hatte Mary Fallon in dem Haus gewohnt; bis eines ihrer fünf Kinder, das auf einen Termin für einen Eingriff am Herzen wartete, an Lungenentzündung gestorben war. Der Gemeinderat hatte jegliche Verantwortung für den Tod des Kindes von sich gewiesen, die ganze Familie jedoch schleunigst in die der Gesundheit zuträglichere Wohnanlage von Portisfield verfrachtet, die, etwa fünfunddreißig Kilometer entfernt auf der anderen Seite der Stadt, um einiges moderner und, dank den Erfahrungen, die man in der Acid Row gesammelt hatte, menschenfreundlicher war.

Danach hatte das Haus monatelang leer gestanden, die Fenster mit Brettern vernagelt, bis eines Tages unerwartet ein Trupp städtischer Arbeiter erschien, um es durchzulüften und die warme Julisonne einzulassen und die Risse und feuchten Stellen an den Wänden zu übertünchen. Kurz danach zog der neue Mieter ein. Oder waren es mehrere Mieter? Niemand wusste genau zu sagen, wie viele Menschen in Nummer 23 lebten. Die Nachbarn aus Nummer 25 behaupteten, es wären zwei Männer – sie könnten die tiefen Stimmen durch die Wand hören –, aber es zeigte sich immer nur einer, ein Typ mittleren Alters mit rotblondem Haar, blasser

Hautfarbe und einem schüchternen Lächeln, der offenbar die Besorgungen erledigte.

Es wusste auch niemand genau zu sagen, wie und wann die Männer gekommen waren; niemand konnte sich erinnern, einen Möbelwagen gesehen zu haben. Gerüchtweise hieß es, die Polizei habe sie bei Nacht und Nebel mitsamt ihrer Habe im Haus einquartiert, aber die alte Mrs Carthew aus Nummer 9, die den ganzen Tag im Fenster hing, erklärte, sie seien an einem Montagmorgen mit einem Lieferwagen gekommen und hätten dem Fahrer eigenhändig beim Ausladen geholfen. Keiner glaubte ihr. Sie hatte mehr schlechte als gute Tage, und man bezweifelte, dass sie klar genug im Kopf war, um sich des Ereignisses zu erinnern, geschweige denn sagen zu können, dass es ein Montag gewesen war.

Das Gerücht, dass die Polizei die Hand im Spiel gehabt hätte, fand mehr Anklang, weil es einleuchtend erschien. Vor allem in den Augen der jungen Leute, die in Verschwörungstheorien schwelgten. Warum waren die Männer im Schutz der Dunkelheit hergebracht worden? Warum zeigte sich der eine niemals bei Tageslicht? Warum war der andere, der die Einkäufe erledigte, so geisterbleich? Da steckte garantiert eine Verseuchung dahinter. So etwas wie aus *Akte X*. Vampirperverse, die in Rudeln Jagd machten.

Mrs Carthew behauptete, die beiden Männer wären Vater und Sohn. Sie habe extra ihr Fenster aufgemacht, um sie zu fragen, sagte sie. Auch das glaubte ihr keiner. In der ganzen Acid Row gab es nicht ein einziges Fenster, das so eine senile alte Schachtel hätte öffnen können. Man brauchte Hammer und Meißel, um die Dinger aufzustemmen, weil sie dermaßen verzogen waren. Und selbst wenn sie es fertig gebracht hätte – ihr Haus war viel zu weit entfernt von Nummer 23 für ein Schwätzchen unter Nachbarn.

Die Mehrheit meinte, sie wären schwul – doppelt krank also –, und Mütter mit Töchtern atmeten erleichtert auf und mahnten ihre Söhne, vorsichtig zu sein. Ein paar Tage lang lungerten junge Burschen vor dem Haus herum, grölten Beschimpfungen und zeigten ihre nackten Hintern, aber als nichts geschah und niemand ans Fenster kam, wurde ihnen der Spaß langweilig und sie kehrten in die Spielhallen zurück.

Der Argwohn der Frauen war nicht so leicht zu beschwichtigen. Sie stellten weiterhin ihre Mutmaßungen an und beobachteten mit wachsamem Auge das Kommen und Gehen in der Humbert Street. Einige Sozialarbeiterinnen gaben ihnen Antwort auf ihre Fragen, aber kaum eine von ihnen schenkte den Aussagen Glauben, die durchweg allgemein und unbestimmt gehalten waren.

»Man wird Ihnen doch nicht einfach zwei Perverse vor die Nase setzen, nur weil Sie in einer Sozialsiedlung leben. Sie können sich darauf verlassen, wenn es hier in der Gegend einen gefährlichen Kinderschänder gäbe, wüsste ich das als Erste ...«

»Vielleicht ist es ein gemeiner Trick, um Sie dazu zu bringen, besser auf Ihre Kinder aufzupassen ...«

»Glauben Sie mir, heutzutage stehen vorbestrafte Pädophile unter ständiger Beobachtung. Gefährlich sind die heimlichen Psychos, von denen keiner was ahnt ...«

Diese Antworten machten bis ins Endlose die Runde in der Siedlung, so dass am Ende keiner mehr sagen konnte, wie wortgetreu die Wiedergabe überhaupt war. Die Tatsache jedoch, dass keine eine klare Verneinung beinhaltete, wurde als Beweis dafür genommen, dass das, was man immer schon gewusst hatte, richtig war: Für die Acid Row galten andere Regeln als für den Rest der Welt.

Donnerstag, 26. Juli 2001 – Humbert Street 21, Bassindale

Melanie bot Sophie Morrison eine Tasse Tee an, nachdem die Ärztin den beiden Kindern, Rosie und Ben, erlaubt hatte, sich mit ihrem Stethoskop den Herzschlag des Babys im Bauch ihrer Mutter anzuhören. Sie lag auf dem Sofa im Wohnzimmer und sah lachend zu, wie die beiden Kleinen mit den Fingern auf ihrem Bauch herumtatschten, weil sie spüren wollten, ob ihr Schwesterchen oder Brüderchen sich bewegte. »Sind sie nicht süß?«, sagte sie und häufte Küsse auf die blonden Locken ihrer Kinder, bevor sie die Beine vom Sofa schwang und aufstand.

»Ich nehme gern eine Tasse«, sagte Sophie und lächelte, als sie draußen zwei halbwüchsige Jungen bemerkten, die durch das Fenster Melanies nackten, runden Bauch angafften. »Sie haben Publikum«, sagte sie leise.

»Hab ich ständig«, erwiderte Melanie und zog an ihrem Top. »Hier kann man doch nicht mal in Ruhe in der Nase bohren, ohne dass einem die ganze Nachbarschaft zuschaut.«

Melanie wohnte in einem der Häuser in der Humbert Street, die man vor etwa dreißig Jahren in der Mitte durchtrennt und in je zwei so genannte Maisonettes umgewandelt hatte, eine vorn und eine hinten. Vernünftiger wäre es gewesen, die Häuser in Etagenwohnungen aufzuteilen, aber dann hätte man Zwischenwände ziehen, neue Eingangstüren einbauen und unter den Böden des oberen Stockwerks kostspielige Schalldämmung anbringen müssen. Irgendein Schlaukopf bei der Baubehörde hatte einen besseren Einfall gehabt. Es wäre einfacher, billiger und längst nicht so störend für die ansässigen Mieter, behauptete er, quer durch die Mitte der Häuser Schlackensteinmauern hochzuziehen, in die Lücken zwischen den Häusern zu beiden Seiten neue Haustüren und Treppen für jede Maisonette einzupassen, und die vorhandenen Korridore, Treppenschächte und -absätze zum Einbau von Küchen und Badezimmern zu nutzen.

Es war eine denkbar unglückliche Lösung, durch die in der Straße eine Dreiklassengesellschaft geschaffen worden war. Da waren einmal die Mieter, die wie die Männer aus Nummer 23 das Glück hatten, ein ganzes Haus mit Garten für sich allein beanspruchen zu können; dann jene, die wie Granny Howard in einer hinteren Maisonette wohnten und einen Garten hatten; und schließlich die Übrigen, die wie Melanie Patterson in einer vorderen Maisonette leben mussten, die nur durch einen schmalen Rasenstreifen und ein niedriges Mäuerchen von der Straße getrennt war. Die Humbert Street war infolge dieses Arrangements zu einem Betontunnel geraten, und der Groll unter den Bewohnern war groß, vor allem bei denen, die keinen Zugang zu den hinten anschließenden Gärten hatten.

»Macht Granny Howard Ihnen immer noch Schwierigkeiten?«, fragte Sophie. Sie nahm den kleinen Ben auf den Arm und knuddelte ihn, als seine Mutter in die Küche ging.

»Na klar. Beim kleinsten Muckser von den Kindern donnert sie mit dem Hammer an die Wand, und den Garten können wir sowieso vergessen. Die lässt die Kinder da nie im Leben zum Spielen hinter. Jimmy hat versucht, mit ihr zu reden, bevor er wegen dem Diebstahl in den Knast musste, aber sie hat ihn nur als Nigger beschimpft und gesagt, er soll sich verpissen. Ich könnt's ja verstehen, aber der ganze Garten ist total verwildert. Sie benutzt ihn überhaupt nicht.«

Sophie strich Ben mit dem Handrücken über die Wange. Es war ihr unbegreiflich, wieso das Wohnungsamt dieser alten Frau, die niemals das Haus verließ, weiterhin die hintere Maisonette mit Garten überließ, während zwei kleine Kinder, die dringend Auslauf und einen sicheren Platz zum Spielen und Toben brauchten, ins Vorderhaus verbannt blieben, das ihrem Bewegungsdrang überhaupt keinen Raum bot. Aber es hatte keinen Sinn, sich mit der Behörde herumzustreiten. Granny Howard wohnte seit 1973 im Haus Nummer 21 a und würde dort bleiben bis zu ihrem Tod.

»Wie läuft's mit der Raucherei und dem Trinken? Wird es langsam ein bisschen leichter?«

»Ich schätze mal, ja«, antwortete Melanie gut gelaunt. »Mit den Lullen bin ich runter auf fünf pro Tag, und trinken tu ich vielleicht zwei kleine Bier – eines zum Mittagessen und eines zum Abendessen – manchmal auch zwei. Aber mit den Sauftouren ist's vorbei. Die hab ich total aufgegeben. Ich rauch immer noch hin und wieder mal einen Joint, aber doch eher selten, schon weil mir die Kohle fehlt.«

Sophie war beeindruckt. Melanie hatte zu Beginn ihrer Schwangerschaft vierzig Zigaretten pro Tag geraucht und den krönenden Abschluss jeder Woche darin gesehen, samstags in irgendwelchen Kneipen bis zum Umfallen zu trinken und zu kiffen. Selbst wenn man im Hinblick darauf, dass Süchtige sich gern selbst in die Tasche logen, ein paar Abstriche machte, war diese Reduzierung, die sie nun offenbar seit zwei Monaten durchhielt, eine enorme Leistung.

»Klasse«, sagte Sophie kurz und einfach. Sie setzte sich aufs Sofa und rückte zur Seite, um Rosie Platz zu machen.

Sie fand zwar wie Fay Baldwin, dass die Kinder ein Bad dringend nötig hatten, aber um das körperliche und seelische Befinden der beiden brauchte man sich wirklich kaum Sorgen zu machen. Sie waren robust und selbstbewusst, und sie wünschte, einige ihrer besser situierten Mittelstandspatienten würden sich an der Patterson-Erziehungsmethode ein Beispiel nehmen. Die meisten von ihnen zogen ihre Kinder so pingelig und steril auf, dass sie unweigerlich früher oder später zu Allergietests aufkreuzten, weil die lieben Kleinen unablässig schnieften und hüstelten. Als wäre Bleiche ein Ersatz für natürlich gebildete Abwehrkräfte. Es war wirklich zum Haareausraufen.

»Tja, wär nicht schlecht, wenn diese Ziege, die Baldwin, auch so denken würde«, sagte Melanie brummig, als sie mit dem Tee wieder ins Zimmer kam. »Sie hat mich angeschaut wie eine Verbrecherin, bloß weil ich mit einem Bier und einer Zigarette vor der Glotze saß. Wenn sie gefragt hätte, hätt ich ihr sagen können, dass es an dem Tag meine Erste war, aber sie ist nicht so wie Sie… Sie denkt immer nur das Schlechteste von den Leuten.«

»Wann war sie denn hier?« Sophie setzte Ben wieder auf den Boden und nahm einen Becher Tee entgegen.

Melanie ließ sich neben ihr auf's Sofa plumpsen. »Ich weiß gar nicht mehr genau – irgendwann letzte Woche – Donnerstag… Freitag… Sie war so richtig stinkig. Hat mich angekläfft wie ein bissiger Terrier.«

Also nachdem sie bereits erfahren hatte, dass sie abgelöst werden würde. Sophie war verärgert. »Hat sie etwas darüber gesagt, dass ich eine der jüngeren Betreuerinnen gebeten habe, ihren Job hier zu übernehmen?«

»Nein. Sie hat mich nur zur Schnecke gemacht, wie immer. Wie ist denn die Neue?«

»Flippig«, antwortete Sophie und trank von ihrem Tee. »Pinkfarbene Haare – schwarze Lederkluft – Doc Martens – fährt Motorrad und findet Kinder toll. Sie beide kommen bestimmt prima miteinander aus.«

»Na, das scheint ja Gott sei Dank was andres zu sein als diese verbiesterte alte Zicke.« Melanie umschloss ihren Becher mit beiden Händen und starrte nachdenklich in den milchweißen Tee, während sie überlegte, wie sie die Frage angehen sollte, die sie auf dem Herzen hatte. Direkt oder auf Umwegen? Sie entschied sich für den Umweg. »Was halten Sie von Pädophilen?«, fragte sie.

»Wie meinen Sie das?«

»Würden Sie einen behandeln?«

»Ja.«

»Auch wenn Sie wüssten, dass er sich an Kindern vergriffen hat.«

»Ja, auch dann.« Sophie lächelte über Melanies finsteres Gesicht. »Ich hätte gar keine Wahl, Mel. Es ist meine Pflicht. Ich kann mir die Patienten nicht aussuchen. Was wollen Sie denn wirklich wissen?«

»Es würde mich nur interessieren, ob bei Ihnen in der Praxis welche sind.«

»Soviel ich weiß nicht. Ihre Namen sind nicht schwarz angestrichen.«

Melanie glaubte ihr nicht. »Wieso weiß dann Miss Baldwin, dass bei uns in der Straße einer wohnt, und Sie nicht?«

Sophie war bestürzt. »Wovon reden Sie?«

»Ich dachte, Sie könnten mir vielleicht seinen Namen geben – wenigstens den, unter dem er hier abgestiegen ist. Wissen Sie, alle glauben, er wär neu hier, aber ich frag mich, ob er nicht schon die ganze Zeit hier wohnt.« Sie wies mit wedelnder Hand zum Fenster. »Auf Nummer acht wohnt so ein alter Knacker, der letztes Jahr ungefähr ein halbes Jahr verschwunden war. Hinterher sagte er, er hätte seine Verwandten in Australien besucht. Der könnte es sein, wenn Sie mich fragen. Der macht sich immer auf so ne schmierige Art an Rosie ran und erzählt ihr, wie hübsch sie ist.«

Sophie war durcheinander. »Was genau hat Fay Baldwin zu Ihnen gesagt?«

»Dass hier in der Straße ein Pädophiler wohnt, der sich Rosie schnappen würde, wenn's ihn überkommt.«

Großer Gott! »Was? Und wie kam es dazu?«

»Ach, es war der übliche Ablauf. Bla-bla-bla, eine Predigt nach der anderen. Erst hat sie versucht, Rosie über ihren Vater auszufragen, dann hat sie mir vorgehalten, was für eine Rabenmutter ich bin, und als ich ihr dann mehr oder weniger deutlich zu verstehen gegeben hab, dass sie sich verpissen soll, haut sie mir plötzlich diesen Perversen um die Ohren, der sich demnächst an Rosie ranmachen wird. Mir hat das verdammt Angst gemacht, das können Sie mir glauben.«

»Also, das tut mir wirklich Leid«, versicherte Sophie, die schon gerichtliche Vorladungen ins Haus flattern sah. »Da hatte ich ihr schon mitgeteilt, dass sie Sie in Zukunft nicht mehr betreuen wird. Wahrscheinlich war sie wütend. Aber das hätte sie natürlich nicht an Ihnen auslassen dürfen, schon gar nicht mit solchen Geschichten.« Sophie seufzte. »Glauben Sie mir, Mel, ich versuche nicht, ihr Verhalten zu entschuldigen, aber sie hat im Moment wirklich große Probleme. Sie hat Angst vor dem Ruhestand – ihr Leben kommt ihr leer und unnütz vor, verstehen Sie. Sie hätte gern geheiratet und selbst Kinder gehabt... aber es hat nicht geklappt. Können Sie sich vorstellen, dass es ihr nicht gut geht?«

Melanie zuckte mit den Schultern. »Sie hat mich total verrückt gemacht mit ihren Moralpredigten, und das Ende vom Lied war, dass ich sie verspottet habe, weil sie keine Kinder hat. Da ist sie natürlich stinksauer geworden. Sie hat mich richtig angefaucht.«

Sophie erinnerte sich, wie Fay bei ihrem letzten Gespräch mit ihr gefaucht hatte. »Ja, das ist eben ihr wunder Punkt.« Sie stand auf und stellte ihren Becher auf den Tisch, ohne zu zeigen, wie verärgert sie war. Sie konnte sich die Wut des leitenden Arztes vorstellen, wenn ihre Gemeinschaftspraxis zur Zahlung von Schmerzensgeld wegen »seelischer Grausamkeit« verdonnert würde. *Man hätte dieses verdammte Weib schon vor Jahren einsperren sollen.* »Tun Sie mir einen Gefallen, Mel. Vergessen Sie, was sie gesagt hat. Es war nicht in Ordnung – sie hätte es nicht tun dürfen. Sie sind doch viel zu vernünftig, um sich von Fay Baldwin ins Bockshorn jagen zu lassen.«

»Sie wirkte ganz schön erschrocken, als ich zu ihr gesagt hab, sie dürfte über solche Sachen doch gar nicht reden.«

»Das kann ich mir denken.« Sophie warf einen Blick auf ihre Uhr. »Ich muss los. Ich werde mit Fays Nachfolgerin sprechen. Ich erzähle ihr, was hier gelaufen ist und werde sie bitten, so bald wie möglich bei Ihnen vorbeizuschauen. Sie können über alles mit ihr reden – sie ist eine gute Zuhörerin –, und ich verspreche Ihnen, dass sie Ihnen keine Moralpredigten halten wird. Na, wie hört sich das an?«

Melanie streckte einen Daumen in die Höhe. »Spitze.« Sie wartete, bis die Tür zugefallen war, dann zog sie ihre Tochter auf ihren Schoß. »Siehst du, Schatz, das nennt man eine Verschwörung. Eine dumme Kuh verquasselt sich in ihrer Wut, und die anderen tun so, als hätte es damit überhaupt nichts auf sich.« Sie rief sich das erschrockene Gesicht Fay Baldwins ins Gedächtnis, als diese Hals über Kopf aus dem Haus gestürzt war. »Aber die dumme Kuh hat die Wahrheit gesagt, und die anderen lügen wie gedruckt.«

Sobald Sophie wieder in ihrem Wagen saß, sprach sie Fay ihre Meinung unverblümt auf den Anrufbeantworter.

»Es ist mir scheißegal, was für Probleme Sie haben, Fay – ich denke, Ihnen könnte nichts Besseres passieren, als dass Ihr Milchmann Sie mal ordentlich durchbumst –, aber wenn Sie sich noch ein Mal in Melanie Pattersons Nähe wagen, werde ich persönlich Sie ins nächste Irrenhaus verfrachten und einweisen. Was zum Teufel haben Sie sich bloß dabei gedacht, Sie dumme, dumme Person?«

Eine halbe Stunde später löschte im anderthalb Kilometer entfernten Nightingale Health Centre Fay Baldwin mit zitternder Hand die Nachricht von ihrem Anrufbeantworter. Melanie hatte sie verraten.

3

Freitag, 27. Juli 2001 – Portisfield – Mittags

Der Wagen stand zwanzig Minuten vor der katholischen Kirche in Portisfield. Mehrere Leute gingen an ihm vorüber, aber niemand verschwendete einen zweiten Blick an ihn. Einer behauptete später, es wäre ein blauer Rover gewesen, ein anderer sprach von einem schwarzen BMW. Eine junge Mutter mit Kinderwagen hatte im Innern einen Mann bemerkt, konnte ihn aber nicht beschreiben und ließ sich bei der polizeilichen Vernehmung so weit verunsichern, dass sie erklärte, es könne auch eine Frau mit kurzem Haar gewesen sein.

Als die zwanzig Minuten um waren, öffnete ein mageres, dunkelhaariges kleines Mädchen die Wagentür, rutschte auf den Mitfahrersitz und neigte sich zum Fahrer hinüber, um ihm einen Kuss auf die Wange zu geben. Das beobachtete niemand, aber die junge Mutter meinte, sie hätte ein kleines Mädchen, auf das die Beschreibung zutraf, wenige Minuten zuvor aus der Allenby Road um die Ecke kommen sehen. Doch auch in diesem Punkt wurde sie noch während der Vernehmung schwankend und sagte, das Kind könnte auch blond gewesen sein.

»Alles in Ordnung?«, fragte der Fahrer.

Das Kind nickte. »Hast du mir die neuen Sachen besorgt?«

»Natürlich. Du weißt doch, dass ich meine Versprechen immer halte.«

Ihre Augen blitzten erregt. »Schöne Sachen?«

»Alles genauso, wie du es bestellt hast. Top von Dolce & Gabbana. Rock von Gucci. Und Schuhe von Prada.«

»Ach, toll!«

»Wollen wir fahren?«

Plötzlich unschlüssig, sah das kleine Mädchen zu seinen Händen hinunter.

»Du kannst es dir jederzeit anders überlegen, Schätzchen. Du weißt, ich möchte nur, dass du froh und glücklich bist.«

Das kleine Mädchen nickte wieder. »Okay.«

4

Freitag, 27. Juli 2001 – Allenby Road 14,
Portisfield – 18 Uhr 10

Auch abends um sechs noch stand die Sonne hoch am westlichen Himmel, und die Menschen, die in Scharen aus klimatisierten Geschäften und Büros in den stickigen Juliabend hinausströmten, waren ungeduldig und gereizt. Müde Arbeiter und Angestellte, die nach Hause wollten, schwitzten in überhitzten Autos und Bussen. Laura Biddulph verlangsamte den Schritt, als sie die Allenby Road hinunterging, um sich innerlich auf einen weiteren Schlagabtausch mit Gregs Kindern einzustellen. Sie hätte nicht sagen können, was deprimierender war, eine Achtstundenschicht in Sainsburys Supermarkt in Portisfield oder die Heimkehr zu Miss Piggy und Jabba the Hutt.

Sie spielte mit dem Gedanken, ihnen die Wahrheit zu sagen. *Euer Vater ist widerlich… Ihr braucht überhaupt keine Angst zu haben, dass ich etwa eure Stiefmutter werden möchte…* Einen köstlichen Moment lang stellte sie sich vor, sie würde es wirklich tun, aber dann verlangte die Vernunft wieder ihr Recht, und sie rief sich ins Gedächtnis, dass sie keine Alternativen hatte. Alle Beziehungen waren auf Lügen gebaut, aber Männer ohne Hoffnung glaubten die Lügen am ehesten. Was hatten sie auch für eine Wahl, wenn sie nicht einsam sein wollten?

Draußen verlieh das Sonnenlicht den gleichförmigen Häusern

der Sozialsiedlung einen falschen Glanz. Drinnen hockten Miss Piggy und Jabba bei zugezogenen Vorhängen im Wohnzimmer vor dem Fernsehapparat, in dem mit voller Lautstärke irgendeine Schlagermusiksendung lief. Der durchdringende Gestank nach Bratfett stieg Laura in die Nase, als sie ins Haus trat, und sie fragte sich, wie viele Ausflüge in die Küche die beiden an diesem Tag gemacht hatten. Wäre es nach ihr gegangen, so hätte man sie bei Wasser und Brot eingesperrt, bis sie auf Normalmaß geschrumpft wären und Anstand gelernt hätten. Aber Greg, dessen Schuldgefühle seinen Kindern gegenüber grenzenlos waren, ließ ihnen alles durchgehen, und so wurden sie immer dicker und immer frecher.

Sie zog ihr Baumwolljacke aus, vertauschte ihre flachen Verkäuferinnenschuhe mit halbhohen Pantoffeln, die unter der Garderobe standen, und setzte, um ihren Unmut zu verbergen, das nichts sagende, süßliche Lächeln auf, das die beiden von ihr kannten. Wenn sie Wohlwollen mimte, bestand vielleicht doch noch Hoffnung auf Veränderung.

Sie öffnete die Tür zum Wohnzimmer, streckte den Kopf in den stickigen, von Fürzen geschwängerten Mief und rief laut, um das Plärren des Fernsehapparats zu übertönen: »Habt ihr euch schon was zum Abendessen gemacht oder soll *ich* euch was richten?« Es war eine dumme Frage – diverse fettige, mit Ketchup verschmierte Teller standen wie gewohnt auf dem Fußboden herum –, aber das war egal. Sie hätten ihr so oder so nicht geantwortet.

Jabba the Hutt, ein Dreizehnjähriger mit rot blühendem Ekzem in den Falten seines bis zum Hals herabhängenden Schwabbelkinns, drehte prompt den Ton des Fernsehgeräts noch weiter auf. Miss Piggy, fünfzehn Jahre alt, mit Brüsten wie prall gefüllte Luftballons, kehrte ihr den Rücken. Es war jeden Abend das Gleiche, sie hatten es sich zum Ziel gesetzt, diese magere Zicke, die meinte, sie könnte sich als Stiefmutter aufspielen, abzuschrecken. Und es wirkte. Hätte nicht Amy, ihre Tochter, die Situation auf die leichte Schulter genommen – »Die beiden sind ganz okay, wenn wir unter uns sind, Mama« –, Laura hätte längst das Handtuch geworfen. Jetzt wartete sie, bis Jabba unhörbar, aber deutlich von seinen Lippen ablesbar, »Ach, hau doch ab«, sagte – auch dies jeden Abend das Gleiche –, bevor sie erleichtert die Tür schloss und zur Küche ging.

Augenblicklich wurde im Wohnzimmer der Fernsehapparat leise gedreht. »Amy«, rief sie, als sie an der Treppe vorüberging. »Was möchtest du haben, Schatz? Fischstäbchen oder Würstchen?« Die Liebe ist das, was sie nicht ertragen können, dachte sie, während sie auf die höhnischen Stimmen aus dem Wohnzimmer wartete. »Ach, Schätzchen, Schätzchen... komm zu deiner Mami.« Zärtlichkeit machte sie eifersüchtig.

Aber ausnahmsweise blieben die Spötteleien aus, und mit einem Anflug von Beunruhigung schaute sie die Treppe hinauf und wartete darauf, dass ihre zehnjährige Tochter wie jeden Abend mit großen Sprüngen herunterpoltern und sich ihr in die Arme werfen würde. In solchen Momenten versuchte sie, sich einzureden, sie handelte richtig. Aber die nagenden Zweifel ließen sich nie ganz vertreiben. Als sie von oben nichts hörte, wusste sie, dass sie sich etwas vorgemacht hatte. Sie rief noch einmal, lauter diesmal, dann rannte sie, zwei Stufen auf einmal nehmend, die Treppe hinauf und riss die Tür zu Amys Zimmer auf.

Sekunden später stürzte sie ins Wohnzimmer. »Wo ist Amy?«, rief sie aufgebracht.

»Keine Ahnung«, antwortete Barry gleichgültig und stellte den Fernseher wieder lauter. »Unterwegs wahrscheinlich.«

»Was heißt ›unterwegs‹?«

»Na, unterwegs eben – nicht zu Hause, capito? Oder ist dir das zu hoch?«

Laura riss ihm die Fernbedienung aus der Hand und schaltete den Fernsehapparat aus. »Wo ist Amy?«, fragte sie Kimberley scharf.

Das Mädchen zuckte mit den Schultern. »Drüben bei Patsy?« meinte sie in fragendem Ton.

»Was soll das heißen? Ist sie nun dort oder nicht?«

»Woher soll ich das wissen? Sie ruft mich schließlich nicht jede Stunde an, um mir Bericht zu erstatten.« Als sie die Panik in Lauras Gesicht sah, hielt sie es für besser, die Schnodderigkeit zu lassen. »Klar ist sie dort.«

Barry rutschte unbehaglich auf dem Sofa hin und her, und Laura drehte sich misstrauisch nach ihm um. »Was ist?«

»Nichts.« Er warf den Kopf zurück. »Was können denn wir dafür, dass sie keinen Bock hat, bei uns zu bleiben?«

»Aber ich bezahle Kimberley dafür, dass sie auf sie aufpasst, und nicht dafür, dass sie sie zu irgendeiner Freundin abschiebt.«

Kimberley warf ihr einen gehässigen Blick zu. »Okay, bloß ist sie leider nicht der brave kleine Engel, für den du sie hältst. Die müsst ich schon anbinden, damit sie hier bleibt. Es ist höchste Zeit, dass du endlich erfährst, wie dein Goldkind dich verarscht. Seit Ferienanfang ist sie jeden Tag drüben bei Patsy und kommt meistens erst ein paar Minuten vor dir heim. Und du machst dich jeden Abend total lächerlich, so wie du um sie rumtanzt.« Spöttisch äffte sie Lauras kultiviertere Sprechweise nach. »Nun, hast du einen schönen Tag gehabt, Darling? Hast du deine Ballettübungen gemacht? Gefällt dir das Buch, das du gerade liest? Komm zu deiner Mami, kleines Schatzimausi.« Sie steckte sich einen Finger in den Hals und tat so, als würgte sie. »Es ist echt zum Kotzen.«

Ich muss ja vollkommen verrückt gewesen sein, Amy mit diesen beiden allein zu lassen … »Wenigstens hat sie eine Mutter, die sich um sie kümmert«, zischte sie. »Wo ist deine Mutter, Kimberley?«

»Das geht dich einen Dreck an.«

In ihrer Wut wollte sie verletzen. »Falsch! Ich wäre nämlich nicht hier, wenn sie euch nicht verlassen hätte, um mit einem anderen Mann noch einmal Kinder zu bekommen.« Ihre Augen blitzten. »Und ich kann sie ehrlich gesagt verstehen. Es muss ziemlich schlimm sein, als die Mutter von Miss Piggy und Jabba the Hutt bekannt zu sein.«

»Du gemeines Miststück!«

Laura lachte kurz. »Du sagst es. Aber wenigstens bin ich ein *dünnes* Miststück.«

»Lass gefälligst meine Schwester in Ruhe«, fuhr Barry sie aufgebracht an. »Sie kann nichts dafür, dass sie Übergewicht hat. Es ist eine Beleidigung, sie Miss Piggy zu nennen.«

»Eine Beleidigung!«, wiederholte sie mit übertriebener Ungläubigkeit. »Du weißt ja nicht mal, was das Wort bedeutet. Es gibt doch nur ein Wort, das ihr beide versteht, und das heißt *Essen*. Darum habt ihr beide Übergewicht«, sagte sie mit sarkastischer Betonung auf dem letzten Wort. »Und natürlich könnt ihr was dafür. Wenn ihr ein bissen Energie darauf verwenden würdet, ab und zu mal aufzuräumen, sähe das schon anders aus.« Sie wies wütend auf die schmutzigen Teller. »Aber ihr fresst den ganzen Tag lang wie die Schweine und lasst alles stehen und liegen, als hättet ihr ein Recht darauf, bedient zu werden. Wofür haltet ihr euch eigentlich?«

Sie hatte sich vorgenommen, genau dies nicht zu tun. Kritik war etwas Zersetzendes, das die Selbstachtung untergrub und das Vertrauen zerstörte. In den seltenen Momenten der Einigkeit zwischen ihr und Martin, ihrem Ex-Mann – jetzt nur noch ferne Erinnerung –, hatte dieser behauptet, Kritisieren sei wie eine Krankheit. Grausam zu sein liege im Blut, hatte er gesagt. Es sei wie ein Herpesvirus, der eine Zeit lang Ruhe gibt und dann durch irgendeinen Auslöser aktiviert wird.

»Hier ist mein Haus. Ich kann hier tun, was ich will«, schrie Barry wütend. Wild mit den Füßen strampelnd versuchte er, auf dem Boden Halt zu finden, um sich aus den Tiefen des Sofas zu hieven.

Was er vorhatte, war nicht klar, aber es war komisch, ihm zuzusehen. Und wurde noch komischer, als sie ihm mit der Hand gegen die Stirn tippte und ihn nach hinten schubste. »Schau dich doch mal an«, sagte sie spöttisch, als er hilflos in die Polster kippte. »Du bist so fett, dass du nicht mal aus eigener Kraft aufstehen kannst.«

»Du hast ihn *geschlagen*!«, schrie Kimberley triumphierend. »Ich ruf beim Kindernotruf an – dann wirst du schon deine Lektion kriegen.«

»Ach, red keinen Quatsch«, versetzte Laura wegwerfend und wandte sich ab. »Ich habe ihn nicht geschlagen, ich habe ihn geschubst, und wenn dir mal jemand richtiges Englisch beigebracht hätte, würdest du den Unterschied verstehen. ›Du wirst deine *Legion* kriegen‹ ist ungefähr genauso blödsinnig wie Barrys Behauptung, dass das hier *sein* Haus ist.«

Ein merklicher Luftzug entstand, als Kimberley aus ihrem Sessel sprang und sich auf Laura stürzte, um sie vorn an der Bluse zu packen.

In einem Reflex schlug Laura dem Mädchen mit aller Kraft ins Gesicht und riss sich von ihr los, aber erst nach einer Sekunde unverhüllt sprühenden Hasses von beiden Seiten kam sie zur Vernunft und flüchtete.

»Miststück!«, schrie das Mädchen außer sich vor Wut und rannte ihr durch den Korridor zur Küche nach. »Dafür bring ich dich um, du gemeine Kuh!«

Laura schlug die Tür zu und lehnte sich mit der Schulter dagegen, um Kimberley aufzuhalten. Das Herz schlug ihr bis zum Hals. *Bin ich verrückt geworden?* An Masse war sie dem Mädchen bei weitem nicht gewachsen, aber sie konnte immerhin versuchen, den Türknauf so fest zu halten, dass Miss Piggy, mit ihren zweifellos von Pommesfett triefenden Fingern, es nicht schaffte, ihn zu drehen. Dennoch wurde es ein erbitterter und zermürbender Kampf, der erst seinen Abschluss fand, als die unteren Felder der Türfüllung unter Kimberleys Tritten zu splittern drohten und Barry brüllte, dass ihr Vater sie fertig machen werde, wenn sie die Tür schon wieder zerlege.

Vorsichtig lockerte Laura ihre verkrampften Finger, als die Angriffe abrupt eingestellt wurden. Sie lehnte sich mit dem Rücken an die Tür und holte ein paar Mal tief Atem, um sich zu beruhigen. »Barry hat recht«, sagte sie warnend. »Dein Vater hat die Tür gerade erst wieder gerichtet, seit ihr beide sie das letzte Mal demoliert habt.«

»Halt deine blöde Klappe!«, schrie Kimberley mit einem letzten halbherzigen Faustschlag gegen die Tür. »Kannst du mir mal sagen, wieso deine Tochter dich *Nutte* nennt, wenn du so supertoll bist? Dein hysterisches Gekreische, wenn mein Vater mit dir schläft, glaubt dir doch kein Mensch. Sogar deine Tochter weiß, dass du nur mit ihm in die Kiste springst, weil du ein Dach über dem Kopf brauchst.«

Laura schloss die Augen. Sie erinnerte sich an Martins Belustigung, als Amy das erste Mal dieses Wort gebraucht hatte. Tja, Kinder und Narren sagen die Wahrheit, hatte er gespottet. »Die Mieten sind teuer«, murmelte sie. »Sex kostet mich nichts. Weshalb wär ich sonst hier?«

Kimberley hatte offenbar ihr Ohr an die papierdünne Tür gedrückt, denn sie schrie prompt, »Ha, das sag ich Dad, dass du das gesagt hast.«

»Meinetwegen.« Sie streckte ihren Arm zum Wandtelefon aus, konnte es aber von der Tür aus nicht erreichen. Warum hatte Amy ihr nicht erzählt, dass sie immer zu Patsy ging? War das ihre Zuflucht?... »Aber dein Vater wird nicht mit mir böse sein, sondern mit dir, Kimberley. Nachdem deine Mutter abgehauen war, hat er sich so verdammt einsam gefühlt, dass er sich auch ein zahnloses altes Weib ins Bett geholt hätte. Was meinst du wohl, zu wem er hält, wenn du versuchst, mich rauszudrängen?«

»Zu mir und Barry, wenn ich ihm sag, dass du ihn nur ausnutzt.«

»Mach dich nicht lächerlich«, sagte Laura müde. »Er ist ein Mann. Es ist ihm schnurz egal, warum ich mit ihm schlafe, Hauptsache, ich hör nicht auf damit.«

»Das hättst du wohl gern!«, rief Kimberley höhnisch.

»Wie viele andere Frauen waren hier, Kimberley?«

»Massenweise«, versetzte sie triumphierend. »Du bist nur deshalb bei uns geblieben, weil du ihn an die Wäsche gelassen hast.«

»Und wie viele von den Frauen sind wiedergekommen?«

»Ist mir doch scheißegal. Ich weiß nur, dass du wiedergekommen bist.«

»Einzig und allein, weil ich in einer ausweglosen Situation war. Sonst hätten mich keine zehn Pferde hierher lotsen können.« Sie lauschte einen Moment lang dem schweren Atem des Mädchens. »Glaubst du wirklich, dein Vater weiß das nicht?«

Danach blieb es eine Weile still. »Kann schon sein. Trotzdem hätt er sich nicht mit einer Schlampe einlassen brauchen«, entgegnete Kimberley aggressiv. »Ich mein, er hat Barry und mich überhaupt nicht gefragt. Man kann ja nicht mal mit ihm reden, weil du einem dauernd in die Quere kommst. Entweder laberst du von deiner Arbeit oder Amy muss sich mit ihrer blöden Tanzerei aufspielen.«

»Draußen, in der Küche vielleicht – nie im Wohnzimmer. Ihr habt mir klar zu verstehen gegeben, dass ich dort nichts zu suchen habe.«

»Genau!« Laura hörte ein Geräusch, das wie unterdrücktes Schluchzen klang. »Und Dad hast du wahrscheinlich klargemacht, dass er dort auch nichts zu suchen hat.«

»Das brauchte ich gar nicht. Das habt ihr selbst ihm deutlich genug zu spüren gegeben.«

»Wieso?«

»Das fragst du noch? Es fällt euch nicht ein, den Fernseher leise zu stellen oder euren Vater zu begrüßen, wenn er nach Hause kommt. Ihr lehnt es ab, mit uns zu essen. Ihr steht morgens immer erst auf, wenn er schon zur Arbeit gegangen ist…« Sie hielt inne. »Das Leben ist keine Einbahnstraße, falls du das noch nicht wissen solltest.«

»Was soll das jetzt wieder heißen?«

»Überleg mal, vielleicht kommst du dahinter.« Laura machte Fingerübungen, um die Muskeln zu entspannen. »Ich geb dir einen Tipp. Warum hat wohl eure Mutter keinen von euch beiden mitgenommen?«

Kimberley geriet von neuem in Wut. »Ich hasse dich!«, schrie sie. »Ich wollte, du würdest einfach abhauen und uns in Ruhe lassen. Dad wär dann zwar sauer, aber Barry und ich wären saufroh.«

Wie wahr, dachte Laura seufzend. Und wenn Amy nicht vorgegeben hätte, sie fühlte sich wohl hier, wären sie längst fort. *Mach dir deswegen keinen Kopf, Mami – ehrlich, hier ist alles ganz okay, wenn du und Greg nicht da seid…* Laura hatte ihr geglaubt, weil es das Einfachste war. Jetzt verwünschte sie ihre Dummheit. »Warum geht Amy zu Patsy?« fragte sie.

»Weil's ihr Spaß macht.«

»Das ist keine Antwort, Kimberley. Was Amy Spaß macht, ist nicht unbedingt gut für sie.«

»Es ist *ihr* Leben«, versetzte Kimberley trotzig. »Sie kann tun, was sie will.«

»Sie ist zehn Jahre alt und lutscht abends im Bett noch am Daumen. Sie soll allein über ihr Leben bestimmen, wo sie sich noch nicht mal entscheiden kann, ob sie zum Abendessen Fischstäbchen oder Würstchen haben will?«

»Okay, aber das heißt doch noch lange nicht, dass sie immer nur das tun muss, was *du* sagst… Sie hat nicht drum gebeten, geboren zu werden… Sie ist nicht dein beschissenes Eigentum.«

»Habe ich das jemals behauptet?«

»Du benimmst dich so! Du kommandierst sie rum, verbietest ihr wegzugehen –«

»*Allein* wegzugehen«, fiel Laura ihr ins Wort. »Ich habe ihr nie verboten, mit dir und Barry wegzugehen, wenn ihr zusammenbleibt.« Sie ballte zornig die Hände zu Fäusten. »Ich habe es euch doch weiß Gott oft genug erklärt – ich möchte nicht, dass ihr etwas passiert. Amy lebt noch keine zwei Monate hier. Es fällt ihr immer noch schwer, sich die Adresse und die Telefonnummer zu merken. Wie soll sie zurückfinden, wenn sie sich verläuft?«

»Auf dem Weg zu Patsy kann sie sich gar nicht verlaufen«, entgegnete Kimberley verächtlich. »Die wohnt ganze fünf Häuser weiter.«

»Sie sollte gar nicht dort sein.«

»Ach, sie ist eine Heulsuse«, schimpfte Kimberly mürrisch. »Das geht einem nach ner Weile wahnsinnig auf den Geist. Irgendwas ist mit der doch nicht in Ordnung. Dauernd hockt sie in der Toilette und jammert, dass sie Bauchweh hat.«

Mit einem Ruck riss Laura die Tür auf, und Kimberley sprang unwillkürlich zurück. »Dann will ich mein Geld zurück, Kimberley. Es fällt mir nämlich nicht im Traum ein, dich für etwas zu bezahlen, was du gar nicht geleistet hast.« Sie sah auf ihre Uhr. »Ich gebe dir genau fünf Minuten, um Amy hierher zu holen. Danach hast du noch mal fünf Minuten, um die fünfzig Pfund wieder herzubringen, die du mir für zwei Wochen Babysitting abgeknöpft hast, ohne auch nur einen Finger gerührt zu haben.«

Kimberley sah den Ausdruck in Lauras Augen und trat noch einen Schritt zurück, näher zu ihrem Bruder, der von der offenen Wohnzimmertür aus die Szene beobachtete. »Die hab ich ausgegeben.«

»Dann gehen wir jetzt zum nächsten Geldautomaten, und du hebst sie von deinem Sparkonto ab.«

»Ach ja? Und wenn ich da nicht mitmach?«

Laura antwortete mit einem Achselzucken. »Dann schnüren wir unser Ränzel und warten, bis euer Vater nach Hause kommt.«

Kimberley, die offensichtlich nicht verstand, was sie sagte, sah sie einen Moment lang mit offenem Mund an und fragte dann dümmlich: »Was heißt das, ihr schnürt euer Ränzel?«

»Wie wär's mit Kofferpacken«, versetzte Laura sarkastisch. »Du weißt schon, das, was man tut, wenn man eine längere Reise vorhat.«

»Ach so!« Kimberleys Augen leuchteten auf. »Heißt das, dass ihr abhaut?«

»Sobald ich mein Geld habe.«

Kimberley wandte sich fingerschnalzend ihrem Bruder zu. »Wo

sind die fünfzig Eier, die Dad dir fürs Essen gegeben hat?« fragte sie herrisch. »Ich weiß, dass du sie noch hast, also gib sie her.«

Barry warf einen ängstlichen Blick zu Laura. »Nein.«

Kimberley schlug wütend nach ihm. »Muss ich dir vielleicht erst deinen beschissenen Arm brechen?«

Er sprang mit geballten Fäusten in den Korridor hinaus, um sich zu verteidigen. »Ich will nicht, dass sie abhaut – jedenfalls nicht bevor Dad heimkommt. Ich kann schließlich nichts dafür, und ich hab keinen Bock, mich dafür bestrafen zu lassen. Dad ist total ausgerastet, als Mum abgehauen ist – und du hast's nur noch schlimmer gemacht, als du gesagt hast, du wärst froh, dass sie weg ist. Du bist so bescheuert, du machst es jetzt wahrscheinlich wieder genauso – und ich könnte Dad verstehen, wenn er auf dich losgehen würde –, aber auf mich geht er dann genauso los, und das ist einfach ungerecht.« Dieser sonst so wortkarge Junge redete plötzlich wie ein Wasserfall. »Ich hab dir immer gesagt, du sollst richtig auf Amy aufpassen, aber das hat dich überhaupt nicht interessiert, weil du stinkfaul bist und jeden nur rumkommandieren kannst. Hey, Amy, mach mal hier, mach mal da, leck mich gefälligst mal am Arsch ... aber wehe du verpfeifst mich bei deiner Mutter, dann mach ich dich zur Schnecke. Mensch, die Kleine hat eine Heidenangst vor dir. Okay, sie ist eine ziemliche Nervensäge, aber so wie du dich aufführst, ist es kein Wunder, dass sie dauernd geheult hat. Weißt du, was dein Problem ist? Keiner mag dich. Du solltest mal versuchen, ein bisschen netter zu sein ... dann hättst du vielleicht ein paar Freunde und würdest alles ein bisschen anders sehen.«

»Halt die Klappe, du Idiot.«

Er schlich vorsichtig durch den Korridor. »Ich schau jetzt, ob ich Amy finde«, sagte er und öffnete die Haustür. »Und hoffentlich treff ich Dad auf der Straße, damit ich ihm sagen kann, dass das alles nur deine Schuld ist.«

»Arschloch!«, schrie Kimberley ihm nach und trat mit einem Fuß heftig gegen die Wand. »Du schleimiger Feigling!« Sie wandte

Laura ihr wutverzerrtes, rotes Gesicht zu und krümmte die Schultern wie ein Boxer. Aber sie hatte Tränen in den Augen. Vielleicht wusste sie, dass sie soeben den einzigen Menschen verloren hatte, der je treu zu ihr gehalten hatte.

>Meldung an alle Polizeidienststellen

>27. 07. 01

>18 Uhr 53

>SOFORTIGE MAßNAHMEN

>Vermisste Person

>Laura Biddulph/Rogerson, wohnhaft Allenby Road 14, Portisfield, hat ihre zehnjährige Tochter vermisst gemeldet

>Name des Kindes: Amy Rogerson (hört auf den Namen: Biddulph)

>Körpergröße: ca. 1,45 m; Gewicht: ca. 27 kg

>Personenbeschreibung: schlank, langes braunes Haar, trägt ein blaues T-Shirt und schwarze Leggings

>Wurde zuletzt gesehen, als sie um 10 Uhr morgens das Haus Allenby Road Nr. 14 verließ.

>Befindet sich möglicherweise auf dem Weg zur Wohnung des Vaters in Bournemouth in der Sandbanks Road

>Name des Vaters: Martin Rogerson

>Mitteilung an alle Fahrzeuge/Streifenbeamten

>Weitere Informationen folgen...

>Meldung an alle Polizeidienststellen

>27. 07. 01

>21 Uhr

>ERGÄNZENDE INFORMATION BETREFFEND: Vermisste Person – Amy Rogerson/Biddulph

>Die Gesuchte befindet sich möglicherweise auf dem Weg nach Southampton, Hayes Avenue, The Larches

>War dort sechs Monate lang bis zum vergangenen April mit ihrer Mutter wohnhaft

>Hauseigentümer – Edward Townsend – derzeit auf Urlaubsreise

>Mitteilung an alle Fahrzeuge/Streifenbeamten

>Weitere Informationen folgen...

5

Samstag, 28. Juli 2001 – Allenby Road 14, Portisfield – 1 Uhr 15

In der Allenby Road 14 herrscht Krieg, und die Polizeipsychologin, die abgestellt worden war, Laura Biddulph seelischen Beistand zu leisten, schlug vor, die Frau in ein leer stehendes ›Gäste‹-Apartment der Polizei zu bringen, um Tätlichkeiten zu verhindern. Völlig irrational in Anbetracht der Tatsache, dass Amy, wie sich jetzt herausstellte, in den letzten zwei Wochen Tag für Tag verschwunden und erst abends wieder heimgekehrt war, hatte Laura sich an die Hoffnung geklammert, das Kind befände sich bei seinem Vater. Als sie dann erfuhr, dass bei einer Durchsuchung des Hauses von Martin Rogerson nichts darauf hingedeutet hatte und die Polizei seiner Aussage glaubte, dass er sich den ganzen Tag in seiner Kanzlei in Bournemouth aufgehalten habe, verdrängte Angst die Hoffnung, und Laura fiel wütend über Gregory Logan und seine Kinder her.

Sie überschüttete sie mit giftigen Beschimpfungen, und die Polizeibeamten, die sich ohnehin bereits wunderten, wie diese Frau in dieses Haus kam, wurden noch neugieriger. Selbst dem Unaufmerksamsten unter ihnen fiel die Diskrepanz in Alter, Herkunft, Bildung und äußerem Auftreten zwischen ihr und Gregory Logan auf. Zwar konnte man ja nie wissen, »wo die Liebe hinfällt«, wie es so schön heißt, aber Laura Biddulph zeigte ihren Abscheu vor ihm und seinen Kindern so offen, dass man beim besten Willen nicht an zärtliche Gefühle zwischen den beiden glauben konnte. Im Laufe des Abends wurde sie immer unzugänglicher und verweigerte, zusammengekrümmt vor der Küchentür auf dem Fußboden hockend, jedem außer den Polizeibeamten den Zutritt. Auf dem Schoß hielt sie ein Radio, und jedes Mal, wenn der Name ihrer Tochter fiel, hob sie mit einem Ruck den Kopf und starrte mit vor Erschöpfung geröteten Augen ins Leere. Als die Polizeipsychologin ihr vorschlug, nach oben zu gehen und sich hinzulegen, lachte sie kurz und erwiderte, das wäre nicht ratsam. Es sei denn, die Polizei wolle Kimberley Logan tot sehen.

Das penetrante Geheul des Mädchens ging allen auf die Nerven. Allem Anschein nach mit unerschöpflichen Energien ausgestattet, jammerte sie seit Stunden einer weiteren Beamtin einmal lauter, einmal leiser vor, was für ein elendes Leben sie führe und dass es nie ihre Absicht gewesen sei, jemanden zu verletzen. Sie weigerte sich, das Zimmer zu verlassen, lehnte Beruhigungsmittel ab und konnte oder wollte keine Auskunft darüber geben, was Amy in den vergangenen zwei Wochen getrieben hatte. Sie könne doch nichts dafür, erklärte sie, wenn die Kleine sie belogen habe, als sie gesagt hatte, sie gehe zu Patsy Trew.

Ihr Bruder lümmelte mit mürrischem Gesicht vor dem Fernsehapparat, verdrückte Sandwiches, die die Polizeibeamten mitgebracht hatten, und behauptete, Kimberley löge. Seiner Aussage zufolge hatte sie schon seit Mittwoch gewusst, dass Amy gar nicht bei ihrer Freundin war. Patsy sei einmal vorbeigekommen – was von Patsy selbst bestätigt wurde – und habe gesagt, sie habe Amy schon seit Tagen nicht mehr gesehen. Sie habe wissen wollen, wo sie sei, und Kimberly habe gesagt, sie solle sich »verpissen«, das gehe sie gar nichts an. »Amy mag dich nicht mehr«, hatte sie dem kleinen Mädchen erklärt und gelacht, als Patsy in Tränen ausgebrochen und davongelaufen war. »Mann, diese Amy ist vielleicht eine Trine«, hatte sie zu Barry gesagt, als sie wieder ins Wohnzimmer gekommen war. »Wetten, die hat sich irgendwo ein

Versteck gesucht und da hockt sie jetzt rum, nur damit sie so tun kann, als hätte sie Freunde. Kein Wunder, dass sie so spindeldürr ist. Die kriegt ja nur was zu essen, wenn die Nutte heimkommt.«

Ein Sergeant hatte Barry gefragt, warum er von alledem nichts zu Amys Mutter gesagt habe. Weil Kimberley ihm dann den Arm umgedreht hätte, erklärte er, oder, schlimmer noch, sie hätte ihn nicht mehr in die Küche gelassen. Ob Kimberley Amy mal den Arm umgedreht habe? Er zuckte die Achseln. Nur einmal. Von da an war Amy jeden Tag abgehauen. Und aus welchem Grund Kimberley es das eine Mal getan habe? Schuldbewusst senkte er den Kopf. »Weil Amy geheult hat, wie wir gesagt haben, ihre Mutter wär ne Nutte«, bekannte er. »Das hat Kimberley genervt.«

Der Vater der beiden, fünfzig Jahre alt, Busfahrer mit einem Bierbauch und unreinem Teint, tat sein klägliches Bestes, um für Frieden zu sorgen. Von Zeit zu Zeit rief er Laura durch die Küchentür zu, die Polizei habe frische Sandwiches mitgebracht – als ginge die Liebe tatsächlich durch den Magen. Er schien unfähig, Zuneigung zu zeigen, und die Psychologin fragte sich, wann er das letzte Mal eines seiner Kinder in den Arm genommen und gedrückt hatte. Er stellte kaum Fragen über Amy – vor allem aus Furcht vor den Antworten, vermutete sie, und nicht etwa aus Desinteresse – und regte sich lieber darüber auf, dass die Polizei ihre Zeit damit vertue, Strafzettel an Verkehrssünder zu verteilen, anstatt den Pädophilen das Handwerk zu legen. Wenn es nach ihm ginge, erklärte er, würde man die Schweine »kastrieren und mit dem Schwanz im Maul aufknüpfen« – eine mittelalterliche Bestrafung für Ketzerei –, »weil solche Perversen den Schmerz fühlen sollen, wenn sie abkratzen«. Aus Besorgnis darüber, wie solche Bemerkungen auf Laura wirken könnten, bat sie ihn, leiser zu sprechen, aber er musste wie seine Tochter poltern, um sich stark zu fühlen.

Die Durchsuchung von Amys Zimmer brachte der Polizei keine Hinweise. Außer dem blauen T-Shirt und den schwarzen Leggings, die sie angeblich auf dem Körper trug, schien nichts zu fehlen. Sie war ein ordentliches kleines Mädchen, und in ihrem Zimmer hatte jedes Ding seinen festen Platz. Dass sie von zu Hause ausgerissen war, erschien höchst unwahrscheinlich, denn all die Dinge, die sie liebte – ihr Teddy, ihr Lieblingsarmband, die Samthaarbänder – waren noch da. Selbst ihre Spardose mit einem Vermögen von fünf Pfund und ihr kleines Bücherlager, das unter der Matratze versteckt war. Warum sie ihre Bücher verstecke? fragte die Polizei. »Damit Kimberley sie nicht aus purer Bosheit zerfetzen kann«, antwortete ihre Mutter.

Gregory Logan war sehr gründlich befragt worden. Wie lange Laura schon mit ihm zusammenlebe? »Zwei Monate.« Wo er sie kennen gelernt habe? »Sie ist ein paar Mal bei mir im Bus mitgefahren.« Wer die Initiative ergriffen habe? »Ich nicht. Ich hätt doch nie gedacht, dass sie mich überhaupt anschaut.« Wer die Idee gehabt habe, dass sie bei ihm einziehen solle? »Weiß ich nicht mehr. Das hat sich eines Tages im Gespräch so ergeben.« Ob es ihn überrascht habe, als sie zugesagt hatte? »Nein, eigentlich nicht. Wir haben uns da schon ganz gut gekannt.« Wie er sein Verhältnis zu Amy beschreiben würde? »Ganz okay.« Und zu seinen eigenen Kindern? »Genauso.« Ob Amy auch ab und zu bei ihm im Bus gefahren sei? »Ein- oder zweimal. Mit ihrer Mutter.« Wen er zuerst kennen gelernt habe, Laura oder Amy? »Laura.« Ob er Amys Vater kenne? »Nein.« Ob Laura ihm erzählt habe, wie und wo sie und Amy vorher gelebt hatten? »Nur dass sie in einer ganz miesen Beziehung gelebt hat.« Ob er gewusst habe, dass Kimberley Amy tyrannisiert hatte? »Nein.« Habe er einmal versucht, Amy zu trösten? »Kann sein, dass ich sie mal in den Arm genommen hab.« Ob ihr das Recht gewesen sei? »Sie hat nichts drüber gesagt.« Ob er sie als ein hübsches Kind bezeichnen würde? »Sie tanzt ganz nett.« Ob sie häufiger mal für ihn getanzt habe? »Sie hat für jeden getanzt – Sie stellt sich gern zur Schau.« Habe er je Vorwände gefunden, um mit der Kleinen allein zu sein? »Was zum Teufel soll das heißen?«

Lauras Antworten bestätigten Gregorys Aussagen bis auf jene, die sich auf das Verhältnis zu seinen Kindern bezogen. »Er kann sie nicht ausstehen«, erklärte sie. »Vor Kimberley hat er Angst, und Barry verachtet er, weil der ein Feigling ist – aber er ist selbst feige, da ist das wahrscheinlich ganz logisch. Zu Amy ist er immer sehr lieb. Ich glaube, sie tut ihm Leid.«

Sie wurde in der Küche vernommen, von demselben Beamten, Chief Inspector Tyler von der Kripo, der sie sechs Stunden zuvor bereits über Amys Vater ausgefragt hatte. Nun, da er bereits genauere Informationen besaß, setzte er sich neben die Psychologin an den Tisch und stellte Laura gezieltere Fragen über die Beziehung, die zwischen ihr und ihrem Mann bestanden hatte. Vielleicht wusste Laura, was kommen würde, denn sie weigerte sich, vom Boden aufzustehen oder sich von der Küchentür zu entfernen, und hielt den Kopf beinahe ständig gesenkt, sodass das nach vorne fallende dunkle Haar ihr Gesicht verbarg und ihre Miene nicht zu erkennen war. Es vermittelte einen Eindruck von Gleichgültigkeit oder, schlimmer, Verschlagenheit.

»Warum sollte Amy ihm Leid tun?«

»Ich habe ihm erzählt, dass ihr Vater sie misshandelt hat.«

»Stimmt das denn?«

Sie hob kaum merklich die Schultern und ließ sie wieder herabfallen. »Das kommt darauf an, wie man Misshandlung definiert.«

»Und wie definieren Sie den Begriff, Laura?«

»Machtausübung ohne Liebe.«

»Tyrannei also?«

»Richtig.«

»Das Gleiche haben sie Kimberley vorgeworfen.«

Sie zögerte vor ihrer Antwort, als fürchtete sie eine Falle. »Ja«, bestätigte sie dann. »Sie und Martin sind aus demselben Holz geschnitzt.«

»Wie meinen Sie das?«

»Menschen, die sich als unzulänglich empfinden, müssen andere unterwerfen.«

Tyler erinnerte sich seines ersten Eindrucks von Martin Rogerson, als dieser ihm in Hemdsärmeln die Tür geöffnet und entgegenkommend die Hand angeboten hatte. Polizisten waren gewöhnt, auf Erschrecken oder Ablehnung zu stoßen, wenn sie ihre Ausweise zeigten – jeder hatte etwas zu fürchten oder Grund zum schlechten Gewissen –, aber Rogerson hatte nichts dergleichen gezeigt. Er war fünfundzwanzig Jahre älter als seine Frau – Ende Fünfzig –, Anwalt, ein Mann mit selbstsicherem, gewandten Auftreten und einem festen Händedruck. Dem Bild des sich insgeheim minderwertig fühlenden Tyrannen, das seine Frau soeben entworfen hatte, entsprach er überhaupt nicht.

»Auf welche Art hat Ihr Mann Amy tyrannisiert?«

»Das würden Sie doch nicht verstehen.«

»Versuchen Sie trotzdem, es mir zu erklären.«

Wieder zögerte sie. »Er hat sie durch sein Verhalten dazu gebracht, um seine Liebe zu betteln«, sagte sie. »So dass sie glaubte, seine Liebe wäre mehr wert als meine.«

Die Erklärung war so ungewöhnlich, dass Tyler ihr glaubte. Er musste an einen geprügelten Hund denken, den er einmal gesehen hatte. Das Tier war dem Jungen, der es mit der Peitsche malträtierte, auf dem Bauch entgegengekrochen. Und er erinnerte sich, dass der Hund ihn gebissen hatte, als er ihm hatte helfen wollen. »Und Ihre Liebe zurückgewiesen wurde?«

Sie antwortete nicht.

Ohne Triumphgefühl ließ er die Falle zuschnappen. »Wenn Sie gewusst haben, dass Kimberley Ihre Tochter tyrannisierte, warum haben sie Amy dann bei ihr gelassen?«, fragte er.

Mit der Fingerspitze zeichnete Laura Kreise auf den Fußboden. Jeden für sich. Jeden in sich geschlossen. Tyler hätte gern gewusst, wofür sie standen. Für Martin? Für Laura selbst? Amy? Abstand?

»Ich spare auf eine Anzahlung für eine Wohnung«, sagte sie mit zitternder Stimme. »Das ist unser einziger Ausweg… Amy wünscht es sich so sehr wie ich.« Sie öffnete ihre linke Faust und tupfte sich die Augen mit dem durchweichten Papiertaschentuch, das zum Vorschein kam. »Sie hat mir immer wieder versichert, Kimberley wäre ganz in Ordnung, wenn sie mit ihr allein sei. Ich wusste, dass sie log – aber ich glaubte, schlimmstenfalls säße sie eben den ganzen Tag allein in ihrem Zimmer. Ehrlich. Und das fand ich nicht so furchtbar schlimm – jedenfalls nicht nach –« Sie brach ab und verschloss das Taschentuch wieder in ihrer Faust wie ein schmutziges Wäschestück, das nicht gezeigt werden darf.

»Wonach?«

Sie antwortete nicht gleich, und er hatte das Gefühl, das sie damit beschäftigt war, sich eine Erklärung auszudenken. »Ach, einfach nach diesem Leben«, sagte sie schließlich müde. »Es war für uns beide nicht einfach.«

Tyler betrachtete einen Moment lang ihren gesenkten Kopf, ehe er einen Blick auf die Aufzeichnungen warf, die vor ihm lagen. »Ihrem Mann zufolge leben Sie und Amy seit neun Monaten nicht mehr mit ihm zusammen. Er sagte, Sie hätten ihn wegen eines Mannes namens Edward Townsend verlassen, und seines Wissens lebten Sie immer noch mit diesem Mann zusammen.«

»Er lügt«, sagte sie scharf. »Er weiß, dass Eddy und ich uns getrennt haben.«

»Weshalb sollte er lügen?«

»Er ist Anwalt.«

»Na, das ist wohl kaum eine Antwort.«

Sie fegte seine Bemerkung mit einer Handbewegung weg. »Ich sollte es ihn wissen lassen, wenn sich an unserer Situation etwas änderte – aber das habe ich nicht getan. Es ist eine reine Formsache. Weil Martin es nicht von mir persönlich gehört hat, kann er jetzt behaupten, ich hätte Amys Interessen zuwidergehandelt, indem ich ihn nicht unterrichtete.«

»Von wem sonst soll er es gehört haben?«

»Von Eddy. Er ist immer noch sein Anwalt. So viel wie er mit Eddy redet, hat er mit mir in unserer ganzen Ehe nicht geredet.«

Sie lachte bitter. »Er vertritt Eddys Firma. Er und Eddy hängen ständig miteinander am Telefon.«

Tyler ging auf diesen Punkt zunächst nicht ein. Es überraschte ihn schon lange nicht mehr, was für seltsame Blüten die menschliche Natur trieb. Er hätte an Rogersons Stelle dem anderen Mann die Lichter ausgepustet, immer vorausgesetzt natürlich, in der Beziehung glühte noch ein Funken Leidenschaft. »Warum haben Sie Ihren Mann nicht informiert, als Sie Edward Townsend verließen?«

»Ich wollte Amy schützen.«

Sehr deutlich diese Antwort, dachte er. »Gab es da denn noch andere Arten der Misshandlung? Von denen Sie mir nichts gesagt haben?«

»Nein.«

Tyler sah wieder auf seine Notizen und ließ die eintretende Stille sich vertiefen. Das war eine sehr entschiedene Verneinung gewesen, und er hätte gern gewusst, ob sie sich auf diese Frage vorbereitet hatte. Er hätte eine heftigere Reaktion erwartet, schockierte, hastige Erklärungen, warum die Vermutung gar nicht zutreffen konnte. Zweifel erwachten in ihm, zumal ihr Mann auf eine ähnliche Frage ausgesprochen erbost reagiert hatte.

»Ihrem Mann zufolge befindet sich Mr Townsend derzeit auf einer Urlaubsreise«, sagte er. »Er ist mit einer Freundin nach Mallorca geflogen.« Tyler blickte auf, aber Laura zeigte keine Reaktion.

»Townsend ist seit mehr als zehn Jahren der Mandant Ihres Mannes«, fuhr er fort. »Betreiber einer Bauträgergesellschaft. Er hat sich vor zwei Jahren scheiden lassen. Kurz danach begannen Sie ein Verhältnis mit ihm und zogen im letzten Oktober zu ihm ins Haus. Er lebt in Southampton. Ihr Mann war damit einverstanden, Ihnen das Sorgerecht für Amy zu überlassen, solange Sie mit Townsend zusammenlebten. Er knüpfte allerdings die Bedingung daran, dass Sie im Fall eines Scheiterns dieser neuen Beziehung Amy wieder in seine Obhut geben würden, bis Ihre eigene

Scheidung geregelt wäre. Er sagt, Sie hätten die Unterhaltszahlungen von ihm nicht angenommen, solange Sie mit Townsend zusammen waren. Ist das richtig?«

Sie hob protestierend die Hand. »Martin war niemals besonders –«, sie suchte nach einem Wort, »einsichtig.«

»Sie hatten ein Verhältnis mit seinem Freund. Das wird ihn kaum gefreut haben.«

»Das habe ich auch nicht erwartet«, war alles, was sie sagte.

»Und dann?«

»Dann hat es mit Eddy nicht geklappt, und wir sind hierher gekommen.«

»Gibt es einen Grund dafür, dass es nicht geklappt hat?«

Sie spielte mit dem Haar, das vor ihrem Gesicht herabhing. »Es war von Anfang an ein tot geborenes Kind. Wir wollten völlig unterschiedliche Dinge von einer Beziehung.«

»Was wollten Sie?«

»Entkommen«, antwortete sie schlicht.

»Warum haben Sie die Unterhaltszahlungen nicht angenommen?«

»Weil es dann kein Entkommen gegeben hätte.«

»Und was wollte Edward Townsend?«

»Sex.«

»Und Gregory will das auch?«

»Ja.«

»Bei Ihnen geht das alles sehr fix«, stellte Tyler in mildem Ton fest. »Gerade waren sie noch mit einem Bauunternehmer in Southampton zusammen, da sind Sie schon bei einem Busfahrer in Portisfield gelandet. Wie genau ist das gelaufen?«

»Wir haben fünf Wochen lang in einem Hotel gelebt.«

»Warum?«

»Es war anonym.«

»Wollten Sie sich vor Ihrem Mann verstecken?«

Sie zuckte die Achseln.

»Weil er Amy zu sich geholt hätte?«

«Ja.«

»Wer hat das Hotel bezahlt?«

»Ich. Mit meinen Ersparnissen.« Sie schwieg einen Moment. »Ich konnte nicht arbeiten, weil ich niemanden für Amy hatte, und nach einer Weile ging mir das Geld aus. Darum mussten wir uns etwas anderes suchen.«

Er sah sich in der Küche um. »Aber warum einen anderen Mann? Warum haben Sie sich nicht beim Wohnungsamt gemeldet und sich jemanden gesucht, der auf das Kind aufpassen konnte?«

Sie begann wieder Kreise zu malen. »Ich konnte doch nicht riskieren, dass Amy den Leuten vom Wohnungsamt von ihrem Vater erzählt. Sie hätten sie mir sofort weggenommen, wenn sie gehört hätten, dass sie die Möglichkeit hatte, woanders unterzukommen.« Ein zitterndes Lachen kam über ihre Lippen. »Außerdem ist mein Mann ein Snob. Ich wusste, dass er hier niemals nach uns suchen würde. Er wäre nie auf die Idee gekommen, dass ich so weit gehen würde, in eine Sozialwohnung zu ziehen und in einem Supermarkt zu arbeiten, nur um ihn los zu sein.«

»Wie denkt denn Amy über das alles?«

›Sogar deine Tochter weiß, dass du nur mit ihm in die Kiste springst, weil du ein Dach über dem Kopf brauchst...‹ »Ich weiß es nicht. Ich habe sie nie gefragt.«

»Warum nicht?«

»Sie haben das Haus meines Mannes gesehen.« Sie warf ihm einen schnellen, taxierenden Blick zu. »Was würden Sie wählen, wenn Sie ein zehnjähriges Mädchen wären?«

Rogerson hatte sich die gleiche Frage gestellt, nachdem er erfahren hatte, was für ein Leben Amy die letzten zwei Monate geführt hatte. »Natürlich das Haus Ihres Mannes, aber wenn das wirklich das ist, was sie will, hätten Sie ihr die Möglichkeit geben müssen, selbst zu entscheiden. Sie hat die gleichen Rechte wie Sie, Laura, und hat es wirklich nicht verdient, von ihren Eltern als Geisel benutzt zu werden.«

»Wenn sie eine Geisel wäre«, gab Laura aufbrausend zurück,

»dann säße sie jetzt sicher eingesperrt in ihrem Zimmer, und wir brauchten dieses Gespräch nicht zu führen.«

»Das meinte ich nicht, Laura.«

»Ich weiß, was Sie meinten«, murmelte sie und stellte das Radio lauter, um ihn sich vom Leib zu halten. »Aber Sie gebrauchen Martins Worte. Vielleicht sollten Sie also ihn fragen, was er damit meint.«

›...zweihundert Ortsbewohner stießen im Lauf der Nacht zu den Polizeimannschaften, um die Umgebung abzusuchen...‹

›...bei der Polizei hält man es für möglich, dass Amy sich auf dem Weg zu ihrem Vater in Bournemouth befindet...‹

›...fordert man jetzt alle Haus- und Grundstücksbesitzer im Süden auf, in Schuppen, Garagen, ausrangierten Kühlschränken, leer stehenden Häusern zu suchen... die Hoffnung nicht aufgegeben, dass Amy vielleicht eingeschlafen ist...‹

›...sagte ein Sprecher der Landesvereinigung zur Verhinderung von Grausamkeit gegen Kinder, es sei zwar stets tragisch, wenn ein Kind verschwinde, die Öffentlichkeit solle aber nicht vergessen, dass jede Woche zwei Kinder in der eigenen Familie durch Grausamkeit und Vernachlässigung umkommen...‹

›...bestätigte ein Polizeisprecher, dass innerhalb von acht Stunden nach Amys Verschwinden sämtliche amtsbekannten Pädophilen in Hampshire aufgesucht wurden...‹

›...keinerlei Hinweise...‹

Samstag, 28. Juli 2001

10 Uhr bis 19 Uhr

6

Glebe Road, Bassindale

Auf einer Bank draußen vor dem Coop in der Glebe Road teilten sich Melanie Patterson und ihre Mutter eine Zigarette. Das war Teil eines festen Samstagmorgen-Rituals, bei dem sie die letzten Neuigkeiten auszutauschen pflegten, ehe sie gemeinsam ihre Einkäufe machten. Es war genau wie früher, als sie noch zusammengelebt hatten. Da hatte sich Gaynor immer auf dem Sofa lang gelegt, Melanie hatte sich an sie gekuschelt und sie hatten bei einer Dose Bier und einer gemeinsam gerauchten Zigarette die Welt verbessert. Sie hatten sich immer gut verstanden und nie begriffen, weshalb die vom Sozialdienst sich über ihre ständig wachsende Familie so maßlos aufregten.

Gaynor sah aus wie eine etwas ältere Ausgabe ihrer Tochter, nicht ganz so groß, aber mit den gleichen üppigen blonden Haaren und blitzenden blauen Augen. Ihr fünftes Kind, ein kleiner Junge, war ein halbes Jahr nach seiner Nichte Rosie zur Welt gekommen, aber keiner von den Pattersons fand das im Geringsten bemerkenswert. Eine logische Ordnung der Generationen gab es in dieser Familie nicht. Melanies Urgroßmutter, selbst Mutter von zehn Kindern, war erst fünf Jahre nach dem Tod ihres ältesten Bruders im Ersten Weltkrieg geboren worden, dennoch hatte sie sein Foto auf ihrem Nachttisch stehen und sprach von ihm, als fühlte sie sich ihm näher als ihren noch lebenden Brüdern. Vielleicht war es ja auch so, denn die Patterson-Männer waren berüchtigt für ihr wildes Draufgängertum – »Das ist ihr irisches Blut«, hatte die Urgroßmutter immer erklärt, eine vage Verbindung zu irgendeinem fernen Vorfahren knüpfend, der im neunzehnten Jahrhundert übers Meer nach Liverpool gesegelt war. »Sie schlagen sich lieber rum, als sich in ihr Bett zu legen…« Und über die Neigung der Patterson-Frauen, sich zum Zeitvertreib immer wieder mal einen Liebhaber zu nehmen, meinte sie nur: »…Der liebe Gott hätte uns keine Gebärmutter gegeben, wenn er nicht gewollt hätte, dass wir gebären.«

Melanie und ihre Mutter teilten diese Überzeugung. Mochten wichtigtuerische Betreuerinnen vom Gesundheitsdienst von Verhütung labern, so viel sie wollten, das Kinderkriegen war für sie beide ein Grundbedürfnis. Wie für alle Frauen in ihrer Familie. Keine von ihnen hatte je geglaubt, die persönliche Erfüllung liege darin, sich eine geregelte Arbeit zu suchen und Geld zu verdienen. Aufgabe der Frau war es, Kinder zur Welt zu bringen, insbesondere, wenn jemand da war, der bereit war, für sie zu zahlen. Und als ihre größte Leistung sah Gaynor ihre älteste Tochter an, die liebte und geliebt wurde in gleichem Maß. Die Männer kamen und gingen in ihrer beider Leben, aber in ihrer Treue zueinander waren sie unerschütterlich. Sie waren sich in allem einig: In Vorlieben und Abneigungen, in Überzeugungen und Vorurteilen, in Bezug auf Freunde und Feinde.

Als Gaynor am vergangenen Samstag von Melanie gehört hatte, dass nur ein Haus von ihren Enkelkindern entfernt Pädophile einquartiert worden waren, hatte sie mit vorhersehbarer Empörung reagiert.

»Das ist doch nicht zu fassen«, hatte sie gesagt. »Wie kommen die vom Sozialdienst dazu, dir solche Psychopathen vor die Nase zu setzen und von dir zu erwarten, dass du Tag und Nacht deine Kinder bewachst? Das heißt doch nichts anderes, als dass diese Kinderschänder wichtiger sind, als du, Rosie und Ben zusammengenommen… und das ist nicht in Ordnung, Schatz. Typen dieser Sorte gehören lebenslänglich hinter Gitter, sag ich.«

Sie zog an der Zigarette und reichte sie ihrer Tochter weiter. »Nein, das ist mir zu gefährlich für dich und die Kinder«, erklärte sie mit plötzlicher Entschlossenheit. »Ihr kommt nach Hause. Du kannst mit den Kleinen in Colins Zimmer ziehen, und Colin muss eben solange bei Bry und Klein-Harry unterkriechen.«

Aber Melanie hatte den Kopf geschüttelt. »Jimmy kommt in zwei Tagen raus. Der macht das schon. Außerdem bin ich der Meinung, dass diese Perversen umziehen sollten und nicht wir – das hab ich der Kuh vom Wohnungsamt klipp und klar gesagt... Die vom Sozialamt haben vielleicht Nerven, hab ich gesagt, uns Vorträge über –«, sie hob beide Hände und setzte Anführungszeichen in die Luft, »›verantwortungsbewusste Elternschaft‹ halten und dann einen Haufen gottverdammte Scheißpädophile zu uns in die Straße verfrachten. Weißt du, was sie gesagt hat? Ich soll mich gefälligst etwas zivilisierter ausdrücken, sonst legt sie auf.«

»Das gibt's doch nicht!«

»O doch, das gibt's. Ich hab gesagt, wenn sie's schlimmer findet, Schimpfwörter zu gebrauchen als kleine Kinder umzubringen, sollte sie schleunigst mal ihren Kopf untersuchen lassen. Ihnen würd's doch garantiert nicht gefallen, hab ich gesagt, wenn man bei *Ihnen* nebenan solche Perversen einquartieren würde. Na ja, daraufhin krieg ich den üblichen Schmus zu hören – sie wüsste überhaupt nicht, von was ich rede –, sie wäre dafür nicht zuständig, und ich soll mich an meine Sozialarbeiterin wenden. Ich war echt stocksauer und hab gesagt, wenn *sie* nicht dafür sorgt, dass die Typen verschwinden, tun wir aus der Straße das eigenhändig. Ich mein, denen können unsere Kinder nicht viel wert sein, wenn sie's ganz in Ordnung finden, dass solche alten Drecksäcke sich jederzeit über sie hermachen können, wenn sie's gerade juckt... da hat sie dann tatsächlich aufgelegt...«

Sieben Tage später hatte, von Rundfunk- und Fernsehmeldungen über das Verschwinden eines Kindes in Portisfield angeheizt, der öffentliche Unwille gegen die Pädophilen dramatische Ausmaße erreicht. Dank eines Briefträgers, der einer Nachbarin einen nachgesandten Brief zeigte, war bekannt geworden, dass die Männer früher in der Callum Road in Portisfield gewohnt hatten, und daraufhin rief dieselbe Nachbarin am Freitagabend Mary Fallon, die ehemalige Mieterin des Hauses Nr. 23 an, um zu hören, was diese wusste.

Mary wusste eine Menge. In ganz Portisfield wimmelte es von Polizisten, die von Haus zu Haus gingen, das Foto des Kindes herumzeigten und wissen wollten, ob jemand die Kleine gesehen habe oder wisse, wo sie sich in den letzten zwei Wochen vornehmlich aufgehalten hatte. Sie sprachen von einem »Freund«, von dem ihre Eltern nichts wussten, aber jeder Schwachsinnige konnte sich natürlich denken, dass »Freund« nur eine scheinheilige Umschreibung für einen fiesen Pädophilen war. Vor ungefähr einem Monat waren zwei von dieser Sorte aus Portisfield evakuiert worden, nachdem einer von ihnen auf Grund eines Fotos erkannt worden war, und Mary war nicht die Einzige gewesen, die der Polizei geraten hatte, nach diesen beiden zu suchen. Die Kleine hatte ja weiß der Himmel wie lang praktisch Wand an Wand mit ihnen gewohnt, und so wie diese Kinderschänder waren – immer auf der Lauer nach einsamen Kindern, an die man sich leicht heranmachen konnte –, hatten sie sich die Kleine bestimmt gegriffen. Was für ein Blödsinn anzunehmen, sie wäre irgendwo in ihrem eigenen Viertel untergetaucht, wenn alles dafür sprach, dass sie jeden Tag abgeholt und irgendwo anders hingefahren worden war.

Ganze fünf Sekunden lang verschlug es Mary die Sprache, als ihre Freundin ihr berichtete, dass die Pädophilen aus Portisfield jetzt in ihrem ehemaligen Haus wohnten. In *ihrem* Haus! Kinderschänder in *ihrem* Haus! Welcher Idiot hatte die Schnapsidee gehabt, sie ausgerechnet nach Bassindale zu verfrachten? Wo es mehr Kinder als Erwachsene gab! Das war ungefähr so, als setzte man einen Junkie in eine Apotheke. Wie man den Kerlen auf die Schliche gekommen sei? Ob sie versucht hätten, sich an ein Kind ranzumachen. Ob sie ein Auto hätten. Ob sie jeden Tag aus dem Haus gingen. Ob jemandem dort in der Gegend ein mageres kleines Mädchen mit dunklen Haaren aufgefallen sei.

Auf die meisten ihrer Fragen bekam sie negative Antworten, aber das hieß noch lange nicht, dass für Zweifel kein Raum war. Bei so viel Heimlichtuerei um die Ankunft der Männer war wohl klar, dass diese kommen und gehen konnten, wie ihnen beliebte. Der Jüngere machte hin und wieder die Einkäufe. Dann huschte er durch die Straße wie eine Maus und sah keinem in die Augen, aber wer hätte sagen können, wohin er wirklich ging, wenn er am Ende der Bassindale Row um die Ecke bog, und ob er nicht irgendwo außerhalb der Siedlung heimlich einen Wagen stehen hatte? Der Ältere, kalkweißes Gesicht und schwarze Haare, war von Zeit zu Zeit am Fenster gesichtet worden, wo er im Schatten stehend finster zu den Vorübergehenden hinausblickte, aber wer wusste, was er abends trieb, wenn anständige Leute in ihren Betten lagen und schliefen? Und was das kleine Mädchen anging – na, am hellichten Tag hätten sie die Kleine bestimmt nicht ins Haus geschleppt.

Anfang der Woche war ein Plan gefasst worden: Man würde an diesem Samstagnachmittag auf der Humbert Street protestieren und die Polizei zwingen, die Perversen aus der Siedlung zu entfernen. Dabei wurde die allgemeine Empörung noch durch die Tatsache gesteigert, dass die Bewohner von Portisfield solche drastischen und energischen Maßnahmen nicht nötig gehabt hatten. Das warf ein bezeichnendes Licht darauf, wie die beiden Siedlungen gesehen wurden – die eine als modern und aufwärts strebend, die andere als ein heruntergekommenes Getto für die Unterschicht. Die Aufsteiger beschwerten sich. Die Abgestürzten demonstrierten.

Selbstverständlich fiel es keinem in Bassindale ein, die Polizei von der geplanten Aktion zu unterrichten. Es ging schließlich darum, den Bullen Dampf unterm Hintern zu machen, damit sie diese Kinderschänder abschoben, da durfte man ihnen keine Chance geben, die Demonstration verbieten zu lassen und jeden festzunehmen, der trotzdem auf die Straße ging. Ohnehin hatten so viele der Jugendlichen in der Acid Row schon vor dem Jugendrichter gestanden, dass die Bullen sie ruckzuck in Gewahrsam nehmen würden, wenn sie von dem Unternehmen Wind bekamen, und damit wäre man dann schon die Hälfte der Truppen los. Es war aber wichtig, in möglichst großer Zahl zu erscheinen. Je mehr Leute, desto mehr Druck – und desto größer die Chance, etwas zu bewirken.

Mit einiger Berechtigung und nicht ohne Stolz sahen sich Gaynor und Melanie als die Initiatorinnen der Aktion. Ihnen war es zu verdanken, dass die Leute in der Siedlung überhaupt von der Anwesenheit der Verbrecher erfahren hatten. Mit ihrem Feuer hatten sie die Nachbarn zu entsprechendem Engagement entflammt. Durch ihre Entschlossenheit waren Ideen in die Tat umgesetzt worden. Hinzu kam, dass ihre Motive völlig uneigennützig waren. Sie waren überzeugt, dass die Gemeindeverwaltung durch die Aufnahme von amtsbekannten Kinderschändern in der Siedlung, die dort lebenden Kinder gefährdete. Es war ein klarer Fall. Man musste die Behörden zwingen, die Perversen anderswo unterzubringen, und so für die Sicherheit der Kinder sorgen.

Aber es fehlte ihnen an Phantasie. Sie kamen gar nicht auf den Gedanken, dass ihnen die Führung heimlich entrissen werden oder ein Protestmarsch zum Krieg führen könnte. Doch nicht im hellen Sonnenschein an einem der heißesten Tage des Jahres!

Die Polizei hätte ihnen allerdings sagen können, dass es gerade dann schnell zu Straßenschlachten kommt, wenn große Hitze die Menschen zur Weißglut treibt.

An diesem Samstag, auf einer Bank draußen vor dem Coop, unterrichtete Melanie ihre Mutter darüber, wo und wann die Demonstranten sich am Nachmittag treffen würden. »Es sind hauptsächlich Frauen und junge Leute«, sagte sie, »aber ich schätze, es werden so um die Hundert sein, da werden die Bullen schon aufmerken. Jimmy kommt auch, und wenn wir beide früh genug da sind, um ein bisschen für Ordnung zu sorgen, müsste eigentlich alles prima klappen.«

Sie bemerkte, dass ihre Mutter nur mit halbem Ohr zuhörte und sagte streng: »Das ist wichtig, Mum. Wenn wir beide nicht rechtzeitig vor der Schule sind, um die Leute auf Trab zu bringen, wird die ganze Geschichte im Sand verlaufen. Du weißt doch, wie die hier sind. Die verlieren das Interesse und verziehen sich ins Pub, wenn keiner ihnen sagt, was Sache ist.«

»Ja, ja, du kannst dich auf mich verlassen, ich komme, Darling.« Gaynor seufzte. »Ich mach mir nur um unseren Colin Sorgen. Der treibt sich zurzeit wieder dauernd mit diesem Wesley Barber rum, obwohl er weiß, dass ich den nicht ausstehen kann.«

»Ja, Jimmy mag ihn auch nicht. Er sagt, Wesley ist ein Irrer und bringt die Schwarzen in Verruf, weil er Tag und Nacht total zugedröhnt ist. Er ist voll auf Methadon. Da musst du echt energisch werden, Mum. Jimmy behauptet, dass er auch auf Acid ist, und wenn Col erst mal damit anfängt, ist er richtig im Arsch.«

»O Gott!« Beunruhigt fuhr Gaynor sich mit der Hand durch die Haare. »Was soll ich denn tun, Schatz? Gestern Nacht war er bis drei Uhr morgens mit diesem fürchterlichen Kevin Charteris unterwegs. Die haben was vor, das spür ich genau, aber ich weiß nicht, was.«

»Die haben das getan, was sie am Freitagabend immer tun«, meinte Melanie. »Die waren in der Kneipe und haben sich voll laufen lassen. Kev ist lang nicht so schlimm wie Wesley.«

Gaynor schüttelte den Kopf. »Col war stocknüchtern. Ich hab auf ihn gewartet und war stinksauer, als er endlich kam – er weiß genau, dass er in den Knast wandert, wenn er wieder beim Stehlen erwischt wird –, aber meinst du vielleicht, er hätte mir gesagt, wo er war? Nichts da, angeschrien hat er mich und sich drüber aufgeregt, dass ich dauernd was zu Keifen hätte.«

Melanie dachte an ihren vierzehnjährigen Bruder. »Vielleicht war er mit einem Mädchen im Bett«, sagte sie kichernd. »Über so was würde kein Junge mit seiner Mutter reden.«

Aber Gaynor lachte nicht. »Ich glaube, er kutschiert in geklauten Autos durch die Gegend«, sagte sie beklommen. »Er hat nach Benzin gerochen. Er muss in einem Auto gesessen haben. Ich hab ihn richtig in die Mangel genommen und ihm gesagt, dass er sich eines Tages noch totfahren wird. Aber er hat nur gesagt, ich soll meine Nase in meinen eigenen Kram stecken und ist in seinem Zimmer verschwunden.«

»Vielleicht sollte ich mal mit ihm reden.«

»Ach ja, würdest du das tun, Schatz? Auf dich hört er doch wenigstens. Sag einfach, ich möchte nicht, dass ihm was passiert – da wär's mir noch lieber, sie stecken ihn ins Gefängnis. Wenigstens hat er dann noch eine Chance, erwachsen zu werden und was aus sich zu machen.«

»Ich red gleich morgen mit ihm«, versprach Melanie. »Sobald wir die Perversen los sind.«

Pinder Street, Bassindale

Constable Hanson konnte gar nicht umhin, das Graffito zu bemerken, als sie in die Pinder Street einbog. In Neonfarben, Gelb- und Pinktönen, waren die Worte – *Tod den Bullen* – auf eine kahle Mauer am Ende der Häuserreihe geschrieben, und darunter prangte ein Hakenkreuz, das aussah, als bestünde es aus vier miteinander verschränkten Ochsenfüßen. Am Tag zuvor war dieses Machwerk noch nicht da gewesen, und sie zwang sich, es mit sachlicher Distanz zu betrachten. Ganz sicher war es nicht speziell auf sie gemünzt.

Vor dem Haus Nummer 121 hielt sie an und stieg aus dem Fahrzeug. Sie sollte noch einmal versuchen, den fünfzehnjährigen Wesley Barber zu erwischen, um ihn wegen eines Handtaschendiebstahls in der Innenstadt zu befragen. Die Chance, dass etwas dabei herauskommen würde, war gering. Zwar entsprach die Vorgehensweise genau dem, was sie von ihm kannten – das Opfer war eine alte Frau gewesen, die mit dem Portemonnaie in der Hand, in dem sie gerade ihre monatliche Rentenzahlung verstaut hatte, aus dem Postamt gekommen war –, aber die Beschreibung der Zeugin, »so ein riesiger junger Schwarzer mit wildem Blick« würde keinen Richter überzeugen, dass Wesley mit dem Engelsgesicht der Bösewicht war.

Der Junge war ein minderbegabter Schulversager – ein drogenabhängiger Psychopath seinem Klassenlehrer zufolge, der ihm das Schuleschwänzen straflos durchgehen ließ, weil er froh war, wenn der Junge sich nicht in der Schule zeigte –, aber er hatte ein Gesicht wie ein Heiliger. Er trieb jeden, der näher mit ihm zu tun hatte, zur Verzweiflung, allen voran seine Mutter, die täglich in der Kirche auf den Knien lag und um ein Wunder betete. Im Übrigen war er nie zu Hause, wenn die Polizei kam, die Aussichten, dass es tatsächlich zu der Vernehmung kommen würde, waren also ausgesprochen gering.

Lautes Grölen vom anderen Ende der Straße veranlasste Constable Hanson aufzublicken. Eine Bande Jugendlicher kam johlend um die Ecke gezogen. Hanson senkte hastig den Blick, um ja keinen Anlass zu einer Konfrontation zu geben, aber die Jungen machten sich eilig aus dem Staub, als sie das Polizeifahrzeug bemerkten. Nur einer von ihnen brüllte so laut, dass sie es hören musste: »Hey, die Tusse ist allein, ihr Ärsche. Die schaffen wir leicht.«

Sie legte eine Hand an die Autotür, um sich abzustützen, und sah der Bande demonstrativ nach, als überlegte sie, ob sie sich die Burschen greifen sollte. In der Acid Row hatte sie immer Angst. Das war von Anfang an so gewesen. Sie verglich es mit einer Hundephobie. Man konnte sich an sämtliche Verhaltensregeln halten, aber wenn Angst das Einzige war, was man spürte, dann witterten die Bestien das. Sie hatte einmal versucht, das ihrem Chef zu erklären, und hatte sich dafür einen Rüffel eingehandelt.

»Sie werden in der Acid Row häufiger zu tun haben als sonst wo«, hatte er gesagt. »Das liegt nun mal in der Natur Ihres Jobs.

Wenn Sie das nicht packen, dann lassen Sie's lieber gleich. Auf jeden Fall würde ich Ihnen raten, die Leute dort nicht noch einmal als Bestien zu bezeichnen, sonst bekommen Sie es nämlich mit mir zu tun.«

Dabei hatte sie es so gar nicht gemeint. Sie hatte die Angst vor Hunden als Analogie benutzt, aber ihr Chef hatte das nicht verstanden oder verstehen wollen. Sie brauchte Hilfe, und alle Hilfe, die er ihr bot, bestand darin, sie jeden Tag von neuem mit ihrer Angst zu konfrontieren. In den vergangenen drei Monaten hatte sie so oft allein in der Acid Row Dienst tun müssen, dass ihre Angst sich zur Paranoia gesteigert hatte. Immer wenn sie hierher kam, bildete sie sich ein, verfolgt und beobachtet zu werden. Sie glaubte fest, die Jugendlichen rotteten sich zu Rudeln zusammen und lauerten ihr auf, um sie in einem unbewachten Moment zu überfallen. Und sie war in ihrer Paranoia überzeugt davon, dass es sich um eine Verschwörung gegen sie handelte, hinter der ihr Chef steckte. Er schickte sie immer allein los…

»Diese Polizistin ist schon wieder da«, sagte Wesleys Mutter, die hinter den Stores aus dem Fenster spähte. »Willst du nicht endlich mal mit ihr reden?«

Sie wusste, dass er etwas verbrochen hatte. Sie witterte es jedes Mal. Und im Innern wusste sie, dass es für ihren Sohn trotz all ihrer Gebete keine Rettung gab. Der Pastor hatte behauptet, der Junge nähme Drogen, aber das glaubte sie nicht. Der Teufel hatte Wesley in den Klauen, genau wie seinen Vater.

»Bestimmt nicht. Die will mir nen Überfall anhängen.«

Mrs Barber sah ihren Sohn scharf an. »Hast du's getan?«

»'türlich nicht«, entgegnete er beleidigt.

»Du lügst doch wie gedruckt«, sagte sie und gab ihm mit fleischiger Hand eine Ohrfeige. »Hab ich dich nicht oft genug gewarnt? Wenn du noch ein einziges Mal so einer armen alten Frau ihre paar Kröten wegnimmst, dreh ich dich eigenhändig durch die Mangel.«

»Jetzt hör endlich auf«, schrie er sie an. »Ich war's nicht, Mum. Wieso glaubst du mir nie?«

»Weil du wie dein Vater bist«, versetzte sie mit Abscheu und wandte sich wieder dem Fenster zu, um die Polizistin zu beobachten. »Die scheint Angst zu haben«, stellte sie fest, als sie sah, wie krampfhaft Constable Hanson den Türgriff ihres Wagens umklammert hielt. »Habt ihr vielleicht was in petto, du und deine Kumpel? Was hatte das Gegröle da unten zu bedeuten?«

»Keine Ahnung«, log er und schlich auf Zehenspitzen zum Korridor. Was würde sie sagen, wenn sie wüsste, dass er Benzin in Flaschen abgefüllt hatte? »Du kannst der Bullette ausrichten, dass du nicht weißt, wo ich bin.« Er rannte zur Hintertür. »Bis später, Mum.«

Mrs Barber hörte kaum hin, ihr Interesse war auf das aschfahle Gesicht der jungen Polizistin konzentriert. Bedrückt fragte sie sich, was Wesley diesmal angestellt hatte, dass diese Frau solche Angst vor einem Gespräch mit ihm hatte.

>Meldung an alle Polizeidienststellen

>28. 07. 01
>12 Uhr 32
>Bassindale
>Anzeige von Milosz Zelowski, Humbert Street 23: Seit der Vernehmung am heutigen Morgen wegen des verschwundenen Kindes randalieren Jugendliche auf der Straße
>Streifenwagen 031 geht der Sache nach.

>28. 07. 01
>12 Uhr 35
>Bassindale
>Mrs J. MacDonald, Glebe Street Nr. 84, teilt mit, dass sie gestern Abend um 22 Uhr Amy Biddulph in der Bassindale Row gesehen hat.
>Beschwert sich darüber, dass sie fünfundzwanzigmal erfolglos anzurufen versucht hat.
>Alle Polizeileitungen seien ständig besetzt gewesen.

>28. 07. 01
>12 Uhr 46
>Bassindale
>Streifenwagen 031 auf dem Weg zu Mrs J. MacDonald betreffend etwaige Beobachtung von Amy Biddulph

7

Humbert Street 21, Bassindale

Jimmy James versuchte Melanie um die Taille zu fassen, als sie den Teller mit dem Essen auf den Tisch stellte, aber sie war zu flink für ihn und entwand sich seinem Arm mit einer anmutigen Pirouette. Rosie, die am anderen Ende des Tischs saß, kicherte. »Siehst du, Schatz, ich hab Recht gehabt«, sagte ihre Mutter. »Hab ich dir nicht gesagt, dass er garantiert nur eines im Kopf hat, wenn sie ihn rauslassen?«

»Du solltest so was nicht zu ihr sagen«, tadelte Jimmy. »Sie ist noch viel zu klein dafür.«

»Ach was, die Wahrheit über die Männer kann sie nicht früh genug erfahren«, entgegnete Melanie mit Entschiedenheit und tippte mit einem Löffel auf seinen Tellerrand. »Iss du jetzt mal lieber deinen Teller leer, damit du endlich losziehen kannst. Du kannst mir nicht weismachen, dass du zu betrunken bist, um zu kapieren, was da draußen abgeht.«

Er war ein gut aussehender schwarzer Hüne mit kahl rasiertem Kopf und hatte gerade eine Gefängnisstrafe von vier Monaten wegen einer Reihe kleinerer Straftaten hinter sich gebracht. Keinesfalls wollte er gleich wieder in den Knast. Zu Melanie hatte er gesagt, es wäre wegen des Kindes, das sie von ihm erwartete, doch in Wahrheit (die er allein sich selbst eingestand) fiel es ihm mit jedem Mal schwerer, diese Strafen abzusitzen.

»Aber ich kapier's leider trotzdem nicht, Mel«, entgegnete er gereizt und schnippte den Löffel mit dem Finger weg. »Heut Morgen war da draußen total dicke Luft, und ich hab nicht vor, mich irgendwo hier in der Nähe aufzuhalten, wenn die Bullen anrücken.«

»Die nehmen dich doch nicht fest, bloß weil du in einem Protestmarsch mitgehst«, sagte sie. »Wir leben in einem freien Land. Demos sind erlaubt.«

»Kommt immer auf die Art der Demo an. Du und Gaynor, ihr täuscht euch gewaltig, wenn ihr glaubt, ihr hättet diese Drogies im Griff. Wenn ihr Pech habt, machen die aus eurer friedlichen Demo einen handfesten Krawall, und das ist dann echt nicht lustig, Mel.«

»Und was ist mit dem kleinen Mädchen? Sie ist gestern Abend in der Row gesehen worden, und alle hier sind sich sicher, dass diese abartigen Schweine sie haben.«

»So ein Quatsch«, sagte er wegwerfend. »Kannst du mir bitte mal sagen, was zwei schwule Typen, die's auf kleine Jungs abgesehen haben, mit einem kleinen Mädchen sollen?«

»Pervers ist pervers«, erklärte sie kategorisch.

»Blödsinn. Dann hätte ich im Knast mit Kerlen schlafen müssen, weil keine Frauen da waren. Jeder hat seine festen Vorlieben, und an denen ändert sich nichts. Bei Pädophilen ist das genauso.«

»Woher willst du das wissen?«

»Ganz einfach, ich gebrauch mein Hirn.« Er tippte sich an die Stirn. »Die buchten dich und Gaynor wegen Anstiftung ein, wenn ihr solche Scheißhausparolen verbreitet und dann was passiert, wo am Ende vielleicht Menschen verletzt werden.«

»Könnte es sein, dass du gar nicht so schlau bist, wie du meinst?«

Er zuckte mit den Schultern und kippte seinen Stuhl nach hinten, um sie anzusehen. »Na schön. Wer hat die Kleine denn gesehen? Erzähl mir jetzt bloß nicht, es war dieser total gestörte Wesley Barber, der ständig zugedröhnt ist bis unter die Mütze und sich einbildet, er wär von Aliens auf ein Raumschiff entführt worden, weil sie unbedingt seine Spermabestände anzapfen wollten, um die neue Superrasse zu züchten.« Er lachte über ihr Gesicht. »Versuch du erst mal, ein bisschen vernünftig zu sein, Baby, und lass mich in Frieden essen. Ich hab überhaupt keinen Bock drauf, mich wegen 'ner kleinen Weißen aus besseren Kreisen, die wahrscheinlich sowieso schon tot ist, mit den Bullen anzulegen.«

Sie schlug ihm mit der Faust auf den Arm. »Aber du musst mitkommen, Jimmy. Wir treffen uns vor der Glebe-Schule. Wenn du nicht mitkommst, fangen die Leute doch sofort an sich die Mäuler zu zerreißen.«

»Du meinst, die *Frauen* fangen an, sich die Mäuler zu zerreißen«, versetzte er sarkastisch. »Gibt's sonst was Neues? Die tun doch hier den ganzen Tag sowieso nichts andres, als rumzuhocken und ihre Männer durch den Kakao zu ziehen.«

»Mein Gott, bist du eine Niete!«, sagte sie, um ihn zu ärgern. »Du tust immer so, als ob du Mike Tyson persönlich wärst, aber kaum gibt's Probleme, kneifst du den Schwanz ein und verdrückst dich.«

»Tja, hm, ich kann mir im Moment keine Probleme leisten.« Er ließ seinen Stuhl wieder nach vorn fallen und stieß mürrisch die Gabel in sein Essen. »Ich hab da 'n paar Deals am Laufen, und die will ich reibungslos durchziehen. Ich hab echt keine Lust, mich von den Bullen einlochen zu lassen, weil ich zwei schwule Pädophile von Haus und Hof gejagt hab.«

»Herrgott noch mal! Man könnte ja meinen, du hast ne Schwäche für diese Typen.« Sie war um ihren Ruf besorgt. Was würden die anderen sagen, wenn ihr Jimmy sich nicht blicken ließ, nachdem sie überall erzählt hatte, was für ein harter Bursche er war? »Die werden glauben, dass du mit denen im Knast ein bisschen zu enge Bekanntschaft geschlossen hast und sie dir jetzt Leid tun.«

Jimmy kaute schweigend. Wenn sie ahnte, wie nahe sie der Wahrheit war! Er hatte sich von seinem ersten Zellengenossen gründlichen einwickeln lassen und wurde nicht gern daran erinnert. Der Bursche war Musiklehrer gewesen. Er hatte nur noch ein paar Wochen im Knast gehabt und Jimmy in den drei Wochen, die sie gemeinsam in einer Zelle verbracht hatten, die Notenschrift beigebracht. Er war ein echt genialer Typ gewesen, einer, der sich beim Jazz prima auskannte und mit seiner Stimme fast alle Instrumente nachahmen konnte. Am Ende der dritten Woche produzierte er den Sound zu Jimmys Rap, und Jimmy begann ernsthaft eine Karriere im Musikgeschäft zu planen. Sie waren sogar dabei ein Demoband aufzunehmen. Alles sah gut aus, bis bekannt wurde, dass man den Typen, der ihm ein richtiger Kumpel geworden war, verknackt hatte, weil er es ein paar Jungs an seiner Schule mit der Hand gemacht hatte. Zwei Tage später hatten sie ihm in der Dusche alle Finger gebrochen.

Jimmy brauchte eine Weile, um darüber hinwegzukommen. Der Wahnsinnstyp hatte versucht, sich im offenen Vollzug durchzumogeln, nachdem er von einer geschlossenen Strafanstalt auf der Isle of Wight hierher verlegt worden war. Er behauptete, er säße wegen Scheckbetrugs, was in seinem Fall, er war ein gebildeter Mann, ganz plausibel klang, aber irgendjemand hatte gequatscht – wahrscheinlich einer von den Beamten –, und er landete im Sicherheitstrakt für gefährdete Insassen. Jimmy sah ihn nie wieder, aber er dachte manchmal an ihn. Von den vielen Typen, die er im Knast kennen gelernt hatte, war er der Einzige, den er wirklich gemocht hatte, und er fand es ziemlich traurig, dass der arme Kerl sich seinen Kick damit verschafft hatte, es anderen Kerlen mit der Hand zu machen, wo doch die meisten es sich lieber machen *ließen*.

»Sollen sie doch glauben, was sie wollen«, sagte er zu Melanie und stand auf, obwohl er sein Essen kaum angerührt hatte. »Ich hab was Besseres zu tun, als mich bei irgendwelchen kaputten Typen vors Haus zu stellen und rumzubrüllen.«

Glebe-Schule, Glebe Road, Bassindale

Auf dem Platz vor der Schule lungerten bereits Rudel angetrunkener Jugendlicher herum, die ein Bier nach dem anderen kippten, um sich auf die Konfrontation mit den »Perversen« einzustimmen. Wesley Barber, der sich unter ihnen befand, führte das große Wort: Er werde diese »Kinderficker« grillen … die Schule mit Brandbomben anzünden … den Coop plündern … den Bullen die Hölle heiß machen. Er zitterte vor Erregung wie ein Hund, der eine läufige Hündin wittert, und die anderen Jungen überschütteten ihn mit Hohngelächter, während er wie Wesley Snipes in *Demolition Man* und *Blade* Karateschläge in die Luft setzte.

»Mann, du bist echt total gestört, Wesley!«

»Hey, du Spinner, was soll das werden, hm?«

Colin Patterson und Kevin Charteris zerrten ihn weg. »Verdammt, jetzt mach mal halblang«, sagte Colin wütend. »Meine Mutter rastet aus, wenn sie dich so reden hört. Die holt sofort die Bullen, kapiert? Das soll ne Demo werden, du Spasti.« Er fühlte sich stark, weil er betrunken war, und es juckte ihn überhaupt nicht, dass dieser Blödmann hackedicht war mit dem ganzen Dreck, den man bei den Dealern kaufen konnte. Wesley war auch an guten Tagen so meschugge wie ein tollwütiger Hund, und normalerweise ging Colin ihm tunlichst aus dem Weg. Aber heute sah die Sache anders aus. Heute brauchten sie, wie Kev behauptete, so einen durchgeknallten Typen, damit er Melanie die Arbeit abnahm.

Wesley versuchte, die beiden Jungen umzustoßen und sich von ihnen loszureißen. »Ihr habt gesagt, dass wir gegen die Vampirperversen Krieg machen«, brüllte er wie ein Kind, das einen Wutanfall hat. »Ihr habt gesagt, dass wir's den Kinderfickern zeigen. Oder war das vielleicht gelogen?«

»Mann, der ist ja überhaupt nicht mehr da«, sagte Colin. »Schau dir doch mal seine Augen an. Wie bei einem beschissenen Zombie.«

Kevin, der einzige von seinen Freunden, der einen gewissen Einfluss auf Wesley hatte, schlang dem Jungen einen Arm um den Hals und drehte ihm das Handgelenk auf den Rücken. »Hältst du jetzt endlich deine blöde Klappe, du Idiot?«, zischte er ihm ins Ohr. »Wenn nicht, kannst du nämlich die ganze Aktion vergessen. Und wir genauso. Col hat recht. Wenn seine Mutter merkt, dass was im Busch ist, wird nichts aus der Demo und aus dem Krieg erst recht nicht. Hast du das jetzt geschnallt? Dann ist der Spaß vorbei... und dich machen sie fertig, weil du alles vermasselt hast.«

Der Irrsinn in Wesleys Augen erlosch so plötzlich wie er aufgeflammt war. Ein friedfertiges Lächeln breitete sich langsam in seinem Gesicht aus. »Ich bin okay«, versicherte er. »Sag nicht noch mal Idiot zu mir, Kev. Ich hab's schon geschnallt. Es ist nur eine Demo.« Sein Gesicht nahm den engelhaften Ausdruck an, von dem sich schon einige Richter hatten täuschen lassen. »Die Vampire sollen bloß wissen, dass wir sie durchschaut haben, richtig?«

»Genau.« Kevin ließ Wesley los, packte seine Hand und zog sie wie zum Gruß in die Höhe. »Los, Col, klatsch ihn ab«, befahl er dem Jüngeren. »Wir sind doch Kumpel, oder?«

»Wird schon so sein«, sagte Colin und empfing einen brennenden Schlag auf die offene Hand. Aber er war nicht so betrunken, dass er nicht das Schnappmesser bemerkte, das Wesley in seiner anderen Hand zwirbelte.

Wohnung 506, Glebe Tower, Bassindale

»Ich muss jetzt gehen«, sagte Constable Hanson zu dem konfusen alten Mann, der in einer verwahrlosten Wohnung im fünften Stockwerk eines der Hochhäuser der Siedlung hauste. »Es tut mir Leid, dass ich nicht helfen konnte.« Schwermut lastete auf ihr wie der Stein des Sisyphos. Wieder ein vergeblicher Besuch, Zeitverschwendung und verlorene Liebesmüh wie all die anderen, die sie an diesem Tag gemacht hatte. Nichts, was sie tat, war von Wert. Sie war eine Nummer … eine kleine Beamtin ohne Einfluss.

Die Luft in der kleinen Wohnung war so abgestanden, als würden Türen und Fenster niemals geöffnet. Hier hockte Mr Derry hinter zugezogenen Vorhängen, die keinen Sonnenstrahl einließen, in ewigem Halbdunkel und fixierte die zuckenden Bilder, die lautlos auf dem Schirm des Fernsehgeräts in der Ecke vorüberzogen, als wären in einer heillos verwirrenden Welt die Seifenopernhelden sein einziger Bezugspunkt zur Wirklichkeit. Die Versuche, ein Gespräch mit ihm zu führen, hatten sie nur tiefer in ihre Depression gestürzt; wenn wirklich ein Fünkchen geistiger Klarheit ihn veranlasst hatte, an diesem Morgen bei der Polizei anzurufen, so war dieses erloschen, sobald er den Hörer aufgelegt hatte.

Er nestelte an seinem Hörgerät. »Was sagen Sie?«

Sie sprach etwas lauter. »Ich muss jetzt gehen.«

»Haben Sie die Burschen gefunden?«

Geschlagene dreißig Minuten lang hatte sie diese selbe Frage immer wieder geduldig beantwortet, jetzt ließ sie sie unbeachtet. Es war sinnlos, mit dem alten Mann vernünftig sprechen zu wollen. Er hatte sich über den Diebstahl von Bargeld im Wert von zweihundert Pfund aus der Teedose in seiner Küche beschwert, hatte aber keine Ahnung, wann die Tat begangen worden war und wer sie begangen haben konnte. Er hatte ihr lediglich berichten können, dass eines Tages drei junge Burschen bei ihm geläutet hatten, die er jedoch nicht in die Wohnung gelassen hatte, weil sie ihm nicht gefallen hatten. Sie machte ihn auf die Diskrepanz aufmerksam – wenn die Burschen nicht in der Wohnung gewesen waren, konnten sie das Geld nicht gestohlen haben –, aber der Alte war von seiner Überzeugung nicht abzubringen. Einen Galgenstrick könne er auf eine Meile gegen den Wind riechen.

Sie tat so, als stellte sie Untersuchungen an, und stocherte in der Küche in Schmutz und Abfällen herum. Aber es war weder eine Teedose da – nur eine Pappschachtel mit Tetley Teebeuteln, deren Verfallsdatum längst überschritten war – noch irgendein Hinweis darauf, dass hier Geld herumgelegen oder in den letzten Monaten jemand außer ihr den Staub in der Küche aufgewirbelt hatte. Was er erzählte, konnte gestern geschehen sein – oder vor fünfzig Jahren; sein Gehirn war kaputt, und sein Gedächtnis in Schwachsinn gefangen, der ihn zwang, auf Endlosschleifen immer den selben fixen Ideen zu folgen.

Wie sorgte er für sich? Wer kümmerte sich um ihn? Sie hätte heulen können, als sie auf die speckig braunen Fettablagerungen von Jahren auf dem Herd und den Schmutzrand im Spülbecken starrte. Sie hätte sich gern die Hände gewaschen, aber der Gestank aus dem Abfluss hielt sie davon ab. Hier wimmelte es überall von Bakterien. Sie spürte, wie sie sich unter ihre Haut gruben, ihr Gehirn attackierten, ihre Entschlossenheit unterwühlten. Was für einen Sinn hatte ein solches Leben? Was für einen Sinn hatte das Leben überhaupt?

Unablässig war dieser Gedanke ihr im Kopf herumgegangen, während sie versucht hatte, mit ihm zu sprechen, und als er sie jetzt gereizt anschnauzte, fragte sie sich, ob sie ihn womöglich laut geäußert hatte.

»Was haben Sie gesagt?«, rief er scharf und mit speicheltriefenden Lippen. »Reden Sie lauter, junge Frau, ich hör nichts.«

»Ich muss gehen«, wiederholte sie und artikulierte jedes Wort so genau wie ein Betrunkener.

Er runzelte unwillig die Stirn. »Wer sind Sie überhaupt? Was tun Sie hier?«

Wie oft hatte er sie das bereits gefragt? Wie oft hatte sie ihm geantwortet? »Ich bin von der Polizei, Mr Derry.«

»Haben Sie die Burschen geschnappt?«

Eine Schallplatte mit Sprung. Sie schüttelte den Kopf. »Ich werde beantragen, dass die Gesundheitsbehörde eine Betreuerin bei Ihnen vorbeischickt«, sagte sie. »Die wird sich ein Bild von Ihren Lebensumständen machen und wahrscheinlich einen Umzug in ein betreutes Wohnheim empfehlen, wo man sich besser um Sie kümmern kann als hier.«

Er schaute wieder zum Fernsehapparat. »Sie hätten einen Mann herschicken sollen«, erklärte er mit ätzender Verachtung.

»Bitte?«

»Ich wollte einen richtigen Polizisten – nicht so ein Mäuschen, das vor seinem eigenen Schatten Angst hat. Kein Wunder, dass hier das Verbrechen überhand nimmt.«

Das gab ihr den Rest. Seit sie in der Siedlung angekommen war, hatte sie mörderische Kopfschmerzen, und die Anstrengung ständig überlaut zu sprechen, damit der Schwerhörige Mr Derry etwas mitbekam, hatte die Schmerzen noch schlimmer gemacht. Sie hätte ihm ins Gesicht schreien mögen, was sie dachte, aber sie war zu gehemmt, um etwas derart Dramatisches zu tun. »Ein Mann hätte sich nicht die Mühe gemacht, Ihnen zuzuhören«, entgegnete sie mühsam beherrscht und schickte sich an aufzustehen.

»Ach, glauben Sie? Tja, vielleicht hab ich nichts übrig für faule junge Dinger, die lieber rumsitzen und Däumchen drehen, anstatt ihre Arbeit zu tun. Na, was sagen Sie dazu?«

Sie fand ihn abscheulich. Er war senil, er war unverschämt, und er starrte vor Dreck. Alles, was sie hier, an diesem widerlichen Ort, berührt hatte, hatte seine Spuren an ihr hinterlassen. »Was erwarten Sie denn von mir?«, fragte sie. »Dass ich losziehe und die ersten drei Burschen festnehme, die mir über den Weg laufen, nur weil sie behaupten, man hätte Ihnen Geld gestohlen? Es gibt ja nicht mal einen Beweis dafür, dass sie überhaupt welches hatten.« Energisch stand sie auf und umfasste das Zimmer mit einer kurzen Geste. »Sie würden nicht so hausen, wenn sie zweihundert Pfund in einer Teedose hätten.«

Die brüske Bewegung erschreckte ihn. Er griff zu dem schweren alten Telefon, das auf dem Tisch neben seinem Sessel stand, und schüttelte drohend den Hörer. »Machen Sie, dass Sie wegkommen«, schrie er. »Ich ruf die Polizei an. Wer sind Sie? Was tun Sie hier?«

Sie wusste, dass sie ohnmächtig werden würde, aber es gab noch einen Moment der Klarheit, in dem sie die komische Seite der Situation sah. »Ich *bin* die Polizei«, hörte sie sich mit einem Lachen in der Stimme sagen, bevor ihre Knie nachgaben und sie ihm entgegenfiel.

Wohnung 406, Glebe Tower, Bassindale

Die alte Frau, die in der Wohnung unter Mr Derrys lebte, hielt mitten in ihrem Telefongespräch inne, um nach dem lauten Poltern von oben zu horchen. »Der verrückte Alte von oben tobt wieder mal rum«, sagte sie aufgebracht zu ihrer Freundin. »Mir wird eines Tages noch die Decke auf den Kopf fallen, wenn er so weitermacht. Ich frag mich wirklich, was er da oben treibt. Anscheinend schmeißt er jedes Mal, wenn er einen Wutanfall kriegt, das Mobiliar durch die Gegend.«

Die Freundin interessierte das alles nicht. »Um Himmels willen, Eileen!«, jammerte sie fünf Stockwerke weiter oben. »Hör mir doch endlich mal zu! Da draußen braut sich irgendwas Schreckliches zusammen. Ich schau mir das schon seit einiger Zeit durch Wallys Feldstecher an. Überall wimmelt's von jungen Burschen. Was meinst du, haben sie getrunken?«

»Woher soll ich das wissen?«

»Du brauchst nur mal aus dem Fenster zu schauen. Es sind bestimmt mehrere hundert. Vorn an der Einmündung in die Bassindale Row schmeißen sie Autos um.«

Eileen Hinkley war immerhin so neugierig geworden, um einen Blick aus ihrem Fenster zu werfen, aber sie wohnte weiter unten im Haus, und Dächer versperrten ihr die Sicht. »Hast du mal bei der Polizei angerufen?«

»Ich komm nicht durch. Es ist immer besetzt.«

»Dann versuch's mit 999.«

»Das hab ich doch getan«, erklärte die Freundin gereizt, »aber jedes Mal, wenn ich mit der Polizei verbunden werde, krieg ich nur ein Band, auf dem es heißt, dass sie über die Unruhen in Bassindale Bescheid wissen und man sich weitere Anrufe sparen soll.«

»Du lieber Gott!«

»Genau! Aber ich seh weit und breit keinen einzigen Polizisten.« Ihre Stimme schwoll ängstlich an. »Ich weiß es genau, die werden uns alle umbringen. Eileen, was sollen wir bloß tun?«

Eileen sah zur Zimmerdecke hinauf, als ihr Porzellan unter den Erschütterungen einer krachend zugeschlagenen Tür zu klirren begann. »Wir können uns nur einsperren und das Beste hoffen«, sagte sie fest. »Wer weiß – vielleicht haben wir Glück. Vielleicht bringen sich die Strolche gegenseitig um – und lassen uns in Frieden.«

>Meldung an alle Polizeidienststellen

>28. 07. 01

>13 Uhr 55

>Bassindale

>Milosz Zelowski (alias Nicholas Hollis), Humbert Street 23, erbittet Polizeischutz oder Überführung an sicheren Ort.

>Wurde informiert, dass die polizeilichen Kapazitäten voll ausgelastet sind.

>NOTRUFLEITUNGEN ÜBERLASTET

>28. 07. 01

>14 Uhr 01

>Bassindale

>Anonymer Anruf: In der Bassindale Row werden Barrikaden errichtet.

>Vermutete Absicht: Polizeifahrzeugen die Zufahrt zu blockieren.

>NOTRUFLEITUNGEN ÜBERLASTET

>28. 07. 01

>14 Uhr 08

>Bassindale

>DRINGEND

>Streifenwagen 031 meldet, dass alle Zufahrtsstraßen in die Bassindale Siedlung blockiert sind.

>NOTRUFLEITUNGEN ÜBERLASTET

8

Bassindale

Die beiden Beamten in Streifenwagen 31 beobachteten die Errichtung der Straßensperren aus sicherer Entfernung. Sie hatten die Siedlung über die Forest Road South verlassen, weil sie über die Landstraße zur Bassindale Row North wollten, um auf diesem Weg zur Humbert Street zu fahren und nach Zelowski zu sehen. Aber es war zu spät. Die Bassindale Row war schon abgeriegelt, und als sie zurückfuhren, stellten sie fest, dass alle vier Zufahrtsstraßen zur Siedlung blockiert waren.

»Geschieht ihnen recht«, sagte der ältere der beiden Beamten, während er das Funkgerät auf Bereitschaft schaltete. »Ich hab ja immer gesagt, dass die hier aus der Siedlung eine Festung machen können, wenn sie entsprechend Wut im Bauch haben.« Er ließ das Fenster herunter und spie ins Gras am Straßenrand. »Wenn du mich fragst, sind die Planer und Architekten schuld. Die hätten erst mal mit der Polizei reden sollen, eh sie hier diese Betonburg hinstellten und sie mit lauter Gesindel vollstopften.«

»Ja, ja«, brummte sein Partner, der dies schon tausendmal gehört hatte. Er musterte die Szene durch einen Feldstecher. »Scheint gut organisiert zu sein ... wahrscheinlich sollte es Punkt zwei losgehen.« Er pfiff durch die Zähne. »Da haben wir gerade noch Schwein gehabt ... nur fünf Minuten länger bei der MacDonald und wir wären eingekesselt gewesen.« Er senkte das Glas. »Was zum Teufel läuft da?«, fragte er kopfschüttelnd. »Ich mein, wenn Amy tatsächlich da drinnen ist, warum wollen diese Idioten uns dann raushalten?«

Sein Partner antwortete mit einem gereizten Seufzer. »Die Kleine ist nicht da drinnen. Wenn die Frau uns irgendwas Näheres über das T-Shirt hätte sagen können, das die Kleine an hatte, hätte ich ihr vielleicht geglaubt –«, er zuckte mit den Schultern, »aber so ... Sie hat uns doch nur erzählt, was sie im Fernsehen gehört hatte: dass es blau war.«

Sie hatten das bereits einmal durchgekaut. »Es geht nicht darum, was *wir* denken, George, es geht darum, was die Bande da denkt.« Er wies mit dem Kopf auf die Jugendlichen, die die Straßensperre besetzt hielten. »Immer vorausgesetzt, sie denken überhaupt.« Er hob wieder sein Fernglas. »Ach, du Scheiße! Los, versuch, den Chef zu erreichen, und sag ihm, er soll schleunigst seinen Hintern in Bewegung setzen, wenn er nicht will, dass die hier die ganze Siedlung abfackeln. Diese Idioten zapfen Benzin in Flaschen ab, und die Hälfte von ihnen hat Zigaretten in der Flappe. O Gott!« Er sah zu, wie ein Kind – höchstens zwölf Jahre alt – einem Freund eine Flasche zuwarf. »Du liebe Scheiße, was machen die denn da?«

Das dachte auch Sophie Morrison, als sie scharf abbremste, um einer Meute betrunkener Jugendlicher in der Glebe Road auszuweichen. Einer von ihnen zeigte ihr den Finger, als wäre sie schuld daran, dass er zu betrunken war, um wie ein normaler Mensch die Straße überqueren zu können, und sie rief ihm durch die Windschutzscheibe lautlos »Du Wichser« zu. Sie erwartete, dass er mit der Faust wütend auf die Motorhaube ihres Wagens donnern würde – eine Standardreaktion in der Acid Row –, aber einer seiner Freunde zog ihn auf den Bürgersteig, und sie fuhr weiter, ihm ihrerseits den Finger zeigend. Im Rückspiegel sah sie, dass der Freund ihr gutmütig hinterherlachte, und verwandelte die abfällige Gebärde in ein fingerklimperndes Winken, als sie einen ihrer Patienten erkannte.

Sie hatte einen gesunden Respekt vor den Leuten hier – wie alle ihre Kollegen –, aber sie ließ sich nicht von ihnen einschüchtern. Natürlich war sie vorsichtig. Wenn sie im Auto unterwegs war, fuhr sie immer mit geschlossenen Fenstern und verriegelten Türen, sie verwahrte ihr Handy sicher in ihrem Arztkoffer, ließ die Patienten wissen, dass sie niemals Betäubungsmittel, Kreditkarten oder größere Geldbeträge bei sich hatte, parkte abends nur in gut beleuchteten Abschnitten und mied dunkle Gassen, wenn sie zu Fuß unterwegs war. Als zusätzlichen Schutz trug sie in der Hosentasche stets ein handliches Pfefferspray, das sie bisher noch nicht hatte gebrauchen müssen.

In den zwei Jahren, seit sie ihre Zulassung bekommen hatte und in die Praxis eingetreten war, hatte sie zu ihrer Verwunderung ihr Herz für die Acid Row entdeckt. Hier sprachen die Leute wenigstens offen und ohne Scham über das, was sie plagte – meist Depressionen, Einsamkeit, Krankheiten, die durch Alkohol-, Drogenmissbrauch oder Prostitution bedingt waren –, während die Bessersituierten im Einzugsbereich der Praxis ihre Alkoholsucht, Valiumabhängigkeit und Stimmungstiefs beharrlich als Symptome von »Stress« ausgaben. Es ärgerte sie, dass sie ihre kostbare Zeit daran verschwenden musste, diese Leute in ihrer Verlogenheit noch zu unterstützen; da waren ihr die Leute aus der Siedlung, die selten ein Blatt vor den Mund nahmen, wesentlich lieber.

»Ham Se nich 'n paar Prozac für mich, Doktor? Mein Mann sitzt, und die Fratzen machen mich fertig…«

Einfacher zu behandeln waren sie deswegen natürlich auch nicht. Wie bei allen Patienten bemühte sie sich vor allem, ihnen klarzumachen, dass es mehr bringen würde, ihr Leben zu ändern, als zu Drogen zu greifen; aber positive Reaktionen in der Acid Row waren weit befriedigender, weil es für die Patienten dort so viel schwieriger war, etwas zu ändern.

Die meisten ihrer älteren Patienten waren naturgemäß Frauen, und alle hatte ihr, als sie ihre Arbeit aufgenommen hatte, praktisch das Gleiche berichtet. Ihre Männer waren tot. Ihre Freundinnen waren in Heimen untergebracht. Sie gingen nie aus dem Haus, weil sie entweder invalide waren oder sich fürchteten. Oder auch beides. Abgesehen von Betreuerinnen, die zu jung waren, um zu verstehen, wovon sie sprachen, oder zu ungeduldig, um wirklich zuzuhören, hatten sie keinerlei Ansprache.

Sophie, die schnell merkte, dass diese Frauen sich nichts mehr wünschten, als hin und wieder einen kleinen Plausch mit ihresgleichen, regte drei der aktivsten unter ihnen an, eine Liste mit wohlgehüteten Telefonnummern zusammenzustellen, und legte so das Fundament zu einem wachsenden Netz telefonischer *chatlines*, das unter dem Namen *Hallo Freundschaft* bekannt wurde und mittlerweile sogar jenseits des Atlantik Interesse fand. Die letzte Anfrage bezüglich der Organisation war gerade von einer Wohnsiedlung in Florida eingegangen.

Ihr Handy bimmelte zweimal, und sie stieß einen gereizten Seufzer aus, ehe sie an den Bordstein fuhr. Zwei Klingelzeichen hieß, dass die Praxis dran war; drei, dass Bob, ihr Verlobter, sie sprechen wollte. Sie drehte am Kombinationsschloss ihres Koffers, klappte ihr Handy auf und drückte auf den Empfangsknopf. »Wehe, es ist nicht wirklich wichtig«, sagte sie zu der Sprechstundenhilfe am anderen Ende. »Ich habe Bob versprochen, spätestens um sechs in London zu sein.«

»Kommt drauf an, ob Sie noch in Bassindale sind«, antwortete Jenny Monroe. »Wenn nicht, muss ich eben versuchen, John umzuleiten. Der Mann klang ziemlich verzweifelt.«

»Was fehlt ihm denn?«

»Es geht um seinen Vater. Er sagt, er bekommt keine Luft. Er ist Asthmatiker – der Vater, meine ich – und schon ganz blau. Mr Hollis in der Humbert Street dreiundzwanzig. Es sind neue Patienten, die sich erst vor zwei Wochen in der Praxis angemeldet haben, und wir haben deshalb noch keine Unterlagen. Der Mann sagte, sein Vater sei einundsiebzig und nicht bei bester Gesundheit. Ich hab ihm geraten, einen Krankenwagen zu rufen, aber er sagte, das hätte er schon getan, aber es sei niemand gekommen. Er war fast in Panik. Können Sie das übernehmen?«

Sophie sah auf ihre Uhr. Ihr Dienst war schon seit zwei Stunden zu Ende, aber die Humbert Street lag gleich um die Ecke. Es war eine der Querstraßen, die die beiden Durchgangsstraßen, die Bassindale Row und die Forest Road, miteinander verbanden. Sie überlegte, wie sie fahren musste: am Ende der Glebe Road links in die Bassindale Row North, dann rechts in die Humbert Street und an deren anderem Ende nach rechts in die Forest Road South. Der Stopp lag praktisch auf ihrem Heimweg. Würde kaum eine Verzögerung bedeuten, wenn der Besuch nicht allzu viel Zeit beanspruchte. »Wo ist John im Moment?«

»In der Western Avenue. Zwanzig Minuten von dort weg.«

»Okay.« Sie klemmte den Hörer unters Kinn und nahm einen Stift. »Geben Sie mir noch mal Namen und Adresse.« Sie schrieb beides auf ihren Block. »Was glauben Sie, warum der Krankenwagen nicht gekommen ist?«

»Wahrscheinlich nicht genug Fahrzeuge. Die brauchen ja jeden Tag länger, wenn man sie ruft.«

Zerstreut griff Sophie in ihre Hosentasche und zog die schmale Pfeffersprühdose heraus, die in ihren Oberschenkel drückte. »Ich hab mich schon gefragt, ob da ein Unfall war oder was«, sagte sie, während sie das Spray in ihren Koffer legte. »Vor der Schule war ein riesiger Menschenauflauf.«

»Also, ich hab nichts dergleichen gehört.«

»Okay. Wenn ich zu spät komme und Bob schimpft, geb ich Ihnen die Schuld.«

»Wie immer«, sagte Jenny unbeeindruckt, bevor sie auflegte.

>Meldung an alle Polizeidienststellen

>28. 07. 01
>14 Uhr 15
>Bassindale

>NOTRUFLEITUNGEN ÜBERLASTET

>Bewohner der Carpenter Road 105 teilen mit, dass sich vor der Schule eine Menschenmenge sammelt.
>Es gibt ein Gerücht, dem zufolge ein Kind, auf welches Amy Biddulphs Beschreibung passt, gestern Abend in der Humbert Street gesehen wurde.
>Mögliches Angriffsziel – Milosz Zelowski, Humbert Street 23
>Auf Anrufe meldet Zelowski sich nicht
>Situation labil

>NOTRUFLEITUNGEN ÜBERLASTET

>28. 07. 01
>14 Uhr 17
>Bassindale
>HÖCHSTE DRINGLICHKEIT
>Police Constable Hanson hält sich vermutlich in Bassindale auf
>Meldet sich nicht

>28. 07. 01
>14 Uhr 23
>Polizei-Hubschrauber in Bereitschaft

9

Humbert Street 23, Bassindale

Der Mann blieb hinter der halb geöffneten Haustür in Deckung und entschuldigte sich mit gesenkter Stimme dafür, dass er die »Frau Doktor« an einem Samstagnachmittag aus dem Haus geholt hatte. Sein Vater leide an schwerer Atemnot, erklärte er mit einer Kopfbewegung zum Innern des Hauses. Er sprach sehr leise, beinahe flüsternd, so dass Sophie sich vorbeugen musste, um etwas von einem »Panikanfall« und »Asthmatikern, die sich aufführten wie hysterische Primadonnen« aufzuschnappen. Es war eine sehr abfällige Bemerkung, und Sophie vermutete, dass er flüsterte, damit sein Vater ihn nicht hörte.

Aus der sonnenüberfluteten Straße hinter ihr kreischte eine Kinderstimme: »Hey, du perverses Schwein! Fick dich doch selbst!« Aber solche Beschimpfungen waren in der Acid Row gang und gäbe, gerade aus dem Mund von Kindern, und Sophie ignorierte die Worte. Bis auf eine Handvoll junger Leute auf dem Bürgersteig gegenüber war die Straße bei ihrer Ankunft leer gewesen, und ihr ging es einzig darum, diesen letzten Besuch so schnell wie möglich hinter sich zu bringen. Sie trat ins Haus und wartete darauf, dass hinter ihr das Türschloss einschnappen würde.

Der Mann sah ungesund blass aus in der dämmrigen Beleuchtung des Flurs, in dem sein Gesicht wie ein Mond im Halbdunkel hing. Sie mochte seinem Blick nicht begegnen und schaute den Flur hinunter und bemerkte daher nicht, wie er sie musterte. Er fand sie so klein und zierlich wie ein Mädchen in der Vorpubertät und wich zur Tür zurück, ängstlich bemüht, jede Berührung zu vermeiden. Warum hatten sie eine Frau geschickt? Sie stand mit dem Rücken zu ihm, in der Erwartung, dass er ihr den Weg zum Zimmer seines Vaters zeigen würde, aber der Anblick ihrer schmalen Hüften und des dicken, glänzenden Zopfs, der zwischen ihren Schulterblättern herabhing, hatten ihn stumm gemacht. Man hätte sie leicht für ein Kind halten können, wären nicht ihre selbstsichere Haltung und der reife Ausdruck ihrer Augen gewesen, als sie sich ungeduldig nach ihm umdrehte und ihn bat, ihr vorauszugehen.

»Sie sind neu«, sagte sie. »Ich weiß nicht, welches das Zimmer Ihres Vaters ist.«

Er öffnete eine Tür auf der rechten Seite, zu einem Raum, in dem die Vorhänge geschlossen waren und eine Tischlampe nur spärliches Licht spendete. Die Luft stank nach den Ausdünstungen des übergewichtigen alten Mannes, der um Atem ringend auf dem Sofa lag, keuchend vor angestrengtem Bemühen, Luft zu holen, die Augen weit aufgerissen in seiner Angst, dass der nächste Atemzug sein Letzter sein würde.

Du lieber Gott! dachte Sophie gereizt. War der Sohn nicht ganz bei Trost? Oder war er ein Vatermörder? Man brauchte weiß Gott kein Einstein zu sein, um sich denken zu können, dass es einem Asthmatiker nicht gut tat, in einen Raum eingesperrt zu werden, in dem es so stickig und heiß war wie in einem Backofen.

Sie kauerte vor dem Sofa nieder. »Ich bin hier, um Ihnen zu helfen, Mr Hollis«, sagte sie aufmunternd, während sie ihren Koffer auf den Boden legte und öffnete. »Ich bin Dr. Sophie Morrison. Es wird Ihnen gleich wieder besser gehen.« Sie wollte ihm die Angst nehmen und in dieser unnatürlichen Situation ein Gefühl von Normalität vermitteln. Mit einer brüsken Geste bedeutete sie dem Sohn, die Vorhänge zu öffnen. »Ich brauche mehr Licht, Mr Hollis. Und vielleicht könnten Sie die Fenster aufmachen und etwas frische Luft hereinlassen.«

Der Vater hob in ängstlichem Protest die Hand.

»Er mag es nicht, wenn die Leute zum Fenster hereinsehen«, erklärte der Sohn und knipste die Deckenlampe an. »Dadurch ist es ja zu diesem Anfall gekommen … Er hat ein Gesicht am Fenster gesehen.« Der Mann sprach zögernd, als sei er unsicher, wie viel er die Ärztin wissen lassen sollte. »Er hat einen Inhalator.« Er wies auf ein blaues Plastikröhrchen in der Faust seines Vaters. »Aber er nützt überhaupt nichts, wenn er in so einem Zustand ist. Er kann den Atem nicht so lange anhalten, dass die Medikamente wirken.« Trotz des Gestanks, den der ungewaschene Körper seines Vaters verströmte, konnte er den Duft ihrer Haut riechen. Aprikosen, dachte er.

»Wie lange geht das schon so?«, erkundigte sich Sophie und berührte das Gesicht des alten Mannes. Trotz der Hitze im Zimmer war die Haut klamm und kalt, und sie kniete neben dem Sofa nieder, um ihr Stethoskop aus dem Koffer zu holen.

»Seit ungefähr einer Stunde. Mit Unterbrechungen. Er hatte sich gerade wieder etwas beruhigt, als draußen die Kinder zu brüllen anfingen –« Er brach ab.

»Hat er über Schmerzen in der Brust oder seinem linken Arm geklagt?«

»Nein.«

»Wann hat er den Inhalator zuletzt benutzt?«

»Als er noch etwas ruhiger war. Vor einer halben Stunde, schätze ich.«

»Bekommt er irgendwelche anderen Medikamente? Dämpfende oder beruhigende Mittel? Psychopharmaka gegen die Angstanfälle?«

Er schüttelte den Kopf.

Der alte Mann trug ein loses weißes Hemd, das jemand vernünftigerweise – vermutlich der Sohn – über zwei fleischigen, behaarten Brüsten aufgeknöpft hatte. Mit ironischen Gedanken an unangemessene Berührungen öffnete Sophie den Hosenbund des alten Mannes, um seinem Zwerchfell mehr Platz zu verschaffen, und drückte das Stethoskop in das lockige Haar auf seiner Brust. Es war, als versuchte man, einen Herzschlag direkt neben einem Pressluftbohrer zu orten. Das Einzige, was sie hörte, war das Röcheln und Pfeifen in seiner Kehle. Sie sah ihm in die angstvollen Augen und lächelte. »Wie heißt er mit Vornamen?«

»Franek. Er ist Pole.«

»Versteht er Englisch?«

»Ja.«

Sie legte beide Hände um den Unterkiefer des Mannes und massierte vorsichtig seinen Nacken, wobei sie tief durch die Nase atmete und Franek zu animieren versuchte, das Gleiche zu tun. Sie sprach leise mit ihm, während sie ihn weitermassierte, nannte ihn beim Namen, bemüht, seine Ängste zu stillen und ihm Vertrauen einzuflößen, und langsam, aber merklich ließ das hektische Nach-Luft-Schnappen nach, die Atemzüge wurden länger, und ein ruhigeres Muster stellte sich ein. Es war reine Pantomime, eine erlernte Technik, die den Patienten entspannen sollte, aber aus Mr Hollis' rechtem Auge quoll eine Träne, als hätte er in seinem Leben selten Freundlichkeit erfahren.

»Bei mir macht er nie so mit«, sagte sein Sohn mit Bitterkeit. »Er will immer nur einen Arzt. Ich nehme an, er vertraut mir nicht genug.«

Sophie sah ihn mit einem teilnehmenden Lächeln an, während sie den Trichter des Stethoskops zwischen ihren Händen erwärmte, ehe sie ihn auf das Herz des alten Mannes drückte. Mit Erleichterung lauschte sie dem ruhiger gewordenen Puls, dann setzte sie sich auf ihre Fersen zurück. »Es hat nichts damit zu tun, dass er kein Vertrauen zu Ihnen hat«, sagte sie, während sie zusah, wie der Patient in einen Schlaf der Erschöpfung fiel wie ein kleines Kind nach einem anstrengenden Wutanfall. »Aber er weiß, dass der Arzt noch über andere Möglichkeiten verfügt, wenn die Relaxation versagt.« Sie faltete das Stethoskop zusammen und packte es in den Koffer. »Hat er solche Attacken häufiger?«

»Nein, nur ab und zu. Normalerweise kommt er mit Hilfe des

Inhalators gut zurecht, aber wenn er in Panik gerät...« Er zuckte hilflos mit den Schultern. »Da muss ich dann den Arzt holen.«

»Sie sagten vorhin, ein Gesicht am Fenster habe den Anfall ausgelöst«, bemerkte sie. »Wie kommt das? Hat er Angst vor Einbrechern?«

Er zögerte kurz, ehe er zustimmend den Kopf neigte.

Sophie stand vom Boden auf und warf einen verstohlenen Blick auf ihre Uhr. Sie musste spätestens um halb vier zu Hause sein, wenn sie um sechs in London sein wollte, um sich mit Bob zu treffen. »Ist bei Ihnen schon mal eingebrochen worden?«

»Nein, aber um ihm Angst zu machen, genügen Schatten. Und in der Gegend hier geht's ja ganz schön rau zu.«

Da musste Sophie ihm Recht geben. Nicht einmal ihr klappriges altes Auto war sicher, wenn sie gerade nicht drinnen saß. Bei Tag parkte sie vor den Häusern ihrer *Hallo-Freundschaft*-Patientinnen, weil sie hoffte, die alten Frauen würden aus Neugier am Fenster bleiben, um zu sehen, wen sie besuchte, und dabei gleichzeitig ihr Auto überwachen. Ihr heutiger Wachposten war Mrs Carthew – beginnender Altersschwachsinn und Arthritis deformans –, obwohl es in der Humbert Street, wo sich normalerweise Rudel halbwüchsiger Rabauken herumtrieben, heute ungewöhnlich ruhig gewesen war, so ruhig, dass sie versucht gewesen war, direkt vor dem Haus der Hollis' zu parken. Nur die aus Erfahrung geborene Vorsicht hatte sie davon abgehalten.

»Können wir uns irgendwo unterhalten, wo wir Ihren Vater nicht stören?«, fragte sie und griff zu ihrem Koffer. »Ich schreibe ihm für das Wochenende ein leichtes Beruhigungsmittel auf, aber Sie sollten auf jeden Fall am Montag mit ihm in die Sprechstunde kommen, damit wir die medikamentöse Behandlung besprechen können. Ich kann ihm außerdem einige Atemtechniken beibringen, die ihm vielleicht helfen werden.«

Der Sohn machte ein resigniertes Gesicht, als hätte er dies alles schon mehr als einmal gehört. »Wir können in die Küche gehen.«

Sie folgte ihm durch den Flur und setzte sich an den Tisch. »Wie lange wohnen Sie schon hier?«, fragte sie, während sie erneut ihren Koffer aufklappte und ihren Rezeptblock herausholte.

»Zwei Wochen.«

»Und vorher?«

»Portisfield«, antwortete er widerstrebend.

Sophie war augenblicklich neugierig. »Kannten Sie dieses arme kleine Mädchen, das dort verschwunden ist – Amy Biddulph? In den Nachrichten haben sie heute den ganzen Tag nichts anderes gebracht. Wenn ich mich recht erinnere, hieß es, sie habe in der Allenby Road gewohnt.«

»Nein.« Er hatte einen hervorspringenden Adamsapfel, der unkontrolliert auf und nieder hüpfte. »Wir haben in der Callum Road gewohnt – ungefähr einen Kilometer entfernt.«

»Manche Eltern sind unglaublich leichtsinnig«, bemerkte Sophie ohne Verständnis, während sie das Rezept ausschrieb. »Im Radio sagten sie, dass sie gestern Morgen verschwunden ist, die Polizei aber erst nach der Heimkehr der Mutter alarmiert wurde. So etwas macht mich wütend. Wie kann man in der heutigen Zeit eine Zehnjährige mutterseelenallein auf der Straße herumstromern lassen?«

Einen Moment lang blieb es still. »Ihr Vater war vorhin im Fernsehen. Er war in Tränen aufgelöst, als er die Leute, die Amy möglicherweise entführt haben, anflehte, sie frei zu lassen.« Der Adamsapfel vollführte einen weiteren aufgeregten Sprung. »Es ist nicht immer die Schuld der Eltern«, erklärte der jüngere Hollis hastig. »Man kann ein Kind nicht jede Minute beaufsichtigen.«

Es hörte sich an, als wüsste er, wovon er sprach, und Sophie fragte sich, ob er selbst Kinder hatte. Wenn ja, wo waren sie?

»Warum sind Sie nach Bassindale gezogen?«

Wieder ein Zögern. »Wir sind uns in Portisfield gegenseitig auf die Nerven gegangen, und man versprach uns eine größere Wohnung, wenn wir bereit wären, hierher zu übersiedeln.«

»Sie können von Glück reden, dass man Ihnen keine Maisonette gegeben hat. Die Dinger sind furchtbar.«

Sein Blick schweifte zum Fenster. »Wir haben gleich gesagt, dass wir auf keinen Fall umziehen würden, wenn die neue Wohnung nicht größer wäre. Die hier ist in Ordnung.«

Sie glaubte ihm nicht ganz. Sein Ton legte nahe, dass hier gar nichts »in Ordnung« war. Bassindale war gewiss keine Siedlung, in der sich jemand freiwillig niederließ. »Tut mir Leid«, murmelte sie mit echter Anteilnahme. »Allein stehende Männer stehen beim Wohnungsamt ganz unten auf der Liste. Ich vermute, Sie mussten Ihre Wohnung für eine Familie mit schulpflichtigen Kindern räumen?«

Er war froh, dass sie so naiv war. »Etwas in der Richtung.«

»Dann wundert es mich nicht, dass Ihr Vater an Panikattacken leidet. Es ist sicher für Sie beide nicht einfach.«

Ihre Freundlichkeit brachte ihn aus dem Konzept. »Ach, es ist wirklich nicht schlecht«, wehrte er ab. »Wenigstens haben wir hier einen Garten.«

Sie nickte und sah ihn sich zum ersten Mal bewusst an. Er gehörte zu diesen unscheinbaren Menschen, denen alles Außergewöhnliche, was dem Auge ein Reiz gewesen wäre, fehlte – bis auf den hüpfenden Adamsapfel –, und sie überlegte flüchtig, ob sie ihn wiedererkennen würde, wenn sie ihm auf der Straße begegnete. Selbst sein Haar war farblos, von einem verwaschenen Rotblond, ganz anders als die kräftigen dunklen Locken auf dem Kopf seines Vaters.

»Wie heißen *Sie* mit Vornamen?« fragte sie.

»Nicholas.«

Sie lächelte. »Ich hatte etwas Polnisches erwartet.«

»Getauft wurde ich Milosz.«

»Ist das Polnisch für Nicholas?«

Er nickte.

»Und woher kommt dann Hollis?«

»Von meiner Mutter. Es war ihr Mädchenname.« Er war kurz, als fände er ihre Neugier aufdringlich, und Sophie konnte nur Vermutungen darüber anstellen, warum er und sein Vater einen polnischen Nachnamen gegen einen englischen getauscht hatten. Für andere leichter auszusprechen vielleicht?

Sie riss das Rezept ab und reichte es ihm mit der Empfehlung, seinen Vater so lange wie möglich schlafen zu lassen. »Es wäre gut, wenn Sie ihn dazu bewegen könnten, die Fenster zu öffnen«, sagte sie. »Frische Luft ist gesünder für ihn als diese Hitze, in der er jetzt liegt.« Sie machte Anstalten aufzustehen. »Wenn er wach wird, sollten Sie ihn vielleicht in eines der hinteren Zimmer bringen.«

Er sah zu dem Rezept hinunter und legte es dann auf den Tisch. »Haben Sie keine Medikamente dabei?«

»In die Acid Row nehmen wir nie was mit. Da würden wir jedes Mal überfallen werden, sobald wir die Wagentür aufmachen.« Sie beobachtete seine nervösen Blicke zum Korridor. »Was ist denn?«, fragte sie.

»Hören Sie sie denn nicht?«

Sie lauschte dem Geräusch ferner Stimmen draußen auf der Straße. »Ja, das ist ein ziemlicher Krach«, stimmte sie zu, »aber das ist doch hier meistens so. Die Kids wissen nichts Besseres mit sich anzufangen, als herumzugrölen, besonders samstagnachmittags, wenn sie schon mittags zu trinken anfangen.«

Er sagte nichts.

»Es sind Ferien«, fügte Sophie hinzu. »Sie mopsen sich.«

Er holte Atem, als wollte er zum Widerspruch ansetzen, aber dann schüttelte er nur niedergeschlagen den Kopf, nahm das Rezept wieder vom Tisch und schob es in die Hosentasche. »Ich bringe Sie hinaus«, sagte er.

Sie klappte ihren Koffer zu und stand auf. »Einer meiner Kollegen ist den ganzen Abend zu erreichen«, bemerkte sie, »aber wenn Ihr Vater wieder so einen Anfall bekommt, sollten Sie vielleicht besser den Rettungsdienst anrufen. Unter normalen Umständen kommen die schneller als wir. Ich war diesmal nur so prompt da, weil ich ganz in der Nähe war.« Er tat ihr plötzlich Leid. »Aber ich denke, Sie brauchen sich keine allzu großen Sorgen zu machen. Auf Angst folgt körperliche Erschöpfung. Er wird wahrscheinlich die Nacht durchschlafen, und morgen, wenn es draußen wieder ruhig geworden ist, wird er sich fragen, wie er so außer sich geraten konnte.«

»Ja, wahrscheinlich haben Sie Recht.«

»Ich glaube wirklich nicht, dass Sie etwas zu befürchten haben, wenn er vor dem Zu-Bett-Gehen eine Beruhigungstablette nimmt«, meinte sie, schon auf dem Weg aus dem Zimmer hinaus. Wieder sah sie auf ihre Uhr. »Die Apotheke in der Trinity Street hat bis sechs geöffnet, da haben Sie noch gut Zeit, um das Medikament zu besorgen.« Vor der Haustür machte sie Halt und drehte sich mit einer impulsiven Bewegung herum, um ihm zum Abschied die Hand zu reichen.

Er empfand die Berührung wie die eines flatternden kleinen Vogels und blickte seltsam fasziniert auf ihre Hand hinunter. Gern hätte er sie festgehalten und sich mit dem Duft der Sauberkeit voll gesogen, doch seine eigene Hand begann zu zittern, und er zog sie weg. »Danke, dass Sie gekommen sind, Dr. Morrison«, sagte er und langte an ihr vorbei, um die Tür zu öffnen.

Es gab einen Moment, dachte Sophie später, da sie so schuldlos und unversehrt aus diesem Haus hätte hinausgehen können wie sie hineingegangen war. Aber die Zeit zu überlegen, war so kurz gewesen – ein Augenblick nur, um eine Entscheidung zu treffen, auf die sie nicht vorbereitet gewesen war. Ein Wimpernschlag der Stille, als die Tür sich öffnete, als sie hätte hinaustreten sollen und es nicht tat – weil der Sohn eines Patienten sich bedankt hatte, und sie innehielt, um ihm ein Lächeln zu schenken.

>Meldung an alle Polizeidienststellen

>NOTRUFLEITUNGEN ÜBERLASTET

>28. 07. 01

>14 Uhr 35

>Bassindale

>HÖCHSTE DRINGLICHKEIT

>Anonymer Anruf – Handy –, demzufolge eine Menschenmenge von mehr als 200 Personen in die Humbert Street drängt.

>Mit Steinen und Flaschen bewaffnet

>Möglicherweise Molotow-Cocktails

>KEIN ZUGANG

>LAGE IST AUSSER KONTROLLE

>NOTLEITUNGEN ÜBERLASTET

>28. 07. 01

>14 Uhr 37

>Polizei-Hubschrauber gestartet

10

Humbert Street 23, Bassindale

Es gab keine Möglichkeit, sich auf das vorzubereiten, was als Nächstes geschah. Keinen Schutz vor der Schallexplosion, die wie eine gewaltige Flutwelle über ihnen zusammenschlug, als aus hundert Kehlen Triumphgeheul hervorbrach. Keine Rettung vor dem scharfkantigen Stein, der durch die Luft schnitt und die Haut von Sophies rechtem Arm aufschlitzte. Es war so unerwartet, so erschreckend, dass sie automatisch die Haustür zuschlug und sich so zur Gefangenen machte. Sie fluchte laut, aber die Worte gingen im Donnern eines Steinhagels unter, der gegen die Holzfüllung der Tür schlug, und sie duckte sich im Reflex und wich stolpernd vor der Bedrohung zurück. Sie sah die Tür unter dem Angriff erzittern und schrie Nicholas zu, er solle weglaufen. Er starrte sie an, mit zuckendem Mund, als bemühte er sich verzweifelt, ihr etwas zu sagen. Einen entsetzlichen Moment lang glaubte sie, er würde ohnmächtig werden, aber dann meldete sich doch der Überlebenstrieb, und er stürzte ihr nach. Sie reagierten rein instinktiv, krümmten wie Tiere ihre Körper zusammen, um die kleinstmögliche Angriffsfläche zu bieten, während sie mit eingezogenen Köpfen den Feind hinter der Tür erwarteten. Selbst wenn ihnen die Zeit geblieben wäre, sich mit vernünftiger Überlegung klarzumachen, was da geschah – das Krachen des Steinschlags, das aggressiv in ihren Ohren dröhnte, betäubte alles Denken.

Sophie blickte sehnsüchtig zur offenen Tür des Wohnzimmers, das ihr schützende Zuflucht zu bieten schien. Sie erkannte in diesem Moment nicht, dass sie in dem fensterlosen Korridor tausendmal sicherer war. Mit hämmerndem Herzen schnellte sie in die Höhe und schoss ins Zimmer, wartete nur darauf, hinter Nicholas die Tür zuzuschlagen. Sie nahm wahr, dass Franek auf den Beinen war, und bot ihm die Hand, um ihn zu stützen, als das Fenster zersprang und Glasscherben die dünnen Gardinen in Fetzen rissen. Scheckiges Sonnenlicht strömte ins Zimmer. Es geschah blitzartig, aber sie erlebte es mit solcher Klarheit, dass das Bild sich ihr unauslöschlich einprägte. Wunderschön, wie die Lichtpfeile ins Zimmer stachen. Tragisch die Unausweichlichkeit dessen, was folgen musste. Der Mord an einem alten Mann.

In ihren Träumen erinnerte sie ein Blutbad, weil das vorauseilende Entsetzen ein mächtigeres Bild schuf, als die Realität. Aber diese Erinnerung war falsch. Noch während sie mit schriller Stimme eine Warnung schrie – »Weg! Weg! Laufen Sie weg!« – und Franek sich nach ihr umdrehte, fielen die Glassplitter, vom Stoff der Vorhänge in ihrem Schwung gebremst, harmlos zu Boden. Die Menge draußen konnte ihn offenbar sehen, denn sie brach wieder in Geschrei aus, und diesmal waren einzelne Wörter auszumachen.

»Drecksau …!«

»Ficker …!«

»Perverser …!«

Nicholas packte ihn beim Arm und schob ihn in den Korridor. Sophie rief er zu, sie solle die Tür schließen. »In die Küche«, sagte er, während er seinen Vater an der Treppe vorbeistieß. »Da ist ein Telefon.«

Es ging alles viel zu schnell. Sophies Vernunft mahnte sie laut, sie seien im Begriff, in eine Falle zu laufen, aber der Strudel der Angst der kopflos fliehenden Männer riss sie mit in die Küche. Franek sank vor der Spüle zu Boden und schrie seinen Sohn auf Polnisch an, wobei er mit ärgerlichen Gesten auf Sophie wies. Nicholas antwortete mit kurzen, scharfen Worten und bedeutete dem alten Mann, ihr nicht zu nahe zu kommen. Er packte das Telefon, schlug mehrmals auf die Gabel, als er kein Freizeichen bekam, und gab seine Bemühungen dann auf, um den Tisch vor die Küchentür zu schieben.

»Was tun Sie da?« Ihre Stimme zitterte vor Nervosität.

»Das Telefon funktioniert nicht.«

Sie wies zur Tür. »Ja, aber ich verstehe nicht, was hier vor sich geht. Warum stehen die Leute da draußen? Warum haben sie Ihren Vater beschimpft?«

Wieder ein polnischer Wortschwall von Franek.

»Was hat er gesagt?«

»Dass jetzt zum Reden keine Zeit ist.« Nicholas hievte einen kleinen Mikrowellenherd auf den Tisch, um dem bescheidenen Hindernis mehr Gewicht zu geben. »Wir müssen die Barrikade verstärken.«

Franek, der immer noch auf dem Boden hockte, sagte auf Englisch: »Das schützt uns bis Hilfe kommt, ja?«

»Ich weiß es nicht.« Sie bemühte sich, ruhiger zu sprechen. »Warum sind die Leute da draußen? Warum funktioniert das Telefon nicht.«

Nicholas antwortete mit einem unsicheren Achselzucken. »Ich nehme an, sie haben das Kabel durchtrennt.«

»Warum?« Sie ergriff selbst den Hörer und drückte ihn ans Ohr. »Warum sollten sie das tun?«

»Warum, warum, warum!«, rief der alte Mann auf dem Boden. »Sie fragen zu viel. Machen Sie sich lieber nützlich. Helfen Sie Milosz die Tür verbarrikadieren.«

»Aber –« Sophie zwang sich zu überlegen. »Vielleicht sollte ich versuchen, mit ihnen zu reden? Wenn ich wieder ins Wohnzimmer gehe und durch das Fenster rufe, kann ich ihnen sagen, wer ich bin. Die meisten von ihnen kennen mich wahrscheinlich. Ich habe mehrere Patienten in der Humbert Street. Eine Patientin wohnt gleich nebenan. Vielleicht ist da draußen irgendwo ein Polizist.«

»Nein.« Der dicke alte Mann drückte eine Hand auf seine Brust und holte geräuschvoll Atem. »Sie bleiben hier.« Er fügte ein paar polnische Worte hinzu.

Sein Sohn erklärte mit einem resignierten Achselzucken. »Er hat Angst, dass er sterben muss.«

»Da ist er nicht der Einzige«, konterte Sophie mit Feuer. »Und wenn Sie mich fragen, ist es keine Lösung, sich hier zu verstecken. Wenn die die Haustür aufbrechen, sind wir geliefert.«

»Er sagt, er spürt, dass er gleich wieder einen Anfall bekommt.«

Sie schüttelte ärgerlich den Kopf. »Ihm fehlt nichts«, erklärte sie wegwerfend. »Als er hier hereinrannte, konnte er laufen wie ein Schuljunge. Außerdem habe ich meinen Koffer draußen im Flur gelassen.«

Wenn ihr Mangel an Teilnahme Nicholas erstaunte, so zeigte er es nicht. »Die Polizei wird ja bald kommen. Dann kann uns nichts mehr passieren.«

Sophie lauschte in den Korridor hinaus, aber sie hörte nur sporadisches Gejohle, das gedämpft aus der Richtung des Fensters zu kommen schien. »Können die hintenherum reinkommen?«

Furchtsam folgten seine Augen ihrem Blick. »Da sind Gärten. Sie müssten die Zäune einreißen, um an uns heranzukommen.« Er brach ab, um zu horchen. »Der Lärm kommt von der Straße«, behauptete er.

Sophie umfasste die Kante des Tischs und rückte ihn von der Tür weg. »Also, ich bin nicht bereit, mich darauf zu verlassen – und dieses Stück Schrott hier würde kein Kind zurückhalten.« Mit einer gereizten Handbewegung bedeutete sie Franek aufzustehen, drehte den Türknauf und spähte durch den Spalt in den Korridor.

Auf der Straße herrschte plötzlich ominöse Stille. Die Türen waren immer noch geschlossen, und im Flur war kein Mensch. »Bringen Sie Ihren Vater nach oben. Ich hole meinen Koffer und dann schau ich mal durch den Briefschlitz raus, um zu sehen, was los ist.«

Von Franek erfolgte eine weitere polnische Tirade, worauf Nicholas sie beim Arm packte und nach hinten zerrte. »Ich hole den Koffer«, erklärte er. »Sie kümmern sich um meinen Vater.«

Sie schüttelte ihn ab. »Lassen Sie mich los!«

Mit einem halblauten, »Entschuldigung«, gab er sie augenblicklich frei, doch sein Vater nutzte die Gelegenheit, um ihr seine schweißverschmierte Hand auf den Mund zu drücken und mit dem anderen Arm ihre Taille zu umfangen. Er drängte sie zur Treppe, seine heißen, schwammigen Brüste an ihre Schulterblätter gedrückt. »Schön brav sein«, flüsterte er ihr ins Ohr, »sonst brech ich Ihnen das Kreuz wie einem kleinen Vögelchen. Sie sorgen dafür, dass uns nichts passiert, bis die Polizei kommt, ja?«

11

Besprechungsraum, Gemeindesaal, Portisfield

Amy war seit mehr als vierundzwanzig Stunden verschwunden, und die Telefone in der Einsatzzentrale läuteten ohne Pause seit ihr Foto in den Nachrichtensendungen des Fernsehens gezeigt worden war. Überall im Land, von Land's End bis John O'Groats, wollte man sie gesehen haben, und jeder Meldung musste mit akribischer Gründlichkeit nachgegangen werden. Solche, in denen von einem kleinen Mädchen in Begleitung eines Mannes die Rede war, schienen die verheißungsvollsten zu sein, waren aber gerade jetzt, mitten in den Sommerferien, nichts Ungewöhnliches. Es gab Väter genug, die beim Stopp an der Tankstelle ihre kleinen Töchter begleiteten, wenn sie sich etwas Süßes kaufen wollten, oder vor der Damentoilette auf ihr Kind warteten. Die Frustration wuchs mit jeder vermeintlichen Spur, die ins Leere lief.

Im Gegensatz zu diesem Herumstochern nach der berüchtigten Nadel im Heuhaufen, das bei so einem Fall unweigerlich die Folge war, konzentrierten Inspector Tyler und seine Leute ihre Bemühungen auf die Frage, was Amy in den letzten zwei Wochen getrieben hatte, und stießen dabei auf ein seltsames Muster. Barry zufolge war sie jeden Morgen um zehn Uhr aus dem Haus gegangen – ihn hatte jedes Mal das Zuschlagen der Haustür geweckt – und immer erst abends um Viertel vor sechs wieder nach Hause gekommen, stets mit der Behauptung, bei Patsy gewesen zu sein.

Aber als Kimberley sie an dem fraglichen Mittwochabend der Lüge bezichtigte, verwandelte Amy sich schlagartig in »so ein richtiges kleines Miststück«.

Mit verwunderter Miene beschrieb der Junge die Szene. »Normalerweise war sie ne ziemliche Langweilerin – hat bei jedem Dreck geheult – hat nicht gern ferngeschaut –, aber wie Kim gesagt hat, dass sie lügt, ist sie total ausgerastet. Sie hat getreten und geschlagen wie eine Irre, und erst als Kim ihr versprochen hat, dass sie ihrer Mutter nichts sagt, hat sie aufgehört. Dafür musste sie Kim versprechen, dass sie immer vor Laura heimkommt, weil Kim ja sonst kein Geld fürs Aufpassen gekriegt hätte.«

»Das war am Mittwoch?«

Barry nickte.

»Und am Donnerstag hat sie sich an die Abmachung gehalten?«

Wieder nickte Barry.

»Hat einer von euch beiden mal rauszukriegen versucht, wohin sie wirklich ging?«

»Ja, schon. Kim hat sie immer verspottet und gesagt, dass sie sich ja bloß irgendwo in einem Loch verkriecht, weil sie überhaupt keine Freunde hat.«

»Und wie hat sie reagiert?«

»Sie hat nur gesagt, wenn wir wüssten, wären wir stinkneidisch.«

Verwandte von Laura Biddulph und Martin Rogerson wurden ohne Erfolg befragt. Rogersons Eltern lebten in einem Seniorenheim in Brighton und hatten ihre Enkelin seit nahezu zwei Jahren nicht mehr gesehen. »Sie war nur das eine Mal hier. Martin wollte eine Versöhnung… wir hatten seit seiner Scheidung nicht mehr miteinander gesprochen… aber Amy war sehr anstrengend – weinte beinahe ununterbrochen. Wir vermuten, dass sie krank war… sie lief immer wieder mit Bauchschmerzen zur Toilette, aber sie wollte sich auch nicht helfen lassen… Ein merkwürdiges Kind… nervenaufreibend… schlägt wohl nach ihrer Mutter… Martin jedenfalls brachte sie an den Rand seiner Nervenkraft. Wir baten ihn, sie nicht wieder mitzubringen. – Nein, wir hatten keine Ahnung, dass er und Laura sich getrennt hatten.«

Seine Söhne aus erster Ehe hatte Laura nie kennen gelernt. »Wir haben ihn gewarnt, bevor er wieder heiratete, dass wir uns auf Mutters Seite stellen würden …« Was für ein Vater war er? »Distanziert … desinteressiert … Wir hatten immer das Gefühl, dass er uns nicht besonders mochte …« Hat er Sie geschlagen, wenn Sie ungezogen waren? »Kaum … er kam immer erst sehr spät nach Hause … das war Aufgabe unserer Mutter …«

Laura Biddulphs Eltern, die als Rentner in Oxford lebten, in der Nähe ihrer ältesten Tochter, hatten Amy ebenfalls nur einmal gesehen, als Laura sie im Sommer des vergangenen Jahres zu einem Überraschungsbesuch mitgebracht hatte. Wie die Familie Rogerson schienen sie sich von dem Kind abgewendet zu haben, zu dem sie keinen engen Draht fanden. Mr Biddulph übernahm das Reden.

Ob Laura von Schwierigkeiten in der Ehe gesprochen habe? »Das hätte sie nie getan … Sie wusste genau, dass sie von uns nicht mehr zu erwarten hatte als ›Wir haben's dir ja gleich gesagt‹ …« Martin Rogerson sei ihnen als Schwiegersohn also nicht willkommen gewesen? »Natürlich nicht – der war ja nicht viel besser als ein Kinderschänder – sich so ein blutjunges Ding zu nehmen … Wie eine Trophäe!« Ob sie von Lauras Absicht, ihn zu verlassen, gewusst hätten? »Nein – es traf uns wie ein Blitz aus heiterem Himmel, als sie anrief und sagte, dass sie mit einem anderen Mann zusammen sei …« Ob sie Townsend einmal kennen gelernt hätten? »Nein …« Ob Laura von ihm gesprochen habe? »Ich glaube, sie erzählte mal, er sei Bauunternehmer …« Ob Amy während ihres Aufenthalts bei ihnen über Martin Rogerson gesprochen habe? »Nein … wir ermunterten sie auch nicht dazu …« Ob zwischen Laura und ihrer Tochter eine liebevolle Beziehung bestanden habe? »Wenn Sie damit meinen, ob die beiden sich dauernd abgeknutscht haben, dann nein … Wir sind in unserer Familie eher zurückhaltend …« Ob ihnen irgendetwas aufgefallen sei, was hätte vermuten lassen, dass Amy misshandelt wurde? »Von wem? – Martin oder Laura?« Ganz gleich.

»Also, von Laura bestimmt nicht ... die könnte keiner Fliege was zu Leide tun ... Bei Martin sieht das anders aus – der Mann ist zu allem fähig ...«

Lauras Schwester ließ die Antworten in einem anderen Licht erscheinen. »Meine Mutter war achtundvierzig, als Laura geboren wurde. Sie glaubte, sie wäre im Klimakterium, als plötzlich ein strammer kleiner Säugling das Licht der Welt erblickte. Ich war achtzehn, und mein Bruder war sechzehn. Wir dachten, Mama hätte den ersten Altersspeck angesetzt – stattdessen wird uns Shirley Temple aufgetischt. So ein singendes, tanzendes Lockenköpfchen, tausendmal niedlicher als wir je waren. Sie wurde nach Strich und Faden verwöhnt. Mein Vater, der nicht mehr der Jüngste war, entdeckte plötzlich die Freuden der Vaterschaft, und unsere Mutter musste sich mit dem zweiten Platz zufrieden geben. Dad hat es einzig sich selbst zuzuschreiben, dass Laura einen Mann wie Martin geheiratet hat. Er hat ihr ja selbst gezeigt, mit welcher Leichtigkeit sich die Männer von einem hübschen Mädchen um den Finger wickeln lassen.«

»Verstehen Sie sich mit ihr?«

»Ich kenne sie ja kaum. Sie ist eher wie eine entfernte Verwandte.«

»Beneiden Sie sie?«

Die Schwester, mit einem Landwirt verheiratet, war eine robuste Person, mit windgeröteten Wangen und schwieligen Händen.

»Ja, früher mal war ich neidisch«, bekannte sie. »Jetzt nicht mehr. Sie hat ihren Glanz verloren, als sie Martin heiratete.«

»Haben Sie Amy kennen gelernt, als die beiden hier waren?«

»O ja. Laura war einmal abends mit ihr bei uns.«

»Und was für einen Eindruck hatten Sie von ihr?«

Sie lächelte ziemlich zynisch. »Sie ist der Abklatsch ihrer Mutter – das trällernde kleine Tanzpüppchen, wenn sie glaubt, damit ließe sich was erreichen, ein stilles Mäuschen, wenn's nicht danach aussieht. Meinen Mann hatte sie binnen zwei Sekunden so weit, dass er ihr fünfzig Pence zusteckte. Er fand, sie wäre das entzückendste Kind, das ihm je begegnet war.«

»Und wie war's bei Ihnen? Hat sie Sie auch um den Finger gewickelt?«

Sie überlegte einen Moment. »Ja, irgendwie schon, denke ich. Sie war wie das Äffchen des Drehorgelmanns – hängte sich an einen dran, ob man es wollte oder nicht. Das hat sie natürlich von Laura. Bei uns ist ein kurzer Kuss auf die Wange das Höchste der Gefühle, aber Laura muss einen immer anfassen. Sie schlägt ganz aus der Familie.« Sie hielt inne. »So war's jedenfalls früher«, fügte sie mit leichter Verblüffung hinzu. »Wenn ich jetzt zurückdenke, fällt mir auf, dass sie im letzten Sommer auffallend zurückhaltend war.«

Die Nachbarn in Portisfield waren sehr erpicht darauf zu helfen – allzu sehr in einigen Fällen –, aber was sie an Informationen zu bieten hatten, war enttäuschend. Diejenigen, welche Amy kannten, hatten sie in den letzten zwei Wochen nicht gesehen; und die, welche sie nicht kannten, lieferten der Polizei nichts als falsche Fährten.

»Sie sollten mal die Häuser unten am Ende von der Trinity Street durchsuchen… Da ist so ein Kerl, der sich immer bei den Spielplätzen rumtreibt… ne richtige Tracht Prügel täte dem mal gut, wenn Sie mich fragen…«

»Ja, die Mutter hab ich ab und zu mal gesehen… Ich hab zu meiner Freundin gesagt: ›Hey, was will 'n dieser eklige Gregory mit ner Frau, die höchstens halb so alt ist wie er?‹ ›'n alter Drecksack‹, sagt sie zu mir. ›Kimberley wird garantiert höllisch eifersüchtig. Wart's nur ab. Irgendwann bringen die beiden sich gegenseitig um.‹«

»Ja, ich hab ein Kind gesehen, das mit dem Kind auf dem Foto eine starke Ähnlichkeit hat… ein hübsches kleines Ding mit langem dunklen Haar… Sie saß mit einem Mann in einem Auto, das neben mir an einer Ampel hielt… Es war ein schwarzer Wagen, glaube ich… kein Mini oder Rolls… das sind die einzigen, die ich voneinander unterscheiden kann…«

Die Polizei hatte ihren Posten in Portisfield im Gemeindesaal neben der katholischen Kirche bezogen. In der einen Ecke saß am frühen Samstagnachmittag Chief Inspector Tyler von der Kriminalpolizei und berichtete seinem Chef.

»Irgendwas läuft da… Ich steig nicht ganz dahinter. Die Biddulph ist offensichtlich völlig verstört und fällt von einem Extrem ins andere – entweder sie kreischt und schreit und macht Kimberley Logan fertig, oder sie sitzt da wie ein Zombie. Sie weigert sich, aus dem Haus zu gehen, und lehnt es ab, im Fernsehen aufzutreten und um Amys Rückkehr zu bitten. Rogerson ist das genaue Gegenteil – ruhig und vernünftig, höflich, gefasst, zu allem bereit, worum wir bitten –, und kaum steht er vor der Kamera, bricht er in Tränen aus.«

»Und warum wundert Sie das?«

»Bevor wir zur Pressekonferenz reingingen, hat er Witze gerissen. Die meisten ausgesprochen frauenfeindlich.« Tyler sah seinen Chef an. »Zum Beispiel: ›Was tut man, wenn die Geschirrspülmaschine streikt?‹«

»Keine Ahnung.«

»Man gibt ihr einen Tritt.«

»Hm.« Der Superintendent rieb sich mit einer Hand nachdenklich den Nacken. »Vielleicht ist das seine Art, zu schreien und zu kreischen und die kleine Logan fertig zu machen. Wir können nicht alle zur rechten Zeit das Richtige tun und sagen.« Er hielt kurz inne. »Und Sie sagen, dass die Eltern einander hassen?«

Tyler nickte. »Rogerson nimmt kein Blatt vor den Mund. Er meint, der Altersunterschied sei viel zu groß gewesen, sie hätten nie etwas gemeinsam gemacht… es sei idiotisch von ihm gewesen, sie zu heiraten, er hätte sich von vornherein darüber im Klaren sein müssen, was geschehen würde… Die Affäre mit Townsend sei vorherzusehen gewesen. Er gibt zu, dass er an der Entwicklung nicht ganz schuldlos war, weil er damals viel zu viel gearbeitet hat, aber er behauptet, er trage ihr nichts nach. Er hat sogar durchblicken lassen, dass er ziemlich froh ist, sie los zu sein.« Er lächelte sarkastisch. »Das behauptet er jedenfalls.«

»Sie glauben ihm nicht?«

Tyler dachte darüber nach. »Ich weiß nicht. Er beharrt mir ein bisschen zu sehr darauf, dass es ihm einzig und allein um das Wohl des Kindes geht. Dabei zahlt er keinen Penny Unterhalt für die Kleine und hat sie seit neun Monaten nicht mehr gesehen. Seiner Erklärung zufolge ist daran nur die Mutter schuld, die seine Schecks zurückschickte, als sie mit Townsend zusammenlebte, und danach ganz von der Bildfläche verschwand. Er behauptet, sie manipuliere das Kind und seine Gefühle, um bei der Scheidung einen Trumpf in der Hand zu haben. ›Du hast nie für sie gesorgt, sie mag dich nicht, würde niemals bei dir leben wollen…‹, so in der Richtung.«

»Tja, das ist nichts Ungewöhnliches. Die Kinder werden in solchen Situationen immer benutzt. Das ist traurig, aber nichts Neues.«

»Aber genau das ist doch der springende Punkt, Sir. So weit ich feststellen kann, besteht da keine ›solche Situation‹. Es kommt doch höchst selten vor, dass einem Vater das alleinige Sorgerecht zugesprochen wird, und bei einem Mann, der so viel arbeitet wie Rogerson, ist es noch unwahrscheinlicher. Aber Laura Biddulph scheint überzeugt zu sein, dass man ihr das Kind wegnehmen wird. Warum? Das ist doch ganz unsinnig. Die beiden sollten das gemeinsame Sorgerecht anstreben, dann wäre allen gedient.«

Er machte eine Pause, um seine Gedanken zu ordnen. »Und noch etwas gibt mir zu denken. Rogersons Haus. Kein Mensch käme auf den Gedanken, dass in diesem Haus mal ein Kind gelebt hat. Es gibt nirgends Spielsachen, der Fernseher ist winzig, keine Videos, keine Schaukel oder Kletterstangen im Garten, aber überall kostbarstes Porzellan. Amy muss jedes Mal, wenn sie durchs

Haus gelaufen ist, Todesangst gehabt haben, sie könnte was kaputtmachen.« Er zuckte mit den Schultern. »Für mich stellt sich die Frage, ob er überhaupt ein Kind wollte, geschweige denn das Sorgerecht für dieses Kind, als die Ehefrau sich aus dem Staub machte.«

Wieder ein lang gezogenes »Hmmm«. Wer den Chef nicht kannte, glaubte gern, er summe vor sich hin. Die anderen waren diese wortkargen Denkpausen gewöhnt, die er sich zu gönnen pflegte. Die meisten seiner Mitarbeiter hatten die Gewohnheit übernommen, achteten aber tunlichst darauf, ihn nicht in seinem Beisein nachzuäffen. »Interessant. Haben Sie diese Fragen mal Rogerson vorgelegt?«

Tyler nickte. »Vor der Pressekonferenz. Ich fragte ihn, warum sie um das Kind gestritten haben, wo doch das Problem mit einem Antrag auf gemeinsames Sorgerecht gelöst gewesen wäre. Er sagte, er stimme mir durchaus zu, aber er sei machtlos, wenn seine Frau nicht bereit sei, mit ihm zu sprechen.«

»Und wie reagierte Laura Biddulph darauf?«

»Er ist plausibel, weil er Anwalt ist. Oder umgekehrt.«

»Sie hat Recht. Das sind doch alles verdammte Hyänen.«

Der Chief Inspector lächelte. »Aber da muss noch was andres sein, Sir. Da hat der eine den anderen irgendwie in der Hand, ich weiß nur nicht, wer wen und womit. Rein gefühlsmäßig würde ich sagen, dass Rogerson von irgendeinem schmutzigen Geheimnis seiner Frau weiß – vielleicht im Zusammenhang mit Townsend –, sonst hätte sie sich nicht an Logan verkauft, um zu einem Dach über dem Kopf zu kommen.«

»Was wissen wir von Townsend?«

»Nicht viel. Der ist zurzeit mit seiner neuen Freundin auf Mallorca im Urlaub. Rogerson vertritt ihn weiterhin, was ich persönlich einigermaßen seltsam finde. Ich meine, der Bursche hat ihm immerhin die Frau ausgespannt.« Er sah mit hochgezogenen Augenbrauen auf.

»Vertritt er ihn privat oder geschäftlich?«

»Beides. Laura Biddulph sagte, dass sie ständig miteinander telefonieren.«

Der Superintendent machte ein nachdenkliches Gesicht. »Vielleicht sollte man die Frage andersherum stellen: Was kann Townsend daran liegen, einen Mann, den er hintergangen hat, als Anwalt zu beschäftigen? Das ist doch viel interessanter, meinen Sie nicht? Es legt nahe, dass sie mehr verbindet als Amy und ihre Mutter.«

»Zum Beispiel?«

»Geheimnisse? Vielleicht ist es so, dass von den Männern einer den anderen in der Hand hat. Wo lebt Townsend? Was für Geschäfte macht er?«

»In Southampton. Er hat ein Bauunternehmen, die Firma Etstone. Rogerson hat uns beide Adressen gegeben. Wir hatten gestern Abend von neun Uhr an einen Wagen vor Townsends Haus stehen, für den Fall, dass die Kleine dort auftaucht, und wir haben uns mit den Nachbarn unterhalten. Ein oder zwei erinnern sich an Laura Biddulph und ihre Tochter, aber niemand war näher mit ihnen bekannt. Alle beschrieben sie Townsend als Playboy – ›ganz schön knackig‹, nannte ihn eine der Frauen – und sagten, er sei häufig auf Reisen. Er war zweimal verheiratet. Mit der ersten Frau hielt er es drei Jahre aus, die zweite brachte es nur auf knapp zwölf Monate. Er wechselt die Frauen offenbar wie die Hemden, aber Laura Biddulph war bislang die einzige Freundin, die er bei sich einziehen ließ. Dieser selben Frau zufolge interessiert er sich weit mehr für kurze Abenteuer als für ernsthafte Beziehungen. Gary Butler, der mit ihr sprach, sagte, sie sei definitiv eines der kurzen Abenteuer gewesen und unverkennbar verschnupft darüber.«

»Ein ziemlicher Mistkerl also?«

»Hört sich jedenfalls so an. Bisher haben wir es nicht geschafft, mit jemandem aus seiner Firma zu sprechen. Da ist übers Wochenende geschlossen, und am Anrufbeantworter werden keine Nummern für Notfälle genannt. Er hat allerdings seine Hoteladresse in Mallorca bei seinem Nachbarn hinterlassen für den Fall, dass was los sein sollte, und wir haben versucht, ihn dort zu erreichen. Vom Hoteldirektor haben wir erfahren, dass er sich einen Mietwagen genommen hat und immer zu einem Nacktbadestrand weiter unten an der Küste verschwindet. Er wird heute Abend zurückerwartet. Da werde ich mein Glück noch mal versuchen.«

»Glauben Sie denn, dass er mit der Sache was zu tun hat?«

Tyler schüttelte den Kopf. »Das kann ich mir nicht vorstellen. Er ist seit Dienstag im Ausland, und Amy hat sich seit zwei Wochen jeden Tag heimlich aus dem Staub gemacht. Ich möchte nur keine Möglichkeit auslassen. Vielleicht kann er uns Genaueres darüber sagen, was zwischen den Eltern dieses Kindes abläuft.«

»Hm.« Der Superintendent musterte ihn einen Moment lang aufmerksam. »Ich fürchte, Sie sind auf dem Holzweg, Tyler. Rogerson war den ganzen Tag in der Kanzlei, die Biddulph saß an ihrer Kasse, und Logan fuhr seinen Bus. Rogerson könnte jemanden beauftragt haben, die Kleine zu entführen und festzuhalten, bis der allgemeine Wirbel sich legt... aber er hat dadurch nichts zu gewinnen. Er kann sie nicht einfach nach ein oder zwei Wochen wieder hervorzaubern und erklären, es wäre alles ein Missverständnis gewesen. Vorfälle von Misshandlung oder Missbrauch sind nicht bekannt, und die Lehrer des Kindes beschreiben es als ausgeglichen und bescheinigen ihm überdurchschnittliche Leistungen.« Er machte eine gereizte Handbewegung. »Wir haben es mit einem Psychopathen zu tun. Das ist die einzige Erklärung.«

Tyler schüttelte frustriert den Kopf. »Und wohin ist das Unglückskind dann jeden Tag verschwunden? Bei wem war sie?«

Einer der Computer in der Einsatzzentrale brachte routinemäßig Meldungen anderer Abteilungen. »In Bassindale gibt es Krawalle«, sagte der Mann, der ihn bediente, zu Tyler, als dieser auf dem Weg hinaus kurz Halt machte.

»Wieso?«

»Sie scheinen es auf einen Pädophilen abgesehen zu haben.«

»Wie heißt er?«

»Milosz Zelowski.« Er scrollte durch die Meldungen. »Er wurde vor zwei Wochen aus Portisfield nach Bassindale umgesiedelt … heute Morgen befragt … das Haus durchsucht … hat Polizeischutz verlangt, aber nicht bekommen. Man teilte ihm mit, dass kein Personal zur Verfügung steht … es gibt Gerüchte, dass Amy Biddulph gestern Abend in seiner Straße gesehen wurde … mehr als zweihundert Personen bombardieren sein Haus mit Steinen und Flaschen … Barrikaden werden errichtet … eine Kollegin, die sich dort in der Gegend aufhält, meldet sich nicht … Zelowskis Telefon ist gestört … die Lage außer Kontrolle.« Er blickte auf. »Da kann man wirklich nur sagen, wer die Wahl hat, hat die Qual, Sir.«

»Wie meinen Sie das?«

»Na, suchen wir das Kind oder schützen wir den Pädophilen? Für beides reichen unsere Leute nicht.«

> Meldung an alle Polizeidienststellen

>28. 07. 01
>14 Uhr 43
>Bassindale

>AKTUALISIERUNG – Vermisste Kollegin – Constable Hanson

>Hansons für diesen Vormittag geplante Besuche: W. Barber, Pinder Street 121 – M. Furnow, Harrison Way 72 – J. Derry, Wohnung 506, Glebe Tower
>Vierminütige automatische Anrufe... Barber 729431/Furnow 729071/ Derry 725600
>Keine Antwort
>Keine Antwort
>Keine Antwort
>Keine Antwort
>Keine Antwort

12

Glebe Tower, Bassindale

Jimmy James starrte einen Moment wütend auf das Schild mit der Aufschrift ›Außer Betrieb‹ an der Aufzugtür des Glebe Tower Hochhauses, dann schlug er mit der Faust krachend auf das verbeulte Metall, in dessen grauen Anstrich jemand mit einem Luftgewehr ein V-förmiges Lochmuster gesiebt hatte. Er wollte zu einem Typen im achten Stock, der ihm Geld schuldete, aber zu Fuß da raufkeuchen, das kam nicht in Frage. Der Scheißer ging ihm seit Donnerstag ständig aus dem Weg, da standen die Chancen, dass er zu Hause sein würde, ohnehin schlecht. Wahrscheinlich trieb er sich mit den übrigen Idioten draußen auf der Straße rum.

Es war gespenstisch ruhig im Haus. Sonst hallten samstags im Treppenhaus Kindergeschrei und -gelächter, doch heute waren die Kinder entweder in den Wohnungen eingesperrt, oder sie zogen wie eine Hundemeute hinter der Menge her. Kurz nach Mittag war er an einer Gruppe ABC-Schützen vorübergekommen, die vor der Schule, wo Melanies Truppen sich sammelten, gestanden und im Sprechchor gerufen hatten: » Pello viele raus... pello viele raus...« Sie hatten nicht einmal verstanden, was sie eigentlich sagen sollten – Pädophile raus! –, geschweige denn begriffen, was es bedeutete, und er bezweifelte, dass die Erwachsenen auch nur einen Deut klüger waren. Es deprimierte ihn. Wie Ignoranz ihn immer deprimierte.

Er zündete sich eine Zigarette an und überlegte, was für Möglichkeiten ihm offen standen. Vor dem, was sich hier zusammenbraute, gab es kein Ausweichen. Melanie hatte von einem »Protestmarsch« gesprochen, aber der Benzingeruch in der Luft ließ ganz anderes ahnen. Er hatte einen Umweg gemacht, um eine der Durchfahrtsstraßen zu inspizieren, und sie von Autos blockiert gefunden. Einige der Fahrzeuge lagen umgestoßen auf der Seite, bei allen fehlten die Verschlusskappen der Benzintanks, der Treibstoff war abgezapft worden oder hatte sich auf den Asphalt ergossen. Er beobachtete junge Kerle, die Flaschen mit Benzin füllten, und Mädchen, die Lumpen in die Flaschenhälse stopften. Man brauchte kein Prophet zu sein, um vorauszusehen, dass Krieg im Anzug war. Auf der anderen Seite der Barrikaden war ein einsamer Streifenwagen zu sehen; die tiefe Besorgnis in den Gesichtern der beiden Beamten spiegelte Jimmys Gefühle.

Der Pädophile war den Leuten in der Acid Row nur ein Vorwand, um ihrem brodelnden Groll Luft zu machen. Sie waren die Juden im Getto, die Schwarzen in den Townships, die Ausgestoßenen, die am Wohlstand der Gesellschaft keinen Anteil hatten. Und das Ironische daran war, dass es größtenteils Weiße waren. Bis zu einem gewissen Punkt konnte Jimmy es ihnen nachfühlen – wie jeder Schwarze im Land –, aber er verachtete sie auch für ihre mangelnde Bereitschaft, etwas zu verändern.

Er hatte fest vor, Melanie und die Kinder hier herauszuholen – sich in London etwas Anständiges zu suchen, was ihm erlauben würde, keine krummen Sachen mehr zu machen und es zu etwas zu bringen... oder *hatte* es vorgehabt, wie er sich niedergeschlagen sagte, bis er entdeckte, dass keiner seiner Kontakte an diesem Tag erreichbar war.

Mindestens zwei waren klug genug gewesen, aus der Acid Row zu verschwinden, bevor die Barrikaden hochgezogen wurden, und ein dritter hatte einfach seine Tür nicht geöffnet. Alle drei wollten sie aus unterschiedlichen Gründen nichts mit den Bullen zu tun bekommen, und das hieß, es war das Gescheiteste, von der Bildfläche zu verschwinden, bis der ganze Zauber vorbei war. Aus den Augen, aus dem Sinn, und morgen war noch Zeit genug, die Verhandlungen wieder aufzunehmen. Sehr schnell führten Jimmys Überlegungen zu der gleichen Schlussfolgerung. Eigentlich hatte er um diese Zeit schon mit Geld in der Tasche und verkäuflicher Ware im Zug sitzen wollen, aber in Ermangelung sowohl des einen als auch des anderen, blieb ihm nichts anderes übrig, als in Melanies Wohnung unterzuschlüpfen und abzuwarten. Er hatte genügend Zeit, ein neues, anständiges Leben anzufangen, wenn er seine Geschäfte erledigt hatte; im Moment begann ihm etwas ganz anderes Sorgen zu machen. War es klug gewesen, Melanie und die zwei Kleinen ganz allein losmarschieren zu lassen? Wer zum Teufel konnte wissen, was die Kretins von der Acid Row für die Humbert Street geplant hatten!

Er zermalmte den Stummel seiner Zigarette unter dem Stiefelabsatz und schlug mit der flachen Hand wütend auf den Aufzugknopf. Wenn nur *eine* Sache geklappt hätte, mehr hätte es gar nicht gebraucht, aber hier, in diesem Scheißkaff, funktionierte ja nichts! Nur aus Wut hatte er zum Schlag gegen den streikenden Aufzug ausgeholt, und da öffnete sich plötzlich ratternd und klappernd die Eisentür. Er glaubte schon, er hätte endlich doch Glück, als er den reglosen Körper auf dem Boden liegen sah. O Gott! Ogottogott!

Er überlegte gar nicht – machte einfach kehrt und lief davon.

Im Haus Humbert Street 23

Sophie wich in eine Zimmerecke zurück und wühlte in ihrer Tasche nach einem Papiertuch, um den Geschmack wegzuwischen, den die Hand des alten Mannes auf ihren Lippen hinterlassen hatte. Sie hatte so fürchterliche Angst, dass ihre Finger ihr nicht gehorchten; sie musste sie fest an die Wand drücken, um dem Zittern Einhalt zu gebieten. Ein Durcheinander von Möbelstücken füllte das Zimmer. Franek stand mit schräg geneigtem Kopf vor der offenen Tür und bewachte sie, während er dem Rumoren seines Sohnes lauschte, der draußen im Treppenflur irgendeinen schweren Gegenstand herumschob. Nicht einen Moment verließ sein Blick ihr Gesicht – ein unverwandtes Starren, das sie zwang, ihn anzusehen. Was, wenn er näher kam? Was, wenn er sie von neuem attackierte? Das Geschrei der Menge dröhnte in ihren Ohren. »Drecksau… Ficker… Perverser…«

Sie verstand das alles nicht. Woher war die Menschenmenge gekommen? Was hatte zu diesem Tumult geführt? Noch vor einer halben Stunde war die Straße praktisch leer gewesen. Angst um sich selbst beherrschte ihr Denken und verdrängte alle Gedanken an Melanies Pädophilen. War sie ganz bewusst hierher gelockt worden? Hatte jemand sie ins Haus gehen sehen und erkannt, dass sie in Gefahr war? »Drecksau… Ficker… Perverser…« Aber warum hatte man sie dann angegriffen, als sie das Haus verlassen wollte? Und wo war die Polizei?

Es war, als versuchte sie, durch dichten Nebel ihren Weg zu finden. Ihr Verstand war gelähmt von der Bösartigkeit des alten Mannes. Keine ihrer Phantasien über ihn konnte schlimmer sein als die Wirklichkeit. Sie wusste, dass er in Gedanken wie vorhin, als sie das Ende der Treppe erreicht hatten, ihre Brüste unter seinen Händen spürte und ihr Gesäß unter seinem hart stoßenden Glied, und fühlte, wie er jedes kleinste Beben von ihr, das ihm verriet, dass auch sie diesen Moment schaudernd wiedererlebte, bis ins Letzte auskostete.

Plötzlich machte er einen Schritt auf sie zu.

»Ich bring Sie um!«, warnte sie mit vor Trockenheit krächzender Stimme. Sie tastete nach dem Pfefferspray in ihrer Tasche und konnte nicht glauben, dass es ausgerechnet dies eine Mal, da sie es brauchte, zusammen mit ihrem Handy in ihrem Koffer lag. Wo war der Koffer überhaupt? Hatte Nicholas ihn geholt oder stand er immer noch neben der Haustür?

Nicholas hatte offenbar ihre Worte gehört; er machte eine

scharfe Bemerkung auf Polnisch, und sein Vater drehte widerwillig den Kopf, um zur Tür hinauszuschauen. Es war ein plötzliches Erwachen – eine Befreiung aus dem Bann. In wilder Hast sah sie sich nach einer Waffe um und schnappte sich zwei Stühle mit steifen Rückenlehnen, die sie, nachdem sie sie vor sich aufgestellt hatte, dicht an ihre Beine heranzog.

Franek hörte das Scharren der hölzernen Beine auf den Dielenbrettern. »Was soll das?«, fragte er wütend. »Glauben Sie, dass die Stühle Sie retten? Sie sollten lieber Milosz helfen, schwere Möbel vor die Tür zu schieben, damit wir sicher sind. Er versucht gerade, den Schrank aus meinem Zimmer durch die Tür zu kriegen. Das ist vernünftig. Aber das hier –« er wies auf die beiden Stühle – »ist es nicht.«

Ohne auf ihn zu achten, griff sie nach einer großen Glasvase und einem alten Cricketschläger, deponierte beides auf einem der Stühle, die sie vor sich hatte, und ließ einige Bücher mit hartem Einband sowie einen abgegriffenen Emailteller mit geschwungenem Rand folgen.

»Los, tun Sie, was ich sage. Helfen Sie Milosz.«

Sie schüttelte den Kopf und hob die Vase mit beiden Händen. Hinter ihm entdeckte sie ans Treppengeländer gelehnt ihren Koffer.

Er lachte glucksend. »Sie glauben, das Glas wird meinen Kopf zertrümmern?« Er tippte sich an die Stirn. »Eisenhart. Bilden Sie sich wirklich ein, Sie könnten sich gegen Franek wehren? Schauen Sie her!« Er ballte beide Hände zu Fäusten und tänzelte ihr entgegen wie ein Boxer, wobei er einen Schlag nach ihrer Wange vortäuschte. »Ein Treffer, und Sie gehen zu Boden.«

Sie wollte zurückweichen, sich davonstehlen, eine Konfrontation vermeiden, aber das ging nicht, weil direkt hinter ihr die Wand war und gegen ihre Schulterblätter drückte. Sie befeuchtete ihre Lippen. »Nur zu«, sagte sie mit einer Stimme, die heiser war vor Furcht. »Aber beim ersten Versuch schlag ich Ihnen den Schädel ein, darauf können Sie sich verlassen.«

Er war unverkennbar in Versuchung. Seine stechenden kleinen

Augen glitzerten vor Erregung. Aber er schüttelte den Kopf. »Es gibt Wichtigeres zu tun.«

Erneut fuhr sie sich mit der Zunge über die Lippen.

»Das gefällt mir«, sagte er befriedigt. »Sie haben jetzt große Angst. Sie tun, was Franek Ihnen sagt.«

»Nicht bevor Sie mir meinen Koffer geben«, schaffte sie zu entgegnen und wies gleichzeitig mit einer ruckartigen Kopfbewegung zum Treppengeländer.

Sein Blick folgte dem ihren. »Dauernd schreien Sie nach diesem Koffer. Was ist da drin?«

»Antiseptische Tupfer. Ich muss die Wunde an meinem Arm reinigen.«

Er war neugierig genug, um den Koffer zu holen, und begann sogleich an den Schlössern herumzufummeln. »Erst helfen Sie Milosz, dann gebe ich Ihnen den Koffer.«

»Nein.«

Er runzelte unwillig die Stirn, als wär er Widerspruch nicht gewöhnt. »Tun Sie, was ich sage.«

»Nein.«

»Muss ich Ihnen erst weh tun?«

Sie antwortete mit einem Achselzucken, das ihr halbwegs überzeugend zu wirken schien. »Ich werd's überleben, wenn diese Leute da draußen hier reinkommen. Sie nicht.« Sie sah ihm einen Moment beim Kampf mit den Kofferschlössern zu. »Sie verschwenden Ihre Zeit. Es ist ein Zahlenschloss.«

Ärgerlich ließ er den Koffer zu Boden fallen. »Sie sind diejenige, die Zeit verschwendet. Mit Ihrer dauernden Nein-Sagerei.«

»Gehen Sie doch selbst hin und helfen Sie Milosz!« Sophie fragte sich, wie lange ihre Beine sie noch tragen würden. »Schließlich versucht er doch, *Ihren* Hals zu retten.«

»Sie warten wohl nur auf eine Gelegenheit, hier rauszukommen? Durchs Fenster vielleicht?«

Sie schüttelte den Kopf.

»Okay. Bleiben Sie hier.« Er ging plötzlich.

Sophie ließ die Vase wieder auf den Stuhl hinunter und legte ihre zitternde Hand auf seine Rückenlehne. War das eine Falle? War er nur verschwunden, um ihr aufzulauern? Sie versuchte, allen Mut zusammenzuraffen, um hinter ihrer Barrikade hervorzuschießen und den Koffer an sich zu reißen – aber die Furcht schlug sie in Bann. Bestimmt war es klüger, nicht aufzumucken. Hier in dieser Ecke war sie geschützt, sie konnte sich mit dem Cricketschläger verteidigen, wenn er zu nahe kam, ihm mit dem Glas das Gesicht zerschneiden. Es bedurfte einer ungeheuren Willensanstrengung, hinter den Stühlen hervorzukommen. Alle ihre Instinkte rieten ihr davon ab. Besser sich fügen ... gehorchen ... beschwichtigen ... Aber er hatte getan, was sie sich gewünscht hatte – er hatte sie mit dem Koffer allein gelassen –, und die Geräusche des Möbelrückens draußen im Flur machten ihr Mut. Binnen einer halben Sekunde war sie hin und wieder zurück und drehte, hinter den Stühlen kauernd, an den Rädchen der Zahlenschlösser. Schnell – schnell – schnell! Sie riss ihr Handy heraus und drückte den Knopf für die eingespeicherten Nummern. »Jenny«, flüsterte sie, über die Stuhlsitze hinweg zur offenen Tür und zum Flur dahinter blickend. »Ich bin's, Sophie. – Nein, ich kann nicht. Hören Sie mir einfach zu. Ich brauche Hilfe. Rufen Sie die Polizei an. Sagen Sie ihnen, dass ich bei der letzten Adresse bin, die Sie mir gegeben haben. Ja – bei Hollis. Der Mann hält mich hier gewaltsam fest. Draußen ist alles voller Menschen. Es ist verrückt. *Er* ist verrückt. Ich glaube, er hat vor, mich zu vergewaltigen –« Sie brach ab, als sie einen Schatten über das Treppengeländer huschen sah. Hastig schaltete sie das Handy aus für den Fall, dass Jenny versuchen sollte zurückzurufen. Dann warf sie das Telefon in den Koffer, ergriff einen Tupfer, klappte den Deckel zu und verstellte die Zahlenkombinationen der Schlösser. Das Pfefferspray herauszuholen, war ihr keine Zeit geblieben.

Franek hievte mit vor Anstrengung grauem Gesicht die Ecke eines Eichenschranks durch die Tür. »Was tun Sie da?«, fragte er misstrauisch.

Sie riss den Tupfer aus der Zellophanverpackung und drückte

ihn auf ihren Arm. »Ich versuche, mich vor Ihrem Dreck hier zu schützen.« Sie bemerkte Nicholas am anderen Ende des Schranks. »Sie haben kein Recht, mich hier einzusperren«, sagte sie zu ihm. »Die Leute da draußen haben es nicht auf mich abgesehen. Die meisten von ihnen kennen mich. Ich bin ihre Hausärztin. Es wäre viel vernünftiger, Sie würden mich mit ihnen reden lassen. Wenn Sie mich in eines der vorderen Zimmer bringen, kann ich es dort vom Fenster aus tun. Vielleicht kann ich die Leute dazu bewegen, die Polizei zu holen.«

»Die Polizei ist doch schuld an dem Ganzen!« Erbost presste Franek die Worte zwischen keuchenden Atemstößen hervor. »Die haben uns den ganzen Ärger aufgehalst, als sie zu uns kamen, um nach dem verschwundenen kleinen Mädchen zu fragen.« Er überließ es seinem Sohn, den Rest des Schranks ins Zimmer zu bugsieren und ließ sich mit ein paar leisen Worten auf Polnisch erschöpft an die Wand sinken.

»Sie müssen ihm helfen.« Nicholas sprach, während er die Tür zustieß und den Schrank davor schob. »Er bekommt keine Luft, sagt er.«

Sophie konzentrierte sich auf die Reinigung der Wunde an ihrem Arm. Sie brauchte Zeit zum Überlegen. Ein verschwundenes kleines Mädchen? Amy Biddulph?

»Bitte, Dr. Morrison. Er hätte sich nicht so anstrengen dürfen. Der Schrank war viel zu schwer für ihn.«

Sie warf einen Blick zu Franek hinüber, der sie unter halb gesenkten Lidern hervor beobachtete. »Nein«, sagte sie entschieden. »Ihr Vater hat seine Rechte als mein Patient eingebüßt, als er mich mit Gewalt hier festgehalten hat. Es ist daher mein gutes Recht, meine eigene Sicherheit über seine zu stellen.«

Nicholas versuchte es mit einem entschuldigenden Lächeln und sagte, während er weitere Möbelstücke vor den Schrank schob, um in der Mitte des Zimmers einen freien Raum zu schaffen: »Er hatte Angst, Sie würden gehen und uns allein zurücklassen. Sonst hätte er das nicht getan.«

»Das ist keine Entschuldigung.«

Nicholas, der jetzt seinen Vater zur Zimmermitte führte und ihm zum Boden hinunterhalf, wo er sich an einige Sesselpolster gelehnt niedersetzte, nickte zustimmend. »Wenn er Angst hat, ist er nicht fähig, einen klaren Gedanken zu fassen.« Mit überraschend zarter Hand strich er dem alten Mann das Haar aus dem Gesicht. »Das geht uns doch allen so.«

Ganz so unrecht hat er damit nicht, dachte Sophie, die sich ihres kopflosen Rückzugs den Korridor hinunter erinnerte. Wenn sie ihre fünf Sinne beisammen gehabt hätte, wäre sie in die andere Richtung gelaufen und hätte ihr Heil in der Flucht zur Straße hingesucht. Sicherlich hatte sie doch draußen mehr Verbündete als hier drinnen? Hatte sie hier drinnen überhaupt welche? »Ihr Vater hat mich mit seinen dreckigen Pfoten begrapscht und mit seinem erigierten Penis bedrängt«, sagte sie kalt und direkt. »Nennen Sie das, ›keinen klaren Gedanken fassen können‹?«

Er seufzte, schien eher resigniert als überrascht. »Es tut mir Leid«, sagte er unangemessen.

Sie erwartete eine Erklärung, aber mehr als eine Entschuldigung würde sie offenbar nicht bekommen. Fürs Erste jedenfalls.

Von unten vernahmen sie gedämpft, aber erkennbar, das Klirren splitternden Glases.

Glebe Road, Bassindale

Jimmy ging langsamer, als er das Ende der Glebe Road erreichte und in die Bassindale Row North einbog. Zu seiner Rechten befand sich eine der vier Straßensperren, mit betrunkenen Jugendlichen bemannt, die mit lautem Spott die Beamten in den Streifenwagen auf der anderen Seite verhöhnten. Zu seiner Linken lag, um die hundert Meter entfernt, die Humbert Street, an deren Einmündung sich Rudel aufgeregter Kinder tummelten. Du lieber Gott! Wenn er versuchte, in Mels Wohnung zu gelangen, würde er in den

Krieg gegen die Pädophilen reingezogen, und wenn er versuchte, aus der Row zu verschwinden, würde er in den Krieg gegen die Bullen reingezogen werden.

Was sollte er tun? Erst einmal zog er sich in die Glebe Road zurück und lehnte sich an eine Mauer, um zu verschnaufen. Auf der anderen Straßenseite bemerkte er eine alte Frau, die ihn von ihrem Fenster aus beobachtete. Und an einem anderen zwei Kinder. Augen überall! Es veranlasste ihn, sich zu fragen, ob jemand ihn beobachtet hatte, als er wie ein mit Steroiden voll getankter Ben Johnson aus dem Hochhaus gesprintet war. Er musste ja wie das schlechte Gewissen in Person gewirkt haben. Scheiße! Er hätte nicht so total den Kopf verlieren dürfen. Er erinnerte sich, dass er den Aufzugknopf berührt hatte. In dem Müll auf dem Boden lag ein Zigarettenstummel mit seiner DNS. Das reichte dicke, um ihn wegen versuchten Mordes zu kassieren.

Wild fluchend zog er sein Handy heraus und klappte es auf. Wütend, weil er gar nicht tun wollte, was er gleich tun würde. Weil er es sich nicht leisten konnte. Seine Kontakte würden ihn sämtlich fallen lassen wie eine heiße Kartoffel, wenn sie wüssten, dass er mit den Bullen telefonierte. Und dabei war es sowieso umsonst. Der Rettungswagen würde nicht an den Straßensperren vorbeikommen.

Er tippte 9-9-9 ein.

>Meldung an alle Polizeidienststellen

>NOTRUFLEITUNGEN ÜBERLASTET

>28. 07. 01
>14 Uhr 49
>Bassindale

>Jennifer Monroe, Nightingale Health Centre, meldet, dass Ärztin von Hollis, Humbert Street 23, als Geisel genommen worden ist.
>Vergewaltigung befürchtet
>Derzeitiger Mieter des Hauses Humbert Street 23: Milosz Zelowski
>Vermutlich alias Hollis

>NOTRUFLEITUNGEN ÜBERLASTET

>AKTUALISIERUNG: Streifenwagen 031 meldet weiterhin Blockade aller Zufahrtsstraßen
>Verhandlungen laufen weiter

>Meldung an alle Polizeidienststellen

>28. 07. 01
>14 Uhr 53
>Bassindale
>Anonymer Anrufer erbittet Hilfe für verletzte Polizeibeamtin
>Verbindung mit Notarzt hergestellt
>So weit bekannt ist Constable Hanson die einzige Kollegin, die sich in der Gegend aufhält

13

Vor dem Haus Humbert Street 23

Unter den Leuten kursierte ein Gerücht, es hätte jemand, kurz bevor der erste Stein geflogen war, ein Kind an der Haustür des Pädophilen gesehen. Wie beim ›Stille-Post‹-Spiel war aus »eine kleine zierliche Frau mit einem schwarzen Koffer« im Nu »ein kleines Mädchen mit schwarzen Leggings« geworden, womit die Behauptung, Amy sei am Tag zuvor in der Humbert Street gesehen worden, bestätigt schien. Es war ja eigentlich auch ganz logisch. Wo hätte die Kleine anders sein sollen als im Haus eines Mannes, der bis vor zwei Wochen in Portisfield ihr Nachbar gewesen war?

Es gab reichlich Hinweise, an denen sie hätten erkennen können, dass sie im Irrtum waren:

Die jungen Leute, die seit Tagen »Perverser, Perverser« grölten, hatten an diesem Tag um halb drei Uhr eine Frau ins Haus gehen sehen.

Die Nachbarn von Haus Nummer 23 hatten am Morgen einen Streifenwagen mit mehreren Polizeibeamten vorfahren sehen, die Milosz Zelowski befragt und sein Haus ohne Ergebnis vom Keller bis zum Dachboden durchsucht hatten.

Ein Auto mit einem ›Arzt‹-Aufkleber auf der Windschutzscheibe, das ein Stück straßabwärts abgestellt worden war, stand mehr als eine Stunde später immer noch da.

Es war doch höchst unwahrscheinlich, dass ein vorbestrafter

Pädophiler sein Opfer dem Auge der Öffentlichkeit preisgeben würde.

Aber der Menge fehlte es an Einigkeit. Es gab zu viele verschiedene Gruppen und zu viele Anführer. Jeder wollte eine Stimme haben. Die Jugend wollte Krieg. Die Alten wollten Respekt. Die Frauen wollten Sicherheit. Einzig in ihrem Schlachtruf, »Raus mit den Perversen«, waren sie sich einig, und am lautesten schrien die halbwüchsigen Mädchen, die so viel getrunken hatten wie ihre Freunde, aber weniger vertrugen. Wie die Fischweiber stachelten sie in ihrer Trunkenheit die Burschen zu immer aggressiverem Handeln an.

Hinterher würden sie alles, was sie getan hatten, mit der Pauschalentschuldigung rechtfertigen, sie hätten nur »Amy schützen« wollen. Niemand bezweifelte, dass der Pädophile sie in seinem Haus festhielt. Sie war in der Humbert Street gesehen worden. Sie war an seiner Haustür gesehen worden. Wenn man überhaupt jemandem Vorwürfe machen konnte, dann den Behörden. Es hätte keinen Ärger gegeben, wenn man nicht den bereits schwer geplagten Einwohnern der Siedlung auch noch die Pädophilen aufgehalst hätte. Niemand wollte sie haben. Warum sollten ausgerechnet die Leute von der Acid Row sie aufnehmen, wo vor allem allein erziehende Mütter mit ihren Kindern lebten? Wer außer den Frauen selbst konnte oder wollte denn die Kinder vor Perversen schützen?

Ganz gewiss nicht die Polizei, denen doch zur Rettung von Kindern und Jugendlichen nichts Besseres einfiel, als sie hinter Schloss und Riegel zu bringen.

Melanie stieß Leute auf die Seite und stürmte über die Straße zu ihrem vierzehnjährigen Bruder und seinen Freunden, die Betonplatten und Backsteine aus der niedrigen Mauer rund um den winzigen Garten vor ihrer Maisonette brachen. »Hey, was macht ihr da?«, schrie sie erbost und packte Colin beim Arm, um ihn wegzuziehen. »Das ist das einzige Stück Garten, wo die Kinder spielen können. Wer soll das hinterher wieder richten, kannst du mir das mal sagen? Von euch tut's doch bestimmt keiner.«

»Ach, hör auf!«, fuhr Colin sie ärgerlich an und riss sich von ihr los. »Das wolltest du doch, oder nicht? Den Perversen mal 'n bisschen einheizen.« Er lachte befriedigt, als Wesley Barber es springend und tretend schaffte, drei weitere Ziegelsteine aus dem Mäuerchen zu brechen. »Gut gemacht, Wes.«

Melanie roch das Bier im Atem ihres Bruders und sah den irren Blick in Wesleys Augen, der auf Speed oder Schlimmeres schließen ließ. Verzweifelt sah sie sich nach Gaynor um. Nie hätte sie geglaubt, dass der friedliche Protestmarsch von Müttern und Kindern, den sie geplant hatte, so ausarten würde. Die Mütter, die nicht in der Humbert Street wohnten, waren ausgestiegen, als der Zug das Ende der Glebe Road erreichte und sie die Straßensperre in der Bassindale Row sahen. Es werde ganz sicher zu Gewalt kommen, warnten sie erschrocken und nahmen ihre Kleinen bei den Händen, um mit ihnen nach Hause zu gehen. Gaynor war den Frauen nachgelaufen, weil sie versuchen wollte, sie zur Rückkehr zu bewegen, und seitdem hatte Melanie sie nicht mehr gesehen.

Wo kann sie nur sein? überlegte sie verzweifelt. Hatte ihre Mutter sie etwa auch im Stich gelassen? Bei dem Gedanken geriet sie beinahe in Panik. Und Rosie und Ben, was war mit denen? Sie hatte sie zum Sammelplatz vor der Glebe School mitgenommen – Ben im Buggy, Rosie zu Fuß –, aber als der Demonstrationszug zur Humbert Street gelangte, ging alles drunter und drüber, und sie hatte die Kinder ins Haus gebracht und ihnen gesagt, sie sollten sich vor den Fernseher setzen, bis es draußen wieder ruhiger geworden sei. Die versammelte Menschenmenge wurde von Minute zu Minute größer und ungebärdiger, und ihr Häuschen war direkt neben der Nummer 23. Wenn jetzt besoffene Idioten wie Colin anfingen, mit Ziegelsteinen zu schmeißen ...

Sie schlug ihm mit der Faust auf den Arm. »Ihr macht Rosie Angst«, schrie sie ihn zornig an, als sie am Fenster das kleine weiße

Gesicht ihrer Tochter erkannte. »Ich hab sie und Ben ins Haus bringen müssen, weil's hier draußen zu gefährlich geworden war.«

Erschrocken richtete er den Blick auf das Fenster. »Mensch, Mel! Ich dachte, die Kinder wären bei uns. Mum hat gesagt, dass Bryan nach ihnen schaut. Wieso hast du sie zu so was mitgeschleppt?«

Sie zog unglücklich die Schultern hoch und ließ sie wieder herabfallen. »Alle sind mit ihren Kindern gekommen. Wir wollten doch die Gemeinde in Verlegenheit bringen. Aber dann sind die anderen alle abgehauen... und Mum ist spurlos verschwunden. Ich hab sie überall gesucht.«

»Du bist echt eine so blöde Kuh«, sagte er vernichtend, während er die Menschenmasse musterte, die beide Enden der Straße verstopfte. »Durch dieses Gewühl kriegst du sie doch nie durch. Das sind doch lauter Arschlöcher. Da braucht nur eine von euch zu stolpern, und ihr werdet alle totgetrampelt.«

Ihr kamen die Tränen. »Ich hab doch keine Ahnung gehabt, dass es so wird. Es sollte ein Protestmarsch sein.«

»Du hast das Ganze ins Rollen gebracht«, entgegnete er. »Raus mit den Kinderschändern, hast du gesagt.«

»Aber doch nicht so«, protestierte sie. »Es ist alles total aus dem Ruder gelaufen.« Sie umklammerte seinen Arm. »Was soll ich jetzt tun, Col? Ich bring mich um, wenn meinen Kindern was passiert.«

Die Angst in ihrem Gesicht ernüchterte ihn. »Sieh zu, dass du Jimmy findest«, riet er. »Der ist groß und stark. Der wird's schon schaffen, euch hier rauszubringen, ohne dass euch was passiert.«

Im Haus Humbert Street 23

Sophie stand regungslos in ihrer Ecke und lauschte. Es waren keine Geräusche splitternden Glases mehr zu hören, und sie vermutete, dass das Klirren zuvor nur den Einbruch der Reste des Wohnzimmerfensters begleitet hatte. Mit einem schnellen Blick auf ihre

Uhr stellte sie fest, dass gut dreißig Minuten vergangen waren, seit der Stein sie getroffen und zehn seit sie Jenny angerufen hatte, aber bisher war nichts weiter zu hören, als das unablässige gedämpfte Grollen der Menge draußen auf der Straße.

Keine Polizeisirenen. Keine barschen Stimmen, die über Lautsprecher Befehle brüllten. Keine Angstschreie. Kein Füßetrampeln flüchtender Randalierer.

Ihr Hirn war ausgepowert von den endlos kreisenden Gedanken, und sie beobachtete die Männer unter gesenkten Lidern hervor. Nicholas starrte auf seine Uhr, als wunderte auch er sich, wo die Polizei blieb, Franek jedoch hatte nur Augen für sie. Was wollte er von ihr? *Sie sorgen dafür, dass uns nichts passiert, bis die Polizei kommt…* War sie eine Geisel? War sie ein Opfer? War sie beides? Kümmerte es Franek auch nur im Geringsten, wie es ihr ging, solange ihre Anwesenheit ihn vor der wütenden Menge schützte? »Drecksau… Ficker… Perverser…« Wie groß war die Gefahr, die von ihm ausging? Glaubte er, wenn er sie vergewaltigte, würde sie nicht den Mut zu einem Fluchtversuch finden? Konnte er damit Recht haben? Was würde werden, wenn aus den Minuten des Wartens Stunden wurden? Fragen, Fragen, Fragen…

Sie wünschte jetzt, sie hätte die Barrikade nicht so eng um sich gezogen, dass sie sich kaum rühren und nur entspannen konnte, indem sie abwechselnd die eine und die andere Schulter an die Wand lehnte. Sie bemühte sich, ihre Bewegungen auf ein Minimum zu beschränken, weil sie sah, dass er mit jedem Mal, da die Seide ihres Tops über ihrem Busen spannte, erregter wurde, aber sie begann müde zu werden, und ihr Magen flatterte umso stärker, je heftiger ihre Unschlüssigkeit sie quälte. Unter seinem saugenden Blick – eine ekelhafte Perversion des bewundernden Blicks eines normalen Mannes – fühlte sie sich schmutzig und schuldig und verschränkte die Arme vor ihrer Brust in dem vergeblichen Bemühen, sich zu bedecken.

Sie hätte nie ein ärmelloses Top anziehen dürfen… sie zeigte zu viel Haut…

Melanie irrte sich ... er konnte unmöglich ein Pädophiler sein ... niemals würde er sie so ansehen, wenn er pädophil wäre ...

Die Stille im Zimmer war unerträglich. Ebenso die Hitze. Der Geruch der Körperausdünstungen des alten Mannes setzte ihr zu und rief einen Brechreiz hervor.

Sie zwang sich zu sprechen. »Irgendetwas stimmt da nicht«, sagte sie krächzend, weil ihr Hals wie ausgedörrt war.

Nicholas warf einen nervösen Blick zum Fenster. »Was denn?«

»Wir müssten längst Sirenen hören.«

Er war offenbar der gleichen Meinung. Sie sah den Adamsapfel heftig hüpfen, als er schluckte. »Vielleicht hat es niemand für nötig gehalten, die Polizei zu alarmieren.«

Sophie versuchte, den Innenraum ihres Mundes mit der Zunge zu befeuchten. »Und warum nicht?«, erkundigte sie sich in ruhigerem Ton.

Nicholas sah seinen Vater an, aber der alte Mann hielt seinen Blick weiterhin unverwandt auf Sophie gerichtet und war nicht bereit, sich zu einer Erklärung verleiten zu lassen.

»Sie mögen uns nicht«, sagte Nicholas.

»Das habe ich mir fast gedacht«, versetzte sie mit Ironie.

Er antwortete nicht.

»Ich mag meine Nachbarn auch nicht besonders«, bemerkte sie, verzweifelt bemüht, ein Gespräch in Gang zu halten, »aber ich würde bestimmt nicht untätig zusehen, wenn die Leute mit Steinen auf sie werfen würden.«

»Es wäre nie soweit gekommen, wenn sie einen Krankenwagen geschickt hätten. Mein Vater und ich hätten das Haus verlassen können, und keiner von uns wäre jetzt in Gefahr.«

»Wussten Sie denn, dass so etwas geschehen würde?«

Er antwortete mit einem kleinen Achselzucken, das sie auslegen konnte, wie sie wollte.

»Warum haben Sie nicht die Polizei angerufen?«

»Das habe ich doch getan«, erwiderte er niedergeschlagen. »Mehrmals sogar. Aber sie sind nie gekommen.«

»Und daraufhin haben Sie in der Praxis angerufen?«

Er nickte. »Ich habe extra gesagt, sie sollen keine Frau schicken – aber es hat mir offensichtlich keiner zugehört.«

»Sie erklärten, es sei ein Notfall«, erinnerte sie ihn, »und der nächste männliche Kollege war zwanzig Minuten entfernt.« Sie schüttelte ungläubig den Kopf. »Was hätte ein Mann denn besser machen können als eine Frau?«

»Gar nichts. Ich wollte ganz einfach keine Frau hier haben. Jedenfalls nicht so eine wie sie.« Er machte eine mutlose Handbewegung. »Aber jetzt ist es zu spät… ich kann es nicht ändern.«

O Gott! Die Angst krampfte ihr den Magen zusammen. Was wollte er ihr sagen? Warum wollte er keine Frau hier haben? Wegen des Aufruhrs auf der Straße? Wegen seines Vaters? Der Instinkt sagte ihr, dass es um seinen Vater ging. Jedes Mal, wenn sie ihn ansah, überlief es sie eiskalt. Er erinnerte sie an eine Kloakenratte – unberechenbar, bösartig, Träger von Krankheiten, böse und widerlich. Sie versuchte, sich einzureden, das wäre nur eine Reaktion auf die Art und Weise, wie er sie bedrängt hatte, aber sie wusste, dass das nicht stimmte. Er machte ihr Angst, weil sie keinen Einfluss auf ihn hatte – und ebenso wenig, vermutete sie, sein unnatürlich gefügiger Sohn…

Ich kann es nicht ändern…

Vor dem Haus Humbert Street 23

Melanie drückte zum zehnten Mal innerhalb der letzten fünf Minuten auf den Wiederholungsknopf ihres Handys und lauschte der Computerstimme, die sie aufforderte, eine Nachricht auf Jimmys Mailbox zu hinterlassen.

»Ich versteh das nicht«, sagte sie zu ihrem Bruder. »Er spricht nie so lang.«

»Dann hat er's wahrscheinlich nicht mit.«

Sie holte gereizt Luft. Sie drehten sich im Kreis. »Ich sag dir doch – ich hab gesehen, wie er's eingesteckt hat«, wiederholte sie.

Er zuckte mit den Schultern. »Dann hat er's eben abgeschaltet.«

»Das würde er nie tun, wenn er mitten in Geschäften steckt.«

»Dann hat's ihm jemand geklaut und labert jetzt an seiner Stelle.«

Sie wurde wütend. »Wie oft muss ich es dir noch sagen?«, fuhr sie ihn an. »Jimmy wird nichts geklaut. Da ist irgendwas Schlimmes passiert. Warum versuchst du nicht, das in deinen dicken Schädel reinzukriegen, anstatt mir einen Haufen Blödsinn zu erzählen?«

Der Ausbruch lieferte Colin den Vorwand, auf den er gewartet hatte. Es machte überhaupt keinen Spaß, mit seiner Schwester zusammenzusein, sie hielt ihm ja ständig nur Vorträge, und er hatte weit mehr Bock auf seine Kumpel als auf die unerwünschte Verantwortung für Nichte und Neffen. Er hielt ihr einen Finger unter die Nase. »Vielleicht irrst du dich ja auch manchmal«, sagte er. »Wenn es nicht geklaut ist, wenn er's nicht zu Hause liegen gelassen hat, wenn er's nicht ausgeschaltet hat, wenn er's nicht verloren hat – dann muss er ja wohl mit jemand quaken.« Er wandte sich ab. »Aber ich hab jetzt echt die Schnauze voll, Mel. Es ist dein Problem – sieh selber zu, wie du damit klarkommst.«

Im Haus Humbert Street 23

Der alte Mann konnte Sophies Gedanken lesen. »Sie glauben, ich habe die Panikattacke nur vorgetäuscht, um Sie hier festzuhalten«, sagte er unvermittelt. »Und Sie sind wütend, weil Sie sich haben täuschen lassen. Vielleicht sind Sie gar nicht so eine tolle Ärztin.«

Sie zwang sich, ihn anzusehen. »Und – haben Sie mich getäuscht?«

Seine Augen glitzerten boshaft. »So schlau wie Sie sind, werden Sie das ja wohl selbst herausbekommen, kleine Dame.«

Sie quittierte seine Bemerkung mit einem Achselzucken wie um zu zeigen, dass seine Einschüchterungsversuche keine Wirkung auf sie hatten. »Das habe ich schon. Sie haben vielleicht ein wenig übertrieben, aber das was ich gesehen haben, war größtenteils echt. Sie sind zweifellos Asthmatiker. Sie haben im Moment Atembeschwerden – schon seit Sie den Schrank herumgeschoben haben.« Sie lächelte dünn. »Sie sollten Ihren Inhalator benutzen, bevor es schlimmer wird, Mr Hollis.«

Sie sah zu, wie er sich auf die Hosentaschen klopfte, und erlaubte sich einen Moment der Schadenfreude, als sie seinen Blick nervös zur Tür huschen sah. Es war ein kleiner Triumph – sein Sohn hatte ihn so überstürzt aus dem Wohnzimmer hinausbefördert, dass er nicht an den Inhalator gedacht hatte –, aber es war gleichzeitig ein großer Schritt, ein Stück Kontrolle zurückzuerobern. »Sie werden feststellen, dass Sie ihn unten liegen gelassen haben«, sagte sie.

»Und wenn schon. Ich komme auch ohne zurecht.«

»Wenn Sie meinen.«

Er schlug sich mit der flachen Hand auf die Brust. »Kerngesund. Mir fehlt nichts. Sie wollen mir nur Angst einjagen.«

Da hast du verdammt Recht, Mann! »Das brauche ich gar nicht.« Mit einer ruckhaften Bewegung drehte sie den Kopf zur Straßenseite des Hauses. »Was glauben Sie, wird passieren, wenn hier eine halbe Tonne wütender Männer zur Tür reinstürzt? Sie werden vor lauter Angst an Atemstillstand krepieren.«

Er lachte kurz auf, als amüsierte ihn ihre Aufmüpfigkeit. »Wenn das passiert, werden Sie mir helfen«, entgegnete er. »Das ist Ihre Aufgabe. Sie haben den Hippokrateseid geschworen.«

Sophie schüttelte den Kopf.

»Dann bring ich Sie vor Gericht... verklag Sie wegen unterlassener Hilfeleistung.« Er rieb Daumen und Zeigefinger aneinander. »Sie verlieren Ihre Zulassung, und ich kriege einen Sack voll Geld.«

»Dazu wird es nicht kommen«, erklärte sie.

»Wieso nicht?«

»Sobald ich auf der Treppe Schritte höre, schreie ich ›Vergewaltigung‹. Wenn es die Polizei ist, gehen Sie in den Knast. Wenn es Ihre Nachbar sind, machen sie Kleinholz aus Ihnen.«

»Wenn Sie das wagen, brech ich Ihnen das Genick. Ganz einfach so.« Er verdrehte imaginäre Wirbel mit seinen muskulösen Fingern.

Nicholas trat unbehaglich von einem Fuß auf den anderen. »Muss das sein?«

Sein Vater achtete nicht auf ihn.

»Wir wissen nicht, wie lange wir hier festsitzen werden«, wandte sich Nicholas an Sophie. »Sollten wir nicht versuchen, miteinander auszukommen?«

Die Stimme der Vernunft, dachte sie. »Dann lassen Sie mich für Sie verhandeln. Das ist weit vernünftiger, als sich hier in diesem Backofen zu verschanzen und langsam zu verdursten. Wir haben kein Wasser«, sagte sie.

»Es wird nicht so lange dauern. Die Polizei wird bald hier sein. Bis dahin können wir doch versuchen, freundschaftlich miteinander umzugehen.«

Freundschaftlich? War er genauso verrückt wie sein Vater? »Ihr Vater hat gedroht, mich umzubringen.«

»Und Sie haben gedroht, ihn zu Kleinholz machen zu lassen«, konterte er. »Ich nehme Ihnen das gar nicht übel – Sie haben Angst – wir haben alle Angst. Ich verstehe nur nicht, was es bringen soll. Es wäre besser, wir hielten den Mund, anstatt unentwegt zu sticheln. Dann können wir wenigstens hören, was draußen vor sich geht.«

Sie war versucht, ihm zuzustimmen, weil sie von Natur aus eine friedfertige Person war. Außerdem lechzte sie danach, sich niederzusetzen und nicht ständig auf dem Quivive sein zu müssen. Vielleicht erkannte er die Unschlüssigkeit in ihrem Gesicht, denn er griff nach einem der Stühle und wollte ihn wegziehen.

»Nein!«, rief sie scharf und schlang ihre Hand um die Lehne.

»Hier draußen hätten Sie es viel bequemer«, sagte er ihr gut zuredend.

Es war eine große Verlockung, das war auch Franek klar, der seinem Sohn beifällig auf die Schulter klopfte. Bei Sophie wurden sogleich die wildesten Vermutungen wach. War Nicholas der Zuhälter seines Vaters? War dies eine Variation der Nummer vom bösen und vom netten Bullen? War der Sohn der Verführer? Erklärte das seine Gefügigkeit? Mitten im Tumult ihrer Phantasien sagte der gesunde Menschenverstand ihr, dass es umgekehrt sein musste. *Der Kunde mit dem finsteren Geheimnis ist der Anfällige... die Macht liegt beim Zuhälter, der den anderen in der Hand hat...*

»Ich bleibe lieber, wo ich bin«, sagte sie.

Er drängte nicht. »Okay«, stimmte er zu und zog seine Hand weg. »Geben Sie mir Bescheid, wenn Sie es sich anders überlegen.«

»Das passiert bestimmt nicht.«

»Bilden Sie sich nur ja nicht ein, dass Sie so stark sind«, sagte Franek. »Sie werden schon bald umkippen – bum! –« Er hieb mit einer Hand abwärts durch die Luft – »und dann schläft Ihr Verstand ein, und ich bestimme, was geschieht.«

Sie sagte nichts.

Er musterte sie mit laszivem Blick und grinste, als sie wieder den abgewinkelten Arm über ihre Brust drückte.

»Jetzt haben *Sie* Angst«, höhnte er.

Es stimmte. Wie er jedes Mal zu wissen schien, was in ihr vorging, das war unerträglich. Es war, als wüsste er genau, welchen Knopf er drücken musste, um eine Frau in Angst zu versetzen, und als könnte er ihr vom Gesicht ablesen, welches ihre empfindlichen Punkte waren. Es war eine Invasion. Ein brutaler Angriff auf Mut und Entschlossenheit, der sie mit sich selbst in Streit darüber stürzte, ob sie ihm trotzen oder durch Schweigen zu beschwichtigen suchen sollte. Sie verspürte das dringende Bedürfnis, mit der Zunge ihre Lippen zu befeuchten, die ganz ausgetrocknet waren, aber sie versagte es sich. Er würde das nur als ein weiteres Zeichen der Angst auffassen...

... und Angst erregte ihn ...

Die Erkenntnis zuckte wie ein Blitz in ihre Gedanken. *Angst erregte ihn!* Du lieber Gott, wie hatte sie nur so begriffsstutzig sein können! Über Typen wie ihn waren Bücher geschrieben worden. Sie hatte sogar noch die Definition in ihrem medizinischen Lexikon im Kopf. ›Sadismus – Erzeugung und Befriedigung sexueller Lust durch Quälen anderer, insbesondere in Form von Erniedrigung und Folter.‹

Nicht der Anblick ihres Busens erregte ihn, sondern das Schuldgefühl, das er jedes Mal, wenn sie ihn bedeckte, in ihrem Gesicht erkannte. Nicht den Druck seines erigierten Glieds an ihrem Gesäß erinnerte er, sondern das Entsetzen, mit dem sie sich seinen ekelhaften Geschmack von den Lippen gewischt hatte. Dieser widerliche kleine Wichser holte sich seinen Kick, indem er sie zu erniedrigen suchte. *Sie sind doch keine so tolle Ärztin ...*

Sie musste ihm die Stirn bieten. Ogottogott! War das aber auch wirklich das Richtige? Wenn nur Bob hier gewesen wäre. Er hätte gewusst, was das Richtige war. Er kannte sich mit solchen Typen aus. Er behandelte sie. Bei dem Gedanken an den Geliebten schossen ihr die Tränen in die Augen. Sie waren miteinander verabredet, und er würde nicht einmal wissen, warum sie ihn versetzte.

Tu es! Sie befeuchtete ihre Lippen und senkte die Hände zur Stuhllehne. Franek scharf fixierend, sagte sie: »Erzählen Sie mir von Nicholas' Mutter. Wie groß musste ihre Angst sein, bevor Sie einen hoch kriegten?«

Er runzelte wütend die Stirn und sagte etwas zu Nicholas.

»Er versteht nicht, was Sie meinen«, sagte der, den Blick gesenkt und nicht bereit ihr in die Augen zu sehen.

»Oh, aber Sie verstehen es doch«, entgegnete sie. »Übersetzen Sie es ihm. Fragen Sie ihn, was er ihr antun musste, um in Stimmung zu kommen. Hat er sie gefesselt? Grün und blau geschlagen?«

Nicholas schüttelte den Kopf.

»Na schön. Dann mach ich ihm eben selbst klar, was ich meine. Das Wort ›Sadist‹ wird er ja wohl verstehen.«

Der alte Mann kniff kaum wahrnehmbar die Augen zusammen. »Sie hören besser auf, bevor ich ärgerlich werde«, sagte er.

Sie lachte, schrecklich befriedigt, entzückt über den leicht erzielten Treffer. »Und wo ist Milosz' Mama jetzt?«, fragte sie, seinen Akzent nachäffend, und beugte sich vor. »Hat sich wohl einen andern zum Bumsen gesucht, hm?«

Natürlich war sie nicht vorbereitet. Überhaupt nicht vorbereitet auf die Geschwindigkeit, mit der Franek vom Boden in die Höhe schnellte und ihr die Faust ins Gesicht schlug.

14

Polizeipräsidium Hampshire

Chief Inspector Tyler war in seinem Büro im Präsidium, als ihm ein Anruf aus dem Hotel Bella Vista in Mallorca gemeldet wurde. Es folgte kurzes spanisches Kauderwelsch aus dem Mund einer Telefonistin, dann erklang eine weinerliche Kleinmädchenstimme.

»Der Hoteldirektor hat mir erlaubt, Sie von seinem Telefon aus anzurufen. Er sagt, Sie würden mir vielleicht mit Geld aushelfen, weil Sie nach Eddy gefragt haben.«

Tyler richtete sich auf und griff nach einem Stift. »Sie sprechen von Edward Townsend?«, fragte er.

»Ja«, bestätigte sie mit Jammerstimme. »Er ist so gemein. Der Hoteldirektor hat gesagt, ich muss die Rechnung bezahlen – aber es ist eine Riesensumme... und ich kann doch gar nicht –« Sie begann zu schluchzen.

»Mit wem spreche ich?«, fragte Tyler geduldig. Der Stimme nach schien sie zu jung, um hohe Hotelrechnungen bezahlen zu können.

»Franny Gough. Er hat gesagt, dass er mich liebt«, stammelte sie weinend. »Er hat gesagt, dass er mich heiraten will. Ich weiß nicht, was ich jetzt tun soll... Ich hab keinen Flugschein, weil er mir keinen gegeben hat – und der Hotelmensch hier will mich nicht weglassen, solange die Rechnung nicht bezahlt ist. Den Mietwagen hat er auch mitgenommen... ich hab keine Möglichkeit, zum Flughafen zu kommen... und wenn ich meine Mutter anrufe, bringt sie mich um. Sie hat mir von Anfang an gesagt, dass er nichts taugt... aber ich hab gedacht, sie wäre nur eifersüchtig, weil Eddy genauso alt ist wie sie, und sie keinen Mann findet...«

Er hörte der rührend unreifen Stimme des Mädchens zu, das ihm sein Herz ausschüttete, und fragte sich, ob sie wirklich so arglos war wie sie zu sein vorgab, oder ob sie glaubte, mit Naivität Mitleid erregen zu können. Aber wessen Mitleid? Seines oder das des Hoteldirektors?

»Wann ist er denn abgereist?«

»Gestern. Dabei hab ich alles getan, was er wollte – ich mein, ich hab mich für ihn zurechtgemacht –, aber er hat gesagt, dass es nicht richtig ausschaut, weil meine Haare zu kurz wären...«

Tyler versuchte ihr ins Wort zu fallen. »Um welche Zeit gestern?«

Aber sie war in voller Fahrt und hörte die Frage gar nicht. »... und wie ich dann gemeint hab, ich könnte ja eine Perücke aufsetzen, ist er erst recht wütend geworden und hat gesagt, nur junge Mädchen mit Leukämie setzen Perücken auf. Ich fand, dass er wegen nichts und wieder nichts auf mir rumhackt – es ging schließlich nur um ein Video –, aber er sagte, Männer mögen keine kleinen Mädels, die krank ausschauen, ... und jetzt hass ich ihn, weil er einfach abgehauen ist und mich hier gelassen hat, und der Hoteldirektor sagt, dass ich ins Gefängnis kommen kann.« Laut schluchzend brach sie ihre Tirade ab.

Er wartete, bis sie sich etwas beruhigt hatte. »Wie alt sind Sie, Franny?«

»Achtzehn.«

»Sie klingen jünger.«

»Ich weiß.« Sie sprach stockend, als wöge sie ihre Worte. »Ich sehe auch jünger aus... darum mag Eddy mich ja. Ich bin im Mai achtzehn geworden. Sie können den Hoteldirektor fragen, wenn Sie es mir nicht glauben. Er hat mir meinen Pass weggenommen und will ihn mir erst zurückgeben, wenn die Rechnung bezahlt ist.«

»Ich spreche später mit dem Herrn. Um welche Zeit ist Mr Townsend gestern abgereist?«

Sie schnäuzte sich geräuschvoll. »Ich weiß nicht. Als ich aufgewacht bin, war er weg.«

»Und wie spät war es da?«

»Mittag«, antwortete sie zögernd, als wäre es ein Verbrechen, bis Mittag zu schlafen. »Wir sind erst um zwei Uhr morgens ins Hotel zurückgekommen, und ich bin gleich eingeschlafen. Ich denk mal, dass er kurz danach abgehauen ist, weil das Bett auf seiner Seite noch ganz frisch war, wie ich aufgewacht bin.«

Tyler überlegte rasch. Wann flogen freitags die ersten Maschinen von Mallorca ab? Mal angenommen, das Kind, das ein Zeuge am Freitagmittag in der Nähe der katholischen Kirche von Portisfield beobachtet hatte, war tatsächlich Amy Biddulph und dies der Moment ihrer Entführung gewesen.... Konnte Townsend es bis Mittag nach Portisfield geschafft haben? Konnte er der Mann sein, der um diese Zeit in einem dunklen Auto vor der katholischen Kirche gesehen worden war? Sehr unsicher das alles.

»Was für einen Wagen fährt Mr Townsend in England?«, fragte er das junge Mädchen.

»Einen schwarzen BMW.«

Warm... »Der Hoteldirektor sagte mir heute Morgen, Sie und Mr Townsend wären an einem Nacktbadestrand weiter unten an der Küste. Warum hat er mir so etwas erzählt, wenn Sie schon seit gestern allein im Hotel waren?«

Ein neuerlicher Tränenausbruch. »Ich hab doch nicht gewusst, was ich tun soll... Ich hab mich im Zimmer versteckt, weil ich wusste, dass es Probleme geben würde, wenn rauskäme, dass Eddy weg war. Er war von Anfang an misstrauisch – hat immer wieder gefragt, ob ich Eddys Tochter wäre... drum hab ich heute Morgen so getan, als würde Eddy im Auto auf mich warten, und dann hab ich mich hinten ums Haus rumgeschlichen und bin über die Feuerleiter wieder rein... Ich hab gehofft, ich würde vielleicht jemand andren finden, der zahlt – ich mein, einen Mann allein. Aber dann hab ich solchen Hunger gekriegt, dass ich den Zimmerservice angerufen hab, und dann klopft plötzlich der Direktor bei mir und teilt mir mit, dass die Polizei in England uns sprechen will… Als ich ihm dann gesagt hab, dass Eddy schon weg ist, abgereist, ist er total ausgerastet, weil Eddy ihm nicht gleich bei unserer Ankunft eine Kreditkarte gegeben hatte. Er hatte nämlich gesagt, er hätte sie im Koffer und würde sie später runterbringen, aber das hat er nie getan… Ja, und da hat der Direktor mich hier runtergeschleppt und gesagt, ich soll Sie anrufen… ich hab überhaupt kein Geld…«

Tyler hielt den Hörer von seinem Ohr weg und wartete, bis das schrille Gejammer etwas nachließ, ehe er wieder sprach. *Wenn er ihren Bericht richtig verstanden hatte, und sie die Wahrheit sagte…* »Ich werde das für Sie regeln, okay?«

Sie war sofort wieder munter. »Ja, okay.«

»Aber«, fuhr er fort, »vorher möchte ich Antworten auf ein paar Fragen.«

»Was für Fragen?«, entgegnete sie misstrauisch. »Vielleicht sollte ich gar nicht mit Ihnen reden, ohne dass ein Rechtsanwalt mithört.«

Also doch nicht so naiv… »Das überlasse ich ganz Ihnen, Franny. Ich untersuche das Verschwinden eines Kindes, und ich bin nicht bereit, Zeit damit zu verschwenden, dass ich Ihnen helfe, wenn Sie keine Bereitschaft zeigen, auch mir zu helfen.«

»Was für ein Kind?«

»Ein kleines Mädchen. Sie heißt Amy Biddulph und ist seit gestern verschwunden.«

»Scheiße!«

»Hat Mr Townsend mal von ihr gesprochen?«

»Er hat praktisch von nichts anderem gesprochen«, erwiderte sie und klang plötzlich sehr erwachsen. »Ständig hieß es Amy dies und Amy das. Du siehst nicht aus wie sie, du sprichst nicht wie sie, dauernd ging das so. Wer ist diese Amy?«

»Die Tochter Ihrer Vorgängerin. Sie ist zehn Jahre alt und hat langes dunkles Haar.«

»O Mann!«

»Welche Farbe hat Ihr Haar?«

»Braun. Er mag nur Brünette. Das behauptet er jedenfalls.«

»Amys Mutter ist brünett. Und sehr hübsch. Genau wie ihre Tochter.«

»Dieser Scheißkerl! Ich hab ja gesagt, er ist gemein.«

»Also, sind Sie bereit, meine Fragen zu beantworten?«

Sie überlegte lange. »Ja«, sagte sie schließlich. »Okay. Ich bin ihm nichts schuldig.«

Das war wahrscheinlich wahr. »Von wo aus sind Sie geflogen?«

»Luton.«

»Welche Linie«

»Easyjet.«

»Ist das die Gesellschaft, die über Internet Tickets verkauft?«

»So ungefähr. Man bekommt kein Ticket, sondern nur eine Nummer zur Bestätigung der Buchung. Eddy bekam einen guten Preis, weil die Maschine nicht voll war.«

»An welchem Tag war das?«

»Dienstag.«

»Und am Freitagmorgen war er schon wieder weg?«, fragte Tyler verblüfft. »Wie lange wollten Sie denn ursprünglich bleiben?«

Sie begann wieder zu lamentieren. »Das hat er nicht gesagt... und ich hab nicht gefragt, weil ich dachte, es wäre eine Urlaubsreise... Sie wissen schon, zwei Wochen oder so... Ich geb zu, es kam ein bisschen plötzlich – ich mein, am Sonntag haben wir noch in meiner Bude rumgegammelt und am Dienstag jetten wir nach Mallorca... aber ich hab nie im Leben damit gerechnet, dass er nach drei beschissenen Tagen abhauen würde, sonst hätt ich mir garantiert seine Kreditkarte geben lassen. Das ist doch echt Scheiße, oder nicht?«

»Hatte er Rückflüge gebucht?«

»Keine Ahnung.« Sie legte eine Pause ein, um darüber nachzudenken. »Wahrscheinlich nicht. Er hatte seinen Laptop mitgenommen. Er hat gesagt, die wären bei dieser Gesellschaft sehr flexibel, und man bezahlte für jeden Flug einzeln. Das heißt, man kann von überall buchen, ganz gleich, wo man gerade ist.«

»Macht er viel übers Internet?«

»Er hockt dauernd davor«, erklärte sie verdrossen. »Wahnsinnig langweilig.«

»Wissen Sie seine E-Mail-Adresse?«

»Nur die von der Firma – townsend@etstone.com – alles klein geschrieben.«

»Wie viele E-Mail-Adressen hat er denn insgesamt?«

»Ungefähr sechs – vielleicht auch mehr. Er arbeitet mit Codes, damit niemand dran kann.«

»Und warum ist ihm das so wichtig?«

»Es sind vertrauliche Geschäftsgeschichten, und er hat tierische Angst, dass andere rausfinden könnten, was er gerade für Verträge am Laufen hat.«

Tyler ermahnte sich, keine voreiligen Schlüsse zu ziehen. Das war eine der Gefahren in seinem Beruf. Die Kollegen sprachen dann gern davon, dass sie »so ein Gefühl« hätten oder »einen Riecher für einen Schurken«. Nur allzu oft endete dergleichen mit hohen Entschädigungszahlungen, wenn der angebliche Schurke seine Unschuld nachwies, und das so genannte ›Gefühl‹ auf nicht mehr beruhte als auf einer Reihe unglücklicher, rein zufälliger zusammentreffender Begebenheiten. Dennoch … ein Faible für mädchenhaft aussehende Frauen … Videos … das Internet …?

Er wollte vermeiden, dass Franny ähnliche Verbindungen herstellte, darum wechselte er das Thema und stellte ihr ein paar wenig beunruhigende Fragen darüber, was Townsend an Gepäck mitgenommen und ob er etwas davon im Hotel zurückgelassen hatte. Dann bemerkte er wie beiläufig: »Sie sagten vorhin etwas davon, dass es ja ›nur ein Video‹ sei. Was genau meinten Sie damit?«

Sie zögerte. »Ach, nichts Besonderes. Er filmt einfach ständig.«

»Und was filmt er?«

Sie antwortete nicht.

»Sie sprachen davon, dass sie eine Perücke aufsetzen könnten«, fuhr er fort. »Also hat er vermutlich doch Sie gefilmt.«

Sie war jetzt, da sie ruhiger geworden war, weniger bereit, ins Detail zu gehen. »Ach, das sind nur Sachen, die er für sich selber aufnimmt«, sagte sie schließlich abwehrend.

»Pornographie?«

»Nein!« Sie schien wirklich entsetzt.

»Was dann?«

»Er sieht mich einfach gern auf Video, wenn ich nicht bei ihm bin.«

«Bekleidet oder unbekleidet?«

»Was glauben Sie wohl?«, fragte sie sarkastisch. »Er ist schließlich ein Mann.«

Unter anderen Umständen hätte Tyler sein Geschlecht vielleicht verteidigt, aber möglicherweise war ihre Erfahrung mit Männern so beschränkt, wie der Zynismus ihrer Bemerkung vermuten ließ. Wenn das zutraf, tat sie ihm Leid. »Ist das der Grund, weshalb er mit Ihnen an den Nacktbadestrand gefahren ist?«

»Ich nehm's mal an.«

»Hat er dort sonst noch jemanden gefilmt?«

»Nein.« Sie kicherte ganz unerwartet. »Er sagte, sie wären alle viel zu alt und viel zu fett. Außerdem waren es sowieso viel mehr Männer, und Männer machen ihn nicht an.«

Tyler wechselte von neuem das Thema. »Warum ist er abgereist? Hatten Sie Streit?«

»Nein, eigentlich nicht. Er war nur am Donnerstagnachmittag ein bisschen fies.«

»Inwiefern?«

»Deine Möpse sind zu groß... dein Hintern ist zu dick... du hast viel zu viel Schminke im Gesicht... du schaust aus wie eine Nutte...« Sie leierte es herunter wie eine Mängelliste, die sie auswendig gelernt hatte. »Ich hab mich am Donnerstagabend wahnsinnig betrunken, vielleicht hat ihn das abgeschreckt«, schloss sie niedergeschlagen.

Tyler hörte Ansätze zu einer Tirade von Selbstbezichtigungen in ihrem Ton und griff zu einer Prise Sarkasmus. »Warum glauben Sie ihm immer noch?«, fragte er. »Der Mann ist ein Hochstapler. Erst legt er den Hoteldirektor rein und dann verschwindet er und lässt Sie die Sache ausbaden. Ist das der Typ – äh – Mann, den Sie anziehend finden? Eines kann ich Ihnen sagen – wenn es so ist, haben Sie keine rosige Zukunft vor sich.«

»Aber er sieht so gut aus«, sagte sie, »und am Anfang war er echt *süß*.«

»Das sind gut aussehende Männer immer«, erklärte Tyler mitleidlos, während er die tiefen Kerben auf seiner Stirn glatt zu reiben versuchte, »bis eine Frau sie an die Wäsche lässt, und sie feststellen, dass sie auch nicht aufregender ist als die Letzte, die sie hatten.«

»Sie reden wie meine Mutter.«

»Fällt Ihnen sonst noch was ein, was mir vielleicht weiterhelfen könnte? Hat er irgendwelche Anrufe erhalten?«

»Ja, als wir in der Nacht ins Hotel zurückkamen, war eine Nachricht für ihn da, ein Brief, den irgendjemand unter der Tür durch ins Zimmer geschoben hatte … ich hatte den Eindruck, dass er ziemlich aufgeregt darüber war. Er schickte mich zum Duschen, weil er jemanden anrufen wollte – kann sein, dass das mit dem Brief zu tun hatte. Danach sagte er, ich solle schlafen, er hätte keinen Bock auf Sex.«

»Und das alles hat sich um zwei Uhr morgens abgespielt?«

»Ja.«

»Was stand in dem Brief?«

»Keine Ahnung.«

»Haben Sie nicht versucht, es herauszubekommen, nachdem er abgereist war?«

»Kann schon sein.«

»Und?«

»Im Papierkorb hab ich nichts gefunden.«

»Sind Sie für ihn ans Telefon gegangen, solange er noch da war?«

»Er ist immer über Handy angerufen worden.«

»Haben Sie Gespräche gehört, die möglicherweise mit einem Kind geführt wurden?«

»Er ist immer aus dem Zimmer gegangen.« Sie schwieg einen Moment. »Meistens waren es geschäftliche Sachen, glaube ich. Er hat Schwierigkeiten mit ein paar von seinen Häusern.«

»Was für Schwierigkeiten?«

»Das weiß ich doch nicht. Wenn ich danach gefragt hab, ist er jedes Mal halb durchgedreht… er hat behauptet, dass die anderen ihn bestehlen. Aber nächste Woche würde das alles geregelt, sagte er.«

Tyler starrte die Wand seines Büros an. »Mit wem hat er gesprochen? Mit Kunden? Oder Geschäftspartnern?«

»Keine Ahnung.«

»Können Sie sich erinnern, ob er einen Namen nannte? Gleich zu Beginn vielleicht, bei der Begrüßung?«

»Ich hab nicht hingehört.«

»Versuchen Sie, sich zu erinnern, Franny«, sagte Tyler geduldig. »Es ist wichtig.«

»Aber das war doch alles so langweilig«, beschwerte sie sich weinerlich. »Einmal ist es um Verträge und Termine gegangen. Ich glaube, da hat er mit seinem Anwalt gesprochen.«

Tyler schrieb ›Martin Rogerson‹ auf seinen Block und setzte ein Fragezeichen dahinter. »Sagt Ihnen der Name Martin etwas?«, fragte er.

»Richtig«, rief sie, sich plötzlich erinnernd. »Er sagte, ›Hallo, Martin‹.«

»An welchem Tag war das?«

»Donnerstag, glaub ich.«

Tyler ließ ein paar Sekunden verstreichen, dann bat er sie um die

Telefonnummer und Adresse ihrer Mutter. Sie war erst bereit, sie ihm zu geben, als er ihr klarmachte, dass er ebenso wenig für ihre Hotelrechnung aufkommen würde wie der britische Steuerzahler. »Für Sie gilt das Gleiche wie für Townsend: Sie sind volljährig und nach dem Gesetz für die Schulden, die Sie machen, verantwortlich. Sie haben die Wahl. Entweder Sie regeln diese Sache selbst, oder ich bitte Ihre Mutter, es für Sie zu tun. Also, wo ist sie zu erreichen?«

Wütend nannte sie ihm eine Adresse und Telefonnummer in Southampton. »Sie bringt mich um«, erklärte sie wieder.

»Das bezweifle ich, aber ich werde ein gutes Wort für Sie einlegen.« Er dachte daran, ihr zu raten, ausnahmsweise einmal etwas Reife zu zeigen, unterließ es aber dann. Wenn sie die Lektion nicht von selbst lernte, würden gute Ratschläge von einem Fremden auch nicht helfen. Er bat sie also nur, sich nach ihrer Rückkehr nach Southampton zur Verfügung zu halten, da er sie noch einmal von Angesicht zu Angesicht befragen wollte. Danach sprach er noch fünf Minuten mit dem Hoteldirektor, um ihre Aussage zu überprüfen und einige Details zu klären. Er dankte ihm für seine Hilfe und bat ihn, der jungen Frau etwas zu essen zu servieren, während er versuchte, ihre Mutter zu erreichen.

»Ich kann mir nicht vorstellen, dass diese Frau Miss Gough zurückhaben möchte«, sagte der Mann in fließendem Englisch mit starkem Akzent.

»Wie kommen Sie denn darauf?«

»Keine Mutter würde bei uns ihrer Tochter Dinge erlauben, wie dieses junge Mädchen sie tut. Ich kann daraus nur schließen, dass Mrs Gough nichts an ihrer Tochter liegt.«

Es kam selten vor, dass Fay Baldwin am Wochenende ins Büro ging, aber verfolgt von den bitteren Gedanken an Sophie Morrisons eigenmächtige Entscheidung, ihr eine Betreuungsperson zu nehmen, und an die unverschämte Nachricht der Ärztin auf ihrem Anrufbeantworter, hatte sie sich bis zum Samstagmorgen in blinde Wut hineingesteigert. Die Tatsache, dass andere Ärzte ihr auf ähnliche Weise die Zusammenarbeit aufgekündigt hatten und ihr so lediglich eine Handvoll Patienten geblieben war, die sie bis zum Beginn ihres Ruhestands noch zu betreuen hatte, ließ sie einfach unter den Tisch fallen. Diesmal würde sie sich offiziell beschweren und den Vorwurf erheben, dass Dr. Morrison sich Melanie Pattersons Kindern gegenüber grob fahrlässig verhielt.

Für sie stand fest, dass die Anwesenheit des Pädophilen in der Humbert Street eng verknüpft war mit der allgemeinen Verschwörung im Health Centre, sie hinauszumobben. Es war ihr sogar gelungen, sich einzureden, dass reine Zivilcourage sie veranlasst hatte, seine Anwesenheit in der Siedlung preiszugeben. Dr. Morrison lag nichts an den Kindern. Das hatte sie schon damit bewiesen, dass sie jede Diskussion über die Existenz des Mannes abgelehnt und Fay für verrückt erklärt hatte, als die gewagt hatte, trotzdem davon zu sprechen. Fay hingegen ging es einzig um die armen Kleinen, Rosie und Ben. Und so sollte es ja auch sein. Das war ihre Aufgabe als ihre Gesundheitsbetreuerin. Wie konnte ein Arzt es wagen, sich über ihre Autorität hinwegzusetzen? Wer hatte sich denn – vor allen anderen – dafür eingesetzt, dass die Patterson-Kinder ein Recht auf Sicherheit und auf bestimmte Werte hatten?

Da sie nicht unbedingt gesehen werden wollte, für den Fall, dass Sophie Morrison herumgetratscht hatte, was sie getan hatte – sie brauchte Zeit, um ihre Argumente zu sammeln –, beabsichtigte sie, sich ins Betreuerzimmer zu schleichen, wenn die Empfangssekretärin mit einem Patienten beschäftigt war. Aber zu ihrer Überraschung versperrte ihr ein Polizist den Zugang zum Hauptempfang. Nirgends im Warteraum war ein Patient zu sehen, und bei Jenny Monroe hinter dem Empfangstresen stand Dr. Bonfield, der Senior-Partner, in T-Shirt und Shorts. Harry Bonfield und Fay Baldwin waren einander nicht grün, und sie wäre auf der Stelle umgekehrt, hätte nicht der Polizist die anderen auf sie aufmerksam gemacht.

»Lassen Sie sie herein«, rief Harry. »Sie gehört zu uns.« Er winkte Fay mir großer Armbewegung herein, hielt aber dabei den Blick angespannt auf Jennys Computer gerichtet. »Haben Sie das mit Sophie schon gehört? Es ist ein Albtraum! Die Polizei hat's kalt erwischt. Die waren auf so etwas überhaupt nicht vorbereitet, darum versuchen wir jetzt, jemanden aufzutreiben, der den Leuten, die für die verdammte Geschichte verantwortlich sind, eine Nachricht übermitteln kann. Wenn nur das dumme Ding ihr Handy nicht ausgeschaltet hätte – wir könnten direkt mit den Leuten reden – das Ganze vernünftig regeln.«

Er nickte zum Bildschirm hinunter. »Jenny geht gerade die Liste durch, um zu sehen, ob es in der Humbert Street jemanden gibt, mit dem wir reden können... aber es ist hoffnungslos... Die Patienten sind nach Namen geordnet, nicht nach Straßen... es ist ungefähr so, als suchte man die gottverdammte Nadel im Heuhaufen. Von meinen Patienten wohnt am nächsten eine Frau in der Glebe Road, aber sie ist stocktaub und meldet sich nicht.« Er schnalzte mit den Fingern, um sie anzutreiben. »Wir stecken mitten im Schlamassel, Fay. Haben Sie vielleicht eine Idee? Humbert Street! Sie haben doch bestimmt ein paar Betreuungspersonen in der Gegend.«

Fay wäre vermutlich etwas vorsichtiger gewesen, hätte Harry nicht soeben Sophie als »dummes Ding« bezeichnet. So aber glaubte sie etwas voreilig, Sophie wäre in Ungnade gefallen. »Ich *hatte* welche«, sagte sie spitz. »Jetzt nicht mehr. Dank Dr. Morrison.«

Harry warf ihr stirnrunzelnd einen Blick zu. Was zum Teufel redete die dumme Person da? »Wieso?«, fragte er. »Sind die Leute umgezogen?«

»Nicht dass ich wüsste.«

»Vielleicht könnten Sie uns einen Namen nennen«, schlug er milde vor. »Wenn es Ihnen Recht ist.«

Fay spitzte süffisant die Lippen. »Melanie Patterson.«

Harry gab Jenny einen Klaps auf die Schulter und beugte sich tiefer, um den Bildschirm zu beobachten, während sie zum Buchstaben ›P‹ scrollte. »Na bitte, da haben wir's«, sagte er »Humbert Street einundzwanzig. Okay, Sophie ist ihre Hausärztin. Was meinen Sie?«, fragte er Jenny.

Die kaute auf der Unterlippe. »Sie ist erst neunzehn«, sagte sie mit Blick auf Melanies Daten. »Im sechsten Monat schwanger... zwei kleine Kinder... aber sie scheint Sophie gut zu kennen. Sie ist alle zwei Wochen zur Mutterschaftsvorsorge bei ihr.« Sie schüttelte den Kopf. »Ich weiß nicht, Harry«, sagte sie besorgt. »Womöglich jagen wir ihr einen Riesenschrecken ein und lösen eine Fehlgeburt aus.«

»Na, ganz so zart besaitet sind die jungen Frauen heutzutage im allgemeinen nicht. Trotzdem...« Er wies auf den Kasten mit den Angaben über die nächsten Verwandten. »Wie sieht's mit ihrer Mutter aus? Gaynor Patterson? Sie wohnt nur zwei Straßen weiter. Könnten wir nicht sie anrufen und bitten, uns die Namen von einem von Melanies Nachbarn zu geben?«

«Okay.« Jenny tippte am Telefon Gaynor Pattersons Nummer ein. »Hallo«, sagte sie. »Spreche ich mit Gaynor Patterson?... Ah, mit Briony... Ja, es ist wichtig.« Eine ganze Weile lauschte sie schweigend der Stimme am anderen Ende der Leitung. »Gut, Schatz«, sagte sie schließlich, »dann gib mir doch jetzt mal beide Nummern, damit ich's versuchen kann... Nein, nein, sie wird bestimmt nicht böse werden. Weißt du, wer Dr. Morrison ist? – Richtig, Sophie. Und du warst schon mal bei uns in der Praxis? – Ich bin die Frau, die vorn am Empfang sitzt und die Leute aufruft, wenn sie dran sind.« Sie lachte ein wenig. »Ganz recht, die Alte mit der Brille. Also, schieß los.«

Sie schrieb auf ihren Block, dann hielt sie inne und hörte noch einen Moment zu, ehe sie sagte: »Nein, Schatz, versprich mir, dass du nicht hinausgehst, um deine Mama zu suchen. Es ist gefährlich draußen auf der Straße. Bleib schön im Haus, und wenn ich sie erreiche, sag ich ihr, dass du Angst hast und möchtest, dass sie nach Hause kommt. Abgemacht? ... Na klar, ich ruf dich in ungefähr zwanzig Minuten wieder an. Ja, ich heiße Jenny. Bis gleich.«

Sie hob den Kopf und sah Harry bekümmert an. »Die Kleine hat Todesangst. Sie sagt, es sollte ein Protestmarsch sein, aber sie glaubt, dass etwas Schlimmes geschehen ist, weil Jungsbanden durch ihre Straße rennen und sie nichts hören kann außer Gebrüll und Geschrei. Sie hat Angst, dass ihrer Mutter und Melanie etwas zugestoßen ist, weil sie den Marsch angeführt haben.« Sie tippte auf ihren Block. »Sie hat mir ihre Handynummern gegeben, aber sie sagt, sie versucht schon seit einer halben Stunde anzurufen und bekommt immer nur die Mailbox. Ich habe ihr versprochen, es für sie zu versuchen.«

Harry zauste sich beunruhigt das schüttere Haar, so dass es in feinen Büscheln in die Höhe stand. »Tun Sie das«, sagte er zerstreut. »Das sind wahrscheinlich die Leute, mit denen wir reden müssen. Auf jeden Fall scheinen sie einen gewissen Einfluss zu haben, wenn die Idee mit dem Marsch von ihnen stammt.« Er hielt einen Moment inne. »Ich fass es einfach nicht«, platzte er heraus. »Auf der Straße gibt's Randale, und die lassen ihre Kinder allein! Wer sind die Krawallbrüder? Das möchte ich wirklich wissen. Denen dreh ich eigenhändig den Kragen um. Hat dieses kleine Mädchen gesagt, ob sie mal versucht hat, bei Melanie Patterson anzurufen?«

Jenny nickte. »Sie sagte, die kleine Rosie hätte sich gemeldet, aber auf der Straße war so lautes Geschrei, dass sie nichts hörte ... Da hat sie aufgelegt und es noch einmal versucht. Bei ihrem zweiten Anruf war belegt, und sie vermutet, dass Rosie nicht richtig aufgelegt hat, was wahrscheinlich bedeutet, dass Melanies Kinder auch allein sind.«

»Wie alt ist Rosie?«

Jenny blickte auf den Bildschirm. »Vier.«

»Guter Gott!« Er hob die Stimme und fragte den Polizisten: »Gibt es bei Ihnen was Neues?«

»Tut mir Leid, Sir.« Der junge Mann hielt sein Funkgerät hoch. »Alles beim Alten. Der Hubschrauber meldet immer noch, dass allen Wagen an den Barrikaden die Zufahrt verwehrt wird. Sieht nicht gut aus. Eine Kollegin hat's bös erwischt – sie hat Kopfverletzungen –, und wir können nicht zu ihr.«

»So eine Sauerei!«, schimpfte Harry erbittert. »Bei Ihnen hätte man das doch kommen sehen müssen! Wer hat überhaupt die Schnapsidee gehabt, diesen Mann hier reinzusetzen? Ihnen muss doch klar gewesen sein, dass für die meisten Leute in der Siedlung ein Pädophiler das gleiche ist wie ein Ungeheuer.« Er sandte zornige Blicke zu Fay, als machte er sie verantwortlich.

Sie öffnete den Mund und schloss ihn gleich wieder, wie ein Goldfisch, der nach Luft schnappt. Kein Wort kam über ihre Lippen.

Harry betrachtete sie einen Moment lang, dann wandte er sich wieder dem Polizisten zu. »Was hatte er überhaupt verbrochen? Sie behaupten, er sei nicht gefährlich, aber welche Art Pädophiler ist er?«

Der junge Polizist antwortete mit einem Achselzucken. »Ich weiß nur das, was uns vor dem Einsatz gesagt worden ist. Er war Lehrer an einer Privatschule und wurde wegen sexueller Nötigung in drei Fällen verurteilt, die über eine sehr lange Zeitspanne verteilt waren... Der erste Fall liegt ungefähr fünfzehn Jahre zurück, der letzte ereignete sich erst vor relativ kurzer Zeit... Er interessiert sich nur für Jungs und bekam eine ziemlich milde Strafe, weil das erste Opfer siebzehn Jahre alt war und die beiden letzten sechzehn, und weil sie alle drei aussagten, es sei nichts ohne ihre Einwilligung geschehen. Ich schätze mal, man ist davon ausgegangen, dass er kräftig eins auf die Rübe bekommen würde, wenn er sich in der Acid Row so was erlaubt.«

»Was genau hat er getan?«

Der junge Mann warf verlegene Blicke auf die beiden Frauen. »Sexuelle Stimulation«, murmelte er.

»Welcher Art?«, wollte Harry mit der Erbarmungslosigkeit des Arztes wissen. »Oral oder Masturbation?«

»Masturbation.«

»Und die Gegenleistung? Das Gleiche oder Penetration?«

»Nichts.«

»Was soll das heißen, nichts? Wie hat er denn bei sich den Orgasmus herbeigeführt?«

Wieder antwortete der Polizist mit Achselzucken. »Er hat von keinem der Jungs irgendwelche Handlungen verlangt. Darum hat er auch nur achtzehn Monate bekommen.«

Harry schüttelte erstaunt den Kopf. »Dann hat er seine Befriedigung allein aus dem Geben gezogen?«

»Anscheinend.«

»Also, für einen Vergewaltiger scheint mir dieser Mann viel zu passiv zu sein.«

»Genau das hat unser Chef auch gesagt. Er fragt sich, ob Dr. Morrison da nicht was missverstanden hat. Es ist doch klar, dass sie eine Heidenangst hat... ich mein, wir wissen, dass da draußen auf der Straße Menschenmassen sind, und einer von den Anrufern hat gesagt, dass die Leute mit Steinen bewaffnet sind. Nehmen wir mal an, der Typ hat ihr die Hand auf den Arm gelegt, um sie zu beruhigen, und sie hat das als Bedrohung gesehen, weil sie weiß, dass er ein vorbestrafter Sexualtäter ist.«

Jenny, die immer wieder die Nummern wählte, die das Kind ihr angegeben hatte, hielt in ihrer Tätigkeit inne. »Aber meiner Ansicht nach wusste sie das gar nicht«, erklärte sie. »Ich jedenfalls habe es nicht gewusst.« Sie schwieg einen Moment, um ihre Gedanken zu ordnen. »Aber welcher von beiden ist denn überhaupt der Pädophile? Der Vater oder der Sohn? Sophie hat sich sehr präzise ausgedrückt. Sie sagte, der *Patient* habe sie mit Gewalt festgehalten, und sie habe Angst, von ihm vergewaltigt zu werden ... und meinen Informationen zufolge ist der Patient der Vater.«

Der Polizist schnitt ein Gesicht. »Ich dachte, es wär überhaupt nur einer.«

»Nein, bei uns sind zwei registriert.«

»Zeigen Sie ihre Daten«, sagte Harry. »Mal sehen, wie alt die beiden sind.«

»Das hab ich schon nachgesehen und nichts gefunden. Es sind neue Patienten, und ihre Unterlagen sind noch nicht gekommen. Wir haben nur Francis und Nicholas Hollis, Humbert Street 23, und neben dem Namen Hollis ein Sternchen und ›Zelowski‹ in Klammern.« Zum Beweis ihrer Worte holte sie die Daten her. »Aber ich erinnere mich, dass der Sohn sagte, sein Vater sei einundsiebzig… damit wäre er weit über das Ruhestandsalter eines Lehrers hinaus.«

Harry warf dem Polizisten einen fragenden Blick zu. »Wie alt ist Ihr Pädophiler?«

»Nicht so alt. Ich hab ein Foto von ihm gesehen. Mitte Vierzig, schätze ich.«

Harry fluchte unterdrückt. »Versuchen Sie's weiter«, befahl er Jenny zum Telefon weisend. »Und von Ihnen«, wandte er sich an Fay, »möchte ich alles hören, was Sie über Melanie wissen – die Namen von Freunden und Freundinnen, der Väter ihrer Kinder, aller Personen, mit denen wir eventuell Kontakt aufnehmen könnten.«

»Was beunruhigt Sie denn so?«, fragte der Constable.

»Ich würde gern wissen, wer Ihrem Pädophilen beigebracht hat, dass es Befriedigung genug ist, anderen Lust zu bereiten. Vergessen wir mal Alter und Geschlecht seiner Opfer – es ist ein in höchstem Grad unnatürliches Verhalten, unglaublich unterwürfig. Es lässt darauf schließen, dass er seine Bedürfnisse stets denen eines anderen unterzuordnen hat.«

»Des Vaters?«

»Das scheint mir beinahe sicher zu sein. Wir haben Fallbeispiele genug, die beweisen, dass missbrauchte kleine Jungen später selbst andere missbrauchen… und meistens wurden sie vom Vater oder

Stiefvater missbraucht.« Er schüttelte den Kopf. »Die Art und Weise, wie dieser Mann seine ›Opfer‹ missbraucht, legt nahe, dass er vor dem Sex Angst hat. Und wenn sein Vater ihn das gelehrt hat...« Er wirkte plötzlich sehr alt und müde.

Jenny berührte flüchtig seine Hand, während sie zum wiederholten Male der Ansage von Melanies Mailbox lauschte. »Sophie ist eine starke Frau«, sagte sie. »Sie lässt sich nicht so leicht unterkriegen.« Diesmal hinterließ sie eine dringende Bitte um Rückruf. »Wir müssen diese Leitung von jetzt ab frei lassen«, bemerkte sie. »Nicht, dass Melanie umsonst versucht, hier anzurufen. Damit bleiben uns nur eine offene Leitung hier draußen und die direkten Anschlüsse in den verschiedenen Büros. Ich denke, wir sollten uns verteilen und getrennt arbeiten.« Sie sah Fay an. »Ist Ihnen schon jemand eingefallen? Sie können den Computer in Sophies Zimmer benutzen, um die Nummern festzustellen. Aber den Anruf sollten Sie dann lieber mich machen lassen. Die Polizei will nicht, dass wir zu viel reden und die Situation dadurch womöglich noch verschlimmern.«

»Aber – ich verstehe überhaupt nicht... was für eine *Situation?*«, rief Fay protestierend. »Sie kommandieren mich hier herum, tun Sie dies, tun Sie das – aber wie soll ich etwas tun, wenn ich keine Ahnung habe, was eigentlich los ist?«

»Wir wissen auch nicht mehr, als dass in Bassindale schwere Unruhen ausgebrochen sind. Die Polizei vermutet, dass sich der Zorn der Leute gegen diesen Mann richtet, in dessen Haus Sophie sich befindet, aber niemand weiß, wie seine Identität bekannt geworden ist. Er wurde unter dem Namen Zelowski verurteilt, trug aber den Namen Hollis, als er in Bassindale einzog.«

»Das haben wir vermutlich irgendeinem Kretin mit großem Mundwerk und Spatzenhirn zu verdanken«, erklärte Harry grimmig und ging davon, um in sein Sprechzimmer zurückzukehren. »Solche Leute sollte man einsperren – andere so leichtsinnig in Gefahr zu bringen!«

»Der Meinung bin ich auch«, sagte Jenny gleichermaßen ergrimmt. Sie wandte sich dem Telefon zu, um es noch einmal bei Gaynor Patterson zu versuchen. Ihr fiel auf, dass Fays Gesicht plötzlich brennend rote Flecken bekam, aber sie machte sich weiter keine Gedanken darüber, weil sie diesmal mit ihrem Anruf durchkam.

15

Polizeipräsidium Hampshire

Tyler gab einem seiner Beamten Anweisung, Martin Rogerson ausfindig zu machen und auf dem schnellsten Weg ins Präsidium zu bringen. »Paula Anderson hat ihn zur Pressekonferenz gefahren, setzen Sie sich mit ihr in Verbindung und stellen Sie fest, ob sie noch in der Gegend sind. Ich möchte den Mann vor mir haben, wenn ich mit ihm rede, Paula soll also keine Entschuldigungen akzeptieren. Sagen Sie ihr das. Wenn sie ihn schon nach Bournemouth zurückgebracht hat oder auf der Fahrt dorthin ist, richten Sie ihr aus, sie solle sofort umkehren und ihn wieder herbringen. Ist das klar?«

»Aber sie muss einen Grund angeben können, Chef.«

»Neue Hinweise – sehr vielversprechend diesmal. Ich werde jetzt erst mal zu den Logans rüberfahren und mich mit Laura Biddulph unterhalten.« Er sah auf seine Uhr. »Das heißt, Paula hat ungefähr eine Stunde Spiel. Aber sagen Sie ihr, je eher, desto besser. Es kann Rogerson nicht schaden, eine halbe Stunde im Vernehmungsraum Däumchen zu drehen.« Er winkte den Sergeant zu sich, der Townsends Nachbarin befragt hatte, und sah die Notizen durch, die er sich über die Flugzeiten gemacht hatte. »Fragen Sie mal bei Easyjet nach, ob er da am Freitagmorgen auf der Passagierliste stand. Das wäre der Flug von Palma nach Luton. Und lassen Sie die Leute gleich mal nachsehen, ob sie irgendwas über eine

Miss F. Gough haben. Sie ist am Dienstag mit ihm nach Mallorca geflogen, aber sie weiß nicht, ob er die Rückflüge da schon gebucht hatte. Versuchen Sie festzustellen, ob er eine Reservierung hatte und dann auf Freitag umbuchte. Auf die Weise kriegen wir raus, an welchem Tag er ursprünglich zurückfliegen wollte. Wenn sie Glück hat, hat er sie auf derselben Maschine gebucht.«

Der Sergeant fragte neugierig: »Ist das seine neue Freundin?«

»Wenn ich das wüsste. Haben Sie nicht einen Namen oder eine Beschreibung bekommen, als sie mit Townsends Nachbarin sprachen?«

Er schüttelte den Kopf. »Sie hat die Frau nie gesehen. Sie hat nur gesagt, die Neue wär wahrscheinlich der Grund für den Bruch mit Laura Biddulph.«

»Oder mit Amy«, warf Tyler ein. »Wir halten es alle für selbstverständlich, dass sein Interesse der Mutter galt.«

Der Sergeant runzelte verwirrt die Stirn. »Versteh ich nicht, Chef.«

»Wenn man dem Hoteldirektor in Mallorca glauben kann, sieht Franny aus wie eine Zwölfjährige und benimmt sich auch so. Sie ist dunkel und zierlich und »ziemlich niedlich«. Das sind die Worte des Direktors, nicht meine. Erinnert Sie das vielleicht an jemanden?«

»Hey!«

»Genau. Townsend hat das Mädchen an einem Nacktbadestrand gefilmt, aber am Freitagmorgen hat er sich in aller Frühe aus dem Staub gemacht, nachdem er mit jemandem namens Martin telefoniert hatte und dann eine schriftliche Nachricht erhielt – möglicherweise ein Fax.« Er deutete auf die E-Mail-Adresse, die Franny ihm gegeben hatte. »Versuchen Sie, Townsend eine Mail zu schicken. Mal sehen, ob er anbeißt. Schreiben Sie, Sie müssten ihn wegen Laura und Amy Biddulph sprechen. Nur nichts Bedrohliches. Schreiben Sie einfach, Sie bräuchten die Namen und Adressen aller Personen, mit denen sie sich in der Zeit angefreundet haben, als sie mit ihm zusammenlebten.«

»Soll ich eine Kontaktnummer angeben?«

Tyler nickte. »Geben Sie ihm meine Handynummer – schreiben Sie, es wäre die Ihre.«

»Was wollen Sie denn wirklich von ihm?«

»Ich möchte wissen, was er die letzten vierundzwanzig Stunden getrieben hat«, antwortete Tyler. Dann ging er in sein Büro, und nachdem er die Tür hinter sich geschlossen hatte, wählte er die Nummer, die Franny ihm angegeben hatte.

»Hallo?« Es war eine weibliche Stimme.

»Spreche ich mit Mrs Gough?«

»Ja.«

»Ich bin Chief Inspector Tyler von der Kriminalpolizei Hampshire. Ich rufe für Ihre Tochter an.«

Es folgte ein kurzes Schweigen. »Was hat sie denn jetzt wieder angestellt?«

Keine Besorgnis um das Befinden ihrer Tochter. Kein »Ihr ist doch nichts zugestoßen?«, die übliche Reaktion auf einen solchen Anruf.

»Sie sitzt ganz allein in einem Hotel auf Mallorca, wo ihr Begleiter sie zurückgelassen hat, und die Hotelleitung ist nicht bereit, sie abreisen zu lassen, solange die Rechnung nicht bezahlt ist. Der Hoteldirektor hat mir bestätigt, dass der Mietwagen und das Gepäck ihres Begleiters verschwunden sind. Ich denke also, man kann sich darauf verlassen, dass sie die Wahrheit sagt.«

»Und der reizende Begleiter war Edward Townsend, nehme ich an?«

»Ja, das ist der Name, den sie mir genannt hat.«

Er hörte das Klicken eines Feuerzeugs. »Wieso interessiert sich die Polizei für diese Geschichte?«

»Wir versuchten, in einer anderen Angelegenheit mit Mr Townsend Verbindung aufzunehmen. Als der Hoteldirektor entdeckte, dass er bereits heimlich abgereist war, ließ er Ihre Tochter mit mir sprechen.«

»Was war das für eine andere Angelegenheit?«

Es gab keinen Grund, es ihr zu verschweigen; sie würde es ohnehin in Kürze von ihrer Tochter erfahren. Im Übrigen konnte er jede Information gebrauchen. »Das verschwundene Kind, nach dem wir fahnden – Amy Biddulph –, lebte sechs Monate lang in seinem Haus.«

Sie stieß einen tiefen Seufzer aus – oder eine Wolke Zigarettenqualm. Dem gleichmütigen Ton ihrer Stimme war nicht zu entnehmen, ob Emotionen mit im Spiel waren. »Ich habe Francesca gewarnt«, sagte sie, »aber sie wollte nicht auf mich hören. Das ist das Alter. Da glaubt man noch, man hätte alles im Griff.« Sie sprach so sachlich, als wäre von einer Fremden die Rede.

»Kennen Sie Townsend gut?«

»Ich kenne ihn kaum. Ich bin mit seiner ersten Frau befreundet.«

Er zog sich ein frisches Blatt Papier heran. »Ich wäre Ihnen dankbar, wenn Sie mir alles sagen würden, was Sie wissen, Mrs Gough. Vielleicht fangen wir mit der Frage an, warum Sie Ihre Tochter vor dem Mann gewarnt haben.«

»Er ist fünfundvierzig. Sie ist achtzehn. Ist das nicht Grund genug?«

Tyler hörte die Schärfe ihres Tons und hakte sogleich ein. »Aber gibt es noch einen anderen Grund?«

»Darüber werde ich ganz sicher nicht mit jemandem sprechen, der mir völlig unbekannt ist.«

»Ich bin von der Polizei, Mrs Gough. Alles, was Sie mir mitteilen, wird absolut vertraulich behandelt. Die Zeit drängt. Amy Biddulph ist seit mehr als vierundzwanzig Stunden verschwunden. Wenn Sie etwas wissen, was bei der Suche nach ihr helfen kann, müssen Sie es uns sagen.«

»Sie können nur leider per Telefon nicht beweisen, dass Sie von der Polizei sind, und ich kann mir eine Verleumdungsklage nicht leisten. Woher weiß ich, dass Sie nicht von der Presse sind?«

Ihre Einwände waren berechtigt, trotzdem konnte er nicht verstehen, wie jemanden das Schicksal eines Kindes so kalt lassen konnte. »Schön, dann klären wir das doch Schritt für Schritt. Ich gebe Ihnen die Nummer des Hotels in Puerto Soller. Der Direktor spricht gut Englisch und ist bereit, für die Begleichung der Rechnung zu sorgen und sich um einen Rückflug für Francesca zu kümmern, wenn Sie ihm am Telefon Ihre Kreditkartennummer geben. Außerdem gebe ich Ihnen die Nummer der hiesigen Zentrale. Wenn Sie hier anrufen, können Sie sich über mich erkundigen und mir eine Nachricht mit der Bitte um Rückruf hinterlassen. Ist das akzeptabel?«

Diesmal war der Seufzer unverkennbar. »Nein, eigentlich nicht.«

»Aber sie ist doch Ihre Tochter, Mrs Gough.«

Ein leises Lachen antwortete ihm. »Ich weiß, und ich wollte, ich könnte sagen, dass sie es nicht ist. Dann brauchte ich mir vielleicht nicht solche Vorwürfe zu machen. Haben Sie Kinder, Inspector? Stehlen sie? Trinken sie? Gehen sie mit jedem x-Beliebigen ins Bett? Nehmen sie Drogen?« Es waren rein rhetorische Fragen. Sie wartete die Antworten nicht ab. »Ich habe an Francescas achtzehntem Geburtstag fünftausend Pfund hingeblättert, um Handy- und Versandhausrechnungen zu begleichen und ihre Schulden bei den Eltern zweier Freundinnen von ihr zu bezahlen, deren Kreditkartennummern sie wiederholt benutzt hatte, um Waren über das Internet zu bestellen. Das, was sie mir persönlich gestohlen hat, habe ich abgeschrieben und ihr eine eigene Wohnung gemietet, um ihr die Chance zu geben zu zeigen, dass sie Verantwortung übernehmen kann. Als Gegenleistung für das alles musste sie mir versprechen, in Zukunft selbst mit ihren Probleme fertig zu werden und den Studienplatz anzunehmen, den man ihr angeboten hatte. Stattdessen gondelt sie mit dem Ex-Mann meiner besten Freundin in der Weltgeschichte herum und behauptet, ich wäre nur sauer, weil ich eifersüchtig bin.« Sie legte eine Pause ein. »Nun mal raus mit der Sprache, Inspector. Was würden Sie an meiner Stelle tun, wenn ein Polizeibeamter sie anriefe und Ihnen mitteilte, dass ihre Tochter in der Patsche sitzt – wieder einmal!«

Tyler gab ihr eine aufrichtige Antwort. »Ich würde mich an die Abmachungen halten.«

»Danke.«

»Aber ich bin nicht an Ihrer Stelle, Mrs Gough. Ich bin geschieden – schon länger als ich verheiratet war – und habe keine Kinder. Meine gesammelten Erfahrungen mit jungen Mädchen in Francescas Alter erschöpfen sich in der Tatsache, dass ich viele wegen Diebstahls und Prostitution festnehmen musste, als ich noch bei der Streife war.«

Wieder trat ein kurzes Schweigen ein. »Und?«

»So weit ich mich erinnere, war nicht eine darunter, die ich nicht mindestens zweimal festgenommen habe. Im Durchschnitt kamen auf ein Mädchen fünf oder sechs Festnahmen. Jede von ihnen beteuerte, sie würde es nie wieder tun – aber alle waren sie schon wenige Tage nach ihrer Freilassung wieder auf dem Strich, weil es schneller und einfacher ging, sich das Geld für Alkohol oder Drogen mit Diebstahl und Prostitution zu beschaffen, als von dem Hungerlohn, den sie an der Kasse im Supermarkt hätten verdienen können, was zu sparen.«

Sie war kein Mensch, der mit Worten schnell bei der Hand war. »Ich verstehe nicht, worauf Sie hinaus wollen«, murmelte sie nach einer Weile.

Ihre Redepausen irritierten ihn. »Ich will damit sagen, dass es ohne einen starken Anreiz schwer ist, Gewohnheiten aufzugeben. Wenige von uns schaffen es gleich beim ersten Versuch. Wie oft wollten Sie schon das Rauchen aufgeben?«, fragte er ganz direkt. »Einmal? Zweimal? Sagen Sie sich jeden Morgen beim Aufwachen, heute pack ich es?«

Wieder seufzte sie. »Ich hoffte, Eigenverantwortung zu übernehmen, wäre ihr Anreiz genug.«

»So weit ist sie noch nicht.«

»Sie ist achtzehn!«

»Benimmt sich aber wie eine Zwölfjährige, und eine Zwölfjährige setzt man nicht in eine eigene Wohnung.« Er schaute auf die Uhr. Franny und ihre Problem würden warten müssen. Er hatte jetzt keine Zeit für diese Diskussion. »Also, ich gebe Ihnen jetzt auf jeden Fall die Nummern, und Sie tun, was Sie für richtig halten. Aber ganz gleich, wie sie sich entscheiden – rufen Sie bitte ihre Tochter an und sprechen Sie mit ihr. Es gibt eine kleine Chance, dass ein Rückflug für sie gebucht ist. Einer meiner Leute überprüft das im Moment. Ich werde ihn bitten, Sie anzurufen, sobald er Genaueres weiß. Im Übrigen muss ich noch einmal mit Ihnen sprechen. Wenn Sie bis heute Abend sechs Uhr keine Nachricht hinterlassen haben, komme ich nach Southampton – entweder noch heute Abend oder morgen Vormittag.«

»Habe ich überhaupt eine Wahl?«, fragte sie, nachdem er ihr die Nummern angegeben hatte.

Er ging nicht auf die Frage ein. »Eines noch: Sie sagten vorhin, dass Sie mit Townsends erster Frau befreundet sind. Ich vermute, Sie werden mir ihren Namen und ihre Adresse nicht geben, solange Sie nicht sicher sind, wer ich bin, aber würden Sie so freundlich sein, sich mit ihr in Verbindung zu setzen und sie zu bitten, unsere Einsatzzentrale anzurufen?«

Sie schwieg so lange, dass er schon fürchtete, sie hätte aufgelegt.

»Mrs Gough?«

»Ich hoffte, sie würde nie erfahren, dass Francesca mit Edward ein Verhältnis hatte«, sagte sie bedrückt. »Ich dachte, die ganze Geschichte würde im Sand verlaufen, ohne dass sie etwas davon mitbekommt.«

»Warum sollte es sie kümmern?«

»Sie hat selbst eine Tochter«, antwortete sie, bevor sie auflegte.

Nightingale Health Centre

Harry Bonfield wollte Sophies Eltern eigentlich nicht anrufen, bevor er mit ihrem Verlobten, Bob Scudamore, gesprochen hatte, aber in ihrer Akte war unter der Rubrik »Nächste Angehörige«

nur die Adresse ihrer Eltern angegeben. Ihm fiel ein Freund ein, ein Psychiater in London, von dem Bob einmal bei einem Abendessen bemerkt hatte, er sei ein enger Kollege von ihm, und ein Anruf bei ihm lieferte ihm Bobs private Telefon- und Handynummern. Nicht zum ersten Mal war er froh und dankbar, dass die Welt beim staatlichen Gesundheitsdienst so klein war. Obwohl die Behörde der größte Arbeitgeber des Landes war, fand sich, wie in einem Dorf, immer jemand, der jemanden kannte, der einem in einem Notfall weiterhelfen konnte.

Harry hatte die Fernbeziehung, die zwischen Bob und Sophie bestand, seit diese im Nightingale Health Centre angefangen hatte, mit Sorge beobachtet. Bob, der fünf Jahre älter war als sie, hatte einen guten Posten in der psychiatrischen Abteilung einer der Londoner Universitätskliniken, und Harry war überzeugt gewesen, es wäre nur eine Frage der Zeit, bis er Sophie einen Heiratsantrag machen und diese nach London zurückkehren würde. Es wurde von Jahr zu Jahr schwieriger, gute junge Allgemeinärzte zu finden, und er schätzte die Chancen ihrer Praxisgemeinschaft, eine der tüchtigsten jungen Kolleginnen, die sie seit Jahren aufgetrieben hatten, zu halten, als sehr gering ein.

Seine schlimmsten Befürchtungen schienen sich zu erfüllen, als vor zwei Monaten Sophie zu ihm gekommen war und ihm einen Brillantring unter die Nase gehalten hatte. »Na, was meinst du?«, hatte sie gefragt. »Bin ich nicht ein kluges Kind?«

»Bob?«

Sie lachte und gab ihm einen freundschaftlichen Puff. »Wer denn sonst? Ob du's glaubst oder nicht, Harry, ich hab den Schrank nicht voll heimlicher Liebhaber.«

Reichlich verspätet stand er auf und nahm sie herzlich in die Arme. »Und was für ein kluges Kind du bist! Er ist ein prachtvoller Mensch. Ich hoffe nur, er weiß sein Glück zu schätzen. Wann ist denn der große Tag?«

»Im August.«

»Hm«, sagte er bekümmert. »Du willst mir wohl durch die

Blume zu verstehen geben, dass demnächst mit deiner Kündigung zu rechnen ist?«

»Aber nein!«, rief sie überrascht. »Bob hat endlich den Posten ergattert, auf den er schon seit Ewigkeiten scharf ist. Er ist Oberarzt am Krankenhaus in Southampton geworden. Das heißt, dass wir nun endlich zusammenleben können. Darum machen wir's jetzt amtlich.« Sie zog irritiert eine Augenbraue hoch. »Wie um alles in der Welt kommst du auf die Idee, dass ich hier aufhören will?«

Altersschwachsinn und Engstirnigkeit, dachte er mit bitterer Ironie, als er sich wieder setzte. Es war ihm, obwohl dies das einundzwanzigste Jahrhundert war, überhaupt nicht in den Sinn gekommen, dass ein Mann bereit sein könnte, sich um seiner Frau willen beruflich zu verändern.

Er erreichte Bob in seiner Wohnung in London.

»Hallo, Harry«, sagte der junge Mann liebenswürdig. »Was verschafft mir die Ehre? Rufen Sie an, um mir mitzuteilen, dass Sophie sich verspäten wird?«

»Nein, das nicht.« Ohne Umschweife und in knappen Worten berichtete Harry, was er wusste. »Ich wollte erst mit Ihnen sprechen, ehe ich Sophies Eltern anrufe... Ich denke, es ist sowieso besser, wenn Sie mit ihnen reden.« Er wartete ab, bis Bob ihm das zusagte. »Gut. Wir brauchen noch in einem anderen Punkt Ihre Hilfe. Wie Jenny sagt, achtet Sophie immer gewissenhaft darauf, dass ihr Handy geladen ist, wir vermuten deshalb, dass sie es ausgeschaltet hat, um diese Männer nicht merken zu lassen, dass sie eines hat. Das heißt, die Chancen stehen gut, dass sie wieder anruft, sobald sich eine Gelegenheit bietet... und ich würde mich wohler fühlen, wenn ich jemanden hier hätte, der die nötigen Voraussetzungen besitzt, um mit diesen Leuten zu sprechen und Sophies Freigabe auszuhandeln.«

»Ich fahre sofort los«, sagte Bob. »Ihre Eltern rufe ich von unterwegs an.«

»Ich weiß nicht, ob uns die Zeit bleibt, auf Sie zu warten«, sagte

Harry hastig. »Wir brauchen jemanden, der näher dran ist. Für die Polizei kam die ganze Sache völlig überraschend – sie behaupten, so etwas habe man nicht voraussehen können, die Krawalle seien aus heiterem Himmel losgebrochen –, und sie sind durch die Fahndung nach dem kleinen Mädchen, das hier in der Nähe verschwunden ist, personell völlig überlastet. Bei uns ist ein junger Constable, der versucht, uns zu helfen, aber im Moment kann er nicht einmal die Bewährungshilfe erreichen. Hier ist wirklich die Hölle los. Es wäre eine große Hilfe, wenn wir den Psychiater ausfindig machen könnten, der das Prozessgutachten über Zelowski abgegeben hat, oder sonst jemanden, der ihn regelmäßig gesehen hat, während er im Gefängnis war. Ich kann Ihnen die Namen der beiden Anstalten geben, in denen er seine Strafe verbüßt hat. Sie sind beide in der Gegend. Würde Ihnen das helfen, einen Namen für mich ausfindig zu machen? Oder, besser noch, mir eine Kopie des Gutachtens zu besorgen?«

Bob verschwendete keine Zeit. »Her mit dem Namen«, sagte er. »Und geben Sie mir auch gleich Ihre Telefon- und Faxnummern in der Praxis. Ich melde mich, sobald ich etwas für Sie habe.« Er schwieg, legte aber nicht auf, sondern sagte nach einem Moment: »Harry?«

»Ja?«

»Wenn sie anruft, bevor ich da bin, sagen Sie ihr, sie soll die beiden nicht provozieren – vor allem nicht den Mann, den sie für einen Vergewaltiger hält. Wenn er so gefährlich ist, wie Sie vermuten, wird ihn das nur erregen.«

Vor dem Haus Humbert Street 9

Gaynor Patterson hatte Todesangst. Sie war eingeschlossen, konnte weder vor noch zurück. Hatte keinen Zentimeter Bewegungsfreiheit. Im Rücken die Mauer eines Hauses in der Humbert Street, vorn und zu beiden Seiten drängende, drückende Menschenmassen, die versuchten, sich zwischen den Häusern und den am Bordstein parkenden Autos auf den Beinen zu halten. Die Mitte der Straße hinunter stürmten Pulks grölender Jugendlicher, die den Spaß vor Haus Nummer 23 nicht versäumen wollten, und lösten mit jedem Stoß und Puff ihrer kräftigen Körper in der umgebenden Menge eine kompensatorische Wellenbewegung aus, die weiteres Zurückweichen bedeutete.

Kleinere Jungen hatten sich auf die Dächer und Motorhauben von Autos geflüchtet, aber das war eine unsichere Zuflucht. Jedes Mal, wenn eine Menschenwoge gegen die Fahrzeuge brandete, gerieten diese ins Schwanken und drohten zu kippen. Es würde, dachte sie voll Angst, sicher nicht mehr lange dauern, bis irgendwelche Rowdys in der Menge auf die Idee kamen, die Wagen umzustoßen und sie, sobald sie sie auf dem Dach hatten, wie die Kreisel zu drehen. Spätestens dann würde es Verletzte geben.

Vor fünf Minuten hatte sie in höchster Verzweiflung auf ihrem Handy die 999 angewählt, aber die Computeransage, der zufolge sämtliche Notrufleitungen von Anrufern besetzt waren, die Unruhen in Bassindale meldeten, hatte ihre Angst nur verstärkt. Die Polizei, hatte es geheißen, könne derzeit nicht eingreifen. Anrufer, die aus anderen Gründen den Notruf gewählt hatten, sollten in der Leitung bleiben. Den Bewohnern von Bassindale gab man den guten Rat, in ihren Häusern zu bleiben, so weit sie nicht in die Unruhen verwickelt waren.

Gaynor, die Aufnahmen von der Katastrophe im Hillsborough Stadion gesehen hatte, als Fußballfans von den in Panik geratenen Massen hinter ihnen erbarmungslos erdrückt worden waren, fürchtete, dass eine plötzliche heftige Wallung der Menge den Menschen an der Wand die Luft nehmen würde und diese ersticken müssten. Sie tat ihr Bestes, um die um sie herum zu schützen – größtenteils junge Mädchen, die an den Rand der Zusammenballung geflohen waren, weil sie glaubten, dort sicher zu sein –, aber es wurde immer schwieriger. Sie hatte sich heiser geschrien in dem Bemühen, die Leute in der Mitte auf ihre Notlage aufmerksam zu machen, aber ihre Stimme war im Gebrüll der Jugendlichen untergegangen.

Nachdem sie in ihrer Besorgnis um Melanie unzählige Male vergeblich versucht hatte, ihre Tochter über Handy zu erreichen, drückte sie einem Mädchen, das neben ihr an die Mauer gequetscht stand, den Apparat in die Hand und bat sie, die Wiederholungstaste so lange zu drücken, bis sich jemand meldete. »Gib es mir zurück, wenn es läutet«, sagte sie, die Kleine mit ihrem Körper abschirmend. Sie versuchte, die Aufmerksamkeit eines vielleicht zwanzig Meter entfernten Mannes auf sich zu ziehen, der groß und kräftig genug wirkte, um sich zu ihnen durchdrängen zu können, aber ihre Hilferufe stießen auf taube Ohren.

Erschöpft und den Tränen nahe, gab das kleine Mädchen nach zehn Minuten auf. »Es hat keinen Zweck«, rief sie. »Es meldet sich niemand.« Von plötzlicher Klaustrophobie überwältigt, begann sie, mit Fäusten auf Gaynor einzutrommeln. »Ich will hier raus!«, schrie sie. »Lasst mich hier raus!«

Gaynor schlug ihr hart ins Gesicht. »Tut mir Leid, Schätzchen«, murmelte sie und schloss das Kind in die Arme, als dieses zu schluchzen begann. »Aber es ist zu gefährlich. Du musst hier bleiben, bis ich eine Lösung finde.« Aber wie, um Gottes willen?

Da begann das Handy zu bimmeln.

Sie entriss es dem kleinen Mädchen und drückte die Hand auf ihr freies Ohr, um in dem Getöse überhaupt etwas hören zu können. »Mel? Bist du's, Schatz? Ich versuche ständig, dich zu erreichen. Ist bei dir alles in Ordnung? Was ist mit Rosie und Ben?«

»Mrs Patterson?«

»Ach, Scheiße!«, fluchte Gaynor enttäuscht, nun selbst den Tränen nahe. »Ich hab gedacht, es wäre meine Tochter.«

»Ach, das tut mir Leid. Hier spricht Jennifer Monroe vom Nightingale Health Centre. Briony hat mir Ihre Nummer gegeben. Ich muss unbedingt sofort mit Ihnen sprechen. Es ist sehr dringend.«

Gaynor schüttelte ungläubig den Kopf. »Das soll wohl ein Witz sein? Hören Sie, ganz gleich, was es ist, es kann warten. Nichts ist so dramatisch wie das, was hier gerade abläuft. Hier geht's drunter und drüber, und von der Polizei ist keine Spur zu sehen ... Ich bin mit ein paar Kindern, die Todesangst haben, an einer Hausmauer eingeklemmt. Es ist wie im Hillsborough Stadion! Allein hier in dieser Ecke sind bestimmt über tausend Leute zusammengequetscht. Ich leg jetzt auf. Okay?«

»Nein! Nicht!«, sagte Jenny Monroe scharf. »Ich weiß wahrscheinlich im Moment mehr als Sie. Bitte bleiben Sie am Telefon. Reden Sie mit mir. Es geht nicht um eine medizinische Angelegenheit, Gaynor. Ich möchte Ihnen helfen. Die Polizei kommt nicht in die Siedlung rein, weil alle Zufahrtsstraßen blockiert sind. Das heißt, Sie und Melanie müssen selbst für Ihre Sicherheit sorgen, und ich kann Ihnen vielleicht dabei helfen.«

»Dann los!«

»Können Sie mir sagen, wo Sie im Augenblick sind?«

»In der Humbert Street!«

»Und wo genau? Sie sagten, dass Sie an einer Wand eingeklemmt sind.«

»Gleich vorn, Hausnummer neun. Wir haben an die Tür getrommelt wie die Verrückten, aber die Frau drinnen ist wirr im Kopf und macht nicht auf ... Sie hat wahrscheinlich Angst, die arme alte Seele.«

»Wissen Sie ihren Namen?«

»Carthew.«

»Okay, warten Sie. Ich seh mal nach, ob wir sie auf unserer Liste haben.« Einige Sekunden lang blieb es still. »Ich hab sie. Sie ist eine Patientin von Sophie Morrison und gehört zu den *Hallo-Freundschaft*-Leuten.« Wieder eine Pause, im Hintergrund gedämpfte Stimmen. »Also, passen Sie auf, Gaynor, unser Plan sieht folgendermaßen aus: Ich rufe jetzt Mrs Carthew an, und während ich das tue, sprechen Sie mit einem Polizeibeamten, der hier bei uns in der Praxis ist. Er hat unser Gespräch mitgehört und wird Ihnen genau erklären, was Sie tun müssen, wenn Mrs Carthew die Tür öffnet.«

»Das ist doch reine Zeitverschwendung, Schätzchen. Die alte Carthew ist seit Jahren total verkalkt.«

»Versuchen wir's einfach mal, okay?«

Eine neue Stimme meldete sich. »Hallo, Gaynor. Ken Hewitt hier. Also, wichtig ist vor allem, dass keine Panik ausbricht. Denn dann werden sofort alle nachdrängen, wenn die Tür aufgeht, und das ist so ziemlich das Schlimmste, was passieren kann. Wir brauchen einen geordneten Abzug. Können Sie mir jetzt erst mal sagen, wie viele Kinder bei Ihnen in der Nähe sind?«

Gaynor zählte rasch. »Ungefähr zehn.«

»Gut. Zuerst mal muss jedes Kind einzeln ins Haus bugsiert werden, ganz vorsichtig, damit die Leute rundherum nicht merken, was da passiert. Es muss leise und unauffällig geschehen. Ist das so weit klar?«

»Ja.«

»Suchen Sie sich die zwei größten und kräftigsten unter den Kindern aus. Eines soll einen Durchgang zum Garten freimachen, das heißt, alle Möbel aus dem Korridor entfernen und die Hintertür von Mrs Carthews Haus öffnen. Das andere soll sich an die vordere Haustür stellen. An der Haustür brauchen wir jemanden, der wirklich kräftig ist – wenn ein Erwachsener in der Nähe ist, umso besser. Der Türsteher gibt Ihnen das Signal, sobald der Weg frei ist, und muss die Rolle des Regulators übernehmen, weil ich Sie draußen als Ordnerin brauche. Sollten zu viele Menschen versuchen, sich durchzudrängen, wenn die Tür sich öffnet, müssen Sie und der Türsteher sie augenblicklich schließen und verriegeln. Wenn Sie das nicht tun, werden sich die Leute im Korridor gegenseitig niedertrampeln und den Ausgang blockieren. Stellen Sie sich vor die offene Tür und lassen Sie immer nur eine Person durch. Es muss absolut geordnet zugehen. Haben Sie das verstanden?«

Gaynor war einen Meter sechzig groß und fünfzig Kilo schwer. Wie zum Teufel sollte sie eine Menschenmenge in panischer Flucht aufhalten? »Ja.«

»Wunderbar. Weiter – ich habe mir die Lage der Humbert Street angesehen. Hinten sind Gärten, die direkt an die Gärten der Bassett Road stoßen. Der Junge oder das Mädchen an der Hintertür muss sofort den Zaun niederzureißen, um Platz zu schaffen. Wir müssen versuchen, Ausweichzonen für alle die einzurichten, die weg wollen. Am Besten lassen Sie den Jungen oder das Mädchen hinten die Zäune in Richtung Forest Road South demontieren. Wir müssen dafür sorgen, dass die Leute nach Hause gehen – um die Situation zu entschärfen – und sich nicht hinten in den Gärten sammeln.«

»Okay.«

»Und zum Schluss noch eins: Lassen Sie nichts von der Möglichkeit zum Abzug verlauten. Wenn die Leute spüren, dass der Druck hinter ihnen nachlässt, werden sie in den frei gewordenen Raum nachrücken und ganz von selbst zur offenen Tür gelangen. Und das wird Ihnen die Aufgabe, für Ordnung zu sorgen, wesentlich erleichtern.« Er schwieg einen Moment, um Jenny zuzuhören, die ihrerseits Instruktionen erteilte. »Ausgezeichnet«, sagte er dann. »Mrs Carthew hat versprochen, die Tür aufzusperren, aber sie hat uns gebeten, ihr Zeit zu lassen, nach oben zu gehen, ehe Sie die Tür öffnen. Sie hat Angst, umgestoßen zu werden. Sie hat ein schnurloses Telefon und wird Jenny Monroe Bescheid geben, sobald sie in Sicherheit ist. Dann gebe ich Ihnen das Signal. In Ordnung?«

»O Gott!« Gaynor stockte der Atem vor Angst. »Aber ich hab das doch den Kindern hier noch gar nicht erklärt.«

»Tun Sie das in aller Ruhe«, sagte er beschwichtigend. »Es ist wichtig, dass sie alle verstehen, worum es geht. Geben Sie mir Bescheid, wenn Sie so weit sind.«

Eines der Mädchen kannte sie schon, Lisa Shaw, ein aufgewecktes kleines Ding, das mit Colin in eine Klasse ging. Sie besaß nicht die Statur, um die Aufgabe des Regulators zu übernehmen, aber ganz sicher konnte sie den Korridor frei machen und den Weg zur Forest Road hinaus bahnen. Sie nickte sofort, als Gaynor ihr erklärte, was sie von ihr erwartete, und die anderen nickten eifrig mit, als Gaynor sie mit Nachdruck darauf hinwies, wie wichtig ein »geordneter Abzug« war. Als sie allerdings versuchte, dem größten und kräftigsten unter den Mädchen klarzumachen, welche Aufgabe sie übernehmen sollte, stieß sie auf absolute Verständnislosigkeit. Das Mädchen war eine Riesin mit einem Spatzenhirn und begann zu weinen, als Gaynor sie bat, den Posten an der Haustür zu übernehmen.

»Das übernehme ich«, sagte Lisa. »Sie kann mir helfen. Und die anderen können den Gang freiräumen.« Sie lächelte Gaynor an. »Machen Sie sich keine Sorgen. Ich pass schon auf, dass sie alles richtig machen. Col würde mich ja umbringen, wenn Ihnen was passiert. Sie sind doch seine Supermum.«

>Meldung an alle Polizeidienststellen

>28. 07. 01

>15 Uhr 33

>Suche nach vermisster Person – Amy Rogerson/ Biddulph

>ZUR WEITERGABE AN ALLE GRAFSCHAFTEN

>Als Zeuge gesucht wird: Edward Townsend

>Gemeldeter Wohnsitz: The Larches, Hayes Avenue, Southampton

>Wurde zuletzt am 27. 07. 01 um drei Uhr morgens im Hotel Bella Vista, Puerto Soller, Mallorca gesehen

>Rückkehr nach London Luton am Freitagmorgen mit Flug EZY0404, Ankunft 8 Uhr 25

>Gemeldeter PKW: Schwarzer BMW – W789ZVV

>Wird irgendwo in Südengland vermutet

>Ist möglicherweise mit einem Kind unterwegs

16

Glebe Tower, Bassindale

Jimmy James verlor langsam die Geduld mit dem Notarzt am anderen Ende der Leitung. Er hatte fünf Minuten warten müssen, bis die Zentrale des Rettungsdiensts sich gemeldet hatte, und nun würden die Batterien seines Handys bald leer sein. Was war das für ein Saftladen, den diese Leute betrieben? Jedes Mal, wenn er eine Anweisung befolgt hatte, verlangte der Mann was Neues. Er hatte die Polizeibeamtin vorsichtig auf die Seite gebettet und sich vergewissert, dass ihre Atemwege nicht blockiert waren. Er hatte Atmung, Herz und Puls geprüft. Er hatte versucht, sie zu Bewusstsein zu bringen – ohne Erfolg.

Und jetzt verlangte der Kerl auch noch, er solle feststellen, wo genau die Verletzung sich befand.

»Hören Sie, Kumpel, wie soll ich zur gleichen Zeit mit Ihnen reden und feststellen, wo das Blut herkommt?«, schnauzte er den Mann an, während er auf seine rechte Hand hinuntersah, die voller Blut war. Er spürte, wie ihm das Mittagessen hoch kam. »Sie haben leicht reden, Sie sind so was gewöhnt, aber für mich ist das kein Honiglecken, das sag ich Ihnen. Hier ist überall Blut. Ich muss erst mal ihre Haare auf die Seite schieben, und das kann ich nicht, wenn ich ein beschissenes Telefon in der Hand hab. – Ja, okay – okay … Ich leg Sie jetzt mal ab.«

Er legte das Handy hinter sich auf den Fußboden und teilte leise fluchend mit beiden Händen so behutsam wie möglich das blutverklebte blonde Haar am Hinterkopf der Frau, wo das bereits verkrustende Blut am dicksten zu sein schien. Dann griff er wieder nach dem Telefon und brüllte wütend, »Scheiße«, als es ihm aus der glitschigen Hand rutschte. Auf die erschrockenen Fragen des Arztes rief er gereizt, »Ja, natürlich ist was passiert! Ich hab gerade mein ganzes Handy mit Blut voll geschmiert. Ja... ja... tut mir Leid, aber mich macht das hier total fertig. Ich hab noch nie Blut sehen können. – Ja, in Ordnung – schon gut... Sie hat eine ziemlich tiefe Wunde am Hinterkopf... Ich weiß nicht – vielleicht fünf Zentimeter. – Ich kann nicht sagen, ob sie sonst noch Verletzungen hat, da müsste ich sie umdrehen... Herrgott noch mal, sie hat lange Haare und die hängen ihr überall ins Gesicht.«

Neuerliche Beunruhigung. »Nein, natürlich dreh ich sie nicht rum... Sie haben mir schon gesagt, wie gefährlich es ist, wenn ein Knochen das Gehirn durchstößt.« Er schnitt eine Grimasse. »Das größere Problem ist hier der Dreck, Kumpel... Dieser Scheißaufzug ist so verdreckt, dass sie garantiert an Blutvergiftung stirbt, wenn die Bakterien in ihre Wunde kommen. Die pinkeln hier sogar rein. Schuld ist nur die gottverdammte Gemeindeverwaltung. Wenn die hin und wieder mal was springen lassen würden, um eine Putzkolonne herzuschicken... Ja, ja – okay... Ich bin ja schon dabei.«

Er legte das Telefon wieder nieder und hob dichte Haarsträhnen aus dem Gesicht der Frau. Es war ihm bis jetzt verborgen gewesen, und er sah überrascht, wie hübsch es war – blass und zart wie das einer viktorianischen Porzellanpuppe, in den Wangen ein schwacher rosiger Hauch, Beweis, dass noch Leben vorhanden war. Vorsichtig betastete er den Teil ihres Kopfs, der auf dem Boden ruhte, aber an seinen Fingern haftete, als er sie wegzog, nicht mehr Blut als zuvor.

»So weit ich feststellen kann, hat sie nur diese eine Verletzung«, sagte er, das Handy wieder am Ohr, »und da scheint sich schon Schorf zu bilden... nein, natürlich hab ich keinen Verband... Glauben Sie vielleicht, ich schlepp dauernd beschissenes

Verbandszeug mit mir rum?« Er verdrehte theatralisch die Augen. »Was soll das heißen – schauen Sie, ob Sie irgendwo einen Erste-Hilfe-Kasten bekommen? Ich bin schwarz wie die Nacht, Kumpel, und voll mit Blut verschmiert. Schalten Sie mal Ihr Hirn ein … Ich geh doch in dieser Bruchbude nicht von Tür zu Tür hausieren. Die meisten hier sind zwischen achtzig und der Verwesung, die trifft sofort der Schlag, wenn plötzlich ein blutverschmierter Nigger bei ihnen aufkreuzt … und die anderen sind Nazibuben, die mir gleich ein Messer zwischen die Rippen stoßen, wenn sie mich sehen. Ich bin hier in der Acid Row, Mann, und nicht auf den gottverdammten Seychellen. Ja, ja, ja – Wenn Sie so 'n toller Hecht sind, dann schmieren Sie sich doch schwarze Schuhcreme in die Visage und erzählen Sie diesen Kerlen auf den Barrikaden, Sie wären mein Vetter. Mal sehen, wie weit Sie kommen.«

Er prüfte den Ladezustand seiner Handybatterien. »Mir bleiben noch ungefähr fünf Minuten«, warnte er. »Lassen Sie sich also lieber schnell was einfallen.«

Er lauschte einen Moment und hob den Blick zu den Aufzugknöpfen. »Die Türen öffnen und schließen sich ganz normal, ich vermute also, er funktioniert. – Nee, Kumpel, nie gehört. *Hallo Freundschaft*? Was soll das denn für ein Verein sein? – Mrs Hinkley, Wohnung vierhundertsechs, vierter Stock – Ja, okay, soll mir recht sein – wenn Sie vorher mit ihr reden, damit sie Bescheid weiß.« Er leierte seine Handynummer herunter. »Ich schalte in fünf Minuten wieder ein … Vergessen Sie nicht, ihr zu sagen, dass ich sofort abhaue, wenn sie zu schreien anfängt … Ich fühl mich sowieso schon total zum Kotzen. Ich brauch nicht noch mehr Ärger.« Wieder lauschte er eine Weile. »Warum kann ich nicht anonym bleiben? Was spielt mein Name schon für eine Rolle? Okay, okay – Sagen Sie Ihrer Mrs Hinkley, ich bin Jimmy James und wohne in der Humbert Street einundzwanzig. Nein, im Telefonbuch findet sie mich nicht. Ich bin erst seit zwei Tagen hier … Mann o Mann, weil ich gerade aus dem Knast gekommen bin. Reicht Ihnen das?«

Plötzlich stand Colin neben Melanie und schrie ihr ins Ohr, sie müsse sofort etwas tun, Kevin Charteris und Wesley Barber gäben Molotow-Cocktails an ihre Kumpel aus. »Ich kann sie nicht stoppen, Mel. Die haben so viel Bier gesoffen, dass sie total dicht sind. Ich hab ihnen gesagt, dass Rosie und Ben im Haus sind, aber das interessiert die nicht die Bohne.«

Sie starrte ihn erschrocken an. »Was redest du da?«

»Benzinbomben«, sagte er. »Die Krawalle waren schon seit Tagen geplant – seit ihr beide, du und Mum, gesagt habt, dass ihr einen Marsch veranstalten wollt. Am Dienstag haben Kev und Wes angefangen, die Flaschen abzufüllen – die finden, dass man Perverse ausräuchern muss. Ich hab ihnen gesagt, dass ein Feuer sich bis zu deinem Haus ausbreiten würde, aber sie haben nur gesagt, ich soll mich verpissen. Wes ist total stoned. Er ist ein echter Idiot... Er hat 'n Haufen Acid und Speed eingeworfen und sagt, er möchte am liebsten die ganze beschissene Straße abfackeln.«

Es war, als hätte jemand einen Kübel Eiswasser über ihrem Kopf ausgeschüttet. Mit einem Schlag wurde ihr klar, dass sie nicht auf Jimmys Hilfe warten konnte. Wenn sie ihre Kinder vor Unheil bewahren wollte, musste sie selbst sie schützen.

»Wo sind die Jungs?«

Colin wies mit dem Kopf zu einer Gruppe, die sich am Rand des halbkreisförmigen freien Platzes vor Nummer 23 zusammendrängte. »Da drüben.«

Im Gegensatz zu den beiden Enden der Straße, wo sich Menschenmassen stauten, war die Straße vor dem Haus des Pädophilen und den Nachbarhäusern relativ leer, beinahe, als würde die Menge durch einen unsichtbaren Cordon zurückgehalten.

In gewisser Weise traf das auch zu; die Leute, die vorn standen und auf keinen Fall ihre Logenplätze verlieren wollten, drängten ständig nach hinten, um dem Druck aus dieser Richtung zu begegnen.

So war es Melanie möglich gewesen, vor ihrer eigenen Haustür Wache zu stehen und jeden zu vertreiben, der zu nahe kam. Aber eine Beruhigung war ihr das nicht, denn die Leute bewachten den freien Raum ja nur aus Sensationslust so eifersüchtig. Er war zur Arena geworden, von der aus die Jugendlichen Ziegel und Steinbrocken in die gute Stube des Perversen schleuderten und von den erregten Ooohs und Aaahs der Menge begleitet alles zerstörten, was nicht niet- und nagelfest war.

»Bleib hier«, sagte sie und drückte Colin ihr Handy in die Hand.

»Was willst du tun?«

»Sie stoppen«, antwortete sie mit grimmiger Entschlossenheit.

Sie rannte über die Straße und packte einen der Jungen beim Kragen. »Wo ist Wesley?«, schrie sie ihn an.

Der Junge versuchte, sie abzuschütteln, und als er sich zur Seite warf, sah sie Kevin Charteris auf dem Boden hocken, wo er mit einem widerspenstigen Feuerzeug versuchte, einen mit Benzin getränkten Stofffetzen, der teilweise in eine Flasche gestopft war, zu entzünden.

»Bist du wahnsinnig?«, schrie sie, packte ihn bei seinem Pferdeschwanz und riss ihn in die Höhe. »Was machst du da, du Idiot?« Sie schlug ihm das Feuerzeug aus der Hand. »Das da drüben ist mein Haus, und da sind meine Kinder drinnen.«

»Hau ab«, knurrte er sie wütend an und versuchte, sich ihrer Hand zu entwinden.

Sie schlug ihm mit der anderen Hand auf den Kopf und riss ihn vor seinen Freunden herum. »Seid ihr alle total bescheuert oder was?« rief sie. »Woher habt ihr die Flaschen? Von wem stammt diese Scheißidee?« Sie zerrte Kevins Kopf nach hinten. »Sie kann ja nur von dir und Wesley stammen! Ihr seid die Einzigen, die so dumm sind.«

»Warum hackst du immer auf mir rum?«, fragte der Junge mit dem von Alkohol erhitzten Gesicht verdrossen. »Es machen doch alle mit.«

Melanie schaute gehetzt um sich, um zu sehen, ob er die Wahrheit sprach. »Wenn ihr hier Benzinbomben schmeißt, geht die ganze Straße in Flammen auf. Und wer soll das Feuer dann löschen? Glaubt ihr vielleicht, die Arschlöcher da auf den Barrikaden lassen Feuerwehrwagen durch?«

»Es war doch deine Idee, Mel«, entgegnete er, entriss sein Haar ihrer Hand und sprang von ihr weg. »Du hast gesagt, dass du die Kinderficker los haben willst, und jetzt kriegst du, was du wolltest.« Er nickte Wesley zu, der hinter ihr stand, und lachte, als ein Freund ihm ein anderes Feuerzeug zuwarf. »Wir verbrennen sie. Für dich, Mel.«

Sie wollte sich auf ihn stürzen, aber Wesley hielt sie fest. »Und was ist mit Amy?«, rief sie. »Wollt ihr die auch verbrennen?«

»Die ist da gar nicht drin.«

»Sie ist an der Haustür gesehen worden.«

»Ist doch scheißegal«, erklärte er unbekümmert. »wenn sie drin ist, ist sie sowieso nur noch ne Leiche im Keller, da kannste dich drauf verlassen. So geht das nämlich, Mel. Perverse bringen kleine Kinder um. Und wir bringen Perverse um.« Grinsend steckte er den Stofffetzen an und nahm die Flasche in die rechte Hand, um sie in Richtung des eingeschlagenen Fensters von Nummer 23 zu werfen.

Er wusste sehr wenig darüber, wie man einen Molotow-Cocktail baut, und seine Reaktionen waren deutlich verzögert, weil er betrunken war. Er wusste nicht, wie schnell ein Flaschenhals sich erhitzt, wenn sich in seinem Inneren Benzin entzündet. Er wusste nicht, wie gefährlich ein Molotow-Cocktail dem Werfer werden kann. Amateure haben kaum eine Vorstellung davon, wie so ein Brandkörper funktioniert – dass es darauf ankommt, das Benzin so lange in der Flasche eingeschlossen zu halten, bis diese beim Aufprall zerspringt. Kevin jedenfalls hatte von Wert und Nutzen eines Schraubverschlusses so wenig Ahnung wie von der Tatsache, dass es ratsam war, den Stofflappen um den Hals der Flasche zu schlingen anstatt ihn hineinzuschieben.

Die Menschen um ihn herum schrien erschrocken, als er aufheulend vor Schmerz die Flasche fallen ließ, die mit einem lauten Knall zu seinen Füßen zersprang. Sogleich war er in lodernde Flammen gehüllt. Wie Kräuselwellen sich in einem See ausbreiten, wenn ein Stein ins stille Wasser fällt, so trieb es die panische Menge in gewaltigen Wogen auseinander, weg von ihm. Seine Freunde, selbst in Flammen, da sie der explodierenden Flasche zu nahe gewesen waren, sprangen wild um sich schlagend zurück; Frauen und Kinder schrien, als sie in die Menschenmauer hinter ihnen gestoßen wurden.

Nur Melanie blieb, von den Körpern seiner Freunde geschützt, wo sie war, wie gebannt vom Anblick des Feuerballs zu ihren Füßen. Sie hatte Zeit für den Gedanken, dass sie Kevin Charteris eigentlich überhaupt nicht mochte. Seinem schlechten Einfluss war es zuzuschreiben, dass Colin zwanzigmal wegen Diebstahls und mutwilliger Zerstörung fremden Eigentums festgenommen worden war. Er war so verroht, dass er zusammen mit Wesley Barber dessen Mutter zweimal krankenhausreif geschlagen hatte.

Aber sie kannte ihn – der Junge, der da in Flammen stand, war kein Fremder –, und das konnte sie nicht einfach vergessen.

Auch sie schrie – sie konnte gar nicht anders –, aber mitten in der allgemeinen Panik besaß sie die Geistesgegenwart, sich die Jacke herunterzureißen und sich auf Kevin zu werfen, um ihn mit ihrem Gewicht zu Boden zu drücken und in das Leder einzuhüllen. Sie wälzte ihn von einer Seite auf die andere, um das Feuer zu ersticken, während ihr fast übel wurde vom Gestank seiner brennenden Haare, und ihr von der Hitze des lodernden Benzins auf dem Asphalt die Augen tränten. Sie nahm wahr, dass Leute kamen und ihr halfen. Sie zerrten den Jungen von der Feuersbrunst weg und warfen zusätzliche Kleidungsstücke auf ihn hinunter, bevor auch sie weggeschleift wurde und jemand auf ihren Kopf einzuschlagen begann.

»Du blöde Kuh!«, stieß ihr Bruder schluchzend hervor, als er ihr Gesicht zu Boden drückte und sich über sie warf. »Deine ganzen Haare brennen.«

Franeks Faust traf Sophie direkt auf den Wangenknochen, ein wuchtiger Schlag, der ihr Hirn durcheinander rüttelte. So gewaltig, dass sie hintenüber gestürzt wäre, hätte nicht die Wand im Rücken sie aufrecht gehalten. Der Instinkt trieb sie zur Gegenwehr, obwohl keine Aussicht bestand, dass sie damit irgendetwas erreichen würde. Ein zweiter Schlag würde ihr das Bewusstsein rauben. Sie wehrte sich mit der einzigen Waffe, die sie zu Hand hatte, dem Stuhl, den sie mit aller Kraft nach vorn, ihm gegen die Knie stieß.

Es steckte keinerlei vernünftige Überlegung hinter ihrem Tun – sie war viel zu benommen zum Denken –, aber als er getroffen aufstöhnte, fiel ihr die Vase wieder ein. Zurückschlagen oder sterben. Sie packte die Vase beim Hals und zerschmetterte sie an der Wand, ehe sie zum verzweifelten Sensenstrich gegen ihn ausholte. »Sie Schwein!«, schrie sie und zog ihm die messerscharfen Kanten übers Gesicht.

Er griff sich an die Augen, Blut strömte, und noch einmal schwang sie den abgebrochenen Vasenhals, der die Haut seiner Finger durchschnitt wie die Fettschicht auf einem Stück Schweinebraten. »Kommen Sie mir nicht zu nahe!«, brüllte sie, die andere Hand mit um den Flaschenhals legend, um eine beidhändige Rückhand zu schlagen. »Bleiben Sie mir vom Leib!«

Diesmal verfehlte sie ihn ganz. Der Vasenhals flog ihr aus der Hand und zersprang an der gegenüberliegenden Wand. Sie war wie eine Rasende. Sie fluchte. Sie kreischte. »Schwein! Schwein! Schwein! Krepieren sollen Sie!«

Sie wollte nach dem Cricketschläger greifen, um ihm damit den Schädel zu spalten, als sein Sohn sie um die Körpermitte packte und wegzerrte.

»Aufhören! Aufhören!«, schrie Nicholas. »Wollen Sie ihn denn umbringen?«

Sophie umschloss den Schläger mit der einen Hand und zog mit der anderen den Stuhl wieder zu sich heran, baute ihre Abwehr neu auf, lauernd wie ein Falke, scharfäugig wie ein Wiesel. Sprechen konnte sie nicht, weil sie keine Luft bekam. Wie zuvor bei Franek stauten sich Adrenalin und Panik in ihrer Brust und blockierten die Sauerstoffzufuhr. Aber in ihrem Hirn kreiste ein Schrei des Hasses: Ja! Ja! Ja!

Nicholas versuchte, seinem Vater die Hände von den Augen zu entfernen, aber der alte Mann leistete Widerstand, während er sich leise wimmernd hin und her wiegte.

»Ich glaube, Sie haben ihn geblendet«, sagte er, sich Sophie zuwendend.

Sie hob den Schläger über ihren Kopf, entschlossen, ihn augenblicklich herabsausen zu lassen, wenn er näher kam.

»Ich will Ihnen nichts antun«, beteuerte Nicholas und breitete die Hände zu einer Geste der Beschwichtigung aus. »Aber das ist doch alles Wahnsinn. Warum müssen Sie ihn immer wieder provozieren?«

Sie stand stocksteif da und ließ ihn nicht aus den Augen.

Draußen begannen Menschen voll Entsetzen zu schreien.

Humbert Street 9

Gaynor hörte die Schreckensschreie an ihrem Platz vor Mrs Carthews Haustür. Einen Moment sah sie auf, weil sie glaubte, Melanie zu hören, aber das Knattern eines Motors irgendwo in der Ferne lenkte sie ab. »Hier passiert irgendwas«, berichtete sie Ken Hewitt über ihr Handy, während sich einer nach dem anderen an ihr vorbeidrängte.

»Was denn?«

»Ich weiß es nicht. Leute schreien«, sagte sie geängstigt, »und ich höre einen Motor. Kann es sein, dass jetzt endlich die Polizei kommt?«

»Das glaube ich nicht.« Es folgte eine kurze Pause, während der sie nur das Geräusch seines Funkgeräts vernahm. »Ich komme im

Moment nicht durch«, sagte er dann ruhig. »Machen Sie einfach weiter, Gaynor. Wie viele haben Sie bisher rausbugsiert?«

»Keine Ahnung. Fünfzig vielleicht. Es ginge schneller, wenn wir immer zwei auf einmal durchlassen würden. Sie fangen jetzt an zu drängeln.«

»Tun Sie das nicht«, warnte er eindringlich. »Da verlieren Sie sehr schnell die Kontrolle.«

Aber die Warnung kam zu spät.

Die gellenden Schreie am anderen Ende der Straße, wo die Menge in hellem Entsetzen vor dem lichterloh brennenden Benzin floh, stürzten die Menschen an Gaynors Ende der Straße in eine Panik, die wie ein Buschfeuer um sich griff. Die Leute vor der Tür begannen gewaltsam zu drücken und zu stoßen und rissen sie mit sich ins Haus. Sie umklammerte verzweifelt den Türknauf, um sich hinter die Tür zu ziehen, dann stieß sie Lisa und das große Mädchen den Korridor zum Garten hinunter. »Schnell raus jetzt mit euch!«, rief sie. »Lauft nach Hause.«

Die Mädchen wurden vom Strom davongetragen, und sie sah, wie Lisa sich im stolpernden Lauf nach ihr umdrehte. »Schau vorwärts!«, schrie sie ihr nach und presste sich dicht an die Wand. »Pass auf, dass du nicht hinfällst.« Aber das Kind war schon aus ihrem Blickfeld verschwunden.

Gaynor konnte nichts tun, nur dastehen und zusehen. Sie fühlte sich misshandelt von den Schlägen wild fuchtelnder Hände, die im reißenden Wirbel stoßender Leiber verzweifelt Halt suchten, aber sie wusste, dass es ihr niemals gelingen würde, die Tür ohne Hilfe zu schließen, wenn es zu einer Katastrophe kommen sollte. Sie konnte die blind vorwärts stürzenden Menschen nicht aufhalten. Sie konnte den Ansturm nicht bremsen.

Und sie war schuld. Sie hatte die Aktion angeregt – war auch noch stolz darauf gewesen, eine der Initiatorinnen zu sein. Unwillkürlich begann sie zu beten: »Lieber Gott, bitte lass niemanden umkommen.« Sie wiederholte das Gebet unablässig, ohne Pause, als wäre Gottes Aufmerksamkeit nur durch fortwährende Fürbitte herbeizubeschwören. Dabei wusste sie, dass er nicht zuhörte. Tief im Innern war sie besessen vom schrecklichen Schuldgefühl der sündigen Katholikin. Wenn sie ein besserer Mensch gewesen wäre, wenn sie auf die Priester gehört, ihre Sünden gebeichtet hätte, regelmäßig zur Kirche gegangen wäre...

Einsatzzentrale – Luftaufnahmen aus dem Polizeihubschrauber

Die Videoleitung aus der Luft zur sechzehn Kilometer entfernten Einsatzzentrale übermittelte erschreckende Bilder der Ereignisse unten am Boden. Brennpunkte des Geschehens waren die Humbert Street und ihre nächste Umgebung sowie die Barrikaden an den vier Zufahrten zur Siedlung. In und um die Humbert Street tobte eine Menge von schätzungsweise zwei- bis dreitausend Menschen, deren Ausläufer bis in die Bassindale Row und die Forest Road reichten, und die Barrikaden lockten, nachdem sich ihr Vorhandensein herumgesprochen hatte, Ströme von freiwilligen Besatzern an. Die Polizei war machtlos. Sie war von den Ereignissen überrascht worden und verfügte nicht über die nötigen Leute, um einzugreifen.

Die Beobachter in der Einsatzzentrale starrten ungläubig auf die Luftaufnahmen der Humbert Street. Welch boshaftes Schicksal, das den Pädophilen ausgerechnet in eine Straße verschlagen hatte, wo eine kurzsichtige Baupolitik mit dem Ziel, mehr Wohnraum zu schaffen, dazu verleitet hatte, alle offenen Räume zwischen den Anwesen zuzumauern und die Straße so in eine Betonröhre zu verwandeln. Später würde es deswegen Streit und gegenseitige Beschuldigungen geben, die Polizei würde dem Gemeinderat vorwerfen, ihre Warnungen bezüglich der Zugangsmöglichkeiten zur Siedlung nicht ernst genommen zu haben, der Gemeinderat wiederum würde die Polizei bezichtigen, ihre Aufgabe nicht erfüllt zu haben. Im Augenblick jedoch konnte man nur untätig zusehen, wie die wütenden Massen, ohne sich der Gefahr, in der sie schwebten, bewusst zu sein, rücksichtslos in einen Bereich drängten, der viel zu klein war, um sie aufnehmen zu können.

Die lodernde Feuerwand, die bei der Explosion von Kevin Charteris' Benzinbombe in die Höhe stieg, und die darauf folgende Massenpanik wurden von der Kamera in ihrer ganzen Dramatik eingefangen. Es war, als hätte ein riesiger Magnet plötzlich die Pole gewechselt; wie ein Haufen abgestoßener Eisenspäne stoben die Menschen auseinander, die eben noch in gebündelter Aktion alle demselben Punkt zugestrebt waren. Angst und Schrecken spiegelten sich in den gen Himmel gerichteten Gesichtern von Frauen und Kindern, die in der wogenden Menge eingequetscht oder gegen Hausmauern gedrückt wurden. Entsetzliche Bilder von Kindern, die stürzten und von fliehenden Füßen niedergetrampelt wurden. Die einzige Hoffnung auf ein Entkommen aus dem tödlichen Getümmel bot Mrs Carthews offene Haustür; vor ihr staute sich ein Strom kopflos fliehender Menschen, die sich zum kleinen Hintergarten durchdrängten und, die Zäune der Nachbargärten einreißend, die Forest Road zu erreichen suchten, wo sie sich Sicherheit erhofften.

Wüste Szenen spielten sich vor dem Coop Supermarkt und den umliegenden Läden ab. Die Geschäftsleute hatten ihre Lokale sofort geschlossen, als ihnen die ersten Gerüchte von Unruhen und Krawallen zu Ohren gekommen waren; jetzt wurden die Schutzgitter vor Türen und Schaufenstern von einer etwa fünfzig Mann starken Diebesbande, die auf Plünderung aus war, mit Äxten bearbeitet. Auch dieses Unternehmen lockte Interessenten an, Jugendliche mit Baseballmützen auf den Köpfen, um ihre Gesichter vor dem in der Luft stehenden Hubschrauber zu verbergen, rannten in Rudeln zum Einkaufszentrum, um an sich zu raffen, was die Äxte schwingenden Einbrecher übrig ließen.

Dass es nicht aus heiterem Himmel zu den Krawallen gekommen war, verriet am deutlichsten die überlegte Anordnung der Autos an den Zufahrten zur Siedlung. Hier hatte man nicht einfach ein paar herumstehende Fahrzeuge umgestoßen, um die Straße zu blockieren; nein, man hatte widerstandskräftige Bollwerke errichtet, absichtlich in Form von Keilen, deren Spitzen zur Hauptstraße gerichtet waren, um jeden Vorstoß der Polizei, jeden Versuch, die Barrikaden etwa mit Panzerwagen zu durchbrechen, zu vereiteln. In den angrenzenden Gärten auf beiden Straßenseiten wurden Feuer entzündet, hohe Scheiterhaufen aus Autoreifen und grünem Holz, die zuvor mit Benzin übergossen worden waren – ein weiterer Hinweis auf Vorplanung. Dicke schwarze Qualmwolken zogen von ihnen zu den Polizeieinheiten hinüber, die sich auf der anderen Seite der Straße zu sammeln begannen.

Während in der Einsatzzentrale noch die Videobilder über den Schirm flimmerten, fragten sich die Beamten dort, wieso es keinerlei warnende Anzeichen dafür gegeben hatte, dass sich in der Acid Row eine Katastrophe dieses Ausmaßes zusammenbraute. Nach wie vor vermutete man, die Kunde, dass in der Siedlung ein Pädophiler einquartiert worden war, habe die Volksseele zum Kochen gebracht – was Berichte von Sozialarbeitern und Inspektoren des Wohnungsamts zu bestätigen schienen –, aber den Videoaufnahmen war nicht eindeutig zu entnehmen, ob die maskierten Jugendlichen auf den Barrikaden überhaupt mit den Geschehnissen in der Humbert Street zu tun hatten oder sich ganz einfach die Unruhen in der Siedlung zunutze machten, um ihren eigenen Krieg zu führen.

Eine Beamtin fasste zusammen, was die meisten von ihnen dachten.

»Wenn die Presse davon Wind bekommt, machen sie uns fertig.«

Glebe Tower, Bassindale

Jimmy James und Mrs Hinkley musterten einander argwöhnisch, als die Aufzugtür sich öffnete. Keiner war vom anderen beeindruckt. *Sie* sah uralt aus. *Er* sah verschlagen aus. *Sie* hatte einen übellaunigen Mund mit tief herabgezogenen Winkeln. *Er* war ein Blender, mit Goldschmuck behangen. *Sie* war wie seine Tante – wenn sie nur ständig predigen konnte. *Er* war ein Strolch – der diesen Goldschmuck nie im Leben auf ehrliche Weise erworben hatte.

Ihre Züge wurden weich, als sie den Blick zu der Polizeibeamtin senkte. »Können Sie sie da hineinheben?« Sie deutete auf den Rollstuhl, der vor ihr stand. »Unser Freund, der Notarzt, sagte, Sie sollen sie möglichst wenig bewegen... Wenn sie einen Schädelbruch hat, muss unbedingt vermieden werden, dass Knochensplitter ins Gehirn eindringen.«

»Ja, ja, ich weiß schon«, versetzte Jimmy zähneknirschend.

»Dann machen Sie mal schön langsam – und stützen Sie den Kopf... wie bei einem Baby.«

Er verzog den Mund zu einem spöttischen Lächeln. »Zu Befehl, Baas.«

»Ich bin Mrs Hinkley.«

Sie sah ihm direkt in die Augen, Herausforderung im kühlen Blick, und die Ähnlichkeit zu seiner Tante wurde noch größer. Aber sie war viel zu dünn – die Schwester seines Vaters war rund wie eine Tonne – und mit ihren strähnigen weißen Haaren, den abgetragenen Schuhen, der alten Strickjacke, die an den Manschetten ausgerissen war und an den Ellbogen gestopft, hatte sie etwas Ungepflegtes an sich, das seiner Tante fehlte und nach Armut und Nachlässigkeit roch.

Er gab ein wenig nach. Immerhin erwies sie ihm eine Gefälligkeit, indem sie ihm half, und dafür, dass sie unterschiedlichen Generationen und Kulturen entstammten, konnte sie nun wirklich nichts. »Mr James – Jimmy für meine Freunde«, sagte er ohne Spott und bot ihr seine blutbefleckte Hand.

Er hatte nicht erwartet, dass sie sie ergreifen würde – es hätte ihm nichts ausgemacht, wenn sie es nicht getan hätte –, aber zu seiner Überraschung fasste sie mit aufrichtiger Herzlichkeit zu und umschloss seine Hand mit ihren beiden. »Großartig. Meine

Freunde nennen mich Eileen. Wollen wir? Ich habe drinnen Verbandzeug. Und eine Waschgelegenheit ist auch da.«

Der Rollstuhl gehörte offenbar ihr. Sie hielt sich an seiner Armlehne fest und hinkte, ein Bein nachziehend, neben ihm her, als Jimmy James die Polizistin in die Wohnung schob.

»Ich habe mir vor zwei Jahren die Hüfte gebrochen«, erklärte sie, »und bin seitdem nicht mehr so recht sicher auf den Beinen. – Kommen Sie, hier«, sagte sie, die Tür zum Schlafzimmer aufstoßend. »Legen Sie sie aufs Bett. Ich will mal sehen, ob ich nicht das Blut aus ihrem Haar herauswaschen kann. Hat der Notarzt Ihnen erklärt, wie Sie sie legen sollen?«

»Ja.« Er musterte den Bettüberwurf mit den gerüschten Volants und die dazu passenden Kopfkissen. »Ich glaub, das nehm ich vorher lieber ab«, sagte er und griff zu, um das Bett abzuziehen.

Sie gab ihm einen scharfen Klaps auf die Hand. »Nein.«

»Aber es wird doch ganz voll Blut«, warnte er. »Schauen Sie mich an.« Er wies auf seine Kleider. »Meine ganzen feinen Klamotten im Arsch.«

Sie beantwortete den derben Ausdruck mit einem tadelnden Zungenschnalzen. »Ich muss in diesem Bett schlafen«, erklärte sie ihm. »Die Tagesdecke kann ich zur Not wegwerfen.«

Die Logik ihrer Erklärung blieb ihm verschlossen. »Das ist doch aber ein gutes Stück. Warum legen wir die Frau nicht einfach auf ein Laken, dann brauchen Sie hinterher nur das Bett frisch zu machen.«

»Weil ich das nicht kann«, entgegnete sie unwirsch und hob ihm von Arthritis verkrüppelte Hände entgegen. »Ich habe eine Hilfe, die jede Woche einmal vorbeikommt und es für mich erledigt, aber sie kommt erst am Freitag wieder. So sieht das Alter nun leider mal aus. Man ist darauf angewiesen, dass andere für einen tun – und meistens mehr schlecht als recht –, was man vor ein paar Jahren noch sehr gut selber erledigen konnte. Sie haben keine Ahnung, wie frustrierend das ist. Manchmal möchte ich am liebsten laut schreien.«

Er schob sie sanft zur Seite und zog das Bett bis auf das unterste Laken ab. »Ich mach's Ihnen nachher wieder«, sagte er. Vorsichtig hob er die Polizistin aus dem Rollstuhl und bettete sie auf die Matratze.

»Ha! Bis der Rettungswagen kommt, sind Sie doch längst über alle Berge«, behauptete Eileen, als wüsste sie es. »Jetzt, wo Sie die Verantwortung los sind, bleiben Sie garantiert keine Sekunde länger, als notwendig.«

Sie hatte natürlich Recht. »Ich hab ne schwangere Freundin und die ist mit ihren zwei Kindern irgendwo da draußen in dem ganzen Getümmel unterwegs«, erklärte er. »Ich muss sicher sein, dass ihnen nichts passiert ist.« Er sah die Enttäuschung in ihrem Blick. »Um welche Zeit gehen Sie normalerweise zu Bett?«, fragte er.

»Um neun.«

»Dann bin ich auf jeden Fall vor neun wieder da. Abgemacht?«

»Wir werden sehen.« Sie beugte sich über die junge Frau auf dem Bett und suchte den Puls an ihrem Hals. »An solche Abmachungen glaube ich erst, wenn sie erfüllt sind.« Sie wies zu einem Badezimmer linker Hand. »Da drinnen ist eine Waschschüssel und eine Schale mit Watte und einem Desinfektionsmittel. Und im Schränkchen über dem Waschbecken liegt eine Rolle Verband. Lassen Sie warmes Wasser in die Schüssel laufen und bringen Sie mir alles hier raus. Wenn Sie vorher den Nachttisch freimachen und ihn ein Stück nach vorn ziehen, können wir ihn als Arbeitstisch benutzen.«

Er tat, worum sie ihn gebeten hatte, und sah dann zu, wie sie daran ging, das verklebte Haar zu reinigen. »Sind Sie Krankenschwester?«

»Ich war's einmal, vor langer Zeit, bis die Kinder kamen. Später habe ich als freiwillige Helferin bei der St. John Ambulanz gearbeitet.«

»Wusste der Notarzt daher, dass Sie helfen würden? Er sprach von irgendeinem Verein namens ›Hallo Freundschaft‹.«

»Das ist ein Telefonklub für Leute, die nicht außer Haus gehen können«, erklärte sie, während sie Watte in der Blechschüssel anfeuchtete. »Wir rufen zum Beispiel regelmäßig alle diejenigen an, die schlecht beisammen sind, und wenn sich niemand meldet, alarmieren wir den Rettungsdienst. Ich gehöre zu den Organisatoren, daher wussten sie dort meine Nummer.«

»Das hört sich an, als wären Sie ne echte Heilige.«

»Um Gottes willen, nein, ich quassle einfach gern.« Sie blickte kurz auf und lachte über sein Gesicht. »Ganz recht, über die guten alten Zeiten und die Gedankenlosigkeit der jungen Leute von heute. Ich nehme an, Sie sind auch nicht anders. Jeder über siebzig ist senil. Das denken Sie doch, oder?«

»Manchmal«, bekannte er. »Sie können aber auch ganz schön unverschämt sein – die alten Leute, mein ich. Führen sich auf, als wär ihnen jeder Respekt schuldig, ganz gleich, ob sie ihn verdienen oder nicht.«

»Als wir jung waren, war Achtung vor dem Alter eine Selbstverständlichkeit.«

»Kann schon sein, aber heutzutage ist das anders. Da kann man den Respekt nicht mehr einfach verlangen. Man muss ihn sich verdienen.« Er schnalzte mit den Fingern. »Ich hab zum Beispiel überhaupt kein Problem damit, Sie zu respektieren – Sie tun was –, aber es gibt genug andere, die ihre Tür nicht aufgemacht hätten.«

»Ich hätte es wahrscheinlich auch nicht getan, wenn sie mich nicht angerufen und mir erklärt hätten, was los ist. Sie sind nicht gerade der Traum der einsamen alten Frauen, Jimmy.« Die arthritischen Finger wie Klauen um den Wattebausch geschlagen, tupfte sie vorsichtig die Haut rund um die lange Schnittwunde am Kopf der jungen Polizistin ab. »Das arme Ding. Wer tut nur so etwas?«

»Muss sie sterben?«

»Das glaube ich nicht. Ihr Puls ist kräftig.«

»Sie hat verdammt viel Blut verloren.«

»Kopfverletzungen bluten immer stark, aber meistens sehen sie schlimmer aus als sie sind.«

Hugendubel
www.hugendubel.de
Regensburg Arcaden
Tel.: 01801/484484

27.05.2004
EURO

Modernes Antiquariat 3,99 *

ZWISCHENSUMME 3,99
Bargeld 3,99

gegeben EURO 3,99
Rückgeld EURO bar 0,00
*** ***
1 3,96 7%MWST 0,26 = 3,73
Vielen Dank für Ihren Einkauf
Auf Wiedersehen

STEUERNUMMER

Er beneidete sie um ihre Gelassenheit. »Sie nehmen das alles so ruhig.«

»Schreien und die Hände über dem Kopf zusammenschlagen bringt gar nichts. Im Übrigen ist so ein Schädel ziemlich stabil und bricht nicht so leicht.« Sie wies mit einer Kopfbewegung zum Badezimmer. »Gehen Sie rüber und machen Sie sich sauber«, befahl sie. »Ich verbinde inzwischen die Wunde. Wenn Sie fertig sind, bringen Sie mir das Riechsalz. Es steht im Apothekerschränkchen auf dem zweiten Bord. Eine grüne Flasche. Mal sehen, vielleicht können wir sie wieder zu Bewusstsein bringen.«

Wenn Jimmy später daran dachte, kam es ihm immer wie ein kleines Wunder vor. Das Fläschchen einmal unter der Nase der jungen Frau vorbeigezogen, und sie schlug die Augen auf und fragte, wo sie sei. Warum tut man das? überlegte er. War es wichtiger zu wissen, *wo* man war, als *wer* man war? Brauchte man die Gewissheit, an einem sicheren Ort zu sein, ehe man irgendetwas anderes zur Kenntnis nehmen konnte?

Was auch immer, er war tief erleichtert. Er hatte gewünscht, sie würde nicht sterben müssen. Er hatte nichts übrig für Leute, die Frauen schlugen, auch wenn die Frauen Polizistinnen waren.

Eileen beobachtete das Wechselspiel der Emotionen in seinem Gesicht und gab ihm mit dem Handrücken einen Klaps auf den Arm. Sie räusperte sich heiser, dann sagte sie: »Das hat sie Ihnen zu verdanken.«

»Ich hab nichts getan.«

»Sie hätten sie liegen lassen können.«

»Hab ich ja«, gestand er aufrichtig, »bis mir einfiel, dass ich auf dem Scheißliftknopf meinen Fingerabdruck hinterlassen hatte.« Sie runzelte unwillig die Stirn. »Tschuldigung. Wenn ich im Stress bin, werd ich gern mal 'n bisschen plastisch.«

Sie lachte wieder. »Der Notarzt hat mich gewarnt. Er sagte, ich solle einen blutverschmierten Nigger erwarten, der gerade erst aus dem Knast entlassen worden ist und keinen Satz zu Ende bringen kann, ohne ihn mit Kraftausdrücken zu spicken.« In ihren Augen blitzte Belustigung angesichts seiner Verblüffung darüber, dass die Beschreibung so ungeschminkt gewesen war. »Er hat gesagt, er wüsste nicht, wie zutreffend die Beschreibung sei, er gäbe nur weiter, was er von Ihnen selbst gehört hätte... aber in seinen Augen wären Sie ein Held und er würde Geld drauf setzen, dass man Ihnen vertrauen kann.«

Sie sah, wie Röte ihm ins Gesicht stieg. »Geben Sie mir einen Kuss«, sagte sie barsch, »und dann ziehen Sie ab und suchen Sie Ihre Freundin und ihre Kinder. Ich hoffe, sie sind alle wohlauf.«

Er drückte einen Kuss auf die runzlige Haut.

»Und sehen Sie zu, dass Sie um neun zurück sind«, schloss sie streng, »sonst lass ich mich nie wieder auf eine Abmachung mit Ihnen ein.«

Vor dem Haus Humbert Street 23

Nach Kevin Charteris' Selbstverbrennung brach das Chaos aus. Kopflos fliehend jagten die Menschen in alle Richtungen auseinander, rempelnd, stoßend, ohne Rücksicht auf den anderen in ihrem blinden Streben, sich vor der Feuersbrunst auf der Straße zu retten. Melanie, die unter ihrem Bruder auf dem Asphalt lag, sah wie Kevin von seinen Freunden weggetragen wurde. Sie benutzten ihre Lederjacke als Trage. Seine Kopfhaut war fleischrot und wund vom Feuer, das seinen glänzenden kastanienbraunen Pferdeschwanz aufgefressen hatte. Melanie stieß Colin von sich herunter und hob voll Entsetzen beide Hände zum eigenen Kopf.

»Keine Angst«, beruhigte Colin sie. »Es ist fast alles noch da.«

Ihre Zähne schlugen aufeinander. »Sie s-sollten K-Kevin nicht b-bewegen«, stieß sie hervor. »M-man muss den Rettungsdienst r-rufen. Ich hab das mal im F-fernsehen gesehen, d-da haben sie gesagt, d-dass man am Sch-schock sterben k-kann.«

»Wahrscheinlich wollen sie ihn zur Barrikade bringen«, erwiderte Colin unsicher. »Da sind Bullen, die können ihn ins Krankenhaus schaffen.«

Sie schüttelte den Kopf. »Warum hat er d-das getan? Ich hab ihm doch g-gesagt, er soll's lassen. D-das hast du doch selbst gehört, Col, oder?«

»Ja, ja, aber wir müssen hier weg«, sagte Colin und zog sie hoch. »Hier ist die Hölle los. Die sind alle total verrückt geworden. Scheiße!« Er wehrte einen Körper ab, der wie ein Geschoss auf ihn zuraste, und ließ dabei, ohne dass er es merkte, Melanies Handy fallen. Es wurde unter stampfenden Füßen zertrampelt, während er seine Schwester zum Bürgersteig schleppte. »Gleich gibt's hier Krieg.«

Sie zitterte am ganzen Körper. »Ich weiß nicht, was ich tun soll«, jammerte sie laut. »Was ist mit den Kindern?«

»Du sperrst dich jetzt mit den Kindern ein, und ich geh los und such Jimmy«, erklärte er entschieden.

»O Gott, er ist bestimmt irre wütend auf mich«, jammerte sie weiter. »Er hat gleich gesagt, dass so was passieren wird.«

»Ja, okay, aber wütend wird er erst, wenn du in Sicherheit bist«, sagte Colin. »Und das spielt dann überhaupt keine Rolle. Mensch, Melanie, jetzt reiß dich zusammen. Ich weiß ja, dass das hier nicht lustig ist, aber du musst an Rosie und Ben denken. Die armen kleinen Scheißer haben bestimmt eine Höllenangst.«

Er umfasste ihre beiden Arme, als könnte er ihr so etwas von seiner eigenen Unerschrockenheit einflößen. Aber sie sah ihn gar nicht an. Er beobachtete, wie sich ihre Augen voller Entsetzen weiteten, und als er den Kopf drehte, sah er Wesley Barber den nächsten brennenden Molotow-Cocktail gegen die Haustür des Pädophilen schleudern.

»Oh, Scheiße!«, rief er, den Tränen nahe. »Jetzt sind wir echt im Arsch.«

>Meldung an alle Polizeidienststellen

>28. 07. 01
>15 Uhr 43
>Bassindale
>GROSSALARM
>Kampfeinheiten in Bereitschaft
>Angriff auf Bassindale steht unmittelbar bevor
>Befehle werden erwartet

>AKTUALISIERUNG – CONSTABLE HANSON
>Situation stabil

>AKTUALISIERUNG – HUMBERT STREET
>Kontrollierter Abzug funktioniert
>Berichte von Massenpanik
>Möglicher Überfall auf Nummer 23

>AKTUALISIERUNG – DR. MORRISON
>Keine neuen Erkenntnisse

17

Im Haus Humbert Street 23

Auf dem Fußboden hockend hielt Nicholas seinen Vater auf seine Knie gebettet wie die Maria der *Pietà* von Michelangelo den Gekreuzigten. Der alte Mann lag regungslos da, das Gesicht an der Brust seines Sohnes. Auf kleinen Blutrinnsalen an seinem Hals begannen sich dünne Krusten zu bilden. Niemand sprach. In der ungewöhnlichen Stille dieses Hinterzimmers, das mit leeren Umzugskartons und ausrangierten Möbelstücken voll gestellt war – Erinnerungen an die Familiengeschichte der Zelowskis –, gewann Sophie den Eindruck, dass das Leben dieser Männer vom Schweigen beherrscht wurde und jedes Gespräch eine seltene Abwechslung war.

An einem anderen Ort, zu einer anderen Zeit hätte sie Nicholas vielleicht irrtümlich für einen Mönch gehalten. Dieses dünne, farblose Gesicht, das gegen jede Äußerung von Leidenschaft gefeit schien, hatte etwas sehr Asketisches, und sie fragte sich, ob er es sich angewöhnt hatte, keine Gefühle zu zeigen, oder ob es ihm überhaupt an Gefühlen fehlte. Nein, er verbirgt sie, dachte sie, als sie sich seiner entsetzten Reaktion auf ihren entschlossenen Angriff gegen seinen Vater erinnerte. Nacktes Gefühl machte ihm Angst.

Aber machte ihn das zum Verbündeten oder zum Feind? Sie dachte darüber nach, während sie dem fortwährenden Geschrei der Menge draußen lauschte. Würde er ihre Version der Ereignisse bestätigen oder die seines Vaters? In der Ferne konnte sie einen Hubschrauber hören, und ihr wurde etwas leichter bei dem Gedanken, dass ihre Rettung unmittelbar bevorstand. Spielte es eine Rolle, zu wem Nicholas hielt? Würde sie, wenn das hier alles vorbei war, überhaupt noch den Wunsch haben, Franek vor Gericht zu bringen? War ihr Hass auf ihn so stark? Saßen sie nicht in einem Boot? Alle drei außer sich vor Angst.

»Ich höre einen Hubschrauber«, sagte sie, Nicholas' Miene entnehmend, dass auch er ihn hörte. »Glauben Sie, das ist die Polizei?«

»Es kann nur die Polizei sein.«

»O Gott, ich hoffe es«, sagte sie mit Inbrunst.

Er begann, nach Entschuldigungen zu suchen. »Das Leben wäre ein Kinderspiel, wenn wir nie etwas täten, was wir hinterher bereuen müssen. Aber irgendetwas passiert immer – Unfälle – Zufälle – dass man zur falschen Zeit am falschen Ort ist... Deswegen ist man noch lange kein schlechter Mensch – höchstens ein Pechvogel.« Er hob den Blick. »Kennen sie Aesops Fabel über den Skorpion und den Frosch?«

Sophie schüttelte den Kopf.

»Der Skorpion möchte gern einen Fluss überqueren, aber er kann nicht schwimmen, darum bittet er den Frosch, ihn hinüberzubringen. Der Frosch lehnt erst ab, weil er fürchtet, dass der Skorpion ihn stechen wird. Da lacht der Skorpion und sagt, er sei doch nicht dumm. ›Wenn ich dich steche, stirbst du‹, sagt er zum Frosch, ›und das heißt, dass auch ich sterben werde, weil ich nicht schwimmen kann.‹ Von diesem Argument lässt der Frosch sich überzeugen und nimmt den Skorpion mit. Aber in der Mitte des Flusses sticht der Skorpion ihn plötzlich doch. ›Warum hast du das getan?‹, fragt der sterbende Frosch. ›Ich konnte nicht anders‹, antwortet der Skorpion. ›Es ist meine Natur.‹« Nichols berührte den Kopf seines Vaters. »Bemerkungen über meine Mutter machen ihn immer wütend«, setzte er hinzu. »Wenn Sie getan hätten, worum ich Sie gebeten hatte, und still geblieben wären, hätte er Sie nicht geschlagen.«

»Sie meinen, wenn ich mich unterworfen hätte – wie Sie?« Sie lächelte sarkastisch. »Das ist leider nicht meine Natur.«

»Es ist aber einfacher.«

»Sie sind noch schlimmer als er«, erklärte sie. »Er ist brutal – primitiv – ekelhaft... aber Sie –« Sie schüttelte ungläubig den Kopf – »Sie lassen es zu! Was sind Sie nur für ein Mensch?«

Er antwortete mit einem kleinen Achselzucken, jegliche Schuld von sich weisend. »Ich habe versucht, Sie zu warnen!«

»Wie denn?« Sie hob die Finger an ihre Wange und betastete das geschwollene Fleisch. Es tat bis zum Knochen hinunter weh, und sie fragte sich, ob der vielleicht gebrochen war. »So weit ich mich erinnere, haben Sie mir lediglich geraten, den Mund zu halten – zu tun, was von mir verlangt wird – und Ihren Vater in dem Glauben zu lassen, er könnte mit mir nach Belieben umspringen.«

»Das ist doch das Gleiche.«

Sie blickte ihm forschend ins Gesicht, auf der Suche nach irgendeinem noch so kleinen Anzeichen dafür, dass er nicht glaubte, was er soeben gesagt hatte. Aber sie entdeckte nichts. In seinen Augen trug offenbar alle Verantwortung das Opfer. Der Täter keine.

»Er hätte nicht zugeschlagen, wenn Sie ihn nicht gereizt hätten«, ergänzte er, wie zur Bestätigung ihrer Vermutung.

Sophie packte den Cricketschläger fester. »Warum haben Sie nicht *ihn* gewarnt? Warum haben Sie ihm nicht gesagt, dass Sie ihn fertig machen, wenn er mich noch einmal anrührt?«

Er krümmte spielerisch die Finger seiner rechten Hand und sah sich mit einer seltsam anmutenden Faszination dabei zu. »Das hätte ihn von nichts abgehalten.«

»Wieso nicht?«

»Er hat keine Angst vor mir.«

Sophie stand starr vor Entsetzen und beobachtete, wie der Sohn den Vater beschwichtigte, indem er dessen fleischige Brüste streichelte. Hätte sie in diesem Moment etwas sagen wollen, sie hätte kein Wort über die Lippen gebracht.

Nightingale Health Centre

Fünf Minuten nachdem Bob Scudamore mitgeteilt hatte, er sitze in seinem Wagen und hoffe, in spätestens anderthalb Stunden da zu sein, ging auf Harry Bonfields direkter Leitung der Anruf ein, den Bob mit den Worten angekündigt hatte: »In den nächsten Minuten wird ein Dr. Gerald Chandler sich bei Ihnen melden – ein guter Mann – arbeitet eng mit meinem zukünftigen Chef in Southampton zusammen.«

»Ich sitze auf der Isle of Wight, und es ist Urlaubszeit«, sagte Chandler mit Bedauern. »Selbst wenn ich es schaffen sollte, auf einer der Autofähren einen Platz zu ergattern, kann ich nicht früher bei Ihnen sein als Bob. Ich habe mit allen drei Gefängnissen hier zu tun, aber in erster Linie arbeite ich mit Sexualstraftätern in Albany.« Er schwieg einen Moment, wohl um sich zu sammeln.

»An Milosz Zelowski erinnere ich mich gut. Ich mochte den Mann. Er ist ein durchaus sympathischer Mensch ... ein großartiger Musiker ... sehr scheu. Häufig zieht er sich ganz in sich selbst zurück und lauscht irgendwelchen Jazzmelodien. Die Musik spielt natürlich nur in seinem Kopf ... Stücke, die er selbst komponiert oder die er gehört hat. Er ist in hohem Maß gefühlsgehemmt und ein sehr introvertierter Mensch, und genau da liegt die Gefahr für Bobs Verlobte. Ich kann Ihnen meine Aufzeichnungen über ihn faxen. Sie sind allerdings nicht einfach zu lesen – handschriftliche Übertragungen der Bandaufzeichnungen, die ich bei meinen Gesprächen mit ihm gemacht habe –, aber sie würden Ihnen immerhin eine Vorstellung davon geben, mit was für einem Menschen Sie es zu tun haben. Der mit Maschine geschriebene Abschlussbericht liegt bei mir im Büro ... Ich bin gern bereit, dorthin zu fahren, aber dann werden Sie noch einmal eine halbe Stunde länger auf die Informationen warten müssen.«

»Faxen Sie die Aufzeichnungen«, sagte Harry. »Aber vorher hätte ich gern ein Kurzgutachten. Macht diese emotionale Gehemmtheit den Mann gefährlich? Wäre ihm eine Vergewaltigung zuzutrauen?«

Chandler bedachte die Frage sorgfältig. »Unter normalen Umständen, nein«, antwortete er dann. »Sein Sexualtrieb ist nicht sonderlich stark ausgeprägt, und seine Vorliebe gilt eindeutig jungen Männern. Die Vorstellung der Penetration ist ihm zutiefst widerwärtig, und wenn irgend möglich, unterdrückt er die Ejakulation. Man könnte es mit der Stuhlverhaltung bei Kindern vergleichen, die sich weigern, elterliche Erwartungen zu erfüllen. Ihm graut bei dem Gedanken daran, seinen Samen auszuschütten. Das heißt nicht, dass ihn der Orgasmus nicht interessiert – aber es hat damit bei ihm etwas ganz Eigenes auf sich: Indem er andere sexuell erregt und befriedigt, manipuliert er sie. Schlicht gesagt – jeden, dem er sexuelle Lust verschafft, beherrscht er, solange der andere aus seinen Anwendungen Lust zieht. In den drei Fällen sexueller Belästigung, derentwegen er verurteilt wurde, waren die Jungen, mit denen er es zu tun hatte, bereits homosexuell aktiv – das gaben alle drei damals zu. Sie gaben ferner zu, in Zelowski verliebt gewesen zu sein und ihn mit ihren Aufmerksamkeiten penetrant verfolgt zu haben, bis er ihnen gab, was sie wollten, um sie unter Kontrolle zu bekommen. Sie schilderten ihn alle als einen emotionslosen Menschen, was nicht heißt, dass er sich nicht von ihnen angezogen fühlte, nur eben dass er seine Gefühle nicht zeigt.«

»Aber er *ist* pädophil?«

»Ja. Insoweit als er an einer psychosexuellen Störung leidet, die bewirkt, dass er sich zu halbwüchsigen Knaben hingezogen fühlt. Aber ich bezweifle, dass er irgendetwas unternommen hätte, wenn nicht die Jungen ihm vorher entgegengekommen wären. Er ist ein angenehmer Mensch. Redet nicht viel – ist dafür ein umso besserer Zuhörer. Im Gefängnis schloss er sich den Samaritern an. Er hat oft stundenlang bei Suizidgefährdeten gesessen und sich ihre Geschichten angehört. Internalisierte Ängste und Schmerzen versteht er besser als die meisten.«

»Warum haben die Jungen ihn angezeigt?«

»Das haben sie nicht getan. Er wurde mit dem Letzten in flagranti ertappt und gestand die beiden anderen Geschichten bei der Vernehmung. Die *Eltern* bestanden auf einer Strafverfolgung – sie brauchten jemanden, den sie für die Homosexualität ihrer Söhne verantwortlich machen konnten –, und der Richter statuierte ein Exempel an ihm. Es ist eine ganz alltägliche Geschichte. Wir leben in einer puritanischen Gesellschaft, die einfach nicht anerkennen will, dass Kinder sexuelle Gefühle haben. Kein Gericht würde heute wagen, die Auffassung zu vertreten, dass ein Halbwüchsiger ein Verführer sein kann, wenngleich die Statistiken zeigen, dass in England die Zahl der Schwangerschaften Jugendlicher europaweit am höchsten ist.« Seine Stimme klang ärgerlich. »Das ist sexuelle Neugier, Herrgott noch mal! Die gibt es seit Jahrhunderten, und willkürliche Gesetze, die eine Altersgrenze für die Ausübung der Sexualität festlegen wollen, ändern daran gar nichts. Man muss Überzeugungsarbeit leisten. Zwang bewirkt nichts.«

Harry, der immer wieder mit den Konsequenzen solcher frühen Schwangerschaften für die Mädchen und ihre entsetzten Eltern zu tun hatte, war seiner Meinung, doch dies war nicht der Moment zu einer Diskussion über das Thema. »Könnten ungewöhnliche Umstände eine Rolle spielen? Halten Sie in einer Situation wie der gegebenen eine Vergewaltigung für möglich?«

»Schwer zu sagen. Wenn ich Bob richtig verstanden habe, sitzen sie zusammen mit Zelowskis Vater in einem Haus fest, vor dem eine Menschenmenge randaliert.«

»Richtig.«

»Und die Polizei ist der Auffassung, dass die allgemeine Empörung Milosz gilt?«

»Ja.«

»Das ist natürlich eine hoch brisante Angelegenheit. Sie haben zweifellos alle große Angst – aus unterschiedlichen Gründen –, und Angst ist eine sehr starke Emotion. Was glauben Sie, wie Sophie reagieren wird?«

»Das weiß ich nicht. Sie ist normalerweise sehr besonnen, aber sie kann ganz schön in Rage geraten, wenn ihr etwas nicht passt. So leicht lässt sie sich nicht klein kriegen.«

»Das gleiche hat Bob gesagt.«

»Und – ist das gut oder schlecht?«

»Das kommt darauf an, wie die Zelowskis darauf reagieren. Der Vater ist eindeutig der Gefährlichere für sie, aber es könnte sein, dass Milosz angesichts ihrer Gegenwehr in sexuelle Erregung gerät, zumal dann, wenn seine Gefühle infolge der Angst vor der Menge draußen bereits in Aufruhr sind. Er hat sehr wenig Erfahrung mit Frauen. Seine Mutter hat die Familie verlassen, als er gerade einmal fünf Jahre alt war, und so weit ich feststellen konnte, war er in der Schule und auf der Musikakademie ein absoluter Einzelgänger. Im Augenblick versuche ich zu verstehen, wieso sein Vater sich überhaupt bei ihm befindet, obwohl ich in meinem Bericht unter anderem dringend empfohlen hatte, Milosz solle alle Beziehungen zu diesem Mann, der ihn zum Opfer gemacht hat, abbrechen. Ich vermute, er hatte allzu große Angst vor dem Alleinleben – das ist bei vielen so – und ließ meine Empfehlung deshalb unbeachtet. Aber von seinem Bewährungshelfer war das verdammt kurzsichtig. Ich will Ihnen sagen, was mir die größte Sorge macht: dass Milosz nichts tun wird, um eine Vergewaltigung zu *verhindern* – im Gegenteil, vielleicht sogar noch kühn mitmachen wird, wenn seine Erregung stark genug ist. Es kommt ganz darauf an, welche Kombination von Reizen notwendig ist, um ihn zu enthemmen.«

»Um Gottes Willen! Was wissen Sie denn über seinen Vater?«

»Nur das, was Milosz mir berichtet hat. Es steht alles in meinen Aufzeichnungen. Ich habe ihn gefragt, warum er bei seiner Verteidigung und seinem Antrag auf mildernde Umstände nicht geltend gemacht hat, dass er von klein auf von seinem Vater misshandelt wurde. Darauf erklärte er mir, das wäre nicht fair gewesen, weil sein Vater sich gar nicht bewusst gewesen sei, etwas Unrechtes zu tun. Wahrscheinlich stimmt das sogar. Er behauptete, sein Vater stamme von polnischen Zigeunern ab und sei in einer Gesellschaft aufgewachsen, in der der Mann der absolute Alleinherrscher in der Familie ist. Nach allem, was er mir erzählt hat, scheint sein Vater ausgeprägte sadistische Neigungen zu haben. Er hat mit der Peitsche geschlagen. Er erinnert sich, dass er einmal seine Mutter verprügelt hat, weil sie nicht gut genug gekocht hatte... Ich kann mir vorstellen, das es unter diesen Umständen auch beim Sex ziemlich brutal zuging. Ohne Zweifel war Milosz als Kind beträchtlicher Gewalt ausgesetzt, bis er begriff, dass die Masturbation als Mittel zu gebrauchen war, um die Wut seines Vaters abzulenken.«

Harry fühlte sich angeekelt. »Mit fünf Jahren?«

»Ja. Pervers, nicht? Aber wir haben es mit einer sehr niedrigen Intelligenzstufe zu tun. Ein Kind besaß keinen eigenen Wert, der Sohn war einfach dazu da, die sexuelle Lücke zu füllen, die nach dem Verschwinden der Ehefrau entstand. Ein verängstigtes Kind kann man sich leicht zu Willen machen, und so ein Arrangement ist natürlich einfacher, als sich hinauszuwagen und neue Beziehungen zu knüpfen. Nach dem, was ich von Milosz gehört habe – ich habe nur sein Wort dafür –, begann sein Vater nach einer Weile, auf dem Straßenstrich Prostituierte aufzulesen, und unterließ es von da an, seinen Sohn zu missbrauchen. Er wurde mehrmals von der Polizei vernommen, nachdem halb zu Tode geprügelte Frauen ins Krankenhaus eingeliefert worden waren, und jedes Mal musste Milosz ihm ein Alibi geben. Er tat es natürlich, weil es für ihn die einzige Möglichkeit war, selbst dem Missbrauch durch seinen Vater zu entkommen, aber er sagte, es hätte ihn immer sehr bedrückt, weil es ihn daran erinnerte, was seine Mutter hatte ertragen müssen. Bei der Polizei gibt es vielleicht noch Protokolle dieser Vernehmungen. Könnte sich lohnen, mal nachzufragen.«

Harry machte sich eine Notiz. »Hat der Vater gearbeitet?«

»Zeitweise. Als Hilfsarbeiter.« Ein sarkastischer Unterton wurde in Chandlers Stimme hörbar. »Eher selten, habe ich den Eindruck. Milosz hat mir erzählt, dass er Asthmatiker ist und deshalb häufig zu schlecht beieinander war, um arbeiten zu können. Für mich klang das, ehrlich gesagt, nicht sehr überzeugend. Wenn Sie mich fragen, hatte er einfach keine Lust zu arbeiten und hat sich vom Staat aushalten lassen.«

»Hm.« Harry fragte sich, ob die Panikattacke, derentwegen der Sohn einen Arzt angefordert hatte, überhaupt echt gewesen war. »War die Mutter auch Polin?«

»Nein, Engländerin. Milsoz erinnert sich kaum an sie, er weiß nur noch, dass sie blond war. Sein Vater lehnte es ab, über sie zu sprechen. Er hat seinem Sohn nur erzählt, dass er im Krieg nach Spanien geflohen ist, um den Romaverfolgungen der Nazis zu entkommen, dann Anfang der Fünfzigerjahre nach England kam und Milosz' Mutter heiratete, um ein Aufenthaltsrecht zu erwerben. Er behauptete, sie wäre ein Straßenmädchen gewesen, als er sie kennen lernte, und hätte dieses Gewerbe wieder aufgenommen, nachdem er sie hinausgeworfen hatte, weil er sie mit einem anderen im Bett ertappt hatte.«

»Warum hat sie ihren Sohn nicht mitgenommen?«

»Wer kann das sagen? Vielleicht durfte sie nicht? Vielleicht konnte sie es sich finanziell nicht leisten?«

»Und was empfindet er bei dem Gedanken an seine Mutter?«

»Gar nichts angeblich – und wahrscheinlich stimmt das auch in gewisser Hinsicht. Es gelingt ihm so gut, alle Gefühle zu unterdrücken, dass ihm die Zurückweisung durch seine Mutter nicht schlimmer erscheint als die durch irgendeinen Fremden. Er hat gelernt, sich die Menschen gewissermaßen aus der Seele zu schneiden – er ersetzt sie durch Musik. Tatsache ist, dass bei der Erinnerung an seine Entlassung als Musiklehrer ein höherer Grad seelischer Erschütterung bei ihm festzustellen war, als bei Gesprächen über seine Mutter.«

»In welcher Hinsicht ist er nicht in Ordnung?«

Wieder eine nachdenkliche Pause. »Nach seiner Verurteilung versuchte er, sich den Penis abzuschneiden – er säbelte mit einem Plastikmesser an ihm herum. Es hat natürlich nicht geklappt, aber er erklärte mir später, er habe sich kastrieren wollen. Über den Grund wollte er nicht mehr sagen, als dass er sich schämte, was meiner Ansicht nach darauf schließen lässt, dass er von gewissen heftigen Emotionen bewegt wird, zu denen er sich nicht bekennt.«

»Was ist mit seinem Vater? Wie sind seine Gefühle ihm gegenüber?«

»Neutral. Er empfindet weder Liebe noch Hass – ich vermute, es ist die Beziehung in seinem Leben, in der er sich am wohlsten fühlt. Er beherrscht seinen Vater seit seinem fünften Lebensjahr, er kennt ihn also in- und auswendig und braucht keine Überraschungen von ihm zu fürchten. Ich hielt es für wichtig, diese Abhängigkeit zu zerschlagen – nicht weil der Missbrauch weitergeht – er hörte auf, als Milosz in die höhere Schule kam –, sondern weil er seine Gefühle nach außen tragen muss, anstatt sie in seinem Inneren hinter Jazzmelodien zu verschließen.«

Harry raufte sich beinahe verzweifelt das Haar. Dies alles ging um einiges über sein Verständnis der menschlichen Psyche hinaus. »Wie soll ich also mit ihnen umgehen? Was soll ich tun, wenn Bob noch nicht hier ist und Sophie einem der beiden ihr Telefon gibt und die Verhandlungen mir überlässt?«

Wieder trat ein längeres Schweigen ein. »Sie sind beide auf unterschiedliche Art gefährliche Egozentriker«, sagte Chandler dann. »Der eine ein extrovertierter Sadist, der seine Lustbefriedigung außen sucht, der andere introvertiert und gehemmt, ganz auf sich selbst bezogen. Beide werden sie Sophie nicht als Menschen sehen, sondern lediglich als ein Mittel zum Zweck.«

»Zu welchem Zweck«

»Das kommt ganz darauf an. Für den einen ist sie vielleicht ein Objekt der Begierde. Für den anderen nur eine Geisel, die seine Sicherheit gewährleisten soll. Vielleicht ist sie aber für den einen auch das eine *und* das andere. Oder für beide. Es gibt da endlose

Variationen, Harry. Sie können nur genau hinhören, was die beiden sagen, und versuchen, sich einen Reim darauf zu machen.«

Allenby Road 14, Portisfield

Bei den Logans hatte sich nichts geändert, außer dass Kimberley endlich zu weinen aufgehört hatte. Barry und Gregory saßen immer noch mit mürrischen Gesichtern im Wohnzimmer vor dem Fernseher, und Laura blieb zurückgezogen in der Küche. An ein Verlassen des Hauses war nicht zu denken. Fotografen lauerten mit gezückten Teleobjektiven hinter der Absperrung am Ende der Straße, Schmarotzer des Unglücks, die nicht abzuschütteln waren.

Laura, deren eingefallenes, bleiches Gesicht tiefe Erschöpfung verriet, hatte sich auf einen Stuhl am Küchentisch gesetzt. Tyler schüttelte sachte den Kopf, als er zur Tür hereinkam und den Funken der Hoffnung in ihren Augen aufblitzen sah. »Immer noch nichts«, sagte er und zog sich ebenfalls einen Stuhl heraus. »Aber das ist ein gutes Zeichen, Laura. Wir sind zuversichtlich, dass sie am Leben ist.«

»Ja.« Sie drückte eine Hand auf ihr Herz. »Ich glaube, ich wüsste es, wenn sie tot wäre.«

Er ließ ihr die Illusion und lächelte aufmunternd. Hundertmal hatte er diese Worte schon gehört, aber das Band zwischen Menschen, die einander liebten, war geistiger, nicht körperlicher Natur, und der wahre Schmerz setzte erst ein, wenn der Tod Gewissheit war.

»Ich muss Sie noch um einige Auskünfte über Eddy Townsend bitten«, sagte er.

Abrupt senkte sie den Kopf, um ihre Augen zu verbergen, und er ärgerte sich, dass er sie vorher so billig hatte davonkommen lassen. Er hätte merken müssen, dass dieses zwanghafte Sich-Verstecken allzu ausgeprägte pathologische Züge hatte, um auf Rogerson allein beschränkt zu sein. Aber, fragte er sich, welches Geheimnis konnte so böse – oder verbrecherisch – sein, dass sie bereit war, das Leben ihrer Tochter zu riskieren, um es nicht preisgeben zu müssen. Und gab es ein Druckmittel, es ihr dennoch zu entlocken?

»Wir haben den Verdacht, dass er Amy bei sich hat«, erklärte er unumwunden. »Er ist vorzeitig aus Mallorca zurückgekommen, und gestern wurde in Portisfield ein Auto gesehen, das seines gewesen sein könnte. Vorn auf dem Beifahrersitz saß ein kleines Mädchen, auf das Amys Beschreibung passt.«

Ihre dunklen Augen sahen plötzlich so trostlos drein, dass er sofort wusste, dass sie von Beginn an etwas in dieser Richtung befürchtet hatte.

»Ich muss wissen, was sich abgespielt hat, Laura.«

Sie drückte die Stirn in ihre geöffneten Hände und presste die Ballen so gewaltsam gegen ihre Augenlider, als wollte sie sich blenden. Dann begann sie zu sprechen, und es war, als bräche ein Damm. »Er war so sympathisch ... so charmant ... ganz anders als Martin. Er hatte wirklich *Interesse* – an mir ... an Amy. Es war so ganz anders ... so *wunderbar*. Er nannte uns seine Prinzessinnen.« Halb schluchzend, halb lachend brach sie ab.

»Sie können sich nicht vorstellen, wie das für uns war, nachdem wir von Martin zehn Jahre lang wie Dienstboten behandelt worden waren, die sich ständig für ihre Anwesenheit in seinem Haus entschuldigen mussten, nur auf Zehenspitzen herumschlichen, um ihn ja nicht zu stören, nie den Mund aufmachten, um ihm keinen Anlass zu geben, uns zu beschimpfen. Ach, ich hätte damals auf meinen Vater hören sollen. Er sagte gleich, Martin wolle nur ein Ausstellungsstück ... ein hübsches Mädchen am Arm, zum Beweis, dass er ihn noch hoch kriegt ...« Sie schwieg.

Tyler wartete. Er wollte die Geschichte in ihren Worten, nicht in seinen.

»Martin war außer sich, als ich ihm mitteilte, dass ich schwanger sei«, fuhr sie schließlich fort. »Er beschuldigte mich, es darauf angelegt zu haben. Wir hätten eine Abmachung, sagte er, keine Kinder, warum ich nicht verhütet hätte? Er wollte mich zu einem Abbruch zwingen. Sonst würde er mich ohne einen Penny an die Luft setzen, sagte er.« Ein sehr dumpfes Lachen. »Daraufhin bin ich zu einem Anwalt gegangen. Ich wollte wissen, ob ich im Fall einer Scheidung das Haus bekommen würde.«

Diesmal war das Schweigen endlos, als ließe sie die ganze Episode noch einmal vor sich ablaufen.

»Und wie ging es weiter?«

»Sie gehörten derselben Loge an. Ich hätte wissen müssen, dass sie… Die machen doch alle gemeinsame Sache, diese Anwälte. Nach dem Motto, eine Hand wäscht die andere.« Sie zog sich das Haar übers Gesicht. »Kommen Sie, geben Sie meinem Mandanten eine Chance… Ich kenn den Richter, wenn er ein Auge zudrücken soll, brauchen Sie's nur zu sagen… Ich hab einen guten Draht zur Polizei… Die ganze Justiz ist korrupt.«

Er fühlte sich zur Verteidigung genötigt. »So ist es wirklich nicht, Laura. Die Freimaurer sind an Regeln gebunden wie alle anderen.«

»Gehören Sie auch zu denen?«

»Nein.«

»Dann versuchen Sie nicht, sie in Schutz zu nehmen.«

Er wollte nicht den Zugang zu ihr verlieren. »In Ordnung. Was hat also dieser Anwalt getan?«

»Er hat Martin brühwarm berichtet, warum ich bei ihm war, und sagte ihm, dass ich offenbar recht gut darüber informiert sei, was er an Vermögen habe und wo er es untergebracht habe. Er hat ihm geraten, sich mit mir auszusöhnen, wenn er nicht riskieren wolle, weit mehr als sein Haus zu verlieren.« Ihre Stimme wurde lauter. »Er hat nicht mich vertreten, sondern meinen Mann. Ich hätte meine Freiheit haben können – mein eigenes Zuhause – und ich hätte mein Kind nach meinem Willen aufziehen können –« Ein Schauder durchrann ihren Körper – »aber das hat nicht etwa mein Anwalt mir gesagt. O nein! Das hat Martin mir gesagt – hinterher –, als er mir unter die Nase rieb, wie blöd ich gewesen war.

Er hat es genossen, sag ich Ihnen. Es war ein ganz tolles Gefühl für ihn, es der dummen kleinen Gans heimzahlen zu können, die ihm beinahe entwischt wäre.«

»Was hat er getan?«

»Martin, meinen Sie?«

»Ja.«

Sie ließ ihre Hände unter den Tisch gleiten. »Er bot mir die Versöhnung an, bevor die Scheidung eingereicht war. Er behauptete, er könne ohne mich nicht leben ... sein Verhalten sei eine reine Schockreaktion gewesen. Und ich war so naiv: Ich habe ihm tatsächlich geglaubt. Er sagte, er wolle für sein Kind da sein – und ich war *froh*!«

Sie konnte ihre Hände nicht lange verborgen halten. Dazu war sie zu lebhaft. Voll zorniger Erregung über ihre Vertrauensseligkeit schlug sie die geballten Fäuste gegeneinander. »Ich habe immer der Schwangerschaft die Schuld gegeben – Sie wissen schon, die Hormone spielen verrückt, und man hat plötzlich ein so dringendes Bedürfnis nach Sicherheit, dass man bereit ist, alles für sie zu tun –, aber jetzt weiß ich, dass es mein Charakter ist. Anstatt der Wahrheit ins Auge zu sehen, mache ich mir lieber etwas vor.«

Tyler fragte sich, ob er sie falsch eingeschätzt hatte. Er hatte sie für eine intelligente Frau gehalten – ja, berechnend –, die eine gewisse Kontrolle über ihr Leben besaß. Nun aber erschien sie ihm ziellos und getrieben wie ein Blatt im Wind, eine Frau, die darauf wartete, dass die Ereignisse sie verändern würden. Das wäre, dachte er, eine Erklärung für ihre Tirade gegen Gregory Logan und seine Kinder. Sie war entschlossen gewesen, ihren Hass und ihre Frustration auf unbegrenzte Zeit in sich zu verschließen, bis dann Amys Verschwinden eine Konfrontation gestattet hatte.

»Warum haben Sie die Scheidung nicht weiter verfolgt, als Ihnen klar wurde, dass das Versöhnungsangebot nicht ehrlich gemeint war?«

Sie schüttelte den Kopf. »Man versucht es eben weiter und hofft, dass irgendwann alles besser werden wird. Außerdem hatte ich ein schlechtes Gewissen, weil ich das Kind mehr liebte als ihn – und er wusste das. Das Gleiche hatte er in seiner ersten Ehe erlebt.«

»Ist das der Grund, weshalb er keine Kinder mehr wollte?«

»Ja.«

»Aber es ist doch eine andere Art von Liebe, oder nicht?«

»Für jemanden wie Martin nicht. Er muss immer im Mittelpunkt stehen.«

»Und was tut er, wenn das nicht der Fall ist?«

»Dann macht er einem das Leben zur Hölle«, antwortete sie kurz.

Er betrachtete sie einen Moment, während er sich ihrer Worte vom vergangenen Abend erinnerte. »Durch Machtausübung ohne Liebe?«, fragte er.

»Ja.« Ein Seufzen. »Durch verbale Grausamkeit. Eine Kette von Beleidigungen, die niemals abreißt. Du bist ja blöd... du bist schwer von Begriff... du bist eine einzige Peinlichkeit... Er erzählte Amy immer, wie dumm ich sei, und brachte sie dann irgendwie dazu, eine schlagfertige Bemerkung zu machen, um zu zeigen, dass sie ihm nachschlüge und nicht mir. Nach einer Weile fängt man an, diese Dinge zu glauben«, schloss sie mit einem unglücklichen Achselzucken.

»Hat Amy sie geglaubt?«

»Ach, das habe ich ihr nicht übel genommen. Sie wollte einfach die Anerkennung ihres Vaters. Aber manchmal habe ich mir gewünscht, er würde mich schlagen, damit ich beweisen könnte, dass er mich misshandelte... Er hat mir mein ganzes Selbstbewusstsein genommen.«

»Fühlten Sie sich deshalb zu Eddy Townsend hingezogen? Weil er Ihnen Ihr Selbstbewusstsein wiedergegeben hat?«

Sie nickte. »Es war so einfach für ihn. Er kam regelmäßig geschäftlich zu uns nach Hause, daher wusste er genau, wie Martin mit mir umsprang.« Wieder ein tonloses Lachen. »Er brauchte nur ein bisschen freundlich zu sein, und schon machte ich einen Heiligen aus ihm. Erbärmlich, nicht wahr? Vielleicht hat Martin ja Recht, vielleicht bin ich wirklich dumm.«

»Oder einsam«, sagte Tyler. »Irgendwann erlebt das jeder von uns einmal. Sie sollten sich nicht so heruntermachen.«

Sie drückte wieder die Handballen in die Augenhöhlen, um die Tränen zurückzuhalten, vermutete er. »Er begann vorbeizukommen, wenn Martin nicht da war – so fing die Geschichte an. Dann wollte er unbedingt Videos von mir machen. Er halte es ohne mich kaum aus, sagte er, und brauche etwas, das ihn daran erinnere, dass ich ihn liebe.« Ihre Stimme schwankte. »Und ich fühlte mich auch noch geschmeichelt! Können Sie sich das vorstellen? Welches jämmerliche kleine Luder produziert sich nackt vor der Kamera, nur weil irgendein Mann sagt, dass er sie liebt?«

Franny Gough, dachte Tyler. Tolle Masche. Erst machte man einer Frau vor, dass man sie liebt, dann filmte man sie beim Onanieren. Fragten diese Frauen je danach, was mit den Aufnahmen geschah? Kamen sie auch nur auf den Gedanken, dass sie im Internet landen könnten, von Millionen lüstern beäugt?

»Tausende tun das jeden Tag«, sagte er nüchtern. »Auch Männer. Es ist doch nichts dabei. Wir sind fasziniert von unserem Körper. Wir lieben ihn. Wir hassen ihn. Aber vor allem wollen wir wissen, wie er wirklich aussieht – und ein Spiegel sagt uns das nicht.«

Seine Güte brachte sie aus der Fassung. Es dauerte eine ganze Weile, bis sie sich so weit gefangen hatte, dass sie wieder sprechen konnte. »Trotzdem – ich hätte es wissen müssen.«

»Was?«

»Dass es ihm nicht um mich ging… Es ging ihm immer nur um *sie*. Ständig bat er sie, für ihn zu tanzen, sich zu ihm auf den Schoß zu setzen oder ihm etwas zu erzählen. Und sie tat es mit Begeisterung – es ist ja genau das, was sie möchte – anderen gefallen. Und ich – ich fand ihn wunderbar – so geduldig und so liebevoll. Martin wurde immer nur böse, wenn sie sich in Szene setzte. Da verdrängte sie ihn ja aus dem Rampenlicht.«

»Wann kamen Ihnen die ersten Bedenken in Bezug auf Eddy Townsend?«

Sie grub die Finger in die Haare »Als ich ihn dabei ertappte, wie er im Bad Videoaufnahmen von ihr machte«, bekannte sie. »Er war seit Wochen schlecht gelaunt gewesen – ich konnte ihm nichts Recht machen – dann bemerkte ich, wie er sie ansah ...« Sie verstummte.

»Und wann war das?«

»Zwei Wochen bevor wir gegangen sind.«

»Warum sind Sie nicht sofort gegangen?«

»Ich war mir nicht sicher. Er hatte sie vorher auch schon gefilmt, bei jeder Gelegenheit, beim Spielen – im Haus und im Garten – immer bekleidet. Ich dachte, ich bilde mir vielleicht nur was ein, wegen der Videoaufnahmen, die er von mir gemacht hatte. Und es störte sie offensichtlich überhaupt nicht – im Gegenteil, es gefiel ihr, gefilmt zu werden. Darum konnte ich mir nicht vorstellen, dass er irgendetwas Schlimmes von ihr verlangt hatte.« Sie sah ihn an. Ihr Blick war gehetzt. »Ich hätte es wissen müssen«, sagte sie wieder.

»Und was geschah dann?«

»Zunächst nichts Besonderes. Eine Woche lang war alles wie immer. Dann fing er an, sie schlecht zu behandeln. Eines Abends nach der Schule wollte er sie auf den Schoß nehmen, und als sie sich dagegen wehrte, gab er ihr eine Ohrfeige. Danach hackte er ständig auf ihr herum, ganz grundlos.«

Sexuelle Frustration? überlegte Tyler. Fand Edward Townsend Kinder anziehender als die Kindfrauen, die er sich als Ersatz suchte? Oder war es einfach so, dass ein Kind, das auf Video onanierte, mehr Gewinn brachte?

»Haben Sie ihn nach dem Grund gefragt?«

«Nein.« Es war nur ein Flüstern.

»Warum nicht?«

Die Tränen sprangen ihr in die Augen. Sie öffnete den Mund, um etwas zu sagen, aber sie brachte keinen Ton hervor. Sie schüttelte nur stumm den Kopf.

»Sie hatten Angst?«

Sie nickte.

»Vor ihm oder vor seiner Antwort?«

»Ich dachte, er würde versuchen, uns in seinem Haus festzuhalten«, brachte sie stockend hervor.

»Wie hätte er das denn bewerkstelligen sollen?«

Wieder schüttelte sie den Kopf. Es war nicht klar, ob sie darauf eine Antwort nicht geben konnte oder nicht geben wollte. Tyler wartete. Das Schweigen zog sich in die Länge.

»Amy hat ihn geliebt«, erklärte sie schließlich. »Wenn ich ihm gesagt hätte, dass ich ihn verlassen und sie mitnehmen würde, hätte er es ihr verraten.«

»Und was hätte sie getan?«

»Sie hätte mir das Leben zur Hölle gemacht – genau wie Martin. Die beiden sind einander sehr ähnlich.« Wieder folgte ein langes Schweigen. »Ich habe sie angelogen. Ich behauptete, sie ginge Eddy auf die Nerven, und er hätte mich aufgefordert, sie fortzubringen, bevor er anfinge, sie zu schlagen.«

»Und da sind Sie dann ins Hotel gezogen?«

Sie war wieder auf sicherem Boden. »Ja.«

»Wie verhielt Amy sich?«

»Die ersten Tage war sie schwierig, aber nur weil sie böse war, dass sie ihre Schule verlassen musste, ohne sich von jemandem verabschiedet zu haben. Sie hatte Angst, dass sie niemals Freunde finden würde, wenn wir ständig umzögen. Sie fragte mich immer wieder, warum wir nicht wieder nach Bournemouth ziehen könnten.«

»Nicht nach Southampton?«

»Nein. Eddy erwähnte sie mit keinem Wort.«

»Und was für eine Erklärung haben Sie ihr gegeben?«

»Ich sagte, wenn sie nach Bournemouth zurück wolle, müsse sie ohne mich bei ihrem Vater leben – und das wollte sie nicht. Sie sagte, sie wolle lieber bei mir bleiben.« Sie sah Tyler an, als suchte sie bei ihm Vergewisserung. »Das war keine Lüge, wissen

Sie. In den Monaten, als wir mit Eddy zusammenlebten, hat Martin nicht ein Mal versucht, sie zu sehen oder mit ihr Verbindung aufzunehmen. Sie hat ihn ein paarmal angerufen – aber er hatte immer zu tun. Sie weiß, dass sie ihm nichts bedeutet. Sie wollte nicht bei ihm leben, jedenfalls nicht ohne mich, auch wenn das hier –«, sie umfasste die Küche mit einer kurzen Geste, »sicher nicht ihr Wunschtraum war.«

Wie auch immer Tyler zuvor über Amy gedacht hatte – eher distanziert, wie er sich eingestand, weil eine professionelle Arbeitsauffassung dies von ihm verlangte –, er war entsetzt über die schreckliche Verunsicherung, die das Kind erlitten haben musste. Was war Liebe? Die resignierte Abhängigkeit von Männern, die ihre Mutter ihr vorlebte? Die Gleichgültigkeit ihres Vaters? Townsends Begierde? Flüchtige Schulfreundschaften? Bedeutete ein Lächeln Zuneigung? Tanzte und erzählte sie, um sich geliebt zu fühlen?

»Hat Townsend versucht, mit Ihnen Kontakt aufzunehmen, nachdem Sie ihn verlassen hatten?«, fragte er Laura.

»Das konnte er gar nicht. Er wusste nicht, wo wir waren.«

»Und Ihr Mann auch nicht?«

Laura schüttelte den Kopf.

»Könnte Amy einem von ihnen die Nummer hier gegeben haben? Hat sie Briefe geschrieben? Hatte sie das Geld, um einen Anruf bezahlen oder Briefmarken kaufen zu können?«

Sie verschränkte die Arme über der Brust und wiegte sich niedergeschlagen hin und her. »Das habe ich ihr ausdrücklich verboten.«

»Aber Sie haben sie nicht gefragt?«

»Ich war zu – ich hoffte …« Wieder schossen ihr Tränen in die Augen. »Sie hält mich für dumm … und ich kann es einfach nicht ertragen, wenn sie mich belügt.«

Nein, dachte Tyler. Anstatt der Wahrheit ins Auge zu sehen, machst du dir lieber etwas vor. So weit wenigstens kannte sie sich selbst. Ob sie es sich jemals verzeihen würde, war eine andere Frage.

Barry sagte, er könne sich nicht erinnern, dass Amy je zu Hause angerufen worden sei, meinte aber zustimmend, sie könne solche Anrufe morgens erhalten haben, bevor sie aus dem Haus zu gehen pflegte, ohne dass er oder Kimberley, die beide bis mittags schliefen, das mitbekommen hatten. Er berichtete weiter, dass sie in der ersten Ferienwoche mindestens drei Anrufe von einer öffentlichen Zelle im Ort aus gemacht habe.

»Das war noch, bevor sie dann jeden Morgen verduftete«, sagte er. »Wir sind ein paarmal zu dritt in die Stadt gefahren. Einen Anruf hat sie am ersten Tag gleich gemacht und zwei am nächsten.«

»Wie hat sie die Telefonate bezahlt?«

»Sie hat R-Gespräche geführt.«

»Hast du mitgehört? Hast du vielleicht den Namen der Person mitbekommen, die sie angerufen hat?«

»Nee.«

»Wo warst du, während sie telefoniert hat?«

»Beim erstenmal ganz in der Nähe. Beim zweitenmal meilenweit weg.«

»Dann hast du aber doch das erste Gespräch mitbekommen. Versuch, dich zu erinnern, Barry.«

Er zuckte mit den Schultern. »Mich hat das nicht interessiert. Und wenn einen was nicht interessiert, hört man auch nicht hin. Außerdem hat sie geheult, und das war ziemlich peinlich.« Beim ärgerlichen Stirnrunzeln des Inspectors sagte er kleinlaut: »Na ja, kann sein, dass es jemand war, dem sein Name mit ›M‹ anfängt, weil nämlich Kim hinterher gesagt hat, es wär sau unhöflich, jemand nur mit dem Anfangsbuchstaben von seinem Namen anzureden.«

Tyler ging nach oben, um nach Kimberley zu sehen, dann kehrte er in die Küche zurück. »Wie nennt Amy ihren Vater?«, fragte er Laura.

»Daddy.«

»Nicht ›M‹ für Martin?«

»Nein«, antwortete sie beinahe entsetzt. »Das hätte er nie erlaubt.«

Das hatte sich Tyler schon gedacht. »Sagt Ihnen ›M‹ etwas? Barry und Kimberley haben übereinstimmend ausgesagt, dass Amy von einer öffentlichen Zelle aus jemanden angerufen und ihn ›M‹ genannt hat. Sie hat ein R-Gespräch angemeldet, sie muss also die andere Person gut kennen. Mir fällt im Augenblick nur Em ein, als Abkürzung für Emma. Hatte sie vielleicht in Bournemouth oder Southampton eine Schulfreundin dieses Namens?«

Jegliche Farbe wich aus Lauras Gesicht. »Sie verschluckt beim Sprechen die D's«, flüsterte sie. »Sie hat Ed gesagt.«

18

Im Haus Humbert Street 23

Sophie hatte jegliches Zeitgefühl verloren. Ihre Uhr war stehen geblieben, und wenn sie einen Blick auf sie warf, zeigte sie immer dieselbe Zeit an – jene Stunde und Minute, seitdem sie immer wieder auszurechnen versucht hatte, wie lange sie nun schon die Gefangene der beiden Männer war. Die Stille im Zimmer war so lähmend, dass sie das Gefühl hatte, schon seit Tagen hier zu sein. Das Knattern des Hubschrauberrotors kam und ging. Das Geschrei von der Straße schwoll an und verebbte. Angestrengt versuchte sie, irgendetwas aufzuschnappen, was einen Hinweis darauf geben würde, was draußen vor sich ging.

»Das war nicht die Polizei«, sagte sie schließlich. »Die hätten das Haus längst gestürmt.«

»Sie müssen erst die Straße freimachen«, entgegnete Nicholas.

Da hatte er Recht, sagte sie sich entschlossen. Solche Dinge brauchten Zeit. Wie viele Polizisten waren nötig, um einen öffentlichen Tumult niederzuschlagen?

Nicholas starrte wieder die Wand an. Nur ein kurzer Blick zur Tür ab und zu verriet eine Spur von Besorgnis. Franek schien zu schlafen.

Sie verstand Nicholas' ruhige Gefasstheit nicht. War Unterwerfung ihm so sehr zur eingefleischten Gewohnheit geworden, dass er alles, was geschah, fraglos hinnahm? Hatte er keine Phantasie?

Oder war die ihre allzu lebhaft? Sie versuchte, die endlosen quälenden Überlegungen in Schach zu halten, die sie bestürmten, aber es war, als wollte man einen durchgegangenen Gaul einfangen. In der bedrückenden Stille dieses Zimmers gab es für sie keine Möglichkeit, ihren Ängsten zu entkommen.

Warum ließ die Polizei so lange auf sich warten, obwohl sie Jenny deutlich gesagt hatte, dass sie fürchtete, vergewaltigt zu werden? Spielte sich irgendwo, an einem anderen Ort, etwas noch Schlimmeres ab? Und wenn nun die Polizei nicht durchkam? Was würde dann geschehen? Wie lange würden sie in diesem gegenwärtigen Zustand verharren müssen? Was, wenn Männer aus der Menge an die Tür schlugen und behaupteten, Polizisten zu sein? Wie sollten Nicholas und Franek erkennen, ob das wahr war oder nicht? Wie sollte sie selbst es erkennen? Sollte sie sich durch Rufe bemerkbar machen? Oder sollte sie sich lieber still verhalten? Und wenn das Haus gestürmt wurde? Was wollten die Leute da draußen? Angst machen? Töten?

Sie musste reden, wenn sie nicht den Verstand verlieren wollte. »Arbeiten Sie?«, fragte sie Nicholas.

Nur widerstrebend schenkte er ihr seine Aufmerksamkeit. »Nicht mehr, nein.«

»Und als Sie noch gearbeitet haben, was haben Sie da gemacht?«

»Unterrichtet«, antwortete er kurz.

»Was für Fächer?«

»Musik.«

»Und warum haben Sie aufgehört?«

»Ich bin entlassen worden.«

Die Bemerkung signalisierte das Ende des Gesprächs, es sei denn, Sophie wäre bereit gewesen, ihn zu fragen, warum er entlassen worden war. Das war sie nicht. Sie wollte dieses Gebiet lieber unerforscht lassen. Sie hatte keine Ahnung, ob Fay etwas Konkretes von einem Pädophilen in der Humbert Street gewusst hatte, oder ob es sich nur um Klatsch gehandelt hatte, der ausgeufert war, aber sie musste annehmen, dass zwischen dem, was Melanie ihr erzählt hatte, und dem, was sich da draußen vor dem Haus abspielte, eine Verbindung bestand.

Sie erinnerte sich an Nicholas' Unbehagen, als sie ihn gefragt hatte, ob er in Portisfield Amy Biddulph gekannt hatte, und an Franeks Bemerkung, dass die Polizei ihm und seinem Sohn damit Ärger gemacht hatte, dass sie zu ihnen gekommen war, um sie über das verschwundene kleine Mädchen auszufragen. Der beängstigende Verdacht, dass die Leiche des Mädchens irgendwo im Haus versteckt war, wollte sich immer wieder aufdrängen, aber sie wehrte ihn ab, um nicht vollends in Panik zu geraten. Zweifellos hatte die Polizei nach der Kleinen gesucht und hätte die beiden Männer nicht unbeobachtet gelassen, wenn der Verdacht bestand, dass einer von ihnen oder beide etwas mit dem Verschwinden des Kindes zu tun hatten.

Aber welcher von ihnen war befragt worden? Diese Frage ließ sich nicht so leicht ignorieren. Sie hätte sich gewünscht, dass es Franek gewesen war, ihre Logik sagte ihr, dass es Nicholas gewesen sein musste, und es lag ihr nichts daran, sich das von ihm bestätigen zu lassen. Das würde die Situation nur verschlimmern – waren Geheimnisse erst einmal heraus, so ging die Scham über sie verloren –, und sie wollte Nicholas lieber als – wenn auch noch so unvollkommenen – Verbündeten behalten, anstatt ihn zu dem Geständnis zu zwingen, dass er so schlimm war wie sein Vater.

Wieder trat tiefe Stille ein. Wieder konzentrierte sie sich auf die Geräusche von draußen. Die Richtung hatte sich geändert. Ein Teil des Lärms schien aus den Gärten heraufzuschallen. »Jetzt sind hinten auch Leute und machen Krawall«, rief sie voll Furcht.

Auch Nicholas hatte es gehört. Er blickte nervös zum Fenster.

»Sie haben gesagt, sie könnten nicht hinters Haus gelangen, den Zaun niederzureißen«, hielt sie ihm anklagend vor.

»Ich nehme an, genau das haben sie getan.«

Wütend darüber, dass er nicht verstehen wollte, was das bedeutete, fuhr sie ihn an: »Wo ist dann die Polizei? Sie sagen dauernd, sie ist da draußen – aber wo denn bitte? Die würden nie zulassen, dass die Leute die Gärten überrennen. In solchen Situationen geht es doch darum, die Menge in den Griff zu bekommen und durch Straßensperren und sichere Abzugswege ihre Auflösung zu steuern. Ich habe Kurse darüber mitgemacht – als Teil meiner Ausbildung in richtigem Verhalten bei plötzlich auftretenden kritischen Situationen im Krankenhaus.«

»Was spielt das schon für eine Rolle?«, sagte er ruhig. »Wir können sowieso nichts tun als warten.«

Sie starrte ihn ungläubig an. »Und damit ist die Angelegenheit für Sie erledigt? Wir stecken den Kopf in den Sand und hoffen, dass sich das Problem von selbst löst?«

Er lächelte dünn. »Nichts ist so schlimm wie man fürchtet, dass es sein wird«, murmelte er.

»Nein«, zischte sie. »Meistens ist es viel schlimmer. Wissen Sie, was man bei Krebs für Schmerzen hat? Wissen Sie, wie tapfer ein Mensch sein muss, um diese Qualen auszuhalten, wenn die Organe seines Körpers langsam von Tumoren aufgefressen werden?« Sie stach mit aggressivem Finger nach ihm. »Wissen Sie, wie viele von diesen Kranken ihrem Leben am liebsten ein Ende setzen würden? *Alle!* Wissen Sie, wie viele von ihnen um ihrer Familien Willen durchhalten?« Wieder stach sie wütend zu. »*Alle!* Erzählen Sie mir also nie, nie wieder, dass nichts so schlimm ist, wie man befürchtet.«

»Es tut mir Leid.«

»Hören Sie auf, sich dauernd zu entschuldigen«, schrie sie ihn an. »*Tun* Sie was!«

Er hatte es nicht als Entschuldigung gemeint. Er hatte mit aufrichtiger Anteilnahme gesprochen. Ihre Furcht war etwas Körperliches, das ständigen Ausdruck verlangte, und nichts, was er sagte, würde sie beruhigen können. Sie hatte nie zuvor echte Todesangst erfahren, wusste nicht, dass die seelische Marter der Antizipation tausendmal schlimmer war als der flüchtige Schmerz der Realität. Aber er konnte sie das nicht lehren. Sie musste es selbst lernen.

»Wir könnten Bretter vor die Fenster nageln, für den Fall, dass sie wieder mit Steinen werfen«, schlug er vor.

Sie sah sich im Zimmer um. »Und wo sind die Bretter? Und die Nägel? Wir würden einen Hammer brauchen. Das ist eine blöde Idee.« Sie hielt inne, um zu überlegen. »Wir müssen wissen, was da draußen vorgeht«, sagte sie dann mit verzweifelter Dringlichkeit. »Darum wäre es besser, wenn wir in eines der vorderen Zimmer gingen. Da könnten wir wenigstens sehen, ob die Polizei draußen ist. Die Gefahr, dass wir von Steinen und Glasscherben getroffen werden, besteht überall.«

Er war offenbar ihrer Meinung, denn er richtete seinen Vater vorsichtig in sitzende Position auf und stand halb auf, um sich halbherzig zum Kleiderschrank zu wenden.

»Das ist ein Trick«, nuschelte Franek und packte ihn beim Arm, um ihn zurückzuhalten. »Hör nicht auf sie. Sie will dich nur mit Lügen durcheinander bringen, damit sie flüchten kann.« Sein Gesicht war blutverschmiert. Quer über seine Stirn verlief ein blutiger Schnitt, den die Vase hinterlassen hatte, aber seinen Augen, die jetzt wieder auf Sophie gerichtet waren, fehlte nichts.

Nicholas gab eine scharfe Erwiderung auf Polnisch.

Franek schoss zurück, umfasste dann den Arm seines Sohnes so fest, dass die Handknöchel spitz hervorstanden. »Wir tun das, was ich sage. Wir warten hier, wo wir sicher sind.«

Weiteren Widerspruch gab es nicht. Zu groß war die Macht des alten Mannes über seinen Sohn. Nicholas ließ sich wieder neben ihm niedersinken und rieb sich kräftig den Arm, als Franek diesen losließ.

»Uns wird schon nichts passieren«, beschwichtigte er Sophie. »Wir sind hier in England. Die Polizei wird bald hier sein.«

Glebe Road, Bassindale

Als Tante Zuzi den vierzehnjährigen Jimmy nach seiner ersten polizeilichen Verwarnung wegen Ladendiebstahls gefragt hatte, wer der wichtigste Mensch in seinem Leben sei, hatte er geantwortet: »Ich.« Worauf sie beißend erwidert hatte: »Das ist typisch für dich – dir einen Vollidioten zum Vorbild zu nehmen.«

Er hatte sie in jeder Hinsicht enttäuscht – durchschnittlich in der Schule; ging lieber mit weißen als mit schwarzen Mädchen aus; machte der Familie mit seinen Zusammenstößen mit der Polizei nichts als Schande; lehnte es ab zur Kirche zu gehen. Aber es kam ihr nie in den Sinn, dass sie an seinem Verhalten mit Schuld sein könnte. Sie hatte den Platz seiner Mutter in der Familie eingenommen und ihren drei Neffen vom ersten Tag an nichts als Geringschätzung entgegengebracht. Die Jungen konnten tun, was sie wollten, sie konnten es ihr nicht recht machen.

Jimmys jüngere Brüder waren still und fügsam geworden in dem Bemühen, Tante Zuzis Ansichten darüber zu entsprechen, wie Männer zu sein hatten – arbeitsame, gottesfürchtige Jasager, die alle Autorität an die Frauen abgaben, die ihnen den Haushalt führten. Es war eine typisch *schwarze* Haltung. Und Jimmys Vater hatte sie übernommen. Froh, die Verantwortung für seine Kinder los zu sein, hatte er seiner Schwester jeden Freitag brav seinen Lohnumschlag übergeben und war dann mit dem Geld, das er vorher hatte entwenden können, ohne dass sie es bemerkte, für das Wochenende verschwunden. Sie pflegte ihn mit bissigen Worten zu beschimpfen, wenn er endlich, nach Frauen und Alkohol riechend, nach Hause kam, und bestärkte ihn damit nur in seiner Überzeugung, dass es das Beste für ihn sei, so wenig Zeit wie möglich in ihrer und der Kinder Nähe zu verbringen.

Es war ein Teufelskreis, aus dem keiner von ihnen ausbrechen konnte. Tante Zuzi war verbittert darüber, dass sie unverheiratet geblieben war, woran sie den Männern die Schuld gab – entweder direkt, weil keiner je Interesse bekundet hatte, sie zu heiraten, oder indirekt, weil ihr Bruder und ihre Neffen sie daran hinderten, ihr eigenes Leben zu leben. Jimmys Vater ertrug ihre Anwesenheit im Haus nur mit Widerwillen, aber er wusste, dass er auf sie angewiesen war, wenn er seine Kinder versorgt wissen wollte. Es hatte keinem in der Familie gut getan, vor allem Jimmy nicht, der alt genug war, um sich seiner Mutter zu erinnern, und den sein trotziger Widerstand gegen die gnadenlose Geringschätzung der Frau, die ihren Platz an sich gerissen hatte, unweigerlich ins Gefängnis brachte. Genau wie Tante Zuzi prophezeit hatte, natürlich.

Wie anders ging es da in Melanies Familie zu, wo Kinder bedingungslos geliebt und alle Dummheiten und Vergehen mit einem »er/sie hat's doch nicht bös gemeint« entschuldigt wurden. Jimmy hatte Melanie und Gaynor oft vorgehalten, dass diese Art alles verzeihender Liebe genau so von Übel sei wie ein Mangel an Liebe. »Schaut euch doch Colin an«, pflegte er zu sagen. »Er ist genauso schlimm, wie ich in seinem Alter war. Aber ich hab dafür eine Tracht Prügel gekriegt, und Tante Zuzi wär's nicht im Traum eingefallen, bei den Bullen ein gutes Wort für mich einzulegen; ihr dagegen rennt sofort los und beschimpft die Bullen dafür, dass sie ihn kassiert haben. Was vermittelt ihr ihm denn damit – dass es ganz in Ordnung ist, Dummheiten zu machen?«

»Aber die Prügel haben dich doch vom Stehlen nicht abgehalten, Schatz, oder?«, entgegnete Melanie dann. »Sie haben alles nur schlimmer gemacht. Wieso findest du, dass Mum unsern Colin verhauen sollte? Du musst doch einsehen, dass es besser ist abzuwarten, bis er das von selbst ablegt – und ihn dabei wissen zu lassen, dass seine Mum immer für ihn da ist.«

»Col ist ein Rebell«, erklärte Gaynor. »Gegen so was ist kein Kraut gewachsen. Die einen sind's – die anderen nicht. Ich bin auch einer – Mel ebenso… Wir lassen uns nicht gern sagen, wie wir unser Leben zu führen haben. Und wenn man so geboren ist, dann macht's überhaupt keinen Unterschied, ob man geliebt oder gehasst wird – man ist und bleibt ein Rebell. Aber wenn man geliebt wird, weiß man, dass es einen Ort gibt, wo man willkommen ist.«

Jimmy blieb überzeugt, es müsse einen Mittelweg geben – etwas zwischen unnachsichtiger Strenge und bedingungsloser Liebe –, aber die Lebensauffassung der Familie Patterson war verführerisch. Er hatte seit fünf Jahren nicht mehr mit seinem Vater und Tante Zuzi gesprochen. Nur mit seinen Brüdern hielt er losen Kontakt. Eine Zukunft ohne Melanie und ihre Großfamilie konnte er sich nicht vorstellen.

Darum suchte er jetzt voller Sorge nach ihr und ihren Kindern. Er schlug einen Bogen um das Einkaufsviertel, wo Plünderer die Geschäfte ausräumten, und lief die Glebe Raod hinunter bis zur Ecke Bassindale Row North. Beißender Brandgeruch hing in der Luft, und er vernahm fernes Geschrei, das aus der Humbert Street zu kommen schien. Trotzdem beschloss er, die Bassindale Row bis zur Hauptstraße hinaufzulaufen, um zu sehen, ob die Polizei schon daran war, die Barrikade zur durchbrechen.

Wenn man Eileen Hinkley glauben durfte, deren Freundin – »ein bisschen verdreht, wissen Sie … sie hat vor einem Jahr ihren Mann verloren und meint, jeder, der bei ihr klingelt, will sie ausrauben … ein bisschen wie der senile alte Knacker über mir, der jedes Mal seine Möbel durch die Wohnung feuert, wenn er sich einbildet, bei ihm wäre eingebrochen worden« – in ihrer Wohnung im neunten Stockwerk des Glebe Tower Gebäudes am Fenster stand und mit einem Feldstecher die Ereignisse beobachtete, wurde auf den Straßen von Bassindale soeben die letzte Schlacht ausgetragen – »das reinste Armageddon«, wie die Freundin gesagt hatte.

»Wissen Sie, sie glaubt fest dran, dass alle Sünder dieser Erde am Tag des Jüngsten Gerichts zur Rechenschaft gezogen werden«, erzählte Eileen. »Aber das kann erst nach der letzten entscheidenden Schlacht zwischen Gut und Böse stattfinden.« Mit einem amüsierten Lächeln tippte sie sich an die Stirn. »Sie ist natürlich komplett meschugge, und wenn man sie fragt, wie das funktionieren soll, kann sie einem keine Antwort geben. Sie erklärt mir immer wieder, dass sie erlöst werden wird, weil sie sich einen Platz unter den Gerechten erworben hat, und ich sag *ihr* immer wieder, dass sie im Wolkenkuckucksheim lebt. Es liegt doch in der Natur der Religion, dass wir alle verdammt sind – wir müssten sämtliche Götter verehren, um sicher sein zu können, dass wir einen Platz im Himmel bekommen –, aber das glaubt sie mir nicht.«

Jimmy lachte. »Also kann man genauso gut Atheist sein und sich ein schönes Leben machen?«

»So seh ich es jedenfalls«, bestätigte sie vergnügt. »Ganz gleich, was man tut, es ist immer verkehrt. Folglich kann man nur versuchen, das Beste daraus zu machen.«

Er hob zwei Finger zum Gruß. »Ich komm später vorbei.«

Plötzlich besorgt, legte sie ihre verkrüppelte Hand auf seinen Arm. »Seien Sie vorsichtig, Jimmy. Meine Freundin hat gesagt, sie wünschte, es wäre Nacht.«

»Wieso?«

»Weil die Polizei dabei ist, die Schlacht zu verlieren... und sie nichts davon wissen würde, wenn sie es nicht sehen könnte. Anscheinend kampieren die draußen auf der Hauptstraße und schaffen es nicht, in die Siedlung reinzukommen. Die Randalierer stecken alles in Brand, was ihnen in die Quere kommt. Sie hat Todesangst, dass wir alle umgebracht werden – und das trotz ihrer Überzeugung, dass sie zu den Seligen gehört, die in den Himmel kommen.«

»Haben Sie auch Angst?«, fragte er.

»Noch nicht«, antwortete sie trocken. »Denn im Moment weiß ich ja nur von ihr, was da draußen los ist – und sie übertreibt immer.«

Diesmal nicht, dachte Jimmy mit Schrecken beim Anblick der Verwüstungen, der sich ihm bot. Auf diesem Schlachtfeld fehlten wahrhaftig nur noch die vier Reiter der Apokalypse auf Feuer speienden Rossen, um die Phantasie endgültig zur grausamen Realität zu machen.

Umgestürzte Autos an der Mündung der Bassindale Row standen in lodernden Flammen, von denen der ölige schwarze Qualm schmelzender Gummireifen und Latexpolster im Inneren der Fahrzeuge in die Luft stieg und alles verdunkelte. Ausgelöst hatte den Brand ein Molotow-Cocktail, der sein Ziel, eines der Polizeifahrzeuge, verfehlt und stattdessen den Unterboden eines umgestürzten alten Ford Cortina mit leckem Benzintank getroffen hatte, der sofort explodiert war. Der Wind, der von den Feldern und Wiesen hinter der Siedlung durch den Betonkanal der Bassindale Row fegte, hatte die dichten Rauchwolken über die Jugendlichen auf der Barriere hinweg den Polizisten in die Augen geblasen, und schon war die Idee geboren, die Bullen mit schwarzem Qualm einzunebeln, um ihnen die Sicht zu rauben.

Jimmy war nicht der Einzige, der erkannte, wie kurzsichtig diese Strategie war. Die Jugendlichen auf den Barrikaden hatten sich Tücher über Mund und Nase gebunden, um für den Moment gewappnet zu sein, wenn der Wind umschlug. Helfen würde es ihnen nichts – der Qualm war zu dick, sein Gestank zu widerlich, um sich von simplem Stoff abhalten zu lassen –, und die Polizei würde hinterher behaupten, die Tücher hätten der Maskierung gedient und nicht dem Schutz.

Als Jimmy jetzt dort stand, war ihm allerdings nur klar, dass unweigerlich jeder festgenommen werden würde, der hier draußen erwischt wurde, wenn es der Polizei gelang, die Barrikade zu durchbrechen. Ein wirbelnder Windstoß riss ein Loch in die schwarzen Rauchschwaden, so dass er flüchtig das Waffenarsenal der Polizei und die dicht geschlossenen Reihen schwarz uniformierter Beamter der Sondereinheiten dahinter erkennen konnte. O mein Gott! dachte er und verkroch sich in den Schatten einer Türnische. Das sah ja aus wie eine Szene aus *Krieg der Sterne*.

Noch während er zurückwich, rannte ein kleiner Junge durch die Straße auf die Barrikade zu und schleuderte, von brüllenden Anfeuerungsrufen begleitet, eine brennende Benzinbombe durch den Riss in den Rauchwolken. Flackernd wie ein Irrlicht flog die Flamme in hohem Bogen durch die Luft, bevor sie dicht vor den Polizeitruppen eine Feuerwand quer über den Asphalt zog.

Es war nicht halb so schön wie ein Feuerwerk, aber doppelt so erregend.

Das war Krieg.

Vor dem Haus Humbert Street 23

Auch Wesley Barbers Molotow-Cocktail hatte sein Ziel erreicht. Prasselnde Flammen schossen an der Eingangstür zum Haus Nummer 23 in die Höhe, fanden Nahrung im Öl des hoch glänzenden Lacks und fraßen ihn in glühenden Streifen von der Tür. Melanie, die Brände bisher nur im Kino gesehen hatte, erschrak zu Tode. Niemals würde ein solches Feuer sich in Schach halten lassen. Wenn es erst Haus Nummer 23 erfasst hatte, würde es im Nu auf das Nachbarhaus überspringen, wo die alte Mrs Howard und Rosie und Ben, ihre Kinder, wohnten.

»Oh, mein Gott! Mein Gott!«, schrie sie laut und rannte schon zu dem brennenden Haus. »Tu was, Col! Tu doch was!«

Er versuchte, sie zurückzuhalten, aber sie war stärker als er, und er konnte nur entsetzt zusehen, wie sie vergeblich versuchte, den äußeren Rand des Flammenteppichs auf dem Gartenweg auszutreten, um näher an die Haustür heranzukommen und das Feuer durch Schläge zu löschen. Wenn sie ihre Jacke noch gehabt hätte, wäre ihr die ein gewisser Schutz gewesen, oder sie hätte sie benutzen können, die Flammen zu ersticken. Aber sie hatte nur ein T-Shirt und Shorts an und konnte der Hitze nicht standhalten.

Mit einem heulenden Aufschrei der Verzweiflung wandte sie sich ab, um ihr Gesicht zu schützen, und fiel hysterisch schluchzend mit flehend erhobenen Händen vor der Menge auf die Knie.

Es wurde ganz still. Wesley Barber wurde die zweite Benzinflasche, die er gerade anzünden wollte, von einem seiner Freunde aus der Hand gerissen. »Das ist Col Pattersons Schwester«, brüllte der Junge ihn an. »Willst du die auch abfackeln?«

Wesley, im Drogen- und Adrenalinrausch, kreischte wütend: »Wen interessiert 'n das? Sie ist doch nur ne beschissene Weiße.«

Alle hörten ihn. Melanie natürlich auch. Torkelnd stand sie auf und wischte sich die Tränen mit dem Handrücken aus dem Gesicht. Ihr wurde mehr Autorität zugestanden, als sie wusste, nicht nur weil sie und ihre Familie in der Siedlung wohl bekannt waren, sondern auch weil sie so offenkundig schwanger war. Wie meist enthüllte ihr Kleid mehr als es verbarg, und niemand konnte die Geste missverstehen, mit der sie schützend die Hand auf ihren nackten, runden Bauch drückte.

»Das Kind, das ich bekomme, ist schwarz!«, schrie sie Wesley zu. »Willst du auch Schwarze ermorden?« Sie musterte die Menge mit vernichtendem Blick. »Seid ihr deshalb hergekommen? Weil ihr zuschauen wollt, wenn so zurückgebliebene Schweine wie Wesley Barber andere umbringen? Wie soll denn hier noch einer rauskommen, wenn die Häuser zu brennen anfangen? In der Straße wohnen Kinder und alte Leute. Was meint ihr, wie ihr euch fühlt, wenn sie hier die toten Kinder raustragen? Glaubt ihr, dass ihr dann stolz sein könnt?«

Ihre Worte wirkten. Auf die Frauen. Und auf Colin. Mit einem Mut, den er sich selbst nie zugetraut hätte, rannte er die zehn Meter bis zu seiner Schwester, stellte sich an ihre Seite und umfasste ihre Hand, um so vor aller Öffentlichkeit für sie und gegen seine Freunde Partei zu ergreifen. Die Geste war ein beeindruckendes Symbol für das, was ursprünglich die Ereignisse ins Rollen gebracht hatte, die so furchtbar ausgeartet waren – Liebe zur Familie und der Wunsch, die Kinder zu schützen –, und beim Anblick dieser beiden jungen Menschen, die mit ihren tränennassen Gesichtern rührend kindlich wirkten, stellte sich ein gewisses Maß an Vernunft wieder ein.

Eine Schwarze mittleren Alters brach aus der Menge heraus, um sich zu ihnen zu gesellen. »Weiter so, Kleine«, sagte sie zu Melanie. »Sie tun das Richtige.« Sie hob die Stimme. »Los, Schwestern, kommt!«, rief sie laut mit tiefer, rauchiger Stimme, die viel weiter trug als Melanies höhere Lage. »Wie wär's mit ein bisschen Solidarität? Das hat doch hier nichts mit Rasse oder Hautfarbe zu tun.« Sie sah Wesley mit herausforderndem Blick an. »Und du machst mal lieber, dass du nach Hause kommst, Bürschchen, sonst muss ich deiner Mutter erzählen, wie du die junge Frau hier genannt hast. Deine Mutter ist eine vernünftige Frau, die wird dir dafür das Fell über die Ohren ziehen.«

Eine ehemalige Schulkameradin Melanies löste sich von ihrem Freund. »Ich bin dabei«, rief sie, schüttelte seine Hand ab, als er sie festhalten wollte, und rannte zu Colin und Melanie. »Die verknacken euch alle wegen Mord, wenn ihr nicht aufhört«, schrie sie zornig in die Menge. »Das ist doch der reine Wahnsinn, was hier passiert. Meine Großmutter wohnt nur drei Häuser weiter, und sie hat keinem von euch was getan. Sie kann überhaupt nichts dafür, dass hier in der Straße so ein paar perverse Typen wohnen, aber wenn ihr die Kerle abfackelt, bringt ihr sie auch um.«

Andere schlossen sich an, und vor der brennenden Haustür bildete sich eine tapfere kleine Phalanx, die verhinderte, dass weitere Benzinbomben geworfen wurden. Aber Wesley Barber war nicht der Einzige, der sich vor Erregung die Lippen leckte, als das Fichtenholz unter dem Lack Feuer fing und ein Funkenregen auf die Verteidiger niederging.

Jimmy ging wieder die Bassindale Row zurück, aber er machte keinen Versuch, den Engpass am Ende der Humbert Street zu durchstoßen. Er umging ihn lieber und bog nach rechts in die Bassett Road ab, die nächste Parallelstraße. Auch hier drängte sich eine unruhige Menschenmenge, Frauen vor allem, die vor ihren Häusern auf der Straße standen und aufgebracht nach der Polizei riefen. Wo blieben die Einsatzkräfte? Warum griffen sie nicht ein? Zählte die Acid Row nicht? Gerüchte von Benzinbomben machten die Runde; ebenso war von brennenden Häusern die Rede, die den Flammen überlassen wurden, weil es die Fahrzeuge der Feuerwehr nicht schafften, an den Straßensperren vorbeizukommen.

Jimmy bahnte sich in der Mitte der Straße einen Weg durch die wogende Menge. Sprach jemand ihn an, so spielte er den Unwissenden. Wenn die hier wirklich so besorgt waren, brauchten sie nur zu tun, was er auch getan hatte, und versuchen, sich mit eigenen Augen ein Bild zu machen. Je mehr, desto besser. Wenn nur die Hälfte dieser Frauen sich dazu entschlösse, aus eigener Kraft etwas zu unternehmen, anstatt händeringend über die Untätigkeit der Polizei zu jammern, könnte man die Kids auf den Barrikaden von beiden Seiten ordentlich in die Zange nehmen, und sie würden am Ende wahrscheinlich mit eingekniffenen Schwänzen abziehen.

In der Forest Road South herrschte wildes Getümmel, als er dort ankam. Geängstigte Menschen, größtenteils Teenager, boxten sich auf der Straßenmitte durch, um von der Humbert Street wegzukommen, während andere sich in entgegengesetzter Richtung auf den Bürgersteigen voranstießen, um eben dorthin zu gelangen. Die Flüchtenden in der Mitte schrien den anderen Warnrufe zu.

»Um Gottes Willen, kehrt um...!«

»Die Humbert ist ein Hexenkessel...!«

»Da werden Kinder totgetrampelt...«

Er hielt ein junges Mädchen am Arm fest. »Was ist da los?«, fragte er sie.

In Panik schlug sie nach ihm. »Lass mich sofort los!«

»Ich will dir nichts tun«, beteuerte er. »Aber meine Freundin ist irgendwo da vorn. Melanie Patterson. Sie hat die Demo organisiert. Kennst du sie? Hast du sie gesehen?«

Das Mädchen schnappte nach Luft. »Ihre Mutter hilft den Leuten raus«, stieß sie stotternd hervor und wies zu einer etwa fünfzig Meter entfernten Lücke im Zaun. »Sie ist da drinnen.«

»Und Melanie?«

Sie versuchte, sich von ihm loszureißen. »Ich weiß es doch nicht«, schrie sie und begann, wieder auf ihn einzuschlagen. »Ich hab mit dem ganzen Scheiß nichts zu tun. Ich will nur heim.«

Er gab sie frei und drängte sich zu dem eingerissenen Zaun durch. Es wurde immer offenkundiger, dass es nirgends in diesem

Tollhaus Ruhe oder Sicherheit gab. Was sich hier abspielte, war Anarchie. Aber was, fragte er sich, wollten die Leute erreichen? Wollten sie hier alles kurz und klein schlagen? Für einige wenige Stunden öffentlichen Aufsehens das Bisschen, was sie hatten, dem Erdboden gleichmachen? Und es den Mrs Hinkleys dieser Welt überlassen, den Scherbenhaufen zusammenzufegen, wenn sie sich ausgetobt hatten? Wussten sie überhaupt, was sie wollten?

Es war der reine Irrsinn. So viele Jugendliche wie sich verzweifelt durch die Lücke im Zaun zur Straße hinaus durchkämpften, drängten von draußen in die Gärten hinein. Die ängstlichen Warnungen der Fliehenden wirkten offensichtlich nicht abschreckend, sondern regten im Gegenteil die Neugier und Sensationslust an. Unter Einsatz seines mächtigen Körpers erzwang er sich den Durchlass und ließ den Blick über die wogende See von Köpfen schweifen, um zu erkennen, was vor sich ging.

Er sah ein Inferno miteinander ringender Leiber, von denen die einen in die eine Richtung strebten, die anderen in die andere. Er sah eine Freundin von Melanies Bruder, Lisa, die keine zehn Meter entfernt, in einer Zaunlücke zum Nachbargarten, zornig mit einer Gruppe Jugendlicher stritt. Weinend stellte sie sich ihnen in den Weg.

Noch während Jimmy hinsah, sprang einer der jungen Burschen auf sie zu und packte sie an der Bluse, um sie wegzureißen. Jimmy startete durch, fegte Jugendliche auf die Seite wie Konfetti, immer das Mädchen im Auge, das wie eine wütende Löwin die Bresche im Zaun verteidigte. Bravo, Kleine, lobte er im Stillen, als sie sich an den Zaunpfählen zu ihren beiden Seiten einstemmte und den anstürmenden Jungen mit Fußtritten gegen die Schienbeine abzuwehren suchte.

Er nahm den Angreifer in den Schwitzkasten und brachte ihn mit einem wuchtigen Handkantenschlag auf den Unterarm dazu, Lisa loszulassen. »Was soll das hier?«, fragte er scharf und stemmte sich mit seinem ganzen Körpergewicht von hundertfünfzehn Kilogramm gegen den Druck der hinter ihm nachdrängenden Menschen.

»Sie hat doch sowieso schon massenweise Leute durchgelassen«, erklärte einer der Jungen aggressiv. »Wieso regt sie sich jetzt wegen uns auf?«

»Ich hab's nicht geschafft, sie aufzuhalten.« Lisa schluchzte hysterisch und zog die Bluse über ihrer flachen Brust zusammen. »Ihr seid alle so was von bescheuert! Ihr denkt, das ist alles nur 'n Witz.«

Jimmys Blick glitt von ihr ab und flog über das chaotische Getümmel in den Gärten hinter ihr. »Was habt ihr denn für einen Plan?«

Sie wusste, wie wichtig es war, ihm klar verständlich zu machen, worum es ging, deshalb holte sie tief Luft, um das Schluchzen zu unterdrücken. »Wir wollen einen Ausgang zur Forest Road freihalten und die Leute dazu bringen, dass sie nach Hause gehen. Vorn in der Humbert Street haben wir eine Haustür aufgemacht. Da steht Melanies Mutter. Sie hat gesagt, wir müssen schauen, dass der Durchgang hier hinten offen bleibt. Aber es klappt nicht, weil die Leute so drängeln.«

»Okay.« Jimmy schlang seinen Arm fester um den Hals des Jungen, den er im Schwitzkasten hatte, und packte mit der anderen Hand seinen mürrischen Freund beim Kragen. »Wenn du weißt, wer ich bin, brauchst du nur zu nicken«, sagte er.

Der Junge nickte.

»Dann legt euch lieber nicht mit mir an, ich bin nämlich sowieso schon stinksauer. Also, passt genau auf. Meine Freundin und ihre Kinder sind in der Humbert Street, und ich will sie da rausholen. Dabei werdet ihr mir helfen. Ist das klar?«

Wieder ein Nicken.

»Gut.« Er ließ die beiden los. »Wie viele seid ihr? Sechs? Sieben?«

»Sieben.«

Er suchte die vier Kräftigsten unter ihnen aus und postierte sie vor Lisa. »So«, sagte er und gab jedem einen Klaps auf die Schulter. »Den Durchgang bewacht ihr jetzt. Wenn es von dieser Seite aus jemand schafft, sich durchzudrängeln, kriegt ihr's mit mir zu tun, und zwar richtig.« Er grinste wölfisch. »Ist das klar?«

Neuerliches Nicken.

»Lisa schickt hinter euch die Leute raus. Und ihr drei –«, er tippte den übrigen drei Burschen kurz auf die Köpfe, »helft ihnen zur Forest Road raus. Das heißt, dass ihr zuerst die Zone hier freimachen müsst. Ich mach den Anfang mit euch, dann müsst ihr selber sehen, wie ihr weiterkommt. Okay?«

»Die hören doch gar nicht auf uns«, wandte einer der Jungen ein.

»Und wie die hören werden! Gib mir mal die Zaunlatte da.« Er wies mit dem Kopf auf einen scharf zugespitzten Zaunpfahl, der abgesplittert war, als der Weg zum Nachbargarten freigeschlagen worden war. »Hier wird die letzte Schlacht zwischen Gut und Böse geführt, und ihr steht zum ersten Mal in eurem erbärmlichen kleinen Leben auf der Seite der Engel.« Er sammelte Speichel im Mund, packte die Zaunlatte mit seiner schwarzen Pranke und drehte sich herum: mit rollenden Augen und gefletschten Zähnen, vor denen Schaum stand.

»Huaah!«, brüllte er, den Knüppel über seinem Kopf schwingend wie Cetshawayo in *Zulu.* »Huu-aaah!«

Die Vorstellung hatte mythische Dimensionen. Da schlug das tollwütige schwarze Riesenungeheuer die Horde in die Flucht. Die Menge wich augenblicklich zurück. Niemand hatte Lust, sich mit einem Wahnsinnigen anzulegen.

Jimmy rollte noch immer die weit aufgerissenen Augen, als er sich wieder den Jungen zuwandte. »Wehe, ihr seid nicht hier, wenn ich mit meiner Freundin zurückkomme!«, warnte er. »Ich dreh euch eigenhändig den Kragen um.«

Es gab keine Widerrede. Nur ein Schwachsinniger hätte sich gegen einen total Irren aufgelehnt.

Er drückte Lisa beruhigend die Schulter, als er sich an ihr vorbeidrängte. »Du brauchst nur zu rufen, wenn sie abhauen wollen.

Ich hör dich!« Sie sah mit ängstlichem Blick zu ihm auf, und er zwinkerte ihr aufmunternd zu. »Keine Angst, Schätzchen. Es wird alles gut.«

Sie glaubte ihm und schöpfte Vertrauen aus seinen Worten – aber sie hätte sich wahrscheinlich nicht so leicht trösten lassen, wenn sie gewusst hätte, wie oft Jimmy James sich schon getäuscht hatte.

Er hätte nicht sooft gesessen, wenn er wenigstens hin und wieder mal Recht gehabt hätte…

19

Im Haus Humbert Street 23

Der Lärm draußen legte sich plötzlich, und eine einzelne Stimme – die Stimme einer Frau – stieg aus der Menge auf. Franek schlug sich befriedigt auf die Brust. »Das ist die Polizei«, erklärte er. »Erst machen sie einem Angst… dann machen sie Ordnung. So geht das.«

»Wir würden Lautsprecher hören«, entgegnete Sophie, angespannt lauschend.

»Sie müssen doch immer widersprechen«, sagte der Alte zornig. »Warum können sie nicht einfach zugeben, dass Franek Recht hat? Fällt Ihnen das so schwer? Wo bleibt Ihre Höflichkeit vor dem Alter?«

»Womit hätten Sie die verdient?«, versetzte sie heftig. »Und was ist das für ein Quatsch –« Sie versuchte wieder, seinen Akzent nachzuahmen – »›erst machen sie einem Angst… dann machen sie Ordnung‹? Sie reden, als hätten wir es mit der Gestapo zu tun. Was haben die denn Ihrer Meinung nach gerade da draußen getan? Jeden Zehnten abgeknallt, um die anderen zu ermutigen?«

Ein wütende polnische Tirade.

»Lassen Sie die Gestapo lieber aus dem Spiel«, sagte Nicholas warnend. »Viele aus seiner Familie sind im Krieg umgekommen.«

»Aus meiner Familie auch«, entgegnete sie unbeeindruckt. »Es gibt wahrscheinlich keinen einzigen Engländer, der nicht Großeltern, Onkel oder Tanten verloren hat. Das ist hier nichts Besonderes. Wenn Sie glauben, Sie können mich mit solchen Hinweisen in verlegenes Schweigen stürzen, täuschen Sie sich. Und das Gerede Ihres Vaters wird dadurch auch nicht vernünftiger. Es sind immer noch keine Sirenen zu hören«, erinnerte sie Nicholas.

»Vielleicht wollen sie vermeiden, die Situation zusätzlich anzuheizen.«

Sie schüttelte den Kopf. »*Irgendwas* würden wir merken«, beharrte sie. »Die Polizei weiß doch, dass Sie hier sind. Sie würde Sie nicht unnötig in Angst lassen.« (Sie meinte natürlich »mich«. Sie würde *mich* nicht unnötig in Angst lassen.)

Franek schnaubte gereizt. »Das reicht jetzt. Ist doch völlig egal, was sie tun, wenn es dazu dient, diese –«, er wies mit einer geringschätzigen Geste in Richtung Straße, »*Bestien* wieder in ihre Käfige zu befördern.«

Ein Wutschrei explodierte in Sophies Kopf, und sie musste sich gewaltsam zusammennehmen, um ihn zu unterdrücken. »Ich dachte, *Sie* wären die Bestie«, fuhr sie ihn an. »Drecksau! – Ficker! – Perverser!« Sie betonte jedes einzelne Wort. »So haben sie Sie doch genannt?«

»Was wissen Sie denn schon?«

»Ich weiß, dass *Sie* derjenige im Käfig sind, Mr Hollis.«

Nicholas legte seinem Vater besänftigend die Hand auf den Arm. »Bitte, lassen Sie das«, bat er Sophie. »Es ist doch nicht nötig.«

»Doch, für mich schon«, gab sie erregt zurück. »Was Ihr Vater sagt, stimmt nicht, und das wissen Sie auch ganz genau. Da draußen geschieht etwas Furchtbares – und wir sitzen hier wie die Idioten und lassen es geschehen, weil Sie nicht den Schneid haben, ihm entgegenzutreten.«

Wieder versuchte er zu beschwichtigen. »Er muss an seine Worte glauben«, erklärte er leise. »Sonst würde er ja wieder in Panik geraten. Sie als Ärztin müssten das doch verstehen.«

»Ja, aber als seine Gefangene verstehe ich es nicht«, versetzte sie kurz. »Ich kann nur sagen, je eher er den nächsten Anfall bekommt, desto besser … und diesmal können *Sie* den Samariter spielen, weil ich nämlich keinen Finger rühren werde, um ihm zu helfen.«

Wieder Schweigen. Diese Pausen waren ausnahmslos die Folge von Nicholas' Weigerung, Antwort zu geben, und Sophie fragte sich, ob seine Zurückhaltung Trägheit war oder Manipulation. Er überraschte sie damit, dass er unvermittelt zu sprechen begann.

»Es ist falsch, seine Prinzipien aufzugeben«, sagte er milde, »ganz gleich, unter welchen Umständen.«

Sie hätte ihn vielleicht des Hochmuts bezichtigt, wenn er es nicht mit solcher Sanftheit gesagt hätte. »Und was haben *Sie* für Prinzipien?«, fragte sie ihn.

Er dachte einen Augenblick nach. »Toleranz … Friedensbereitschaft … Verständnis. Ich glaube einfach nicht, dass mit Provokation und Aggressivität irgendetwas zu erreichen ist.«

Sophie glaubte das ebenso wenig, aber sie glaubte auch nicht, dass sein Verhalten, untätig zuzusehen, während sein Vater sie tätlich angriff, unter einen dieser hehren Begriffe fiel. Ihr als dem Opfer stand es zu, die andere Wange darzubieten; nicht ihm, dem passiven Zuschauer, der nicht einmal Schaden genommen hatte.

»Friedensbereitschaft heißt aber nicht einfach nichts tun«, sagte sie. »Sie verlangt positiven Einsatz – harte Arbeit. Man muss bereit sein, sich einzumischen, um eine Konfrontation zwischen Menschen zu verhindern. Genau deswegen möchte ich mit den Leuten da draußen reden – aber Sie wollen das nicht zulassen, weil Sie mich lieber als Schutzschild behalten möchten, hinter dem Sie sich verstecken können. Aber das ist weder ›Verständnis‹ noch ›Toleranz‹.« Sie hielt einen Moment inne. »Das ist Feigheit.«

Er vermied es, sie anzusehen, doch Franek lachte rau. »Sie nützen uns hier drinnen mehr«, sagte er. »Und Ihre kindischen kleinen Wutanfälle sind ganz amüsant. Sie haben so große Angst, dass Sie nicht mal eine Minute lang den Mund halten können.« Er hob die Hand und formte sie zum gackernden Schnabel. »Quak-quak-

quak… Ihre Mutter hätte Ihnen mal beibringen sollen, den Schnabel zu halten. Ihr ewiges Gequengel muss ja jeden Mann zur Weißglut treiben. Aber Sie haben vielleicht gar keinen, hm? Vor Ihrer Herrschsucht läuft wahrscheinlich jeder davon.«

Einen Moment schloss sie die Augen und atmete tief durch die Nase. Gott, wie sie diesen Alten hasste… »Die Welt hat sich verändert, seit Sie das letzte Mal mit einer Frau zu tun hatten, Mr Hollis.«

»Was soll das heißen?«

Sie fing Nicholas' warnenden Blick auf und packte den Cricketschläger fester. »Mit einem Neandertaler ihrer Sorte«, spie sie ihm ins Gesicht, »würde sich doch nur eine Frau abgeben, die sich dafür bezahlen lässt… und für Geld tut eine Hure so ziemlich alles. Erzählen Sie mir also nicht, wie man eine gute Beziehung aufbaut… Sie haben das ja nicht mal mit Ihrem eigenen Sohn geschafft.«

Sein Blick durchbohrte sie. »Milosz kommt mit seinem Vater bestens aus – das war immer so. Fragen Sie ihn doch selbst, wenn Sie mir nicht glauben.«

»Wozu?«, entgegnete sie wegwerfend. »Er hat ja bereits erklärt, dass er an Toleranz glaubt, und Sie fallen offenbar in die Kategorie von Menschen, die er zu tolerieren bereit ist, sonst würde er nicht mit Ihnen zusammenleben.«

»Na bitte, da haben Sie's. Sie täuschen sich.«

»Ja, nur würde ich einen unsicheren Waffenstillstand zwischen einem rücksichtslosen Tyrannen und einem stillen Dulder, der zu allem brav den Mund hält, nicht als gelungene Beziehung bezeichnen.« Sie zog sarkastisch eine Braue hoch. »Das funktioniert bei Ihnen, weil Sie dringend daran glauben müssen, die Macht zu haben, aber bei Nicholas funktioniert es nicht, wenn er seine Gefühle abschalten muss, um mit Ihnen leben zu können.« Sie fixierte ihn, bis er den Blick senkte. »Erzählen Sie mir also nicht, dass ich mich täusche, Mr Hollis, wenn Sie keinen Deut besser wissen als ich, was Ihr Sohn wirklich von Ihnen hält.«

Er stach wieder mit dem Finger nach ihr. »Seien Sie endlich still… Sie sind überhaupt nicht mehr amüsant.«

»Nein, das ist die Wahrheit nie«, versetzte sie mit einem kurzen Auflachen, »schon gar nicht, wenn man so stark zu Panikattacken neigt.«

»Gleich wird Milosz dafür sorgen, dass Sie den Mund halten«, warnte er.

Sophie musterte den Sohn, der mit gesenktem Kopf da saß und im Schoß die dünnen Hände knetete, und hielt es für besser, es nicht auf eine Probe aufs Exempel ankommen zu lassen. Sie dachte immer wieder an ihren Anruf. Hatte Jenny sie denn überhaupt richtig verstanden? Ihre Gedanken waren ein unbewusstes Echo der Fragen, die die Frauen in der Bassett Road stellten. Zählte die Acid Row nicht? Zählte Vergewaltigung nicht?

Sie machte sich Vorwürfe wegen ihres selbstironischen Humors, mit dem sie so gern alles ins Lächerliche zog. Es war bestimmt ihre eigene Schuld. Jenny hatte geglaubt, sie mache Witze. Sie machte ja dauernd blöde Witze über Sex. »Was soll das heißen – es ist ein Riesenapparat? Hast du mal den von einem Elefanten gesehen… die Dinger sind so riesig, dass sie über den Boden schleifen…« »Wenn du ihm nicht ab und zu mal Ruhe gönnst, fällt er dir noch ab…« »Meine Mutter hat immer gesagt, schon die Kniekehlen einer Frau könnten einen Mann antörnen… aber ich habe ihr nicht geglaubt…«

Sie hätte die Polizei direkt anrufen sollen. Kein Polizist hätte die Angst einer Frau, vergewaltigt zu werden, für einen Scherz gehalten. Vielleicht sollte sie jetzt noch anrufen? Wieder plagte sie Unschlüssigkeit. *Was soll ich tun? Was soll ich nur tun?* Das Handy war der einzige Trumpf, den sie in der Hand hatte. Die einzige Verbindung zur Außenwelt. Wenn sie verriet, dass sie es hatte, würde Franek es ihr zweifellos abnehmen, um zu verhindern, dass sie ihre Version der Ereignisse weitergab. Aber wie sollte jemand erfahren, was hier geschah, wenn sie es weiterhin versteckt hielt?

In den Gärten zwischen Humbert Street und Bassett Road

Mit gutem Zureden und scharfen Drohungen gelang es Jimmy, alle Eindringlinge zu bewegen, sich dem Exodus zur Forest Road anzuschließen, und die Gärten von der Straßenecke bis zum Haus der alten Mrs Carthew begannen sich zu leeren. Ermutigt durch sein entschlossenes Handeln, wagten einige ältere Leute sich aus ihren Häusern, um ihm zu helfen. Ein martialischer alter Mann mit einem Stahlhelm auf dem Kopf und einer bedrohlich aussehenden Machete in den Händen – Andenken an seinen Kriegsdienst im Fernen Osten – bewachte die Zaunlücke zwischen den Anwesen Nummer 9 und Nummer 11, während Jimmy einer Horde Jungen nachjagte, deren Ziel die Rückfront des Hauses Nummer 23 war.

Sie waren nicht viel älter als zehn oder elf, und er holte sie ein, als sie sich anschickten, die Fenster eines Hauses, in dessen Garten ein Klettergerüst stand, mit Steinen zu bombardieren. Laut schimpfend sprang er in ihre Mitte. »Was zur Hölle macht ihr da?«, brüllte er. »Ihr könnt ja nicht mal zählen, ihr blöden kleinen Scheißer. Das ist nicht dreiundzwanzig! Wisst ihr nicht, was das Klettergerüst zu bedeuten hat?« Er wies mit ausgestrecktem Finger auf das Haus. »Da wohnen *Kinder*! Ihr wisst noch nicht mal, wen ihr eigentlich sucht, oder?«

Er trieb sie zusammen und scheuchte sie auf dem Weg zurück, auf dem sie gekommen waren. Als sie sich ihm nicht schnell genug bewegten, schob er sie mit Faustschlägen auf die Schultern an.

»Das sag ich meinem Dad«, drohte ihm einer der Jungen. »Sie dürfen uns nicht schlagen.«

»Du brauchst mir nur zu sagen, wo du wohnst, dann nehm ich dir die Mühe ab«, schnauzte Jimmy ihn an und beförderte ihn mit einem Stoß zu der Bresche im Zaun, wo der alte Soldat Wache stand. »Dein Dad kann den Schaden bezahlen, den du bei meinen

Nachbarn angerichtet hast. Am Besten gebt ihr mir gleich alle eure Namen und Adressen. Jemand muss ja für die eingerissenen Zäune blechen, und bestimmt nicht die Leute, die hier wohnen.«

Sie gaben Fersengeld und rannten zum Ausgang.

Er tippte dem alten Mann auf den Arm. »Kommen Sie hier zurecht, Meister? Ich muss schauen, dass ich mich irgendwie nach vorn durchschlage. Meine Freundin und ihre zwei kleinen Kinder sind da irgendwo mitten in der Kampfzone, und ich will sie rausholen.«

»Aber durch Dolly Carthews Haus können Sie nicht gehen«, warnte der alte Soldat. »Der Verkehr fließt in die falsche Richtung.« Er war ein eingefleischter alter Rassist mit dezidierten Ansichten über die Besudelung seines angelsächsischen Erbes und fasste den jungen Schwarzen misstrauisch ins Auge. »Sieht aus wie Blut, was Sie da auf der Jacke haben.«

»Das *ist* Blut.« Jimmy vermerkte die Skepsis. »Es gibt Verletzte, und die Sanitäter kommen nicht durch. Kennen Sie Ellen Hinkley? Glebe Tower – war früher mal Krankenschwester – gehört zu diesem Verein, ›Hallo Freundschaft‹? Sie hat ihre Wohnung als Erste-Hilfe-Basis zur Verfügung gestellt.«

Er hatte offensichtlich das Zauberwort gesprochen – das ›Sesam öffne dich‹ –, denn der alte Militär nickte beinahe freundschaftlich. »Ich würde Sie ja durch mein Haus gehen lassen, wenn ich in der Humbert Street wohnen würde, aber ich wohne da drüben in der Bassett.« Er wies mit einer Kopfbewegung zu dem Garten, der an den von trampelnden Füßen völlig verwüsteten von Mrs Carthew grenzte. »Aber lassen Sie mich mal mit der jungen Karen aus Nummer fünf reden. Die würde Ihnen nicht aufmachen, wenn sie klopfen, aber mir vertraut sie.« Er zog die buschigen Brauen zu einer strengen Linie zusammen. »Aber Sie müssen versprechen, dass Sie keine Rowdys ins Haus lassen, wenn Sie vorn rausgehen. Sie ist behindert… Wir können nicht riskieren, dass sie von irgendwelchen groben Kerlen umgerissen wird.«

Jimmy nickte. »Ich verstehe.«

Der alte Mann reichte ihm seine Machete. »Bleiben Sie hier. Ich werd mal sehen, was ich tun kann.«

Jimmy lehnte die Waffe an einen Zaunpfahl und zog sein Handy heraus, in der Hoffnung, dass die Batterie Zeit gehabt hatte, sich ein wenig zu erholen. Seiner Schätzung nach war es mindestens eine Stunde her, dass er sich von Ellen Hinkley getrennt hatte, aber als er auf seine Uhr sah, stellte er verblüfft fest, dass mit knapper Not eine halbe Stunde vergangen war. Das Telefon tat keinen Muckser. Er steckte es wieder ein und überlegte, was zu tun war.

Er hatte keine Zeit gehabt, sich einen Plan zurechtzulegen, aber nach den Entsetzensmienen der Menschen zu urteilen, die aus Mrs Carthews Haus in die Gärten flohen, war in der Humbert Street die Hölle los, und es war vermutlich das Vernünftigste, so schnell wie möglich das Weite zu suchen. Wie schwierig würde es sein, Melanie und die Kinder da herauszuholen? Und Gaynor – was war mit ihr? Wenn es stimmte, dass sie an der Tür zu Mrs Carthews Haus den Verkehr regelte, konnten er und Mel sie nicht einfach im Stich lassen und davonlaufen.

Das Einfachste wäre es, wenn sie alle sich irgendwie zu den Gärten durchschlagen und dort treffen könnten. Sie könnten dann gemeinsam versuchen, Gaynors Haus zu erreichen, und dort unterschlüpfen, bis die Krawalle aufhörten. Aber es gab keinen Hinterausgang aus Melanies Maisonette, es sei denn, er durchbrach die Regipswand zum Wohnzimmer der alten Howard – und diese böse alte Hexe würde ihn da wahrscheinlich schon mit dem Fleischermesser erwarten…

Eine Frau mit einem kleinen Kind im Arm fiel vor seinen Füßen stolpernd ins Gras. Das totenbleiche Gesicht war tränenüberströmt. »Ich hab Anna verloren, mein kleine Anna«, stammelte sie noch, dann verdrehten sich ihre Augen, und sie kippte seitlich um, das kleine Kind unter sich begrabend.

Er zog das Kind unter ihr hervor und wiegte es in den Armen, während er nach einem kleinen Mädchen Ausschau hielt. »Anna!«, rief er laut. »Deine Mama ist hier! An-na! An-nn-na!«

Er wollte überhaupt nicht hier sein ... er hatte vorgehabt, Melanie zu holen und dann einen neuen Startversuch zu machen ... er sollte längst mit Ware auf dem Weg nach London sein. Wer hatte ihn zum Hüter seiner Brüder auserkoren?

»An-na! Ich suche ein kleines Mädchen, das Anna heißt. Hat irgendjemand sie gesehen?«

»Hier!«, rief ein Junge mit tränennassem Gesicht, der ein schmutzstarrendes kleines Mädchen vor sich herschob. »Sie ist hingefallen.« Seine Unterlippe bebte. »Ich weiß auch nicht, wo meine Mama ist, Mister.« Eine dicke Träne rollte seine Wange hinunter.

Seufzend griff Jimmy mit großer Hand zu und zog die beiden an sich. »Jetzt kann euch nichts mehr passieren«, tröstete er.

Fünf Minuten später erklärte sich sein neuer Freund, der Soldat, überraschenderweise ohne jeden Protest bereit, die traurige kleine Schar unter seine Fittiche zu nehmen. Sie war um drei weitere schmutzige Rotznasen angewachsen, die von Freunden oder Eltern getrennt worden waren und zu verschreckt waren, um auf eigene Faust in der Menge nach ihnen zu suchen. »Sobald es ein bisschen ruhiger wird, nehm ich sie mit zu mir und mach ihnen einen Tee«, sagte er barsch. »Gehen Sie jetzt los. Die junge Karen wartet schon auf Sie. Denken Sie nur daran, die Haustür hinter sich zuzumachen. Sie hat schon Angst genug.«

»In Ordnung.« Jimmy bot ihm die Hand. »Vielen Dank, Meister, ich bin Ihnen was schuldig.«

»Es ist wie im Krieg«, sagte der alte Soldat wehmütig, als er Jimmys Hand nahm. »Das Unglück lockt unsere besten Seiten hervor.«

»Ja«, antwortete Jimmy mit leiser Ironie, »so was Ähnliches hat Ellen Hinkley auch gesagt.«

Die »junge« Karen war um die Sechzig und litt an der Parkinsonschen Krankheit. Sie saß im Rollstuhl und konnte nicht sprechen, aber sie nickte lächelnd, als Jimmy ihr dankte und sagte, er würde darauf achten, die Haustür hinter sich zu schließen. Er wollte sie fragen, ob sie Angst hatte…? Wer sich um sie kümmerte…? Ob sie einsam war…?

Aber dazu blieb keine Zeit. Und sie hätte es ihm ja sowieso nicht sagen können.

Er hatte das Gefühl, Menschen zögen und zerrten von allen Seiten an ihm. Mit finanziellen Verpflichtungen konnte er umgehen. Emotionale waren mörderisch. Unsichtbare Fäden verbanden ihn mit der ganzen verdammten Welt. Polizistinnen… Notärzte… couragierte alte Frauen… invalide alte Frauen… verrückte Soldaten… Kinder… Babys… Er zog Anonymität vor.

Gaynor warf ihm eine zusätzliche seidene Schlinge um den Hals, indem sie in Tränen ausbrach, als er plötzlich an ihrer Seite stand. »O Gott, Jimmy!« Weinend klammerte sie sich an ihn. »Gott sei Dank… Gott sei Dank. Ich hab die ganze Zeit gebetet, dass ein Wunder geschieht.«

Nach dem ersten Ansturm hatte das Gedränge nachgelassen; die Situation auf der Straße hatte sich dank des plötzlichen Abzugs von zwei- bis dreihundert Menschen etwas entspannt, so dass die Übrigen meinten, bleiben zu können, wo sie waren. Aber von Dauer würde dieser Zustand sicher nicht sein. Zu viele Menschen drängten von der Forest Road blindlings herein, als dass sich nicht erneut ein Stau bilden würde. Jimmy, der einen Kopf größer war als Gaynor, konnte es kommen sehen.

»Komm, gehen wir«, sagte er mit einem Nicken zum Korridor. »Du gehst nach Hause, und ich komm mit Mel und den Kindern nach, sobald ich sie gefunden hab.«

Sie schüttelte den Kopf. »Ich kann hier nicht weg«, erklärte sie bestimmt. »Einer muss hier bleiben, und das bin ich, weil ich schuld bin, dass es so weit gekommen ist.« Sie hielt ihr Handy hoch. »Ich hab einen Bullen an der Leitung. Der sagt, wir müssen den Ausgang hier freihalten… wenn möglich noch weitere öffnen… oder aber verhindern, dass noch mehr Leute in die Humbert Street kommen.« Sie hielt ihm das Telefon hin. »Red du mit ihm, Jimmy«, bat sie . »Bitte! Vielleicht kann er dir sagen, wie man das hier stoppen kann, bevor es Tote gibt.«

»Und was ist mit Mel?«

Angst verdunkelte Gaynors Augen. »Ich weiß es nicht. Wir sind getrennt worden. Ich sag mir einfach immer wieder, dass ich ihr vertrauen muss. Mel ist ein gescheites Ding, Jimmy, und sie würde nie zulassen, dass den Kindern was passiert.« Sie begann wieder zu weinen. »Ich mach mir ehrlich gesagt mehr Sorgen um Col.« Sie drückte eine Hand auf ihre Brust. »Er ist so ein Idiot, wenn er betrunken ist... aber ich hänge so wahnsinnig an ihm, Jimmy.«

Vor dem Haus Humbert Street 23

Colin war nie nüchterner gewesen. Und hatte nie größere Angst gehabt. Seine Haut unter dem T-Shirt glühte, und er wusste, wenn das Feuer nicht schnell gelöscht wurde, würde die Glut sie zwingen, ihren Posten aufzugeben, und das Haus würde in Flammen aufgehen. Immer wieder schaute er nach rückwärts, um zu prüfen, wie schnell das Feuer das Holz verzehrte. Er hatte von dem Brand eine klarere Vorstellung als seine Schwester und wusste, dass die Flammen zuerst die Tür niederbrennen mussten, ehe sie Teppiche, Holzverschalungen und Möbel im Inneren des Hauses erfassen konnten, aber er wusste nicht, wie er verhindern sollte, dass es so weit kam.

Er verstand nicht, wieso die perversen Kerle im Haus nicht etwas unternahmen. Merkten sie denn nicht, was los war? Sie mussten doch den Brandgeruch wahrnehmen. Er an ihrer Stelle, würde kübelweise Wasser durch den Briefkastenschlitz schütten, solange das möglich war. Denen musste doch klar sein, dass die paar Leutchen, die sich da vor dem Haus aufgepflanzt hatten, die Tür nicht bis in alle Ewigkeit verteidigen konnten.

Eine Schlangenbrut giftiger Gedanken regte sich. Waren die Kinderschänder überhaupt noch im Haus? Vielleicht hatten sie sich klammheimlich durch die Hintertür davongemacht. Vielleicht bewachten er und Mel ein Haus, das leer war.

»Ich geh da jetzt rein – durchs Fenster – und lösch das Feuer von innen«, schrie er Melanie ins Ohr. »Aber du musst schauen, dass die Mauer hier vor dem Haus hält, solange ich drin bin. Ich hab nämlich keinen Bock drauf, dass Wesley mir eine Bombe hinterherschmeißt. Verstehst du?«

Vielleicht waren ihr ähnliche Gedanken durch den Kopf gegangen, sie nickte jedenfalls ohne zu zögern. Ihre nackten Arme und Schultern glühten rot von der Hitze, und sie sagte nur: »Okay, aber mach schnell, ja?«

Er lief zum Haus. Vor dem Fenster angekommen, zog er einen Schuh aus und schlug mit ihm die restlichen Glassplitter aus dem Rahmen. Ein Schauder der Neugier durchlief die Menge, als er sich über den Fenstersims ins Haus schwang. Was hatte der Junge vor? Wollte er etwa diese Perversen schützen, indem er sich an ihre Seite stellte? Oder wollte er sie irgendwie zur Aufgabe zwingen?

Wesley Barber brüllte: »Hey, Schlampe, damit du's weißt, dein Bruder wird gegrillt, wenn er nicht mit den Kinderschändern wieder rauskommt.«

Melanie schluckte, um ihren trockenen Mund zu befeuchten. »*Du* wirst gegrillt, Wesley, wenn Col was passiert. Ich schütt dir eigenhändig den Sprit drüber und zünd dich an.«

Im Haus Humbert Street 23

Colin, der als Einbrecher nicht gerade ein Waisenknabe war, musste sich am Türpfosten anlehnen, als er um die Ecke in den Korridor spähte. So fürchterlich wie ihm die Knie schlotterten, meinte er, es würde ihn jeden Moment auf den Hintern setzen. Mit dem Vorschlaghammer eine Hintertür einzuschlagen, wenn man wusste, dass die Hausbesitzer nicht daheim waren, war eine Sache; aber sich zu zwei pädophilen Schweinen in die Bude zu wagen, wenn man ziemlich sicher war, dass die nur auf einen warteten, das war was ganz anderes. Er hatte sich überhaupt nicht überlegt, was er tat. Angenommen, die nahmen ihn jetzt gefangen und hielten ihn als Geisel fest? Angenommen, sie trieben es mit ihm?

O Scheiße!

Er lauschte angestrengt in dem Bemühen, Stimmen oder Geräusche im Haus auszumachen, aber es war unmöglich, den Lärm von draußen auszublenden. Die Kerle mussten doch den Gestank der brennenden Tür riechen! Wo zur Hölle waren sie? Er schlich an der Tür des unteren hinteren Zimmers vorbei und blieb stehen, um wieder zu lauschen, als er bemerkte, dass sie nicht ganz geschlossen war. Doch wenn sich da drinnen jemand aufhielt, so verriet er seine Anwesenheit durch nichts. Ein schneller Blick die Treppe hinauf zeigte Colin, dass dort oben niemand auf ihn lauerte, aber zu genaueren Erkundungen war er dennoch nicht bereit. Er hatte den Kopf voller Kinobilder von eingesargten Vampiren.

Die Küchentür war angelehnt. Auf Zehenspitzen näherte er sich. Durch den Spalt konnte er den Teil einer Tischkante erkennen und vermutete richtig, dass man den Tisch zunächst zur Sicherheit vor die Tür geschoben hatte, dann aber aus irgendeinem Grund beschlossen hatte, sie doch wieder zu öffnen. Warum? Weil sie immer noch drinnen waren und wissen wollten, was lief? Oder weil sie nicht mehr drinnen waren?

Und wenn nicht … dann bedeutete die offene Tür, dass er die Kerle irgendwo im Rücken hatte …

Er fuhr herum. Sein Herz machte einen Satz wie eine Ratte, die in die Falle tritt. Er wäre auf- und davongelaufen, hätte er nicht Rauch durch den Briefkastenschlitz quellen sehen. Wenn er nicht schnellstens etwas unternahm, würden Wesley und seine Bande das Haus abfackeln, sobald Mel die Stellung vor der Tür nicht mehr halten konnte. Angst vor den Perversen stritt in ihm mit Angst vor dem Feuer, und er stand wie erstarrt unschlüssig da. Wie zuvor seine Mutter begann er zu beten. *Lieber Gott, bitte lass die Perversen nicht in der Küche sein … Lieber Gott, bitte, bitte …*

Oben im Hinterzimmer hörten die drei Eingeschlossenen, wie der Wasserbehälter auf dem Speicher über ihnen sich füllte, als Colin in der Küche beide Hähne am Spülbecken aufdrehte und damit den Wasserkreislauf in Bewegung setzte.

»Es ist jemand im Haus«, sagte Sophie.

Franek wollte aufstehen.

»Kommen Sie mir ja nicht nahe«, warnte sie und hob den Cricketschläger. »Ich bin nicht Ihr Schutzschild. Sie rühren mich nicht noch einmal an.«

Ohne von ihr Notiz zu nehmen, richtete er sich in Hockposition auf und bedeutete seinem Sohn, den Abstand zu ihm zu vergrößern, um es ihr schwerer zu machen, beide gleichzeitig anzugreifen. Als Nicholas aufstand, glaubte Sophie einen Augenblick lang, er werde seinem Vater gehorchen, aber dann sah sie, wie er sich herumdrehte und mit seinem ganzen Gewicht auf Franeks Nacken drückte, um diesen in die Knie zu zwingen und ihm alle Luft aus der Lunge zu pressen. Es gab einen kurzen Kampf, dann fiel der alte Mann röchelnd und nach Luft schnappend seitlich zu Boden.

»Er gerät sehr leicht in Panik«, war alles, was Nicholas sagte.

20

Nightingale Health Centre

Constable Ken Hewitt erkannte den Namen sofort, als Gaynor sagte, jetzt werde an ihrer Stelle der Freund ihrer Tochter, Jimmy James, ans Telefon kommen. Hewitt war einer der Beamten, die James das letzte Mal festgenommen und ihm seine jüngste Gefängnisstrafe verschafft hatten; er konnte nicht so recht glauben, dass der Mann ausgerechnet mit ihm zu tun haben wollte. Die Festnahme im Zusammenhang mit Einbruchsdelikten im Jahr 1998 war auf Grund von Informationen von James' ehemaliger Freundin erfolgt, die dieser, wie Hewitt in diesem Moment klar wurde, wegen Gaynor Pattersons Tochter abserviert hatte.

James hatte sich wie ein Wilder gegen seine Festnahme gewehrt, Polizisten wie lästige Fliegen abgeschüttelt und vorgebracht, er habe sich seit zwölf Monaten nichts mehr zu Schulden kommen lassen und seine neue Freundin sei schwanger. Was alles die Polizei ziemlich kalt ließ. Er hatte Glück mit seinem Anwalt, dem es zu verhindern gelang, dass die Angelegenheit vor ein Schwurgericht kam, indem er James überredete, sich in drei Anklagepunkten schuldig zu bekennen, wofür dann fünf weitere, einschließlich tätlichen Angriffs auf einen Polizeibeamten, fallen gelassen wurden; und er hatte auch Glück mit dem Richter, der ziemlich fadenscheinige Beweise gelten ließ, denen zu Folge Jimmy seit zwölf Monaten einer geregelten Arbeit nachging, im Begriff war, mit seiner neuen Freundin eine Familie zu gründen, und ehrlich bemüht war, sein Leben von Grund auf zu ändern. Dennoch und trotz der Zuversicht seines Anwalts, dass nicht mehr als eine Strafe in Form von gemeinnütziger Arbeit herausspringen würde, war er zu einer Gefängnisstrafe von acht Monaten verurteilt worden, von der er die Hälfte hatte absitzen müssen.

»Hallo, Jimmy«, sagte Ken jetzt mit einer Grimasse zu Jenny Monroe. »Constable Ken Hewitt hier.«

Jimmys Stimme klang laut und deutlich über den Lautsprecher. »Ich erinnere mich an Sie. Sie waren doch einer von denen, die mich das letzte Mal festgenommen haben. Junger Typ – dunkle Haare.«

»Stimmt. Sie hätten mir damals beinahe den Arm gebrochen.«

»Ja, hm, nichts für ungut. Hören Sie, ich kann Sie nur mit Mühe verstehen – hier ist die Hölle los – es wär gut, wenn Sie möglichst laut und langsam reden würden, okay? Erklären Sie mir, worum es Ihnen geht. Gaynor hat was davon gesagt, dass sie zusätzliche Ausgänge aufmachen wollen.«

»Ich muss übers Festnetz mit Ihnen sprechen, Jimmy. Können Sie zu Mrs Carthew ins Haus gehen? Sie ist oben in ihrem Schlafzimmer. Wir sagen ihr, dass Sie kommen. Achten Sie nur darauf, dass Ihnen niemand nach oben folgt. Sie ist ziemlich gebrechlich. In Ordnung?«

»Klar. Ich krieg allmählich Übung im Umgang mit Senioren. Ich hab allerdings den Eindruck, je gebrechlicher sie aussehen, desto zäher sind sie.«

»Was hat er damit gemeint?«, fragte Jenny, als seine Stimme verklungen war und nur noch das Getöse der Menge über den Lautsprecher zu hören war.

Ken Hewitt schüttelte den Kopf. »Fragen Sie mich was Leichteres.«

Mrs Carthew hatte einen leeren blauen Blick und rosig angehauchte Wangen. Sie saß in einem Sessel am Fenster und lächelte Jimmy erfreut entgegen, als dieser an ihrer Schlafzimmertür erschien. Mit einer Hand hielt sie ihm den Telefonhörer hin und mit der anderen wies sie fröhlich zum Gewühl auf der Straße hinunter. »Amüsieren sich alle gut?«, erkundigte sie sich, als würde da unten ein Straßenfest gefeiert, das sie initiiert hatte.

»Einige, ja«, bestätigte er und hob den Hörer an sein Ohr, um Ken Hewitt mitzuteilen, dass er an Ort und Stelle war. Unwillkürlich schoss ihm der Gedanke durch den Kopf, dass hier schon wieder eine alte Frau in augenscheinlicher Armut lebte. Kurze Blicke hinter offene Türen, als er sie oben im Flur gesucht hatte, hatten ihm gezeigt, dass alle Räume bis auf ihr Schlafzimmer praktisch leer waren. Wieso sie mutterseelenallein in einem Haus lebte, das groß genug für eine ganze Familie war, war rätselhaft. Der größte Teil ihrer Besitztümer schien in diesem einen Raum zusammengepfercht, nichts von Wert allerdings – Jimmy sah so etwas automatisch auf den ersten Blick, wenn er ein fremdes Haus betrat –, nur zweckmäßige Möbel, ein alter Fernsehapparat, ein paar Ziergegenstände und Fotos.

»Lassen Sie sich von Mrs Carthew nicht stören«, sagte Ken Hewitt gerade. »Die ist vor ungefähr einer halben Stunde weggetreten – sie glaubt, es wäre Kriegsende … Anscheinend geht das bei ihr immer so hin und her, am Anfang war sie nämlich noch ganz da – aber wir halten es für besser, ihr einfach zuzustimmen, damit sie keine Angst bekommt.«

»Sie lebt hier anscheinend ganz allein«, sagte Jimmy, sich halb abwendend, den Mund hinter der großen Hand versteckt, die den Hörer hielt. »Da wundert's mich gar nicht, dass sie abdriftet. In den anderen Zimmern steht kein einziges Möbelstück, und viel Besuch scheint sie auch nicht zu kriegen. Wahrscheinlich sind ihre Erinnerungen das Einzige, was sie hat … und das ist ziemlich traurig.«

»Sie hat uns erzählt, dass ihre Kinder das Haus ausgeräumt haben, als sie sich vor zwei Jahren in einem betreuten Wohnheim angemeldet hat, bei dem sie immer noch auf der Warteliste steht. Die Kinder haben sich seither nicht mehr blicken lassen. Aber es ist besser, nicht an das Thema zu rühren. Genau an dem Punkt ist sie nämlich in eine andere Welt abgewandert – als wir von ihren Kindern sprachen.«

»Kein Problem«, sagte Jimmy und zwinkerte Mrs Carthew aufmunternd zu. »Wie schon gesagt, ich gewöhn mich allmählich dran. Die sind alle so drauf. Hinten im Garten steht am Zaun so 'n alter Knabe Wache, der nen Stahlhelm auf hat, mit ner Machete rumfuchtelt und vom Krieg labert.«

Prompt wurde Hewitt zum strengen Polizisten. »Das hätten Sie nicht dulden sollen. So was ist gefährlich.«

»Umso besser. Er soll ja die Leute abschrecken.«

»Aber wenn jemand verletzt wird, könnte er vor Gericht landen… würden Sie also bitte –«

»Jetzt reicht's echt«, zischte Jimmy aufgebracht und kehrte Mrs Carthew den Rücken, um sie nicht zu beunruhigen. »Es ist mir im Moment wirklich scheißegal, was ihr Bullen tut, wenn der ganze Zauber vorbei ist. Ihr seid doch schuld dran, dass es überhaupt so weit gekommen ist. Ich bin bloß hier, weil ich meine Freundin da rausholen will. Und eins kann ich Ihnen sagen – ne große Auswahl an Möglichkeiten haben wir nicht. Ich persönlich find's immer noch besser, wenn da einer steht, der die Leute irgendwie dazu bringt, wieder heimzugehen, als wenn rechts und links von dieser beschissenen Straße die Leute totgetrampelt werden. Versuchen Sie also nicht, Ihre Verantwortung auf mich abzuwälzen. Ich bin nicht die gottverdammte Polizei… und ich übernehm bestimmt keine Schuld für diese ganze Sauerei, bloss weil ihr Idioten zu blind wart, um sie kommen zu sehen. Mein alter Haudegen passt auf ein paar kleine Kinder auf und tut sein Bestes, um den Abzug der Leute zu überwachen – und wenn jemand was abkriegt, weil er ihm zu nah kommt, dann ist er selbst schuld dran. Capito?«

Eine Frauenstimme meldete sich. »Jimmy, hier spricht Jenny Monroe.« Der Ton war ruhig und vernünftig. »Ich sitze im Nightingale Health Centre am Empfang. Ihre Freundin Melanie und ihre beiden Kinder sind Patienten bei uns – ebenso Gaynor und ihre Familie. Ich möchte Ihnen kurz erklären, wieso wir in diese Geschichte verwickelt sind und was wir zu unternehmen versuchen. Wir möchten über eine Organisation, ein telefonisches Netz, das eine unsere Ärztinnen eingerichtet hat, Leute in der Humbert Street ausfindig machen, die vielleicht bereit sind, genau wie Mrs Carthew, ihre Türen zu öffnen. Leider hat Mrs Carthew nur eine sehr vage Erinnerung an die Namen und –«

Jimmy unterbrach sie. »Wie heißt diese Organisation?«

»›Hallo Freundschaft‹«.

»Okay. Davon hab ich schon gehört. Von einer Frau im Glebe Tower. Sie heißt Eileen Hinkley und wohnt in Wohnung vierhundertsechs. Sie gehört zu den Leuten, die alle Nummern haben. Wenn sie nicht im Telefonbuch steht, weiß der Rettungsdienst, wie sie zu erreichen ist. Sie kann Ihnen helfen.«

Es trat eine kurze Gesprächspause ein, während der Jenny die Information an irgendeine Person im Hintergrund weitergab. »Das ist ja großartig«, sagte sie dann beglückt. »Einer unserer Mitarbeiter ruft die Frau jetzt an. Tausend Dank.«

»Ist das alles?«, fragte Jimmy, erstaunt, so billig davonzukommen. »Ich würd nämlich verdammt gern losgehen und schauen, was mit Mel und den Kindern ist.«

»Nein! Noch nicht!«, rief Jenny, die fürchtete, er würde sie wieder an Mrs Carthew zurückreichen. »Bitte bleiben Sie dran. Wir brauchen unbedingt Hilfe.« Ihre Stimme schwoll an. »Irgendjemand muss da draußen die Führung übernehmen – die Leute zur Besinnung bringen. Wir brauchen Ordner an den Ausgängen. Wir brauchen – sind Sie noch da?«

»Ja.«

Er hörte den Polizisten vom Lautsprecher abgewandt murmeln: »Sie müssen sich überlegen, wie viel Sie ihm sagen wollen – es könnte passieren, dass sie ums Leben kommt, wenn sie beschließen, das Haus zu stürmen.«

»Wovon redet er?«, fragt Jimmy scharf. »Wer ist ›sie‹? Wer könnte ums Leben kommen?«

»Bitte warten Sie, Jimmy.« Jenny legte ihre Hand über den Lautsprecher, um ihn abzuschirmen, aber sie war ihm so nahe, dass das Gerät dennoch die hohen, stark erregten Töne ihrer Stimme auffing und weitertrug. Von dem, was der Polizist sagte, war nicht ein Wort zu vernehmen.

»Das ist doch Wahnsinn ... irgendjemandem müssen wir vertrauen ... Ja, aber die Polizei tut ja nichts ... Ach, Herrgott noch mal! ... Selbstverständlich fühlt sie sich sicherer, wenn wir ihr eine Nachricht zukommen lassen können ... das ginge doch jedem so ... Nein, seine Vorstrafen sind mir völlig schnuppe ... Wenn Gaynor mit ihm einverstanden ist, bin ich das auch ...«

Ihre Stimme kehrte so überraschend und so kräftig zurück, dass Jimmy den Hörer von seinem Ohr wegriss. »Kann ich mich auf Sie verlassen? Gaynor scheint Ihnen ja rückhaltlos zu vertrauen. Sie sagte immer wieder, ›Wenn nur Jimmy hier wäre.‹«

»Sie brauchen nicht zu schreien, Lady. Der Apparat ist auf volle Lautstärke gestellt, ich schätze also mal, Mrs Carthew ist halb taub –« er bemerkte, dass die alte Frau ihn beobachtete – »und außerdem fehlt's im Oberstübchen, wenn Sie verstehen, was ich meine.« Er hielt einen Moment inne. »Sie müssen mir schon verraten, was Sie von mir wollen, bevor ich Ihnen sage, ob Sie sich auf mich verlassen können. Auf keinen Fall tu ich irgendwas, was mich wieder in den Knast bringt.«

Jenny rang fürchterlich mit sich. »Tut mir Leid. Wir stehen hier alle unter einem unheimlichen Druck. Ich brauche Ihre Zusicherung, dass Sie das, was ich Ihnen sage, absolut für sich behalten und mit keinem darüber sprechen – auch nicht mit Melanie oder Gaynor. Ken fürchtet, dass die Leute durchdrehen und das Haus angreifen, wenn etwas durchsickert – und das würde die Situation noch gefährlicher machen. Offenbar hat sich ein Jugendlicher bereits mit einer Benzinbombe selbst angezündet, und aus dem Polizeihubschrauber melden sie, dass sich weitere junge Leute sammeln. Ihrer Meinung nach ist es nur noch eine Frage der Zeit, wann das Haus in die Luft fliegt … und mit ihm alle, die drinnen sind – einschließlich Sophie.«

Jimmy versuchte aus dem Gehörten klug zu werden, indem er es mit dem verknüpfte, was er bereits wusste. »Ich dachte, das kleine Mädchen heißt Amy.«

Perplexes Schweigen. Dann: »Nein, nein. Ich spreche von Sophie Morrison.« Er hörte wieder Ken Hewitts Gemurmel im Hintergrund. »Mit dem verschwundenen Kind hat das nichts zu tun, Jimmy. Sophie ist eine unserer Ärztinnen. Sie ist der Grund für unsere Bemühungen. Sie hat mich vor einiger Zeit angerufen und gesagt, die Männer im Haus Nummer 23 hielten sie gewaltsam fest. Sie schien große Angst zu haben – sprach davon, dass sie –« Jennifer hielt inne, als suchte sie nach dem rechten Wort – »dass sie *angegriffen* worden sei und schaltete dann ihr Handy aus.«

»Ist das die Ärztin, die in ein paar Wochen heiratet? Ich bin sicher, das ist der Name auf der Einladung, die Mel und ich bekommen haben.«

»Richtig.«

»Mel erzählt mir dauernd, was für eine tolle Frau das ist … Sophie hier und Sophie da.«

»Fast alle ihre Patienten leben ins Bassindale, und es sind viele alte Leute darunter. Sie ist die Ärztin, die ›Hallo Freundschaft‹ ins Leben gerufen hat, als sie sah, wie einsam einige dieser Alten waren. Sie denken jetzt wahrscheinlich, ich würde das Blaue vom Himmel heruntererzählen, nur damit Sie ihr helfen, aber sie ist wirklich ein guter Mensch, Jimmy, jemand, der sich für andere einsetzt.« Ihre Stimme zitterte. »Sie wäre jetzt nicht in diesem Haus, wenn ihre Patienten ihr nicht am Herzen lägen. Sie hätte eigentlich mittags um zwölf Schluss machen sollen, aber sie war später dran, weil sie der Auffassung ist, dass es wichtiger ist, mit den Patienten zu sprechen statt nur Tabletten zu verteilen. Und dann habe ich sie gebeten, noch diesen einen Krankenbesuch zu übernehmen, weil der Mann eine Panikattacke hatte –« Sie konnte nicht weitersprechen.

»Sie haben sie wohl ziemlich gern.«

Er hörte, wie Jennifer sich schnäuzte. »Wenn ich mir vorstelle, dass ihr etwas zugestoßen ist…«

»Sie haben gesagt, sie wurde ›angegriffen‹«, hakte er ein. »Hat sie da von den Männern im Haus gesprochen oder von den Leuten draußen auf der Straße?«

»Augenblick. Bleiben Sie dran.« Es dauerte lange, bevor sie sich wieder meldete, und es war so still, dass er vermutete, dass sie ihn diesmal ausgeklinkt hatte. »Sie sagte, einer der Männer habe mit Vergewaltigung gedroht«, berichtete sie schließlich, »und sie ist keine Frau, die sich so etwas einbildet.«

Jimmy, der sich seines früheren Gesprächs mit Melanie erinnerte, runzelte die Stirn. »Ich dachte, diese Typen wären Pädophile. Wieso sollten die eine Frau vergewaltigen wollen? Außerdem müssen die doch selber eine Scheißangst haben, wenn draußen vor dem Haus praktisch die ganze Acid Row Randale macht und Blut sehen will.«

Er wartete auf eine Antwort, die nicht erfolgte. Im Hintergrund hörte er wieder die Stimme des Polizisten.

Nightingale Health Centre

Jenny schaltete den Lautsprecher aus und funkelte Ken Hewitt zornig an. »Hören Sie auf, mich ständig zu ermahnen, ich soll mir genau überlegen, was ich ihm sage«, fuhr sie ihn an. »Er ist wenigstens *da*. Er hört wenigstens zu. Was tut denn die Polizei, um Sophie zu helfen? Nichts! Sie und Ihre Kollegen sitzen nur rum und warten ab, weil sie Angst haben, die Situation zu verschlimmern. Aber jetzt werd ich Ihnen mal sagen, wie ich das sehe.« Sie stach mit zornigem Finger nach ihm. »Wenn Harry ihm klar und deutlich sagt, was für Gefahren möglicherweise auf ihn warten, und er dann immer noch bereit ist zu helfen, sollten wir alle Gott auf den Knien danken, dass einer wenigstens mehr Courage hat als Ihre armselige Truppe.«

Im Haus Humbert Street 9

Jimmy sah Mrs Carthew an und schnitt eine Grimasse, als wieder etwas durch die Leitung drang.

»Wissen Sie, ich will Ihrer Dr. Morrison echt nicht zu nah treten«, sagte er, um Jenny Monroe seine Skepsis zu erklären. »Ich kann mir vorstellen, dass die arme Frau eine Heidenangst hat, aber das hat doch keinen Sinn, ganz gleich, wie man's betrachtet. Ich mein, wer kommt auf die Idee, auch noch seine Geisel zu vergewaltigen, wenn die Leute ihn wegen seiner Abartigkeit sowieso schon am liebsten lynchen würden? Das muss doch ein kompletter Cretin sein. Man würde genau das Gegenteil tun – man wäre nett und freundlich zu ihr und würde versuchen, sie dahin zu kriegen, dass sie ein gutes Wort für einen einlegt – den Leuten klarmacht, dass man ganz zu Unrecht beschuldigt wird. Das könnten die in Bassindale alle nachvollziehen.«

Eine Männerstimme antwortete ihm. »Ich bin Harry Bonfield, Jimmy. Ich bin der ärztliche Leiter hier. Wir haben genau die gleichen Überlegungen angestellt wie Sie und uns deshalb an einen Psychiater gewandt. Das, was Sie beschreiben, ist eine *logisch überlegte* logisch nachvollziehbare Reaktion auf ein Problem… aber so werden sich diese Männer nicht unbedingt verhalten. Wir bekommen laufend Meldungen vom Polizeihubschrauber und aus ihnen geht hervor, dass an keinem der Fenster des Hauses jemand zu sehen ist – und genau das Gegenteil wäre doch zu erwarten, wenn diese Männer wollten, dass Sophie für sie verhandelt. Sie würden dafür sorgen, dass sie deutlich zu sehen ist; dass sie sich den Leuten draußen bemerkbar macht und erklärt, wer sie ist. Mit anderen Worten, sie würden sich ihrer als Schutzschild vor Benzinbomben bedienen.«

»Vielleicht hat sie zu viel Angst, um da mitzumachen.«

»Nein, das glauben wir hier nicht. Sophie ist eine intelligente Frau, und sie ist mutig. Sie weiß, dass viele der Leute draußen in der Menge sie kennen, zumindest vom Sehen, und sie sofort erkennen würden, besonders wenn sie mit ihnen spräche. Es ist völlig unverständlich, warum man sie nicht verhandeln lässt. Sie ist einer der wenigen Menschen, die der Situation etwas von ihrer Brisanz nehmen könnten.«

Jimmy konnte ihm nicht widersprechen. »Was glauben Sie denn, dass da läuft?«

»Es ist nur eine Vermutung, aber wir denken, dass der ältere Mann derjenige ist, der das Sagen hat. Er ist nicht der verurteilte Straftäter – das ist der Sohn –, aber wir wissen, dass er gewalttätig ist und sowohl seine Frau als auch seinen Sohn sexuell missbraucht hat. Er scheint seinem Verhalten nach eine ausgeprägte sadistische Ader zu haben. Er hat außerdem gewohnheitsmäßig mit Prostituierten verkehrt und ist in der Vergangenheit mehrmals wegen Aufforderung zur Unzucht auf der Straße festgenommen und mit Geldstrafen belegt worden. Er wurde mehrmals von der Polizei vernommen, nachdem Frauen zusammengeschlagen im Krankenhaus gelandet waren und eine Personenbeschreibung des Täters abgaben, die genau auf ihn passte. Er konnte nie überführt werden – er benutzte falsche Namen, und keine der Prostituierten wollte es auf eine Gerichtsverhandlung ankommen lassen –, aber er ist eindeutig ein gefährlicher Mensch, bei dem eine hübsche junge Frau sicher nicht gut aufgehoben ist.«

Jimmy fühlte sich an Eileen Hinkleys Bemerkung über ihre zur Übertreibung neigende Freundin erinnert. Der Doktor stellte diesen Typen als ausgewachsenen Psychopathen dar, aber wenn der Befund zutraf, wieso war der Kerl dann nicht hinter Gittern? Jimmy hatte den starken Verdacht, dass die Leute, die da sicher und wohlbehalten im Nightingale Health Centre saßen, ihn mit diesen Geschichten beeinflussen wollten, damit er etwas tat, was er gar nicht tun wollte.

»Sind Sie sicher, dass das so stimmt, Doc?«, fragte er sarkastisch. »Ich mein, erst erzählen Sie mir, dass er nen Gusto für zarte kleine Gockel hat, und im nächsten Moment sagen Sie, dass er loszieht und die fetten Hennen jagt. Das passt doch nicht. Was soll er von seinem kleinen Sohn gewollt haben, wenn er in Wirklichkeit erwachsene Frauen haben will?«

Ein belustigtes Lachen folgte seinen drastischen Worten. »Wie hätten Sie's denn gern – lang und gründlich oder kurz und schmerzlos? Nein, darauf brauchen Sie nicht zu antworten, Jimmy. Ich versuch's mit kurz und schmerzlos. Ein Mensch mit einer Persönlichkeitsstörung wie dieser Mann sie zu haben scheint, denkt nicht voraus und ist nicht in der Lage, die negativen Konsequenzen seines Handelns vorherzusehen. Und er gibt sich nie selbst die Schuld. Immer ist das Opfer schuld, das seine Aggressionen geweckt oder ihn frustriert hat. Wenn, wie wir glauben, die sexuelle Perversion in seinem besonderen Fall der Sadismus ist, so heißt das, dass insbesondere die Angst anderer ihn erregt, und wenn er einmal erregt ist, dann ist er an den Menschen überhaupt nicht interessiert, sondern einzig an der unverzüglichen Befriedigung seiner Lust. Das würde bedeuten, dass sein Sohn, der in ewiger Angst gelebt haben muss, zugleich Erreger der Lust seines Vaters gewesen sein muss als auch ihr Befriediger. Klingt das für Sie logisch?«

»Es stinkt zum Himmel«, erklärte Jimmy angeekelt. »Warum zum Teufel ist der Junge ihm nicht weggenommen worden?«

Harry seufzte. »Weil vor vierzig Jahren kein Mensch überhaupt wusste, dass es diese Dinge gibt.«

»O Mann! Wie alt ist dieser Typ?«

»Der Vater? Einundsiebzig.«

»Und Sie glauben, er ist immer noch gefährlich?«

»Leider, ja… vor allem für jemanden wie Sophie. Wenn sie sich ihm widersetzt und versucht, sich zu wehren – und wir vermuten stark, dass sie genau das tun wird –, wird er sich einreden, dass alles, was geschieht, ihre Schuld sei.«

»Hat er denn keine Angst, dass er hinterher seine Strafe kriegt?«

»Das kommt darauf an, wie stark er in Erregung gerät und wie weit er sich einreden kann, dass sie an allem schuld ist. Dieser Mensch hat keine gefestigte Persönlichkeit, und er ist auch nicht besonders intelligent. Das beste Adjektiv zu seiner Beschreibung wäre vielleicht selbstgefällig. Er ist auf Grund der Tatsache, dass er niemals wegen Gewalttätigkeit oder sexuellen Missbrauchs verurteilt wurde, mit ziemlicher Sicherheit überzeugt davon, dass er das Recht hat, sich so zu verhalten wie er es tut. Es kann sogar sein, dass er sich einbildet, die Polizei sei auf seiner Seite. Der Mann ist der Stärkere, darum gilt, was der Mann sagt.« Harry hielt einen Moment inne. »Sie hatten recht, als Sie ihn vorhin einen Cretin nannten. Setzen Sie noch das Wort abartig davor, und Sie haben eine Vorstellung davon, mit was für einem Menschen Sophie es zu tun hat.«

Im Haus Humbert Street 23

Sophie blickte zu dem alten Mann hinunter, der sich um Atem ringend auf dem Fußboden wand. Wenn sie es schaffte, den Kleiderschrank wegzuschieben, oder Nicholas dazu zu überreden, es zu tun, könnte sie diesem entsetzlichen Zimmer entkommen.

»Lassen Sie mich nach unten gehen und mit der Person reden, die im Haus ist«, drängte sie Nicholas. »Jetzt – solange Ihr Vater mich nicht aufhalten kann. Ich verspreche, dass ich nicht weglaufe. Ich bleibe unten an der Treppe stehen und sorge dafür, dass niemand raufkommt.«

Er warf einen unschlüssigen Blick zur Tür. »Sie können doch niemanden aufhalten.«

»Doch, ganz bestimmt, wenn Sie mich nur mit den Leuten reden lassen. Wir müssen jetzt versuchen, uns selbst zu helfen. Begreifen Sie das denn nicht?«

»Es ist sicherer, auf die Polizei zu warten.«

Eine tödliche Apathie drohte sie zu umfangen, weil ein Teil von ihr ihm zustimmte – jener zaghafte Teil, der in uns allen wohnt und bewirkt, dass wir der Gefahr, die wir sehen können, mutiger begegnen als der, die wir nicht sehen können. Beinahe redete sie sich ein, es wäre das Sicherste, zu bleiben, wo sie war – im trügerischen Schutz von vier Backsteinwänden. Wer wusste denn, was draußen vor sich ging? War sie wirklich so gewiss, dass jemand bereit wäre, auf sie zu hören? Was, wenn sie die Situation nur verschlimmerte?

Sie spürte, dass Nicholas sie ansah, und ihr fiel ein, wie es ihm mit seiner sanften Art schon einmal beinahe gelungen war, sie einzulullen. Verdammt noch mal! Verdammt! Verdammt! So schwach war sie nicht! Was würde Bob sagen, wenn sie ihm erklärte, sie hätte beschlossen, es auf eine Vergewaltigung ankommen zu lassen, weil sie zu feige war, aus einem Zimmer hinauszugehen ...

»Für mich ist es nicht sicherer«, entgegnete sie hitzig und stampfte mit dem Fuß auf, um ihn aufzurütteln. »Ich habe Freunde da draußen ... Menschen, denen etwas an mir liegt ... ganz im Gegensatz zu Ihnen und diesem –« Sie wies mit einer hochmütigen Drehung ihres Kopfes auf Franek – »widerlichen Stück Scheiße.«

»Es tut mir Leid.«

»Reißen Sie sich lieber zusammen«, fuhr sie ihn an. »Wenn die Polizei käme, wäre sie bereits hier. Fragen Sie sich doch endlich mal, warum wir bisher nichts weiter gehört haben als einen Hubschrauber. Heißt das nicht, dass sie versuchen herauszufinden, was eigentlich los ist? Und warum sollten sie das tun müssen, Nicholas, wenn es auf den Straßen von Polizisten wimmeln würde? Sie sind doch ein gebildeter Mann, Herrgott noch mal! Schalten Sie Ihr Hirn ein – denken Sie! Es ist wahrscheinlicher, dass wir angegriffen, als dass wir gerettet werden.«

Er sagte nichts. Sein Blick war auf seinen Vater gerichtet, dessen Bewegungen und Atemzüge langsam ruhiger wurden.

Sophie versuchte es mit stärkerem Nachdruck. »Ihr Vater wird mich nicht gehen lassen«, sagte sie. »Das wissen wir beide – und wir wissen auch, warum nicht. Ich denke, Sie setzen darauf, dass man uns hier herausholen wird, bevor er völlig außer Kontrolle gerät. Aber er hat mich schon zweimal angegriffen.« Sie hob die Hand zu ihrer angeschwollenen Wange. »Ich bin nur deshalb glimpflich davongekommen, weil Sie beim dritten Mal eingegriffen haben, aber so nah lässt er Sie bestimmt nicht wieder heran. Was passiert also, wenn wir noch mal fünf Stunden hier festsitzen, Nicholas? Wollen Sie sich ihm dann als Boxsack zur Verfügung stellen, um mich zu schützen? Oder werden Sie in die Ecke schauen und Ihren Vater tun lassen, was er will?«

Er schob die Hände in die Hosentaschen und zog eine Schuhspitze durch den Staub auf dem Fußboden. »Viel halten Sie nicht von mir, nicht wahr?«

Was sollte sie darauf antworten? Richtig? Falsch? Sollte sie ehrlich sein oder lügen? Was für ein Typ war er? Schizoid? Paranoid? Borderline?

»Ich glaube, dass er Sie so grausam misshandelt hat, dass Sie Todesangst davor haben, etwas ohne seine Erlaubnis zu tun. Ich kann nicht behaupten, dass ich das verstehe – Sie sind ein erwachsener Mann und sollten gar nicht mehr mit ihm unter einem Dach leben –, aber es ist nun mal Tatsache.« Sie bemühte sich, so ruhig und sachlich zu sprechen, wie es ihr möglich war. »Und darum ja, Sie haben Recht, ich halte nicht viel von Ihnen.«

Ihr Blick ruhte einen Moment lang auf seinem gesenkten Kopf. »Die Gefahr droht von draußen, Nicholas, und sich hier zu verschanzen und zu hoffen, dass man uns retten wird, ist verrückt. Wissen Sie irgendetwas über die Leute, die hier in der Siedlung leben? Sie haben vorhin einmal gesagt, dass es hier rau zugeht... dann sagen Sie mir doch, was diese Leute Ihrer Meinung nach mit einem Pädophilen tun werden, wenn sie ihn vor der Polizei schnappen.«

Es schien ihn nicht zu überraschen, dass sie wusste, warum die Menge sich draußen versammelt hatte. Er wirkte sogar erleichtert darüber, endlich offen sein zu können. »Sie werden ihm den Schwanz abschneiden«, sagte er emotionslos. »Und meiner Ansicht nach haben sie damit ganz Recht. Ich habe es im Gefängnis selbst versucht, aber ich wurde daran gehindert, ehe ich ernsten Schaden anrichten konnte. Heutzutage darf sich niemand mehr selbst verstümmeln – nicht einmal ein Pädophiler.«

Lieber Gott!

»Sie brauchen wirklich Hilfe«, sagte sie ebenso emotionslos. »Was zum Teufel geht in Ihnen vor, dass Sie sich einbilden Ihr Schwanz müsste geopfert werden?«

Telefonische Nachricht

Für: Chief Inspector Tyler
Von: Mrs Angela Gough
Aufgenommen von: Constable Drew
Datum: 28. 07. 01
Zeit des Anrufs: 15 Uhr 56

Mrs Gough hat die Rechnung ihrer Tochter Francesca beglichen und ihr einen Rückflug für heute Nachmittag gebucht. N.B.: Townsend hatte ursprünglich für nächsten Samstag, den 4. 8., gebucht. Mrs Gough bat darum, Chief Inspector Tyler folgendes auszurichten:

1. Sie möchte Edward Townsends erste Frau nicht in diese Angelegenheit hineinziehen; das will sie nicht auf sich nehmen. Sie ist aber bereit weiterzugeben, was ihre Freundin ihr bezüglich Townsend erzählt hat.

2. Er ist zweimal geschieden. In beiden Fällen wollten die Frauen die Scheidung. Bei der Scheidung von ihrer Freundin (auch bei der von seiner zweiten Frau, glaubt Mrs Gough) wurde er von Martin Rogerson vertreten.

3. Der offizielle Grund für die erste Scheidung war Townsends Ehebruch mit der Frau, die er in zweiter Ehe heiratete. Der inoffizielle Grund war Townsends obsessive Beziehung zu seiner Stieftochter (zum Zeitpunkt der Scheidung 9 Jahre alt, jetzt 17). Keine Beweise dafür, dass er sie sexuell missbraucht hat – das Kind bestritt es –, aber die Mutter fand Videoaufnahmen, die ihre Tochter nackt zeigten. Ähnliche Aufnah-

men hatte Townsend vor der Heirat von der Mutter gemacht, angeblich, weil er sie auch sehen wollte, wenn sie nicht bei ihm war. Die Frau fand zwei weitere Videobänder von Kindern, die ihr unbekannt waren.

4. Rogerson und der Anwalt der Ehefrau handelten einen Vergleich aus, in dessen Folge die Video-Geschichte fallen gelassen und die Ehefrau zum Stillschweigen verpflichtet wurde. Mrs Gough glaubt, dass Martin Rogerson der Ehefrau mit Veröffentlichung der Bänder drohte. Tatsächlich gesagt hat ihr das aber ihre Freundin nicht. Diese hat immer noch Schuldgefühle wegen ihres Schweigens, da sie überzeugt ist, dass Townsend pädophil ist.

5. Mrs Gough hat das Foto von Amy im Fernsehen gesehen. Ihrer Aussage nach hat das Kind große Ähnlichkeit mit der Tochter ihrer Freundin, als diese im gleichen Alter war.

6. Townsends zweite Frau hatte eine achtjährige Tochter. Über diese Ehe weiß Mrs Gough lediglich, dass sie nicht einmal ein Jahr lang hielt.

7. Mrs Gough warnte ihre Tochter Francesca vor Townsend und sagte, er habe ein krankhaftes Interesse an kleinen Mädchen. Francesca beschuldigte sie daraufhin der Eifersucht. Mrs Gough bedauert jetzt, dass sie nicht das Wort ›pädophil‹ gebrauchte.

G. Drew

21

Polizeipräsidium Hampshire

Martin Rogerson blickte ärgerlich auf, als Chief Inspector Tyler den Vernehmungsraum betrat. Er hielt ein Handy ans Ohr gedrückt, und es war nicht klar, ob sein Ärger sich gegen Tyler richtete oder gegen die Person, mit der er telefonierte. Mit einem kurzen »Auf Wiederhören« schaltete er das Gerät aus und legte es vor sich auf den Tisch. Zorn und Frustration standen ihm ins verkrampfte Gesicht geschrieben, und Tyler erhielt einen Eindruck von dem tyrannischen Machtmenschen, den Laura Biddulph ihm geschildert hatte. Von der früheren lockeren Freundlichkeit jedenfalls war keine Spur in seiner Miene zu entdecken.

Tyler zog einen Stuhl heraus und setzte sich ihm gegenüber. »Es tut mir Leid, dass Sie warten mussten, Mr Rogerson«, sagte er mit einem liebenswürdigen Lächeln. »Ich nahm an, Sie wären schon auf halbem Weg nach Bournemouth bevor der Anruf Sie erreichte, aber wenn ich recht verstanden habe, hatten Sie Constable Anderson gebeten, Sie nach Southampton zu fahren.«

Er legte einen fragenden Unterton in seine Stimme, aber Rogerson war offensichtlich nicht in Stimmung, auf die Frage oder das Lächeln einzugehen. »Sie behauptete, es wäre äußerst dringend – irgendetwas mit einer neuen Spur«, sagte er mit kultiviertem Akzent kurz und ungeduldig. »Aber so dringend kann es nicht sein, wenn Sie mich hier seelenruhig zwanzig Minuten lang warten und eine kahle Wand anstarren lassen.« Er klopfte mit einem Finger auf seine Armbanduhr. Der Platzhirsch, der auf seine Dominanz pocht. »Sie haben meine Handynummer. Warum konnten wir das nicht telefonisch erledigen? Ich habe in zwei Stunden in Southampton eine Besprechung.«

»Dann haben Sie ja noch reichlich Zeit. Es ist keine halbe Stunde Fahrt von hier.« Tyler betrachtete ihn aufmerksam, nahm die Hitze seiner Ungeduld wahr. »Ihre Tochter ist Ihnen doch gewiss wichtiger als ein geschäftlicher Termin? Ihre Frau ist nicht einmal bereit, sich schlafen zu legen, weil sie Angst hat, Neuigkeiten zu verpassen.«

»Das geht unter die Gürtellinie, Inspector. Ihr Sergeant hat mir bereits mitgeteilt, dass Sie keine Leiche gefunden haben, und er sagte, das sei ein Grund zum Optimismus.« Er versuchte, sich zu entspannen. »Ich bin zu lange Anwalt, um mir Sorgen zu machen, solange es nicht notwendig ist – ganz im Gegensatz zu meiner Frau, die sich mit ihren Sorgen völlig fertig macht und hinterher jedes Mal feststellen muss, dass es reine Energieverschwendung war.« Er legte die gefalteten Hände über das Telefon und beugte sich über den Tisch. »Also, was hat es nun mit dieser neuen Spur auf sich? Ich bin selbstverständlich bereit zu helfen, wo ich kann.«

»Danke.« Tyler sprach nicht gleich weiter. Er fragte sich, mit wem Rogerson telefoniert hatte, und ob das Gespräch der Grund sowohl für seinen Optimismus als auch für seine Ungeduld war. »Ich muss Sie bitten, mir ein paar Fragen über Edward Townsend zu beantworten, Mr Rogerson.«

Rogersons Augen verengten sich kaum merklich. »Was sind das für Fragen?«

»Wie würden Sie Ihre Beziehung zu ihm beschreiben? Ist sie persönlicher oder geschäftlicher Natur? Oder beides?«

»Was hat das mit meiner Tochter zu tun?«

Es bestand kein Grund, es ihm zu verheimlichen. »Wir halten es für möglich, dass Mr Townsend mit dem Verschwinden Ihrer Tochter zu tun hat.«

»Ausgeschlossen!« Das klang sehr entschieden.

»Warum?«

»Er ist seit Dienstag im Ausland.«

Tyler senkte seinen Blick zu dem Handy auf dem Tisch. »Haben Sie vorhin mit ihm gesprochen? Nimmt er an der Besprechung teil, die in zwei Stunden stattfinden soll?«

Rogerson schüttelte den Kopf. »Es fällt mir nicht ein, mich mit Ihnen über die geschäftlichen Angelegenheiten meines Mandanten zu unterhalten, Inspector. Nicht ohne die entsprechende Vollmacht.«

»Bei der Besprechung geht es also um Mr Townsends Geschäfte?«

Rogerson verschränkte die Arme und hüllte sich in Schweigen.

Tyler betrachtete ihn einen Moment lang. »Waren Sie bei beiden Scheidungen Townsends Anwalt?«

»Ist das von Belang?«

»Ich bitte lediglich um die Bestätigung, dass Sie ihn vertreten haben.«

Rogerson sagte nichts.

»Na schön.« Tyler stand auf. »Dann muss ich mir – da Townsend im Moment nicht erreichbar ist – diese Information eben über seine erste Frau beschaffen. Aber Sie werden leider wieder warten müssen, Mr Rogerson, während ich versuche, sie zu erreichen.«

Rogerson bedeutete ihm mit einer gereizten Geste, sich wieder zu setzen. »Ja, ich habe ihn vertreten. Aber mehr zu sagen, bin ich nicht bereit. Wenn Sie bezüglich meines Mandanten weitere Fragen haben, müssen Sie sie ihm selbst vorlegen.«

»Das werden wir tun, sobald wir ihn ausfindig gemacht haben«, versicherte Tyler, der sich wieder gesetzt hatte. »Wissen Sie, wo er sich aufhält, Mr Rogerson?«

»Nein.«

»Haben Sie eine Nummer, unter der wir ihn erreichen können?«

Rogerson befeuchtete sich die Lippen. »Nein. Bei der einzigen Nummer, die ich habe, meldet sich niemand.«

Tyler hätte gern gewusst, ob er log, beschloss aber, die Sache für den Augenblick auf sich beruhen zu lassen. »Die Fragen beziehen sich auf Sie, Mr Rogerson und das, was Sie über Ihren Mandanten wussten. Edward Townsend nahm einige äußerst fragwürdige Videos von seinen Stieftöchtern auf, die zumindest eine seiner Ehefrauen veranlasste, ihn der Pädophilie zu verdächtigen. Sie als Townsends Anwalt wussten von der Existenz dieser Aufnahmen. Würden Sie mir freundlicherweise erklären, wieso Sie es unter diesen Umständen zuließen, dass Ihre Tochter zu diesem Mann ins Haus zog?«

Seine Sicherheit war eindeutig erschüttert. Er nahm sich Zeit für seine Antwort. »Dazu kann ich nur sagen, dass Ihre Version der Dinge ebenso fragwürdig ist wie Ihrer Behauptung nach diese angeblichen Videoaufnahmen.«

»Und warum Sie darauf gedrungen haben«, fuhr Tyler ungerührt fort, »dass sie in Ihre Obhut zurückkehrt, wenn und falls Townsend ihrer müde werden sollte?« Er sah zu, wie Rogersons Gesicht glatt und ausdruckslos wurde. »War sie ausgeliehen, Mr Rogerson?«

Rogerson ergriff sein Handy und schob es in die Jackentasche. »Sie haben nicht die geringste Veranlassung, derartige Fragen zu stellen, Inspector, und ich habe nicht die Absicht, auf sie zu antworten. Ich schlage vor, Sie sichern erst einmal Fakten, bevor Sie wieder darauf zurückkommen.«

»Ich bin der Meinung, dass ich sehr wohl Veranlassung dazu habe«, entgegnete Tyler milde. »Begründete Veranlassung sogar, Sie hier festzuhalten, sollten Sie jetzt einfach gehen wollen.« Nun war er es, der sich über den Tisch beugte. »Ihr Mandant, Edward Townsend, ist gestern Morgen um sechs Uhr aus Mallorca abgereist, und sieben Stunden später wurde in Portisfield ein Fahrzeug wie das seine gesehen, mit einem Kind darin, auf das Amys Beschreibung passt. Möchten Sie dazu vielleicht etwas sagen?«

Rogerson öffnete kurz den Mund, aber wenn er vorgehabt hatte, etwas zu sagen, so blieben die Worte unausgesprochen. Selbst

Tyler, der ihm kein Mitgefühl entgegenbrachte, sah, dass er erschüttert war.

»Er hat ein sehr ungesundes Interesse an jungen Mädchen – vor allem an Ihrer Tochter. Wir sind der Ansicht, dass Sie das wussten, bevor Amy zu ihm ins Haus gezogen ist. Seine besondere Vorliebe ist es, Nacktaufnahmen von vorpubertären Kindern zu machen – Videoaufnahmen. Er hat mehrere E-Mail-Adressen – alle verschlüsselt, lediglich seine Geschäftsadresse ist jedermann zugänglich. Er war diese letzte Woche in Mallorca und hat Filmaufnahmen von einem jungen Mädchen gemacht, das man als Amy-Verschnitt bezeichnen könnte, und am Donnerstag rief ihn ein gewisser Martin an. Das Gespräch war offenbar so brisant, dass das Mädchen nicht zuhören durfte, aber gleich nach dem Telefonat flog Townsend nach England zurück. Möchten Sie mir nicht verraten, was Sie mit ihm gesprochen haben, Mr Rogerson? Hatte es vielleicht mit Amy zu tun?«

Rogerson überlegte einen Moment. »Das ist absurd. Sie sind völlig auf dem Holzweg. Selbst wenn ich der Martin wäre, mit dem Townsend gesprochen hat – wie hätte ich etwas über meine Tochter sagen können, mit der ich seit Monaten nicht mehr gesprochen habe?«

»Bestreiten Sie, Edward Townsend in Mallorca angerufen zu haben?«

»Ich bestreite auf jeden Fall mit allem Nachdruck, dass ich irgendetwas mit dem Verschwinden meiner Tochter zu tun habe.«

Tyler nahm die ausweichende Politikerantwort zur Kenntnis. »Machen Sie keine Spielchen mit mir, Mr Rogerson«, sagte er scharf. »Es geht hier um das Leben eines Kindes – *Ihres* Kindes. Haben Sie in den letzten vierundzwanzig Stunden mit Townsend gesprochen, entweder telefonisch oder von Angesicht zu Angesicht?«

Rogerson ließ eine Zeit vergehen, ehe er antwortete. »Ich habe versucht, ihn zu erreichen«, sagte er. »Sein Handy ist entweder ausgeschaltet oder die Batterie ist leer.« Er deutete Tylers Gesichtsausdruck richtig. »Ich hatte – und habe – keinen Grund zu der Annahme, dass Amy bei ihm ist«, sagte er mit Entschiedenheit. »Ich wollte mit ihm über das Geschäft sprechen.«

Tyler versuchte vergeblich, in diesem Gesicht zu lesen. War dies wieder so eine ausweichende Antwort anstelle eines klaren Ja oder Nein? »Über welches?«

»Soviel ich weiß, gibt es nur eines. Etstone, sein Bauunternehmen.«

»Wir vermuten, dass er Internetgeschäfte betreibt. Wissen Sie darüber etwas?«

Rogerson runzelte die Stirn. »Nein.«

»Wussten Sie, dass er gestern Vormittag nach England zurückgekommen ist?«

»Nein.«

»Wann haben Sie ihn zurückerwartet?«

Ein kurzes Zögern. »Ich glaube, er hat mir gegenüber gar kein Datum erwähnt.«

Das war eine Lüge, dachte Tyler. »Unseren Informationen zufolge hatte er den Rückflug erst für nächsten Samstag gebucht.«

Rogerson sah weg. »Davon weiß ich nichts.«

Tyler wechselte unvermittelt das Thema. »Amy hat vor zwei Wochen per R-Gespräch jemanden angerufen, den sie ›Em‹ nannte. Waren Sie das, Mr Rogerson?«

»Nein.«

»Wissen Sie, wer es gewesen sein könnte?«

»Ich habe keine Ahnung. Wie ich bereits mehrmals sagte, ich habe seit Monaten nichts von dem Kind gehört oder gesehen.«

»Ihre Frau meinte, sie habe ›Ed‹ gesagt. Es habe nur wie ›Em‹ geklungen, weil sie immer die D's verschluckt. Ist Ihnen das auch aufgefallen, als Amy noch bei Ihnen lebte?«

»Nein.«

»Was heißt das? Dass es Ihnen nicht aufgefallen ist oder dass sie es nicht getan hat?«

»Beides. Sie war meistens schon im Bett, wenn ich abends aus der Kanzlei nach Hause kam, aber wenn ich so etwas bei ihr bemerkt hätte, dann hätte ich sie verbessert.«

»Bestand zwischen Ihnen und Ihrer Tochter eine enge Beziehung, Mr Rogerson?«

»Nicht besonders, nein. Sie war immer das Kind ihrer Mutter.«

Tyler nickte, als wäre das eine ganz logische Aussage. »Warum haben Sie Ihrer Frau dann damit gedroht, ihr das Kind wegzunehmen?«, fragte er. »Warum wollten Sie sie mit der Aussicht auf einen Kampf um das Sorgerecht einschüchtern?«

Rogerson holte tief Atem. »Diese Frage habe ich bereits zweimal beantwortet – einmal gestern Abend und nochmals bei der Pressekonferenz.«

»Dann beantworten Sie sie bitte noch einmal.«

Wieder warf er einen Blick auf seine Uhr, beherrschte nur mit Mühe seine Gereiztheit. »Laura und ich hatten uns darauf geeinigt, dass ich einerseits nichts unternehmen würde, um sie daran zu hindern, bei ihrem Umzug im letzten September Amy mitzunehmen, und dass sie andererseits, falls ihre Lebensumstände sich ändern sollten, bereit wäre, die Sorgerechtsfrage gerichtlich klären zu lassen, – und dass dabei Amys Wünsche ausschlaggebend sein sollten! Ich hielt es für vernünftig und verantwortungsbewusst, das Kind entscheiden zu lassen.«

»Und Sie hätten sie mit Freuden wieder bei sich aufgenommen, wenn sie sich für Sie entschieden hätte?«

»Selbstverständlich. Sie ist meine Tochter.«

»Wie kommt es dann, dass sie das nicht wusste?«

Rogerson zog die Brauen zusammen. »Ich verstehe die Frage nicht.«

»Wenn Amy wusste, dass Sie sie lieben, warum hat sie Sie dann nicht angerufen und gefragt, ob sie nach Hause kommen dürfe, als Ihre Frau sich von Townsend trennte?«

»Vermutlich durfte sie nicht.« Möglich, dass er wie seine Frau Fallen fürchtete, denn er bemühte sich, einen beredsamen Ton anzuschlagen. »Erlauben Sie mir, die Frage anders zu stellen, Inspector. Warum war Laura nicht bereit, vor Gericht die Probe zu machen? Finden Sie nicht auch, das ist ein ziemlich klarer Beweis dafür, dass sie wusste, Amy würde sich für mich entscheiden?«

»Nein, der Ansicht bin ich nicht«, erwiderte Tyler unverblümt. »Ich hab's gern einfach und direkt, wissen Sie. Wenn Amy zu Ihnen gewollt hätte, hätte sie Sie angerufen. Im Haus der Familie Logan gibt es ein Telefon. Sie hätte jeden Morgen von dort aus anrufen können, sobald Ihre Frau und Gregory Logan aus dem Haus waren. Amy war ein zutiefst gequältes Kind, Mr Rogerson. Unsicher und einsam... von ihren Aufpassern wurde sie gehänselt und tyrannisiert, ihrer Mutter tischte sie Lügen auf, um sie zu beruhigen und nicht noch zusätzlich zu belasten, wo die sich schon so sehr bemühte, aus der fürchterlichen Situation einen Ausweg zu finden. Sie sind ihr Vater. Das Natürlichste wäre gewesen, dass sie bei Ihnen Hilfe sucht. Warum also hat sie das nicht getan?«

»Vielleicht hat sie es versucht und mich nicht erreicht. Vielleicht wollte sie ihre Mutter nicht aufregen. Die Gründe, warum Kinder dies oder jenes tun, sind häufig kompliziert. Vielleicht wollte sie auch mich nicht in Aufregung versetzen.«

Dieser letzten Bemerkung, die beinahe mit Sicherheit zutreffend war, konnte Tyler zustimmen, wenn er auch ›Aufregung‹ durch ›Erregung‹ ersetzt hätte. Dunkel blieb eben die Art der Erregung dieses Mannes.

»Diese so genannte ›Einigung‹ mit Ihrer Frau sehe ich in zwei möglichen Versionen, Mr Rogerson«, sagte er freimütig. »Die eine ist, dass Sie Ihre Tochter immer nur als Druckmittel gegen ihre Frau benutzt haben. Eines Tages entpuppte sich unerwartet Edward Townsend als Rivale – Sie hatten keine Ahnung, dass ihre Frau ein Verhältnis mit ihm hatte und beabsichtigte, Sie zu verlassen –, worauf Sie auf Zeit spielten, um ihr Vermögen gegen Ansprüche Ihrer Frau abzusichern. Solange Ihre Frau fürchten muss, dass Sie versuchen werden, ihr Amy wegzunehmen, wird sie nie wieder zu einem Anwalt gehen, weil sie aus vergangener Erfahrung weiß, dass sie da den Kürzeren ziehen wird.«

Rogerson schüttelte den Kopf. »Wieso können Sie nicht einfach akzeptieren, dass ich meine Pflichten als Vater ernst nehme? Ich kann doch nichts dafür, dass Laura diese Affäre hatte! Und Amy erst recht nicht. Solange sie bei Edward Townsend lebten – und trotz Lauras lächerlichem Beharren darauf, meine Unterhaltsschecks zurückzuschicken –, konnte ich sicher sein, dass für meine Tochter angemessen gesorgt war. Ich kannte den Mann persönlich, ich wusste, in welchen Verhältnissen er lebte. Eine solche Garantie wäre bei einer weiteren Beziehung meiner Frau nicht gegeben gewesen – wie sich ja hinreichend gezeigt hat. Ich bezweifle, dass wir heute nach Amy suchen müssten, wenn meine Frau sich an unsere Vereinbarung gehalten hätte.«

Tyler würdigte diese bemerkenswerte Aussage keiner Reaktion. »Meine *zweite* Version«, fuhr er fort, als hätte Rogerson gar nicht gesprochen, »sieht vor, dass Sie bereit waren, Amy für einen gewissen Zeitraum an Townsend auszuleihen – wahrscheinlich, um ihn nicht als Mandanten zu verlieren. Darum ließen Sie ruhig zu, dass er, einzig mit dem Ziel an Ihre Tochter heranzukommen, Ihre Frau verführte, an der Sie längst jedes Interesse verloren hatten. Sie stellten ihm nur eine Bedingung: dass Amy Ihnen zurückgegeben würde, wenn seine Begierde sich erschöpft hätte – entweder weil Sie selbst das Kind missbrauchen oder es an andere Mandanten verleihen wollten. Ganz gleich, was«, fuhr er unnachgiebig fort und ohne Rogersons empörtes Nach-Luft-Schnappen zu beachten, »Sie haben ein zehnjähriges Kind in die Obhut eines Mannes gegeben, von dem sie wussten, dass er pädophil ist.«

In Rogersons Augen funkelte mühsam beherrschte Wut. »Sie bewegen sich auf sehr gefährlichem Terrain«, warnte er. »Diese Unterstellungen entbehren jeder Grundlage.«

»Sie waren Townsends Anwalt bei seiner ersten Scheidung. Sie haben damals mitgeholfen, die Beweise für seine pädophilen Neigungen zu unterdrücken.«

»Das bestreite ich mit aller Entschiedenheit.«

»Bestreiten Sie, dass Videobänder existierten, die seine neunjährige Stieftochter nackt zeigten? Bestreiten Sie weiter, dass diese Bänder bei der Scheidung mit keinem Wort erwähnt wurden?«

»Ich sage dazu nur, dass gewisse Streitpunkte auf Betreiben der Ehefrau fallen gelassen wurden, weil diese eine Veröffentlichung kompromittierenden Materials vermeiden wollte. Die Durchsicht des Materials bot mir keinerlei Veranlassung, Edward Townsend für pädophil zu halten. Ich war überzeugt – und bin es auch heute noch –, dass er sich ausschließlich für Frauen interessiert.«

Tyler fixierte ihn so lange, bis er den Blick senkte. »Warum hat Amy geweint, als Sie mit ihr bei Ihren Eltern zu Besuch waren?«

Der unvermittelte Themawechsel irritierte Rogerson. »Was hat das denn jetzt hier zu tun?«

»Amy war bei dieser Gelegenheit mit Ihnen allein – ohne ihre Mutter.«

Sein Gesicht verschloss sich augenblicklich. »Was soll das heißen?«

»Es würde mich nur interessieren, warum Amy an dem Tag so unglücklich war, dass Ihre Eltern Sie baten, das Kind nicht wieder mitzubringen.«

»Amy hat geweint. Ist das so ungewöhnlich? Der Besuch hat sie überfordert.«

»Wieso?«

»Was zur Hölle!« Er brach ab und atmete mehrmals tief durch, um sich zu beruhigen. »Weil meine Eltern in einem Pflegeheim leben und eine ganze Reihe der Patienten dort an der Alzheimerschen Krankheit leidet«, sagte er in sachlicherem Ton. »Das ist für ein kleines Mädchen ziemlich erschreckend.«

»Ich dachte, es wäre ein Seniorenheim.«

»Pflegeheim – Seniorenheim – das ist doch alles so ziemlich dasselbe.«

»In Seniorenheimen werden keine Alzheimer-Patienten aufgenommen.«

Ein kurzes Schweigen folgte. »Dann ist meine Tochter eben von

Natur aus schüchtern. Was wollen Sie von mir? Eine detaillierte Analyse eines Tages im Leben eines Kindes?«

Tyler schob seinen Stuhl zurück und streckte seine Beine aus. »Niemand sonst beschreibt Amy als schüchtern, Mr Rogerson. Man hat sie als kleine Shirley Temple bezeichnet, als trällerndes Tanzpüppchen, und ich habe mir erzählen lassen, dass sie die Menschen gern zum Lächeln bringt.«

Diesmal schwieg Rogerson lange.

»Ich verstehe nicht, worauf Sie hinauswollen«, sagte er schließlich.

»Es gibt außer Ihren Eltern nur noch zwei andere Personen, die erzählt haben, dass sie die ganze Zeit weinte – Kimberley und Barry Logan. Und die beiden haben Amy gnadenlos tyrannisiert. Sie haben ferner erzählt, dass Amy dauernd zur Toilette rannte und sich einsperrte, weil sie Bauchweh hatte. Ihre Eltern berichteten das gleiche: ›Sie verschwand ständig mit Magenschmerzen in der Toilette, aber sie wollte sich nicht helfen lassen.‹«

»Daran kann ich mich nicht erinnern.«

Tyler beobachtete, wie der Blick des Mannes wieder zu seiner Armbanduhr hinunterfiel, als kümmerte ihn einzig der Termin in Southampton.

»Das ist ein typisches Missbrauchssymptom, Mr Rogerson, besonders bei Mädchen. Sie laufen ständig zur Toilette und lehnen alle Hilfe von anderen ab, weil sie nicht wollen, dass die Spuren des Missbrauchs an ihrem Körper gesehen werden. Diese Bauchschmerzen können vielleicht ganz konkret auf eine Infektion des Harnsystems oder der Genitalien zurückzuführen sein. Aber sie können auch seelische Ursachen haben und auf eine starke psychische Belastung hinweisen – möglicherweise verbunden mit einer Bulimie oder Anorexie. Da ist heimliches Erbrechen ja gang und gäbe. Ihre Tochter ist sehr dünn. Und sie ist beinahe zwanghaft darauf bedacht zu gefallen…«

Rogerson sah ihm kalt in die Augen. »Wollen Sie mich des Kindesmissbrauchs beschuldigen?«

»Mich interessiert der Zeitpunkt Ihres Besuchs bei Ihren Eltern, der genau zu der Zeit stattfand, als Ihre Frau das Verhältnis mit Townsend hatte.«

»Dann schlage ich vor, Sie sprechen Laura darauf an. Wie Sie in den letzten zehn Minuten erfolgreich nachgewiesen haben, war mein Kontakt zu meiner Tochter seit ihrer Geburt mehr als dürftig.« Er legte beide Hände flach auf den Tisch und machte Anstalten aufzustehen.

Tyler tippte mit einem Finger hart auf die Tischplatte. »Bleiben Sie, Mr Rogerson«, befahl er kurz. »Ich bin noch nicht am Ende.«

Rogerson ignorierte den Befehl. »O doch, das sind Sie«, entgegnete er im Aufstehen, »es sei denn, Sie können Ihre Behauptungen mit Beweisen untermauern.« Er wollte sich abwenden.

Tyler sprang auf. »Bleiben Sie, Mr Rogerson. Sie sind festgenommen. Wegen Verabredung und Anstiftung zur Unzucht mit Minderjährigen. Sie brauchen nichts zu sagen, aber es kann sich auf Ihre Verteidigung ungünstig auswirken, wenn –«

Mit wutverzerrtem Gesicht fuhr der Anwalt herum. »Hören Sie auf«, rief er herrisch und hieb mit ausgestrecktem Zeigefinger durch die Luft. »Ich verlange, dass diese Anschuldigungen ordnungsgemäß erläutert werden, bevor Sie mir mit einer Rechtsbelehrung kommen.«

»– Sie bei der Vernehmung etwas unerwähnt lassen, worauf Sie sich später bei Gericht berufen. Alles, was Sie aussagen, kann als Beweis verwendet werden.« Er fixierte Rogerson scharf. »Die Polizei wird von dem sich aus Ihrer Festnahme ergebenden Recht Gebrauch machen, Ihren gesamten beweglichen und unbeweglichen Besitz einschließlich Ihrer Computerdateien und der Festplatte zu überprüfen. Verstehen Sie, was ich Ihnen soeben mitgeteilt habe?«

Rogersons Gesicht war jetzt ohne jeden Ausdruck. Nur an seinem linken Augenlid zuckte unkontrollierbar ein Nerv. Er sagte nichts.

Tyler lächelte dünn, als er ihm die geöffnete Hand entgegenstreckte. »Ihr Telefon bitte, Mr Rogerson.«

Jimmy hörte sich mit wachsender Bestürzung an, was Harry Bonfield ihn zu tun drängte. Im Endeffekt lief es darauf hinaus, dass er durch die Hintertür ins Haus Nummer 23 eindringen und Sophies Freilassung aushandeln sollte. Entweder persönlich oder indem er mit Hilfe von Sophies Handy Gespräche zwischen den Hollis', Harry Bonfield und der Polizei ankurbelte.

»Sind Sie noch da?«, fragte Harry, als Jimmy nichts sagte.

»Ja, ja, man wird doch wohl noch überlegen dürfen.« Neuerliches Schweigen. »Okay, ich sag Ihnen, wie ich's seh. Sie haben einen Psychopathen und einen Schwulen, die sich vor Angst in die Hosen scheißen, weil die halbe Siedlung ihr Haus belagert, und höchstens diese Ärztin, die sie bei sich festhalten, kann verhindern, dass sie von den Leuten in Stücke gerissen werden. Das Vernünftigste wär's gewesen, sie hätten die Frau als Vermittlerin eingesetzt, aber da sie das nicht getan haben, werden sie ihr wahrscheinlich ein Messer an die Kehle setzen und sich hinter ihr verstecken, wenn jemand reinplatzt. Und es kann gut sein, dass sie sie schon vergewaltigt haben – entweder weil sie so pervers sind, dass sie gar nicht anders konnten, oder weil sie sich gesagt haben, dass man sie am Besten gründlich einschüchtert, damit sie nicht nachher, wenn es zur Konfrontation kommt, abzuhauen versucht. Wie finden Sie diese Zusammenfassung der Situation?«

»Nagel auf den Kopf getroffen, würde ich sagen.«

»Okay, und was ändert sich, wenn ich da aufkreuze? Ob einer oder tausend, das macht doch überhaupt keinen Unterschied. Diese Typen geraten so oder so in Panik und setzen der Frau das Messer an die Kehle. Ich kenn mich mit solchem Scheiß nicht aus, Doc. Wenn ich was falsch mach, kann das Ihrer Freundin das Leben kosten. Meinen Sie nicht, es wär besser, auf die Bullen zu warten?«

Es folgten wieder kurze Hintergrundverhandlungen.

»Ken Hewitt sagt, die Bereitschaftspolizei hat Anweisung, mit dem Sturm auf die Barrikaden zu warten, weil man vermeiden will, dass die Häuser an den Zugangsstraßen in Brand gesteckt werden. Zwei Einheiten sammeln sich auf den Feldern hinter der Ringmauer der Siedlung, aber ihrer Schätzung nach brauchen sie noch mindestens eine Stunde, ehe sie genug Leute beisammen haben, um einen wirksamen Angriff zu starten. Sie sind unsere Chance, Jimmy.« Harry hielt kurz inne. »Sie sind unsere *einzige* Chance. Ich möchte Sie nicht noch mehr unter Druck setzen, aber vom Hubschrauber hören wir, dass Jugendliche in der Humbert Street angefangen haben, das Haus der Hollis' mit Benzinbomben zu bewerfen. Im Augenblick werden sie von ein paar Leuten, die sich vor dem Haus aufgereiht haben, daran gehindert weiterzumachen, aber es sieht nicht so aus, als würde diese Schutzmauer lange halten.«

»Wer steht da alles in der Reihe?«

»Hauptsächlich Frauen.« Harry brach ab, um zu hören, was Ken Hewitt ihm sagte. »Die Anführerin ist eine große Blondine, die schwanger ist.«

»Scheiße!«

»Ist das Ihre Melanie?«

»Scheint so.«

»Dann sollten Sie ihr zu Hilfe kommen«, sagte Harry augenblicklich. »Sophie würde das erwarten – und ich auch.«

Jimmy antwortete nicht.

»Ich glaube, er ist weg«, sagte Harry am anderen Ende der Leitung.

»Mann, Doc, jetzt reicht's aber echt. Lassen Sie mich doch mal nachdenken. Oder ist das vielleicht verboten?« Er schwieg einen Moment, dann sagte er: »Vergessen Sie die Verhandlungen. Ich mach diesen zwei Mistkerlen dafür ein Angebot, das sie nicht ausschlagen können. Was meinen Sie, hat Sophie den Schneid mitzukommen, wenn ich den Typen anbiete, sie sicher und wohlbehalten aus der Siedlung rauszubringen? Verstehen Sie, ich denk mir, dass sich die Lage schneller beruhigt, wenn die Leute ins Haus reinkönnen und es leer vorfinden. Dann passiert nichts weiter als dass sie das Mobiliar kurz und klein schlagen.«

»Aber wie wollen Sie die Männer aus der Siedlung rausbringen?«

»Wir gehen den Bullen entgegen, die hintenrum kommen.« An seinem zitternden Atemholen hörten sie, wie viel Schiss er hatte. »Es ist auf jeden Fall sicherer, durch die Siedlung zu gehen als zu versuchen, um die Barrikaden rumzukommen. Die ganze Action ist oben an der Hauptstraße, und die meisten Leute haben bestimmt keine Ahnung, wie diese beiden Typen ausschauen. Wenn die uns sehen, werden sie denken, ah, drei Kerle und ne Frau auf dem Heimweg. Na, was meinen Sie?«

Es klang hirnverbrannt, aber Harry sagte: »Der Plan ist besser als alles, was uns eingefallen ist, Jimmy. Hals- und Beinbruch.«

Jimmy gab den Telefonhörer an Mrs Carthew zurück und rannte die Treppe hinunter zum Garten.

Polizeipräsidium Hampshire

»Er benützt Initialen, um seine Nummern zu speichern«, sagte Tylers Sergeant, während er das Menü von Rogersons Handy durchging und Buchstaben und Ziffern notierte. »Hoffentlich haben Sie Recht mit Ihrem Verdacht gegen ihn, Chef. Der hängt uns eine saubere Klage an, wenn Sie sich irren – und Sie werden auf Erholungsurlaub geschickt.«

»Ich irre mich nicht«, versetzte Tyler mit einem Blick über seine Schulter. »Sie hätten sein Gesicht sehen sollen, als ich von seiner Festplatte sprach! Der hat etwas heruntergeladen, wofür er sich schämen muss, und er weiß, dass wir es finden werden.«

»Okay. ET. Das scheint's zu sein.« Gary Butler schrieb die Zahlen auf den Block und schob ihn seinem Chef hin. »Und was wollen Sie jetzt damit machen?«

»Anwählen«, antwortete Tyler und griff nach dem Festnetztelefon. »Wenn Rogerson die Wahrheit gesagt hat, wird sich Townsend sowieso nicht melden.« Er ließ die Hand sinken. »Nein, ich glaube, ich benutze lieber Rogersons Handy«, sagte er. »Der Kerl wird sicher weit entgegenkommender sein, wenn er die Nummer seines Anwalts aufleuchten sieht.«

»Sie machen alles kaputt, wenn Sie ihm nicht sagen, wer Sie sind, Chef.«

»Wir haben ja noch gar nichts, was man kaputtmachen kann«, entgegnete Tyler grimmig.

Im Haus Humbert Street 23

Colins Bemühen, aus dem Inneren des Hauses Wasser durch den Briefkastenschlitz zu gießen, war zum Scheitern verurteilt. Der Kessel ließ sich nicht richtig kippen, weil er oben an die Tür anschlug, und so lief das meiste Wasser innen herunter. Er wagte einen hastigen Blick durch den Schlitz, verbrannte sich die Finger am glühenden Metall und sah mit Schrecken, dass die Hitze Melanie und ihre Helfer gezwungen hatte, vom Haus zurückzuweichen.

Er rannte wieder in die Küche und riss die Türen der Unterschränke auf, um einen Eimer oder sonst ein Behältnis aufzutreiben, das eine größere Menge Wasser aufnehmen würde. Unter dem Spülbecken entdeckte er einen blechernen Kübel, den er unter die laufenden Wasserhähne stellte, während er weitersuchte. Eine Rührschüssel. Ein großer Tupperwarebehälter. Er schob sie statt des überfließenden Kübels unter die Wasserhähne und schleppte die zehn Liter Wasser durch den Korridor zur Haustür.

Er war zu dem Schluss gekommen, dass es nur eine Möglichkeit gab, das Feuer zu löschen – man musste die Tür öffnen und das Wasser direkt auf die Flammen gießen. Aber seine Hände zitterten, als er nach dem Knauf griff, denn er wusste, für Wesley Barber würde der Anblick der offenen Tür eine unwiderstehliche Aufforderung sein, entweder das Haus zu stürmen oder, noch schlimmer, eine weitere Benzinbombe zu werfen.

Auf Colin...

Rettungsdienstbericht

>Wagen Nr.: 512

>Datum: 28. 07. 01

>Einsatzzeit: 15.55

>Personal: K. Parry, V. Singh

>Patientendaten (erfragt von Andrew Fallon, Freund des Patienten)

>Name: Kevin Charteris

>Adresse: Bassindale Row 206, Bassindale

>Alter: 15

>Nächste Angehörige: Mutter – Mrs M. Charteris, Bassindale Row 206 (nicht erreichbar, als versucht wurde, telefonisch Kontakt aufzunehmen)

>Zustandsbericht: Patient wurde zum Rettungsfahrzeug vor der Straßensperre gebracht

>Tod war bereits eingetreten

>Reanimationsbemühungen blieben erfolglos

>Verbrennungen 2. und 3. Grades in einem geschätzten Umfang von 75% an Kopf und Körper

>Todesursache: Schock. Geschätzte Todeszeit: 10 Minuten vor Ankunft am Fahrzeug

>Bestimmungskrankenhaus: Allgemeines Krankenhaus Southampton

22

Polizeipräsidium Hampshire

Gleich nach dem ersten Läuten meldete sich die Stimme eines Mannes. »Was willst du, Martin?« Motorengeräusche und Verkehrslärm im Hintergrund verrieten Tyler, dass der Mann im Auto saß. Beinahe mit Sicherheit telefonierte er über eine Freisprechanlage. Die wechselnde Lautstärke und gelegentliche Unterbrechungen zeigten eine schlechte Verbindung an.

Tyler war ein passabler Stimmenimitator, und es war nicht allzu schwierig, Rogersons tiefes Timbre und geschliffene Redeweise in kurzen Satzfetzen nachzuahmen. »Wo bist du?«, fragte er.

»In England. Ungefähr eine Stunde entfernt... kannst du John Finch danken... mir gesagt... der Wind weht.« Er hatte einen Londoner Akzent, aus dem Cockney-Anklänge herauszuhören waren, und er war verärgert.

Tyler legte seine Hand über die Sprechmuschel und hob sie dann ein wenig an. »... Amy.«

»... schlechte Verbindung. Ich kann... richtig hören. Was... mit ihr?«

»Polizei... mich vernommen.«

Die Stimme des Mannes ertönte in plötzlichem kräftigem Schwall. »Tja, hm, tut mir Leid das mit der Kleinen, aber das ändert nichts. Ich rate dir, in einer Stunde im Hilton zu sein.« Die Verbindung brach unvermittelt ab.

Tyler schaltete das Handy aus und reichte es seinem Sergeant.

»Und?«, fragte der.

Tyler griff sich an den Nasenrücken und drückte ihn zwischen Daumen und Zeigefinger zusammen. »Wenn das Townsend war, ist er auf dem Weg zum Hilton in Southampton. Und er ist stocksauer.«

»Weswegen?«

»Weiß der Himmel.«

»Glauben Sie, dass er das Kind hat?«

Tyler rieb sich müde das Gesicht. »Es hat sich nicht so angehört.«

Die Gärten hinter der Humbert Street

Jimmy konnte den alten Haudegen mit dem Stahlhelm nur bitten, weiter den Zaun zu bewachen und jeden aufzuhalten, der nach ihm durch wollte. Er sah den Argwohn im Blick des alten Mannes; als glaubte er, Jimmy wolle durch die leeren Gärten zur Bassindale Row fliehen, um seine eigene Haut zu retten; aber es war keine Zeit für Erklärungen und es hatte auch keinen Sinn, welche zu geben. Die Wahrheit würde anderen weitererzählt und eine Lüge nicht geglaubt werden.

Im Laufschritt folgte er der Spur der eingerissenen Zäune, die die Jugendlichen früher am Nachmittag gelegt hatten, und suchte unter den Rückfronten der Häuser die von Nummer 21a, dem Maisonette, das die alte Mrs Howard bewohnte. Sie hatte ihn einmal unten in ihr Wohnzimmer gelassen, als er mit ihr hatte Frieden schließen wollen, und da waren ihm die Ziergegenstände auf ihrem Fensterbrett aufgefallen. Ein Stück im Besonderen hatte sein Augenmerk auf sich gezogen, weil es wertvoll aussah – ein sich aufbäumendes Bronzepferd von ansehnlicher Größe. Er hoffte aus tiefstem Herzen, dass es noch da war, oder die alte Howard selbst am Fenster saß, denn um die Nummer 23 zu finden, musste er erst einmal Mrs Howards Haus finden.

Er entdeckte das Bronzepferd in einem Fenster zwei Häuser nach dem Garten mit dem Klettergerüst und erkannte hinter dem Glas flüchtig Mrs Howards verdrießliches altes Gesicht, als er das von Unkräutern überwucherte Stück Garten durchquerte, das sie so eifersüchtig bewachte, aber niemals betrat. Der nächste Zaun war demnach die Grenze zu Nummer 23. Er kauerte sich in den Schatten eines kleinen Apfelbaums und bemühte sich, tief und ruhig zu atmen, während er mit zusammengekniffenen Augen die unteren Fenster musterte und nach Anzeichen von Leben hinter den Glasscheiben suchte.

Er wusste, dass das Haus den gleichen Grundriss haben musste wie das der alten Mrs Howard, und das hieß, dass er nur durch die Küche hineinkonnte. Aber wenn er erst einmal herausfinden wollte, ob die Männer sich im Erdgeschoss aufhielten, konnte er noch ewig hier stehen. Der gesunde Menschenverstand riet ihm, mit Vorsicht zu Werke zu gehen, dicht am Haus über den Zaun zu steigen und geduckt unter den Fenstern die Mauer entlangzuschleichen, darauf vertrauend, dass ein schneller Blick in jedes Zimmer ihn nicht verraten würde. Sein Temperament drängte ihn zum Gegenteil: den Stier bei den Hörner zu packen, über den Zaun zu springen und die Tür zu stürmen, denn die Tür war bestimmt abgesperrt, und er würde sie auf jeden Fall mit Gewalt sprengen müssen, ob er nun den vorsichtigen Weg wählte oder den draufgängerischen.

Er stöhnte frustriert. Er konnte tun, was er wollte, es würde immer das Verkehrte sein.

So war das nun mal im Leben.

Tyler ging ein ähnlicher Gedanke durch den Kopf. Das Leben war ein Pokerspiel. Sollte man ein Risiko eingehen oder aussteigen? Er konnte sich nicht vorstellen, dass Martin Rogerson eine Entschuldigung akzeptieren würde, da war es wenig sinnvoll auszusteigen, und außerdem ging es ihm wie Jimmy James, sein Naturell drängte zum Handeln.

»Ach, pfeif drauf!«, sagte er zu seinem Sergeant. »Ich will diesem Townsend auf den Zahn fühlen. Setzen Sie sich mit Southampton in Verbindung, sie sollen ihn sich schnappen, sobald er im Hilton eintrifft. Sie müssen aber innerhalb der nächsten halben Stunde am Platz sein. Sagen Sie ihnen, dass wir schon unterwegs sind und dort mit ihm reden wollen. Wenn er fragt, worum es geht, können sie ihm sagen, dass uns dieses halbe Jahr interessiert, als Amy bei ihm im Haus gelebt hat. Ich möchte ihn auf keinen Fall kopfscheu machen. Und richten Sie ihnen auch gleich aus, dass sie alle anderen Personen festnehmen sollen, die zu einer Besprechung mit Townsend und Rogerson erscheinen. Wir wollen doch sicher sein, dass die Leute sauber sind und nicht womöglich Mitglieder eines Pädophilenzirkels.«

»Was ist mit Rogerson?«

»Der bleibt hier.«

Butler machte ein besorgtes Gesicht. »Sind Sie sicher, dass Sie das Richtige tun, Chef?«

Tyler lächelte dünn. »Nein.«

»Wär's dann nicht gescheiter –«

»Was Townsend treibt, stinkt zum Himmel, Gary. Wir wissen von zwei Frauen und fünf mehr oder weniger kleinen Mädchen, die alle nackt auf Video aufgenommen worden sind.« Er zählte sie an den Fingern ab. »Die erste Ehefrau – die erste Stieftochter – Laura Biddulph – Amy – Franny Gough – und zwei Unbekannte. Und das sind nur die, von denen wir wissen. Beide Frauen glaubten, die Kassetten wären für seinen privaten Gebrauch. Warum fängt er dann an, die Töchter zu filmen, sobald er sie bei sich im Haus hat? Und warum arbeitet er mit verschlüsselter E-Mail?«

»Warum hat er sich die Frauen überhaupt ins Haus geholt? Warum hat er sich die Mühe gemacht zu heiraten? Warum sollte er Laura Biddulph was vorgemacht haben?«

Tyler tippte mit dem Finger auf eine Passage im Protokoll von Mrs Goughs Anruf. »Sie sagt, Amy habe Ähnlichkeit mit der ersten Stieftochter, als diese im gleichen Alter war. Vielleicht ist es eine persönliche Marotte. Vielleicht kann er einem gewissen Typ Kind nicht widerstehen. Zierlich, dunkel, um die zehn Jahre alt. Er war verärgert über Franny Gough, weil sie ihm zu gut entwickelt war.«

»Oder aber Rogerson hat Recht und es waren doch die Frauen, die ihn angezogen haben. Dass er sie auf Video aufgenommen hat, könnte man als Bestätigung dafür sehen. Vielleicht steckt ein Künstler in ihm – er mag einfach den weiblichen Körper –, ob nun vor oder nach der Pubertät. Das ist bei vielen von uns so, Chef.«

»Wollen Sie mir sagen, dass Sie heimlich kleine Mädchen beobachten, Gary?«

Butler zuckte die Achseln. »Die Frauen haben ihn nicht beschuldigt, ihre Töchter missbraucht zu haben. Er hat nur Aufnahmen von ihnen gemacht.«

»Um sie auszubeuten. Ich wette meinen Kopf, dass der Kerl ein Pädophiler ist. Und dass Rogerson es weiß.«

»Ja, aber nicht der Pädophile, der Amy entführt hat. Vergessen Sie nicht, dass die Kleine mit jemand anderem zusammen war, während er sich auf Mallorca aufhielt. Kimberley und Barry haben ausgesagt, dass sie Dienstag, Mittwoch und Donnerstag genau wie sonst unterwegs war. Wenn Sie Rogerson jetzt nicht auf freien Fuß setzen, wird's brenzlig für Sie. Er hat Ihnen gesagt, dass Sie nicht bei Townsend ist. Der macht Sie fertig, wenn die Kleine irgendwo am anderen Ende des Landes tot aufgefunden wird, während Sie hier ihm und seinem Mandanten die Hölle heiß machen.«

»Der macht mich doch so oder so fertig.« Tyler kniff in Gedanken verloren die Augen zusammen und rieb sich den Nacken. »Was heißt ›Em‹, wenn es nicht ›Ed‹ heißt? Wem gehörte das schwarze Auto, das in Portisfield gesehen wurde, wenn nicht Townsend? Wer war das Kind, das beim Einsteigen in das Auto beobachtet wurde, wenn es nicht Amy war? Warum ist er vorzeitig nach England zurückgekehrt? Warum ist er nicht direkt nach Hause gefahren? Wo hat er sich in den letzten vierundzwanzig Stunden aufgehalten?«

»Interessanter wäre die Frage, warum er Franny Gough nach Mallorca mitgenommen hat, wenn er Amy zur Hand hatte? Das ergibt doch keinen Sinn – jedenfalls für mich nicht.«

Tyler, der immer noch seinen Gedanken nachhing, sah mit leerem Blick an ihm vorbei. »Damit haben Sie vielleicht den Nagel auf den Kopf getroffen«, sagte er dann. »Er hatte sie ›zur Hand‹. Er wusste, wo sie war, und er wusste, dass sie dort bei seiner Rückkehr immer noch sein würde.« Sein Blick kehrte zum Sergeant zurück. »Er würde ständig neue Mädchen brauchen, wenn er eine Pornoseite im Internet unterhält«, überlegte er laut, »und Franny sagte, die Reise wäre ganz spontan gewesen.«

»Aber warum muss er bis nach Mallorca fliegen, um das Mädchen zu filmen? Warum hat er sie nicht einfach in ihrer Wohnung aufgenommen?«

»Weil er Abwechslung wollte? Weil er vermeiden wollte, dass Mrs Gough nach dem, was die erste Ehefrau ihr erzählt hatte, zur Polizei laufen würde?«

»Das sind doch nichts als Spekulationen, Chef. Damit kann man keine Festnahme rechtfertigen. Sie werden schon sehen, der Super wird Ihnen sauber aufs Dach steigen. Rogerson veranstaltet in seiner Zelle schon einen Riesenwirbel.« Er schwieg einen Moment. »Sagen Sie mir nur mal eines: Warum sollte Townsend die Kleine entführen und damit seine Existenz aufs Spiel setzen? Was hatte Amy vor, dass er sich gezwungen fühlte, Franny sitzen zu lassen und sofort nach Haus zu fliegen? Und wie hat er überhaupt erfahren, was sie vorhatte? Ich meine, so ein kleines Mädchen kann es sich doch nicht leisten, von einer öffentlichen Telefonzelle in England aus ein Handy in Spanien anzurufen. Nein, das hat alles weder Hand noch Fuß.«

»Haben Sie was Besseres zu bieten?«, knurrte Tyler ihn an. »Wir haben ein verschwundenes Kind und einen verdächtigen Pädophilen, der es bis ins Intimste kannte. Er hat außerdem eine verdammt enge und verdammt merkwürdige Beziehung zum Vater des Kindes – wenn man bedenkt, dass er immerhin die Ehefrau dieses Mannes verführt hat. Finden Sie nicht, dass so ein Sachverhalt weitere Ermittlungen herausfordert?«

Er sah nur Skepsis im Blick des anderen und wies mit einer gereizten Kopfbewegung zur Tür. »Tun Sie's einfach, Gary. Wenn ich mich irre, dann irre ich mich eben. Ich muss sagen, im Augenblick ist mir das scheißegal – Hauptsache, das Kind kommt mit dem Leben davon, auch wenn sie allem Anschein nach so ein verwöhnter kleiner Fratz ist, den ich bestimmt nicht ausstehen kann, wenn er mir unter die Augen kommen sollte. Ich hab für trällernde Tanzpüppchen nicht viel übrig, wenn ich ehrlich sein soll. Ich mag Kinder, die normal sind – ein bisschen schüchtern – lieber mit anderen Kindern zusammen als mit Erwachsenen –, aber ich war natürlich auch nie in Amys Situation. Es ist sicher nicht besonders lustig, um Liebe betteln zu müssen.«

Im Garten hinter dem Haus Humbert Street 9

Der alte Soldat beobachtete von seinem Posten aus das merkwürdige Verhalten des Schwarzen. Die Zäune waren alle nicht so hoch, dass ihm Jimmys Schleich- und Späh-Manöver verborgen geblieben wären, und er interpretierte, was er sah, auf die schlimmst mögliche Weise. Wenn da einer hinter den Häusern herumschlich und in sämtliche Fenster glotzte, bevor er unter einem Baum in Deckung ging, um die Lage zu peilen, konnte das nur eines bedeuten: Der Schwarze wollte den Aufruhr nutzen, um in ein Haus einzubrechen, das leer stand.

Der alte Soldat war in heller Empörung darüber, zum Tatgehilfen bei einem Verbrechen gemacht worden zu sein. Hielt dieser Bursche ihn für dumm? Oder feige? Hielt er es für selbstverständlich dass ein alter Pensionist wegsehen würde, während seine Nachbarn ausgeplündert wurden?

Als er Jimmy über den Zaun springen sah, packte er seine Machete, die immer noch an den Pfosten gelehnt stand, und nahm die Verfolgung auf.

Im Haus Humbert Street 23

Als Colin, der ungeschickt versuchte, durch den dicken Saum seines Sweatshirts den heißen Türknauf zu greifen, vom lauten Krachen des splitternden Türpfostens in der Küche überrascht wurde, verlor er völlig die Nerven. Angst lähmte ihn. Gleich würden seine schlimmsten Horrorvisionen wahr werden. Er saß in einer Falle … konnte nicht weglaufen … sich nicht verstecken … und die ganze Zeit musste er nur daran denken, dass es nie so weit gekommen wäre, wenn er nicht Kevin und Wesley geholfen hätte, Benzinbomben zu basteln.

Sophie und Nicholas erstarrten als unten die Tür mit solcher Gewalt aufflog, dass die Bodendielen unter ihren Füßen zitterten. All ihre Energie war aufs Hören konzentriert, während sie mit schräg geneigten Köpfen jedes Geräusch zu erhaschen suchten, dem vielleicht Bedeutung zu geben war. Es heißt, dass einem innerhalb von Sekunden tausend Gedanken durch den Kopf schießen können. In ihren Köpfen war nur einer.

Wer?

Sophie schlug mit dem Hinterkopf gegen die Wand, noch ehe sie gewahr wurde, dass zwei kräftige Hände sie um die Fesseln gepackt und ihr die Füße unter dem Körper weggerissen hatten. Sie hatte einen verschwommenen Eindruck von einem durch die Luft sausenden Stuhl, der auf Nicholas' Kopf zielte, dann wurde sie in die Mitte es Zimmer gezerrt, und Franeks schweißnasse Hände schlossen sich über ihrem Mund, um den Schrei zu ersticken, der in ihr aufstieg.

Mit weit aufgerissenen Augen starrte sie ihn an.

Er senkte seinen Mund an ihr Ohr. »Na, soll Franek dich jetzt mal richtig durchficken, Kleine?«, flüsterte er.

Das laufende Wasser und die überfließenden Behälter im Spülbecken erschreckten Jimmy. Er versuchte gar nicht erst dahinterzukommen, wozu sie gebraucht wurden, sondern nahm sie einfach als Zeichen dafür, dass jemand in der Nähe sein musste. An die Wand neben der Tür gelehnt, atmete er ein paar Mal tief durch. Von oben waren Geräusche zu hören. Ein Poltern, als fiele ein schwerer Gegenstand zu Boden. Holz schrammte über Holz, als würden Möbel gerückt. Das Geschrei von der Humbert Street drang so deutlich herein, als stünden irgendwo eine Tür oder ein Fenster offen. Außerdem war da der Gestank von brennendem Holz und Benzin.

Noch ein Blick zu den laufenden Wasserhähnen, und er wusste was los war. Benzinbomben. Fließendes Wasser. Es war nicht schwer zu erraten, dass da jemand ein Feuer zu löschen versuchte und dass diese Person ihn gehört hatte. Aber welcher der beiden Männer war es? Der Irre oder der Schwule? Und warteten sie jetzt im Korridor auf ihn?

Mit einer blitzartigen Bewegung riss er den Tisch in die Mitte des Raums, stieß die Tür weit auf und packte mit beiden Händen den Mikrowellenherd, um sich gegen eventuelle Angreifer verteidigen zu können.

Ängstliches Wimmern empfing ihn und brach unvermittelt ab. »Oh, Scheiße, Jimmy!«, brüllte Colin los und begann gleich wieder zu weinen. »Du hast mir vielleicht einen Schrecken eingejagt! Ich dachte, das wär der Kinderschänder, der hinter mir her ist.«

Colin war so bekannt als flinker Finger, dass Jimmy im ersten Moment glaubte, er wollte das Haus plündern. Dann aber bemerkte er den Eimer zu Füßen des Jungen. Er setzte den Mikrowellenherd auf dem Boden ab und lief mit einem schnellen Blick zum hinteren Zimmer und die Treppe hinauf nach vorn. Das Wohnzimmer lag offen vor ihm, er sah die Verwüstungen, die die Backsteine angerichtet hatten, sah die eingeschlagenen Fenster und die wartende Menschenmenge draußen.

»Was ist hier los?« Er packte den Jungen bei den Schultern und zog ihn fest an sich.

»Die sind alle verrückt geworden«, stammelte Colin schluchzend. »Die ganze Scheißtür brennt, aber mit dem Wasserkessel kann ich das Feuer nicht löschen.« Er wischte sich die Tränen mit dem Ärmel ab. »Mel ist draußen und versucht, sie aufzuhalten, damit sie's nicht noch schlimmer machen, aber sie kann nicht mehr lang durchhalten, weil's so sauheiß ist. Ich wollte die Tür aufmachen und Wasser drauf schütten, aber ich trau mich nicht, weil ich solche Angst hab, dass Wesley ne Bombe nach mir schmeißt. Kev ist verbrannt, Jimmy – seine ganze Haut hat's weggebrannt.«

Jimmy tat sein Bestes, aus dem Gestammel klug zu werden. »Wie bist du hier rein gekommen?«

»Durchs Fenster.«

»Okay.« Er wollte keine Zeit an weitere Erklärungen verschwenden. »Sie hätten das Wohnzimmer schon abgefackelt, wenn sie das wollten«, sagte er. »Mach die Tür auf. Ich nehm den Eimer. Kann's losgehen?«

»Ja.«

Jimmy umfasste den Henkel des Kübels. »Mach sie nur nicht zu weit auf«, warnte er. »Sonst schmoren wir beide. Also, fertig? Los!«

Aber schon als der erste schmale Spalt sich öffnete und er die Flammen sah, die am Pfosten emporschlugen, erkannte er, dass ein Eimer nicht reichen würde, um dieses Feuer zu löschen. Er schlug die Tür wieder zu und kippte das Wasser auf die Ritze zwischen

Pfosten und Füllung. »Es ist zu spät«, sagte er. »Von hier aus können wir das nicht löschen.«

Colin begann wieder zu jammern. »O Mann! Was sollen wir bloß tun? Wenn die Bude hier hochgeht, erwischt's Mels Haus auch, und da sind Ben und Rosie drin. Deswegen versucht sie ja, die Arschlöcher da draußen aufzuhalten, damit sie nicht noch mehr Bomben schmeißen.«

Jimmy überlegte schnell. Dann schob er Colin zur Wohnzimmertür. »Schwing dich da wieder raus, und ich lang dir dann die Eimer durchs Fenster raus. Sag Mel und denen, die da mit ihr stehen, sie sollen eine Kette bilden und dir helfen. Wenn das Feuer aus ist, stellt ihr euch alle vor die Tür und das Fenster, bis ich euch ein Zeichen gebe, dass ihr euch verziehen könnt.« Mit einer Hand umspannte er Colins Nacken und drückte ihn zur Ermutigung. »Schaffst du das, Kumpel?«

»Klar.« In seiner Erleichterung darüber, dass Jimmy jetzt das Kommando übernahm, kam es ihm gar nicht in den Sinn, ihn zu fragen, was ihn hierher geführt hatte und woher er wusste, dass Melanie zusammen mit anderen eine Mauer vor dem Kinderschänderhaus aufgezogen hatte.

Einsatzzentrale – Luftaufnahmen aus dem Polizeihubschrauber

Gesichter waren aus der Luft nicht zu erkennen, Haarfarben und Kleidung schon. Die Coop-Plünderer waren so schlau, Mützen zu tragen und ihre Klamotten gleich nach den Tumulten verschwinden zu lassen. Nicht einer von ihnen wurde je identifiziert.

Mit den Videoaufnahmen von den Geschehnissen in der Humbert Street war das eine andere Sache. Dass Selbstschutz ein Verbrechen sei, glaubte fast keiner, und der in der Luft stehende Hubschrauber forderte trotzige Blicke und Gesten heraus, die zu sagen schienen: So sollte Gerechtigkeit aussehen. Perverse raus! Gleiche

Regeln für Bassindale und Portisfield! Auge um Auge. Zahn um Zahn. Angst um Angst.

Obwohl sie später bestritten, dort gewesen zu sein, sich gar der Anstiftung oder Beihilfe zum Mord schuldig gemacht zu haben, wurden mit Hilfe von Fotografien, die vom Videoband reproduziert wurden, mehr als hundert Personen identifiziert. Es war ein langwieriges und mühsames Unternehmen, das erst nach mehr als zwei Jahren zum Abschluss gebracht werden konnte und doch umsonst war, da die Geschworenen nicht im Stande waren, in der körnigen schwarz-weißen Maske des Hasses, die ihnen vorgelegt wurde, den ersten Angeklagten, dem der Prozess gemacht wurde, zu erkennen. Sie entdeckten keinerlei Ähnlichkeit zwischen dem frischen, gut gekleideten achtzehnjährigen Jungen mit dem freundlichen Lächeln und dem geradezu bösartig aussehenden Halbwüchsigen auf dem Foto. Alle nachfolgenden Verfahren wurden eingestellt.

Nur die wenigen Mutigen, die mit Melanie Patterson zusammen in der Mauer gestanden hatten, bekannten sich am Ende zu ihrem Anteil an den Geschehnissen jenes Tages. Alles, was sie taten, wurde von der Kamera im Hubschrauber aufgenommen: wie sie die Bombenwerfer in Schach gehalten hatten ebenso wie ihre Bemühungen, das Feuer zu löschen und den Angriff, der schließlich erfolgte, abzuwehren. Aber keiner von ihnen war bereit, gegen Einzelpersonen auszusagen. Zu groß war ihre Angst vor der Gangstermentalität, die sich im Gewaltklima der Acid Row entwickelt hatte und Rache an jedem Verräter forderte.

Einzig gegen Wesley Barber scheute sich niemand auszusagen.

23

Im Haus Humbert Street 23

Jedes Mal, wenn er in die Küche rannte, um den Eimer und die anderen Gefäße neu zu füllen, lauschte Jimmy angespannt. Einmal vernahm er einen gedämpften Aufprall, als hätte man jemandes Kopf gegen den Fußboden geschlagen; ein andermal glaubte er, Stimmen auszumachen. Unten war eindeutig niemand. Auf dem Weg zum Wohnzimmer stieß er die Tür des hinteren Zimmers weit auf und stellte mit einem kurzen umfassenden Blick fest, dass es leer war.

Zumindest waren keine Menschen darin. Jedoch vieles andere. Es war der Traum eines Musikers. Alles war da: Computer. Synthesizer. Mischpulte. Verstärker. Keyboard. Gitarren. Schlagzeug. Sogar ein Saxophon. Für einen Mann wie Jimmy war es eine teuflische Versuchung. Ein Tonstudio, das nur noch in Besitz genommen werden musste. Alles, was er brauchte, um keine krummen Sachen mehr machen zu müssen. Vom ersten Moment an stand für ihn fest, dass hier nichts zerstört oder gestohlen werden durfte. Er wollte es alles für sich haben.

Als er das dritte Mal an dem Zimmer vorüber musste, prüfte er die Tür und entdeckte den Schlüssel, der innen steckte. Im Nu hatte er abgesperrt und den Schlüssel eingesteckt. Viel würde das zwar nicht helfen, wenn diese Idioten draußen auf der Straße beschließen sollten, das Haus zu stürmen, aber vielleicht würde die

Tür wenigstens so lange halten, bis er zurückkommen und seinen Anspruch geltend machen konnte.

Später bereute er es natürlich, die Tür abgesperrt zu haben, weil er damit das einzige Versteck in diesem entsetzlichen Haus blockiert hatte.

Aber hinterher ist man ja immer klüger …

Im Laufe des Nachmittags war Sophie selbstsicherer geworden. Wenn es Franek wirklich gelingen sollte, sie noch einmal zu attackieren, hatte sie sich gesagt, würde sie ihm die Augen auskratzen, das Knie in die Eier rammen, beißen, schlagen, treten. Keinesfalls würde sie klein beigeben. Lieber kämpfen bis zum bitteren Ende, als ihn in dem Glauben lassen, Frauen wären leicht zu haben. Welch mutige Überlegungen. Direkt aus dem Kino, nicht aus dem wahren Leben. Als moralische Aufrüstung gedacht, solange sie auf den Füßen stand und eine Waffe in der Hand hatte. Undurchführbar, wenn man platt auf dem Boden lag.

Sie war so hilflos wie ein aufgespießter Schmetterling, unfähig, sich zu befreien. Das Gewicht seines Körpers drückte sie nieder, seine Hände pressten die ihren über ihrem Kopf auf das harte Holz, seine fleischige Brust und das dicke schwarze Kraushaar verschlossen ihr Mund und Nase, so dass sie nicht einmal schreien konnte. Er stank nach Schweiß und ungewaschenen Kleidern, und sie spürte, wie Ekel und tiefe Niedergeschlagenheit in ihr aufstiegen und sie zu ersticken drohten. Sie konnte nicht sagen, ob ihre eigene Angst oder seine rohe Kraft ihr alle Energie raubten. Sie wusste nur, wenn sie nicht noch einmal geschlagen werden wollte, musste sie still liegen bleiben und durfte ihn nicht wieder provozieren. Das war das Vernünftigste.

Er lachte dicht an ihrem Ohr. »Du bist genau wie die anderen«, höhnte er. »Lieber soll Franek dich ficken als dir dein hübsches Gesicht zerstören. Aber vielleicht tu ich ja beides. Was meinst du, wie du dich dann fühlst, Kleine? Hässlich? Dreckig? Vielleicht läufst du davon und versteckst dich, weil du vor Franek Angst hast, hm? Das ist gut. Du musst lernen, einen Mann zu respektieren, wie sich das gehört.«

Sie spürte, wie er ihre Handgelenke zusammendrückte, um sie beide mit einer Hand umfassen zu können. Sie spürte, wie seine andere Hand abwärts glitt und am Bund ihrer Hose riss. Und die ganze Zeit hörte sie unten jemanden rumoren. Sie überlegte, ob es Nicholas sein könnte. Hatte er sich aus dem Staub gemacht und sie seinem Vater ausgeliefert? Glaubte er, wenn er nicht dabei wäre, ginge es ihn nichts an?

Tränen des Zorns schossen ihr in die Augen. Sie war wütend auf den Sohn. So ein gemeiner Feigling. So ein falscher Hund. Warum hatte er ihr zugehört, wenn er nie die Absicht gehabt hatte, ihr zu helfen? Was fiel diesem Menschen ein, sie einfach im Stich zu lassen? Was fiel ihm ein, untätig zuzusehen, wie sein Vater sie beschmutzte?

Später würde sie über die Ironie fehlgerichteter Wut nachdenken. Einmal war sie wütend über Bob hergefallen, weil ein Patient sie unverschämt behandelt hatte. Anstatt sich mit dem Patienten auseinander zu setzen, hatte sie ihren Ärger an Bob ausgelassen. Er hatte seelenruhig gewartet, bis der Sturm sich legte, und dann freundlich gesagt, wenn sie vorhabe, in Zukunft ihre Wut immer an anderen auszulassen, solle sie am Besten anfangen zu boxen. »Wir wissen alle, dass es weniger riskant ist, auf Leute einzuschlagen, die nicht zurückschlagen«, sagte er, »aber auf die Weise verliert man auch schnell Freunde. Du musst Möglichkeiten finden, den Konflikt gleich an Ort und Stelle auszutragen.«

»Genau das möchte ich aber vermeiden.«

»Ich weiß. Viele Frauen sind so. Du hast Angst, dich lächerlich zu machen.«

Vielleicht erinnerte sich ihr Unterbewusstsein dieses Gesprächs. Vielleicht war es aber auch einfach so, dass die Realität in Form von Franeks suchender Hand sie aus der Apathie riss und neue Entschlossenheit weckte. Sie hatte sich geschworen, sich nicht zu unterwerfen.

Aber was war das hier anderes als Unterwerfung?

Sie drehte den Kopf zur Seite und stieß einen Schrei aus, einen durchdringenden, gellenden Schrei, der bis zu Jimmy hinuntertrug und abrupt abriss, als Franek ihre Hände losließ und ihr mit der Faust ins Gesicht schlug.

»Halt die Klappe, blödes Luder«, knirschte er mit wutverzerrtem Gesicht, über das Blut aus den Wunden rann, von denen sie mit ihren Nägeln den frischen Schorf gerissen hatte. »Oder soll ich mit dir machen, was ich mit Miloszs Mutter gemacht habe?«

Er prügelte ihr mit der Faust ins Gesicht, immer wieder, als wäre sie ein Stück rohes Fleisch, das weich geklopft werden müsste, und während das Bewusstsein versickerte, begriff sie, dass Miloszs Mutter tot war.

Jimmy hörte den Schrei, als er keuchend von der Anstrengung des gehetzten Hin und Her zwischen Küche und Wohnzimmerfenster, den Eimer über den Sims schwang. »Das ist der letzte, Col«, sagte er, um Atem ringend. »Jetzt musst du weitermachen. Ihr müsst diese Bande noch fünf Minuten in Schach halten. Was meinst du, schafft ihr das?«

Colin sah ihn ängstlich an. »Was willst du denn jetzt tun?«

»Es ist besser, wenn du das nicht weißt, Kumpel. Vertrau mir einfach, okay.«

Er blickte über Colin hinweg zu Melanie, die unter Beschimpfungen von Wesley Barber und seinen Freunden ihre Front neu zu formieren suchte. Von Colins Körper größtenteils verdeckt, war er den Augen der Menge fast ganz entzogen geblieben, trotzdem hatte sich herumgesprochen, dass ein Schwarzer bei den Perversen im Haus war, und es hatte Hohn und Spott geregnet, während er und Colin sich geplagt hatten, das Feuer zu löschen. »Hey, ist das dein Typ da drinnen, Mel?« »Was hat 'n Bruder mit so abartigen Schweinen zu schaffen?« »Wieso hast du dir von dem 'n Kind machen lassen, wenn er ne Schwuchtel ist?« »Vielleicht hast du ja 'n Ding für kranke Typen?«

»Halt mir nur diesen Wahnsinnigen vom Leib«, sagte er grimmig. »Den bring ich um, wenn er mir zu nah kommt. Also, schaffst du das?«

Colin machte ein Gesicht, als würde er am liebsten auf und davon laufen. »Und wenn nicht?«

»Sperr dich mit Mel und den Kindern im Haus ein. Ich komm zu euch, sobald ich kann.« Er gab dem Jungen einen Klaps auf die Wange. »Du bist ein prima Kerl, Col. Du hast mehr Schneid und Grips als dieser Nigger je haben wird.«

Im Garten hinter der Humbert Street 21a

Der alte Soldat hörte Sophies Schrei an seinem Platz unter dem Apfelbaum, aber da er von seiner Nachbarin nur Vages darüber wusste, was es mit den Krawallen in der Acid Row auf sich hatte – *»Sie haben uns ein paar Schwule in die Humbert Street gesetzt«* –, glaubte er, der Schwarze hätte die Frau in Todesangst gestürzt. Er hatte für Homosexuelle nicht mehr übrig als jeder andere, aber dass die mit Frauen nichts am Hut hatten, das war so sicher wie das Amen in der Kirche.

Aber die Wilden, die musste man fürchten. Vor denen war keine weiße Frau sicher. Er kletterte mühevoll über den Zaun und schlich, die Machete mit beiden Händen umfassend, zur Küchentür. Halb aus den Angeln gerissen, schwankte sie sachte hin und her, und das war dem alten Mann Beweis genug, dass drinnen im Haus ein Herkules wütete.

Im Haus Humbert Street 23

Behände und leise seinem massigen Körper zum Trotz schlich Jimmy an der Wand entlang die Treppe hinauf, die Augen zum Flur hinaufgerichtet, um jede kleinste Bewegung wahrzunehmen.

Oben im Haus, einer Kopie von Mrs Carthews Haus, standen sämtliche Türen offen. Bis auf die zum hinteren Zimmer. Er glitt lautlos um das Treppengeländer herum und lauschte, während er mit kräftigen Fingern den Türknauf umfasst hielt.

Er vernahm die Stimme eines Mannes, konnte aber nicht ausmachen, was er sprach. Es war ein weiches Summen. Leise und zart und einschmeichelnd. In einer Sprache, die er nicht verstand. Er drehte vorsichtig den Knauf und drückte gegen die Tür, aber sie war abgeschlossen. Lautlos fluchend, überlegte er. Was sollte er tun? Sich bei ihnen melden und mit langen Erklärungen kostbare Zeit vergeuden? Oder die nächste Tür aufbrechen?

Die Schulter tat ihm weh vom letzten Gewaltakt, und in dem engen Flur konnte man sich kaum bewegen, aber der Schrei der Frau gellte ihm noch in der Ohren, und so weit er sehen konnte, hatte er keine andere Möglichkeit, als diese Leute zu überrumpeln. Wie zur Bestätigung seiner Überlegungen, wurde es drüben im Zimmer plötzlich laut – Schuhabsätze, die auf den Fußboden trommelten, ein quietschendes Kratzen, wie wenn ein Möbelstück verschoben würde, an dem ein Fuß sich verhakt hatte, eine Frauenstimme, die von vorgehaltener Hand gedämpft wurde – »Nein... nein... nein...!« –, das schreckliche dumpfe Klatschen eines Faustschlags, der weiches Gewebe traf. Dann wieder das leise Summen.

Er hob ein Bein, stemmte sich mit dem Rücken gegen das Treppengeländer und trat mit dem Absatz seines Stiefels auf das Türschloss. Er musste fünfmal nachtreten, bevor es aus dem Holz sprang, aber auch dann öffnete sich die Tür nur einen Spalt, ehe sie gegen ein Hemmnis stieß. Jimmy senkte erschöpft den Kopf, dann holte er tief Luft, drückte seine Schulter an die Türfüllung und stieß mit seinem ganzen Zweizentnergewicht nach, um die Tür und das, was sie zuhielt, aus dem Weg zu räumen.

Unendlich erleichtert nahm Gaynor die Nachricht auf, dass die ganze Humbert Street entlang sich Notausgänge öffneten. Sie wusste es in diesem Moment nicht, aber die Geschichte, wie über das Netz von ›Hallo Freundschaft‹ Söhne, Töchter, Nichten, Neffen und Freunde mobilisiert worden waren, Durchgänge zu den Gärten auf beiden Seiten zu schaffen, wurde zum Lichtblick in dem schrecklichen Trauma der Julikrawalle. Sie bezeugte, dass selbst in den zerrissensten Gesellschaften ein Gemeinschaftsgefühl erhalten blieb, und legte ein Samenkorn der Hoffnung für die Zukunft.

In diesem Augenblick jedoch vermutete Gaynor, die nichts anderes gehört hatte, dass diese neue Entwicklung Jimmy zu verdanken war. »Ich hab Ihnen doch gesagt, dass er ein feiner Kerl ist«, erklärte sie Ken Hewitt, als sie ihm die Neuigkeit mitteilte. »Also, kann ich jetzt weg und mich um Mel und Col kümmern? Ich mach mir totale Sorgen um die beiden. Meine Batterie ist fast leer, und ich denke mal, die Leute hier haben kapiert wie's laufen muss. Es drängelt schon lang keiner mehr.«

»Wir glauben zu wissen, wo Melanie ist«, sagte er und gab die Informationen aus dem Hubschrauber an sie weiter. »Jimmy sagte, die Beschreibung der Blondine passt auf Melanie. In der Reihe steht auch ein halbwüchsiger Junge. Er hält die Blonde bei der Hand, hat ein Saints T-Shirt an und blaue Jeans. Könnte das Colin sein?«

»Oh, Gott sei Danke, Gott sei Dank«, rief sie aufschluchzend. »Es ist ihnen nichts passiert?«

»So weit wir wissen, nicht«, antwortete Ken. »Einer von den Beamten, die die reinkommenden Aufnahmen kontrollieren, hält mich auf dem Laufenden. Das Letzte, was ich hörte, war, dass sie dabei waren, auf Nummer 23 ein Feuer zu löschen, damit es sich nicht weiter ausbreitet. Das sind zwei mutige Kinder, Gaynor. Sie können stolz auf sie sein.«

Sie lachte mit einem glücklichen Juchzer. »Tja, das sind meine beiden! Natürlich bin ich stolz auf sie. War ich immer. Und wo ist Jimmy? Ist er bei ihnen?«

Ein kleines Zögern. »Im Moment wissen wir nichts über ihn. Sein Handy ist leer, da können wir keinen Kontakt mit ihm aufnehmen.«

»Und was ist mit den Kleinen? Wo sind die?«

»Sie meinen Melanies Kinder?«

»Ja, Rosie und Ben. Sie hatte sie bei sich, als wir losmarschiert sind.«

»Wir wissen nicht, wo sie sind. Bei ihr sind sie nicht. Wir nehmen an, sie hat sie nach Hause gebracht. Da wo Ihre Kinder sind, geht's ziemlich wüst zu, Gaynor.«

Augenblicklich war sie von neuem beunruhigt. »O Gott!« Sie spähte die Straße hinauf, aber die Menschenmenge, die sich immer noch zwischen den Häusern tummelte, versperrte ihr den Blick. »Was ist denn da vorn los? Sie haben eben gesagt, dass es brennt.«

»Ein paar Burschen wollen Benzinbomben auf das Haus werfen. Ihre Kinder haben sich mit ein paar anderen davor aufgereiht, um sie daran zu hindern«, erklärte er. »Ich hab Ihnen ja gesagt, dass sie sehr mutig sind, Gaynor.«

Einen Herzschlag lang war es still. »Ich hätt wissen müssen, dass der kleine Mistkerl nicht mit geklauten Autos rumkutschiert ist«, sagte sie für Ken völlig unverständlich, bevor sie die Verbindung abbrach.

Im Haus Humbert Street 23

Blut klebte auf dem Boden und hing in Spritzern an den Wänden. Sein Anblick brachte die Übelkeit zurück, die Jimmy im Glebe Tower Aufzug überwältigt hatte. Die entsetzliche Hitze und der Gestank im Zimmer taten das ihrige dazu. Körperausdünstungen und schlechte Luft. Aus den Augenwinkeln konnte er in der Ecke schlaff zusammengefallen wie ein zerbrochenes Spielzeug etwas Menschliches erkennen, aber seine ganze Aufmerksamkeit war auf den Mann und die Frau auf der anderen Seite des Zimmers gerichtet.

Er hatte zu lang gebraucht. Zu lang, um das Feuer zu löschen. Zu lang, um die Tür einzureißen.

Die Frau hing wie eine Bauchrednerpuppe über dem Schoß des Mannes, die Augen geschlossen, das Gesicht über alle Maßen zerschunden, Kinn und Brust in Blut getränkt. Jimmy konnte nicht einmal erkennen, ob sie am Leben war, nur dass Blut und Speichel wie Ektoplasma über ihre Lippen blubberten. Sie musste wie eine Löwin gekämpft haben. Das Gesicht des alten Mannes war von blutigen Kratzern und Schrammen durchzogen, als hätten Raubtierkrallen sich in sein Fleisch geschlagen und es aufgerissen.

»Möchten Sie, dass ich sie umbringe?« Franek schob eine Hand unter Sophies herabhängenden Unterkiefer und die andere unter ihren Kopf. »Nur eine Bewegung von Ihnen, und ich breche ihr das Genick. Wenn Sie dafür sorgen, dass Ihre Freunde wegbleiben, bis die Polizei kommt, bleibt sie am Leben.«

Jimmy stand wie angewurzelt da. Er wollte etwas sagen, aber die einzigen Wörter, die sich in seinem Hirn bildeten, waren Flüche und Beschimpfungen. Hatte er den beschissenen Arzt nicht gewarnt? Er erinnerte sich ganz genau, wie er es gesagt hatte. Was macht es für einen Unterschied, ob einer oder tausend? Sie haben es mit einem gottverdammten Psychopathen zu tun. Ich brauch nur einen kleinen Fehler zu machen, und er bringt sie um. Genau das hatte er gesagt. Scheiße! Sogar ein gottverdammter Cretin hätte gottverdammt noch mal wissen müssen, dass es so kommen würde.

»He, verstehst du mich, Nigger? Oder bist du zu blöd dazu?«, rief Franek, gereizt vom Anblick des Schwarzen, der mit offenem Mund und verständnislosem Gesicht da stand. »Einen Schritt näher, und ich mach sie kalt.«

Jimmy sah einen schmalen silbernen Schimmer zwischen Sophies Augenlider aufscheinen. Er warf einen raschen Blick auf die reglose Gestalt in der Ecke. »Ich hab schon verstanden«, sagte er heiser mit trockenem Mund.

Franek nickte befriedigt. »Verlier nur deine Angst nicht«, sagte er. »Dann bleibt sie am Leben.«

Jimmy fuhr sich, genau wie Sophie es im Lauf des Nachmittags mehrmals getan hatte, mit der Zunge durch den ausgedörrten Mund, um ihn einzuspeicheln.

»Sie sind 'n toter Mann, Mr Hollis, wenn Sie jetzt nicht mit mir gehen«, sagte er.

Ein Funke der Belustigung blitzte in den Augen des Mannes auf, als nähme er die Drohung zur Kenntnis und fände sie erheiternd. »Die Frau stirbt, wenn du versuchst, mich mit Gewalt hier rauszuholen.«

»Nein, Sie haben mich nicht verstanden.« Er legte einen dringlichen Ton in seine Stimme. »Alle Zufahrtstraßen zur Siedlung sind verbarrikadiert. Die Polizei kommt nicht rein. Auf den Straßen ist überall Krawall, und da unten sind 'n paar Typen, die warten nur drauf, Sie mit Benzinbomben bei lebendigem Leib zu verbrennen. Ich hab versprochen, Sie und Ihren Sohn hinten rauszubringen und zur Polizei an der Ringmauer durchzuschleusen. Sie haben ungefähr dreißig Sekunden, um sich zu entscheiden.«

Neuerliche Belustigung. »Glaubst du im Ernst, dass Franek dir das abkauft? Du hältst mich wohl für blöd, wie?«

Sophies Lider begannen zu flattern, als zögernd das Bewusstsein wiederkehrte.

»Genau«, antwortete Jimmy unbekümmert. Er konnte sich in diesem Moment kaum etwas Schöneres vorstellen, als diesem Kerl das Lächeln von der Visage zu wischen. »Mir ist noch nie ein Irrer mit Hirn untergekommen. Die sind doch alle unterbelichtet. Was gehört schon dazu, einer Frau die Zähne einzuschlagen? Das kann doch jedes schwachsinnige Arschloch.«

Franek umfasste Sophies Nacken fester, als diese sich zu bewegen begann. »Wir bleiben«, sagte er. »Du bewachst die Tür, Nigger. Damit uns nichts passiert.«

Diesmal war es Jimmy, der lächelte. »Die werden Sie abfackeln, Mr Hollis. Reicht Ihr bisschen Hirn aus, um das zu verstehen? Ob ich hier steh oder nicht, spielt überhaupt keine Rolle, weil Sie dann nämlich nur noch durchs Fenster rauskommen und die Typen da unten schon mit Messern auf Sie warten. Die haben für Psychopathen nichts übrig und sind zugedröhnt bis unter die Mütze. Wenn die Sie sehen, machen die Hackfleisch aus Ihnen.«

Franeks Blick blieb völlig ruhig, aber Jimmy war nicht klar, ob Furchtlosigkeit oder Verständnislosigkeit die Ursache solcher Unerschütterlichkeit war. Er musste doch das Geschrei von draußen hören, das lauter und klarer ins Zimmer drang, seit die Tür geöffnet worden war. Jimmy konnte deutlich Wesley Barbers Stimme ausmachen, die alle anderen übertönte, und das beunruhigte ihn, weil es nur bedeuten konnte, dass Wesley dem eingeschlagenen Fenster unten näher rückte.

»Los, Mel, hol den Bruder raus, sonst fackeln wir ihn auch ab …«

»Du beschimpfst den falschen Mann, Nigger. Hast du mal gefragt, ob vielleicht der Sohn der Kranke ist? Hast du gefragt, ob der Sohn das hier angerichtet hat? Nein, du spuckst dem Vater ins Gesicht und gibst ihm die Schuld.« Er fixierte Jimmy mit herausforderndem Blick. »Aber ich bin derjenige – ich, Franek –, der nichts Böses getan hat. Und ich – Franek – tu, was ich kann, um sein Leben zu schützen.«

Er wird sich niemals selbst die Schuld geben … Jimmy sah wieder zu der reglosen Gestalt in der Ecke hinüber. »Ist das Ihr Sohn? Ist er tot?«

»Ich habe ihn mit einem Stuhl von der Frau weggeschlagen. Seitdem hat er sich nicht mehr gerührt.«

»Ja, ja, sparen Sie sich das für die Bullen, Mr Hollis. Ich glaub Ihnen nie im Leben, dass Sie ein harmloser Unschuldsengel sind. Man muss schon ein ziemlich krankes Arschloch sein, wenn man einer Frau so ganz einfach das Genick brechen will.«

»Du hast mir ja gar keine Wahl gelassen, Nigger. Ohne die Drohung hättest du mir nicht zugehört. Aber Franek ist nicht der Mann, den du suchst. Milosz hat den ganzen Ärger gemacht. Milosz macht immer schlimme Sachen.« Der alte Mann kniff die Augen zusammen, als Jimmys Gesichtsausdruck sich plötzlich veränderte. »Warum machst du so ein Gesicht?«, fragte er scharf. »Was denkst du?«

»Man hat mir gesagt, Sie heißen Hollis.«

»Na und?«

»Das stimmt gar nicht. Sie heißen Zelowski!«

»Was ändert schon ein Name?«

Jimmy ballte die Hände zu Fäusten. Er wusste jetzt, warum unten ein Tonstudio war. »Alles! Gottverdammich! Ich weiß, was Sie getan haben. Kein Wunder, dass Ihr Sohn sich jedes Mal in die Hose scheißt, wenn die Tür aufgeht. Sie haben einen kleinen Jungen von fünf Jahren ausgepeitscht, Sie krankes Schwein!«

»Das ist Lüge.«

»Ach, erzählen Sie mir doch nichts!«, fuhr er den Alten an. »Ich kenn Ihren Sohn aus dem Knast. Ich hab ihn gemocht. Milosz Zelowski. Ein klasse Musiker, der beste, der mir je begegnet ist.« Seine Stimme schwoll an vor Zorn. »Sie haben ihm die Finger gebrochen, weil sie hörten, dass er's andern Typen mit der Hand gemacht hat, und das kann ihm nur *einer* beigebracht haben. Sie sind echt das Letzte, Mann. Bei Frauen und Kindern trauen Sie sich.« Er spie auf den Boden. »Aber vor Männern ziehen Sie den Schwanz ein.«

Beim lauten Klang seiner Stimme öffnete Sophie die Augen. Ihr Gesicht war Jimmy zugewandt, aber er konnte nicht erkennen, ob irgendein Begreifen da war, auch wenn sie so still lag, als wüsste sie, dass Bewegung gefährlich war. Sie starrte ihn unverwandt an, und er hatte den Eindruck, dass sie versuchte, ihm etwas mitzuteilen. Aber er hatte keine Ahnung, was.

Franek war unbeeindruckt. »Ach, du willst mit mir streiten? Glaubst du, es ist so leicht, Franek abzulenken, damit er vergisst, warum er dieses zarte weiße Hälschen zwischen den Händen hält?«

»Wenn Sie es ihr brechen, schmeiß ich Sie eigenhändig aus dem Fenster.«

In den Augen des alten Mannes glomm neue Erheiterung. »Vielleicht ist mir das egal. Vielleicht tu ich's trotzdem. Vielleicht denk ich mir, mal sehen, ob ein Nigger zur Abwechslung mal die Wahrheit sagt.« Begierig beobachtete er Jimmys Gesicht. »Ha!«, rief er triumphierend. »Jetzt bist du nicht mehr so scharf auf Streit. Vielleicht willst du lieber für Franek eine Botschaft weitergeben. Sag deinen Freunden, sie sollen heimgehen, in ihre Käfige. Sag ihnen, wenn Franek nichts passiert, dann passiert der Frau auch nichts. Geh schon! Tu, was Franek sagt –« er streckte einen Finger aus, um Sophies Wange zu streicheln – »und die Kleine bleibt am Leben. Widersprich mir, und es ist aus mit ihr.«

Sophies Augen weiteten sich. Diesmal war klar, was sie sagen wollte. *Lassen Sie mich nicht allein!* Sie war wacher, als sie zu sein vorgab.

Jimmy hatte sich schon ausgerechnet, dass er die Distanz zwischen ihnen nicht würde überwinden können, bevor Franek zupackte. Er konnte hoffen, dass Sophie sich zur Wehr setzte, wenn sie sah, dass er ihr zu Hilfe kam, oder dass Franek zu unerfahren war, um es gleich beim ersten Mal richtig zu machen. Aber das war ein zu großes Risiko. Er hielt nicht einen Trumpf in der Hand, weil er nicht bereit war, ihr Leben aufs Spiel zu setzen. Franek hielt sie alle in der Hand.

»Die hören doch gar nicht auf mich«, sagte er.

»Du sollst mir nicht widersprechen, Nigger.«

»Ganz recht, ich bin ein Nigger, und von Niggern wollen sie in der Acid Row nichts wissen.« Er wies mit einer kurzen Kopfbewegung zur Tür. »Hören Sie doch mal hin! Die schreien, dass sie mich genauso abfackeln werden, bloß weil ich schwarz bin.«

Diesmal trübte ein Schatten des Zweifels Franeks Blick. Es war unwahrscheinlich, dass er in dem wütenden Gebrüll einzelne Wörter ausmachen konnte, aber was Jimmy ihm über die Einstellung der Leute zu Schwarzen gesagt hatte, entsprach seinen eigenen Ansichten, darum glaubte er es.

Jimmy sagte mit einem Nicken zu Sophie »Auf sie werden sie hören. Sie ist ihre Ärztin. Wenn wir sie ins vordere Zimmer bringen, kann sie vom Fenster aus mit ihnen reden.«

Franek schüttelte störrisch den Kopf. »Du willst sie nur von mir weglotsen. Los, mach schon. Tu, was ich gesagt habe. Vielleicht hören sie ja mehr auf dich, als du denkst.«

Jimmys brodelnder Zorn kochte über. Er hatte weder Zeit noch Geduld für Verhandlungen, und schon gar nicht die Mentalität, die es einem solchen Menschen gestattet hätte zu glauben, er wäre ein gehorsamer Befehlsempfänger. Krachend schlug er mit der Faust gegen den Kleiderschrank.

»Hey, Sie Arschloch«, brüllte er. »Jetzt reicht's mir endgültig. Sie können's mir glauben, ich bin der einzige Idiot in der ganzen Scheißstraße, der Sie nicht umbringen will. Sie haben nur eine Möglichkeit, Ihre beschissene Haut zu retten, und die bin ich. Ich komm jetzt rein und hol Milosz. Und Sie lassen die Frau frei und heben Ihren fetten Arsch.«

Vielleicht hatte Sophie auf ein solches Ultimatum gewartet; vielleicht spürte sie ein Lockerlassen der Hand unter ihrem Kinn; denn sie warf sich plötzlich herum und entwand sich Franeks Händen, um von panischer Angst gejagt Jimmy entgegenzukrabbeln. Er war eine halbe Sekunde langsamer als sie, aber immer noch um einiges schneller als ein Einundsiebzigjähriger.

»Ich hab Sie«, sagte er, packte sie um die Taille und schwang sie hinter sich. Den Kopf gesenkt und die Arme ausgebreitet, ging er in Kampfstellung. »Na, wie isses, Arschloch?«, höhnte er.

»Wollen Sie Ihr Glück mal mit nem Nigger versuchen?«

»Trauen Sie ihm nicht«, sagte Sophie hinter ihm mit einer Stimme, die wie aufgeschürft klang. »Er ist wahnsinnig. Ich bin überzeugt, er hat seine Frau getötet. Und er wird Sie töten, wenn es geht.«

Franek lachte leise. »Sie redet nichts als Unsinn«, sagte er. »Sie ist eine sehr dumme Frau. Bla-bla-bla – die ganze Zeit. So, und jetzt tun Sie, was Sie versprochen haben. Sorgen Sie dafür, dass Franek am Leben bleibt.«

Jimmy richtete sich auf und ließ seine Hände friedfertig an seinen Seiten herabfallen. »In Ordnung, Baas, aber ohne Milosz geh ich hier nicht weg.« Er ging einen Schritt auf das Bündel in der Ecke zu, das sein Freund war, hörte Sophies Entsetzensschrei, als Franek sich auf ihn stürzte, und empfing den alten Mann mit einem Faustschlage an den Kopf. »Wie ich schon sagte«, brummte er, die Knöchel seiner rechten Hand massierend, »mir ist noch nie ein Irrer mit Hirn begegnet.«

24

Vor dem Haus Humbert Street 23

Melanie fragte sich, warum Wesley und seine Freunde sie nicht einfach überrannten. Sie brauchten doch die Mauer nur zu durchbrechen und schwupp wären sie im Haus. Es war seltsam. Beinahe als wüssten sie, dass Mel und Col im Recht und sie im Unrecht waren. Erschöpft ließ sie ihre Gedanken treiben und tauchte in Filmszenen aus *Krieg der Sterne*, in denen sie sich selbst als Prinzessin Leia sah und Col als Luke Skywalker. Bruder und Schwester Jedi Ritter. Die Macht war mit ihnen.

Colin rüttelte sie am Arm. »Hey, du kippst doch nicht um?«, fragte er ängstlich.

»Nein, nein, alles in Ordnung.«

Sie glaubte nicht an Gut und Böse. Nur Freundlichkeit, wenn einem danach zu Mute war; und Dummheit, wenn man nutzlos war. Vielleicht lag es also an der schwarzen Frau neben ihr, die Wesley ständig erklärte, seine Mutter würde ihn windelweich prügeln, dass er sich nicht weiter vorwagte. Oder an dem Hubschrauber, der über ihnen hing… Oder an seinen Freunden, die auch Cols Freunde waren. Wesley war total durchgeknallt, ganz gleich, wie man's drehte. Wie er sich hier aufspielte – mit Acid voll gepumpt – Schnappmesser in der Hand – dauernd die große Klappe. Er drohte ihr, er würde Jimmy die Eier abschneiden, wenn er ihn das nächste Mal sähe.

Wen interessierte das? Was hatte Jimmy schon groß für sie getan, außer dass er in den Knast gegangen war und sie mit dem Kind, das sie von ihm im Bauch hatte, allein gelassen hatte? Auf den Marsch war er nicht mitgekommen und für die Kinder war er auch nicht da gewesen, als sie ihn gebraucht hatte. Und wo war er jetzt? *»Räumt bei den Perversen aus«*, hatte Col gesagt. *»Die haben Stereo Equipment im hinteren Zimmer, das ist der echte Wahnsinn!«* Dieser Dreckskerl. Dem war doch Geld immer wichtiger gewesen als sie.

Colin packte sie erneut beim Arm. »Mensch, Mel! Geht's dir wirklich gut? Du schwankst echt hin und her, als würdest du gleich umfallen.«

Die Tränen schossen ihr in die müden Augen. »Ich glaub, Jimmy liebt mich nicht mehr, Col. Wo ist er die ganze Zeit gewesen? Warum ist er kein einziges Mal ans Telefon gegangen? Glaubst du, er hat was mit ner andern?«

»Bestimmt nicht. Er hat einfach zu tun.«

»Ach ja? Was denn? Was ist wichtiger als ich und sein Kind?«

»Na ja, Zeugs eben«, sagte Colin verlegen. Auch ihn plagten Zweifel. Er konnte nicht glauben, dass Jimmy Stereoanlagen mehr bedeuteten als Mel und er. Sie waren doch seine Familie, und jeder wusste, dass man die Familie nicht im Stich ließ.

Im Haus Humbert Street 23

Mit einem Schlips aus dem Kleiderschrank band Jimmy Franek die Hände zusammen, bevor er ihm rechts und links ins Gesicht schlug, um ihn wieder zu Bewusstsein zu bringen, und ihn dann hochzog. »Wir gehen jetzt«, sagte er. »Ich nehme Milosz mit. Sie können bleiben oder mitkommen. Wenn Sie mitkommen, tun Sie, was Ihnen gesagt wird. Sonst schmeiß ich Sie den Irren da draußen zum Fraß vor. Ist das klar?«

»Binden Sie mich los.«

»Kommt ja nicht in Frage. Sie sind ein gottverdammter Psychopath, und ich trau Ihnen nicht über den Weg.« Er zog Milosz zur Mitte des Zimmers und kniete nieder, um den leblosen Körper über seine Schulter zu hieven. Die ganze Zeit ließ er Franek nicht aus den Augen. »Sie haben die Wahl. Entweder Sie kommen mit, oder Sie sterben. Ich warte nicht auf Sie und ich helfe Ihnen nicht. Wenn Sie einen Fehler machen – wenn jemand auf Sie aufmerksam wird –, dann bin ich mit Milosz und Sophie weg. Kapiert?«

Franek rang pfeifend um Luft. »Mit gebundenen Händen kann ich mich nicht wehren.«

»Ich weiß. Gemein, was?« Jimmy wandte sich zur Tür, legte Sophie eine Hand in den Rücken, um sie anzutreiben. »Ich wette, das haben die Nutten auch gesagt, bevor Sie sie halb tot geprügelt haben.«

Der alte Soldat zog sich hastig vom Fuß der Treppe zurück, als er oben im Flur Sophies schnellen, leichten und Jimmys schwereren Schritt vernahm. Zuvor hatte er aus einem der oberen Räume Stimmen gehört, jedoch bei dem Radau draußen, vor dem Haus, nicht ausmachen können, was gesprochen wurde. Er war alt und verwirrt und, wie er sich offen eingestand, fast besinnungslos vor Angst. Er hatte keine Ahnung gehabt, wie ungeheuer groß die Menge draußen in der Humbert Street war, und wie wütend allem Anschein nach.

Bei früheren Ausbrüchen von Gewalt – allerdings nie in diesem Ausmaß – war stets vorgebliche Polizeiwillkür der Auslöser gewesen. Die Leute in der Acid Row hegten starke Ressentiments gegen die staatlichen Ordnungs- und Gesetzesorgane, weil sie überzeugt waren, man verfahre gerade gegen sie besonders rücksichtslos und brutal. Mehrmals war es zu offenen Kampfhandlungen gekommen, nachdem führende Mitglieder lokaler Banden mit Schlagstöcken bearbeitet worden waren, weil sie den Behauptungen der Polizei zu Folge bei der Festnahme Widerstand geleistet hatten. Wie die meisten älteren Leute in der Siedlung glaubte der Soldat stets vorbehaltlos die Version der Polizei, angesichts dieser Massen draußen jedoch kam ihm der Verdacht, dass etwas sehr Schlimmes sich zugetragen haben müsse, um eine so große Anzahl von Menschen so heftig in Rage zu bringen.

Er bedauerte, dem Schwarzen in eine Falle gefolgt zu sein. Der Stolz hatte ihn dazu verleitet. Das Bedürfnis zu beweisen, dass er noch immer eine Mann war, mit dem man rechnen musste. Er verwünschte seine Dummheit. Seine Frau hatte gern bemerkt, dass ihm das Bisschen gesunder Menschenverstand, das er bei der Geburt mitbekommen habe, abhanden gekommen sei, als er die Uniform des Königs angezogen hatte. Nur weil er einmal mit einem Gewehr im Urwald von Borneo herumgeturnt sei, habe er noch lange nicht das Recht, auf alle anderen herabzusehen. Mit Krieg erreiche man gar nichts außer den Tod Unschuldiger. Jeder Streit zwischen ihnen hatte sich daran entzündet, weil er es nicht ertragen hatte, das Einzige, was er in seinem Leben wirklich geleistet hatte, schlecht machen zu lassen.

Verzweifelt suchte er nach einem Versteck, aber im Korridor gab es keines. Die Angst nahm ihm die Luft. Die Tür zum hinteren Zimmer war abgesperrt, und er war nicht mehr schnell genug, um sich vor dem Schwarzen in die Gärten retten zu können. Denn es war Jimmy James, den er fürchtete – Jimmy und die Plünderer, die er bei sich hatte –, nicht die Rowdys auf der Straße, die sofort den »alten Griesgram« erkennen würden, der sie regelmäßig samstagabends zur Schnecke machte, weil sie in ihrem Suff vor seinem Haus rumgrölten. Seine Machete fest an die Brust gedrückt, schlich er auf Zehenspitzen ins vordere Wohnzimmer und versteckte sich hinter der Tür.

Die Gärten hinter der Humbert Street

Gaynor überlegte sich, dass es sinnlos war, sich durch die Menge zu drängen. Diejenigen, die bis jetzt nicht die Möglichkeit zur Flucht genutzt hatten, waren offensichtlich kräftig und entschlossen genug, nicht zu wanken und zu weichen. Sie nahm darum den Weg durch Mrs Carthews Haus und rannte wie vor ihr Jimmy durch die Gärten hinter den Häusern. Wenn sich jetzt wirklich überall an der Straße Ausgänge öffneten, konnte sie so den Ansturm vermeiden, sagte sie sich, und viel schneller in die Nähe ihrer Kinder gelangen.

Die Stille in den Gärten war unheimlich. Sie hatte hier hinten Scharen verängstigter Menschen erwartet und verstand nicht, wieso alles leer war. Sie lief langsamer. Das Knattern des Hubschraubers oben am Himmel erinnerte sie daran, dass die Polizei alles beobachtete. Hätte sie das hier vielleicht lieber bleiben lassen sollen…?

Luftaufnahmen aus dem Polizeihubschrauber

Die Videokamera fing ihr empor gewandtes Gesicht im Garten mit dem Klettergerüst ein, während die Hubschrauberbesatzung auf Jimmy James' Abzug aus dem Haus Nummer 23 wartete. Ken Hewitt hatte Anweisung gegeben, vorläufig nur auf der Straßenseite mit den geraden Hausnummern Ausgänge zu schaffen und mit der anderen Seite zu warten, bis er die Bestätigung erhielt, dass Sophie und die Zelowskis das Haus verlassen hatten. Mit einem kollektiven Seufzer der Erleichterung sahen die Beobachter endlich drei Menschen in den Garten treten, einer von ihnen, der große Mann in der schwarzen Ledermontur, einen vierten über der Schulter tragend.

Das Kamera-Auge verfolgte die kleine Gruppe, angeführt von Jimmy, der mit gezielten Tritten einen Zaun nach dem anderen aus dem Weg räumte, auf ihrem Marsch zur Bassindale Row und kehrte dann zur Humbert Street zurück.

»Wo ist eigentlich der Bursche mit dem Stahlhelm geblieben?«, fragte einer der Beobachter.

Keiner wusste es.

In den Gärten hinter der Humbert Street

Gaynor, die drei Häuser entfernt war, erkannte Jimmy auf den ersten Blick, als er aus der Küchentür trat. Die Frau an seiner Seite kam ihr irgendwie bekannt vor, aber sie konnte das Gesicht unter der blutigen Maske nicht erkennen. Grüßend hob sie die Hand, aber sie wandten sich nach links, zur Bassindale Row, und warfen nicht einmal einen Blick in ihre Richtung.

»Jimmy!«, rief sie laut, aber er war so darauf konzentriert, den Fluchtweg freizumachen, dass er sie nicht hörte.

Nicht einen Moment kam ihr der Gedanke, dass sie hier den Abzug der Pädophilen beobachtete. Seit Beginn der Unruhen hatte sie kaum noch an sie gedacht, außer indirekt, wenn sie sich Vorwürfe machte, zu dem Protestmarsch aufgerufen zu haben, und da sie nie zuvor hinten in den Gärten gewesen war, hatte sie keine Ahnung, wie weit sie in diesem Augenblick noch von Melanies Maisonette weg war. Was sie beobachtete, konnte sie nur aufgrund der Tatsachen interpretieren, die ihr bekannt waren, daher stand für sie fest, dass dies einer der Notausgänge war, die Jimmy im Auftrag der Polizei öffnen sollte.

Es war offenkundig, dass es einen Unglücksfall gegeben hatte. Oder etwas Schlimmeres. Weitere Benzinbomben? Eine Massenpanik? Das war die einzig mögliche Erklärung für Jimmys blinde Hast, die menschliche Last auf seiner Schulter, das Blut im Gesicht der Frau, den hinterherstolpernden alten Mann, der die Hände vor sich zusammengepresst trug, als wäre er verletzt. Jimmy brachte die Verwundeten in Sicherheit.

Sofort wurde sie von panischer Angst um ihre Kinder erfasst. In der Erwartung, dass Jimmy und seiner Gruppe andere Flüchtende folgen würden, ging sie zaghaft ein paar Schritte weiter, aber es blieb merkwürdig still. Wieder hob sie das Gesicht zum Hubschrauber empor und schirmte die Augen vor der Sonne ab. Was war hier nur los? Wo waren die Menschen geblieben?

Hinter dem fast zwei Meter hohen Zaun, der den Garten des letzten Hauses der Bassett Road von der Bassindale Row abgrenzte, ließ Jimmy den leblosen Milosz zum Boden hinunter.

Er war zu den Gärten hinter der Bassett Road durchgebrochen, weil er gehofft hatte, dass das Getümmel der von der Humbert Street ausufernden Menge dort nicht so dicht wäre, wenn auch das Gebrüll und Gegröle immer noch unangenehm nahe waren. Sie konnten das Stampfen von Füßen auf dem Asphalt ausmachen, menschliche Stimme, sogar den Rauchgeruch, wenn ein Gaffer, der das Geschehen aus der Ferne beobachtete, sich eine Zigarette anzündete. Er sah die eigene Furcht in den Blicken von Sophie und Franek gespiegelt, als er einen Finger auf seine Lippen drückte, um sie zum Schweigen zu ermahnen.

Bei Franek, dessen Gesicht so bleich und käsig war wie das seines Sohnes, war die Ermahnung überflüssig. Er ließ sich im Windschatten des Zauns zusammengekauert zu Boden sinken und bedeckte seinen Kopf mit den Händen, als könnte die windige Bretterwand ihn vor der beängstigenden Realität einer blutdürstigen Menge schützen. Weder Sophie noch Jimmy gönnten ihm die geringste Aufmerksamkeit.

Jimmy kniete neben Milosz nieder und atmete ein paar Mal tief durch, ehe er wieder sprechen konnte. »Ich weiß nicht, ob ich ihn den ganzen Weg bis raus tragen kann«, flüsterte er dicht an Sophies Ohr. »Er ist schwer wie eine Tonne. Halten Sie's für möglich, dass er tot ist?«

Sie kauerte neben ihm nieder und drückte ihre Fingerspitzen an Miloszs Hals, ehe sie eine Hand auf seine Brust legte, um zu prüfen, ob ein Herzschlag zu spüren war. »Er ist in einem Zustand tiefer Bewusstlosigkeit«, flüsterte sie, während sie mit dem Daumenballen ein Augenlid hochschob, »aber seine Reflexe sind in Ordnung – seine Atmung und der Puls sind kräftig. Eine Gehirnerschütterung ist es nicht, da wäre er mittlerweile wieder zu sich gekommen. Ich vermute, es ist eine Art Totstellreflex.«

»Was meinen Sie damit?«

»Das ist seine Art, mit Angst umzugehen«, murmelte sie. »Er zieht sich ganz in sich selbst zurück. Sein Vater tut im Prinzip das Gleiche, indem er seinen Kopf bedeckt.«

Sie schob ihre Fingerspitzen in Miloszs Nasenlöcher und kniff mit den Fingernägeln in die Scheidewand. Seine Augenlider flatterten, ein Zeichen, dass sein Nervensystem Schmerz registrierte, aber es gab anders als bei der Polizistin, die auf Eileen Hinkleys Riechsalz reagiert hatte, kein Anzeichen wiederkehrenden Bewusstseins.

»Tut mir Leid«, flüsterte Sophie. »Ich kann ihm hier die Hilfe nicht geben, die er jetzt braucht. Selbst wenn ich ihn wieder zu sich bringen könnte, würde es ihm noch eine ganze Weile an der Körperkoordination fehlen, die er zum selbständigen Gehen braucht.«

Jimmy wies mit einer Kopfbewegung zur Bretterwand. »Wir müssen zur Bassindale Row durchbrechen und versuchen, die Ringmauer zu erreichen. Das heißt, wir müssen durch das Gewühl durch, das von der anderen Seite reindrängt, und das wird mit zwei Invaliden im Schlepptau und einem Halbtoten über der Schulter ganz schön happig werden. Nichts für ungut, Lady, aber Sie schauen echt beschissen aus, und der da –« mit einem Nicken zu Franek – »macht auch nicht viel mehr her. Ich hab keine Ahnung, wie wir das schaffen sollen. Es braucht nur einer von uns zu stürzen, und wir sind geliefert.«

Die schreckliche Furcht kehrte zurück. Sie hatte keine Ahnung gehabt, dass es ihm ernst gewesen war mit dem, was er oben im Zimmer zu Franek gesagt hatte. Sie hatte geglaubt, es wäre ein Vorwand, um sie aus dem Haus zu lotsen. »O mein Gott!« Sie sprang auf und wich vor ihm und Milosz zurück. »Das schaff ich nicht. Ehrlich, ich kann nicht. Ich bin nicht mutig genug.«

»Da hat der Doc mir aber was andres erzählt.«

»Welcher Doc?«

»Harry... in Ihrer Praxis... und eine Frau namens Jenny. Die haben behauptet, Sie wären ne Kämpferin.« Er umfasste ihre Hand, um sie nicht weiter wegzulassen. »Sie sind doch Sophie, richtig? Mels Ärztin. Die Frau, die ›Hallo Freundschaft‹ aufgebaut hat. Die uns zu ihrer Hochzeit eingeladen hat. Scheiße, Sophie! Mel steht da draußen vor dem Haus und hält gegen diese beschissenen Arschlöcher mit ihren Molotow-Cocktails. Wollen Sie mir im Ernst sagen, dass sie mehr Schneid hat als Sie?«

Sophie begann zu weinen. »Melanie Patterson? Sind Sie Jimmy James?«

Er nickte. »Ich hab mein Wort gegeben, dass ich Sie und diese Typen hier rausbringe, eh ich Mel und die Kinder hole. Aber wir sollten jetzt 'n Zahn zulegen, und Sie müssen mir helfen. Allein schaff ich's nicht. Wenn eine Frau dabei ist, sieht's viel unverdächtiger aus.«

Sie beneidete Nicholas um seine Bewusstlosigkeit. Warum konnte sie sich nicht auch einfach niederlegen und alle Viere von sich strecken? Sie wollte sagen: Ich habe Schmerzen.... ich blute... ich habe Angst... Stattdessen warf sie einen hastigen Blick auf Franek. »Und was wollen Sie tun, wenn er zusammenbricht? Sie können nicht zwei Halbtote durch die Gegend schleppen.«

»Der bricht nicht zusammen. Dazu hat er viel zu viel Angst. Die reißen ihn doch in Stücke, wenn er zurückbleibt.«

»Aber er hat Asthma. Vielleicht *kann* er gar nicht mithalten.«

»Dann kann er's vergessen«, sagte Jimmy mitleidlos.

O Gott! Ihre Phantasie arbeitete schon wieder auf Hochtouren. Nichts war so einfach. Selbst in der Acid Road konnte man alte Männer mit gefesselten Händen nicht einfach am Straßenrand sitzen lassen. Die Leute würden Fragen stellen. »Sie wissen ja nicht, wie er ist. Er wird um Hilfe rufen... versuchen, Aufmerksamkeit zu erregen. Am Ende werden Sie umkehren müssen, um zu verhindern, dass wir alle getötet werden. Ganz bestimmt wird jemand ihn erkennen.«

»Verlassen Sie sich einfach auf mich«, versetzte Jimmy mit gespielter Selbstsicherheit. »Die meisten von den Leuten da draußen wissen nicht mal, worum's eigentlich geht, und wenn sie's doch wissen, kämen sie nie auf den Gedanken, dass ein Schwarzer und eine Frau mit zwei Perversen rumziehen. Die werden glauben, wir wären da durch Zufall in was reingeraten.« Er lächelte. »Wenn Sie sagen, dass Sie Ärztin sind ... ein bisschen Fachchinesisch vom Stapel lassen, schlucken die alles, was wir ihnen erzählen. Ihr Freund Harry meint, dass Sie mit jeder Situation fertig werden.«

Sophie schloss einen Moment die Augen. Am liebsten hätte sie laut geschrien. Harry war ein Idiot. Und auf einen Kerl, der meinte, man könnte die Leute düpieren, indem man ihnen eine blutig geschlagene Frau vorführte, die medizinisches ›Fachchinesisch‹ redete, würde sie sich nie im Leben verlassen. »Wo genau sind wir hier?«, fragte sie dann mit einem Blick zum nächsten Haus.

Sie hat nen Dachschaden, genau wie die Polizistin, dachte Jimmy. »In der Bassett Road. Am letzten Haus«, antwortete er. »An der Ecke Bassindale.«

»Welche Hausnummer?«

»Keine Ahnung.«

Sie blickte zurück zum letzten Haus in der Humbert Street hinter ihnen. »Wenn das da die Ecke zur Bassindale Row ist, dann muss die Hausnummer höher sein als die von Melanies Maisonette.«

»Stimmt. Ihr Haus ist von hier aus gesehen direkt hinter dreiundzwanzig.«

»Okay.« Sophie rief sich den Lageplan der Straßen ins Gedächtnis. »Dann ist das hier zwei –« sie wies zum anschließenden Garten – »das dort vier und das nächst Haus sechs. Ich kenne die Frau, die auf Nummer sechs wohnt.«

»Das hilft uns nichts. Da müssten wir in die falsche Richtung, und sowieso ist die ganze Bassett Road auf der Straße. Sie wird uns wahrscheinlich nicht mal die Tür aufmachen. Und selbst wenn… wir müssen trotzdem wieder zurück zur Bassindale. Es wäre nur ein Umweg, der uns Zeit kostet.«

Sophie schüttelte den Kopf. »Sie geht nur aus dem Haus, wenn sie zur Behandlung ins Krankenhaus muss, und heute, am Samstag, hat sie bestimmt keinen Termin. Wir können erst mal bei ihr Station machen. Ich könnte versuchen, Milosz zu Bewusstsein zu bringen, während Sie Melanie und die Kinder holen.« Sie schnitt eine Grimasse. »Ich fühl mich im Moment wie eine Leiche auf Urlaub, Jimmy, und Sie können uns nicht alle tragen. Also, Sie bringen uns jetzt zu Nummer sechs und dann kehren Sie um und holen Mel. Bitte, Jimmy!«

»Und was ist mit ihm?«, fragte Jimmy mit einem Blick zu Franek.

»Den zurre ich so fest zusammen, dass er wünschen wird, er wäre mir nie begegnet.«

»Okay.« Er zog Milosz in sitzende Position und beugte sich hinunter, um ihn wieder auf seine Schulter zu hieven. »Was fehlt denn dieser Patientin von Ihnen?«, fragte er, nachdem er sich keuchend aufgerichtet und mit gespreizten Beinen festen Stand gefunden hatte. »Warum geht sie nicht außer Haus?«

»Schleimhautkrebs«, sagte Sophie kurz. »Sie mussten ihr den größten Teil der Nase entfernen, um ihn auszumerzen. Jetzt hat sie ein Loch im Gesicht.«

Ach, Scheiße…!

Luftaufnahmen aus dem Polizeihubschrauber

Die Kamera fing Jimmy und seine kleine Schar wieder ein, als der Beobachter, der sie ständig im Auge behielt, meldete, dass sie der Bassindale Row den Rücken gekehrt hätten und auf dem Rückweg durch die Gärten hinter der Bassett Road wären. Die Beobachter in der Einsatzzentrale identifizierten das Haus, in dem die Gruppe verschwand, als Nummer 6 und stellten bei Prüfung ihrer Unterlagen fest, dass die Bewohnerin eine Mrs Frensham war. Diese Information wurde an Ken Hewitt im Nightingale Healt Centre weitergegeben, worauf unverzüglich die Rückmeldung erfolgte, dass Clara Frensham eine Patientin von Dr. Sophie Morrison war. Man vermutete, dass Sophie sich entschieden hatte, Obdach zu suchen, und sah diese Vermutung bestätigt, als zwei Minuten später Jimmy allein aus der Hintertür des Hauses kam. Die Zielstrebigkeit, mit der er danach das Haus Nummer 23 in der Humbert Street ansteuerte, ließ kaum Zweifel an seiner Absicht, nun auch seine Freundin aus dem Hexenkessel herauszuholen.

Die Frau, die hinter dem Haus beobachtet worden war, wo sie eine ganze Weile unschlüssig dastand, ehe sie sich entschlossen hatte hineinzugehen, hatte man fürs erste als Gaynor Patterson identifiziert. Es blieb allerdings ein Fragezeichen, da das Nightingale Healt Centre als Beitrag zur Personenbeschreibung nicht mehr liefern konnte als Jenny Monroes Behauptung, Gaynor Patterson habe blondes Haar wie ihre Tochter. Alle Versuche, sie über ihr Handy zu erreichen, blieben erfolglos, da, genau wie bei Jimmy James, die Batterie des Geräts mittlerweile leer war.

Auch neben Melanies Namen blieb ein Fragezeichen. Jimmys frühere Bemerkung zu Harry Bonfield, dass die hochgewachsene schwangere Blondine vor dem Haus »seine Mel« sein könnte, war kein Beweis, dass sie es tatsächlich war. Ken Hewitt und Jenny Monroe hatten sich vergeblich bemüht, Melanie über ihr Handy zu erreichen. Nachdem der Anschluss zunächst ständig besetzt gewesen war, war nun überhaupt keine Verbindung mehr möglich; von schweren Stiefeln zertrampelt lag das kleine Telefon auf der Straße, wo Colin es hatte fallen lassen, als er seiner Schwester zu Hilfe gekommen war.

Die Identität des Manns mit dem Stahlhelm sowie die Frage, warum er das Haus Nummer 23 betreten hatte und nicht wieder herausgekommen war, gaben der Polizei immer noch Rätsel auf.

Dank der Geradlinigkeit, mit der Jimmy auf die Rückfront von Nummer 23 zuhielt, konnte das Auge der Kamera die Geschehnisse sowohl hinter als auch vor dem Haus erfassen. Es registrierte die unvermittelte Änderung von Jimmy James' Schrittfrequenz, als dieser wie ein Wahnsinniger durch den Garten raste und durch die Hintertür ins Haus stürzte; den wütenden Sturm eines Teils der Menge auf das eingeschlagene Erdgeschossfenster; das bestürzende Verschwinden der Blondine, als Wesley Barber ihr die Faust in den schwangeren Leib schlug und sie unter stampfenden, trampelnden Füßen zu Boden ging.

Alle in der Einsatzzentrale schrien auf vor Entsetzen.

25

Parkplatz, Hotel Hilton, Southampton

Townsends BMW stand allein in einer Ecke auf dem Parkplatz des Hotels Hilton. »Was gefunden?«, fragte Tyler den Beamten, der neben dem Wagen wartete.

Der Mann schüttelte den Kopf. »Der Kofferraum ist wie geleckt, Sir. Ein Pathologe würde vielleicht was finden, aber wetten würd ich nicht drauf.«

»Zu sauber? Und der Geruch?«

»Ganz normal. Reinigungsmittel wär mir aufgefallen.«

»Gepäck? Eine Videokamera?«

»Nur ein Laptop.«

»Interessant.« Tyler blickte durch das Rückfenster. »Und da drinnen?«

»Irgendein Rasierwasser. Teuer. Der Typ stinkt förmlich danach.« Er schnitt ein Gesicht. »Der hat's in sich, Sir. Seinem Führerschein zufolge ist er fünfundvierzig, aber er will unbedingt für dreißig durchgehen. An dem ist nichts echt, wenn Sie mich fragen.« Ein nachdenklicher Ausdruck flog über sein Gesicht. »Knallhart... hat nicht mal mit der Wimper gezuckt, als ich ihm die Autotür aufgemacht hab.«

»Hatte er was gegen die Durchsuchung des Kofferraums?«

«Nein. Er hat ihn mir selbst aufgemacht.«

»Hat er gefragt, wonach Sie suchen?«

»Nein.«

»Interessant«, sagte Tyler wieder.

Konferenzraum, Hotel Hilton

Ob echt oder unecht, Tyler verstand augenblicklich, warum Laura Biddulph auf Edward Townsend geflogen war. Bartloses, braun gebranntes Gesicht. Muskulöse Arme und Schultern. Kurz geschnittenes Haar. Neben Tyler mit seinem robust zottigen Bernhardiner-Look nahm er sich aus wie Barbies bronzeglatter Ken. (Vielleicht die Erklärung dafür, warum eine Achtzehnjährige mit der Mentalität einer Zwölfjährigen wie Franny Gough ihn anziehend fand, dachte Tyler grimmig.) Aber er war zu synthetisch, um die Aufmerksamkeit länger fesseln zu können. Das Auge sehnte sich nach interessanter Eigenart – Lachfältchen, Charakterlinien –, nach irgendetwas, das nicht dem Traum einer nach Liebe ausgehungerten Frau von männlicher Schönheit entsprach.

Doch das Bild vermochte nur aus der Ferne zu blenden. Bei näherem Hinsehen wunderte es Tyler nicht, dass die Beziehung zwischen diesem Mann und Franny Gough den Argwohn des Hoteldirektors auf Mallorca geweckt hatte. Das Haar sah gefärbt aus, die Sonnenbräune stammte beinahe mit Sicherheit aus der Tube, und die unsteten, blassen Augen hielten niemandes Blick länger als eine Sekunde stand. Tyler bemühte sich bewusst, den Mann objektiv zu betrachten – es wäre zu einfach gewesen, sich vom Vorurteil leiten zu lassen –, trotzdem spürte er nichts als innere Abwehr. Vielleicht lag es an dem Rasierwasser.

Zwei uniformierte Beamte, die mit verschränkten Armen und gleichmütigen Gesichtern die Tür flankierten, traten zur Seite, um Tyler und Butler vorbei zu lassen. In der Mitte des Raums stand ein langer Konferenztisch, Schreibblöcke darauf, Stühle rundherum, an einem Ende eine Kaffeemaschine und Geschirr. Am anderen Ende saß Townsend, in Hemdsärmeln, das Jackett hinter sich über der Stuhllehne, den Laptop aufgeklappt vor sich. Über den Bildschirmschoner glitt eine Wolkenlandschaft.

»Chief Inspector Tyler und Sergant Butler, Kriminalpolizei. Wir ermitteln im Fall der vermissten Amy Biddulph«, sagte Tyler, zog sich neben dem Mann einen Stuhl heran, setzte sich, schlug die Beine übereinander und stützte einen Ellbogen auf den Tisch. Butler nahm gegenüber Platz. »Verbindlichen Dank, dass Sie gleich zu diesem Gespräch bereit waren, Sir.«

»Mir hat niemand gesagt, dass ich eine Wahl habe.« Es war die Stimme, die Tyler am Handy gehört hatte, wenn auch das Cockney nicht so deutlich herauszuhören war wie am Telefon. Gehörte auch seine Herkunft zu den Dingen, die er verheimlichen wollte?, fragte sich Tyler. Er glänzte jedenfalls mit allem, was einen Selfmademan auszeichnete: BMW, Rolex, Armani-Anzug.

»Fälle wie dieser sind immer schwierig«, erklärte Tyler zweideutig. »Wir müssen sicher stellen, dass wir möglichst unverzüglich an die Personen herankommen, die uns helfen können.«

»Ich bin gern bereit, Fragen zu beantworten. Amy ist ein liebes kleines Mädchen. Ich würde alles tun, um ihr zu helfen. Ich habe diese Herren –« er wies auf die beiden uniformierten Constables – »lediglich gebeten, mir zu gestatten, den restlichen Teilnehmern an der anstehenden Besprechung die Situation kurz zu erklären. Ich kann mir nicht vorstellen, dass das ein berechtigter Grund ist, mich hier festzuhalten, Inspector.«

»Wir haben es den Herrschaften bereits für Sie erklärt, Sir«, gab Tyler freundlich zurück. »Sie sind gern bereit zu warten, bis wir hier fertig sind. Sie sind sich alle darin einig, dass man eine kleine Verzögerung in Kauf nehmen kann, wenn das Leben eines Kindes auf dem Spiel steht.«

Die blassen Augen berührten ihn flüchtig. »Was haben Sie den Leuten erzählt?«

»Dass Sie uns wichtige Informationen über Amy Biddulph liefern können, und wir deshalb so bald wie möglich mit Ihnen sprechen müssen.«

»Was für wichtige Informationen?«

»Aus der Zeit, als die Kleine und ihre Mutter bei Ihnen lebten. So weit mir bekannt ist, haben Sie mehrere Videobänder von Amy aufgenommen. Wir wären Ihnen verbunden, wenn Sie uns die überlassen würden, Sir. Filme sind uns nützlicher als die Fotografien, mit denen wir im Augenblick arbeiten. Den Leuten fällt es leichter, eine Person auf einem bewegten Bild zu erkennen.«

Er machte ein amüsiertes Gesicht. »Die Bänder gibt es nicht mehr. Laura hat sie zerschnitten und mir die Schnipsel im Wohnzimmer auf dem Boden hinterlassen, als sie ausgezogen ist. Hat sie Ihnen das nicht erzählt?«

Tyler war verunsichert. Bei Ermittlungen wie dieser war nie genug Zeit. Immer blieben zu viele Fragen ungefragt. »Nein.«

»Tja, dann muss ich Sie leider enttäuschen.«

Tyler nickte. »Woher wissen Sie, dass Laura alle Bänder gefunden hat? Wissen Sie noch, wie viele Sie damals aufgenommen haben?«

»Ja, das weiß ich sogar sehr genau. Ich habe nämlich immer wieder dieselben drei Bänder benutzt. Ich habe Amy sowieso nur gefilmt, weil es ihr Spaß machte, sich in Szene zu setzen und weil sie sich im Fernsehen anschauen wollte.«

»Warum haben Sie sie dann nackt in der Badewanne aufgenommen?«

Er antwortete mit einem lockeren Lachen. »Gute Akustik und ein Schwamm als Mikrofon. Sie hat ›*Like a Virgin*‹ gesungen. Volle Pulle. Und gar nicht schlecht. Die Kleine hat wirklich Talent.«

»Was ist aus den Aufnahmen geworden, die Sie von Laura gemacht haben?«

Townsend lachte wieder. Seine Augen zogen sich zu verschmitzten Schlitzen zusammen. Er war sehr locker. Charmant beinahe. »Aber Inspector! Die werden Ihnen bestimmt nicht helfen, Amy zu finden. Sie war auf keinem der Bänder drauf. Das wenigstens muss Laura Ihnen doch gesagt haben. Unter uns gesagt, das waren keine Filme, in die man ein Kind mit hineinnehmen würde.«

»Ja, soviel habe ich auch schon begriffen. Sie scheinen ziemlich scharf gewesen zu sein. Ich vermute, Sie haben sie aufbewahrt?«

»O nein«, antwortete er ohne Zögern, »aus alten Beziehungen hebe ich nie etwas auf, Inspector. Ich habe die Bänder wiederverwendet.«

»Wofür?«

Er dachte einen Moment nach. »Wahrscheinlich auf einer unserer Baustellen in Guildford. Wir hatten dort Probleme, es verschwand immer wieder Material, deshalb habe ich eine Kamera installieren lassen. Den Arbeitern passt es nicht, aber was andres blieb mir nicht übrig, wenn ich mich nicht weiter bestehlen lassen wollte.«

Die Männer, die auf dem Bau arbeiteten, waren nach Tylers Erfahrung rüde Burschen, die einem in die Augen sahen, wenn sie mit einem redeten. Deswegen waren sie nicht ehrlicher oder aufrichtiger als andere, aber sie waren direkter, und es hätte Tyler interessiert, was Townsends Leute von ihrem Arbeitgeber hielten.

»Wie kommt es, dass Sie bezüglich der Aufnahmen von Amy so sicher sind und bezüglich der von Laura so unsicher?«

»Von Laura habe ich weit mehr Bänder aufgenommen – größtenteils bevor sie mit mir zusammenzog. Von Amy gab es nur die drei. Frühere Aufnahmen interessierten sie nicht… es musste immer alles ganz frisch sein, sonst fand sie es langweilig.« Er nahm die Rolex ab und legte sie vor sich auf den Tisch, die gleiche Ungeduld zeigend, die vorher Martin Rogerson an den Tag gelegt hatte. »Wie ich schon sagte, ich bedaure, Sie enttäuschen zu müssen, Inspector.«

Tyler rief sich ins Gedächtnis, dass dieser Mann eine Gewohnheit daraus machte, Frauen zu überreden, sich nackt vor einer Kamera zur Schau zu stellen. Er verstand sich zweifellos darauf, unbequeme Fragen über Vorgängerinnen abzuwehren. Eine Spur Gereiztheit schwang in seinem Ton mit, aber er hatte sich gut im Griff.

Tyler beugte sich vor. »Sie scheinen sehr ungeduldig zu sein«, bemerkte er. »Wie kommt das, Sir? Die Kleine ist vielleicht in tödlicher Gefahr, und Sie sagten doch, Sie wollten helfen.«

Die Reaktion fiel heftiger als erwartet aus. Ein Aufblitzen von Stahl. »Es gibt Leute, die müssen sich ihr Geld mit harter Arbeit verdienen anstatt sich auf den Staat zu verlassen«, sagte er bissig. »Sie halten mich von meinen Geschäften ab. Ich habe Verständnis für die Gründe und habe meiner Bereitschaft Ausdruck gegeben, Ihre Fragen zu beantworten, aber ich wäre doch dankbar für eine gewisse Beschleunigung der Dinge. Was kann ich Ihnen über Amy und Laura sagen, was Martin Rogerson Ihnen nicht schon gesagt hat?«

Tyler machte eine beschwichtigende Handbewegung, als bekannte er sich zu seiner Schuld. »Man hat uns berichtet, dass Amy vor ungefähr zwei Wochen eine Person, die sie ›Em‹ nannte, per R-Gespräch angerufen hat. Haben Sie eine Ahnung, wer diese Person gewesen sein könnte, Mr Townsend?«

»Nein.«

»Vielleicht nehmen Sie sich einen Moment Zeit zum Überlegen. Hat sie in der Zeit, als sie in Ihrem Haus lebte, einmal eine Freundin namens Em oder Emma erwähnt?«

»Nicht dass ich wüsste. Sie hat immer viel und gern erzählt, aber ich habe selten wirklich zugehört. Wenn jemand dazu etwas weiß, dann ihre Mutter.«

Tyler seufzte genervt. »Es ist wichtig, Mr Townsend.«

Townsend drückte unter seiner Nase die Fingerspitzen seiner beiden Hände aneinander und seufzte ebenfalls. »Das ist mir klar, aber es tut mir Leid, ich kann Ihnen da nicht helfen. Amy kam gewissermaßen als Anhängsel ihrer Mutter in mein Haus. Ich war freundlich zu ihr, habe mich ab und zu mit ihr unterhalten, wenn sie bei meiner Heimkehr noch auf war, habe sie ein-, zweimal gefilmt, wie sie gesungen und getanzt hat, und habe, so weit mir das möglich war, für sie gesorgt. Laura wollte aus irgendwelchen sonderbaren Gründen die Unterhaltszahlungen von ihrem Mann nicht annehmen... Sie sprach immer von einem sauberen Schlussstrich, aber ich hatte eher den Eindruck, dass sie Martin eins auswischen wollte. So nach dem Motto, ich komme ohne dich bestens zurecht. Nach sechs Monaten erkannte ich, dass ich für sie nur ein bequemes Sprungbrett aus der Ehe gewesen war. Wir hatten deswegen eine Auseinandersetzung, und am nächsten Abend war sie mit Amy weg. Ich habe von beiden seitdem nichts mehr gehört und gesehen.«

»Die Tatsache, dass sie die Bänder von ihrer Tochter zerschnitten und in Ihrem Wohnzimmer verstreut hat, legt nahe, dass es so ganz schmerzlos wohl nicht war, Mr Townsend.«

Townsend klopfte mit den Zeigefingern leicht an seine Nasenflügel und warf wieder einen seiner flüchtigen Blicke auf Tyler. »Was wollen Sie von mir? Dass ich den Namen der Frau in den Schmutz ziehe? Sie hat gerade ihr Kind verloren. Herrgott noch mal!«

»Wir haben Laura Biddulphs Version gehört. Jetzt würde mich die Ihre interessieren.«

Er senkte einen Moment den Kopf in seine Hände. »Okay, sie war eifersüchtig«, sagte er schroff und blickte auf. »Es war absurd. Sie war aus einer Ehe geflohen, in der der Vater seine Tochter kaum wahrnahm, und war froh und dankbar, einen Mann gefunden zu haben, der Amy liebevoll behandelte. Diese Einstellung hielt sich gerade mal vier Monate. Laura hatte die Kleine immer für sich allein gehabt, als sie mit Martin lebte, und es gefiel ihr gar nicht, als Amy anfing, ihre Zuneigung zu mir zu entdecken. Sie wurde plötzlich wahnsinnig besitzergreifend, nahm jedes Fetzchen Aufmerksamkeit übel, das Amy von mir bekam, insbesondere galt das für die Videos, und beschuldigte mich aus heiterem Himmel, ich hätte mehr für das Kind übrig als für sie. So schleppten wir uns noch zwei Monate durch – ich behandelte Amy wie Luft, um ihre Mutter nicht in Rage zu bringen, und die Kleine war völlig verstört, weil sie nicht verstand, was los war – dann hatte ich restlos genug. Ende der Geschichte. Laura ist am nächsten Tag ausgezogen.«

Tyler nickte. »Ist das in Ihren beiden Ehen auch so gelaufen?«, fragte er.

Er hatte den Mann offensichtlich kalt erwischt. Ein Schimmer von Unsicherheit zeigte sich. »Was zum Teufel haben meine Ehen mit Amy zu tun?«

»Es interessiert mich nur. Die beiden Ehe haben ja auch nicht lange gehalten.«

Townsend bewegte seine Maus, um wieder die Wolkenlandschaft auf den Bildschirm seines Laptop zu holen. »Ich bin fremdgegangen«, sagte er kurz. »Meinen Ehefrauen hat das nicht gepasst. Mit Laura wäre es genauso geworden, wenn sie nicht gegangen wäre. Ich bin nicht zum Ehemann geeignet. Das werden Ihnen die Frauen meiner Bekanntschaft bestätigten.«

»Weiß Mr Rogerson das?«

»Wieso? Was hat das damit zu tun?«

»Nun, ich hatte die Idee, dass Laura und Amy eine vorübergehende Leihgabe an Sie waren.«

Wieder blitzte Stahl. »Das ist eine Frechheit!«

Tyler zuckte die Achseln und kam wieder auf das Telefonat zu sprechen. »Laura Biddulph meint, dass Amy ›Ed‹ gesagt hat, und nicht ›Em‹. So hat das Kind Sie angeblich genannt, Mr Townsend. Das klingt ja ähnlich, und die Kinder, die das Gespräch mitgehört haben, haben nicht so genau aufgepasst.«

Er schüttelte den Kopf. »Ich habe Ihnen bereits gesagt, dass ich mit Amy nicht mehr gesprochen habe, seit Laura und ich uns getrennt haben.«

»Aber bezeugen kann das niemand, Mr Townsend.«

Townsend fixierte Tyler ein paar Sekunden lang mit überraschend festem Blick. Es war keine Sympathie in den hellen Augen, aber auch nichts Verschwiegenes. »Glauben Sie denn, ich hätte etwas mit Amys Verschwinden zu tun?«, fragte er scharf. »Ist das der Anlass Ihrer Fragen?«

»Warum gleich annehmen, dass ein Telefongespräch, das vor zwei Wochen stattgefunden hat, etwas mit dem zu tun hat, was gestern geschah, Mr Townsend? Wir versuchen lediglich herauszubekommen, was das Kind beschäftigte. Amy war offensichtlich unglücklich; sie hat während des ganzen Gesprächs geweint. Und die Person, mit der sie gesprochen hat, muss sie gut gekannt haben, sonst hätte sie sicher das R-Gespräch nicht angenommen.«

»Ich war es jedenfalls nicht. Ich hätte selbstverständlich ein Gespräch angenommen, wenn sie versucht hätte, mich zu erreichen – verdammt noch mal, die Kleine tat mir Leid – sie war völlig orientierungslos. Sie wusste nicht, ob ihre Mutter sie liebte... ob ihr Vater sie liebte... hatte keinerlei Kontakt zu den Verwandten, weil die alle mit der Ehe nicht einverstanden waren. Was ist das für ein Leben für eine Zehnjährige?«

Das spiegelte so viele seiner eigenen Überlegungen, dass Tyler geneigt war, die Vernehmung zu beenden. Es war ja sowieso nur ein Auf-den-Busch-Klopfen gewesen, bisher ohne Ergebnis. »Wären Sie bereit, uns zur Bestätigung Einsicht in Ihre Telefonrechnungen zu gestatten?«, fragte er. »Wenn keine entsprechende Belastung erscheint, lassen wir Sie in Zukunft in Frieden.«

Townsend nickte. »Selbstverständlich. Gern.« Er kritzelte drei Telefonnummern auf den Schreibblock, der vor ihm lag. »Das sind meine Anschlüsse. Privat. Beruflich. Mobil. Sie können gern Einblick in die Rechnungen nehmen.«

Tyler griff nach dem Block.

Gary Butler sagte: »Sie haben fünf getrennte Nummern für zu Hause, Mr Townsend. Ich habe das gestern Abend geprüft, weil wir hofften, Sie irgendwie erreichen zu können. Ich dachte, wir könnten vielleicht zu Ihrem Handy durchkommen. Aber wir hatten kein Glück. Der eine Anschluss ist ein Fax, einer ist ein Modem, die anderen drei sind normale Telefonanschlüsse. Wir brauchen Ihre Vollmacht für alle.«

Townsends Blick flog zu ihm.

»Wir können jederzeit einen richterlichen Befehl einholen«, fuhr Butler ohne Feindseligkeit fort. »Vielleicht möchten Sie einen Anwalt zur Seite haben, wenn wir Ihnen das Verfahren erklären?«

»Sie haben keine Gründe für solche Maßnahmen. Ich sagte Ihnen bereits, dass ich mit Amy nicht mehr gesprochen habe, seit sie mein Haus verlassen hat.«

»Ein Kind ihrer Beschreibung wurde gestern zur Mittagszeit vor der katholischen Kirche in Portisfield von einem Fahrzeug aufgenommen, das dem Aussehen nach Ihr Wagen gewesen sein könnte, Mr Townsend.«

Nicht eine Sekunde des Zögerns. »Ich war gestern nicht in Portisfield.«

Butler sah Tyler an, der ihn mit einem kurzen Nicken aufforderte fortzufahren. »Können Sie das beweisen, Sir?«

»Ich kann auf alle Fälle beweisen, dass ich zur Mittagszeit ganz woanders war.« Er zog seine Brieftasche aus dem hinter ihm hängenden Jackett und entnahm einem der Fächer eine Quittung. »Ich war auf dem M 3 unterwegs und habe an der Tankstelle bei Fleet zu Mittag gegessen.« Er sah einen Moment unschlüssig von einem Polizeibeamten zum anderen, dann hielt er Tyler den Zettel hin.

Tyler legte ihn auf den Tisch und strich ihn glatt. »Das war ein zeitiges Mittagessen. Auf dem Beleg steht elf Uhr dreiundvierzig.«

»Ich hatte seit dem vorhergehenden Abend nichts mehr gegessen. Ich war auf dem Weg nach Guildford zu einem Gespräch mit meinem Bauleiter.«

»Um welche Zeit fand dieses Gespräch statt?«

»Ungefähr um Viertel nach eins, so weit ich mich erinnere. Der Mann heißt Steve Ablett und wohnt in Millbrook. Dock Way zwölf. Seine Nummer steht im Telefonbuch.«

Darauf hatte er hinaus gewollt. Das perfekte Alibi. Nicht einmal Michael Schumacher hätte in ein ein Viertelstunden von Fleet nach Portisfield und weiter nach Guildford fahren können.

»Was haben Sie sich zu essen bestellt, Mr Townsend?«

»Lasagne und Kaffee.«

Richtig, aber auch nicht schwer, sich das zu merken. ›Lasagne 6.25. Kaffee 0.95.‹ Die Oberfläche des Papiers zeigte schwach ein Netz feiner Linien, als wäre es zerknittert und dann aufgebügelt worden. Tyler nickte Butler zu. Der zog sein Handy heraus und ging in den Korridor hinaus, um von dort aus Steve Ablett anzurufen.

»Woher wussten Sie, dass die Mittagszeit die kritische Zeit ist?«, fragte Tyler. »Wir haben öffentlich immer nur von dem Zeitpunkt gesprochen, als Amy beim Verlassen des Hauses der Familie Logan das letzte Mal gesehen wurde, und das war gegen zehn Uhr vormittags. Hat Martin Rogerson Sie informiert?«

Townsend schüttelte den Kopf. »Dass diese Zeit kritisch ist, habe ich eben erst erfahren, als Ihr Sergeant es erwähnte.«

»Behalten Sie immer alle Quittungen?«

»Alles, was ich absetzen kann.«

»Zeigen Sie mir noch ein paar.«

Er suchte demonstrativ in seiner Brieftasche. »Tut mir Leid. Ich habe sie vor kurzem geleert. Ich habe keine bei mir. Kann sein, dass im Wagen welche liegen.«

»Sein Mittagessen kann man nicht von der Steuer absetzen, Mr Townsend. Essen muss jeder. Warum haben Sie diese Rechnung behalten? Haben Sie damit gerechnet, nach einem Alibi gefragt zu werden?«

»Es war einfach meine letzte Ausgabe. Ich stecke immer alle Rechnungen ein und sortiere sie später.«

»Sind Sie auf dem M3 in südlicher oder nördlicher Richtung gefahren?«

»Nach Süden.«

»Warum haben Sie dann an der Tankstelle Fleet gehalten? Der schnellste Weg nach Guildford wäre doch über die Ausfahrt Camberley gewesen – gut sechzehn Kilometer vor Fleet. Tankstellen gibt's an der Straße wie Sand am Meer, und alle haben sie Sandwiches.«

»Ich wollte mal raus aus dem Auto.« Er machte wieder dieses amüsierte Gesicht. »Unser Projekt in Guildford ist drüben in Richtung Aldershot. Da ist man beinahe genauso schnell dort, wenn man bei Hook abfährt – und die Fahrt ist angenehmer.«

Tyler quittierte das alles mit einem freundlichen Lächeln und sah dann wieder zu dem Netz feiner Linien auf dem Zettel hinunter. Er war eindeutig zusammengeknüllt und später wieder geglättet worden. Tyler dachte an die Abfälle, die sich auf den Parkplätzen von Tankstellen zu sammeln pflegten. Es war leicht möglich, dass Townsend auf gut Glück einen Abstecher zu der Tankstelle gemacht hatte – *nachdem* er in Guildford gewesen war –, um zu sehen, ob sich da nicht etwas finden ließ. Nicht nachzuweisen natürlich, es sei denn, es gab in Fleet Überwachungskameras. Und selbst dann war unwahrscheinlich, dass unter den Tausenden von Fahrzeugen, die jeden Tag die Tankstelle aufsuchten, ausgerechnet Townsends Kennzeichen aufgenommen worden war.

»Na gut.« Er lehnte sich wieder vor. »Und wo haben Sie die letzte Nacht verbracht, Mr Townsend? In Ihrem Haus waren Sie nicht. Wir hatten von neun Uhr an, als Mr Rogerson uns Ihre Adresse angab, einen Wagen vor Ihrem Anwesen stehen. Wir hofften, Amy sei auf dem Weg zu Ihnen.«

»Ich war bei meiner Freundin.«

»Darf ich Sie um den Namen der Dame bitten?«

Townsend schüttelte den Kopf. »Den bekommen Sie nicht ohne ihre Erlaubnis. Sie ist verheiratet, und ich möchte nicht, dass Sie in diese Geschichte hineingezogen wird. Ich habe Ihnen die Nachweise gegeben, um die Sie gebeten haben, Inspector. Wenn Sie noch mehr wollen, müssen Sie sich an meinen Anwalt wenden.«

»Mr Rogerson?«

»Ganz recht.«

»Das ist eine interessante Beziehung, Mr Townsend. Wieso ist er bereit, Sie weiterhin zu vertreten? Die meisten Männer in seiner Situation würden dem Mann, der ihnen die Frau ausgespannt hat, nicht verzeihen.«

Townsend antwortete nicht gleich. »Ich bin ein wertvoller Mandant. Martin verdient gut an mir. Laura hatte ihn bereits verlassen. Da hätte er sich doch nur ins eigene Fleisch geschnitten, wenn er mir den Laufpass gegeben hätte.«

Tyler lachte ein wenig. »Aber so vernünftig ist die menschliche Natur nicht. Schon gar nicht, wenn Leidenschaft im Spiel ist.«

Townsend zuckte mit den Schultern. »Alle Leidenschaft, die Martin Laura vielleicht einmal entgegengebracht hatte, war längst erloschen. Es ist nicht leicht mit ihr zu leben, Inspector. Viel zu anhänglich für jemanden wie Martin, der seinen Freiraum braucht. Anfangs mag das schmeichelhaft sein. Da fühlt man sich als Mann begehrt und mächtig. Aber das lässt schnell nach, wenn die Eifersucht anfängt.«

Tyler dachte an seine eigene gescheiterte Ehe. So viel anders war es da auch nicht gelaufen. »Und warum haben Sie ihn als Anwalt behalten?«

»Ich verstehe nicht.«

»Na, Sie hatten ihm doch immerhin Frau und Tochter genommen. War Ihnen da nicht ein bisschen unbehaglich?«

»Warum hätte mir unbehaglich sein sollen?«

»Also, ich möchte keinen Anwalt zum Feind haben.«

Townsend sagte nichts.

»Aber vielleicht ist er gar kein Feind? Vielleicht verbinden Sie beide zu viele gemeinsame Interessen, die ein Zerwürfnis nicht zulassen.«

Townsend lächelte. »Vielleicht.«

»Und was sind das für Interessen? Womit verdient er so gut an Ihnen?«

»Große Bauprojekte.«

»Sie sprechen von Etstone?«

»Richtig.«

»Hm.« Er musterte den Mann einen Moment lang. »Wie kommt es dann, dass Franny Gough mir erzählte, es stünde nicht sehr gut um die Firma? Sie sagte, Sie würden von jemandem bestohlen, und gerieten jedes Mal völlig außer sich, wenn das Thema zur Sprache kommt.«

Der Blick wurde wieder unstet, aber ob die Erwähnung Franny

Goughs daran schuld war oder die Bemerkung über den Zustand des Unternehmens, war nicht zu erkennen.

»Es ist kein Geheimnis, dass wir neue Investoren suchen. Darum geht es bei der heutigen Konferenz. Ich habe den Verdacht, dass Steve Ablett und seine Leute kräftig in die eigene Tasche gearbeitet haben. Deswegen war ich gestern bei ihm. Um ihn zu warnen. Ich habe ihn darauf hingewiesen, dass es beinahe mit Sicherheit fristlose Entlassungen und gerichtliche Verfahren geben wird, sobald unsere geschäftliche Lage sich wieder stabilisiert hat.«

Eine merkwürdige Antwort, dachte Tyler. *Verdacht…? Beinahe mit Sicherheit…?* »Haben Sie Ihr Gepäck und Ihre Videokamera bei Ihrer Freundin gelassen, Mr Townsend?«

Der Themawechsel erfolgte so unvermittelt, dass Townsend einen Moment lang wieder seine Sicherheit verlor. Noch eine Frage, auf die er sich nicht vorbereitet hatte. Tyler sah förmlich, wie er zwischen »Ja« und »Nein« schwankte.

»Ja«, sagte er dann.

»Wird der Ehemann der Dame nicht wissen wollen, wem die Sachen gehören?«

»Er ist verreist.«

»Dann haben Sie gewiss vor, auch die kommende Nacht bei ihr zu verbringen. Zumindest werden Sie Ihre Zahnbürste und Ihren Rasierapparat brauchen. Wären Sie einverstanden, wenn einer meiner Mitarbeiter Sie begleitet? Wir brauchen nur die Bestätigung, dass Sie gestern Nacht bei ihr waren… und wenn ihr Mann verreist ist, dürfte das ja kein Problem sein.«

Er schüttelte den Kopf, ohne etwas zu sagen.

»Vielleicht möchten Sie sich mit Ihrem Anwalt beraten?«

Townsend antwortete immer noch nicht. Das Schweigen zog sich in die Länge, und Tyler fragte sich, warum der Mann so fest entschlossen war, Martin Rogerson nicht zu sich holen zu lassen. Wusste er, dass Rogerson gar nicht hier war? Hatte er erraten, dass nicht sein Anwalt zuvor am Handy gewesen war? Oder wollte er vermeiden, dass Rogerson Zeuge seiner Aussagen wurde?

Fünf Minuten verstrichen, bevor Butler in den Konferenzraum zurückkam, und es wäre schwer zu sagen gewesen, bei welchem der beiden Männer die Erleichterung, ihn zu sehen, größer war. Tyler kannte seinen Sergeant gut genug, um zu wissen, dass er ihm durch ein Kopfschütteln die Fruchtlosigkeit einer weiteren Vernehmung Townsends angedeutet hätte.

»Mr Ablett meinte, es sei halb zwei gewesen«, berichtete Butler sachlich. Ohne Eile setzte er sich wieder an seinen Platz. »Hier ist eine Anfrage vom Chef«, sagte er zu Tyler und schob ihm einen zusammengefalteten Zettel über den Tisch. »Er erwartet umgehend Antwort.«

Tyler hielt den Zettel hoch, so dass Townsend nichts sehen konnte. ›Er lügt. Ich muss Sie draußen sprechen.‹

»Entschuldigen Sie mich, Mr Townsend«, sagte Tyler, den Zettel einschiebend. »Ich muss Sie bitten, sich noch einen Moment zu gedulden. Es wird nicht lange dauern.«

Townsend wurde ärgerlich. »Das ist wirklich unzumutbar, Inspector. Ich kämpfe hier um die Existenz meines Unternehmens. Diese Konferenz ist lebenswichtig für mich. Wenn die potentiellen Investoren jetzt gehen, kann ich den Laden wahrscheinlich dichtmachen.«

Tyler blieb sitzen. »Sind Sie deshalb so plötzlich aus Mallorca zurückgekehrt?«

»Ganz recht. Martin hat mich angerufen, weil die Bank es ablehnt, für die Löhne aufzukommen. Darum diese Konferenz. Die letzten vierundzwanzig Stunden habe ich nur darum gekämpft, die Firma irgendwie zusammenzuhalten.«

»Warum haben Sie Mr Rogerson nicht von Ihrer Rückkehr unterrichtet?«

»Ich wollte ihn nicht in Schwierigkeiten bringen. Bei Insolvenz treten ja gewisse gesetzliche Vorschriften in Kraft, und er hätte es vielleicht im Interesse der Gläubiger für notwendig gehalten, gleich gestern Konkurs anzumelden.«

Tyler warf Butler einen Blick zu und sah, wie der kaum merklich den Kopf zur Tür neigte. »Warum haben Sie Franny Gough nicht mitgenommen?«

Die blassen Augen funkelten kurz auf. »Sie war betrunken. Ich konnte sie nicht einmal auf die Beine bringen, geschweige denn zum Flughafen.«

»Sie saß völlig auf dem Trockenen. Sie sind abgereist, ohne die Rechnung zu bezahlen.«

»Ich hatte gar keine Wahl. Nach Martins Anruf musste ich fürchten, dass man mir die Kreditkarten gesperrt hatte. Ich riet ihr, sich heimlich aus dem Hotel zu schleichen, ein Taxi zu nehmen und am Flughafen umzubuchen. Dafür hatte sie noch genug Geld. Mehr konnte ich in dem Moment nicht tun. Wenn sie zu betrunken war, um sich das zu merken, ist das ihr Problem.«

Tyler versuchte nicht, seine Skepsis zu verbergen. »Wenn es um Ihre Firma so schlecht steht, wie Sie sagen, wieso sind Sie dann überhaupt nach Mallorca gereist? Warum sind Sie nicht zu Haus geblieben und haben das erst mal in Ordnung gebracht?«

Townsend hatte auf alles eine Antwort. »Ich dachte, ich hätte alles geregelt. Das Problem ist ja nicht plötzlich aufgetaucht. Ich habe Tag und Nacht gerackert, um die Firma am Laufen zu halten. Ende letzter Woche bekam ich endlich die Zusage eines Investors, dass bis Montag eine halbe Million überwiesen werden würde. Ich glaubte, das Ding wäre gelaufen, und fand, unter den Umständen könnte ich mir einen kleinen Urlaub gönnen. Am Donnerstag rief mich dann Martin an und teilte mir mit, dass der Geldgeber einen Rückzieher gemacht hatte und die Bank den Kredit gekündigt hatte. Daraufhin habe ich gestern in aller Frühe den ersten Flug nach Hause genommen.«

Tyler stand auf. »Ich muss Sie trotzdem bitten, sich noch einen Moment zu gedulden, Mr Townsend.«

»Warum?«, fragte Townsend sichtlich wütend.

»Ich finde Ihre Antworten nicht ganz befriedigend.«

Townsend verlor die Beherrschung. Er schlug mit der flachen Hand krachend auf den Tisch. »Dann werden Sie gefälligst bis nach der Besprechung warten. Ich lass mir doch von einem sturen kleinen Beamten mit einem Machtkomplex nicht alles kaputtmachen.«

»Möchten Sie einen Anwalt hinzuziehen, Sir?«

»Ja«, sagte er abrupt, klappte seinen Laptop zu und griff nach seinem Jackett. »Ich werde draußen mit ihm sprechen.«

»Bitte behalten Sie Platz, Mr Townsend. Sollten Sie versuchen, den Raum zu verlassen, bevor der Sergeant und ich wieder da sind, so wird man Sie zur weiteren Vernehmung festhalten und beinahe mit Sicherheit zur nächsten Polizeidienststelle bringen. Inzwischen werden diese Herren hier –« er wies auf die uniformierten Beamten – »Ihnen bei der Kontaktaufnahme mit einem Anwalt behilflich sein.«

»Blödsinn, Inspector«, schnauzte Townsend bitterböse. »Ich will meinen eigenen Anwalt.«

»Ich bedauere, Mr Townsend, Mr Rogerson ist leider nicht erreichbar. Er ist in Haft.«

»Ich hoffe, was Sie da haben, hat Hand und Fuß«, sagte Tyler draußen im Korridor zu Gary Butler, während er sein Taschentuch herauskramte, um sich den Schweiß von der Stirn zu wischen. »Alle meine tollen Konstruktionen sind auf reinem Sand gebaut. Er hat bisher nicht ein Wort gesagt, das nicht mit dem übereinstimmt, was alle anderen gesagt haben. Also, was hat dieser Steve Ablett Ihnen erzählt? Wieso macht es Townsend zum Lügner?«

Butler wirkte jetzt nicht mehr ganz so sicher. »Es war nichts Größeres«, bekannte er, »und einige der Ungereimtheiten hat er eben aufgeklärt.«

Tyler schob das Taschentuch mit einem Seufzer wieder ein. »Na schön, dann lassen Sie mal hören.«

Der Sergeant las aus seinem Block vor. »Also – zu den Überwachungskameras auf der Baustelle: Die Bänder werden von der Firma geliefert, die die Kameras installiert hat. Dann zu Townsends Firma: restlos pleite. Vor zwei Wochen wurde fast die gesamte Belegschaft entlassen. Steve Ablett und drei weitere Männer bringen zur Zeit die fünf oder sechs Häuser, die schon verkauft sind, auf Vordermann, damit die Baubehörde sie abnimmt. Die übrigen Häuser, die bis jetzt nur im Rohbau stehen, und das gesamte Areal, werden wahrscheinlich versteigert. Er meint, dass es darum bei dieser Konferenz geht. Ihm hatte man im Büro allerdings gesagt, dass die Besprechung nächsten Samstag stattfinden würde.« Er wies mit dem Kopf zum Konferenzraum.

»Weiter zu Townsends gestrigem Besuch auf der Baustelle: Er war unangemeldet. Ablett glaubte, Townsend wäre bis Ende nächster Woche auf Mallorca.« Butler blätterte um. »Aber er kreuzte völlig unerwartet um halb zwei auf der Baustelle auf. Ablett war selbst gerade erst vom Hauptbüro der Firma in Southampton zurückgekommen, wo man ihm gesagt hatte, dass keine Löhne mehr bezahlt würden und das Büro von Mittag an geschlossen werde. Er sagte seinen drei Leuten, sie könnten Schluss machen, und ging ins Bauleitungsbüro, um seine persönlichen Sachen zu holen.

Fünf Minuten später kam Townsend und fing sofort Streit an. Er schimpfte Ablett einen Dieb und behauptete, er wäre schuld dran, dass das Projekt den Bach runtergegangen sei. Ablett wollte nicht handgreiflich werden, drum rannte er raus. In Wirklichkeit ist die Firma erledigt, weil die Bank nicht mehr mitmacht und die Lieferanten keinen Kredit mehr geben wollen.« Butler blickte auf. »Ablett war so in Rage, dass ich dachte, Sie würden ihn da drinnen brüllen hören, Chef. Er behauptet, nur Townsend wäre schuld dran, dass die Bank einen Rückzieher machte; er hätte einen viel zu hohen Preis für das Land bezahlt; aber jetzt will er die Arbeiter zu den Sündenböcken machen.«

Tyler zog wieder sein Taschentuch heraus und wischte von neuem sein Gesicht. »Das entspricht alles so ziemlich dem, was Townsend selbst mir gesagt hat – bis auf die Bankgeschichten. Es beweist im Grund nur, dass er ein schlechter Geschäftsmann ist.«

Butler senkte den Blick wieder auf seinen Block »Ablett behauptet, Townsend hätte überhaupt keinen Grund für seine Beschuldigungen. Bei Baubeginn hat es zwar einige kleinere Diebstähle gegeben, aber die hat Ablett mit Hilfe der Überwachungskameras aufgeklärt. Zwei Arbeiter wurden entlassen, und seitdem hat es keine Probleme mehr gegeben. Ablett ist der Meinung, dass Townsend nur einen Streit vom Zaun brechen wollte – ganz gleich, mit wem –, weil er eine Stinkwut hat, dass er die Firma verliert. Ablett war das leichteste Opfer; drüben im Büro in Southampton warteten nämlich schon den ganzen Morgen die Gläubiger und drohten Townsend fertig zu machen, wenn er ihnen unter die Finger kommen sollte.«

»Hm.« Mit nachdenklich gerunzelter Stirn blickte Tyler den Korridor entlang. »Weiß er, warum Townsend nach Mallorca geflogen ist? Das ist die Frage, die mir zu schaffen macht, Gary. Warum ist er überhaupt verreist? Warum hat er sich nicht wenigstens vor der Abreise vergewissert, dass die halbe Million auf der Bank eingetroffen war?«

»Ich hab nicht danach gefragt, aber Ablett hat mit Gegenbeschuldigungen nicht hinterm Berg gehalten.« Er schob seinen Zeigefinger auf der Blockseite ein Stück abwärts. »Townsend dreht alle möglichen krummen Dinger, um Mehrwertsteuer und Einkommensteuer zu sparen. Außerdem zahlt er schlecht und ist deshalb bei der Auswahl seiner Angestellten nicht gerade wählerisch. Eine ganze Reihe von ihnen haben schon mehr als einmal gesessen, und jetzt haben sie's alle auf ihn abgesehen, weil sie Angst haben, dass die Firma Pleite macht und sie ihr Geld nicht kriegen.« Wieder sah er auf. »Vielleicht hat er es für klüger gehalten, sich dünn zu machen, bis die neue Finanzierung durch ist?«

Tyler sah ihn mit zusammengekniffenen Augen an. »Ablett sagte, dass diese Konferenz hier um eine Woche vorverlegt wurde. Hat er auch gesagt, warum?«

»Weil die Bank die Löhne nicht zahlen wollte.«

»Woher wusste Townsend von der Vorverlegung? Er hatte seinen Rückflug erst für nächsten Samstag gebucht.«

»Ich nehme an, Rogerson hat es ihm gesagt.«

»Hm.« Langes Schweigen. »Townsend hat am Telefon einen anderen Namen gebraucht. Er sagte, er habe von John Finch gehört, woher der Wind wehte.«

Butler blätterte in seinem Block. »Auf der Teilnehmerliste für die Konferenz steht ein John Finch. Wird als Aktionär bezeichnet. Soll ich mal schauen, ob er schon da ist?«

»Noch nicht.« Tyler schnalzte mit der Zunge. »Townsend hat uns erzählt, dass er die letzte Nacht bei seiner Freundin verbracht hat. Er behauptet, die Kamera und sein Gepäck hätte er bei ihr gelassen. Aber warum hätte er das tun sollen? Warum hat er die Sachen nicht einfach im Kofferraum seines Wagens gelassen?«

Der Sergeant klopfte sich mit dem Fingernagel gegen die Zähne. »Weil er damit gerechnet hat, dass die Polizei sich irgendwann bei ihm melden würde?«, meinte er. »Nur ein Idiot würde kompromittierende Videobänder mit sich rumschleppen, auf den Franny Gough wie Amy Biddulph ausschaut. Wahrscheinlich hat er in seinem Gepäck allerhand Requisiten – Perücken, Kleinmädchenkleider – weiß der Himmel was.«

»Die Fragen über Franny Gough haben ihn völlig kalt gelassen, er wird sich wahrscheinlich gedacht haben, dass wir mit ihr in der Zwischenzeit gesprochen hatten – von ihr gehört hatten, was für Aufnahmen er mit ihr gemacht hatte. Woher wusste er überhaupt von Amys Verschwinden? Wenn er es aus dem Radio oder Fernsehen hatte, kann er es frühestens gestern Abend gegen neun oder zehn erfahren haben. Wieso war er so prompt mit dem Alibi für die Mittagszeit zur Hand?«

»Vielleicht hat ihn jemand gewarnt. Rogerson zum Beispiel – über Handy?«

»Der hat gesagt, er hätte versucht, Townsend zu erreichen, aber er sei nicht durchgekommen.«

»Wer weiß, ob er die Wahrheit sagt.«

»Er muss die Wahrheit gesagt haben. Als ich Townsend fragte, wo er gewesen sei, sagte er, ›England‹. Das hätte er nicht getan, wenn Rogerson bereits gewusst hätte, dass er zurück war.«

Der Sergeant antwortete mit einem Achselzucken. »Dann hatte er es eben aus dem Radio. Ich versteh nicht, wo das Problem liegen soll.«

»Im Radio wurde bekannt gegeben, dass sie seit *zehn* Uhr vermisst werde. Aber dieser Bursche kommt uns mit einem Alibi, das von ungefähr halb zwölf oder so bis halb zwei reicht, ein Zeitpunkt, zu dem er praktischerweise eine heftige Auseinandersetzung mit Ablett hat. Er wusste, dass die Mittagszeit fürs Alibi von Bedeutung ist.« Tyler hielt einen Moment inne. »Danach fährt er aber nicht etwa nach Hause, um sich auf die heutige Konferenz vorzubereiten, sondern verschwindet zu irgendeiner mysteriösen Freundin und deponiert bei ihr sein Gepäck. Warum ist er nicht nach Haus gefahren und hat es dort zurückgelassen?«

»Vielleicht hat er das ja getan. Unser Wagen war erst ab neun Uhr dort.«

»Aber warum rückt er dann nicht damit raus?« Tyler wartete nicht auf eine Antwort, sondern schweifte in eine andere Richtung ab. »Hat Ablett eigentlich was darüber gesagt, ob er einen Grund für sein unerwartetes Erscheinen auf der Baustelle nannte?«

»Nein. Er sagte nur, dass Townsend ihn sofort mit seinen Beschuldigungen überfallen habe.«

»Aha. Er hat also eine Szene gemacht.« Eine kurze Denkpause. »Hat er von dort irgendwas mitgenommen? Papiere? Baupläne? Bänder?«

»Danach hab ich nicht gefragt. Soll ich Ablett noch mal anrufen?«

Tyler nickte. »Nur zur Sicherheit. Ich will nicht nachher dumm dastehen, wenn er womöglich den Aktenschrank ausgeleert hat. Fragen Sie auch gleich nach Townsends Wagen. Ob er ihn gesehen hat, und ob Gepäck drin lag.«

Er wartete schweigend, während Butler wählte, gleich darauf die erste Frage stellte, ein paar Minuten zuhörte, dann das Handy an sein Jackett drückte. »Er sagt, dass der Wohnwagen, wo das Büro drin ist, praktisch leer ist. Pläne und Akten sind schon vor einer Woche ins Firmenbüro nach Southampton gebracht worden, zur Einsicht für mögliche Geldgeber. Seiner Meinung nach ist Townsend nur gekommen, weil er jemanden brauchte, an dem er seine Wut auslassen konnte. Er sagt, er hat den Tisch umgestoßen und die Trinkbecher der Arbeiter kaputt geschlagen. Das war der Punkt, wo Ablett rausgegangen ist.«

»Fragen Sie ihn nach dem Wagen.

Wieder eine kurze Zeit des Zuhörens. »Er stand draußen vor dem Wohnwagen. Hinten auf dem Rücksitz lagen zwei Reisetaschen, sagt er.«

Tyler zog die Augenbrauen hoch. »Was für Reisetaschen?«

»Eine schwarze und eine braune.«

»Franny Gough sagte, er hätte nur eine gehabt, eine schwarze. Wie viel Platz haben die beiden Taschen da hinten eingenommen?«

»Fast den ganzen Rücksitz.«

»Und was war dann im Kofferraum? Nein, fragen Sie das Ablett nicht – vergewissern Sie sich nur, dass Townsend ihn nicht in seinem Beisein aufgemacht hat.« Er presste in angestrengter Konzentration die Lippen aufeinander, als Butler den Kopf schüttelte. Dann fragte er: »Hat Townsend gesagt, wohin er von der Baustelle aus wollte?«

Diesmal war die Erwiderung wortreicher und hitziger – Tyler konnte von seinem Platz aus den Zorn in der Stimme des Bauleiters hören.

Butler drückte das Handy wieder an sein Jackett. »Er ist immer noch aufgebracht wegen dem Streit, den er mit Townsend hatte. Da hat anscheinend keiner ein gutes Haar am anderen gelassen. Ablett behauptet, Townsend wäre ungefähr so vertrauenswürdig wie eine Klapperschlange. Man kann ihm angeblich kein Wort glauben. Zu der Frage, wohin er von der Baustelle aus wollte… nach Southampton sicher nicht, sagt Ablett. Townsend lachte nämlich nur, als er hörte, dass in der Zentrale die Gläubiger auf ihn warteten, um ihm den Kragen umzudrehen. Er sei doch nicht bescheuert, sagte er. Vor morgen – das heißt, heute – würde er bestimmt nicht nach Southampton fahren. Ablett vermutete, dass er auf die heutige Konferenz anspielte.« Butler tippte sich plötzlich an die Stirn, als wäre ihm unversehens ein Gedanke gekommen.

Er hob das Handy wieder zum Mund. »Wer ist der zuständige Mann? Wer hat die Besprechung vorverlegt, als die Bank abgesprungen ist?« Er machte ein erstauntes Gesicht. »Mr Rogerson? Der Rechtsanwalt?« Er starrte den Inspector an, während er wiederholte, was der andere ihm berichtete. »Das Firmenbüro wurde auf seine Veranlassung hin geschlossen... das Personal mit der Aussicht auf eine mögliche Sanierungsaktion am heutigen Tag vertröstet.« Eine längere Pause, bevor Butler das Handy wieder abschirmte.

»Rogerson ist Miteigentümer der Firma. Mit *seinem* Geld hat Townsend vor zehn Jahren angefangen. Das Unternehmen hätte eigentlich schon vor zwei Wochen Konkurs anmelden müssen, aber er hat alle seine Beziehungen spielen lassen, um es irgendwie hinauszuzögern. Jetzt haben die Angestellten Angst, dass er wegen Amys Verschwinden die Angelegenheit aus den Augen verloren hat – und er ist der Einzige, der ihre Arbeitsplätze retten kann...«

26

Im Haus Bassett Road 6

Dieser Kerl ist doch nicht tot zu kriegen, dachte Sophie, während sie Franek zusah, wie er sich mühsam hoch rappelte und aufsetzte. Er war mit diversen Strumpfhosen aus Clara Frenshams Bestand an Händen und Füßen gefesselt, dennoch verfügte er noch über genügend Muskelkraft und Beweglichkeit, um seinen Oberkörper vom Boden in die Höhe zu ziehen. Als Clara ihnen geöffnet hatte, war er mit schweißnassem Gesicht und krampfhaft nach Luft schnappend ins Haus getorkelt, so dass die Frau automatisch zugriff, um ihn zu stützen. Die Worte ›der arme Mensch‹ lagen ihr auf den Lippen, als Sophie sie unsanft wegstieß.

»Lassen Sie ihn«, sagte sie drohend.

»Aber es geht ihm doch so schlecht«, jammerte Clara. »Er muss ersticken, wenn er keine Luft –«

»Tun Sie, was ich sage, Clara«, zischte Sophie sie an, die immer noch blutenden Lippen aufeinander gepresst. »Wenn er stirbt, dann stirbt er eben. Nur – gehen – Sie – nicht – in – seine – Nähe!«

Jimmy hatte ihn, bevor er gegangen war, noch mit einem Kniestoß in den Unterleib kampfunfähig gemacht, damit Sophie ihn in Ruhe fesseln konnte. »Nehmen Sie irgendwas aus Nylon«, hatte er ihr geraten. »Da ziehen sich die Knoten fester, je mehr er um sich schlägt.«

Sophie bemühte sich nach besten Kräften, Nicholas zu Bewusstsein zu bringen, aber es war, als wollte man Tote wecken. Sie wünschte, Bob wäre da. Er hätte gewusst, welches Knöpfchen man jetzt drücken musste, um diesem Mann ein Gefühl der Sicherheit zu geben, das es ihm gestatten würde, die Augen zu öffnen. Nur das kann es sein, dachte sie, während sie mit den Fingern seinen Hinterkopf abtastete. An der Stelle, wo Franek ihn mit dem Stuhl getroffen hatte, konnte sie eine Beule fühlen, aber sonst keine Verletzungen. Vielleicht nahm sein Unterbewusstsein den Lärm aus der Bassett Road wahr und warnte ihn, dass immer noch Gefahr bestand.

Das Telefon im vorderen Zimmer hatte zweimal geläutet, aber Clara Frensham war offenbar zu bestürzt, um hinzugehen. Sie war knapp über Vierzig und war immer eine schüchterne Person gewesen, aber das Wissen um die Verwüstungen, die die Krebsoperation in ihrem Gesicht angerichtet hatte, hatte auch das letzte Fünkchen Selbstwertgefühl in ihr erstickt. Mit einer Hand die Plastikprothese verdeckend, die ihre Nase ersetzen sollte, hockte sie in sich zusammengekauert in einem Sessel und starrte bald Sophie bald Franek an, verschreckt und ohne die geringste Ahnung, warum die beiden Gesichter so blutig und zerschunden waren. Sophies Bemühungen, sie zu beruhigen, waren auf Schweigen gestoßen, und Sophie hatte sich daraufhin seufzend auf Nicholas konzentriert. Sie selbst wollte nicht ans Telefon gehen, weil sie fürchtete, was Franek in ihrer Abwesenheit tun oder zu Clara sagen würde.

»Kommen Sie, Nicholas!«, forderte sie mit lauter Stimme und schlug ihm dabei auf die Wangen. »Es ist alles in Ordnung. Wir sind heil aus dem Haus entkommen. Sie können die Augen jetzt aufmachen.«

»Warum rufen wir nicht die Polizei an und sagen, dass wir Hilfe brauchen?«, fragte Franek aufgebracht.

»Es gibt keine Hilfe«, antwortete sie kurz. »Wir müssen allein zurechtkommen.«

»Dann rufen Sie einen anderen Arzt an. Lassen Sie sich sagen, was Sie tun müssen. Ich kenne Milosz. Er bleibt ganz lange so, wenn nicht sein Papa ihn in den Arm nimmt und mit ihm redet.«

»Ja, das würde Ihnen so passen«, fuhr sie ihn an. »Vor Ihnen hat er doch mehr Angst als vor allem anderen.«

Der alte Mann wandte sich an Clara, mit leiser flehender Stimme. »Rufen *Sie* an, bitte! Sprechen Sie mit der Polizei. Sagen Sie, dass die Ärztin hier nichts taugt. Sagen Sie ihnen, dass sie Franek sterben lassen will. Sie können das doch bezeugen. Sie haben gehört, was sie gesagt hat, als Sie mir helfen wollten. Sagen Sie ihnen, dass der Nigger mich niedergeschlagen hat. Sagen Sie, dass ich keine Luft bekomme, weil er mich gefesselt hat, und dass Milosz bewusstlos ist vor Angst. Sagen Sie ihnen, sie sollen Sophie befehlen, Franek loszubinden, damit er seinem Sohn helfen kann.«

Clara Frensham richtete sich vorsichtig auf, als übte die weiche Stimme mit dem melodischen polnischen Akzent eine verführerische Wirkung auf sie aus. »Vielleicht sollte ich es versuchen, Sophie«, murmelte sie hinter der vorgehaltenen Hand, selbst einen flehenden Ton anschlagend. »Die Polizei sollte doch Bescheid wissen, finden Sie nicht? Ich meine – na ja – man kann doch nicht einfach jemanden fesseln … und der Schwarze hat ihn ja wirklich niedergeschlagen.«

Sophie hockte sich auf die Fersen zurück und sah Franek an. »Sie sind wirklich unglaublich«, sagte sie mit einem tonlosen Lachen. »Ist das Ihre Methode, Verwirrung zu stiften? Indem Sie Clara auf Ihre Seite ziehen und mir und Jimmy Brutalität unterstellen, um damit meine Vorwürfe gegen Sie zu entkräften.«

In seinen Augen blitzte der Schimmer eines Lächelns, vielleicht eine gewisse Bewunderung, vielleicht aber auch Schadenfreude angesichts ihrer Entstellung. »Was wollen Sie mir denn vorwerfen?« Er senkte das Kinn, um seine eigene Entstellung zu zeigen. »Sie haben mich zuerst angegriffen. Ich bin ein gebrechlicher alter Mann. Sie sind eine kräftige junge Frau. Natürlich habe ich mich verteidigt. Milosz hat alles genau gesehen. Er kann sagen, wie es war, wenn die Polizei fragt.«

Sie fragte sich, ob er mit einer solchen grotesken Verdrehung der Tatsachen durchkommen könnte. »Sie sind seiner sehr sicher«, sagte sie und hob das Handgelenk seines Sohnes etwas an, um noch einmal den Puls zu fühlen. »Hat er schon früher Lügenmärchen für Sie erzählt?«

»Ich sage nur die Wahrheit«, entgegnete er. »Diese Dame ist meine Zeugin. Sie hat gehört, was Sie gesagt haben – und hat gesehen, was der Nigger getan hat.«

Sophie warf einen Blick auf Clara. Sie wollte der Frau nicht Angst machen, indem sie sie darüber aufklärte, wer die Zelowskis waren; andererseits wollte sie Franeks Behauptungen nicht unangefochten stehen lassen.

»Haben Sie ein schnurloses Telefon, Clara?« Clara Frensham nickte. »Dann holen Sie es doch hier herein, ja? Ich bin Ihrer Meinung, die Polizei sollte wissen, was hier läuft, aber ich möchte gern selbst mit den Leuten sprechen, und ich kann meinen Patienten nicht allein lassen.«

Franek nickte beifällig. »Das ist gut. Wir sprechen alle. Dann erfährt die Polizei die Wahrheit.«

Sie sahen beide der Frau nach, als diese aus dem Zimmer ging.

»Warum hält sie ihre Hand so?«, fragte Franek. »Was fehlt ihr denn?«

»Das geht Sie einen Dreck an«, sagte Sophie schroff. »Und wenn Sie zu ihr auch nur ein Wort darüber sagen, verkleb ich Ihnen das Maul mit soviel Heftpflaster, dass es Ihnen die ganze Haut vom Gesicht reißt, wenn sie's wieder runtermachen.«

Er lachte kichernd. »Wer ist denn hier der Sadist?«

»Bin ich mit Wonne, wenn's um Sie geht. Für meinen Geschmack kann man Ihnen gar nicht genug Schmerzen zufügen.«

»Ha!«, sagte er mit neuerlichem Kichern. »Jetzt, wo mir die Hände gebunden sind, sind Sie stark ... aber vorhin, als Franek die Oberhand hatte, waren sie sooo klein.«

»Aber Sie waren natürlich unheimlich mutig, wie Sie da durch die Gärten gestolpert sind, was?«, höhnte sie und versuchte, seinen Akzent nachzuahmen. »Franek griegt geine Luft … Franek hat Ankst … Franek ist ein Feigling.«

»Sie sind viel schlimmer.« Er schraubte seine Stimme in piepsende Höhen. »Nicholas, helfen Sie mir … der böse Mann hat mich angefasst … bitte, bitte … Nicholas …«

Sophie war drauf und dran, in die nächste Runde einzusteigen, als ihr bewusst wurde, dass in diesem Spiel, das sie da mit diesem Menschen spielte, eine grauenvolle Intimität lag. Als führte sie ein Wortgefecht mit Bob. *Aber du hast gesagt … aber ich hab gesagt …* Es war, als hätte dieser grässliche alte Mann eine Seite von ihr freigesetzt, die jahrelang in einem Kasten eingesperrt gewesen war, eine Seite, die fähig war, mit Leidenschaft zu hassen – und, schlimmer noch, den Hass zu genießen. Was war los mit ihr? Der Kerl hatte versucht sie zu vergewaltigen, und sie benahm sich, als kannte sie ihn seit Jahren, redete mit ihm wie sie mit anderen Menschen nicht reden konnte – und fühlte sich auch noch wohl dabei!

»Sie verwechseln mich mit Ihrer Frau«, sagte sie kalt. »Ich kann mir vorstellen, dass sie viele Male nach Nicholas gerufen hat, bevor Sie sie getötet haben.«

Seine gute Laune verschwand wie die Sonne hinter einer Wolke. »Sie erzählen schon wieder Lügen.«

»Dann beweisen Sie das mal der Polizei, Mr Hollis. Ich werde nämlich dafür sorgen, dass man Sie nach ihr befragt.«

»Franek ist nicht der Böse«, fuhr er sie wütend an. »Mich haben sie nicht vernommen – mich haben sie nicht auf die Liste mit den Sexualverbrechern gesetzt … ich bin nicht schuld an dem ganzen Aufstand hier«

»Die Tatsache, dass Ihr Sohn gerichtlich verurteilt wurde und Sie nicht, macht Sie nicht zum Unschuldigen«, entgegnete sie ihm.

»Seien Sie endlich still!«, fauchte er.

»Es macht Sie um so schuldiger«, fuhr sie fort, ohne auf ihn zu achten. »Sie sind die übelste Sorte Pädophiler; einer der sich an seinem eigenen Kind vergeht, um seine kranke Lust zu befriedigen. Zuerst haben Sie mit einer unglaublichen Grausamkeit Ihre Frau misshandelt, dann haben Sie das Gleiche mit Ihrem Sohn getan, weil Sie genau wussten, dass er in seiner Angst, beide Eltern zu verlieren, keinem Menschen etwas verraten würde. Sie haben ihn zu dem *gemacht*, was er ist, Mr Hollis. Seine Verbrechen sind die, die Sie ihm beigebracht haben.«

Er wandte sich ab. »Immer geben Sie mir die Schuld. Aber haben Sie mal gefragt, was Franek geschehen ist, als er ein kleiner Junge war? Glauben Sie denn, ich habe die Grausamkeit erfunden?«

Das war eine berechtigte Frage, aber Sophies Bereitschaft zur Anteilnahme war auf einem Tiefpunkt angelangt. »Warum haben Sie dann den Teufelskreis nicht durchbrochen?«, fragte sie ungerührt. »Sie sagen dauernd, dass Sie nicht dumm sind, aber selbst ein Schwachsinniger kann sich denken, dass Muster von Grausamkeit und Gewalt nicht aufgelöst werden, indem man sie wiederholt. Es ist wirklich kein Wunder, dass Sie unter Panikanfällen leiden. Sie mussten ja Ihr Leben lang die Konsequenzen ihres Tuns fürchten.« Sie hielt einen Moment inne. »Das Einzige, was Sie in einundsiebzig Lebensjahren erreicht haben, ist, dass Sie zum Brennpunkt des Hasses von Tausenden Menschen geworden sind. Nur dafür wird man Sie in Erinnerung behalten. War es das, was Sie wollten, Mr Hollis?«

Es dauerte eine kleine Weile, ehe er sich ihr wieder zuwandte, und sie sah überrascht die Feuchtigkeit in seinen Augen. »Wenigstens wird man mich in Erinnerung behalten. Auch Sie werden das tun, meine Kleine. Sie werden Franek Ihr Leben lang in Erinnerung behalten.«

Nightingale Health Centre

»Jetzt hat jemand abgenommen«, rief Jenny Monroe Ken Hewitt aufgeregt zu. »Mrs Frensham? Ja, hier ist das Nightingale Health Centre. Wir versuchen schon die ganze Zeit, Sie zu erreichen. Ist

Dr. Morrison bei Ihnen? – Oh! Gott sei Dank!«. Sie lauschte eine Zeit lang stumm.

»Es liegt an den Unruhen, Mrs Frensham, im Augenblick ist kein Durchkommen zur Polizei… Ich verstehe, aber wir haben jemanden von der Polizei hier bei uns, Constable Ken Hewitt. Warten Sie, ich verbinde Sie mit ihm. Er kann Ihnen einen besseren Rat geben als ich. Einen Moment bitte.«

Sie legte das Gespräch auf die Warteschleife und sagte zu Ken: »Sie möchte mit jemandem von der Polizei sprechen. Sophie hat den Vater gefesselt, und jetzt bettelt er Mrs Frensham an, ihm die Fesseln abzunehmen. Er behauptet, dass er dem Tod nahe ist, und Sophie weigert sich, ihm zu helfen… nun hat Mrs Frensham Angst, in einen Mord verwickelt zu werden.«

Sie reichte dem jungen Polizisten den Hörer und stellte durch Knopfdruck die Sprechverbindung wieder her. »Bitte sehr«, sagte sie leise, »aber versuchen Sie ja nicht, ihr jetzt den Schwarzen Peter zuzuspielen. Sie werden dafür bezahlt, Entscheidungen zu treffen – *sie* nicht.«

»Ich bin nicht Ihr Feind, Jenny«, bemerkte Ken milde. »Ich mag fehlbar sein, und ich mag unnütz sein, aber ich stehe auf Ihrer Seite.«

»Dann beweisen Sie es!«

Er sagte seinen Namen ins Telefon und hörte dann minutenlang geduldig zu. »Ja, ich habe verstanden, Mrs Frensham. Sie sagen, dass Dr. Morrison am Mund immer noch blutet, aber sprechen kann? Gut, würden Sie ihr dann das Telefon geben, bitte? – Hallo, Dr. Morrison. – Ja, wir wissen ziemlich gut Bescheid. – Ah, ja, Sie möchten nicht im Beisein von Mrs Frensham sprechen. Gut. Dann stelle ich einfach Fragen. Antworten Sie mit ›ja‹ oder ›nein›. Erstens, ist unsere Vermutung richtig, dass die Vergewaltigungsdrohung vom alten Mr Zelowski ausging? – Ja. Zweitens, hat er – äh?« Er warf Jenny Monroe einen beruhigenden Blick zu. »Gut. Mrs Frensham sagte, dass Sie brutal misshandelt wurden. Das heißt wohl, dass er es versucht hat? – Ja. Und Sie haben ihn abgewehrt? – Ja. Daher stammen seine Verletzungen? – In Ordnung. Wir wissen, dass Jimmy James Sie rausgeholt hat – wir haben das vom Hubschrauber aus verfolgt –, aber bestätigen Sie mir doch bitte der Ordnung halber, dass er triftigen Grund hatte, Mr Zelowski zu schlagen. – Gut. Wäre es Ihnen lieber, wenn ich Mrs Frensham bäte, aus dem Zimmer zu gehen? – Gut. Würden Sie sie mir noch einmal geben, bitte? Wir sprechen uns gleich wieder.«

Im Haus Bassett Road 6

Clara Frensham sandte einen ängstlichen Blick zu Franek, dann reichte sie Sophie den Hörer zurück und eilte aus dem Zimmer. Sie hörten ihre hastigen Schritte auf der Treppe, dann fiel oben eine Tür zu.

»Sie ist weg«, meldete Sophie dem Polizisten am Telefon. »Nein, es ist besser so. Sie ist zurzeit sehr anfällig. Es wundert mich, dass sie uns überhaupt hereingelassen hat.« Ihr Blick schweifte zu Franek. »Nein, bis auf ein paar Kratzer im Gesicht fehlt ihm nichts. Aber seinem Sohn geht es schlecht. Er ist in ein Koma gefallen, und ich bekomme ihn nicht wach.«

»Sie lügt!«, schrie Franek. »Franek kriegt keine Luft … der Nigger hat mich geschlagen … ich will selbst mit der Polizei reden.«

Sophie lächelte dünn. »Nur für den Fall, dass mir etwas zustößt«, sagte sie langsam und deutlich, um sicher zu sein, dass Franek jedes Wort verstand, »möchte ich, dass Bob – der Mann, der zu mir gehört – erfährt, dass dieses Schwein hier mindestens zwanzigmal auf mich eingeschlagen hat, ohne mich in die Knie zu zwingen. *Nichts* – nichts auf der ganzen weiten Welt hätte mich dazu bringen können, vor so einem miesen Schwein in die Knie zu gehen – diesem Scheißkerl, der zuerst seine Frau umgebracht hat – und dann seinen Sohn zerstört hat.« Sie hob den Mittelfinger und stach mit ihm durch die Luft nach Franek. »Und wenn ich von diesem entsetzlichen Erlebnis irgendetwas – oder irgend *jemanden* –

in Erinnerung behalten werde, dann Melanies Jimmy, wie er zur Tür hereinstürmte und mich rettete, bevor er alte Zelowski mich vergewaltigen und ermorden konnte …«

Nightingale Health Centre

Fay Baldwin stand etwas abseits am Rand des Gedränges um das Telefon und lauschte Sophies Stimme, die, immer wieder von Franeks wütenden Zwischenrufen unterbrochen, über den Lautsprecher erklang. Sie hörte sich Sophies genauen und detaillierten Bericht der Ereignisse an und danach Harrys kurze Zusammenfassung des psychiatrischen Gutachtens über Milosz Zelowski.

»Er wurde nicht als gefährlich eingestuft«, sagte Harry zum Schluss, »aber irgendein Idiot meinte, es besser zu wissen, und sorgte dafür, dass sich sein Aufenthaltsort in der Siedlung herumsprach. Wir haben gehört, dass ein Junge bereits an Verbrennungen umgekommen ist. Weiß der Himmel, wie viele ihm noch folgen werden.«

Sie hörten alle Sophies Seufzer. »Es war Fay Baldwin«, sagte sie, nicht wissend, dass die Frau zuhörte. »Aber ich habe keine Ahnung, woher sie wusste, wer die Zelowskis waren und dass sie hier lebten.« Wieder ein Seufzen. »Aber es war nicht allein Fays Schuld, Harry. Sie wollte mir sagen, dass ein Pädophiler in der Straße wohnte, aber sie hat dabei dauernd Melanie Patterson beschimpft, sie eine Schlampe genannt, und ich hab das völlig falsch aufgefasst. Ich glaubte, sie wollte Mel und ihre Männer der Kindesmisshandlung beschuldigen, und bin ihr fast ins Gesicht gesprungen. Daraufhin ist sie beleidigt abgezogen und hat Mel erzählt, dass es in ihrer Straße Kinderschänder gäbe, die nur darauf warteten, sich an ihrer kleinen Rosie zu vergreifen. Ich vermute, dass das zum Ausbruch der Unruhen geführt hat. Es ist alles so verrückt … Dauernd sage ich mir, wenn ich dieser dummen Person zugehört hätte, wäre das alles nicht passiert. Wussten Sie, dass

Jimmy James im Knast mit Milosz in einer Zelle gesessen hat? Er hätte Mel sagen können, dass er harmlos ist, wenn er nicht durch den angenommenen Namen in die Irre geführt worden wäre.« Sie schwieg.

»Es ist weder Ihre Schuld noch die der Patterson-Frauen«, erklärte Harry mit Entschiedenheit. »Melanie und ihre Mutter wollten nur einen Protestmarsch organisieren. Solche Demos gibt es praktisch jeden Tag, und es bestand überhaupt kein Anlass anzunehmen, dass diese hier sich derartig entwickeln würde. Man kann es niemandem anlasten, dass eine Bande Krawallbrüder den Marsch zum Vorwand genommen haben, um ihren eigenen Krieg gegen die Polizei zu führen – und das Ganze war zu gut geplant, um eine spontane Aktion gewesen zu sein.« Er blickte zu Fay hinüber. »Passiert wäre es so oder so. Der Aufruhr hier ist eine Kopie der gewalttätigen Unruhen, die wir den ganzen letzten Monat in Bradford und Belfast hatten. Wir haben eine Hitzewelle, und die Jugend ist zornig. Das ist eine brisante Mischung.«

Sophie seufzte wieder. »So weit ich von Jimmy James weiß, war Melanie Patterson diejenige, die versucht hat, Gewalt abzuwenden. Sie ist eine klasse Frau – bemüht sich immer, ihr Bestes zu geben, auch wenn es manchmal daneben geht. Jimmy sagte, wir wären bei lebendigem Leib verbrannt, wenn sie die Leute nicht daran gehindert hätte, mit Benzinbomben zu werfen. Er ist schon wieder weg, weil er versuchen will, sie und die Kinder rauszuholen.«

»Ja, das wissen wir«, sagte Harry. »Die Polizisten, die die Videoaufnahmen aus dem Hubschrauber kontrollieren, haben uns ständig auf dem Laufenden gehalten. Daher wussten wir auch, dass Sie bei Mrs Frensham untergekommen waren. Wir werden jetzt jemanden auftreiben, der den alten Zelowski in Schach hält, während Sie sich auf Milosz konzentrieren.«

»O Gott, seien Sie bloß vorsichtig«, rief sie erschrocken. »Wenn bekannt wird, dass die beiden hier sind, werden sie uns hier in diesem Haus genauso belagern wie vorhin in der Humbert Street.

Noch mal steh ich das nicht durch, Harry. Wäre es nicht sicherer zu warten, bis Jimmy mit Melanie zurückkommt?«

Harry sah Ken Hewitt an. Der schüttelte den Kopf. »Wir fürchten, dass sie in Schwierigkeiten sind«, gestand er widerstrebend. »Ein Teil der Menge hat vorhin das Haus gestürmt, und Melanie ist in dem Getümmel zu Boden gerissen worden. Im Moment wissen wir nicht mit Sicherheit, was dort vor sich geht.«

»Das ist ja schrecklich! Sie wird das Kind verlieren, Harry. *Warum* haben Sie Jimmy losgeschickt, *mich* rauszuholen. Er hätte *sie* wegbringen sollen. Er ist schließlich der Vater des Kindes, Herrgott noch mal!«

»Wir hoffen, dass ihre Mutter bei ihr ist. Und ihr Bruder. Auf jeden Fall ist Jimmy da. Er wurde gesehen, wie er von hinten ins Haus gelaufen ist. Er holt sie ganz sicher von dort weg, Sophie.«

Einen Moment blieb es still. »Ich geh zurück«, erklärte sie dann entschlossen. »Ich gebe Franek das Telefon. Seine Hände sind vorn gefesselt, da kann er es bequem halten. Sie können mit *ihm* reden, Harry. Ich verspreche Ihnen, dass es lehrreich sein wird.«

»Nein, Sophie, warten Sie!«

Doch sie war schon weg, und eine Männerstimme meldete sich.

»Mit wem spreche ich?«, fragte Franek scharf.

Harry richtete sich auf und bedeutete Ken Hewitt, das Gespräch zu übernehmen.

»Mit der Polizei, Mr Zelowski.«

»Ah! Das ist gut. Dann sage ich Ihnen jetzt, was wirklich geschehen ist.«

Mit einem kleinen Lächeln zog Ken seinen Notizblock heraus. »Ganz wie Sie wollen, Mr Zelowski, aber ich warne Sie – Dr. Morrison hat einige schwer wiegende Beschuldigungen gegen Sie vorgebracht, und dieses Gespräch wird von mehreren Zeugen mitgehört. Das bedeutet, dass alles, was Sie sagen, vor Gericht gegen Sie verwendet werden kann, sollten Sie festgenommen und ein Strafverfahren gegen Sie eingeleitet werden. Vielleicht möchten Sie lieber schweigen, bis Sie Gelegenheit hatten, sich mit einem Rechtsbeistand zu beraten. Verstehen Sie, was ich Ihnen soeben gesagt habe?«

»Natürlich. Ich verstehe alles. Halten Sie mich für dumm? Ich will sprechen, damit Sie wissen, dass Franek ein gebrechlicher alter Mann ist und alles getan hat, was in seiner Macht steht, um das Leben seines Sohnes Milosz zu retten …«

Hotel Hilton, Southampton

Tyler lieh sich das Büro des Direktors aus und rief beim Aufsichtsbeamten des Polizeigefängnisses im Präsidium an. »Holen Sie mir bitte Martin Rogerson ans Telefon«, sagte er. »Ich muss mit ihm sprechen.«

»Was zum Teufel soll das Ganze, Sir?«, fragte der Beamte verdrossen. »Ich kann ihn nicht viel länger hier festhalten, wenn Sie die Vorwürfe gegen ihn nicht erhärten können.«

»Ich melde mich noch mal bei Ihnen, wenn ich mit ihm gesprochen habe.« Er trommelte mit den Fingern auf die Tischplatte, während er wartete.

»Ja, Chief Inspector Tyler hier, Mr Rogerson.« Er hielt den Hörer von seinem Ohr ab. »Sie werden schneller wieder auf freiem Fuß sein, wenn Sie sich beruhigen und mir zuhören«, sagte er, als der Sturm am anderen Ende sich endlich legte. »Ich bin im Moment im Hotel Hilton in Southampton und wäre Ihnen wirklich verbunden, wenn Sie mir diesmal die Fragen, die ich Ihnen stellen werde, rückhaltlos beantworten würden. Nein, Mr Rogerson, das ist keine Drohung. Mr Townsend und ein Mr John Finch haben gewisse Aussagen darüber gemacht, warum Mr Townsend gestern morgen aus Mallorca zurückgekommen ist. Einige dieser Aussagen betreffen Sie. Ich möchte gern überprüfen, inwieweit sie der Wahrheit entsprechen.«

Er sah in sein Heft hinunter, das aufgeschlagen vor ihm lag. »Stimmt es, dass Sie ohne Mr Townsends Wissen handelten, als sie diese Konferenz auf heute vorverlegten?« Er hörte sich Rogersons Tirade an, ohne zu unterbrechen. »Sie behaupten also, Sie hätten keine Wahl gehabt? Die Bank habe ein Ultimatum gestellt… hm… Wieso hatte dann John Finch keine Schwierigkeiten, ihn zu erreichen?… Hm… Tja, nur scheint Mr Finch der Ansicht zu sein, dass Sie insgeheim den Konkurs eingeleitet haben.« Er starrte die Wand an, während Rogerson tobte.

»Ich weiß nicht, Mr Rogerson«, sagte er in die nachfolgende Stille hinein. »Das hängt vermutlich davon ab, wie rachsüchtig Sie sind… und wie dumm er ist. Sie haben bessere Möglichkeiten als alle anderen, ihn zu vernichten… Sie kennen jedes seiner schmutzigen kleinen Geheimnisse…«

Nightingale Health Centre

Bob Scudamore stürmte durch die Tür zum Empfang und blieb angesichts der erregten Gruppe um das Telefon erschrocken stehen. Harry Bonfield bemerkte ihn als Erster. Er drückte einen Finger auf die Lippen und winkte ihn zu sich heran. ›Der Vater‹, schrieb er auf ein Blatt Papier. ›Sophie ist in Sicherheit. Ziemlich mitgenommen, aber keine Vergewaltigung. Sie hat sich mit Erfolg gewehrt. Vater hält gerade Rechtfertigungsrede. Reine Selbstbeweihräucherung.‹

Bob schloss einen Moment lang erleichtert die Augen, dann richtete er seine Aufmerksamkeit auf den Monolog, der aus dem Lautsprecher ertönte.

»… eine sehr arrogante junge Frau. Aufreizend angezogen, damit die Männer nach ihr schauen. Wenn ich mit den Leuten spreche, hat sie uns erklärt, dann tun sie, was ich sage. Alle kennen mich – alle mögen mich. Am meisten mögen mich die Männer. Ich bin eine sehr hübsche Frau. Sie findet Franek nett, sagte sie eben vor der Dame des Hauses… Sie sind unglaublich, Franek. Franek sagte zu ihr, Sie sind sehr selbstgefällig, junge Dame, und da wurde sie zornig – sie hat eine Vase in Stücke geschlagen und Franek mit den Scherben das Gesicht zerschnitten … Sie hat auch versucht, Milosz gegen seinen Vater aufzubringen. Die ganze Zeit hat sie mit Milosz gesprochen … schau mich an, hat sie gesagt … beachte mich gefälligst. Aber Milosz war nicht interessiert … er sagte zu ihr …«

Ach, zum Teufel mit diesem Gequatsche.

Bob hatte unter Hochspannung gestanden, seit Harry ihn angerufen hatte. Jetzt, da aller Druck von ihm abfiel, schoss das freigesetzte Adrenalin in einem Schwall durch seine Blutbahn. Er beugte sich vor und schob seinen Mund bis auf fünf Zentimeter an das Mikrofon der Telefonanlage heran. »Ich bin hier«, sagte er mit einer Stimme, die knirschte wie Kies.

Lange Pause. »Wer ist da?«

»Sophies Mann.«

»Wo ist der Polizist?«

»Wir sind ganz unter uns, Sie krankes Arschloch.«

»Mit Ihnen rede ich nicht.«

Bob lachte rau. »Und wie Sie reden werden, wenn ich Sie mir vornehme«, versetzte er. »Sie werden gar nicht mehr aufhören zu reden. Sehen Sie, ich mach das nämlich so – ich schnapp mir das Hirn eines Mannes und dreh das Innere nach außen. Was ich in Ihrem finden werde, kann ich mir lebhaft vorstellen. Einen heulenden kleinen Scheißer, der solche Angst vor seinem Papa hatte, dass er ins Bett machte, als er das erste Mal mit einer Frau schlafen wollte. Hab ich Recht?«

Das Schweigen wurde bedrückend. Jenny Monroe wollte etwas sagen, doch Bob legte einen Finger auf seine Lippen.

»Ich will den Polizisten. Geben Sie mir den Polizisten.«

»Ich bin noch hier, Mr Zelowski«, sagte Ken Hewitt.

»Haben Sie das gehört? Der Mann hat Franek gedroht.«

»Das ist wahrscheinlich Ihr Gewissen«, sagte der junge Polizist gelassen. »Hier hat niemand etwas gehört.«

Polizei von Devon und Cornwall

>Ermittlungen im Fall des vermissten Kindes
Amy Rogerson/Biddulph

>ERSUCHEN UM SOFORTIGE
HAUSDURCHSUCHUNG

>Anwesen Rose Cottage, Lower Burton, Devon

>Genehmigung erhalten

>Umfassende Einzelheiten folgen

27

Im Haus Humbert Street 23

Wie Sophie wurde Gaynor später immer wieder von blutigen Träumen heimgesucht. Jimmy auch. Traumatisiert von den Geschehnissen jenes Tages, pflegten sie mitten in der Nacht aus dem Schlaf hochzufahren, schweißgebadet, die weit aufgerissenen Augen mit starrem Blick in die Dunkelheit gerichtet, mit zitternden Fingern nach dem Lichtschalter tastend. Alle lehnten sie eine Therapie ab; Sophie, weil sie Bob hatte, der ihr mit viel Geduld beistand; Gaynor, weil sie es nicht ausgehalten hätte, Schmerz und Schuldgefühle jenes Tages noch einmal zu durchleben; und Jimmy, weil er sie immer wieder von neuem durchleben musste, um die verlorenen Menschenleben nicht zu vergessen.

Ihrem Unbehagen zum Trotz wagte Gaynor es schließlich, sich an das Haus Nummer 23 heranzupirschen. Es irritierte sie, dass die Hintertür zur Küche mit Gewalt aufgebrochen worden war, aber Jimmy wäre da sicher nicht rausgekommen, sagte sie sich, wenn dies nicht einer der Notausgänge wäre, und sie suchte ja nichts weiter als einen Durchgang nach vorn. Wie vorher Jimmy, als er zu ihr gekommen war.

Im Vorbeigehen warf sie einen schnellen Blick durchs Fenster des hinteren Zimmers und sah, dass niemand dort war, genau wie in der Küche. Sie tappte durch Wasser, das auf dem Fußboden stand, und blieb an der Tür stehen.

»Hallo? Ist hier jemand?«, rief sie laut. »Ich möchte zur Humbert Street durch. Ich suche meine Kinder.«

Totenstille antwortete ihr. Wenn sich jemand im Haus aufhielt, war er offenbar darauf bedacht, sich nicht bemerkbar zu machen.

Sie versuchte ihr Glück an der Tür zum hinteren Zimmer, aber es war abgesperrt; sie blickte die Treppe hinauf, machte dann vor der offenen Tür des Wohnzimmers halt. Mit einem einzigen Blick registrierte sie alles: das eingeschlagene Fenster; die wehenden Vorhänge; zertrümmerte Möbel; umgestoßene Lampen; Ziegel und Steine auf dem Boden. Gleichzeitig nahm sie den beißenden Qualm eines mit Wasser gelöschten Feuers wahr.

... sie befand sich im Haus der Kinderschänder ...

Ihr erster Impuls trieb sie zur Flucht, aber vor dem Fenster erkannte sie, unverwechselbar, die hochgewachsene Gestalt ihrer Tochter, die mit dem Rücken zum Haus stand. An ihrer Seite war Colin. Und während sie hinausblickte, löste sich das Geschrei der Menge in einzelne höhnische Stimmen auf. Die erste kannte sie, konnte aber nicht sagen, wem sie gehörte.

»Hey, lang warten wir nicht mehr, du Kuh!«

»Was macht dein Typ da drinnen, Mel? Treibt er's vielleicht mit Perversen?«

»Kann ja sein, dass er für Tussen mit dicken Bäuchen nichts übrig hat. Kneif nächstes Mal lieber die Beine zusammen.«

Dieselbe Stimme, lauter und hemmungsloser. Die Stimme eines Schwarzen. »Wenn der denen hilft, Zicke, reiß ich euch den Arsch auf, dir und deinem beschissenen Bruder, das schwör ich. Wie wir die Bomben gemacht haben, hast du große Reden geschwungen, Col, und jetzt traust du dich nicht, damit zu werfen, du feige Sau.«

Wesley Barber, dachte Gaynor erschrocken. Der Verrückte, der auf Methedrin war – und allem Anschein nach bis obenhin damit vollgepumpt. O Gott, was sollte sie tun? Rauslaufen und sich zu Melanie und Colin stellen? Den Leuten sagen, dass Jimmy gar nicht mehr da war? Sie würden ihr nicht glauben. Und wo war er überhaupt hin? Was tat er? Wer waren die Leute, die er bei sich hatte? Sie suchte krampfhaft nach Antworten. Waren es die Kinderschänder? Aber wer war die Frau? Und was würden die Leute mit Mel und Col machen, wenn sie glaubten, Jimmy hätte den Perversen zur Flucht verholfen?

Mit Gewalt zügelte sie ihre Gedanken. Das Einzige, was sie zu interessieren hatte, war eine Lösung. Es war unsinnig, wenn Mel und Col ein leeres Haus bewachten. Da wäre es das Gescheiteste, sie – Gaynor – stiege durchs Fenster raus und sagte ihnen, sie sollten sich zurückziehen und Wesley ins Haus lassen. Den Brandgeruch nahm sie nicht als bedrohlich wahr. Das Feuer war aus, und die Konsequenzen für die Nachbarhäuser, wenn Nummer 23 in Flammen aufginge, interessierten Gaynor im Augenblick so wenig, dass sie diese Gefahr nicht einmal in Erwägung zog. Sie lief in Windeseile die Treppe hinauf, um einen Blick in die oberen Räume zu werfen.

Sie hatte geglaubt, es gäbe nichts mehr, was sie schockieren könnte – bis sie das Blut im Zimmer hinten sah. Bei dem widerlichen Gestank, dem schal süßlichen Odeur fremder Körperausdünstungen, drehte sich ihr der Magen um, und sie floh, die Hand auf den Mund gedrückt und schluchzend vor Furcht, die Treppe hinunter. Unten stützte sie sich zusammengekrümmt an die Wand und würgte heftig.

»Wer sind Sie?«, fragte jemand mit quengeliger Stimme.

Sie riss den Kopf in die Höhe. Ein Mann mit einer Machete stand an der Wohnzimmertür. Sie wollte etwas sagen … ihren Namen nennen … aber sie brachte nur einen Schrei hervor …

Vor dem Haus Humbert Street 23

Alle hörten ihn.

Jimmy, der auf dem Weg durch den Garten war, rannte schneller.

Melanie sah mit bleichem Gesicht ihren Bruder an.

Wesley und seine Kumpane griffen an.

»Blödes Luder!«, schrie er und hieb Melanie mit der Faust in den Leib.

Er blieb über ihr stehen, als sie stürzte, und wirbelte sein Messer in der Hand. Er war Wesley Snipes in *Blade*. Killer aller Vampirperversen. *Weißer* Vampirperverser. Das war seine Berufung. Er *war* Wesley Snipes… schon seit er das erste Mal *New Jack City* gesehen hatte. Ein gefährlicher schwarzer Bastard, der die Welt beherrschen konnte. Es musste doch einen Grund für seinen Namen geben. Sein Vater war's bestimmt nicht (Wesley Barber Senior). Sein Vater war ein Versager. Ein mickriger kleiner Dieb, der im Knast mehr zu Hause war als bei seiner Familie.

Irgendwo in Wesleys wirrem, von Drogen zerstörtem Hirn dröhnte die fromme Stimme seiner Mutter. *»Du taugst nichts, Junge. Du schlägst deinem Vater nach. Nur unser Herr Jesus liebt dich. Nur unser Herr Jesus macht dich zum besseren Menschen. Nimm den Herrn an und du wirst deine Mutter stolz machen auf dich.«*

»Nei-ei-ein!« Er zog Colin rückhändig das Messer über die Wange, riss ihm die Beine auseinander und spreizte ihm die Arme, als wollte er ihn ans Kreuz schlagen. »Arschloch! Ich bin *Blade*!«

Er schwang sich über den Fenstersims und rannte durch das Wohnzimmer.

Im Haus Humbert Street 23

Jimmy blieb wie vom Donner gerührt stehen. Vor ihm im Korridor duckte sich Gaynor gegen die Wand und wehrte mit fuchtelnden Armen seinen Freund, den alten Soldaten, ab, der ihr aufhelfen wollte. Sein Stahlhelm saß schief, und seine Beine wuchsen wie dünne, knubbelige Äste aus den ehemals schneidigen Shorts des

Kolonialsoldaten hervor. Er sah aus wie das, was er war. Ein alter Idiot, der in der Vergangenheit lebte.

Beängstigend war allerdings die Machete. Er schwang sie wie ein Gegengewicht an seiner Seite. Vorwärts und rückwärts pfiff sie durch die Luft, die Klinge so alt und so lange unbenutzt, dass Rost sie rot gefärbt hatte. Oder Blut? Selbst Jimmy war unsicher, obwohl er mit dem Mann gesprochen hatte.

»Keine Angst, Gaynor«, rief er beruhigend. »Ich kenn den Mann. – Hey, Meister! Tun Sie mir nen Gefallen. Tun Sie die Machete runter. Sie machen ihr Angst.«

Der alte Soldat richtete sich auf. »Ach, Sie sind es!«, rief er. »Ich bin Ihnen gefolgt. Sie sind zum Stehlen hergekommen.«

Jimmy hob die Hände, als kapitulierte er. »Sie haben mich mit einem Blick durchschaut, Sir. Ich bin ein Dieb, ja. War immer einer und werd immer einer sein. Wollen Sie nicht die Dame vergessen und dafür mich festnehmen.« Er hob eine Hand. »Mein Ehrenwort, ich mach keine Schwierigkeiten.«

Der alte Mann warf einen verwirrten Blick auf Gaynor. »Diese Frau braucht Hilfe.«

»Nein, braucht sie nicht, Meister. Ihre Kinder sind draußen. – Zeig ihm, dass dir nichts fehlt, Gaynor. Komm, steh auf und mach die Tür auf. Geh raus und sag Mel und Col, sie sollen sich hier reinschwingen. Ich komm, so schnell ich kann.«

Gaynor nickte und rannte in geduckter Haltung stolpernd zur Haustür.

Jimmy öffnete seine Hände und winkte dem alten Soldaten mit gespreizten Fingern. »Kommen Sie, Freund. Das Klima hier ist ungesund. Da draußen sind 'n paar gedopte Typen, die werden hier gleich wie Exocet Raketen reindonnern. Ich bin zwar 'n Nigger, aber ich weiß, von was ich red. Verlassen Sie sich auf mich. Sie sollten besser nicht mehr hier sein, wenn's losgeht.«

Die alten Augen blickten ihn an. Verwirrt. Verschreckt. Aber voll Vertrauen...

Er machte einen Schritt vorwärts.

Zu spät…

Wesley kam aus dem Wohnzimmer geschossen.

»Lauf, Gaynor!«, brüllte Jimmy.

Luftaufnahmen aus dem Polizeihubschrauber

Die Kamera erfasste den Moment, als die Haustür aufflog und die Frau, von der man annahm, sie sei Gaynor Patterson, Hals über Kopf zur Straße hinausstürzte. Sie sprang auf und wedelte wie eine Wahnsinnige mit den Armen, aber ihre Stimme und ihre Gesten verloren sich im stampfenden Getümmel anstürmender Jugendlicher, die durch das Fenster zu ihrer Linken kletterten.

Hörte sie etwas? Entdeckte sie auf dem Asphalt etwas, das sie kannte? Unversehens stürzte sie sich mitten ins wogende Gewühl und begann zu schlagen und zu treten wie eine Straßenkämpferin.

Sie sahen wie die Schwarze, die neben Mel gestanden hatte, vom Rand hereindrängte und dabei mit großen Händen junge Männer aus ihrem Weg räumte, indem sie sie grob an den Ohren packte und auf die Seite schleuderte. Offenbar rief sie um Hilfe, denn eine Handvoll Menschen löste sich aus der Menge der Gaffer und rannte zu ihr.

Ungefähr zwanzig Jugendliche schafften es durch das Fenster ins Haus, bevor ein Halbkreis sich öffnete und man auf dem Gras davor eng umschlungen Gaynors Sohn und Tochter liegen sehen konnte. Selbst durch das unpersönliche Auge der Kamera betrachtet rührte Colins sichtbares Bemühen, seine Schwester zu beschützen, ans Herz. Er lag halb über ihr, die mageren Knabenarme fest um ihre Schultern geschlungen, seine Wange an ihre gedrückt.

Waren sie am Leben? Alle Köpfe neigten sich zu den Bildschirmen, alle hofften und wünschten sich dies und beteten stumm, als Gaynor sich auf die Knie warf, um ihre Hände zu fassen, ihre Gesichter zu streicheln, sie zurückzurufen. Aber es gab keine Reaktion. Nur die schreckliche Entspannung des Todes.

Wesley trieb den alten Soldaten vor sich her, so dass auch die Jugendlichen hinter ihm in den Korridor eindringen konnten. Einer seiner Freunde trat mit dem Fuß die Haustür zu, um das Getöse von draußen zu dämpfen. Andere liefen die Treppe hinauf. Wesley interessierte sich mehr für seinen Gefangenen. Er piekte den alten Soldaten mit seinem Schnappmesser in den Arm und lachte, als der alte Mann angstvoll aufschrie.

»Ist das die perverse Sau?«, fragte er Jimmy, drehte dabei den alten Mann zur Wand und drückte ihm den Kopf abwärts, um ihn so festzuhalten.

Jimmy, der fürchtete, dass schon die kleinste Bewegung Wesley veranlassen könnte, wieder mit dem Messer zuzustechen, blieb an der Küchentür stehen, ohne sich zu rühren. »Nein. Der Alte wohnt in der Bassett Road.«

»Was tut er dann hier?«

Das Einzige, was Jimmy darauf einfiel, war die Wahrheit. »Er dachte, ich wollte hier klauen, und ist mir nachgelaufen.«

»Und wolltest du?«

»Klar, warum nicht? Es ist kein Mensch hier, Wesley. Das Haus ist leer.« Er machte eine Kopfbewegung in Richtung zum hinteren Zimmer. »Da drinnen ist 'n ganzes Tonstudio, wenn dich so was interessiert. Einer von den perversen Typen ist Musiker.«

Wesley beugte sich vor und riss dem alten Soldaten die Machete aus der Hand. »Für was hat er 'n die mit?«

»Wahrscheinlich hat er Muffen gehabt und wollt's nicht ohne Waffe mit mir aufnehmen.« Vorsichtig trat Jimmy einen Schritt näher. »Lass ihn laufen, Wesley. Er ist nur 'n harmloser alter Kerl, der verhindern wollte, dass drüben am andern Ende kleine Kinder totgetrampelt werden. Komm, ich mach dir 'n Vorschlag. Ich hab den Schlüssel zu dem Zimmer da hinten in der Tasche. Ich wollte später wiederkommen und die Bude ausräumen, eh mir jemand zuvorkommt.« Er zog den Reißverschluss seiner Tasche auf, nahm den Schlüssel heraus und legte ihn auf seine geöffnete Hand, um ihn Wesley sehen zu lassen. »Ich geb ihn dir im Tausch gegen den Alten. Da drinnen ist ein Vermögen an Equipment.«

»Der will dich nur reinlegen, Wes«, grölte einer der anderen Jungen. »Der Schlüssel passt gar nicht in die Tür da. Der ist scharf auf die Schwuchtel.«

Jimmy kniff die Augen zusammen. »Sag das noch mal, Arschloch.« Er hob die geballten Fäuste und ging noch einen Schritt vorwärts. Als der Junge zurückwich, lachte er. »Okay, ihr steht anscheinend auf der Leitung. Also sag ich's euch noch mal. Der Typ ist nicht der, den ihr sucht. Die Perversen sind hintenrum abgehauen. Ich hab das Haus durchsucht, und das einzige Zimmer, wo was drin ist, was sich lohnt, ist das hier. Da habt ihr Technik im Wert von ungefähr zehn Riesen. Drum hab ich's abgesperrt.« Er hob die Faust mit dem Schlüssel. »Wenn Wesley zu blöd ist für ein gutes Geschäft, schmeiß ich den Schlüssel jetzt in die Luft, und derjenige von euch, der ihn erwischt, kriegt den Hauptgewinn.«

Wesley verdrehte vor Anstrengung die Augen, als er mit seinem dumpfen Verstand Jimmys Vorschlag aufzunehmen versuchte. Er ließ den alten Mann los und drehte den Kopf zornig nach seinen Freunden um, um sie davor zu warnen, auf Jimmys Angebot einzugehen. Keine zwei Schritte mehr von dem Mann entfernt, umfasste Jimmy die durchsichtige alte Hand des Soldaten mit seiner kräftigen schwarzen Pranke und wollte ihn gerade wegreißen, als jemand mit donnerndem Schritt die Treppe heruntergerannt kam und in heller Panik schrie: »Er hat die kleine Amy umgebracht. Da oben ist alles voll Blut.«

Eine flüchtige Berührung warmer Finger, ein verständnisloser Blick aus alten Augen, bevor die Machete durch die Luft sauste und mit vernichtendem Schlag Jimmys Kopf traf.

Die Aufnahmen von der Schlachtung des alten Mannes waren zu entsetzlich, um unzensiert gezeigt werden zu können. Lediglich einige wenige Leute außerhalb der Einsatzzentrale bekamen die ungekürzte Fassung zu sehen. Zwölf von ihnen waren die Geschworenen beim Prozess gegen Wesley Barber; ihnen wurde das Band gezeigt, nachdem der Richter einen Antrag der Verteidigung, es als Beweismittel nicht zuzulassen, abgelehnt hatte. Wesleys Gesicht war unverwechselbar. Er hob es zum Hubschrauber empor, während er sich das Blut seines Opfers auf die Wangen schmierte, um sich danach mit stolz geschwellter Brust am offenen Fenster im oberen Stockwerk zu zeigen und die Menge mit geballter Faust nach Black-Panther-Art zu grüßen.

Die Geschworenen brauchten keine halbe Stunde, um ihn schuldig zu sprechen. Auch ihnen wurden therapeutische Sitzungen angeboten.

Als strafmildernder Umstand wurde der Konsum von Drogen geltend gemacht: Lysergsäurediäthylamid oder LSD; Methedrin oder ›Kristalle‹, die bevorzugte Droge des Mörders von Gianni Versace, Andrew Cunanan. Jedes der beiden Mittel für sich wirkte nachgewiesenermaßen angst- und aggressionssteigernd. Gleichzeitig eingenommen, führten sie zu völligem Realitätsverlust. Besonders bei einem Menschen, der in solchem Ausmaß ›sozial geschädigt‹ und ›geistig zurückgeblieben‹ war wie Wesley Barber. Er kam aus einer unterprivilegierten Familie. Er war ein misshandeltes Kind. Er war schwarz.

Die Dealer waren schuld. Der abwesende Vater. Die überfromme Mutter. Die Schule, die nichts gegen sein Schwänzen unternommen hatte. Das Klima der Wut in Bassindale. Die Menschenmenge, die den labilen Jungen in seinem Handeln angestachelt hatte. Die Komplizen des Jungen, die ihn in seinem Wahnsinn bestärkt hatten, bevor sie irgendwo im Hinterland der Gärten verschwunden waren, um niemals identifiziert zu werden.

Der Richter blieb ungerührt und sprach den Geschworenen sein Lob zu ihrer Entscheidung aus, ehe er das Urteil fällte. Er erinnerte daran, dass Wesley Barber an jenem Nachmittag unzählige Male Gelegenheit bekommen hatte, sein Handeln zu überdenken. Verschiedene mutige Leute hätten versucht, vernünftig mit ihm zu reden, aber er habe nicht zuhören wollen. Es sei gut möglich, dass der Konsum bewusstseinsverändernder Drogen bei der beispiellosen Barbarei, die er begangen hatte, eine Rolle gespielt habe, aber er könne keinerlei Hinweise darauf entdecken, dass Wesley Barber in höherem Maß ›sozial geschädigt‹ sei als seine Opfer.

»Jedem zivilisierten Menschen ist unbegreiflich«, sagte er, »was einen bösartigen jungen Mann wie Sie veranlasst hat zu glauben, es stünde Ihnen zu, über andere zu richten. Sie sind ein schwer gestörter und gefährlicher Mensch. In Ihrem kurzen Leben haben Sie keinerlei Beitrag zum Wohl der Gesellschaft geleistet und nichts von ihr gelernt. Ich hoffe, dass eine lange Haftstrafe Sie Weisheit und Güte lehren wird.«

Es war ein Lynchmord durch den Strang. An einem Seil wurde der Mann aus einem oberen Fenster hinuntergelassen. Man hatte ihm mit einer stumpfen Machete die Genitalien abgehackt, und das Blut strömte an seinen dünnen Beinen hinunter. Er drehte sich mehrere Minuten lang in der Luft, während sich die Schlinge um seinen Hals immer enger zog.

Die Menge unten grölte, als Wesley sich oben in Siegerpose zeigte.

Verflucht noch mal...! Urkomisch war das...!

Der Schwarze schnatterte wie ein Affe...

Der Kinderschänder hatte einen Stahlhelm auf dem Kopf, der von einer Seite auf die andere rutschte, während er in der Schlinge baumelte...

28

Rose Cottage, Lower Burton, Devon

Die Tür wurde einen Spalt geöffnet, nachdem der Polizist mehrmals laut geklopft und angekündigt hatte, er werde sie notfalls mit Gewalt aufbrechen. Er und sein Kollege hatten im Wohnzimmer flüchtige Bewegung wahrgenommen, als sie mit dem Wagen vorgefahren waren. Einen Schimmer blonden Haars, als ein Kopf eingezogen worden war.

»Was wollen Sie?« Die Stimme klang dünn und ängstlich.

»Bist du Amy Biddulph?«, fragte er, als er die Tür weiter aufdrückt. Es bestand eine gewisse Ähnlichkeit zwischen dem Mädchen und dem Foto, aber sie war sehr gering. Dieses Mädchen hier sah mehr aus wie die ältere Schwester.

Sie warf trotzig den Kopf zurück. »Und wenn?«

«Darf ich reinkommen?«

»Ich darf nicht mit Fremden sprechen.«

Überraschung! »Wir sind von der Polizei, Amy. Wir haben dich gesucht, Kind. Deine Mama ist außer sich vor Sorge um dich.«

Sie zuckte hochmütig mit den Schultern. »Ach, das sagt sie nur. Wenn ich ihr wirklich wichtig wäre, hätte sie mich nicht jeden Tag bei Barry und Kimberley gelassen.«

»Komm, Kleines. Sie ist total fertig. Sie hatte Angst, dir könnte was passiert sein.«

»So ein Quatsch! Ich kann schon auf mich selbst aufpassen.«

Der andere Polizist, der sich hinter dem Haus postiert hatte, um einen Fluchtversuch durch den Garten abzufangen, weil sie zunächst geglaubt hatten, es hätte ein Dritter die Hand im Spiel, kam nach vorn, als er das Gespräch an der Haustür hörte. Er bekam noch die letzten Worte mit, registrierte das geschminkte Gesicht des Kindes, das gebleichte Haar, das eng anliegende Top mit den Spagettiträgern, das Miniröckchen und zog eine Augenbraue hoch. »Ich sehe, du hast dich gut amüsiert, Amy«, sagte er.

Er war älter als sein Kollege und hatte selbst Töchter. Er erkannte die Symptome jugendlicher Rebellion auf den ersten Blick, fand allerdings, dass die Kleine mit ihren zehn Jahren noch reichlich jung dafür war.

»Und? Ist da vielleicht was dabei?«, fragte sie, ihren nicht vorhandenen Busen hervorreckend. »Kinder haben auch Rechte, falls Sie das nicht wissen sollten.«

»Aber sie haben kein Recht dazu, der Polizei die Zeit zu stehlen«, entgegnete er streng. »Hast du nicht ferngesehen? Weißt du nicht, dass die Polizei im ganzen Land nach dir sucht?«

Ein selbstgefälliges kleines Lächeln flog um ihre gemalten Lippen. »Hm, ich bin anscheinend berühmt.«

»Das kann man wohl sagen«, versetzte der Polizist sarkastisch. »Und du wirst noch berühmter werden, wenn die Fotografen dich in diesem Aufzug erwischen. War das der ganze Witz, Amy? Fünfzehn Minuten Ruhm? Ohne Rücksicht auf deine Mutter?«

Die fünfzehn Minuten Ruhm verstand sie nicht. Mit ihren zehn Jahren wünschte sie sich, durch die Reaktionen auf ihre Tanzeinlagen ermuntert, lebenslangen Applaus. Wieder antwortete sie mit dem hochmütigen Schulterzucken. »Meine Mutter hat mich überhaupt nicht lieb«, erklärte sie. »Sie ist eifersüchtig auf mich. Sie mag es nicht, wenn die Männer mich besser finden als sie.«

Wäre Tyler zur Stelle gewesen, so hätte er sofort an Franny Gough gedacht und sich gefragt, was das für Menschen waren, die Kindern solche Ideen einbliesen.

Der ältere Polizist winkte sie nach draußen. »So, Amy, jetzt geht's ab nach Hause.«

Sie sprang hinter die Tür. »Ich will aber nicht. Ich will hier bleiben.«

Der jüngere Polizist schüttelte den Kopf. »Das kannst du nicht bestimmen, Schatz.«

Sie zog ihren Arm weg, als er nach ihr greifen wollte. »Ich sage, dass Sie meinen Busen anfassen wollten«, warnte sie.

»Heiliger Strohsack!«, knurrte der ältere der beiden Männer und langte durchs Autofenster zum Funkgerät. »Wo zum Teufel lernt ihr Mädchen dieses Zeug?« Er gab seinen Code durch. »Ja, sie ist hier. Quicklebendig und aufgemacht wie eine Nutte... Sie will nicht mitkommen. Hat bereits damit gedroht, uns sexuelle Nötigung anzuhängen... Ja, Kolleg*innen* und eine Sozialarbeiterin.« Er warf einen Blick zu dem Kind. »Ein richtiger kleiner Fratz... Die Mutter beneid ich wirklich nicht. Die Kleine hält sich für Lolita... aber sie sieht eher aus wie Macaulay Culkin als Mädchen hergerichtet. – Genau... *Allein zu Haus* – und sie genießt es.«

Fax an Sergeant Gary Butler im Hilton Hotel, Southampton

Telefonische Nachricht

Für:	Chief Inspector Tyler
Von:	Mrs Angela Gough
Entgegengenommen von:	Constable Drew
Datum:	28. 07. 01
Zeit des Anrufs:	16 Uhr 15,

Mrs Gough überlegt jetzt, ob nicht Erpressung hinter Edward Townsends Interesse an Francesca gesteckt haben könnte. Beim zweiten Telefongespräch, das die Frau mit ihrer Tochter in Mallorca führte, gab diese folgende Erklärung für die Reise:
»Ed sagte, wenn man wissen will, ob ein Mann einen liebt, braucht man nur zu prüfen, wie viel er für einen zu zahlen bereit ist.« Francesca dachte, er spräche von den Kosten für Flug und Hotel. War ganz aufgebracht darüber, dass er sie nicht so sehr liebt, wie sie geglaubt hatte. Bei genauerer Überlegung fragt sich nun Mrs Gough, ob er nicht eine gemeine Erpressung vorhatte – z.B.: Entweder Sie zahlen oder in der News of the World erscheinen Aktfotos Ihrer Tochter. Mrs Gough bezeichnet sich als ›recht vermögend‹.

G. Drew

29

Direktionsbüro, Hotel Hilton, Southampton

Als Rogerson im Hotel eintraf, wurde er sofort davon unterrichtet, dass seine Tochter gesund und wohlbehalten gefunden worden war. Tyler sprach im Büro des Direktors mit ihm und wartete schweigend, während der Mann sich langsam beruhigte. Es war schwer zu sagen, ob seine Tränen echt waren, aber Tyler nahm es an. Der Mann besaß eine leidenschaftlichere Natur als geahnt. Er beteuerte, dass er nicht gewusst hatte, gar nicht gewusst haben konnte, dass seine Tochter von seinem Mandanten entführt worden war. Er zeigte sich zur uneingeschränkten Kooperation bereit, nachdem ihm gewisse Dinge zur Kenntnis gebracht worden waren, und berichtete Chief Inspector Tyler ohne weiteren Aufschub von einem zweiten Anwesen, das Edward Townsend gehörte. Er bestätigte, dass er zur Zeit der Trennung von seiner Frau in die Firma Etstone investiert hatte, war aber nicht bereit, etwas über den Betrag zu sagen. Aber es war natürlich eine beträchtliche Summe gewesen, so dass es sowohl in seinem als auch Townsends Interesse gelegen hatte, auch nach Lauras Übersiedelung nach Southampton die guten Beziehungen aufrechtzuerhalten.

Tyler war erheitert. War er etwa nach dem Prinzip des trojanischen Pferds verfahren?, fragte er. Man wartet ab, täuscht den Rückzug vor und schlägt zu, wenn der Feind es am wenigsten vermutet?

Rogerson erklärte gleichermaßen erheitert, er könne zwar nicht für seinen Mandanten sprechen, aber es habe ihn doch überrascht, dass Mr Townsend offenbar bereitwillig geglaubt habe, er könne einem anderen Mann ungestraft die Frau ausspannen. Er bezeichnete es als das Jeffrey Archer/Bill Clinton Syndrom. Es gibt eben Männer, die bilden sich ein, sie könnten sich alles erlauben, murmelte er.

Er bestritt jedoch mit allem Nachdruck, den Untergang der Firma Etstone eingefädelt zu haben. Als Rechtsberater des Unternehmens kannte er natürlich den örtlichen Leiter der Hausbank der Firma, aber er wies energisch die Unterstellung zurück, er habe dem Banker angedeutet, dass er im Begriff sei, das Darlehen zurückzufordern, das er Townsend vor gut zehn Jahren zur Verfügung gestellt hatte. Er habe keine Ahnung, ob der Banker Freimaurer sei, behauptete er, und könne nicht sagen, ob er ihm je bei einer Freimaurer-Veranstaltung begegnet sei. Die Schwierigkeiten der Firma habe Townsend zu verantworten, nicht er.

Nach Meinung Rogersons und der Mehrheit der Aktionäre war das Unternehmen nur zu retten, wenn man Townsend auszahlte und die Firma umstrukturierte. Allein Townsends Unfähigkeit hatte dazu geführt, dass man das Vertrauen in das Guildford Projekt verloren hatte. Er hatte einen viel zu hohen Preis für den Grund bezahlt, und die Baubehörde hatte die Genehmigung für die Errichtung einer Luxuswohnanlage verweigert. Die Stimmung im Stadtrat hatte umgeschlagen, und man befürwortete jetzt den Bau preiswerterer Wohnanlagen, um Erstanlegern eine Chance zu geben. Unter diesen Umständen waren Townsends Berechnungen nicht mehr gültig, die Bank hatte es mit der Angst zu tun bekommen und einen Rückzieher gemacht.

Der Wert der Firma war jetzt weit geringer als vor dem Guildford Debakel, und Townsends Zukunft war damit ungewiss geworden. Sowohl sein Haus in Southampton als auch das Cottage in Devon waren im Zusammenhang mit dem Bauvorhaben hoch belastet worden, so dass er sich nun dem finanziellen Ruin gegenübersah. Rogerson zeigte darüber keine Schadenfreude. Er sei kein rachsüchtiger Mensch und habe Geschäftliches und Privates stets voneinander getrennt, erklärte er.

Und für wie rachsüchtig er Townsend halte? Habe der Amy als Trostpreis betrachtet oder als Druckmittel? Doch darauf hatte Rogerson keine Antwort. Er wiederholte lediglich mit großem Nachdruck, dass er niemals Anlass gehabt habe, Townsend der Pädophilie zu verdächtigen.

Laura Biddulph schluchzte ins Telefon. »Gott sei Dank... Gott sei Dank...« Mehr brachte sie nicht hervor.

Tyler berichtete ihr, dass ihre Tochter unversehrt sei, allerdings noch nicht ärztlich untersucht. »Sie behauptet mit aller Entschiedenheit, dass Edward Townsend sie nie sexuell berührt habe«, fügte er hinzu, »und die Sozialarbeiterin, die sich in Devon um sie kümmert, meint, dass sie die Wahrheit spricht. Ihrer Ansicht nach ist Amy recht reif für ihr Alter und versteht den Unterschied zwischen einer angemessenen und einer unangemessenen Berührung.«

»Warum hat er sie dann entführt?«

»Das haben wir ihn noch nicht gefragt.« Tyler schwieg einen Moment. »Amy hat erklärt, er habe sie geholt, weil sie so unglücklich war und ihm gesagt hatte, dass sie sich das Leben nehmen wolle.«

Wieder Schluchzen. »Aber warum hat sie denn nicht mit mir gesprochen?«

»Vielleicht weil Sie Angst hatten, sie zu fragen«, erwiderte Tyler behutsam, »und er nicht.«

In einem Polizeifahrzeug auf dem Weg vom Hotel Hilton in Southampton zum Polizeipräsidium Hampshire

Obwohl man Townsend darüber belehrt hatte, dass alles, was er von nun an aussagte, gegen ihn verwendet werden könne, wollte er sich unbedingt rechtfertigen. Hinten im Fahrzeug sitzend, sprach er in ernsthaftem Ton auf Tyler ein, den er schräg vor sich hatte. Gary Butler, der am Steuer saß, warf ab und zu einen Blick in den Rückspiegel, um das wechselnde Mienenspiel Townsends zu beobachten.

»Ich habe Amy nie angerührt«, beteuerte er. »Ich bin kein Kinderschänder, Inspector. Ich hätte sie niemals zu irgendetwas gezwungen oder genötigt. Dazu liebe ich sie zu sehr. Im Gegensatz zu ihren Eltern, die sie wie eine Sache behandeln. Ihr Vater benutzt sie als Waffe. Ihre Mutter braucht sie zur Selbstbestätigung.«

Tyler drehte sich nach ihm um. »Und Sie brauchen sie als Lustobjekt.«

»Ich habe es Ihnen schon einmal gesagt – ich bin kein schmieriger kleiner Kinderschänder. Wenn ich das wäre, hätte Amy sich mir niemals anvertraut. Alles, was ich tue, geschieht mit ihrer Zustimmung. Etwas anderes käme für mich überhaupt nicht in Frage.«

Tyler überlegte, ob es so etwas wie ein Pädophilen-Credo gab, das Townsend auswendig gelernt hatte. ›Ich bin kein Kinderschänder …‹ ›Ich bin keiner, der Kinder belästigt …‹ ›Alles geschieht mit Zustimmung …‹

»Als Nächstes werden Sie mir erzählen, dass sie diejenige ist, die die Initiative zu ergreifen pflegt.«

»Richtig, genau das tut sie. Ihre Mutter hat ihr gründlich beigebracht, was Männer mögen. Da fällt es manchmal schwer zu widerstehen. Sex interessiert sie. Sie ist neugierig. Wie die meisten Kinder.«

Tyler schüttelte den Kopf und wandte sich von Townsend ab,

um wieder zum Fenster hinauszuschauen. »Sie ist zehn Jahre alt, Mr Townsend. Natürlich ist sie neugierig. Aber das heißt doch nicht, dass sie weiß, was sie tut. Man kann nicht in etwas einwilligen, wovon man keine Ahnung hat, und ein Kind in Amys Alter ist nicht fähig zu verstehen, dass die Gefühle, die in einem Pädophilen wach werden, wenn er sie berührt, von ganz anderer Art sind als die anderer Männer.«

»Mir ist klar –«

Tyler ließ ihn nicht ausreden. »Ihre Mutter hat es gestern Abend beim Gespräch mit mir recht gut auf den Punkt gebracht. Kimberley Logan hatte ihr offenbar vorgeworfen, sie wolle Amys Leben bestimmen. Darauf entgegnete Laura, wie denn Amy Entscheidungen über ihre Zukunft treffen könne, wenn sie nicht einmal klar sagen könne, ob sie zum Abendessen lieber Fischstäbchen oder Würstchen haben will.«

»Ich habe nie versucht, ihre Gefühle für mich auszunutzen.«

»Nein, Sie haben sie nur entführt.«

»Ich habe sie gerettet. Sie drohte mit Selbstmord, wenn sie weiter bei den Logans leben müsste.«

Tyler beobachtete ein vorüberfahrendes Auto voller Kinder, die sich lachend auf dem Rücksitz rangelten. »Die Kollegen, die Amy fanden, sagten, sie sei zurechtgemacht gewesen wie eine Nutte, mit gebleichtem Haar und das Gesicht voller Schminke. Wer hatte denn den Einfall?«

»Sie. Ich habe die Sachen nur besorgt. Sie wollte so gern älter aussehen. *Mein* Wunsch war es nicht. Ich sehe sie lieber so, wie sie ist.«

»Die Kollegen sagten, die Maske sei wirklich gut gewesen, besonders das blonde Haar. Nach dem Fahndungsfoto hätten sie Amy niemals erkannt, wenn sie ihr auf der Straße begegnet wären.« Er schüttelte wieder den Kopf. »Was hatten Sie mit ihr vor? Wollten Sie sie den Rest ihres Lebens in Devon versteckt halten?«

»So weit habe ich gar nicht voraus gedacht. Ich habe einfach gehandelt. Wahrscheinlich hoffte ich, wir könnten eine Weile verschwinden und dann irgendwo anders neu anfangen. Ich hatte von diesem Lehrer gelesen, der mit einer Schülerin nach Italien gegangen ist und dort ein Jahr lang mit ihr zusammengelebt hat, bevor sie gefunden wurden. Es schien mir einen Versuch wert.«

»Sie müssen doch gewusst haben, dass man Sie erwischen würde.«

»Wieso?« Er blickte an Butler vorbei zum Horizont weiter vorn. Ein träumerischer Ausdruck lag in seinen Augen. »Ich hielt es eher für wahrscheinlich, dass ihr langweilig werden würde und sie wieder nach Hause gehen wollte. Ich habe ihr gleich zu Anfang versprochen, dass ich sie sofort zu ihrer Mutter zurückbringen würde, wenn sie es sich anders überlegen sollte.«

»Was war denn der Anfang, Mr Townsend? Wie sind Sie in diese Situation hineingeraten?«

»Fragen Sie mich, wie es geschehen kann, dass ein erwachsener Mann sich in eine Zehnjährige verliebt?«

»Nein«, gab Tyler mit feiner Erheiterung zurück. »Ich bin bereit, davon auszugehen, dass das geschehen kann. Verstehen werde ich es sicher nie. Ich mag Frauen. Wenn ich eine mit Grips, Humor und einer halbwegs guten Figur finden kann, die Spaß an ihrem Beruf und meinen Kochkünsten hat, bin ich im siebten Himmel. Ein spillerige kleine Zehnjährige, die nicht Muh und Mäh sagen kann, würde mich zu Tode langweilen – außer sie wäre meine Tochter. Dann fände ich ihre tollpatschigen Bemühungen, erwachsen zu werden, sicherlich faszinierend. Aber ich hätte bestimmt *nicht* das Verlangen, mit ihr zu schlafen.«

Butler gewahrte einen Funken Belustigung in den blassen Augen. »Woher wollen Sie das wissen, wenn Sie nie eine Tochter hatten? Sie würden es vielleicht nicht in die Tat umsetzen, Inspector, aber Sie würden ganz sicher mindestens einmal in Ihrem Leben mit dem Gedanken spielen.«

Tyler warf einen Blick auf seinen Sergeant, der die Augen fest auf die Straße gerichtet hielt. »Sie sagten, Amy hätte mit Selbstmord gedroht«, fuhr er fort. »Aber Sie haben sie trotzdem im Stich gelassen, um mit Franny nach Mallorca fliegen zu können. Wieso?«

»Ich habe sie nicht im Stich gelassen. Ich habe ihr ein Handy gekauft und meine Nummer eingespeichert, so dass sie mich jederzeit anrufen konnte.«

Das war nur eine halbe Antwort, aber Tyler ließ es vorläufig dabei bewenden. »Sie waren der ›Em‹ oder ›Ed‹, den sie von der Zelle aus anrief?«

»Ja.«

»Warum musste sie per R-Gespräch anrufen, wenn sie ein Handy hatte?«

»Damals hatte sie es noch nicht.«

»Hatte sie vorher schon mal bei Ihnen angerufen?«

Er nickte. »Jeden Tag auf dem Heimweg von der Schule.«

»Und als sie mit ihrer Mutter im Hotel lebte?«

»Da war eine Zelle um die Ecke. Sie hat sich immer rausgeschlichen, wenn Laura schlief.«

»Was änderte sich plötzlich?«

»Es waren die Ferien. Sie weinte immerzu... sie hasste die Logans – die Art wie sie von ihnen tyrannisiert wurde... Sie hasste ihre Mutter, weil sie eine Verliererin war. Und sie hasste ihren Vater. Ich traf mich sooft wie möglich mit ihr, aber es wurde nur immer schlimmer.«

»Es ist ein interessantes Zusammentreffen, finden Sie nicht auch?«

»Was denn?«

»Dass Sie genau zu der Zeit, wo der Vater Ihnen mitteilt, dass er vorhat, sein Geld zurückzuziehen, plötzlich ständig mit der Tochter zusammen sind. Wollen Sie behaupten, dass diese beiden Fakten nichts miteinander zu tun haben?«

»Jedenfalls nicht von meiner Seite.« Er zuckte die Achseln. »Sie wollte nie von mir weg, Inspector. Sie braucht Liebe. Kinder sind nicht dumm. Sie wissen, was sie glücklich macht.«

»Was haben Sie denn jeden Tag mit ihr unternommen?«

»Wir sind aufs Land gefahren. Ans Meer. Was Väter eben mit ihren Töchtern unternehmen. Aber nicht jeden Tag. Drei oder vier Mal – nein, öfter.«

»Wo hat sie die anderen Tage zugebracht?«

Er lachte kurz. »Nirgends, soviel ich weiß. Ich meine, zu Hause. Sie hat mich mehrmals von ihrem Zimmer aus angerufen – sagte, die Logan-Kinder wären so dumm, dass sie sie ohne Mühe an der Nase herumführen könne. Soviel ich weiß, hat sie sich immer unter ihrem Bett versteckt und gelesen. Es machte ihr diebischen Spaß, sie glauben zu lassen, sie hätte eine Freundin, von der sie nichts wussten. Sie brauchte sich nur nach unten zu schleichen, während sie vor dem Fernseher saßen, und die Haustür zuzuschlagen … sie glaubten immer, sie wäre weg gewesen – besonders wenn sie so tat, als wäre sie sauer oder verschnupft.«

Tyler erinnerte sich an Kimberleys Worte. ›Ich wette, sie hat sich irgendwo in einem Loch verkrochen, um so zu tun, als ob sie Freunde hätte …‹ »Wann haben Sie ihr das Handy gekauft?«

»Nach den Anrufen, die die Logan-Kinder mitbekommen hatten. Ich wollte nicht, dass sie Laura verrieten, was Amy tat. Und Amy sagte, sie würde sich umbringen, wenn sie mich nicht …« Seine Stimme wurde brüchig, und er schwieg.

Tyler fand die Gefühle so falsch wie die Sonnenbräune. »Ich hoffe, Sie haben nicht vor, sich bei Gericht als der heilige Eddy aufzuspielen, der ein Kind vor dem Selbstmord errettete«, schnauzte er bissig. »Kindesentführung ist ein schweres Verbrechen, Mr Townsend.«

»Ich weiß – aber was hätte ich denn tun sollen?«

Tyler schnaubte verächtlich. »Ich kann mir nicht vorstellen, dass die Geschworenen sehr beeindruckt sein werden, wenn sie hören, dass Sie plötzlich nach Mallorca verschwunden sind, um sich mit einem Amy-Verschnitt zu vergnügen, obwohl das Kind sie um Hilfe anflehte.«

»Ich hatte ja gar keine andere Wahl. Mir saßen die Gläubiger im

Nacken. Ich wollte das John Finch während meiner Abwesenheit regeln lassen.«

»Aber warum haben Sie Franny mitgenommen?«

»Ich fand, sie wäre eine gute Alternative.«

»Zu Amy?«

»Ja – bis sie sich betrunken hat.« Er starrte zu seinen Händen hinunter. »Ich bin auf das alles weiß Gott nicht stolz, Inspector.«

Tyler drehte den Kopf zum Fenster, um Townsend sein Gesicht nicht sehen zu lassen. »Warum haben Sie Laura nicht gesagt, dass ihre Tochter selbstmordgefährdet war?«

»Sie hat Amy wegschafft, weil sie auf die enge Beziehung zwischen uns eifersüchtig war. Was glauben Sie wohl hätte sie getan, wenn ich sie angerufen und ihr gesagt hätte, Amy will sich das Leben nehmen, weil sie es ohne mich nicht aushält? Sie hätte alle Anrufe unterbunden und hätte den großen Nervenzusammenbruch bekommen, wenn sie beim Nachhausekommmen ihre Tochter vom Treppengeländer hätte baumeln sehen.« Butler sah, wie er eine Hand hob wie zur Beteuerung seiner Worte, und sie wieder senkte. »Sie sagte, sie würde es morgens tun, wenn Miss Piggy und Jabba noch schliefen, und sie hoffe, alle würden weinen, wenn sie tot wäre, weil bis jetzt immer nur sie allein um sich geweint hätte.«

»Kinder erzählen oft solche Geschichten.«

»Ich habe ihr geglaubt.«

Tyler drehte sich um, um ihn ansehen zu können. »Warum haben Sie nicht mit dem Vater gesprochen?«, erkundigte er sich zynisch.

»Er hätte sie sofort zu sich genommen.«

»Ach was? Dabei erzählen Sie mir doch ständig, wie gleichgültig er ihr gegenüber ist.«

»Das stimmt auch. Er will nur Laura haben – am liebsten auf Knien liegend – um ihr Kind bettelnd. Er ist ein unheimlich dominanter und besitzergreifender Mensch. Er kann ihr nicht verzeihen, dass sie tatsächlich den Mut hatte, ihn zu verlassen. Dafür wird er sie bis in alle Ewigkeit bestrafen, wenn er kann. Schauen Sie sich an, was er mit mir gemacht hat.«

Tyler nickte. Auch er hielt den Mann für äußerst rachsüchtig. Dennoch… »Aber warum haben Sie ihm dann die Frau ausgespannt?«, fragte er kalt. »Sie müssen doch gewusst haben, was passieren würde.«

»Nein, das wusste ich nicht. Jedenfalls damals nicht. Ich habe den Ton gehört, in dem er mit ihr sprach… ich habe gesehen, wie er Amy behandelte… wie eine lästige Mücke. Ich bin überhaupt nicht auf den Gedanken gekommen, dass er eifersüchtig werden könnte, wenn sie gingen. Im Übrigen hat Laura die Entscheidung getroffen, ihn zu verlassen. Ich hätte mich gar nicht bemüht, wenn nicht Amy gewesen wäre.«

»Sie fanden Laura nicht attraktiv?«

»Nicht besonders.«

»Warum haben Sie dann die Aufnahmen von ihr gemacht? Warum haben Sie jedes Mal Aufnahmen von den Frauen gemacht, deren Kinder Ihnen gefielen?«

»Das war weniger verdächtig.«

Gary Butler sah auf und fing im Spiegel einen Blick von Tyler auf. Wie sein Chef begann er sich zu fragen, ob irgendeine dieser Aussagen der Wahrheit entsprach. Andererseits, warum sollte ein Mann sich selbst als pädophil hinstellen? Das ging nun wirklich über Sergeant Butlers Horizont.

»Wusste Laura von den anderen Bändern?«, fragte Tyler. »Denen, die Sie von Ihrer Frau und deren Stieftochter aufgenommen hatten?«

»Ich glaube nicht.«

»Hat Martin Rogerson Sie einmal ermahnt, die Finger von Amy zu lassen?«

»Nein.«

Er drehte sich wieder herum. »Haben Sie jemals mit ihm über Ihre pädophilen Neigungen gesprochen?«

»Nein.« Neuerliche Erheiterung. »Der Typ Mann ist er nicht.«

»Ist er der Typ, der sich unzüchtige Bilder von Kindern herunterlädt?«

Townsend schüttelte den Kopf. »Nicht von Kindern.«

»Von Frauen?«

Ein Nicken. »Sie haben mich mal gefragt, was aus den Aufnahmen von Laura geworden ist. – Martin hat sie. Das war ihr Abschiedsgeschenk an ihn. Für deine Sammlung, hat sie zu ihm gesagt. Zwing irgendeine andere arme Irre, sich die Aufnahmen von *mir* anzusehen, damit sie die nötige Lust kriegt, um mit dir zu schlafen.«

Tyler lächelte dünn. »Ihnen ist wohl klar, Mr Townsend, dass wir Ihre Computer auf pornographisches Material durchsehen werden – insbesondere kinderpornographisches –, das entweder von Ihnen heruntergeladen wurde oder auf von Ihnen unterhaltenen Internetseiten zu finden ist. Wollen Sie uns nicht Zeit und Mühe sparen und uns gleich sagen, wonach wir schauen müssen?«

»Da gibt es nichts zu finden. Mit Internetpornographie habe ich nichts am Hut.«

Tyler widmete sich wieder der Betrachtung der vorüberfliegenden Landschaft. Die Schlauheit des Mannes nötigte ihm eine gewisse widerwillige Bewunderung ab. Selbst die Öffentlichkeit würde sich auf seine Seite schlagen, wenn bekannt wurde, dass das Kind am Leben und nicht angerührt worden war. Man würde vielleicht sogar Verständnis für sein Dilemma aufbringen. Retten oder nicht retten? Er hätte vielleicht selbst Verständnis für ihn gehabt, wenn er hätte glauben können, dass Townsend fähig wäre, nicht nur sich selbst zu lieben.

»Was Sie mir hier erzählen, ist nichts als Quatsch«, sagte er nach einer kurzen Pause. »Ich bin bereit, Ihnen abzunehmen, dass Jugend für Sie zur Besessenheit geworden ist – dazu braucht man Sie ja nur anzusehen –, aber ich kann nicht glauben, dass diese Besessenheit bis zum Sex mit zehnjährigen kleinen Mädchen reicht. Sie scheuen sich nicht, sie auszubeuten – daran zweifle ich keinen Augenblick –, aber ich denke, es würde Ihnen nicht einfallen, sich auf verbotenen Sex einzulassen. Sie sind wie ein Heroindealer – sie bringen das dreckige Zeug gern unter die Leute, aber Sie hüten sich davor, selbst danach zu greifen.«

»Ich handle nicht mit Kindern.«

»Aber natürlich tun Sie das. Und mit Frauen auch. Sie sind ein Internetzuhälter. Wir werden es finden ... Es wird vielleicht einige Zeit dauern – und wir werden vielleicht nicht alles aufspüren –, aber *ich* kriege Sie dran, Mr Townsend. Ich vermute mal, es hat mit Ihrer ersten Frau angefangen, die wahrscheinlich die Zurschaustellung vor der Kamera so pikant fand wie Sie und wohl darum bei der Scheidung plötzlich zimperlich wurde. Danach machten Sie sich an Frauen und Kinder heran, die sich gern in Szene setzten. Das erleichterte das Geschäft.«

»Sie sind ja verrückt«, erklärte Townsend eiskalt. »Wo ist das Geld geblieben?«

»Ach, das kann doch überall sein. Man kann es ja heutzutage in der ganzen Welt verteilen.« Er sah Townsend fragend an. »Vielleicht gehört diese abhanden gekommene halbe Million dazu? Was ist denn aus der geworden? Hat jemand andrer zuerst zugeschlagen? Oder hat sie vielleicht nie existiert?«

Townsend ließ den Kopf an die Rückenlehne seines Sitzes sinken und starrte schweigend zum Verdeck des Wagens hinauf.

Tyler lachte leise. »Sie haben so wenig Neigung zum Sex mit Kindern wie ich. Sie wollen uns das Gegenteil nur einreden. Ein geständiger Pädophiler, der seine Tat bereut und nicht vorbestraft ist – der dem Kind, das er entführt hat, nichts angetan hat – und auch sonst keinem Kind, das seiner Obhut anvertraut war –, wird natürlich eine viel leichtere Strafe bekommen, als ein Mann, der ein Kind zum Zweck der Erpressung raubt.«

Townsend starrte weiter an die Decke. »Sie reden Blödsinn, Inspector.«

»Sie hielten sich Amy auf Lager, bis Sie sie brauchten. Vermutlich war die Vorstellung für nächstes Wochenende angesetzt. Aber dann hörten Sie von John Finch, dass Rogerson die Konferenz vorverlegt hatte. Also, nichts wie heim zu Amy. Ich wette, in Ihrem Laptop ist ein interessantes Video von Rogersons Tochter als kleines Flittchen versteckt. Und ich wette weiter, dass Sie ihm dieses Video vor der Konferenz zeigen wollten. Darum waren Sie auch so entsetzt, als Sie hörten, dass er in Haft sei. Womit wollten Sie ihm denn drohen für den Fall, dass er nicht nach Ihrer Pfeife tanzen sollte? Dass Sie die Aufnahmen an den Meistbietenden verkaufen würden? Oder im Internet vorführen?«

»In meinem Laptop werden Sie höchstens einen Prospekt von Etstone finden«, entgegnete er ruhig.

»So gut ist niemand, Mr Townsend. Früher oder später werden wir es finden.«

»Es gibt nichts zu finden. Fragen Sie Amy. Es war alles völlig harmlos.««

»Im Moment wird sie noch sagen, was Sie ihr aufgetragen haben – aber das wird sich ändern. Sie haben sie vielleicht nicht angerührt, aber Fachleute werden nicht lange brauchen, um herauszufinden, wozu Sie sie überredet haben, um ihrem Vater zu zeigen, welche Macht Sie über sie besitzen. Für mich sind Sie krank, Mr Townsend, aber pädophil sind Sie nicht. So wenig wie Martin Rogerson. Wie Sie bereits sagten, er zieht Frauen vor – und das Gleiche sagt er von Ihnen.« Tyler lachte über Townsends Gesicht. »Ich bring Sie lieber wegen erpresserischer Kindesentführung vor Gericht. Das gibt eine höllisch lange Strafe. Sie sollten nicht die liebevollen Gefühle anderer Menschen für ihre Kinder ausbeuten, Mr Townsend.«

»Was für liebevolle Gefühle? Wie kommen Sie auf den Gedanken, dass Martin wegen eines Videos nachgeben würde? Jeder weiß, dass Amy ihm scheißegal ist.«

»Ja, das sagen Sie immer wieder«, murmelte Tyler. »Und wenn Sie es oft genug wiederholen, wird es Ihnen vielleicht gelingen, die Geschworenen davon zu überzeugen. Aber mit Laura wird das nicht klappen. Kein Mensch wird glauben, dass sie ihr Kind nicht liebt.« Er streckte den Finger gegen den Mann aus.

»*Dafür* werde ich Sie jagen. Dass sie einem ohnehin unsicheren Kind eingeredet haben, es werde von seiner Mutter nicht geliebt. Ich habe mit der Frau gesprochen … ich habe alle ihre traurigen kleinen Geheimnisse gehört … ihren Schmerz gesehen … und ihre Schuldgefühle. Und Freude hat mir das weiß Gott nicht gemacht! Sie ist sich bewusst, dass sie unvollkommen ist – sie weiß, dass Amy wünscht, sie wäre anders … aber das gibt einem ekelhaften Heuchler wie Ihnen noch lange nicht das Recht, mit den Gefühlen ihres Kindes Schindluder zu treiben.«

30

Im Haus Humbert Street 23

Sophie kniete neben Jimmy nieder. Das obere Drittel seines Ohrs war vom Kopf abgetrennt, aber er lebte. Er lag bäuchlings in der Tür zwischen Küche und Korridor und nuschelte vor sich hin, den speicheltriefenden Mund auf den Boden gedrückt. Es war niemand unten. Die Tür zum hinteren Zimmer stand offen, aber die einzigen Geräusche im Haus waren von oben zu hören. Gelächter und Gesang. Sophie konnte einige Wörter ausmachen.

»... we are the champions ... we are the champions ... we are the champions of the *world*...«

Füße trommelten im Staccato auf den Boden. War das ein Freudentanz? Kam eine Horde die Treppe heruntergerannt? Sie wusste es nicht. Sie wälzte Jimmy auf den Rücken und schlug ihm ins Gesicht. »Wachen Sie auf, Jimmy!«, rief sie so laut sie es wagte, in sein blutendes Ohr. »Ich bin's, Sophie! Mel braucht Hilfe.«

Er öffnete die Augen, und sie schlug noch einmal zu. »Weg da!«, murmelte er. »Ich bin müde.«

Diesmal packte sie ihn bei den Schultern und schüttelte ihn. »Mel ist in Schwierigkeiten«, sagte sie eindringlich. »Kommen Sie mit. Ich brauche Sie. Oben sind Leute. Verstehen Sie mich?«

Die Bewegung bereitete ihm Schmerzen, und er schlug eine Hand auf sein Ohr. »O Mann! Scheiße! Was iss 'n das?«

»Wachen Sie auf!«, schrie sie und schlug ihm wieder ins Gesicht. »Ich hab die Nase voll von Männern, die in Ohnmacht fallen.«

Er setzte sich mit einem Ruck auf, als die Erinnerung sich meldete… Wesley… die Machete… der alte Soldat. Er sah sich um. »Wo ist Wesley?«

»Oben«, antwortete sie und packte ihn bei der Hand, um ihn hochzuziehen. »Wir müssen gehen.«

»Was ist mit dem alten Knaben?«

»Der ist okay«, antwortete sie in der Annahme, er meine Franek. »Kommen Sie – kommen Sie schon.« Sie zog ihn durch den Korridor zur Haustür. »Harry hat gesagt, dass Mel umgerissen und niedergetrampelt worden ist. Wir müssen sie rausholen. Ich hab Angst um das Kind. Sie müssen sie tragen.«

Ein beklemmendes Gefühl finsterer Vorahnung bemächtigte sich ihrer, als sie nach dem Türknauf griff. Sie erinnerte sich, wie sie das letzte Mal an dieser Tür gestanden hatte – als sie noch hätte gehen können und es nicht getan hatte, weil der Sohn eines Patienten sich bei ihr bedankt hatte, und sie stehen geblieben war, um ihn anzulächeln. Sie drehte sich nach Jimmy um. »Ich habe Angst«, sagte sie.

»Ja«, erwiderte er, »ich auch.« Er fasste sie am Arm und zog sie hinter sich. »Ich hab ein ganz übles Gefühl«, brummte er. »Es ist viel zu still.«

Sie klammerte sich an seine Jacke. »Was sollen wir tun.«

Er holte tief Atem und drehte den Knauf. »Bereit sein zum Durchstarten«, sagte er und zog vorsichtig die Tür auf.

Einsatzzentrale – Luftaufnahmen aus dem Polizeihubschrauber

Die Polizei konnte auf die Sekunde genau nachrechnen, wie lange es dauerte, bis bei dem bestialischen Lynchmord das Gelächter in Entsetzen umschlug. Beinahe alle Gesichter waren zum Fenster erhoben, wo Wesley stolz seine Trophäe vorführte: einen alten Mann, dem die Shorts um die Fußknöchel schlotterten, dem Blut die Beine hinunterströmte, der eine Schlinge um den Hals hatte. Lebendig die Gesichter. Begierig. Erheitert. Begriffen die Leute überhaupt, was da geschah? Fand es ihren Beifall? Waren sie durch das Kino für die Realität abgestumpft? Wer konnte es sagen?

Der Weg zum Entsetzen zeigte sich mit gleicher Lebendigkeit. Vielleicht glaubten sie, das, was Wesley da so unbekümmert an einem Seil baumelnd aus dem Fenster gestoßen hatte, wäre eine Puppe, denn eine Welle des Gelächters spielte über die Gesichter. Wenig später verwandelte sich das Lächeln in Verwirrung. Einige Leute hielten weiterhin den Blick auf den prahlenden Wesley gerichtet, die meisten jedoch wandten sich ab. Spontan drängte die Menge von der Mitte aus auseinander. Ein Mädchen fiel auf die Knie und übergab sich. Die Menschen an den Rändern des Gewühls zogen sich durch die Notausgänge zurück.

Es war nicht ihre Schuld. Sie hatten den Schwarzen nicht gebeten, sich wie ein Wahnsinniger aufzuführen. Was er getan hatte, war ziemlich schlimm, aber na ja – es war ja nur ein beschissener Kinderschänder!

Vor dem Haus Humbert Street 23

Gaynor hob das schweißgebadete Gesicht und sah Jimmy an, ohne in ihren Bemühungen, Colin wiederzubeleben, innezuhalten. Mit durchgestreckten Armen massierte sie sein Herz. »Eins – zwei – drei – vier – fünf.« Sie beugte sich hinunter, um Luft in seinen Mund zu stoßen. »Mel lebt, glaub ich – drei – vier – fünf.« Noch ein Atemstoß. »Bitte helft – drei – vier – fünf.«

Sophie ließ sich neben der Schwarzen, die Mels Handgelenk hielt, auf die Knie fallen. »Wir haben sie wieder«, sagte die Schwarze und weinte. »Schauen Sie. Wie in *Chicago Hope*. Sie atmet. Ihr Puls schlägt. Stimmt doch, oder?«

Sophie drückte ihre Finger an den Hals der jungen Frau. »Ja«, bestätigte sie. »Oh Gott, danke dir. Danke dir.« Auch sie weinte, als sie zu Jimmy hinaufsah. »Reden Sie mit ihr, Jimmy. Sagen Sie ihr, wie sehr Sie sie lieben. Je schneller sie zu sich kommt, desto besser. Zwingen Sie sie zuzuhören. Ihre Stimme hört sie ständig, Jimmy. Nur Ihre Stimme. Sie hat mir immer wieder erklärt, wie sehr sie Sie liebt.«

Jimmy ließ sich auf die Knie hinunter und legte seine Hand auf Melanies Gesicht. »Helfen Sie Gaynor«, sagte er zu Sophie. »Col ist auch ihr Kind.«

Aber Colin war tot.

Aktennotiz

Von – CI Tyler
An – Superintendent Hamilton
Datum – 29. 07. 01
Betreff – Entführung Amy Biddulph/Rogerson

Sir,
Der neueste Informationsstand sieht folgendermaßen aus:

- Keine Inzestbeweise gegen Martin Rogerson. Laura und Amy Biddulph bestreiten übereinstimmend, dass etwas Derartiges je vorgekommen sei. Laura bestätigt sein Interesse an Softpornos.

- Rogerson gibt zu, dass er vielleicht »eher bereit« gewesen wäre, den Konkurs von Townsends Firma hinauszuzögern, wenn Townsend gedroht hätte, die von seiner Tochter aufgenommenen Bänder an seine Kollegen und Mandanten zu verschicken. »Ein Mann in meiner Position kann sich keinen Skandal erlauben.« Die Möglichkeit, dass die Bilder über Internet verfügbar gemacht werden könnten, regte ihn interessanterweise nicht weiter auf. »Es wüsste doch kein Mensch, wer sie ist.«

- Rogerson gibt ferner zu, dass er wütend war über die Aufnahmen von Laura, zu denen Townsend sie überredet hatte. »Ich war eifersüchtig. Für mich hat sie so etwas nie getan.« Laura bestätigt, dass sie ihm die Bänder gegeben hat. »Ich wollte ihn verletzten.«

- Es scheint klar, dass Rogerson immer mehr an seiner Frau interessiert war als an seiner Tochter.

Empfehle in Sachen Martin Rogerson nichts weiter zu unternehmen.

Betreff – Edward Townsend

- Die Computer werden derzeit untersucht – geschätzte Ermittlungszeit: 2 – 3 Wochen.
- Bestreitet Laura Biddulph/Franny Gough/Frauen/Kinder zum Zweck der kommerziellen Herstellung pornographischen Materials gefilmt zu haben.
- Bestreitet Verbindung zur Internet-Pornographie
- Bestreitet, Amy zum Zweck der räuberischen Erpressung oder sexuellen Nötigung entführt zu haben.

Die Vernehmung wird fortgesetzt.

CI Tyler

P.S. Der Mistkerl hat gelogen. Fortsetzung folgt.

31

Montag, 30. Juli 2001

Erst nach vierundzwanzig Stunden konnte die Polizei die wahre Identität des Gehenkten bestätigen – Corporal Arthur Miller, Frontsoldat im Zweiten Weltkrieg und Witwer –, aber die Presse zeigte sich mit Meldungen darüber ungewöhnlich zurückhaltend. In den Stunden nach dem blutigen Samstag hatte sie sofort zugeschlagen und die amtliche Weigerung, einen Namen zu nennen, kurzerhand als Bestätigung der Gerüchte genommen, die in der Acid Row die Runde machten. Das Opfer sei ein Pädophiler.

Nun schreckten selbst die Boulevardblätter vor einer Schlagzeile wie ›Soldat irrtümlich als Kinderschänder abgeschlachtet‹ für ihre Montagsausgaben zurück, weil sie fürchteten, das werde womöglich als Billigung von Lynchjustiz im Fall von Sexualtätern aufgefasst. Die meisten Blätter zogen etwas Neutrales wie, ›Das tragische Ende eines alten Soldaten‹ vor.

Die Leitartikler griffen unverzüglich zum Stift, nachdem das Innenministerium bestätigt hatte, dass in der Tat ein amtlich registrierter Sexualtäter anonym in der Humbert Street untergebracht worden war. Eine einstweilige Verfügung wurde erlassen, die es im Interesse der öffentlichen Sicherheit verbot, seinen Namen zu nennen; es gab jedoch kein derartiges Verbot, über die Natur seiner Tat zu berichten, da dem Innenministerium daran gelegen war, mit allem Nachdruck zu zeigen, dass die örtliche Polizei ihn mit Recht als ungefährlich eingestuft hatte.

Teile der Presse legten das als Beweis dafür aus, dass es zu den Ereignissen des blutigen Samstags nicht gekommen wäre, wenn der Pädophile gemäß dem in den USA gültigen Gesetz ›geoutet‹ worden wäre. Die Geheimniskrämerei um seine Person habe die Unruhen herausgefordert. Wären sein Name und die Art seines Vergehens einer breiten Öffentlichkeit bekannt gemacht worden, so hätten die Leute von der Acid Row gewusst, dass ein schüchterner Mann, der wegen kleinerer Vergehen gegen sechzehn- und siebzehnjährige Jugendliche verurteilt worden war, für ihre Kleinkinder keine Bedrohung darstellte.

Andere argumentierten wieder, die Veröffentlichung von Namen und Adressen Pädophiler fordere geradezu den gewalttätigen Hass heraus, den man am blutigen Samstag erlebt hatte. Der Mann, um den es hier gegangen war, war bereits aus einer Wohnsiedlung verjagt worden, obwohl neben seinem Foto alle Einzelheiten seiner Verurteilung abgedruckt worden waren. Das Problem stecke in dem Wort ›Pädophilie‹. Für die meisten Menschen habe es die gleiche Bedeutung wie böse, und wenige seien bereit, zwischen ängstlichen Männern, die nur berühren wollten, und Psychopathen, die ihre Befriedigung daraus zogen, Kinder zu quälen und zu töten, einen Unterschied zu machen.

Die Politiker versuchten, die Kontroverse zu meiden, indem sie die Unruhen auf das Drogenproblem schoben.

Die Reaktion der Öffentlichkeit – der *demokratischen* Öffentlichkeit – hingegen war eindeutig. Als bekannt wurde, dass ein verwirrter alter Soldat abgeschlachtet worden war, weil man ihn irrtümlich für einen Sexualverbrecher gehalten hatte, kamen Menschen von nah und fern und legten an den Zugängen zur Acid Row haufenweise Blumen nieder.

In den vierundzwanzig Stunden jedoch, als man ihn für einen Kinderschänder gehalten hatte, wurde nicht ein einziges Sträußchen niedergelegt.

32

Dienstag, 2. Oktober 2001 – Bassindale

Eileen Hinkley sagte, Jimmy solle doch keinen solchen Wirbel machen, als er aus einer Tragtüte eine bunte Wolldecke nahm und sie ihr über die Knie legte.

»Es ist ein Geschenk«, sagte er, bevor er in ihrem Schlafzimmer verschwand und in ihren Schränken zu kramen begann.

»Wenn Sie was zum Stehlen suchen, verschwenden Sie nur Ihre Zeit«, rief sie vergnügt im Rollstuhl sitzend. »Das einzige wertvolle Stück, das ich besitze, ist mein Verlobungsring – und wenn Sie den haben wollen, müssen Sie mir schon den Finger abhacken.«

Mit einer Kollektion Hüte in den Händen kam er ins Wohnzimmer zurück. »Ich weiß«, sagte er. »Das hab ich gleich bei meinem ersten Besuch hier mitgekriegt.« Er hielt eine rote Baskenmütze hoch. »Wie wär's mit dem? Nein? Dann den.« Er warf die anderen Hüte aufs Sofa und setzte ihr eine braune Filzkappe aufs strähnige weiße Haar. »Klasse.«

»Warum muss ich was auf dem Kopf tragen?«, fragte sie misstrauisch, als er den Rollstuhl drehte und zur Wohnungstür schob.

»Es ist kalt draußen.«

Der Aufzug war gereinigt und frisch gestrichen worden, seit Constable Hanson den ganzen Boden vollgeblutet hatte. Er blieb unberechenbar, und die Jugendlichen entleerten an den Wochenenden immer noch ihre Blasen in ihm, aber die Hausbewohner hatten eine Reinigungsordnung aufgestellt, und seither roch es im Aufzug häufiger nach Desinfektionsmittel als nach Urin. Es gab noch andere kleine Veränderungen. Unten im Foyer hatte jemand Topfpflanzen aufgestellt, und regelmäßig wurden die weggeworfenen Zigarettenkippen aufgefegt. Bald, dachte Jimmy manchmal, würden auch noch Teppiche und Vorhänge eintreffen.

Er schob Eileen in den windigen Oktobernachmittag hinaus. »Wohin gehen wir?«, fragte sie, die Hand an ihrer Kappe.

»Nicht weit.«

Sie stopfte die Decke unter ihre Oberschenkel. »Habe ich Ihnen erzählt, dass Wendy Hanson mich neulich besucht hat?«

»Die Polizistin?«

»Ja. Sie hat bei der Polizei aufgehört und macht jetzt eine Ausbildung zur Kindergärtnerin. Sie meint, mit dem kleinen Gemüse käme sie besser zurecht.«

»Glauben Sie das auch?«

Eileen lachte. »Nein. Sie wird vor Schreck erstarren, sobald sie zu streiten anfangen. Ich vermute, sie hat zu viele Filme gesehen. Sie bildet sich ein, alle kleinen Kinder wären Engel, und die Bosheit finge erst mit der höheren Schule an.«

»Besucht sie immer noch den alten Knacker, der sie niedergeschlagen hat?«

Eileen schüttelte den Kopf. »Sie ist die reinste Masochistin. Sie behauptet, er hätte die Alzheimer'sche Krankheit. Er hat keine Ahnung, wer sie ist, aber sie meint, sie wäre es ihm schuldig, jede Woche eine Stunde im Pflegeheim zu vertun. Hat man je solchen Unsinn gehört? Er hätte sie beinahe umgebracht, und sie glaubt, es wäre ihre Schuld, weil sie ihn aufgeregt hat. Sie hätte Nonne werden sollen. So viel Heiligkeit und Märtyrertum!«

Jimmy grinste. »Dabei legt der Alte sie noch rein. Es heißt, sein Anwalt hat ihn entmündigen lassen, damit er nicht zur Rechenschaft gezogen werden kann. Ich mein, wenn er wirklich Alzheimer hätte, dann hätt er doch nicht dran gedacht, sie in den Lift zu schleppen und ein ›Außer Betrieb‹-Schild anzubringen. Ist doch logisch, oder?«

Sie kamen am Coop vorüber, wo ebenfalls alles neu gemacht und frisch gestrichen war. In der neuen kleinen Fußgängerzone davor waren junge Bäume gepflanzt worden, und es hatten – dank staatlichen Zuschüssen – mehrere neue Geschäfte aufgemacht, die einen frischen Wind mitbrachten, der hier vorher nicht geweht hatte. Eileen sagte, wie hübsch es hier jetzt aussehe und neigte dann plötzlich den Kopf zur Seite, um dem fernen Donnern von Planierraupen zu lauschen. »Haben sie mit der Humbert Street schon angefangen?«

»Ja. Das erste Haus hat gestern dran glauben müssen.«

»Es wird wirklich alles abgerissen?«

»Bis auf den letzten Ziegelstein. In der Bassett Road auch. Sie räumen das ganze Gebiet zwischen Bassindale und Forest und fangen noch mal ganz von vorn an.«

»Wurde auch langsam Zeit«, sagte sie. »Besser spät als nie. Und Sie fühlen sich wohl in Ihrem neuen Haus, Jimmy?«

»Absolut. Verglichen mit dem alten ist es ein Palast. Wir haben diesmal einen richtigen Garten und können, wenn wir wollen, auch in eins von den neuen Häusern einziehen, sobald die fertig sind. Wir warten erst mal ab. Mal sehen, wie sie werden.«

Sie drehte sich nach ihm um. »Gehen wir da jetzt hin?«

»Es wird nichts verraten.«

»Sind da Leute? Haben Sie mir deshalb die Decke übergelegt und einen Hut aufgesetzt? Schämen Sie sich mit mir, Jimmy?«

Er drückte ihre Schulter. »Ich bin stolz auf Sie. Wie alle hier. Sie sind die berühmteste Person in der Acid Row. Alle wissen, dass Sie mehr Leben gerettet haben, als jeder andere, weil Sie es geschafft haben, Ihre Freunde und Verwandten dazu zu kriegen, ihre Türen aufzumachen.«

»Trotzdem war es nicht genug«, sagte sie bekümmert. »Ich muss immer noch an den armen Arthur Miller und den kleinen

Colin denken. Schrecklich. Ob Gaynor darüber je hinwegkommt, was meinen Sie, Jimmy?«

»Nein«, antwortete er, »aber sie hat nicht mehr so viel Zeit an ihn zu denken, seit Sie sie zur ›Hallo Freundschaft‹-Betreuerin gemacht haben. Sie nimmt Johnny, Ben und Rosie auf alle Besuche mit, und die alten Leute sind glücklich. Die meisten sind so verwirrt, dass sie die Kleinen für ihre eigenen Enkel halten – aber wenigstens fühlen sie sich wieder zugehörig.«

»Und Sie, Jimmy? Werden Sie je darüber hinwegkommen?«

»Ich denke, ja«, antwortete er grimmig. »Wenn ich nicht mehr das Bedürfnis hab, Wesley Barber und diese blöde Kuh vom Sozialdienst abzumurksen. Die behauptet doch immer noch, sie hätte Mel gesagt, dass Milosz nicht gefährlich ist. Es wäre nicht ihre Schuld, wenn Mel zu dumm ist, richtig hinzuhören.«

Eileen drehte wieder den Kopf. »Kein Mensch glaubt ihr, mein Junge. Die Menschen werden an ihren Taten gemessen, und Miss Baldwin war ihr Leben lang voller Hass. Sie ist eine dumme Person. Man erntet immer, was man sät, und sie erntet jetzt eine Menge Feindseligkeit. Wendy Hanson hat mir erzählt, dass ihre Exkollegen die Nase voll haben von ihren Entschuldigungen und dass sie vorhaben, sie wegen Volksverhetzung anzuzeigen.«

»Damit kommen sie doch nie durch«, entgegnete Jimmy.

»Wahrscheinlich nicht, aber dann wird ihr vielleicht endlich mal klar, was sie angerichtet hat. Es gibt zu viele Scharfmacher auf der Welt und nicht genug Friedensstifter.« Sie hob ihre verkrüppelte alte Hand über ihre Schulter, um ihm die Hand zu tätscheln. »Sie mögen alle möglichen Fehler haben, Jimmy, aber Sie sind ein Friedensstifter. Das ist etwas Seltenes und Wertvolles. Lassen Sie sich nie vom Zorn verleiten, das zu bezweifeln.«

Er drückte einen Kuss auf die knorrigen Finger. »Was für Fehler? Ich bin Big Jim, vergessen Sie das nicht. Der Held des blutigen Tages. Und ich mach zum ersten Mal im Leben keine krummen Geschäfte.«

Sie lachte wieder. »Und wie läuft das?«

»Was erwarten Sie, wenn einer Peanuts dafür bezahlt kriegt, dass er ein runtergewirtschaftetes Jugendzentrum leitet. Ich bin eigentlich die meiste Zeit damit beschäftigt, meine Cetshawayo-Zulu-Show abzuziehen, um zu verhindern, dass diverse Banden sich gegenseitig umbringen. Aber es gibt ein paar echt gute Musiker drunter.«

»Ach, dahin ist die ganze Studioausrüstung gewandert?«

»Was für eine Studioausrüstung?«

»Die Sachen sind auf mysteriöse Weise aus Nummer dreiundzwanzig verschwunden.«

Er knurrte belustigt. »Daran war nichts Mysteriöses. Milosz hat mir alles vermacht dafür, dass ich ihm das Leben gerettet hab. Ich hab's Schwarz auf Weiß.«

»Sophie hat aber erzählt, er sei drei Tage ohne Bewusstsein gewesen.«

Jimmy grinste wieder. »Ich hab ein paarmal bei ihm reingeschaut, während sie Mel operiert haben. Um zwei Uhr morgens ist er mal kurz zu sich gekommen und war total klar. Er hat sich aufgesetzt und den Vertrag unterschrieben. Nimm es, hat er gesagt. Meinen Segen hast du.«

Eileen schnalzte mehrmals mit der Zunge. »Na, wenn das nicht ein beschissener Haufen Bockmist ist«, sagte sie vergnügt. »Sie haben die Sachen gestohlen, bevor jemand anders die Möglichkeit dazu hatte. Dolly Carthew hat gesagt, Sie hätten alles hintenraus geschmuggelt, während die Polizei vorn die Tür bewacht hat, und eine Woche lang in einem ihrer leeren Zimmer versteckt.«

»Was ist das für eine Ausdrucksweise, Mrs H.!«

»Sie haben einen schlechten Einfluss auf mich, Jimmy. Ich gebrauche Kraftausdrücke – ich decke Verbrechen –, und ich hab mich seit Jahren nicht mehr so nützlich gefühlt.«

Sein ansteckendes Lachen stieg über ihrem Kopf in die Luft. »Ich glaub immer noch, es wär besser gewesen, ich hätte mich mit Mel und den Kindern hier schleunigst aus dem Staub gemacht. Wenn ich den Kids in London Drogen verkaufen würd, könnt ich verdammt noch mal nen Haufen mehr Kohle machen als im Jugendheim in der Acid Row.«

»Das brächten Sie nie fertig«, versetzte sie unerschüttert. »Das ist doch nur eine andere Art des Kindesmissbrauchs. Sie haben ein zu weiches Herz, das ist Ihr Fehler. Wenn es nicht so wäre, hätten Sie Milosz nicht einfach verschwinden lassen.«

»Woher wissen Sie, dass ich das getan hab?«

»Sophie hat's mir erzählt.« Sie zwinkerte verschmitzt, obwohl er das nicht sehen konnte. »Es gab da mehrere Dinge, die ihm hätten klar machen können, dass es um die ›Letzte Schlacht‹, ging. Etwa in dem Sinn: Wenn das nächste Mal Gut und Böse vor deiner Tür miteinander kämpfen, dann nimm gefälligst deinen Mut zusammen und schlag dich auf die Seite der Engel, anstatt dich feige rauszuhalten ...«

»Ja, okay, ich hatte inzwischen Zeit gehabt, drüber nachzudenken, und ich hab's echt beschissen gefunden, dass der Kerl zuschaut, wie sein Vater eine Frau grün und blau prügelt, nur weil er vor ihm Angst hat. Gut, er hatte eine Scheißkindheit, aber den meisten von uns ist es nicht viel besser gegangen. Man muss sich im Leben entscheiden – und er hat sich immer dafür entschieden, vor seinem Vater zu kuschen. Er behauptete, es wäre anders gekommen, wenn er gewusst hätte, dass sein Vater seine Mutter umgebracht hat –«, er zuckte mit den Schultern, »aber wenn Sie mich fragen, lügt er sich da selbst was vor. Deshalb macht er immer die Schotten dich und redet nie von ihr. Er hat gewusst, dass sie tot ist, vielleicht hat er's sogar mitangesehen ... aber hat er je irgendwie drauf reagiert?«

Sophie hatte mehr oder weniger das Gleiche gesagt, aber es war interessant, dass weder sie noch Jimmy eine Spur von Mitleid empfanden. »Es muss doch für so einen kleinen Jungen ein grauenvolles Erlebnis gewesen sein«, bemerkte Eileen.

»Klar«, sagte Jimmy, »aber er ist groß geworden, oder nicht? Es ist nie zu spät, etwas in seinem Leben anders zu machen. Er hätte seinen Vater, dieses Schwein, schon vor Jahren anzeigen sollen, anstatt wieder zu ihm ins Haus zu ziehen. Das macht ihn zu einem echten Arschloch. Er hätte nicht zulassen dürfen, was sein Vater mit Sophie gemacht hat... er hätte nicht zulassen dürfen, dass er die Huren prügelt. Es ist mir egal, wie viel Angst einer hat – eine Frau zu schlagen, das ist absolut das Letzte.«

Er ist wahrhaftig ein sanfter Riese, dachte Eileen. Nach außen hart wie Granit, aber mit einem butterweichen Kern. »Sie und Sophie sind aus demselben Holz geschnitzt«, sagte sie barsch. »Ein großes Herz, aber null Toleranz für die Sünder.«

»Das kommt ganz auf die Sünde an«, widersprach er. »Unser Col war ein Dieb, aber ich hab ihn geliebt. Und Sophie hat mehr Schneid, als ich je haben werde. Ich hätt das nie gebracht, mich vor den Altar zu stellen, wenn ich ausschau wie der Elefantenmensch. Da muss man schon echte Klasse haben. Sie weiß, wer sie ist, und was die Leute sagen, ist ihr piepegal... das ist ihre Art. Ich dagegen bin eitel. Wenn ich mal heirate, sollen alle Leute sagen: ›Wau, das ist vielleicht ein toller Kerl‹.«

Eileen lachte. »Das würden die von Ihnen immer sagen, ganz gleich, wie Sie aussehen, Jimmy. Das Verhalten macht den Menschen aus, nicht die äußere Schönheit.«

Er bog in die Carpenter Road ein und hielt vor dem dritten Haus an. Dann kauerte er vor ihr nieder und legte ihr die Hand auf die Knie. »Sind Sie bereit?«, fragte er.

»Wofür?«

Er wies mit dem Kopf zur Tür. »Um meine Tochter kennen zu lernen. Sophie hat ihr heute Morgen um drei Uhr hier, bei uns zu Hause, auf die Welt geholfen. Sie ist das hübscheste Baby, das Sie je gesehen haben.«

Eileens Augen blitzten vor Erregung. »Ach, Jimmy, was für eine schöne Überraschung!« Sie klatschte in die Hände. »Wie heißt sie denn?«

Er lächelte. »Colinna Gaynor Eileen Sophie Melanie James.«

Eileen lachte amüsiert. »Wird sie sich die denn alle merken können?«

»Das möchte ich ihr doch geraten haben«, sagte er und schob sie den Weg hinauf zur Haustür. »Das sind doch die ersten Wörter ihrer Geschichte.«